HEYNE <

SCIENCE FICTION

Ein Verzeichnis aller im
Wilhelm Heyne Verlag erschienen
Shadowrun-Bände finden Sie
am Schluss des Bandes.

BJÖRN LIPPOLD

NACHTSTREIFE

Sechsundvierzigster Band
des
SHADOWRUN™-ZYKLUS

Überarbeitete Neuausgabe

WILHELM HEYNE VERLAG
MÜNCHEN

HEYNE SCIENCE FICTION & FANTASY
Band 06/6146

Umwelthinweis:
Dieses Buch wurde auf chlor- und
säurefreiem Papier gedruckt.

2. Auflage

Redaktion: Ralf Oliver Dürr

http://www.heyne.de
Printed in Germany 2002
Umschlagbild: Donato Giancola
Umschlaggestaltung: Nele Schütz Design, München
Technische Betreuung: M. Spinola
Satz: Schaber Satz- und Datentechnik, Wels
Druck und Bindung: Elsnerdruck, Berlin

ISBN 3-453-21320-3

Für Creszenz Overlöper, Klaus Johann und
Klaus Stanjek, die meine Nachtstreife
von Anfang an begleiteten,
für Andrea Straatmann, die mein Leben auf noch
schönere Weise veränderte als dieser Roman,
und für die Freunde bei FanPro, die nicht nur diese
Veröffentlichung möglich gemacht haben.
Und natürlich für meine Eltern, aus mehr Gründen,
als sich hier aufzählen ließen.

In this picture stands a man, far away, alone and distant.
Like a solitary field in some nameless foreign land.
All around the points of light start to dim and cease transmitting.
Shadows fell on futile games and then there was nothing more.
Through the screams of falling steel. By the lights of flares and wisdom.
All the doubts I could not face. All this time I wanted more.
With a line I'll mark the past as a symbol of beginning. To the gods
whose names we've lost and the names who gave in vain.

– VNV Nation, »*Solitary*«

INHALT

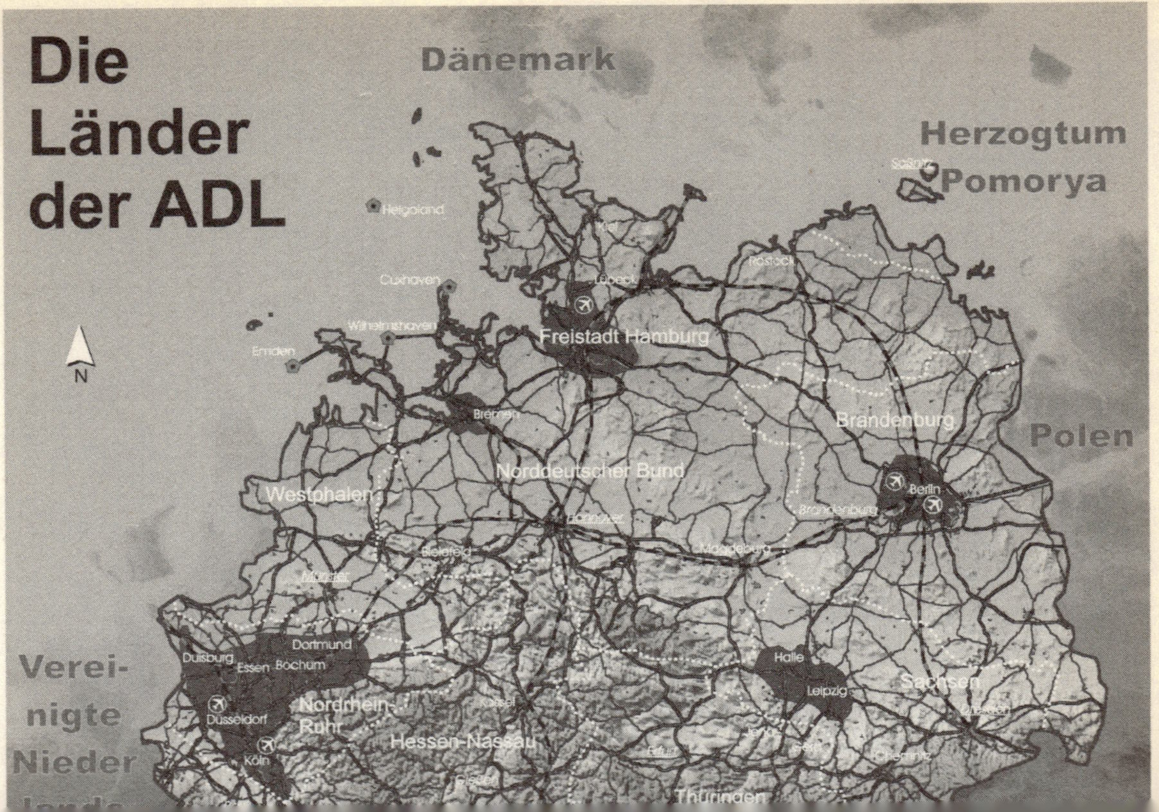
Die Länder der ADL
Dänemark
Herzogtum Pomorya
Polen
Helgoland
Kiel
Lübeck
Rostock
Cuxhaven
Wilhelmshaven
Emden
N
Freistadt Hamburg
Bremen
Brandenburg
Norddeutscher Bund
Westphalen
Berlin
Brandenburg
Hannover
Bielefeld
Magdeburg
Münster
Dortmund
Duisburg
Essen
Bochum
Halle
Leipzig
Sachsen
Verei-
nigte
Nieder
Düsseldorf
Köln
Nordrhein-
Ruhr
Kassel
Hessen-Nassau
Jena
Chemnitz
Dresden
Erfurt
Gießen
Thüringen

Großherzog-
tum Westrhein-
Luxemburg
Frankfurt
Mainz/
Wiesbaden
Darmstadt
Groß-
Frankfurt
Konzil von
Marienbad
Marienbad
CFR
Franken
Würzburg
Sonderrechts-
gebiet Saar
Badisch-
Pfalz
Ludwigshafen/
Mannheim
Heidelberg
Nürnberg
Regensburg
Karlsruhe
Stuttgart
Ingolstadt
BAYERN
Passau
Frankreich
Ulm
WÜRTTEMBERG
München
Trollkön greich
Schwarzwald
Schweiz
Österreich
Bayern : Bundesland
Stuttgart : Landeshauptstadt
Ulm : Großstadt
: Landesgrenze
: Bundesgrenze
: Sondergebietsgrenze
Sprawl
Stadt
TO-Flughafen
Autobahn
Wichtige Strasse
Transrapid

0

Das flackernde Licht der brennenden Ölschalen verdrängte die Schatten um den schweren Basaltblock, der ihm als Tisch diente, nur teilweise, und bereits in geringer Entfernung verlor sich der restliche Raum in absoluter Finsternis. Auf der glatten, schwarzen Oberfläche des Steinblocks waren allerlei Dinge ausgebreitet, die für ihn von besonderer Bedeutung waren und den Weg seines langen Lebens symbolisierten. Jeder dieser Gegenstände hatte wahrscheinlich einen unschätzbaren materiellen Wert, doch die ideelle Bedeutung für ihn war unendlich größer.

Doch im Moment galt sein Blick einzig und allein den Karten, die in einem alten, vertrauten Muster vor ihm ausgebreitet waren. Inzwischen konnte er sich nicht mehr erinnern, wann er die Karten erworben oder gelernt hatte, sie zu legen und aus ihnen die Zukunft zu deuten, aber es musste vor Äonen gewesen sein.

Jede dieser Karten war einzigartig, und sie waren ein so persönlicher Fokus seiner Fähigkeiten geworden, dass sie wahrscheinlich der wichtigste Besitz in seinem Leben waren. Die Erinnerungen, die er mit diesem Kartenspiel verband, waren unzählbar, sodass selbst sein Gedächtnis sich nicht an alles erinnern konnte, und für einen kurzen Augenblick stellte er sich selbst die Frage, wie oft er schon erwartungsvoll auf dieses Muster gestarrt hatte. Es war eine einfache Legeart, vier der Karten bildeten ein Kreuz, in dessen Mittelpunkt zwei weitere gekreuzte Karten lagen, während eine weitere Vierereihe rechts von dieser ersten Anordnung lag.

Einige Menschen nannten es das keltische Kreuz, aber dieser Name war irrelevant und zeugte davon, dass sie nichts über die wahren Geheimnisse wussten.

Erneut glitt sein Blick über die abgegriffenen Rückseiten der Karten, die vor ihm ausgebreitet lagen. Allein an den kleinen Rissen konnte er jede von ihnen erkennen, so gut kannte er sie. Doch er machte sich nicht die Mühe, die kleinen Muster von Rissen, dünnen Stellen und Flecken zu untersuchen, um die Karten zu bestimmen, schließlich wollte er dieses Spiel genießen. Und er wusste bereits jetzt, dass er an diesem Spiel seine Freude haben würde, die Zeichen dafür waren mehr als deutlich. Wenn er bereits jetzt erkennen konnte, dass es nur Karten der großen Arkana waren, dann verhieß dies ein außergewöhnliches Schicksal.

Jede der einzelnen Positionen in dem Spiel stand für eine bestimmte Perspektive bei der Betrachtung des Problems. Inzwischen wusste er viel über das, was ihn an dieser ganzen Angelegenheit interessierte, aber das Tarot hatte in der Vergangenheit stets weitere Einsichten zutage gefördert, die ihm sonst verschlossen geblieben wären. Dieses Mal hatte er sich vorgenommen, chronologisch vorzugehen, deshalb wanderte seine Hand über die Karte, die den linken Kreuzarm bildete. Dort würde die Vergangenheit geschrieben stehen, und er hatte eine mehr als deutliche Ahnung, welche Karte diese Zeit beschreiben würde.

Sanft glitten seine geschmeidigen Finger über die Unebenheiten der Karte und ertasteten die unregelmäßige Oberfläche. Wie Blindenschrift konnte er diese subtilen Merkmale lesen, und nachdem seine Finger behutsam über den Rücken der Karte gefahren waren, drehte er sie vorsichtig um. Mit seinen sensiblen Fingern hatte er bereits erfahren, dass es ›Der Narr‹ war, den er in seiner Hand hielt, daher überraschte ihn der Anblick nicht.

Der Narr war das Symbol für den Beginn. Das Bild zeigte auf den ersten Blick einen scheinbar glücklichen Menschen, der durch eine idyllische Landschaft marschiert, doch es war nicht der erste Eindruck, der zählte. Langsam versank er in die Betrachtung der Karte, und je länger er sie fixierte, desto stärker wurde das Gefühl, in die Szene hineingezogen zu werden. Die Konturen verschwammen, und bestimmte Details traten deutlicher heraus.

Im Zentrum des Geschehens stand der Narr, jener sorglose Mensch, der noch am Anfang seiner Reise steht. Seine Züge drückten unbeschwerte Heiterkeit aus, und mit mutiger Entschlossenheit machte er sich auf seinen Weg. Seine Kleidung wirkte bequem, aber nicht unbedingt praktisch. Auffallend war jedoch ein kleines Detail, das einem unachtsamen Betrachter entgangen wäre, nämlich eine kleine Polizeimarke auf der Brust des Narren, die auf der eher mittelalterlich anmutenden Darstellung deplatziert wirkte. Doch wie zu erwarten, war der Narr nicht nur unbeschwert, sondern auch unvorbereitet und blind für die Gefahren um ihn herum. Direkt vor seinen Füßen hatte sich eine große Erdspalte aufgetan, und weil der Narr den Blick selbstgefällig nach oben richtete, bemerkte er die offensichtliche Gefahr nicht. Er würde in den Abgrund stürzen und sich in der schwarzen Leere verlieren. Doch die Dunkelheit vor ihm war nicht völlig leer, denn mit etwas Geduld konnte man die monströsen Schatten erkennen, die bereits ihre Arme nach dem Ahnungslosen ausstreckten. Der Narr war immer der unbeschwerte Anfang, der daraus erwuchs, dass etwas anderes endete, er war nur der Beginn des Weges.

Doch weitere Details zogen die Aufmerksamkeit auf sich und zeigten weitere Vorzeichen für diesen Weg. Dunkle Sturmwolken ragten am Rand der strahlenden Sonne auf, und lange würde die Unbeschwertheit nicht mehr anhalten. Auch die Tatsache, dass sich die Polizeimarke von der Jacke löste und der Narr sie unbemerkt verlieren würde, war für den Betrachter mehr als deutlich. Etwas würde enden, sich verändern, und der Narr würde es nicht einmal bemerken, bevor es zu spät war.

Es war immer wieder interessant zu sehen, wie Menschen ihre nähere Umgebung gar nicht wahrnahmen, während er selbst aus einer einzigen Karte mehr sehen konnte, als ihnen je bewusst werden würde. All diese ahnungslosen und ignoranten Menschen, die dort draußen in den Schatten der Hochhaustürme ihr Leben fristeten und ihre ganze Existenz einer stupiden Arbeit unterwarfen, merkten nicht, dass das Schicksal ihr Leben leitete und ihnen Möglichkeiten zur Verfügung stellte, die sie so achtlos übersahen. Sie hatten nicht den Hauch einer Ahnung von dem großen Spiel, das das Schicksal mit allen spielte.

Doch dieser Mann, dieser Narr, würde sein Schicksal nicht ignorieren können, er würde den Weg einschlagen müssen, den das Schicksal ihm wies, und er würde die Augen für die schrecklichen Wahrheiten öffnen müssen, um zu erkennen und zu verstehen. Die einzige Alternative war der Sturz in den Untergang, doch die Anwesenheit der anderen, noch nicht aufgedeckten neun Karten versprach einen interessanteren Weg als die simple Vernichtung des Narren, bis dieser sich der endgültigen Entscheidung stellen musste.

Einleitung:
INITIATION

Es hätte ein angenehmer Herbst in diesem Jahr 2055 sein können. Die ersten Regenfälle hatten bereits eingesetzt, und bleigraue Wolken tauchten die Stadt in ständiges Dämmerlicht, aber daran war man gewöhnt. Es war das passende Wetter, um anhaltende Depressionen zu bekommen, aber im Vergleich zu den Kapriolen des Klimas in anderen Regionen der Erde war dieses Regenwetter harmlos. Und auch sonst war es eine relativ ruhige Zeit, denn im Moment blieben die verheerenden Bandenkriege aus, und auch die ungezählten kleineren Gewaltverbrechen überschritten nicht die üblichen Ausmaße. Selbst die Yakuza und die Mafia, die in den letzten Monaten einen erbitterten Krieg gegeneinander geführt hatten, schienen sich in den letzten Wochen mit ihren Auseinandersetzungen zurückzuhalten, sodass es vergleichsweise friedlich im Rhein-Ruhr-Megaplex war. Als Polizist wäre es Gerd Reinerts nur recht gewesen, einige ruhigere Dienstwochen zu haben, und es wäre sicherlich auch so gekommen, wenn nicht eine mysteriöse Mordserie den Megaplex in Atem gehalten hätte.

Nach all den Geschehnissen in den letzten Tagen war Gerd froh, dass diese Streife die letzte für diese Woche sein würde, denn die Nachtschicht war in den vergangenen Wochen selbst im normalen Streifendienst nicht mehr sicher, und wie bei den meisten seiner Kollegen forderte der Stress auch bei ihm seinen Tribut. Zum Ausgleich würde er aber am Wochenende viel Zeit haben, sich mit Julia Mertens zu treffen, einer, wie sie es zu nennen pflegte, ›Spezialistin zum Orten und Eliminieren von nichtautorisierten Systembenutzern, die auf illegalem Weg versuchen, das System von Nitama zu infiltrieren‹. Vor allen Dingen freute er sich darauf, dass Julia endlich einmal wieder für mehr als nur ein schnelles Abendessen und ein kurzes Gespräch Zeit haben würde. Der Grund dafür, dass sie sich in den letzten Tagen kaum gesehen hatten, war, dass er die Nachtstreifen gefahren war, während bei Nitama Hochbetrieb herrschte, weil die Konzernführung die Sicherheit des Fortress-Komplexes testen wollte, den Nitama vor kurzem fertig gestellt hatte. Als Expertin auf dem Sektor Matrixsicherheit war Julia intensiv in diesen Test eingebunden, doch mehr hatte sie ihm nicht erzählen wollen, da das Projekt unter höchster Geheimhaltung ablief. Aber eigentlich waren ihm die Hintergründe egal. Ihn störte nur, dass sie erst abends nach Hause kam, wenn er bereits wieder zum Dienst musste, und sie dann morgens das Haus verließ, wenn er von seinen Nachtstreifen zurückkam. Sie sahen sich nur noch zum Abendessen und zum Frühstück, wobei diese Mahlzeiten aufgrund ihres Zeitplans jeweils umgekehrte Bedeutung hatten. Aber sie hatten bereits am Anfang ihrer Beziehung klargestellt, dass keiner seinen Job einschränken konnte und dass sie bisweilen nur wenig Zeit für sich finden würden. Andererseits war ihnen auch beiden klar gewesen, dass ihnen diese Tatsache nicht immer gefallen würde, und zumindest Gerd wartete ungeduldig darauf, dass ihre Dienstpläne ihnen wieder mehr Freiraum geben würden.

Gerd kannte Julia inzwischen etwas über achtzehn Monaten. Sie hatten sich zufällig dienstlich kennen gelernt, und irgendwie war daraus schnell mehr als eine Freundschaft erwachsen, denn bereits kurz danach waren sie ein Paar geworden. Allerdings war ihre Beziehung durch ihren Schichtdienst häufig schwierig, und es war zum zweiten Mal in diesem Monat der Fall eingetreten, dass sie kaum noch die Zeit fanden, sich zu treffen. Julia wohnte zwar zeitweise in seiner Wohnung, aber wenn sie an einem Projekt wie diesem arbeitete, brauchte sie die Ruhe und die technische Ausrüstung ihres Apartments, das in der Nähe des Fortress lag, in den sie bei der Fertigstellung der letzten Wohneinheiten umziehen würde. Er erinnerte sich noch gut an die Frage, wer bei wem einziehen sollte. Julia verdiente mit ihrer Programmierertätigkeit wesentlich mehr als er mit seinem kleinen Polizistengehalt, dafür hatte ihre Wohnung längst nicht den persönlichen Charme seines kleinen Eigentumsapartments, vor allem, da ihre Wohnung oftmals auch ihr Büro war. Über die Probleme, die auftreten würden, wenn sie in den Fortress ziehen musste, wollte er lieber nicht nachdenken, aber es war beiden klar, dass Nitama dann in ihrer Beziehung ein Wörtchen mitzureden hätte. Die Begründung für die zu erwartenden Hindernisse war die interne Sicherheit des Komplexes, und nach den Richtlinien des Megakonzerns blieb nur die Heirat und sein Eintritt in den Dienst des Konzerns oder ihre Trennung. Ansonsten würde Nitama seine Besuche in der Firmenanlage so lange überwachen und einschränken, bis ihre Beziehung daran zerbrechen würde, denn schon die routinemäßige Sicherheitsüberprüfung am Anfang ihrer Beziehung hatte beinahe einen handfesten Streit ausgelöst, da Julia trotz allem fest zu den Grundsätzen und der Firmenpolitik ihres Arbeitgebers stand. Wenigstens würde es bis zur Fertigstellung ihrer Wohnung noch einige Monate dauern, doch dann mussten sie eine Entscheidung treffen.

Aber noch war sein Dienst nicht vorbei, und diese Streife würde noch fast zwei Stunden dauern, bevor er sich nach Hause begeben und seiner Freizeit widmen konnte, auch wenn der Gedanke an eine kalte Dusche, ein schnelles Essen und einige Stunden Schlaf verheißungsvoll in seinem Kopf umhergeisterte.

»... begegnen. Meinst du nicht auch?«

Die Stimme seines Kollegen riss Gerd aus seinen Überlegungen. Warum musste ausgerechnet Jörg Ballhaus ihn bei seiner Streife begleiten? Es war nicht so, dass er seinen Partner nicht mochte, sie waren über die Jahre sogar die besten Kollegen und Freunde geworden, aber Jörg konnte einem mit seinem andauernden Redeschwall ziemlich auf die Nerven fallen, vor allem, wenn man in Ruhe über etwas nachdenken wollte. Außerdem war sein Fahrstil nicht gerade das, was man sicher und zivilisiert nennen konnte, sodass Gerd den Verdacht hegte, dass sein Kollege nur bei der Polizei angefangen hatte, um völlig legal wie ein Wahnsinniger durch die Stadt zu rasen. Ausgerechnet mit diesem Chaoten musste er seit vier Jahren seinen Streifendienst versehen. Manchmal scherzte er darüber, dass diese vier Jahre ihn wahrscheinlich nervlich die Hälfte seines Lebens gekostet hatten, doch manchmal, wenn er darüber nachdachte, was er schon alles aufgrund von Jörg hatte miterleben müssen, kam er zu der Erkenntnis, dass in diesem Witz mehr Wahrheit lag, als ihm lieb war.

Und natürlich war es so wie meistens, dass diese letzte Streife vor dem Wochenende besonders anstrengend zu werden schien. Es war nicht nur bezeichnend, dass Jörg mit dem Fahren an der Reihe war, zu allem Überfluss hatte er wieder einmal einen besonders gesprächigen Tag. Zumindest konnte Gerd erahnen, worum es in seinen Überlegungen ging, deren Anfang er überhört hatte. Es war wahrscheinlich das Thema, das in allen Gesprächen im Mittelpunkt stand, nämlich die Morde, die vor drei Wochen begonnen hatten. Auch wenn Gerd die ständigen Diskussionen über die Mordserie nicht mehr hören wollte, erschien ihm dieses Thema auf jeden Fall interessanter, als sich wieder einmal Jörgs ständige Frauengeschichten und anschließenden Beziehungsprobleme anhören zu müssen. Und da die meisten Polizisten sich darauf verlegt hatten, nur noch über die Morde zu diskutieren, waren sie auch für Jörg inzwischen interessanter als seine üblichen Geschichten.

Es hatte vor Wochen damit angefangen, dass man in Duisburg einen toten Penner gefunden hatte. Er war mit einer stumpfen Waffe getötet worden; anschließend hatte der Täter ihm die Wirbelsäule zertrümmert und schwere Schädelverletzungen zugefügt. Die Bearbeitung dieses Falles war Routine und verlief entsprechend schnell: Der Tote war nicht registriert gewesen, also existierte er für die Behörden nicht und konnte folglich nicht ermordet worden sein. Außerdem waren die Chancen, einen Mörder in einer Dreißig-Millionen-Stadt zu finden, ohnehin zu gering, als dass es sich gelohnt hätte, den Fall weiter zu verfolgen. Da inzwischen jeder Zweite im Rhein-Ruhr-Megaplex bewaffnet durch die Gegend rannte und alle paar Minuten irgendjemand von irgendwem getötet wurde, hatten Fälle wie dieser nur eine statistische Bedeutung. Abgesehen davon hatte der Fall absolut keine Relevanz für die Behörden, vor allem, da die normalen Streifendienste inzwischen durch die ProSecuritas übernommen wurden. Auch wenn Gerd und seine Kollegen sich als Polizisten sahen, so waren sie doch Angestellte bei einer Sicherheitsfirma mit einem besonderen Arbeitsvertrag. Und da die ProSecuritas eine Firma war, die kommerziell arbeitete, kümmerte sich die Polizei ohnehin nur noch um die größeren Verbrechen, schließlich interessierte sowieso niemanden der Tod eines Squatters. Daher hatte die Polizei auch keine besondere Motivation, Zeit mit solchen Lappalien wie einem toten Penner zu verschwenden.

Doch wenig später sollte sich herausstellen, dass dieser Fall nur die Spitze des Eisbergs gewesen war. Jede Nacht waren wieder ein oder zwei Tote mit gebrochener Wirbelsäule gefunden worden, und das Muster dieser Morde war immer das gleiche. Allerdings wurde erst nach dem fünfzehnten Opfer eine Untersuchung eingeleitet, denn erst eine Woche nach dem Mord an dem Penner fiel einem Polizisten der Zusammenhang zwischen den Verbrechen auf. Da es ein Unterschied war, ob ein einzelner Squatter getötet wurde oder ob eine Mordserie eine blutige Spur durch Duisburg zog, sah sich die Polizei genötigt, Nachforschungen anzustellen. Die Obduktionen ergaben, dass die Opfer mit bloßen Fäusten erschlagen worden waren. Dabei hatte der Täter eine unglaubliche Schlagkraft bewiesen, und die übermenschliche Stärke der Angriffe schien mit der Zahl der Opfer zuzunehmen. Es sah so aus, als ob der Killer seine Opfer mit einem einzigen Faustschlag getötet hatte, sodass die erste Vermutung war, der Rhein-Ruhr-Megaplex werde von einem drei Meter großen amoklaufenden Troll heimgesucht. Hinzu kamen einige Schnitt- oder Injektionswunden, die bei den Opfern in der Armgegend gefunden wurden, die aber nicht den Tod herbeigeführt hatten. Doch drei weitere Erkenntnisse sollten das Bild der Mordserie drastisch verändern, sodass der Fall eine neue Dimension annahm. Die erste Überraschung war, dass der Killer nur menschengroß sein konnte und über wesentlich mehr Kraft als ein Mensch mit künstlichen Muskelverstärkungen oder ein Troll verfügte. Projektionen der Gerichtsmediziner hatten ergeben, dass der Killer ohne nennenswerte Probleme ungefähr achtzig Kilogramm mit sich herumtragen und wahrscheinlich das fünffache Gewicht kurzzeitig stemmen könnte. Zweitens schien der Killer aus den dunkleren Ecken von Duisburg langsam, aber zielstrebig in die helle Innenstadt von Düsseldorf mit ihren Geschäftsvierteln vorzudringen, was ein schnelles Eingreifen der Polizei nötig machte. Sobald die ersten Opfer auftauchten, die keine Squatter, sondern Geschäftsleute waren, würde man die Polizei schwer unter Druck setzen, und in Anbetracht der Tatsache, dass der Vertrag von ProSecuritas zur Verlängerung anstand, wollte die Firma keinen Imageverlust riskieren. Die dritte Erkenntnis kam erst vor zwei Tagen und war die erschreckendste Auffälligkeit an der Mordserie. Nach einigen Recherchen war man darauf gekommen, dass vor exakt einem Jahr genau dasselbe passiert war. Es hatte schon einmal eine ungeklärte Mordserie nach demselben Strickmuster gegeben, und schon damals war die Polizei mit dem Fall überfordert gewesen. Die Mordserie war nach deren Ende schnell und unauffällig zu den Akten gelegt worden, um zu vertuschen, dass sie niemals aufgeklärt werden konnte.

Dieses Mal wurde beschlossen, den Täter zu fassen, ein weiteres Versagen konnte man sich nicht leisten. Und als die Polizei dann noch einige ihrer Streifen verloren hatte, die den Mörder hatten stoppen sollen, wurden alle mit Maschinenpistolen und schweren Waffen ausgestattet. Man hatte die Polizisten schwer gerüstet, um dem Spuk ein Ende zu setzen, doch mit dieser Aktion hatte auch die Öffentlichkeit Wind von der Sache bekommen und wie befürchtet angefangen, sich selbst um ihre Sicherheit zu kümmern. Gleich in der ersten Nacht nach der Erwähnung der Vorfälle in den Nachrichten waren zehn Personen von irgendwelchen Spinnern erschossen worden, die überzeugt davon waren, den Killer erwischt zu haben, und auch die Waffenläden hatten eine erschreckende Hochkonjunktur verzeichnet. Auf der anderen Seite häuften sich die Todesfälle unter diesen selbst ernannten Jägern, doch auch die Polizei musste den Verlust einiger Streifenpolizisten beklagen, als der Mörder immer häufiger zuschlug.

Diese neuen Opfer fielen allerdings aus dem üblichen Muster heraus, denn sie waren allesamt in Fetzen gerissen worden. Die Brutalität dieser Morde hatte einen noch blutrünstigeren Eindruck als die erste Mordserie hinterlassen, als sollten diese Vorfälle wie eine Drohung wirken, und viele der Polizisten waren inzwischen äußerst nervös, wenn sie die Nachtstreifen übernehmen mussten. Die Stärke, die der ›Nachtschlächter‹, wie Vicki Vance von RRTV den Angreifer benannt hatte, auch bei diesen Morden gezeigt hatte, deutete auf ein und denselben Täter, auch wenn der Stil anders war. Schließlich hatte er seine wehrlosen Opfer im Gegensatz zu seinen Häschern nicht buchstäblich in Fetzen gerissen, sondern schnell getötet. Doch besonders die Morde an den Polizisten waren überaus grausam, und die meisten Leichen konnten nur mit großem Aufwand identifiziert werden.

Inzwischen war die Stadt ein Hexenkessel. Jeden Abend servierten die Nachrichtensender die neuesten Bilder der Nachtschlächter-Morde, und Dutzende von selbst ernannten Experten, darunter angebliche Wahrsager, Psychologen, Augenzeugen und Sicherheitsfachleute nutzten die Stunde, sich selbst und ihre abstrusen Theorien in den Mittelpunkt der Aufmerksamkeit zu rücken. Und wie immer wurde die Polizei als unfähig, desinteressiert und medienfeindlich dargestellt.

Dass von Desinteresse keine Rede sein konnte, hatte Gerd von Jörg gehört, denn seit mehreren Tagen war nun auch Jörg davon besessen, auf eigene Faust Nachforschungen anzustellen. Dabei hatte er feststellen müssen, dass unter strenger Geheimhaltung eine Sonderkommission mit der ominösen Bezeichnung ›Sonderkommando für die Aufklärung paranormaler Phänomene‹, kurz SKAPP, sich bereits in die Ermittlungen eingeschaltet hatte und keinerlei Einmischung tolerierte. Im Gegensatz zu der Landespolizei von Nordrhein-Ruhr war die SKAPP allianzübergreifend und damit ein rein staatliches Sicherheitsorgan. Dabei gab es anscheinend die üblichen Kompetenzprobleme zwischen den einzelnen Behörden, aber die SKAPP-Ermittler hatten einfach ein halbes Stockwerk des Verwaltungshauptgebäudes als Einsatzzentrale beansprucht und von allen anderen Sicherheitsdiensten völlige Unterstützung verlangt, während sie sich selbst über ihre Erkenntnisse ausschwiegen. Es wurde allen Beamten klar gemacht, was passieren würde, wenn jemand die Medien über die Einmischung des zwölfköpfigen SKAPP-Teams informieren würde, und allein die Tatsache, dass selbst intern wenig über die Ziele und Einsatzweise des Kommandos bekannt war, hatte zur Folge, dass sich keiner mit diesen Fragen auseinander zu setzen wagte. Allerdings wurde gemunkelt, dass die Gruppe in Wirklichkeit durch das Bundesamt für innere Sicherheit gebildet worden war, wobei den meisten Leuten nicht klar war, was diese Gerüchte bedeuten konnten. Sicher war nur, dass es besser war, sich nicht mit der SKAPP anzulegen, und die Firmenleitung der ProSecuritas hatte allen Polizisten zu verstehen gegeben, dass Auseinandersetzungen mit dem Sonderkommando nicht toleriert würden. Dieser interne Druck und die Gerüchte darüber, was den Einsatz eines solchen Sonderkommandos rechtfertigen könnte, verschärften den Stress bei den Nachtstreifen nur noch weiter.

Jörg war schnell dahintergekommen, dass er mit seinen Recherchen auf gefährliche Art und Weise den Weg der Sonderermittler kreuzte, trotzdem hatte er einige interessante Fakten zutage gefördert, auch wenn Gerd ihm geraten hatte, mit diesem riskanten Unternehmen aufzuhören. Natürlich hatte sein Kollege diesen Ratschlag ignoriert und trotz aller Geheimhaltung herausgefunden, dass beide Mordserien einige weitere Auffälligkeiten hatten. Beide Serien begannen bei Neumond, und der Killer schien zu Beginn noch nicht so stark und gewalttätig wie gegen Ende der Serie zu sein. Es sah so aus, als würde der als Nachtschlächter bezeichnete Psychopath im weiteren Verlauf der jeweiligen Mordserie kontinuierlich stärker werden, und die Anzahl der Opfer nahm rapide zu. Es schien, als würde jeder Mord dem Nachtschlächter die Kraft und Motivation geben, um weitere Menschen umzubringen, und vermutlich wurde das Töten für ihn zur Sucht, die er ohne Angst vor Verfolgung oder Strafe an seinen Opfern auslebte. Vor einem Jahr hatte die ganze Angelegenheit ihren blutigen Höhepunkt bei Vollmond erreicht, als der Killer ein regelrechtes Massaker in einem Wohnkomplex veranstaltet hatte. Dieses Mal schien die Serie allerdings noch länger zu werden; es stand zu befürchten, dass der Killer inzwischen glaubte, ihn könne nichts aufhalten. Bis jetzt schien er damit Recht zu haben. Aber am Ende war dieser Fall das Problem der SKAPP, auch wenn das für die meisten Nachtstreifen nur ein geringer Trost war. Abgesehen davon war sich Gerd sicher, dass das Sonderkommando den Nachtschlächter früher oder später schnappen würde und man dann wieder zur Tagesordnung zurückkehren würde.

Gerade in dem Moment, als Gerd das Thema wechseln wollte, bog Jörg mit ihrem Chrysler-Nissan-Patrol, einem urbanen Geländewagen für Streifeneinsätze, in eine Seitenstraße ein. Bevor er allerdings erneut zu einem Redeschwall ansetzen konnte, strich das grelle Licht der Autoscheinwerfer über Mülltonnen und einen schwarzen Ford Westward, der am Straßenrand stand. Die Fahrertür des Mittelklassewagens stand offen, und das Licht brannte im leeren Wageninnern.

»Halt an, da stimmt was nicht.«

Diese Gegend von Düsseldorf war zwar noch relativ

zivilisiert, sonst hätte Gerd darauf gedrängt, weiterzufahren und Verstärkung zu rufen, aber trotzdem würde in diesem Unterschichtsviertel niemand freiwillig sein Auto offen stehen lassen, schon gar nicht nachts, denn die Polizei stufte die Gegend gerade mal als D-Zone ein, also als Gebiet mit geringer Sicherheitsstufe. Wie immer reagierte Jörg sofort und wie meistens, wenn es ums Autofahren ging, viel zu heftig. Die Bremsen des Chryslers quietschten laut auf, als sein Kollege mit voller Wucht auf die Bremse trat, und kurz bevor der Wagen zum Halten kam, hörten beide das laute Knallen und das Entweichen von Luft, während der Wagen nach vorne absackte und leicht ins Schleudern geriet. Glücklicherweise kam der Wagen ohne weiteren Schaden zum Stehen.

»Na toll, du Idiot. Jetzt hast du die Reifen vollständig ruiniert!«

Gerd war wirklich wütend, als er ausstieg, um den Schaden zu begutachten. Bei fast jeder Fahrt hatte er Jörg prophezeit, dass sein Fahrstil den Wagen ruinieren würde. Genau das war jetzt geschehen, bemerkte er mit boshafter Genugtuung. Ausgerechnet kurz vor Dienstschluss hatten sie eine Panne, und wahrscheinlich würden sie nicht nur den Reifen wechseln, sondern den Vorfall auch melden müssen, und das bedeutete Arbeit und Ärger. Aber bevor er sich weiter aufregen konnte, zeigte sich, dass etwas anderes die Ursache für die Panne war, denn man konnte mit einem Blick erkennen, dass beide Vorderreifen sauber aufgeschnitten worden waren. Ein unscheinbarer Draht, der sich über den Boden spannte, war die Ursache für ihr Missgeschick, und überrascht musste Gerd erkennen, dass er sogar noch die Karosserie angeschnitten hatte, bevor er gerissen war. Nur zu gut kannte Gerd diese Art von Schneidedraht, und ihn beschlich eine deutliche Ahnung, wer eine solche Falle bauen würde. Während seine Hand instinktiv nach seiner Dienstwaffe tastete, rief er Jörg eine Warnung zu, der ebenfalls aus dem Wagen ausgestiegen war.

»Monofilamentdraht! Hier ist ein Dreifachstrang aus demselben Zeug, aus dem die Konzerne ihre Schneidedrahtbarrieren machen. Der verdammte Draht ist über die ganze Fahrbahn gespannt.«

Gerd merkte, wie er plötzlich nervös wurde und sich sein Körper anspannte. Das Ganze schien mehr als eine einfache Panne zu werden. Möglicherweise waren sie in Gefahr, denn niemand würde ohne guten Grund Monofilamentdraht über die Straße spannen. Außerdem dämmerte ihm langsam, in welcher Ecke des Plexes sie gestrandet waren, und dieser Gedanke war nicht dazu angetan, ihm Mut zu machen.

»Ist das hier noch Jacks Revier? Das sieht ganz nach seiner Handschrift aus. Ich krieg ein ungutes Gefühl bei der Sache. Sind die *Rats* nicht auf dem Kriegspfad, um die *Warlocks* aufzumischen?«

Jack war der Anführer der *Rats,* einer brutalen Skinhead-Gang, die in ihrem Revier Fallen für ahnungslose Auto- und Motorradfahrer auslegte und dann, nachdem die Gangmitglieder den Fahrer beseitigt hatten, die Fahrzeuge und Organe an irgendeinen Schieber weiterverkaufte. Es gab seit einigen Tagen Gerüchte, dass die Rats einen größeren Krieg mit der Elfengang *Warlocks* anfangen wollten. Schneidedrahtfallen waren typisch für die Rats, und ein kurzer Blick bestätigte die Vermutung der Polizisten, dass auch der Ford aufgrund eines platten Reifens am Straßenrand stand. Offensichtlich waren sie nicht die Ersten, die in diese Falle getappt waren.

Bevor sie irgendeinen Entschluss fassen konnten, bestätigte ein panischer Schrei aus der näheren Umgebung ihre Vermutung.

Offensichtlich gab es Schwierigkeiten. Ohne lange

nachzudenken, schnappte Gerd seine Uzi aus dem Wagen und rannte los. Bereits im Laufen überprüfte er die Maschinenpistole und achtete nicht darauf, dass sein Kollege sehr viel langsamer war und mit seinem Tempo nicht mithalten konnte. Ein weiterer panischer Schrei kam aus einer dunklen Seitenstraße, vielleicht fünfzig Meter entfernt. Es vergingen nur wenige Sekunden, dann war er fast an der Straße angekommen, woher die Schreie zu kommen schienen, die plötzlich mit einem panischen Aufkreischen in bedrohlicher Stille endeten. Mit einer geübten Bewegung entsicherte er die Maschinenpistole und rannte weiter. Die Seitenstraße entpuppte sich als dunkle Gasse, die durch mehrere Müllcontainer verengt wurde und in der es nach Abfall stank. Plötzlich sah er etwas Großes in der Dunkelheit vor sich am Boden liegen. Die toten Augen eines Skinheads in den Farben der Rats starrten ihm entgegen. Wo einmal der Brustkorb gewesen sein musste, war nur noch eine Fleischmasse, die aussah, als wäre sie durch den Fleischwolf gedreht worden. Gerd kämpfte gegen die dumpfe Schwärze an, die sich in seinem Kopf auszubreiten begann. Er hatte in seiner Dienstzeit schon viel gesehen, aber diese Leiche gehörte nicht unbedingt zu dem Angenehmsten davon. Langsam wendete er sich von dem scheußlichen Anblick ab, nur um eine weitere Leiche zu sehen. Auch der zweite Tote schien zu den Rats zu gehören, und es war ihm offensichtlich nicht besser ergangen als dem anderen Gangmitglied. Wen auch immer die Rats versucht hatten zu stoppen, er war eindeutig schlimmer als sie selbst, denn die Überreste des zweiten Skinheads boten einen noch widerlicheren Anblick. Jemand hatte den Arm, dessen Hand immer noch um ein Messer geklammert war, einfach abgerissen und das Gangmitglied dann mit dem kahl rasierten Schädel an die Wand geschlagen, sodass es an seinen Wunden verblutete.

Inzwischen hatte Jörg ihn keuchend erreicht und warf einen entsetzten Blick auf die Leichen, bevor er sich Gerd zuwandte. Er hatte seine Maschinenpistole im Auto gelassen und geriet bei dem Anblick in Panik.

»Ich rufe Verstärkung ...!«

Die Stimme seines Kollegen war nur noch ein entsetztes Stammeln, und noch bevor er das letzte Wort zu Ende gesprochen hatte, machte Jörg auf dem Absatz kehrt und war schon wieder zum Auto unterwegs.

Für einen kurzen Moment war Gerd unschlüssig, was er tun sollte, doch dann hörte er vor sich ein kurzes Krachen, als hätte jemand einen dicken Ast zerbrochen. Allerdings befürchtete Gerd, dass der wahre Ursprung des Geräuschs ungleich brutaler war. Es folgte ein kurzes, unappetitliches Platschen, dann umgab ihn Stille. Wenn er seinem Gehör trauen konnte, kam das Geräusch hinter einer der großen Mülltonnen hervor. Für einen Moment blieb er stehen, um zu lauschen, doch nach einem letzten Röcheln folgte eine beunruhigende Stille.

Ruckartig riss Gerd seine Waffe hoch und versuchte, einen möglichst breiten Feuerbereich abzudecken.

»Kommen Sie mit erhobenen Hände heraus.«

Dieser Standardspruch kam ihm weniger aus Überlegung in den Sinn als aus Gewohnheit, doch zu seiner Verwunderung schien jemand auf den Befehl zu hören, denn überraschenderweise zeichnete sich eine dunkle, menschenähnliche Silhouette einige Meter von ihm entfernt ab, die hinter dem Müllcontainer hervortrat.

Die dunkle Gestalt, die in einen schwarzen Mantel gehüllt war, schien ihm genau ins Gesicht zu blicken, sagte aber nichts. Das Gesicht war im Schatten eines großen Hutes verborgen, doch der rote Punkt des Lasermarkierers zielte genau auf die Brust des Fremden. Ein metallisches Klicken beendete abrupt die stille, fast friedliche Szene, und in der Dunkelheit blinkten mehrere Klingen an den Händen der Gestalt auf. Cyberklingen, schoss es Gerd durch den Kopf, und im selben Moment drückte er den Abzug seiner Waffe durch. Nichts passierte. Kein Knallen, kein Mündungsfeuer, kein Rückstoß. Überhaupt nichts. Sofort ließ er die MP fallen und griff nach seiner Dienstpistole, doch die Gestalt stand plötzlich direkt vor ihm. Dieser Angreifer musste rasend schnell sein. Die Cybersporne glänzten einen Moment über ihm im fahlen Mondlicht, dann verspürte Gerd einen stechenden Schmerz, als sich die Klingen in seinen Bauch bohrten. Ein Schwall roten Bluts strömte aus der tiefen Wunde, und der Schmerz war unerträglich. Es wurde langsam schwarz um ihn …

Die Gestalt beugte sich über ihn …

Das Tröpfeln seines Bluts …

Ein Stechen …

Schüsse …

Die Gestalt taumelte …

Tod …

Schwärze …

»…ad, …örs…ich…Bra.ag.wa.rdam…Gerd.hörs.u.ich?«

Gerd öffnete ganz langsam die Augen. Jörg beugte sich über ihn, blinde Panik war in sein Gesicht geschrieben. Sofort fühlte seine Hand nach der Wunde. Er ertastete Blut, viel Blut. Aber es tat kaum weh. Die Wunde wahr wohl kleiner, als er zunächst gedacht hatte, doch dann trafen seine Finger eine Stelle, wo die Cybersporne ihn durchbohrt hatten. Der Schmerz brannte unter der Berührung wie ein Feuer, und die Umgebung begann vor seinen Augen zu verschwimmen …

Ein Geräusch. Gefahr. Er musste vorsichtig sein. Seine Gedanken wurden überraschend klar. Er würde seinen Gegner töten. Langsam öffnete er die Augen. Eine Blutlache, in der Jörg lag, fiel ihm sofort ins Auge. Ein überwältigender Geruch von Blut lag in der Luft. Und da war wieder diese Gestalt, er sah sie deutlich vor sich. Der Mann kniete neben Jörg, er war ungefähr dreißig Jahre alt, etwa eins neunzig groß, hatte kurze schwarze Haare, einen gefütterten Mantel, blutverschmiert, mit gut zwei Dutzend Einschusslöchern, der Hut allerdings fehlte. Zum ersten Mal konnte er das Gesicht des Angreifers erkennen. Es wirkte wie eine wächserne Maske, in der die abgrundtief schwarzen Augen das einzig Lebendige zu sein schienen. Und dieses Grinsen würde er nie vergessen, es war der monströse Ausdruck eines Wahnsinnigen, der durch das Leuchten in seinen Augen noch bedrohlicher wirkte. Dies war sein Feind, ihn musste er töten.

Langsam griff er nach seiner Pistole. Der Mann stand auf und wandte sich ihm zu. Hatte er etwas bemerkt? Gerds Gedanken wurden immer klarer. Der Mann ließ sich neben ihm nieder. Zeit zu sterben, dachte Gerd und drückte der Gestalt die Pistole an die Brust. Noch bevor sich die Maske des Entsetzens im Gesicht des Fremden voll entwickeln konnte, wurde sie jäh unterbrochen, als Gerd den Abzug durchdrückte. Mit einem lauten Krachen wurde die Gestalt zurückgeschleudert, und ein Schwall von Blut spritzte Gerd entgegen, als das 9-mm-Explosivgeschoss die Existenz des Fremden auslöschte. Er hatte gesiegt, er würde immer siegen.

Vorsichtig richtete er sich auf und taumelte durch die Gasse. In seiner Kehle verspürte er ein unglaublich starkes Brennen, sein Herz raste. Wo er zuvor gelegen hatte, lagen jetzt der tote Wahnsinnige und sein toter Kollege. Für einen kurzen Moment schien sich Jörg zu bewegen, vielleicht war er doch nicht tot.

Tot. Warum war er selbst nicht tot? Glück? Karma? MACHT?

Mühsam versuchte er diese absurden Gedanken aus seinem Kopf zu vertreiben, er musste zum Streifenwagen zurück, um Hilfe zu rufen. Der durchdringende

Geruch von Blut machte ihn wahnsinnig, überall lagen zerfetzte Leichen. Mit einem Kopfschütteln versuchte er, Klarheit in seine Gedanken zu bringen, und setzte sich schwankend in Bewegung, um zum Streifenwagen zurückzukehren.

Als er einige Meter gegangen war, verlangsamte er seine Schritte und blieb dann stehen. Er wusste genau, dass ihn jemand angreifen wollte. Der Skinhead, der hinter ihm aus dem Schatten eines Müllcontainers in die Gasse trat, hatte auf diesen Moment nur gewartet. Mit einer unglaublichen Klarheit hatte Gerd ihn bemerkt, nein, besser er wusste sicher, dass er ihn hinterrücks angreifen wollte. Sollte er es doch versuchen, er selbst hatte nichts zu verlieren. Was dachte er da? Anscheinend war er immer noch benommen.

Deutlich spürte er, dass das Gangmitglied näher kam und sein Messer zog. Das Klicken, mit dem die Klinge aus dem Griff des Springmessers schnappte, hatte ihn verraten. Jetzt stand sein Gegner direkt hinter ihm, nur noch knapp einen Meter entfernt, sodass er ihn inzwischen sogar riechen konnte. Mit geschlossenen Augen konzentrierte er sich kurz, wirbelte herum, ein Lächeln huschte über sein Gesicht, als er den überraschten Gesichtsausdruck seines Gegenübers bemerkte, dann griff er zu, erwischte die Hand mit dem Messer, drehte sie um und stieß zu. Die überraschte Miene seines Gegners wurde erst zu einer entsetzten und dann zu einer schmerzverzerrten Fratze. Mit einem unglaublichen Gefühl von Stärke, das sich in ihm ausbreitete, trat er an den Skinhead heran, der ungläubig auf das Messer in seinem Brustkorb starrte.

Doch plötzlich geriet wieder alles außer Kontrolle, und seine Gedanken verschwammen. Die Schwärze kam zurück. Seine Handlungen verschwammen, wurden mechanisch, es war, als hätte er das alles schon immer getan. Leere, ein unbeschreibliches Gefühl der

Ruhe machte sich in ihm breit, es würde alles gut. Was für ein herrlicher Abend.

Im berauschten Taumel spürte er kaum, wie sein Kopf auf dem harten Asphalt aufschlug, als er stürzte …

XVI

Entspannt saß er auf dem schwarzen Basaltblock, der wie ein Thron geformt war, und starrte auf die Karte vor sich. Gedankenverloren ergriff er den silbernen Dolch auf dem Tisch und spielte kurz mit der gefährlich scharfen Waffe, bevor er sie zurücklegte. Auch wenn dieses Spiel sehr interessant werden würde, war keine Eile geboten. Ganz im Gegenteil, man musste die Sache langsam genießen, sehen, wie sich das Schicksal unaufhaltsam entrollte. Früher war er noch ungeduldiger gewesen, doch diese Zeit war lange vorbei. Geduld, hatte einer seiner Lehrmeister einmal gesagt, ist die stärkste Waffe. Niemand konnte den Lauf der Zeit beeinflussen, und die meisten Probleme lösten sich auf Dauer von selbst.

Natürlich hatte er manchmal etwas nachhelfen müssen, damit seine Pläne Wirklichkeit wurden, doch darin lag keine unangenehme Anstrengung, sondern es war eine angenehme Beschäftigung, um sich die Zeit zu vertreiben. Inzwischen war er weit von den eigentlichen Schlachtfeldern entfernt und der General seiner eigenen Armee geworden, die für ihn die Dreckarbeit erledigte, aber es gab immer noch Momente, in denen er gerne selbst eingriff, um Hindernisse aus dem Weg zu räumen.

Doch dieses Mal ging es nicht um ihn, sondern um eine andere Person, jenen Menschen, dessen Weg er mit Spannung verfolgte. Zum ersten Mal seit langem hatte er jemanden gefunden, der ihn ein wenig faszinierte und dessen Züge er nicht bereits im Voraus berechnen konnte. Also hatte er seine anderen Geschäfte für eine kurze Zeit zurückgestellt, um sich völlig jener Person zu widmen.

Bei diesem Gedanken huschte ein Lächeln über sein Gesicht, und vorsichtig streckte er seine Hand aus, um die nächste Karte umzudrehen. Dieses Mal nahm er die erste Karte des inneren Kreuzes auf, die Karte, die die jetzige Situation beschreiben sollte.

Es gab eigentlich nur eine akzeptable Darstellung, und wieder hatte er mit seiner Vermutung Recht. Die Karte, die er in den Fingern hielt, bevor er sie wieder auf ihren Platz fallen ließ, war ›Der Turm‹. Es war eines seiner Lieblingsmotive, denn es enthielt eine Wahrheit, die so offenkundig war, dass niemand sie zu sehen schien.

Genüsslich versenkte er sich in die Botschaft der Tarotkarte und verlor sich in den Details. Das Bild zeigte einen Turm, der wie einer dieser neuen Apartmenttürme aussah. Wenn es ein bestimmtes Gebäude darstellen sollte, so konnte er es nicht erkennen, doch einmal hatte er seinen eigenen Elfenbeinturm darin gesehen. Allerdings würde der Narr der ersten Karte mit der dahinter stehenden Aussage mehr Probleme haben als er damals.

Auch wenn der Turm wie ein festes Gebäude wirkte, das Sicherheit und Geborgenheit ausstrahlte, war der Frieden bereits vorbei. Die Sonne war durch Sturmwolken verdeckt, und als tödliche Bedrohung schwebte ein Auge über dem Gebäude. Einige Wahrsager sprachen vom Auge Gottes, doch er wusste schon lange, dass es keinen Gott gab. Der Glaube an eine Wesenheit, die das Leben mit Sinn erfüllte und moralische Forderungen an die Menschen stellte, war eines dieser lächerlichen Hilfsmittel der Menschen, um nicht den Verstand zu verlieren. An solche Vorstellungen klammerten sie sich, und diejenigen, die nicht an Gott glaubten, hatten andere Bilder an seinen Platz gesetzt. Auf einmal tauchten nach dem Erwachen vor einigen Jahren Totems, Idole und alte Götter wieder auf, die genauso wenig existierten wie der Gott der Christen. Es war alles ein Teil der großen Illusion. Deshalb sah er die Ironie, die darin bestand, dass ausgerechnet das Auge Gottes einen Blitzstrahl in den Turm schoss, um damit zu symbolisieren, dass alte Vorstellungen schlagartig zerbrachen. Das Gebäude hatte trotz seines massiven Aussehens keine Chance, den Angriff zu überstehen, und Flammen züngelten aus der Einschlagstelle. Es war die reine Zerstörung, der Zusammenbruch einer Welt, und das war genau das, was der Narr empfinden würde.

Auch der Narr der ersten Karte fand sich in dem Motiv wieder: er stürzte aus einem der brennenden Fenster und musste mit ansehen, wie seine alte Welt, alles, woran er geglaubt hatte, zu Asche verbrannte. Die scheinbare Sicherheit konnte dem Ansturm der Veränderung nicht standhalten. Doch was der Narr noch nicht erkennen konnte, war ihm bereits völlig klar: selbst wenn es das Ende war, würde es doch wieder einen neuen Anfang geben. Die Menschen vergaßen immer, dass dort, wo zerstört wurde, andere Menschen wiederaufbauen würden. War die Welt mit dem Übergang in das Sechste Zeitalter untergegangen? Hatten VITAS, die Eurokriege oder irgendeine andere Katastrophe des 21. Jahrhunderts wirklich etwas verhindert? Natürlich nicht, aber die Menschen sahen diesen Punkt genauso wenig wie die Tatsache, dass die Welle der Zerstörung noch lange nicht vorbei war. Die Konzernleute in ihren befestigten Enklaven würden sich dem zerstörerischen Wandel ebenso wenig entgegensetzen können wie der Turm auf der Karte.

Doch die ganze Welt war jetzt uninteressant, es ging nur um das Schicksal eines einzelnen Menschen. Die Frage war, ob er den Fall überleben würde und ob es ihm gelingen würde, nach der Katastrophe neu anzufangen. Oder würde er doch dem Sturz in den Abgrund zum Opfer fallen? Auch wenn er biblische Vergleiche hasste, so war es doch wieder die Vertreibung aus dem Paradies, die dem Narren widerfuhr. Er würde zwar Sicherheit und Geborgenheit verlieren, doch gewann er nicht Freiheit?

Auf dieser Karte konnte er noch nicht erkennen, ob der Narr mit der Situation fertig werden würde, doch er konnte einen Blick auf den Verursacher des Chaos werfen. Es war nicht das Auge Gottes, sondern das Auge eines Wahnsinnigen. Es waren Augen, in die er bereits geblickt hatte und hinter denen ein Verstand flackerte, der nur an Zerstörung denken konnte. Ob der Narr ebenfalls dieser Sucht nach Zerstörung wehrlos entgegenblicken würde? Immerhin hatte er das Potenzial, selbst zum Werkzeug der Vernichtung zu werden, und wenn dieser Trieb aus der Tiefe seiner Seele aufstieg, würde dann nicht die Welt für ihn völlig zusammenbrechen?

Kapitel 1:

DER WEG IN DIE NACHT

Es war eine angenehme, milde Herbstnacht. Er liebte es, nachts durch die Straßen zu gehen; ein beruhigendes Gefühl von Frieden und Stille lag in der kalten, frischen Luft. Das würde sich natürlich ändern, wenn er in die dichter besiedelten Gebiete der Stadt kam.

Zumindest glaubte er, dass er die nächtliche Stadt liebte. Blieb nur noch die Frage, wer er war und wo er war. Und vielleicht wäre es noch gut zu wissen, warum er hier war, aber diese Frage schien ihm weniger wichtig.

Die letzten drei Tage hatte er in einer verlassenen Häuserruine verbracht, daran glaubte er, sich vage erinnern zu können. Es waren drei Tage und Nächte des Schmerzes und der Angst gewesen. Ungefähr so stellte er es sich vor, wie es sich anfühlt, wenn man goblinisiert und der Körper die Wandlung in einen Ork oder Troll vollzieht, oder wenn man beinahe an einer VITAS-Infektion stirbt. Es war ein Gefühl, als würde der Körper vollständig umgebaut und jede einzelne Zelle schmerzhaft langsam verändert. Die einzige dumpfe Erinnerung an diese Zeit waren diese bedrohlichen Albträume, in denen er durch die Straßen rannte und Squatter und anderes Gesindel jagte. Es war keine Jagd nach menschlichen Maßstäben, sondern die Jagd eines Raubtiers nach Beute. Die Albträume waren beängstigend, aber im Vergleich zu den Schmerzen, die ihn wach hielten, waren sie harmlos.

Aber all diese Erinnerungen brachten ihn nicht weiter. Was jetzt zählte, war die Zukunft; immerhin hatte er seine Krankheit oder was auch immer in den letzten Tagen sein Leben bestimmt hatte, ohne Schaden überstanden, und es war Zeit, in die Nacht zu ziehen und die existenziellen Fragen zu klären. Außerdem brauchte er neue Kleidung, etwas zu essen, obwohl er im Moment keinen Hunger verspürte, und vielleicht noch eine Feuerwaffe, um in diesem Teil des Plexes überleben zu können. Eigenartigerweise hatte er ein ganz gutes Gefühl dafür, wo er war und dass dieser Teil des Plexes nicht allzu sicher war, während jede Erinnerung an seine eigene Identität fehlte.

Irgendwann auf seinem einsamen Fußmarsch kam er schließlich an einem Elektronikgeschäft vorbei, das seine Aufmerksamkeit auf sich zog. Neben dem neuesten Simsinnspieler von Fuchi waren ein paar Trideobildschirme aufgebaut, über die bunte Bilder des Fernsehprogramms flackerten. Es liefen die Nachrichten, die Story schien das Übliche zu sein: Unter dem reißerischen, blutroten Schriftzug ›Der Nachtschlächter schlägt wieder zu‹ erschienen ein paar Aufnahmen von toten Skinheads und einem schwer verletzten Polizisten. Danach wurde das Foto eines Mannes eingeblendet, der ihm seltsam bekannt vorkam. Wie zufällig glitten seine Augen über sein Spiegelbild auf der Schaufensterscheibe, und in diesem Moment wurde ihm klar, was er bereits geahnt hatte: das Bild in den Nachrichten war er selbst. Die Ähnlichkeit war zwar nur leicht, und das Bild schien aufgenommen worden zu sein, als er jünger war, aber er konnte sich trotzdem wiedererkennen. Offensichtlich hatte er etwas mit dieser Nachtschlächtergeschichte zu tun, vielleicht galt er als vermisst, oder wurde er etwa gesucht? Auf jeden Fall bemerkte er bei dieser Gelegenheit, dass sein Spiegelbild alles andere als gut aussah. Seine zerfetzte Kleidung bestand aus Armeestiefeln, einer schwarzen Hose aus einem Synthetikstoff und einem dunklen Hemd. Zumindest war es früher einmal ein Hemd gewesen, doch jetzt war die Vorderseite zerrissen und mit Blut verschmiert. Allerdings besaß er keine Jacke, und diese Erkenntnis machte ihm bewusst, dass er ein bisschen fror. Dummerweise hatte er immer seine Brieftasche in der Jacke aufgehoben, zumindest glaubte er das. Was sollte er tun? Es war nacht, er wusste nicht, wer und wo er war, er sah aus, als stamme er aus einem schlechten Actionfilm und wurde wahrscheinlich von der Polizei gesucht. Vielleicht würde es helfen, in den Taschen nach einigen Hinweisen zu kramen.

Das Ergebnis der Suche war nicht besonders beeindruckend: ein Paket Papiertaschentücher, halb leer und zerschlissen, ein Zehnmarkstück und zu guter Letzt eine Eintrittskarte für irgendeinen Club.

»Also untersuchen wir zuerst die Clubkarte. Aha, schwarzes Plastik, kleines Hologramm einer grinsenden Kürbismaske, außerdem ein im Dunkeln leuchtender blutroter Aufdruck mit einem kleinen integrierten Computerchip, und das alles ein wenig blutverschmiert. Was schließen Sie daraus, Watson? Ein psychopathischer Kettensägenmörder, den die Medien den Nachtschlächter nennen, mit Amnesie, einer Vorliebe für extravagante Nachtclubs und einem schlechten Kleidungsstil hat ein paar Skinheads und einen Polizisten abgeschlachtet und steht gerade irgendwo im Rhein-Ruhr-Megaplex, während er versucht, über Nachrichten ohne Ton und eine kleine Plastikkarte Ordnung in sein Leben zu bringen.«

Erst jetzt wurde ihm bewusst, dass er seine Überlegungen laut formuliert hatte, und er stellte dabei fest, dass ihn der ironische Unterton dieses dahingemurmelten Gedankens gar nicht amüsierte, obwohl er den Vergleich mit Sherlock Holmes interessant fand.

›*Xanhaem's*‹ lautete der Aufdruck der Karte. *Xanhaem's* war seines Wissens ein kleiner Club in einer

Brachenzone zwischen Duisburg und Oberhausen. Damit lag das *Xanhaem's* am Rande eines Gebiets, das bei der Polizei den Namen ›*Ghoulie's Ground*‹ bekommen hatte und bekannt für den Abschaum war, der in der Dunkelheit der verlassenen Ruinen Unterschlupf suchte. *Ghoulie's Ground* war eine Gegend, in die selbst die größten Gangs der umliegenden Viertel freiwillig keinen Fuß setzten, da hier ein Sammelplatz für Ghule und andere zwielichtige Gestalten war. Und neben den Ghulen schienen auch die anderen Bewohner dieser aufgegebenen Stadtteile Eindringlinge nicht nur zu töten, sondern auch zu essen. Abgesehen davon kursierten eine Menge übler Gerüchte über andere Monstren, Geister und ähnliche Schauermärchen, die selbst für die Sechste Welt zu unglaubwürdig wirkten. Allerdings war *Ghoulie's Ground* zweifellos ein Teil der Brachen, um den man besser einen großen Bogen machte, wenn einem das Leben lieb war. Trotzdem gab es Gerüchten zufolge irgendwo mitten in diesem Niemandsland eine Disco; genau das besagte *Xanhaem's*, von dem er eine Mitgliedskarte in der Tasche hatte.

Einen Abstecher in die Brachen zu machen klang nicht unbedingt nach der besten Idee, und doch war dies sein einziger Anhaltspunkt. Das *Xanhaem's* war der einzige Ort, zu dem er möglicherweise eine Verbindung hatte, und vielleicht würde er dort einige Antworten auf seine Fragen finden. Das einzige Problem war, zum *Xanhaem's* zu kommen. Es gab keine Bus- oder Straßenbahnlinie innerhalb der Brachen, Taxis fuhren dort auch nicht hinein, und als Anhalter würde er wohl kaum jemanden finden, der das Wagnis eingehen würde, ihn freiwillig in diese Gegend mitzunehmen. Die einzige Alternative, die übrig blieb, war, zu laufen, aber das würde einige Zeit in Anspruch nehmen und wäre bestimmt nicht ungefährlich. Hatte er aber eine andere Wahl? Nein! Gab es etwas, das er fürchtete? Nein! Zumindest fiel ihm im Moment nichts ein, mit dem er nicht fertig werden konnte. Inzwischen hatte er sogar eine gewisse Ahnung, wo er sich derzeit befand, und so setzte er sich zu Fuß in Bewegung, um zu jenem sonderbaren Ort zu gelangen.

Endlich war er angekommen. Er hatte lange für seinen Fußmarsch gebraucht, und die Erinnerung an den Weg war nur noch sehr vage. Bei dem Gang durch die Brachen war es sonderbar still gewesen. Niemand hatte einen Versuch gemacht, ihn aufzuhalten, obwohl er oft das Gefühl gehabt hatte, als ob ihm ein ständiger Beobachter nachgeschlichen wäre. Trotz des Gefühls, den Weg in einer Art Trance zurückgelegt zu haben, war er sich hinsichtlich des Verfolgers ziemlich sicher, dass dieser nicht seiner Einbildung entsprang. Andererseits war es ihm zumindest so weit egal gewesen, dass er sich nicht weiter darum gekümmert hatte.

›*Xanhaem's*‹. Der Schriftzug prangte in blutroten Neonlettern an der Vorderseite eines alten Fabrikgebäudes, und ein großer, leuchtender Kürbiskopf grinste vom Dach höhnisch auf ihn herab. Die gedämpften Laute vieler Besucher und lauter Musik waren ein mehr als deutliches Zeichen, dass das *Xanhaem's* geöffnet war. Abgesehen davon befand sich vor der Halle ein Parkplatz, auf dem eine sonderbare Zusammenstellung von Sportwagen und Motorrädern geparkt war. Nach kurzem Zögern und eingehender Betrachtung der Umgebung begab er sich daher in Richtung des Eingangs, neben dem zwei Gestalten standen, bei denen es sich um Türsteher zu handeln schien, die in dunkelgraue Roben mit großen Kapuzen gehüllt waren, sodass ihre Gesichter im Dunkeln lagen. Beide trugen unverhohlen Sturmgewehre über den Rücken geschlungen und unterhielten sich mit leiser Stimme. Ein letztes Mal zögerte er: War er sich sicher, was er da tat? Inzwischen war er zu der Erkenntnis gelangt, dass er diesen Club oder was sich auch immer hinter den Mauern verbarg, nie zuvor betreten hatte, und das aus gutem Grund. Wahrscheinlich war er sogar noch nie in diesen Brachen gewesen, und die Tatsache, dass sich das *Xanhaem's* hier mitten im Niemandsland versteckte, machte es nicht besonders einladend. Und auch die schwer bewaffneten Türsteher passten zu der bedrohlichen Atmosphäre dieses Ortes. Er atmete einmal tief durch und ging dann zügig auf den Eingang zu. Sein Herz schlug hart in seiner Brust, und ein ihm bislang unbekanntes Gefühl breitete sich in ihm aus: er musste in den Club, selbst wenn er sich damit gefährdete, er suchte die Herausforderung, brauchte sie, würde sie bestehen. Um jeden Preis.

Bei den Türstehern angekommen, roch er sofort die penetrante Wolke aus Parfüm, die von den beiden ausging, doch irgendwie nahm er unter dieser Maske den Ekel erregenden Geruch nach totem Fleisch, Schweiß und anderen wenig appetitlichen Komponenten wahr. Ein süßlicher Hauch von Verwesung stieg ihm in die Nase. Trotz der Dunkelheit durchdrangen seine Augen die Schatten der Kapuzen, und was er darunter erkannte, waren Gesichter, die nur noch entfernt als menschlich zu bezeichnen waren. Die Kiefer der sonderbaren Wachen waren vergrößert und voller scharfkantiger Zähne, die milchig-weißen Augen sahen blind über ihn hinweg und bildeten mit der bleichen, rauen Haut eine konturlose Masse. Es waren die charakteristischen Züge eines Monsters der Sechsten Welt, denn vor ihm standen tatsächlich zwei leibhaftige Ghule. Der Anblick war ekelhaft, aber nicht minder faszinierend.

Während er sich den Wächtern genähert hatte, waren diese verstummt und hatten sich ihm zugewandt. Einer der beiden Ghule sprach ihn mit krächzender Stimme an und wollte wissen, ob er Mitglied sei. Dabei streckte er ihm eine behandschuhte, mit viel gutem

Willen als Hand zu bezeichnende Klaue entgegen. Der Handschuh verbarg zwar den Anblick der eigentümlichen Haut, unterstrich aber die fast lächerlich wirkende Länge der Finger, die in spitzen Krallen endeten. Darauf bedacht, den Ghul nicht zu berühren, drückte er ihm die Karte in die Klaue. Obwohl die Ghule blind zu sein schienen, sah es so aus, als würde der Türsteher die Karte einen Moment betrachten, bevor er sie ihm dann mit einem gemurmelten »O. K.« zurückgab.

Nachdem er die Eintrittskarte vorgewiesen hatte, ließen die Ghule ihn passieren und unterhielten sich weiter. Offensichtlich drehte sich ihr Gespräch um einen gemeinsamen Bekannten, so viel konnte er für einen kurzen Moment heraushören, doch dann schluckte die laute Musik im Eingangsbereich jeden anderen Laut. Ein letztes Mal, bevor er die Disco betrat, überblickte er die Straße, und es fiel ihm das Fehlen irgendwelcher Squatter oder sonstiger Personen auf, die sich normalerweise in dieser Gegend herumtrieben. Das *Xanhaem's* schien zu wissen, wie man sich solcher Probleme erwehrte, und vielleicht konnte es noch mehr aufbieten als die beiden bewaffneten Türsteher. Andererseits fragte er sich, wer sich in der Nähe von Ghulen aufhalten würde, auf deren Speiseplan vorzugsweise Menschenfleisch stand. Doch noch etwas war ihm bei diesem letzten Blick nicht entgangen. Bei dieser Gelegenheit fiel ihm zum ersten Mal deutlich auf, wie gut er im Dunkeln sehen konnte. Obwohl es Nacht war und die Brachen über keinerlei Straßenbeleuchtung verfügten, konnte er bei dem schwachen Sternenlicht, das durch den wolkenverhangenen Himmel drang, perfekt sehen. Trug er möglicherweise Cyberaugen? Auch wenn sich seine Augen natürlich anfühlten, war das gar nicht so unwahrscheinlich, schließlich warben die meisten Hersteller inzwischen damit, wie perfekt ihre Implantate der Natur nachempfunden waren.

Das Innere des *Xanhaem's* war ein deutlicher Kontrast zur Stille der Nacht, die ihn während seines Fußmarsches umfangen hatte. Die düstere Musik pulsierte spürbar laut durch die umgebaute Fabrikhalle, und nur vereinzelte Lichtblitze, die den riesigen Raum durchzuckten, bildeten praktisch die einzige Lichtquelle. Doch beeindruckender als das Gebäude und die dunkle Atmosphäre waren die Besucher selbst. Auf der Tanzfläche fand sich eine bunt gemischte Gruppe von Menschen, Elfen und Ghulen, die sich rhythmisch zu der Musik bewegten. Ihr Spektrum reichte von einfachen Konzernangestellten über normale Bürger bis hin zu den auffälligsten Gangmitgliedern. An den Tischen auf einem erhöhten Podest im Hintergrund saßen einige Grüppchen gut gekleideter Damen und Herren, die nicht in das Gesamtbild zu passen schienen und eher in einer der Konzern-Nobeldiscos zu vermuten wären. Und sonderbarerweise wurde keiner der Anwesenden von anderen Gästen belästigt, und obwohl viele Leute Waffen trugen, vor allem Klingenwaffen jeder Art und Größe, gab es zwar das Gefühl von Spannung, aber keine offenen Konflikte.

Am anderen Ende der Halle spielte eine Gruppe, die sich *Urban Nightmare* nannte, und diesen Namen schien sie verdient zu haben. Der Sound war düster und aggressiv, allerdings passte er gut zur Stimmung im *Xanhaem's*. Während ein riesenhafter Troll mit nacktem Oberkörper auf sein Schlagzeug eindrosch und eine Person, die unzweifelhaft ein Ghul war, ihrer E-Gitarre nervenzerreißende Töne entriss, spielte im Hintergrund eine eher unauffällige Gestalt Keyboard. Alle drei Bandmitglieder waren in schwarzes Leder voller Chromnieten und Ketten gekleidet, doch ihre Erscheinung verblasste beim Anblick der Sängerin. Die Elfe mit einer Stimme wie eine Sirene machte mit ihrem gut geformten Körper auf sich aufmerksam, und ihre nur wenig Haut verbergende Kleidung war darauf ausgelegt, die besten Stücke ihrer Anatomie hervorzuheben, während sie sich lasziv und schnell auf der Bühne bewegte.

Während er fasziniert im Eingang stehen blieb, knurrte ihn etwas zu seiner Rechten an. Sein Blick traf auf einen pechschwarzen Barghest, der neben der Tür an die Wand gekettet war. Er hatte zwar nur wenige Barghests gesehen, zumindest konnte er sich nicht an viele erinnern, aber es war unschwer zu erkennen, dass es sich hierbei um ein außergewöhnlich großes Tier handelte. Trotz der Gefährlichkeit des monströsen, hundeähnlichen Wesens war sein schlanker, sehniger Körper auf seine Weise elegant und schön, auch wenn er nur auf eine Funktion ausgelegt war: seine Beute zu jagen und zu töten.

Immer noch gefangen von der überwältigenden Stimmung in dieser sonderbaren Disco, bewegte er sich schließlich auf die erhöht stehenden Tische zu, ohne auf die drei Ghule zu achten, die zielstrebig auf ihn zukamen. Sein Blick war von der singenden Elfe gefesselt, die das Lied mit einem schrillen Schrei beendete. Das Publikum applaudierte begeistert, und auch er musste feststellen, dass ihm die Vorführung nicht nur wegen der attraktiven Sängerin gefallen hatte. Die Gruppe war wirklich gut, wenn auch für seinen Geschmack etwas laut und aggressiv, aber es stellte sich doch die Frage, warum man bisher noch nichts von ihr gehört hatte.

Weil er immer noch die Elfe fixierte, prallte er plötzlich gegen ein Hindernis, und die Flüssigkeit, die ihm entgegenspritzte, drang durch sein Hemd und seine Hose. Als er verwirrt aufschaute, blickte er direkt in die weiße Masse eines Ghulgesichts, und eine Wolke von heißem, faulig riechendem Atem traf sein Gesicht. Der Ghul grinste wild, wobei er sein Raubtiergebiss entblößte, und sprach ihn mit knurrender Stimme an: »Hat sich der Kleine nass gemacht? Dann hat er hier nichts verloren, nicht wahr?«

Der zweite Ghul, der neben ihm auftauchte, nickte zustimmend, sodass er unwillkürlich einen Schritt zurücktrat, nur um rückwärts gegen einen weiteren Ghul zu prallen. Anscheinend war er dem Trio genau in die Falle gegangen.

»Haben wir es etwa eilig zu verschwinden, Chummer? Wie wär's, wenn du mich erst mal für den Drink entschädigst? Ihr meint doch auch, das ist gerechtfertigt?«

Der zweite Ghul nickte bestätigend, während der Ghul hinter ihm der Bitte Nachdruck verlieh, dass er ihm ein langes, dünnes Messer an die Kehle setzte. Die Situation war heikel, und anscheinend nahm keiner der anderen Gäste Notiz von den Ghulen, die Anstalten machten, ihn wegen einer Kleinigkeit in Scheiben zu schneiden.

»Also was ist nun, Chummer? Du hast doch wohl verstanden, was ich gesagt habe?«

»Schluss jetzt. Macht, dass ihr wegkommt, und zwar schnell.«

Die Stimme stammte eindeutig von einer Frau, und ihr schneidender Klang wirkte sehr bestimmend. Er riskierte es, den Kopf vorsichtig zur Seite zu drehen, um zu sehen, wer sich da für ihn einsetzte. Die Frau war recht groß, ungefähr eins achtzig, mit langen blonden Haaren und sehr gut gebaut. Obwohl er sie erst auf Anfang zwanzig schätzte, schien sie schon einiges erlebt zu haben, und offenbar war diese Situation nicht neu für sie. Ihre Kleidung passte zum Outfit der etwas wilderen Besucher des *Xanhaem's* und schien eindeutig teuer zu sein. Der Reißverschluss der schwarzen Lederkorsage war leicht geöffnet und betonte ihre sehr weibliche Figur. Ihre langen Beine steckten in durchscheinenden schwarzen Strümpfen, die von Strapsen gehalten wurden, und dazu kam nur noch ein sehr freizügiges schwarzes Lederhöschen, sodass seine Phantasie kaum etwas ergänzen musste. Allerdings trug sie noch einen schwarzen Mantel, anscheinend aus kugelsicherem Kevlar, mit einer großen Anzahl von Abzeichen, Buttons und Schriftzügen verziert, die nach Symbolen hermetischer Magie aussahen. In zwei Lederschnallen an ihrer Korsage steckte jeweils ein Dolch, doch das war nicht die einzige Bewaffnung, denn die Pistole, die sie in einem Holster im Mantel trug und die er als Colt Manhunter erkannte, war ebenfalls gut sichtbar. Ihr martialisches Outfit wurde durch mehrere silberne Ringe und ein kunstvoll gearbeitetes Armband sowie ein Lederhalsband abgerundet. Und in diesem äußerst freizügigen Aufzug stand sie mit in die Hüften gestemmten Händen einige Schritte entfernt und starrte mit ihren grünen Augen den Anführer der Ghule an. Ihre Stimme schien keinen Widerspruch zu dulden. Ihr ganzes Auftreten ließ eine unglaubliche Bestimmtheit und einen Anflug von Arroganz erkennen, der die Ghule nur noch weiter zu provozieren schien. Obwohl sie relativ ruhig vor ihnen stand, war ihr anzusehen, dass sie einen Kampf erwartete, und sie schien sofort bereit zu sein, auf eine Provokation hin ihre Gegner zu erschießen.

Plötzlich konnte man einem der Ghule ansehen, dass er die Frau erkannte, und mit zu Schlitzen verengten Augen fauchte er sie an.

»Misch dich nicht ein, Hexe. Der Typ geht nur uns was an, und da er nicht zu deinem Abschaum gehört, braucht er dich nicht zu interessieren!«

»Er gehört zu mir, Necro, und wenn du deine beiden Begleiter nicht zurückrufst, gibt's Ärger.«

Die Sicherheit in ihrer Stimme ließ erkennen, dass sie es ernst meinte. Aber auch die Ghule schienen entschlossen, keinen Fußbreit zurückzuweichen. Der Anführer schlug seinen langen, verstaubten Mantel zurück, und eine abgesägte Schrotflinte kam zum Vorschein. Auch der zweite Ghul war bewaffnet. In seinem Gürtel hing zwar nur ein kurzer Metallgriff, aber es stand außer Frage, dass sich dahinter eine tödliche Waffe verbarg: eine Monofilamentpeitsche. Während seine Hand langsam zur Peitsche griff, schielte der Ghul über seine Fliegerbrille mit grün getönten Gläsern hinweg und sprach mit tiefer und leiser Stimme.

»Ich sehe deinen Freund nicht, der Samurai kann dir also nicht helfen. Du verschwindest jetzt besser, sonst bekommt meine Abschussliste einen neuen Namen hinzu.«

»Du weißt genau, dass ich nicht auf Shark angewiesen bin. Hast du zufällig gehört, was mit Mephisto passiert ist? War 'ne eklige Sache, ist aber immer noch gut für eine Wiederholung! Ich dachte, ihr Aasfresser hättet endlich gelernt, dass man sich nicht an armen, wehrhaften Frauen vergreift ...«

Necros Gesichtsausdruck veränderte sich schlagartig, was selbst auf dem unförmigen Ghulgesicht zu erkennen war. Sein neu entflammter Hass richtete sich gegen die Frau, sein ursprünglicher Gegner war unwichtig. Doch eine Erinnerung regte sich in ihm, der Name, den sie ausgesprochen hatte. Für einen kurzen Augenblick blitzte eine starke Erinnerung in seinem Kopf auf, es war wie das Gefühl, von einem dröhnenden Güterzug überrollt zu werden. Er hatte von Mephisto gehört, dem berüchtigten Gangleader der *Living Dead*, einer bunt zusammengewürfelten Gang aus dem Abschaum dieser Gegend. Im offiziellen Polizeibericht hatte gestanden, er und ein paar seiner Leute seien aufgrund extremer Säureverätzungen gestorben, und das war noch nicht alles. Im Umkreis von ein paar Metern waren Zerstörungen zu finden gewesen, als hätte jemand ein mit Säure gefülltes Fass explodieren lassen.

Die Polizei war allerdings nicht besonders traurig gewesen, die *Living Deads* losgeworden zu sein. Die meisten Polizisten waren sowieso der Meinung, dass sich die Gangs gegenseitig umbringen sollten. Doch eine Sache irritierte ihn mehr als der Tod des Anführers einer Ghulgang. Was ihn plötzlich beschäftigte, war die Frage, woher er den offiziellen Polizeibericht kannte. War er ein Bulle? Ein Kopfgeldjäger? Mit Letzterem konnte er sich eher identifizieren; die Rolle des unabhängigen Jägers schien besser zu ihm zu passen.

Doch bevor er Klarheit in diese verwirrenden Erinnerungen bringen konnte, wurde er brutal aus seinen Überlegungen gerissen. Necros Kehle entfloh ein lauter Aufschrei, der aber von der einsetzenden Musik übertönt wurde.

»Dafür wirst du sterben!!«

Offensichtlich schien der Ghul bei der Erwähnung des toten Gangbosses in einen Wutanfall auszubrechen, und mit seinem Schrei hatte der Kampf begonnen.

Ohne zu wissen, was er tat, griffen seine Hände nach hinten, und am Gürtel des Ghules, der ihn mit dem Messer in Schach hielt, ertastete er etwas. Das Objekt war metallisch kalt, klein und eiförmig, also der perfekte Überraschungsgag für diese Party. Ohne groß über die Folgen nachzudenken, zog er den Stöpsel der Handgranate und beförderte seinen Bewacher mit einer gezielten Tritt- und Schlagkombination auf eine kurze Reise auf den Boden der Tatsachen zwei Meter von ihm entfernt, wobei das Messer ihn kurz streifte. Doch auch die anderen ergriffen Initiative: Necro hob seine Waffe und richtete den Lauf auf die unbekannte schöne Helferin, und ein roter Leuchtpunkt zeichnete sich auf ihrer Brust ab. In letzter Sekunde warf sie sich zur Seite auf einen Tisch, doch sie war nicht schnell genug: mit einem lauten Knall löste sich die Schrotladung, um sie gerade noch durch die Streuwirkung zu streifen. Der verwunderte Kerl im Anzug, der weiter hinten im Schussfeld stand, hatte das Pech, von einer vollen Ladung erwischt zu werden. Sein Hemd glich einem Sieb und ließ erahnen, wie stark der Treffer war, der den Kerl in einem kurzen Flug gegen die Wand warf, an der er im Herunterrutschen eine breite Blutspur hinterließ. Doch im Augenwinkel wurde er einer Bewegung gewahr, und er konnte nicht mehr darauf achten, ob seine Helferin etwas abbekommen hatte. Entsetzt sah er wie in Zeitlupe, wie der zweite Ghul mit der Monofilamentpeitsche zuschlug. Instinktiv riss er den linken Arm hoch, um den Schlag abzuwehren, was ein großer Fehler war. Während das Ende der Peitsche knapp an seinem Gesicht vorbeizischte, traf der Schneidedraht mit voller Wucht seinen Arm am Handgelenk und fraß sich mühelos durch das Fleisch und den Knochen hindurch. Als er entsetzt auf seinen Armstumpf starrte, aus dem pulsierend Blut spritzte, war er zuerst zu erstaunt, um Schmerzen zu spüren. Doch dieser glückliche Zustand wurde von der brennenden Woge des Schmerzes zerrissen, und mit einem Schrei der Angst und der Wut fiel er auf die Knie und wurde in derselben Sekunde von der Druckwelle der explodierenden Granate hinter ihm erfasst. Durch den Schleier der Ohnmacht spürte er noch deutlich die zahllosen kleinen Splitter, die in seinen Rücken eindrangen, doch den Ghul mit dem Messer dürfte es härter erwischt haben. Das war das Ende, das zweite Ende.

Im Stürzen fiel sein Blick auf Necro, den Anführer der Ghule. Er glaubte zu erkennen, dass der Ghul von einem Blitz getroffen wurde. Sein Körper war von kleinen blauweißen Blitzen umgeben, die über seine verschmorende Haut tanzten und ihm unsägliche Schmerzen bereiteten. Er starb also wenigstens nicht allein. Mit diesem Gedanken schlug sein Gesicht auf den Betonboden auf, und mitten in seinem Blickfeld lag seine

Hand, die nun nicht mehr zu seinem Körper gehörte. Während die Schmerzen in seinem Armstumpf pulsierten, wartete er auf die Ohnmacht, den Tod. Doch beides wollte sich nicht einstellen. Stattdessen wurde er offensichtlich wahnsinnig. Er musste wahnsinnig sein, denn im Zentrum seines Schmerzes, der Stelle, wo vor wenigen Sekunden noch seine linke Hand gewesen war, geschah das Unglaublichste, was er je gesehen hatte. Wie in Zeitlupe brannte sich jedes Detail in seine Wahrnehmung ein. Zuerst bohrte sich etwas Weißes, Hartes aus dem Armstumpf, es sah ähnlich aus wie bleiches, trockenes Holz oder Kalkstein. Die Masse nahm Form an, aus dem großen Klumpen wuchsen fünf Auswüchse, vier in eine Richtung, der fünfte etwas versetzt. Das Blut, das aus seiner Wunde spritzte, floss auf die weißliche Grundstruktur und hinterließ einen stetig wachsenden roten Überzug. Auch der sauber abgetrennte Rand seines Arms fing plötzlich an auszufransen, aber nicht etwa, weil er einriss, sondern weil er langsam nachwuchs. Entsetzt schloss er die Augen, wollte das Gesehene verarbeiten oder besser verdrängen. Doch die Neugier siegte. Als er seine Augen wieder öffnete, wuchs bereits Haut über das rohe Fleisch seiner neuen Hand. Neue Fingernägel schoben sich bis an den Rand der Fingerspitzen, und ein paar Haare sprossen aus dem Rücken der perfekten Nachbildung der Hand, die gerade so jäh von ihm getrennt worden war. Ihm blieb nichts anderes übrig, als hysterisch zu lachen, ihm fiel nichts Besseres ein. Das Lachen eines Wahnsinnigen entfuhr ihm, aber die Musik übertönte auch diesen Laut. Seine Hand strahlte einen letzten unsäglichen Stich des Schmerzes aus, der so stark war, dass er das Gefühl hatte, sein Rücken sei gar nicht mehr verletzt.

In wenigen Sekunden hatte die Hand wieder ihre normale Größe erreicht, und der Schmerz ließ langsam nach. Immer noch starrte er abwechselnd von seiner neuen Hand auf die abgetrennten Überreste, die vor ihm lagen, doch ein starker Arm riss ihn hoch und zerrte ihn mit sich. Seine Retterin hatte ihm aufgeholfen und rannte in Richtung Ausgang. Ohne nachzudenken rannte er ihr hinterher, während sie sich schreiend zu ihm umdrehte.

»Wir müssen hier weg. Schnell!«

Dieses Mal wirkte die Stimme seiner schönen Retterin ein wenig panischer, aber trotzdem bestimmt. Etwas hinter ihm schien sie zu beunruhigen, und als er sich umdrehte, strich sein Blick über eine Gruppe von Ghulen, die sich über die Leichen beugten. Einer von ihnen zeigte in ihre Richtung, und sofort rannte der ganze Trupp auf sie zu. Es waren mindestens fünf, und anscheinend war das auch seiner Retterin zu viel. Als er wieder nach vorne blickte, um nicht erneut mit irgendjemandem zusammenzustoßen, entdeckte er, dass seine Retterin den Ausgang erreicht hatte und an den überraschten Türwachen vorbeirannte. Er selbst hatte weniger Glück, denn aufgrund des Tumults drehten sich beide Türsteher in seine Richtung und versperrten ihm den Ausgang. Da er keine Gelegenheit mehr hatte, abzubremsen, rammte er sie mit voller Kraft. Die Wucht des Stoßes schleuderte die Wachen zur Seite, während er sein Gleichgewicht gerade noch halten konnte.

Auf dem Parkplatz vor der Fabrikhalle angekommen, war sein Vorsprung größer geworden, doch er hatte seine Retterin aus den Augen verloren. Bevor er jedoch nach ihr suchen konnte, hörte er einen Motor laut aufheulen, und eine schwarze Yamaha Rapier raste auf ihn zu, um direkt vor ihm mit quietschenden Bremsen stehen zu bleiben. Die Fahrerin – nämlich seine Retterin – winkte ihm zu, aufzusteigen, und kaum saß er hinter ihr auf, brausten sie in die Nacht davon. Eine Zeit lang glaubte er, sie würden verfolgt, doch nach einer halben Stunde hatten sie sowohl ihre Verfolger abgeschüttelt als auch diverse Verkehrsregeln gebrochen. Endlich schienen sie ihr Ziel erreicht zu haben: einen schäbigen Wohnbunker am Rande der Oberhausener Brachen.

Nachdem seine Retterin ihr Motorrad schließlich zum Stehen brachte, stiegen sie beide ab. Als sie jetzt vor ihm stand, konnte er ihr zum ersten Mal in Ruhe ins Gesicht blicken. Ein Splitter hatte eine lange Wunde in ihre rechte Wange gerissen, und ihr ganzes Gesicht war blutverschmiert. Abgesehen davon sah es nicht so aus, als wäre die Wunde tief oder gefährlich. Trotzdem wirkten ihre grünen Augen glasig, als ob sie völlig erschöpft sei, wobei sie nichts von ihrer Schönheit verloren hatten. Auf ihren Lippen zeichnete sich ein müdes Lächeln ab, als sie ihn eingehend betrachtete.

»Das war ja ein heißer Abend! Du solltest untertauchen. Nach der Show, die wir geliefert haben, werden die Jungs ganz schön hinter uns her sein. Hast du einen Platz, wo du dich verstecken kannst?«

Er war sich nicht sicher, was er antworten sollte, denn irgendwie schien sein Leben erst vor wenigen Stunden begonnen zu haben. Alles, was davor gewesen war, erschien ihm jetzt als undurchdringliches Dunkel, woher sollte er dann wissen, wo er sich verstecken sollte? Daher fiel auch seine Antwort entsprechend aus.

»Nein, ich weiß nicht, wo ich unterkommen könnte. Keine Papiere, kein Geld. Nichts, nicht mal eine Erinnerung an die Vergangenheit.«

Auch wenn es ziemlich dumm klang, musste er es ihr einfach sagen. Er wollte einen Rat, und obwohl er vermutete, dass sie über seine Hilflosigkeit lachen oder das Ganze nicht ernst nehmen würde, ging er das Risiko ein. Seine Retterin schien sich nur für den Bruchteil einer Sekunde nicht darüber im Klaren zu sein, wie sie reagieren sollte, doch dann schaute sie ihn durchdringend an. Ein kurzes Leuchten ging durch ihre grünen Augen, und für den Augenblick wich alle Müdigkeit aus ihren Zügen.

»Okay, ich glaube dir. Du kannst so lange bei mir bleiben, wenn du willst. Viele Möglichkeiten hast du ja nicht, oder? Vielleicht kann ich dir sogar bei deinem Problem helfen. Übrigens, mein Name ist Sam, Samantha Dawns.«

Ihr Angebot klang völlig aufrichtig, und er war über ihre Reaktion überrascht, denn damit hatte er nicht gerechnet. Erfreut erwiderte er den angebotenen Händedruck, um sich zu bedanken.

»Danke, das ist wirklich nett. Leider kann ich keinen Namen nennen, wie ich schon sagte …«

»Schon gut. Wenn du nichts dagegen hast, werde ich dich Oblivion nennen, den Rest können wir später diskutieren. Ich habe keine Lust, hier in der Kälte zu stehen, wenn oben eine Dusche und ein Bett auf mich warten.«

Ohne eine Antwort abzuwarten, drehte sie sich um und marschierte auf das Apartmenthaus zu. Trotz der Müdigkeit in ihrer Stimme bewegte sie sich kraftvoll und zielstrebig, während er ihr langsam folgte. Das Gebäude, das sich von außen als mehrstöckiger trister Wohnbunker präsentiert hatte, war im Innern eine angenehme Überraschung. Obgleich die Einrichtung in der Lobby alt und beschädigt war, war es trotzdem sauber. Der Dreck, die Graffiti und auch die Ratten, mit denen er gerechnet hatte, fehlten. Sogar der Aufzug am Ende der Eingangshalle schien funktionstüchtig zu sein. Allerdings fiel ihm noch etwas anderes auf: Sie waren nicht alleine in dem Raum. Im Hintergrund hatte es sich ein Junge, vom Aussehen her ein Gangmitglied, in einem alten Sessel bequem gemacht. Die roten Streifen und das Flammenabzeichen am Ärmel und am Rücken seiner schwarzen Lederjacke, das überall in der Nähe des Wohnblocks auf den Hauswänden zu sehen gewesen war, wies darauf hin, dass sie im Gebiet dieser Gang waren.

Sobald der Junge, der vielleicht sechzehn Jahre alt war, ihre Schritte auf dem Steinfußboden der Lobby hörte, ließ er die Zeitschrift fallen und griff in einer geübten Bewegung nach etwas, das hinter dem Sessel lag, während er den Blick auf sie gerichtet ließ. Anscheinend erkannte er Sam und hielt in seiner Bewegung inne, um ein breites Grinsen aufzusetzen. Trotz der Unterbrechung konnte Oblivion, irgendwie gefiel ihm dieser Name nicht, erkennen, wonach das Gangmitglied gegriffen hatte: einer vollautomatischen Mossberg-Schrotflinte. Eine solche Sturmschrotflinte hätte er nicht in den Händen eines jugendlichen Gangmitglieds erwartet, und der Preis dieser Waffe ließ erahnen, dass die Gang entweder große Probleme befürchtete oder über gute finanzielle Ressourcen verfügte.

Nachdem der Junge die Waffe hatte zurückgleiten lassen, stand er in einer flüssigen Bewegung auf und ging ein paar Schritte auf sie zu. Er musterte Samantha und ihn kurz und fing dann erst an, mit Oblivions Begleiterin zu reden.

»Hi, Tox. Neue Flamme von dir? Was wird wohl Pyro dazu sagen? Er war auch mal Feuer und Flamme für dich, und du weißt, was er für ein Heißsporn ist. Dein Freund sieht ein bisschen ramponiert aus. Wo hast du den denn aufgelesen?«

»Hi, Bert. Wenn es Pyro interessiert, dann sag ihm doch bitte, ich hätte einen feurigeren Liebhaber gefunden, und er sei sowieso so abgebrannt, dass er sich besser gleich anstecken soll ...«

»Das kannst du mir auch selbst sagen, oder nicht?«

Die Stimme kam vom Eingang hinter ihnen. Während das kurze Gespräch zwischen Bert und Samantha wie ein freundlicher Scherz wirkte, klang diese neu dazugekommene, männliche Stimme wesentlich ernster.

Oblivion drehte sich vorsichtig um und sah einen schlanken Elf in den Farben der Gang mit dem Flammensymbol, dessen Jacke aber mehr rote Farbstreifen enthielt, was offenbar ein Rangabzeichen darstellte. Sein Äußeres wirkte gepflegt, die blonden Haare hatten entgegen dem landläufigen Elfenimage einen kurzen Schnitt, und sein Lächeln wirkte freundlich. Im Gegensatz zu dem, was die Frage angedeutet hatte, erschien der Elf entspannt und völlig ruhig. Auch das Fehlen offenkundiger Waffen passte zu seinem Ausdruck, ohne dass er arglos aussah. Im Grunde strahlte er eine Aura von Sicherheit und Überlegenheit aus, als hätte er Waffengewalt nicht nötig. Der Elf verkörperte perfekt das von diversen Trideoserien geprägte Image des charismatischen, freundlichen Gangbosses, der weiß, was er will und es ohne großes Aufhebens bekommt. Trotzdem glaubte Oblivion, dass der Elf nicht vor Gewalt zurückschreckte, um seinen Willen durchzusetzen, und wenn er die Mitglieder mit Sturmschrotflinten ausstattete, sprach das deutlich dafür, dass er sich durchaus auch auf die harte Tour durchsetzen konnte.

Doch der Elf war nicht allein aufgetaucht. Neben ihm stand eine ebenfalls mit einer rot-schwarzen Lederjacke bekleidete junge Frau. Sie war deutlich kleiner als der Elf und fiel durch ihr langes schwarzes Haar auf. Ihre Lederjacke trug sie halb offen und zeigte damit deutlich, dass sie darunter nicht mehr viel anhatte. Auch ihre zerrissene Jeans zeigte mehr, als sie verdeckte. Allerdings ging sie trotz ihres attraktiven Äußeren, denn Oblivion fand sie vergleichsweise hübsch, neben der Erscheinung des Elfen unter, dessen Ausstrahlung sie bei weitem in den Schatten stellte.

»Hi, Pyro, wie geht's?«, lautete die Gegenfrage von Samantha, und ihre Gesichtszüge hellten sich deutlich auf. Spätestens jetzt war Oblivion klar, dass er sich entspannen konnte.

»Seid gegrüßt, Lady Stern, stets zu Euren Diensten. Ich hoffe, Ihr hattet einen angenehmen Abend. Euer kleines Andenken an der Wange lässt mich vermuten, dass Ihr zumindest einen erfüllten Abend hattet. Wollt Ihr mich nicht Eurem Begleiter vorstellen?«

Die höfliche Verbeugung, die der Gangboss machte, wirkte so elegant, dass Oblivion gar nicht auf die Idee kam, wie seltsam die ganze Szene anmutete. Tatsächlich schienen beide Seiten diese Art der Begegnung zu genießen und ihre Rollen gerne zu spielen.

»Sir Pyro, darf ich vorstellen – Sir Oblivion. Sir Oblivion – Sir Pyro, Schutzherr dieser Region.«

»Sir Oblivion, ein interessanter Name. Aber was ist mit Eurer Kleidung passiert, hattet Ihr keine angenehme Reise? Na ja, hier seid Ihr meines Schutzes versichert, solange Ihr geruht, mein Gast zu sein. Sarah, sag Dhana Bescheid, sie soll unserem Gast etwas seiner Position Angemesseneres zum Anziehen besorgen. Er dürfte dieselbe Größe tragen wie ich, wenn mich meine Augen nicht täuschen. Außerdem sind Lady Sterns Freunde auch meine Freunde und genießen volles Gastrecht.« Der Gangboss, den alle Pyro nannten, hatte sich kurz an seine Begleiterin gewandt, und nach einem langen Kuss, den sie dem Elfen gab, verschwand die Frau mit einem letzten Lächeln in einem Nebenraum, dessen Tür offen stand. Beide spielten ihre Rollen mit einem fröhlichen Ernst, sodass Oblivion meinte, auch etwas sagen zu müssen.

»Ich glaube, ich sollte etwas erklären …«

»Keine Eile, mein Freund, wir haben Zeit. Genießen Sie erst einmal Ihren Aufenthalt, wir haben bestimmt noch Gelegenheit, über Ihr Missgeschick zu reden. Ich empfehle mich, da ich noch gesellschaftliche Verpflichtungen habe.«

Sarah betrat wieder die Lobby, und Pyro verabschiedete sich mit einer lang ausholenden Verneigung. Mit einem vielsagenden Lächeln zwinkerte er ihnen dabei zu. Dann schlang er seinen Arm um die Taille seiner Begleiterin und verließ mit ihr zielstrebig die Lobby. Oblivion stand wie angewurzelt da und blickte ihnen nach, immer noch fasziniert von der ganzen Szenerie, die sich gerade vor seinen Augen abgespielt hatte.

»Lass uns gehen, sonst kommen wir gar nicht mehr ins Bett.«

Samanthas Bemerkung riss ihn aus seiner Faszination, und nach einer kurzen Aufzugsfahrt, die im neunten Stock des Gebäudes endete, erreichten sie schließlich eine Wohnungstür mit einem Türschild, auf dem der Name ›Sam Dawns‹ stand. Tox, Samantha oder wie auch immer sie nun wirklich hieß, benutzte gerade ihren Ebbie, um das Magschloss zu öffnen, als ihn eine Hand von hinten antippte. Überrascht drehte er sich um, und für einen Moment machte ihn sein Adrenalinpegel für die nächste Bedrohung bereit, doch dann sah er hinter sich nur eine junge Zwergin stehen, zumindest sah sie für eine Zwergin jung aus. Auch sie trug die Gangfarben und wirkte attraktiv und nicht so unbeholfen und kindlich wie viele Mitglieder ihrer Rasse. Außerdem stellte er bei ihr dieselbe Sauberkeit und Ordentlichkeit fest wie schon vorher bei Pyro und Bert. Ohne einen weiteren Kommentar streckte sie ihm ein Bündel entgegen, das nach Kleidung aussah. Als er es entgegennahm, grinste sie ihn frech an, während ihr Blick über seine zerschundene Kleidung wanderte.

»Hoffentlich passt's, auf jeden Fall ist es wohl besser als die alten Sachen.«

Ihr letzter Blick galt seinem zerfetzten Hemd, dann drehte sie sich um und verschwand, ohne Oblivion eine Möglichkeit zu geben, sich zu bedanken. Samantha rief der Zwergin noch ein kurzes »Bis dann, Dhana« hinterher, das diese mit einem Wink beantwortete, und zog ihn dann in ihre Wohnung.

Das Apartment entpuppte sich als eine typische Mittelschichtlerwohnung. Das Wohnzimmer war mit dem üblichen Sortiment an Möbeln ausgestattet: Couch und Sessel mit passendem Tisch, ein Esstisch mit sechs Stühlen und ein großer Trideobildschirm. Alle Möbel waren aus Chrom und Glas, die Polster waren mit einem grau schattierten Stoff bezogen. Die Kochnische schien die typischen modernen Küchengeräte zu beinhalten und bot hinsichtlich Sauberkeit einen Kontrast zur ansonsten makellosen Wohnung. Die Arbeitsplatte war übersät mit leeren Verpackungen, benutzten Gläsern und schmutzigem Geschirr, dazwischen fanden sich Spuren diverser Flüssigkeiten und angetrockneter Essensreste, die dort verschüttet worden waren. Ein kleiner Gang führte vom Wohnraum zu drei weiteren Türen, wahrscheinlich Schlafzimmer, Bad und einem Raum, der ein Arbeits- oder Gästezimmer sein konnte.

Nachdem sie die Tür zugeworfen hatte, entledigte sich Samantha ihres Mantels, den sie achtlos auf einen der Sessel warf, und ging dann zum Kühlschrank, um daraus eine Flasche zu nehmen. Während sie einen großen Schluck von dem trank, was das Etikett als Wodka bezeichnete, konnte Oblivion sie erneut in Ruhe betrachten. Tatsächlich gefiel ihm ihr Anblick, nachdem sie den Mantel ausgezogen hatte, wenn man von den leichten Wunden absah. Für einen kurzen Moment fragte er sich, wie sie die Bemerkung, dass ›sie sonst überhaupt nicht mehr ins Bett kommen würden‹ gemeint hatte, doch es war wohl besser, über diese Frage nicht zu lange nachzudenken. Samantha schien seinen Blick zu bemerken, als sie die Flasche absetzte, sodass er versucht war, seinen Blick abzuwenden. Doch ohne weiter darauf einzugehen, wies sie auf die zweite Tür im Gang.

»Dusch dich erst mal, und zieh die neuen Klamotten an. Mit deinen Wunden scheint alles in Ordnung zu sein, ansonsten steht im Bad irgendwo noch ein Medkit herum. Falls du damit nicht klarkommst, kannst du ja Bescheid sagen, allerdings bin ich eine lausige Krankenschwester. Ich muss jetzt jemanden anrufen, und dann mache ich uns was zu essen. Du hast doch Hunger?«

Eine Dusche war genau das, was er jetzt brauchte, allerdings verspürte er im Moment keinen Hunger, und beim Anblick der Küche kam ihm der Gedanke, dass die Kochkünste seiner Gastgeberin wahrscheinlich genauso lausig waren wie ihr Talent als Krankenschwester.

»Danke, aber ich glaube, ich bin nicht hungrig.«

Für einen Moment zögerte er, doch dann stellte er die Frage, die ihn seit einigen Minuten beschäftigte. Besser, sie würde ihn auf der Stelle rausschmeißen, bevor es zu Missverständnissen kam.

»Hast du keine Angst, ich könnte dir zu nahe treten?«

Samantha nahm sofort wieder die herausfordernde Haltung an, mit der sie schon den Ghulen entgegengetreten war, und knallte die Wodkaflasche auf die Küchenplatte. Allerdings wirkte der Anblick ohne den Mantel wie eine Herausforderung der anderen Art.

»Erstens, wenn ich nicht genau wüsste, dass du keine Bedrohung für mich bist, wärst du nicht hier. Zweitens glaube ich, dass ich mich durchaus wehren kann und im Zweifelsfall du derjenige bist, der Angst haben sollte. Und drittens bin ich zu erledigt, um solche Sachen noch heute Nacht zu diskutieren. Keine Sorge, ich weiß schon, was ich tue, also geh endlich duschen, damit das Bad wieder frei ist.«

Den Beweis ihrer Wehrhaftigkeit hatte er im *Xanhaem's* gesehen, und es war ihr deutlich anzuhören, dass ihr für solche Diskussionen zurzeit jegliches Interesse fehlte. Und da er nicht vorhatte, von ihren blauen Blitzen geröstet zu werden, verzog er sich lieber ins Bad.

Zu duschen war angenehm, vor allem nachdem er merkte, wie dreckig er wirklich war, doch faszinierender war der Zustand seines Körpers. Es war kein Wunder, dass es ihn erstaunte, in welcher Verfassung er war, denn er hatte keinerlei Wunden oder Narben von dem Gefecht zurückbehalten. Auch wenn ihm die Sache unheimlich war, konnte er nicht abstreiten, dass es ihm lieber war, aufgrund eines Wunders zu überleben, als einfach zu sterben, nur weil es normal war. Vielleicht würde er später den Grund für seine plötzliche Genesung herausfinden. Vielleicht war es auch nur der Stress gewesen, und er hatte phantasiert und sich seine Wunden eingebildet. Außerdem war er nicht im besten Zustand, sodass seine Wahrnehmung ihm durchaus einen Streich hätte spielen können. Oder es gab eine einfache, logische Erklärung. Im Zeitalter der Magie war so ein Zufall möglich, außerdem war es nicht unwahrscheinlich, dass seine Retterin eine Magierin war, schließlich konnte sie ihre Angreifer mit kleinen Elektrofeuern töten. Warum sollte diese Magie ihn nicht geheilt haben? Aber je mehr er über diese Frage nachdachte, desto mehr verstand er, warum Samantha keine Lust auf tief greifende Diskussionen mehr gehabt hatte, sodass er diese Fragen zunächst einmal beiseite schob.

Nach dem Duschen war es an der Zeit, das Geschenk der Zwergin in Augenschein zu nehmen. Die Kleidung, die Dhana ihm gegeben hatte, war frisch gewaschen und bestand aus einer schwarzen Jeans, einem dunkelgrauen T-Shirt, Leibwäsche, Socken und einer grauen Windjacke. Dazu kam ein Paar Turnschuhe. In dem Bündel fand er zu seiner Verwunderung auch ein Schulterholster mit einem Colt ›America‹ und ein Magazin Munition, aber wahrscheinlich gab es da draußen genug Menschen, die sich ohne eine Waffe nackt fühlten. Die Kleidung passte ziemlich gut, nur die Schuhe waren eine Nummer zu groß, aber es war gut, endlich frische Sachen zu tragen, vor allem, wenn er einen Blick auf die Überreste seiner alten Sachen warf. Nur die Eintrittskarte für das *Xanhaem's* hatte er in seine neue Hose gesteckt und die restlichen Sachen als Bündel auf die Waschmaschine in der Ecke gelegt.

Als er wieder das Wohnzimmer betrat, strömte ihm der Duft eines Fertiggerichts entgegen. Samantha hatte sich einen Bademantel übergezogen und saß in einem Sessel. Vor ihr stand ein leerer Teller und die inzwischen halbleere Wodkaflasche. Langsam blickte sie zu ihm auf und ließ ihren Blick über ihn wandern. Mit einem anerkennenden Lächeln stand sie auf und nahm einen vollen Teller vom Esstisch, den sie ihm entgegenhielt.

»Das ist schon ein angenehmerer Anblick, mit anständigen Klamotten kann man sich sogar mit dir sehen lassen. Hier ist eine Kleinigkeit zu essen. Getränke sind im Kühlschrank. Ich muss mich jetzt um meine Wunden kümmern und duschen. Du kannst dich derweil etwas umschauen.«

»Vielen Dank. Ich hoffe, ich falle dir nicht zur Last, Samantha. Wie spät ist es eigentlich?«

»Es ist kurz vor vier, und wie ich schon sagte, mein Name ist Sam.«

»Oder Tox?«

»Oder Tox! Aber nenn mich lieber Sam, wir sind nicht auf einem Run … Ach was, dazu später.«

Mit diesen Worten verließ sie hastig den Wohnraum, als sei ihr dieses Gespräch unangenehm. Dabei hatte sich in ihrem Gesicht wieder dieser Ausdruck gezeigt, den sie bereits aufgesetzt hatte, als er erstmals mit ihr diskutieren wollte. Müde setzte sich Oblivion an den Esstisch und probierte das Essen, das eine rotgefärbte Soypampe war, die vage nach Tomatensauce roch. Widerwillig würgte er einen Bissen herunter, doch die

Antwort seines Magens bewegte ihn dazu, lieber damit aufzuhören, denn bereits nach dem ersten Bissen wurde ihm schlecht. Vielleicht sollte er erst einmal etwas trinken. Im Kühlschrank fand er eine Flasche Mineralwasser, etliche Sixpacks und mehrere Flaschen Wodka. In den unteren Fächern stapelte sich ein Sortiment von Fertiggerichten, offenbar handelte es sich dabei in erster Linie um die Art Gericht, von dem ihm gerade übel geworden war. Er entschloss sich, eine Wodkaflasche zu öffnen, um daran zu riechen. Der Geruch bewegte ihn dazu, den Verschluss sofort wieder zuzuschrauben, denn der Wodka roch für ihn Ekel erregend stark nach Alkohol, obwohl er sich eigentlich sicher war, dass er kein Abstinenzler war. Vielleicht hatte er nur Probleme mit dem Magen oder fühlte sich allgemein nicht gut. Also würde er vorerst nichts essen und nichts trinken, sondern sich die Zeit anders vertreiben. Vielleicht sollte er die Zeit nutzen, sich in Ruhe die Wohnung anzuschauen, um sich ein Bild von seiner Gastgeberin zu machen.

Da das Wohnzimmer nicht besonders interessant war, beschloss er, einen Blick in die anderen Räume zu werfen. Hinter der ersten Tür, die er öffnete, fand er eine Art Arbeitszimmer, zumindest wäre dieser Raum in einer normalen Wohnung so genutzt worden. Auf dem dunklen Teppichboden waren die verwischten Spuren eines großen Kreidekreises zu sehen, der anscheinend mit diversen sonderbaren Symbolen versehen gewesen war. Von den komplizierten Mustern waren nur noch Fragmente zu erkennen, die für ihn keinen Sinn ergaben. Abgesehen davon war der Raum absolut nichtssagend. Die Wände waren völlig kahl, keine Bilder oder Fotos schmückten die weißen Wände. Lediglich eine alte, verblichene Matratze war an eine Wand gelehnt. Nach diesem kurzen Überblick schloss er die Tür und wandte sich der nächsten zu.

Wie erwartet war die Tür zum Badezimmer abgeschlossen, und die Geräusche von fließendem Wasser deuteten darauf hin, dass Sam immer noch duschte. Damit blieb nur noch die letzte Tür am Ende des Gangs übrig, und diese Tür öffnete sich in einen größeren Raum, der sich als Schlafzimmer herausstellte. Dies war der erste Raum, der etwas persönlicher eingerichtet war und Bilder enthielt. Die Wand links von ihm wurde von einer großen Zeichnung beherrscht, die nur eine grüne Blätterwand darzustellen schien, aber ein zweiter Blick zeigte, dass sein erster Eindruck ihn getäuscht hatte: zwischen den Blättern getarnt, lauerte eine Furcht einflößende Gottesanbeterin. Neben dem großen Doppelbett befand sich ein kleiner Nachttisch, auf dem außer einem Wecker und einem Buch das einzige Foto stand, das in der Wohnung zu finden war. Das Bild zeigte Sam zusammen mit einer anderen Frau. Es war das Gesicht einer jungen schönen Frau Mitte zwanzig mit langem braunem Haar und ebenso dunklen Augen. Ihr Gesichtsausdruck war ernst, der Kragen, der gerade noch im Bild war, deutete auf konservative Kleidung hin, wie sie bei den meisten Konzernen üblich war. Die andere Frau bildete einen gewissen Kontrast zu der spontanen und sonderbaren Art von Sam, trotzdem glaubte er eine gewisse Ähnlichkeit festzustellen. Plötzlich fiel Oblivion auf, dass er sich sehr neugierig und wahrscheinlich sogar unhöflich verhielt, indem er in Samanthas Sachen herumschnüffelte. Aber da seine Gastgeberin so selbstsicher auftrat und sich durch ihre Art und den Stil ihrer Wohnung so versteckte, hielt er es für besser, sich ein deutlicheres Bild von ihr zu verschaffen. Schließlich hatte sie ihn selbst gewarnt, dass sie möglicherweise eine Gefahr für ihn war, und er wollte in seiner jetzigen Situation kein Risiko eingehen. Abgesehen davon war es schwierig, seine Neugier zu unterdrücken. Vorsichtig öffnete er ihren großen Kleiderschrank. Hier hingen neben einigen wenigen teuren, konservativen Kostümen und Abendkleidern, die nicht mehr ganz so konservativ waren, Lederkleidung, Jeans und einige gepanzerte Jacken sowie ein langer Panzermantel, der mit diversen Aufnähern und Abzeichen versehen war. Ihr Wäscheschrank enthielt neben Strümpfen, Leibwäsche und einigen aufreizenden Dessous eine Pistole, eine schwere Colt ›Manhunter‹, dazu ein großes Zielfernrohr, Schalldämpfer, Smartbrille und mehrere Streifen Munition, darunter Gel-, Explosiv- und Flechettemagazine. Das war sicherlich nicht gerade das, was man zwischen Spitzen-BHs und Strapsen erwartet hätte. Die Brieftasche in der Schublade enthielt eine abgelaufene Konzernkarte von Jade Systems auf den Namen Vivien R. Stern, eine Sicherheitskarte von Cyberdynamics, einen Polizeiausweis sowie mehrere Schlüsselkarten. Offenbar spielte seine Gastgeberin viele Rollen, wobei es ziemlich wahrscheinlich war, dass alle Ausweise gefälscht waren.

Sein Blick fiel noch einmal auf die Karten, der Polizeiausweis erinnerte ihn an etwas. Wo hatte er ihn nur vorher gesehen? Plötzlich explodierten wieder die pochenden Kopfschmerzen hinter seiner Stirn, als wollten sie ihn mit Gewalt von seinen Überlegungen abbringen. Langsam steckte er den Polizeiausweis wieder zurück und schloss die Schublade. Zu gegebener Zeit würde er dieses Puzzle lösen.

Vielleicht sollte er sich um seine Gastgeberin kümmern, über sie hatte er mehr Hinweise gefunden, als er über sich wusste. Sein Blick fiel auf die abgelegten Kleidungsstücke, die auf dem Bett neben einem Katana und den Dolchen lagen, aber diese waren wie die anderen Waffen nicht sehr aufschlussreich, außerdem hatte er sie schon im *Xanhaem's* gesehen. Langsam brannte sich das Geräusch der Dusche in seine Wahrnehmung ein, und benommen drehte er den Kopf in Richtung einer weiteren Tür zum Bad, die nur angelehnt war. Auf einmal verspürte er das Verlangen, diese Tür zu öffnen.

Er berührte den Türrahmen, unfähig zu verstehen, was er da gerade tat. Vorsichtig spähte er durch den Türspalt. Das Geräusch der laufenden Dusche wurde lauter. Zuerst sah er nur die weißen Fliesen, doch sein Blick glitt weiter. Das Bad war nicht besonders groß, und eigentlich wusste er, wie es aussah, trotzdem konnte er seinen Blick nicht abwenden. Auf dem Waschbecken bemerkte er einen starken Kontrast zu den hellen Fliesen: etwas blutbeschmierte Watte und die andere Pistole mit aufgeschraubtem Schalldämpfer lagen dort. Letzteres war offensichtlich ein echter Vertrauensbeweis. Aber konnte sie ihm trauen? Wie konnte sie das wissen, da er doch selbst keine Ahnung hatte, ob sie vor ihm sicher war? Konnte er wissen, ob er in Sicherheit war? War das vielleicht eine Falle? Eigentlich war er nicht minder gutgläubig gewesen, denn seiner Gastgeberin schien weder die Kaltblütigkeit noch die Fähigkeit zu fehlen, einen Menschen einfach umzubringen.

Sein Blick hatte inzwischen die Dusche erreicht, und der Anblick unterbrach jäh seine Gedanken. Da stand sie hinter einem durchsichtigen Duschvorhang, keine Kleidung, die etwas verbergen konnte, nur die verzerrenden Effekte auf der Abtrennung machten das Bild ein wenig verschwommen. Sie sah wirklich gut aus, und ein sonderbares Verlangen stieg in ihm auf. Es war keine gewöhnliche Lust, sondern etwas unglaublich Zerstörerisches dominierte diese Empfindung. Seine Gefühle schienen eher etwas mit Hunger oder Durst zu tun zu haben als mit sexueller Anziehung oder gar Liebe. Er fühlte sich magnetisch angezogen, doch ihm war bewusst, dass er sie vernichten würde, wenn er diesem Trieb nachging. Aber glücklicherweise hielt ihn ein anderer Teil zurück, es war nicht notwendig, zumindest noch nicht, und er konnte warten. Fasziniert beobachtete er die widerstrebenden Kräfte in seinen Gedanken, ohne zu merken, wie die Zeit verrann. Als er sich wieder unter Kontrolle hatte, fiel ihm auf, dass das Rauschen aufgehört hatte. Er blickte immer noch in dieselbe Richtung, genau auf die Dusche. Sam öffnete gerade den Vorhang, und er hatte einen letzten ungetrübten Blick auf ihren Körper, bevor sie ihre Blöße notdürftig mit einem Handtuch bedeckte. Ihm fielen ein paar kleine Wunden an ihrer rechten Seite auf, die anscheinend von der Schießerei im *Xanhaem's* stammten. Fasziniert sah er zu, wie sie mit einer Hand die langen, nassen Haare aus ihrem Gesicht strich, wobei das Handtuch ein wenig verrutschte und ihren linken Oberkörper freigab. Plötzlich blickte sie ihn direkt an, und er starrte verwirrt in ihre auffallend grünen Augen. Ihr Blick hielt ihn in ihrem Bann, und in dieser Sekunde wusste er, dass sie sich nicht vor ihm zu fürchten brauchte. Dieser wortlose Blick sagte mehr über seine Gastgeberin, als es ihre Wohnung je vermocht hätte, von diesem Blick ging buchstäblich eine Aura von Sicherheit aus. Diese Ausstrahlung von Gelassenheit hatte die Ghule in Raserei versetzt. Trotzdem wirkte sie nicht wütend über sein Eindringen in ihre Intimsphäre. Nicht, dass es ihr gleichgültig schien, aber es war anscheinend etwas, womit sie gerechnet hatte, und er war derjenige, der überrascht sein musste. In ihm machte sich das Gefühl breit, in eine Falle gegangen zu sein. Er blinzelte, während ihre Augen keine Reaktion zeigten. Es war ein sonderbares Kräftemessen, und sie hatte gewonnen. Obwohl sie kaum vor seinen Blicken geschützt war, hatte sie ihre Stellung erfolgreich verteidigt, ohne auch nur ein Wort zu sagen. Es war lächerlich zu glauben, dass sie die Pistole zu ihrem Schutz im Badezimmer gelassen hatte.

Scheinbar nach einer Ewigkeit, begann sie zu sprechen, während sie das Handtuch zurechtrückte.

»Genug gesehen? Ich würde jetzt gern ins Bett gehen, wenn's dir nichts ausmacht, und zwar allein! Im Nebenraum findest du eine Matratze, Bettzeug geb ich dir.«

Bevor er etwas erwidern konnte, war sie an ihm vorbeigegangen und entnahm dem Schrank Bettzeug. Während er immer noch benommen in der Tür stand, drückte sie ihm die Sachen in die Hand. Dann stellte sie sich neben die Tür. Langsam dämmerte Oblivion, in welcher Situation er sich befand, und sein Gewissen schaffte es endlich, in dem Chaos seiner Gedanken zu Wort zu kommen. Er wollte sich entschuldigen und war sich selbst nicht sicher, was er gerade getan hatte. Die Situation war ihm unglaublich unangenehm, da er ihre Gastfreundschaft ausgenutzt hatte.

»Entschuldige, aber dies ist einfach nicht mein Tag, vielleicht sollte ich besser …«

»Gehen? Nein, ist schon gut. Jetzt aber raus mit dir.«

Für einen Moment überlegte er, ob es vielleicht nicht doch besser war, zu verschwinden, aber in ihren Augen wäre es eher Feigheit als eine kluge Entscheidung gewesen, und wahrscheinlich hätte sie damit sogar Recht. Er wollte das Beste aus der Situation machen und versuchen, seinen Fehler zu korrigieren.

Im Flur öffnete er gerade die Tür zum Nebenraum, als ihr Kopf noch einmal aus der Schlafzimmertür auftauchte.

»Sie war nicht geladen.«

Dann drückte sie die Tür zu, und kein Klicken des Schlosses war zu hören. Da es vorerst besser war, nicht über Sam nachzudenken, machte er sein Bett und schlief irgendwann ein, nachdem seine Gedanken ihn noch ein wenig gequält hatten. Es war ein verrückter Tag gewesen, mit Ghulen, nachwachsenden Händen, sonderbaren Gangbossen und einer Frau, aus der er nicht schlau wurde. Aber irgendwie fühlte er sich zum ersten Mal seit Tagen sicher, es war, als würden seine Fragen bald beantwortet werden, als hätte er eine Art Basis, von der aus er sein Leben in den Griff kriegen konnte. Eigentlich fühlte es sich eher so an, als hätte er immer schon so gelebt, aber das konnte nicht sein. Oder vielleicht doch? Der nächste Morgen würde vielleicht ein paar Antworten bringen.

Er erschien plötzlich vor ihm. Ein großer Mann, eingehüllt in einen langen schwarzen Mantel, auf dem Kopf einen schwarzen Hut, der ihn an Gangster in alten Filmen erinnerte. Sein Gesicht lag im Schatten; erst als seine Zigarette stärker aufglimmte, konnte er einen kurzen Eindruck des Gesichts erhaschen. Es war irgendwie vertraut, aber auch fremdartig. Das blasse, glatt rasierte Gesicht mit den dunklen Augen war irgendwie leblos, und das Grinsen wirkte spöttisch und gleichzeitig bedauernd. Die dunklen Augen leuchteten beunruhigend. Er war in das Netz einer Spinne gegangen oder hatte sich durch die Regungslosigkeit der Gottesanbeterin täuschen lassen. Es war zu spät, es gab kein Zurück. Er, der Mann ohne Vergangenheit, setzte an zu sprechen, doch seine Stimme verriet eine verzweifelte Gleichgültigkeit, es würde passieren, was passieren musste.

»Was willst du schon wieder?«

»Ich bin gekommen, um dich vor mir zu warnen. Sei auf der Hut oder du wirst sterben. Ich werde dich aushöhlen, und du wirst einen Fehler machen. Sieh dich an.«

Er betrachtete sich. Die Uniform war unbequem, doch was war das? Er war völlig blutverschmiert. Entsetzen stieg in ihm auf. Mit einem lauten Scheppern ließ er das Schlachtermesser in seiner Hand fallen. Vor seinen Füßen lag eine leblose Gestalt. Es war eine Frau.

Er beugte sich über sie, drehte sie vorsichtig zur Seite, um das Gesicht zu sehen, und seine Befürchtung bestätigte sich. Ausdruckslose, wunderbar grüne Augen starrten ihn an, das blonde Haar war blutverschmiert, und eine lange Wunde durchtrennte ihren Hals. Es war Sam. Er verlor die Kontrolle: Angst, Verzweiflung, Wut, Trauer rangen um die Vorherrschaft in seiner Gefühlswelt und hinterließen ein Chaos, das bald einer grausamen Leere weichen würde. Er sprang auf, nicht ohne nach dem Messer zu greifen. Er würde ihn töten für das, was er getan hatte. Oder war er es gewesen, war er selbst schuld? Ohne nachzudenken griff er an wie ein Berserker: er stach und hieb immer wieder auf sein Gegenüber ein, ohne dass dieser sich wehrte. Sein Opfer ließ sich einfach abschlachten. Nach einiger Zeit schwächte seine Wut ab, und er hörte auf, den am Boden liegenden Körper zu traktieren. Sein Opfer lag aus etlichen Wunden blutend vor ihm. Der Kopf rollte seitlich weg, und das Gesicht sah ihm mit einer Miene des Bedauerns entgegen. Es war sein eigenes Gesicht. In seinem Kopf explodierte eine schwarze Wolke, und er schrie zum Himmel hinauf …

»Ruhig. Keine Angst, es war alles nur ein Traum. Es ist alles in Ordnung, du bist in Sicherheit.«

Jemand beugte sich über ihn. Der Raum lag im Dunkeln, nur ein wenig Licht fiel von der Tür herein, sodass er alles nur sehr schemenhaft erkannte. Ein angenehmer Duft drang ihm in die Nase, eine Mischung aus heißem Kaffee und Parfüm. Das Parfüm war ihm sonderbar vertraut, er kannte sogar den Namen: Midnight, es war Julias Parfüm. Mit diesem Gedanken brandete eine Flutwelle des Schmerzes in seinem Kopf auf. Julia! Nein, das war nicht Julia, es war Samantha oder wie sie auch immer heißen mochte. Er war in ihrer Wohnung. Langsam klärte sich seine Sicht, und der Schmerz in seinem Kopf ließ nach. Er konnte sich entspannen, sie war nicht tot, er hatte nur geträumt. Aber warum hatte ihr Tod ihn so mitgenommen, er hatte doch Julia? Doch wo gerade noch der lichte, sengende Schein der Erinnerung in seinem Kopf gebrannt hatte, war nur noch Leere. Der Name und alle damit verbundenen Erinnerungen verblassten. Was ihm vor einer Sekunde noch als Realität vorgekommen war, war nur noch der Schatten eines Traums. Er war sich nicht einmal sicher, ob er je eine Julia gekannt hatte.

Fragend blickte er zu Sam auf, die neben seiner Matratze kniete. Sie sah aufrichtig besorgt aus, und der Klang ihrer Stimme wirkte unglaublich beruhigend auf Oblivion.

»Alles in Ordnung? Brauchst du was? Oder soll ich dich lieber in Ruhe lassen?«

Oblivion war durcheinander. War dies dieselbe Frau, die gestern die Ghule getötet hatte, jene Frau, die ihn nach einem Höllenritt durch die Stadt zu sich in die Wohnung gebracht hatte und die gestern im Badezimmer diese Willenskraft bewiesen hatte? Diese Frau, die jetzt nur wegen eines Albtraums besorgt war, sollte Sam sein? Ihm fiel ein Satz seines Vaters ein: Wir spielen alle unsere Rollen, je nachdem, was die Gesellschaft von uns erwartet und was wir von der Gesellschaft erwarten. Anscheinend hatte er nur eine Seite ihrer Persönlichkeit kennen gelernt. Doch eines wusste er mit Sicherheit: er wollte nicht allein sein, und als Sam aufstehen wollte, hielt er sie sanft zurück.

»Es geht schon wieder, du brauchst nicht zu gehen. Wie spät ist es eigentlich? Es kommt mir vor, als hätte ich eine Ewigkeit geschlafen.«

»Keine Ewigkeit, aber lange genug. Es ist ...«, sie schaute auf ihre Uhr, »Viertel vor acht.«

»So früh?«

»Wohl eher so spät, die Sonne geht schon unter.«

»Ich muss aufstehen! Sofort! Ich komme zu spät

zu … Ach, verdammt, ich glaube, ich nehme erst mal eine Dusche.«

Oblivion war verwirrt, ein Impuls in seinem Unterbewusstsein hatte ihm plötzlich gesagt, er müsse sich beeilen, zur Arbeit zu kommen, doch bevor er überlegen konnte, welche Arbeit er meinte, hatte er den Faden bereits wieder verloren. Sam nickte mit einem Lächeln, und ihre Miene wirkte unglaublich unbeschwert.

»Gut, aber beeile dich, in einer halben Stunde kommt eine Bekannte von mir vorbei. Sie ist Ärztin und schuldet mir noch einen Gefallen, vielleicht kann sie dir helfen. Sie ist ganz gut, glaube ich. Außerdem kommt noch ein guter Freund, der ein paar Erkundigungen einziehen könnte.«

Anscheinend war Sam schon einige Zeit auf und hatte sich bereits um ein paar Dinge gekümmert. Immer noch durcheinander, blickte Oblivion ihr nach, als sie den Raum verließ, und stand dann auf, um zu duschen.

Er beeilte sich im Bad, doch bevor er fertig war, hörte er die Türglocke und Stimmen von Leuten im Wohnbereich. Glücklicherweise lagen passende Sachen bereit, sodass er nicht nackt durch die Wohnung gehen musste. Nachdem er sich angezogen hatte, betrachtete er sich eingehend im Spiegel und fand sich erneut nicht besonders attraktiv. Sein bleiches Gesicht sah so aus, als hätte er in letzter Zeit ein paar Partys zu viel gehabt, und der Dreitagebart fühlte sich ungewohnt an. Mit einem Achselzucken holte er tief Luft und öffnete die Badezimmertür. Er war gespannt, vielleicht würde sich sein Problem bald lösen lassen, und möglicherweise wartete da draußen ein interessantes Leben auf ihn.

Am Esstisch saß Samantha mit einer Frau, die Oblivion unbekannt war. Als er in ihre Richtung ging, wandte sie ihm ihr Profil zu. Sie schien Anfang dreißig zu sein, ihr dunkles Haar war mittellang und im Stil der Konzernangestellten frisiert. Auf ihrer Nase ruhte eine kleine runde Brille mit schwarzem Metallgestell, die einen deutlichen Kontrast zu der Kleidung im typischen Krankenhausweiß lieferte. Die hellen Schuhe rundeten den Eindruck klinischer Farblosigkeit ab, die an ihr relativ passend wirkte. Neben ihrem Stuhl stand ein kleiner stoßsicherer Aluminiumkoffer. Inzwischen hatte er sie bereits erreicht, als sie sich zu ihm umdrehte. Die Frau stand auf und reichte ihm ihre Hand, als Sam sie einander vorstellte.

»Dr. Wilson, das ist John Doe, so nennt man doch in der medizinischen Fachsprache einen Unbekannten, oder?«

Dr. Wilson lachte und schüttelte den Kopf.

»Angenehm. Aber nenne mich lieber Julia. Es macht dir hoffentlich nichts aus, wenn ich dich John nenne, das macht die Sache etwas einfacher.«

»Okay, Julia, nenne mich John, ich kenne meinen wirklichen Namen sowieso nicht. Womit wir gleich beim Problem wären.«

Für eine Sekunde hatte ihn der Name der Ärztin irritiert, doch dieses Mal spürte er keinen Hauch von Erinnerung an eine Julia. Vielleicht war der Eindruck nur durch seine Träume entstanden und gar keine echte Erinnerung gewesen. Bevor er jedoch fortfahren konnte, läutete es dreimal an der Tür, doch Sekunden später hörten sie das Schloss klicken, und die Tür wurde geöffnet. Offenbar hatte der nächste Gast, den Samantha als einen Freund angekündigt hatte, einen Schlüssel. Der Neuankömmling war ein großer, breitschultriger Mann. Es war unschwer zu erkennen, dass er perfekt in das Bild des Straßensamurais passte. Am Ansatz seines kurzen schwarzen Haars konnte John, wie er jetzt hieß, Daten- und Chipbuchse erkennen. Die Augen sahen normal aus, nur die nachtschwarze Farbpigmentierung deutete auf Cyberaugen hin. Doch eines der entscheidendsten Merkmale war die Statur des Neuankömmlings. Zu seinen schätzungsweise eins fünfundneunzig kamen breite Schultern und ein extrem durchtrainierter Körper. Eine implantierte Körperpanzerung schien wahrscheinlich, da seine Körperform ein wenig zu stabil in dem Anzug wirkte. Gleichzeitig waren seine Bewegungen ein wenig zu perfekt gesteuert, um natürlich zu sein. Das Gesicht des Mannes wirkte zunächst hart, doch als sein Blick auf die Anwesenden fiel, entspannten sich seine Züge, und er erwiderte Samanthas Umarmung. Dann wandte er sich Julia zu und begrüßte sie kurz mit Handschlag, bevor er sich vor John aufbaute und ihm eine kräftige Hand entgegenstreckte. Sein Händedruck war fest, und John kam nicht umhin, eine harte Stelle in der Hand des Samurais zu spüren, eine Smartgunverbindung, wie er vermutete. Während sie sich beide abschätzend musterten, stellte der Samurai sich als Shark vor, und John konnte ihm nur seinen neuen Namen anbieten.

Nach der Begrüßung setzten sich alle an den Tisch, und Samantha bot ihnen etwas zu trinken an. Shark nahm ein Bier, Julia und sie selbst entschieden sich für einen Kaffee, während John nur ein Glas Wasser wollte. Er verspürte weder Durst noch Hunger, doch wer konnte schon sagen, wie lange dieser Zustand anhalten würde?

Nachdem alle mit Getränken versorgt waren, begann John seine Geschichte zu erzählen, zumindest das Wenige, was er wusste. Die Erinnerung war ihm unangenehm, er fühlte sich zwar ruhig, aber auf eine unbestimmte Art traurig, auf einmal schien das Ganze keinen Sinn mehr zu ergeben. Während er mit knappen Worten die Geschehnisse zusammenfasste, schwiegen seine Zuhörer und nippten von Zeit zu Zeit an ihren Getränken. Doch als das Gespräch auf das *Xanhaem's* fiel, war ein wütendes Blitzen in Sharks Augen wahrzunehmen, und der Raum schien auf einmal mit Spannung gefüllt zu sein. Abrupt drehte sich Shark zu Samantha.

»Du warst also wieder im *Xanhaem's!* Ich dachte, das Problem hätten wir geklärt! Ich denke mit Schrecken an das letzte Mal, als wir dich da rausholen mussten. Was soll das? Willst du dich um jeden Preis umbringen? Ist dir dein Leben noch weniger wert als früher? Ist es, weil Katherine tot ist …«

Hatte Samanthas Miene zunächst noch wie die eines trotzigen Kindes gewirkt, das die Strafpredigt, die es zu hören bekam, weder ernst nahm noch akzeptierte, schlug der letzte Satz wie ein Blitz ein. Es war, als hätte Shark ihr ins Gesicht geschlagen. Abrupt erhob sie sich von ihrem Stuhl, der durch die schnelle Bewegung ein lautes Quietschen von sich gab und beinahe umkippte. Sie lief ohne ein weiteres Wort zu dem Sessel, auf dem ihre Lederjacke lag, warf sie über und eilte zur Tür. Sharks Wut schien plötzlich verflogen zu sein, sein deutliches Bedauern war ihm anzusehen. Der Samurai wusste offensichtlich genau, dass er eine alte Wunde aufgerissen hatte. Obwohl er noch eine Entschuldigung stammelte, ließ sie sich nicht aufhalten. Bevor er den Satz beendet hatte, war sie schon durch die Tür gerannt und warf sie laut krachend hinter sich zu. Shark stand auf, um ihr zu folgen, doch Julia legte einen Arm auf seine Schulter.

»Lass sie. Sie wird jetzt nicht auf dich hören. Es hat keinen Sinn, ihr zu folgen. In ein oder zwei Stunden kommt sie wieder, wenn ihre Wut verraucht ist.«

»In ein oder zwei Stunden! Du weißt genau, was sie in dieser Zeit anrichten kann, denk an das letzte Mal. Was ist, wenn sie dieses Mal kein Glück hat? Ich muss ihr nach, verdammt.«

»Gut, geh ihr nach. Aber nach dem, was du ihr gerade angetan hast, wird sie nicht gut auf dich zu sprechen sein.«

»Na großartig. Ich soll allen Ernstes hier warten, während sie sich umbringt. Vergiss es, ich gehe!«

Mit diesen Worten eilte er aus der Wohnung. Der Samurai sah besorgt aus, aber nach der hitzigen Diskussion mit Julia war ein guter Teil seines Bedauerns in Wut umgeschlagen. John wagte es nicht, den Samurai aufzuhalten, außerdem konnte er kaum erahnen, worum es bei dem Gespräch ging. Sekunden nachdem der Samurai die Wohnung verlassen hatte, heulte unten auf der Straße ein Motor auf, und das Motorengeräusch verschwand mit quietschenden Reifen in die Nacht.

Damit waren nur noch Julia und John in der Wohnung, und Julia hatte Schwierigkeiten, ihre Besorgnis unter ihrer Maske rationaler Gelassenheit zu verbergen. Trotz ihres dezenten Parfüms konnte er ihren Angstschweiß deutlich wahrnehmen. Außerdem hatte sie angefangen sich ihre Hände zu massieren. Sie war wirklich besorgt, doch John wusste nicht, wie er sich nach dieser Szene verhalten sollte. Dann endlich brach er das Schweigen.

»Sollen wir ihnen nachgehen?«

»Wir bleiben besser hier. Sie muss das allein durchstehen. Manchmal kann Shark ein echter Idiot sein, er hätte doch wissen müssen, dass dieser Kommentar völlig daneben war. Vielleicht sollte ich die Situation erklären, damit du weißt, worauf du dich da eingelassen hast: das Ganze hat mit einem Run ...«

Sie blickte ihn forschend an, rückte ihre Brille zurecht und sprach nach einer kurzen Pause weiter.

»Du wusstest nicht, dass sie Shadowrunnerin ist, oder? Vielleicht hätte ich dir das nicht sagen sollen, aber vielleicht ist es besser, wenn du weißt, mit wem du dich da eingelassen hast. Verstehe mich jetzt nicht falsch, wir sind gute Freunde, aber sie ist nun mal etwas anders. Na ja, jetzt kann ich dir auch den Rest der Geschichte erzählen, ich hoffe nur, dass sich das nicht als Fehler herausstellen wird. Die Details kenne ich nicht, ich weiß nur, dass ihr Team bei seinem letzten Run den falschen Leuten auf die Füße getreten ist. Wen auch immer sie sich zum Feind gemacht haben, er hat sofort Jagd auf die ganze Truppe gemacht. Bei dem Run starben ein Söldner und ein Rigger aus ihrem Team, die anderen überlebten nur um Haaresbreite. Doch ihre Gegner wollten keine Ruhe geben, und nach dem Run folgte eine kurze Serie von Anschlägen. Dieser sonderbare Schamane, den sie kurz vorher kennen gelernt hatten, ist wahrscheinlich getötet worden, oder er hielt es für besser unterzutauchen. Katherine, Viviens Schwester …«

Spätestens jetzt war der Punkt erreicht, an dem John den Faden verloren hatte; er entschied sich, Julia zu unterbrechen, als ihm schließlich dämmerte, wer diese Vivien war.

»Welche Vivien? Du meinst, Samantha heißt in Wirklichkeit Vivien?«

Julia zögerte erneut, denn dieses Mal war beiden klar, dass sie mehr gesagt hatte als beabsichtigt.

»Ich weiß, ich sollte das alles nicht erzählen, aber ihr richtiger Name ist Vivien Stern, und Katherine war ihre Halbschwester, aber das spielt jetzt keine Rolle. Katherine wurde vor Viviens Augen durch eine Bombe getötet, die für sie bestimmt war. Die beiden hatten vor diesem sonderbaren Run keinen Kontakt mehr gehabt, nachdem Vivien ihr Leben in den Schatten begonnen hatte, und die beiden waren erst seit kurzer Zeit wieder zusammen. Früher haben sie sich nicht besonders gemocht, weil Katherine im Gegensatz zur ihrer Halbschwester Wert auf Konventionen legte. Sie war jemand, der plante, jemand, der nach seinem Verstand und nicht einfach impulsiv handelte, sie war also das absolute Gegenstück zu Vivien. Katherine war in der hermetischen Abteilung jenes Konzerns untergekommen, bei dem ihre Eltern gearbeitet hatten und in dem sie aufgewachsen waren, und Vivien verdiente ihr Geld damit, irgendwelche Konzerne zu bestehlen, nachdem sie schließlich von Zuhause weggelaufen war. Daher konnte früher keiner von ihnen den anderen akzeptieren. Aber als die beiden sich nach zwei Jahren das erste Mal wiedersahen und plötzlich ein gemeinsames Interesse hatten, hielten sie zusammen wie Pech und Schwefel. Gut, es gab immer wieder Differenzen, aber wehe jemand versuchte, sich zwischen die beiden zu stellen. Vivien war vorher sehr draufgängerisch gewesen, doch das änderte sich, als sie endlich jemanden hatte, der ihr etwas bedeutete. Und als Katherine starb, wurde alles nur schlimmer. Vivien meinte, sie hätte kein Recht mehr zu leben, da die Bombe für sie bestimmt war. Seitdem geht sie ständig unnötige Risiken ein. Es ist fast so, als wäre es ihr egal, ob sie überlebt oder nicht, vielleicht glaubt ein Teil von ihr, dass sie den Tod verdient hätte. Das Ganze ist jetzt fast drei Monate her, aber nachts wacht sie immer noch mit Albträumen auf. Zwar versucht sie, ihre Gefühle hinter einer Make aus Selbstsicherheit und Stärke zu verbergen, andererseits hat sie angefangen, ihre Trauer in zwielichtigen Bars zu ertränken. Immer wieder mussten Shark und ich sie aus irgendwelchen düsteren Kneipen holen, und mehr als einmal kam es zu Handgreiflichkeiten, weil sie mit diversen Typen Streit angefangen hatte. Bitte sag ihr nicht, dass ich dir die Geschichte erzählt habe, sie würde das nicht verstehen, und jede Art von Mitleid ist ihr zuwider. Die Tatsache, dass sie dich, einen Wildfremden, einfach mit in die Wohnung nimmt, zeigt, dass sie erneut versucht, das Schicksal herauszufordern ...«

Jetzt wurde John Viviens sonderbares Verhalten klar, und irgendwie hatte er das Gefühl, es würde besser sein, zu verschwinden und sie mit seinen Sorgen in

Ruhe zu lassen. Doch plötzlich kamen Zweifel in ihm auf. Wollte er sie wirklich in Ruhe lassen, oder hatte er nur Angst, in ihre Schwierigkeiten mit hineingezogen zu werden? Julia ließ ihm nicht viel Zeit nachzudenken.

»Ich hoffe, es war kein Fehler, dir die Geschichte zu erzählen, aber kümmern wir uns zuerst einmal um dein Problem. Bis Vivien zurückkommt, können wir sowieso nichts für sie tun, und bis dahin kann noch einige Zeit vergehen. Deine Situation ist vielleicht einfacher zu lösen, aber es besteht leider auch die Möglichkeit, dass sie nie gelöst wird. Die ersten Symptome, die Schmerzen, der Zustand der Halluzinationen und Albträume deuten auf eine Goblinisierung hin, deine Beschreibungen sind wie aus dem Lehrbuch. Es sind aber nicht die deutlichen Merkmale der Goblinisierten zu erkennen, außerdem gibt es in deinem Alter nur sehr wenige dokumentierte Fälle.«

»Es wäre aber möglich?«

»Es gibt Fälle von Infektionen, die einen ähnlichen Vorgang auslösen, außerdem könnte es sich um eine partielle Goblinisierung handeln, bei der zwar Symptome auftreten, das Endstadium aber nie oder nur teilweise erreicht wird. Viele dieser Fälle wirken sich ohne stationäre Behandlung letal aus, das heißt, die meisten dieser Patienten sterben an den Symptomen. Ich nehme eine Blut- und eine Zellprobe und lasse sie im Labor analysieren. Derartige Veränderungen, die mit der UGE zusammenhängen, sind leicht festzustellen. Vielleicht haben die Symptome aber auch eine ganz andere Ursache oder sie sind an die Folgen des Gedächtnisverlusts geknüpft. Das wesentlich kompliziertere Problem ist die Amnesie. Soweit mir bekannt ist, gibt es weder eine sichere medizinische noch magische Lösung dieses Problems. Wenn wir wüssten, was den Gedächtnisverlust ausgelöst hat, wären wir ein gutes Stück weiter, aber die Möglichkeiten reichen von einem Schock über magische Effekte bis hin zu einer Droge namens Laeas.«

»Ich habe hin und wieder Erinnerungsfetzen, aber bevor ich sie verfolgen kann, habe ich alles wieder vergessen.«

»Erinnerungen sind ein erster Schritt. Irgendwelche Schlüsselereignisse können die Amnesie durchaus auflösen. Wenn Thomas etwas über dich herausfindet, sollte das wahrscheinlich weiterhelfen. Jetzt möchte ich die Proben entnehmen, damit wir organische Ursachen ausschließen können.«

Julia stellte den Aluminiumkoffer auf den Tisch und öffnete ihn. Der Koffer war mit Schaumstoff ausgelegt, und in Dutzenden von Vertiefungen lagen Skalpelle, Spritzen, Ampullen und ihm unbekannte Dinge, die aussahen, wie er sich medizinische High-Tech-Instrumente vorstellte. Nach kurzem Suchen entnahm sie dem Koffer eine Spritze und hielt seinen Arm fest, um die Blutprobe zu entnehmen.

»Was machst du eigentlich als Ärztin? Krankenhaus? Forschung? Cyberwareimplantationen?«, erkundigte sich John.

»Ich bin bei einer kleinen Pharmafirma angestellt. Wir machen Tests über Allergiesymptome, im Grunde ist das die Art von Grundlagenforschung, die deine Schmerzen erklären könnte. Die Krankenhäuser sind ein Albtraum, und von Cyberware halte ich überhaupt nichts. Diese ganzen überzüchteten High-Tech-Organe sind nicht nur widernatürlich und in den meisten Fällen überflüssig, sie bergen auch große Risiken. Die Anzahl der psychisch gestörten Personen ist unter den so genannten Straßensamurais am größten, und viele von ihnen brennen aufgrund der physischen und psychischen Überbelastung früher oder später aus. Die Technologie ist noch nicht genug erprobt, um wirklich gefahrenfrei implantiert zu werden, aber jeder will am Fortschritt teilhaben und vertraut deshalb dieser Experimentalmedizin. Außerdem halte ich es für unnatürlich, den biologischen Körper durch Plastik, Stahl und Drähte ersetzen zu wollen. Der menschliche Körper ist ein Wunderwerk, in das der Mensch nicht eingreifen sollte. Doch heutzutage werden aus Menschen Maschinen und aus Maschinen Menschen. Bitte jetzt stillhalten!«

Vorsichtig drückte sie die Injektionsnadel in seinen Arm, den sie desinfiziert hatte, und entnahm eine Blutprobe. Der Einstich war fast nicht zu spüren.

»Und was ist mit der neuen Bioware?«

»Bioware ist zwar natürlicher, da man auf vorhandene Organe zurückgreift und die natürlichen Ressourcen des Körpers verbessert, andererseits ist dieser Sektor noch unausgereifter. Viele Implantate sind unverträglich oder überlasten den Körper. Allerdings ist es immer noch eine organischere Lösung. Gerade die Erforschung der Metagene kann viel hilfreiches und noch mehr tödliches Wissen zutage fördern. Drück das bitte auf die Wunde.«

Sie reichte ihm ein Stück Watte, und er drückte es auf die Haut, denn eine Einstichstelle war nicht mehr zu erkennen. Vor seinem geistigen Auge sah er für einen kurzen Moment wieder seine Hand wachsen, und ihm wurde schlecht bei dem Gedanken daran, denn er hatte dieses Ereignis bereits verdrängt. Dieser Vorfall gehörte zu den Dingen, die er bei seinen Ausführungen verschwiegen hatte, denn wahrscheinlich hätten sie ihn entweder für einen Verrückten oder ein Monster gehalten. Und zeitweise nagte die Angst an ihm, sie könnten mit beidem Recht haben.

»Wie ist das eigentlich mit Regeneration? Es gibt doch Parawesen, die über diese Fertigkeit verfügen.«

»Auch der Mensch ist in der Lage, Wunden zu regenerieren. Die Leber kann sogar zu über sechzig Prozent regeneriert werden. Bei einigen Para-Arten wird dieses Phänomen aber bei weitem überboten, und bei solchen Wesen wachsen Organe und Gliedmaßen innerhalb weniger Minuten wieder nach. Man arbeitet bereits fieberhaft daran, diese Eigenschaften auf Menschen zu übertragen, ein guter Teil des neuen Genom-Projekts geht in diese Richtung. – So, ich entnehme jetzt noch die Zellprobe. – Vor allem die Militärs sehen ihre Chance, Supersoldaten zu züchten. Man müsste das Erbgut nur einmal verändern und könnte Generationen von genetisch veränderten Söldnern hervorbringen. Über die Möglichkeiten, die von der Marketingabteilung irgendeines Konzerns ersonnen werden könnten, möchte ich hier lieber nicht spekulieren. – Halt den Arm bitte noch einmal still, ich will dich nicht unnötig schneiden.«

Vorsichtig schnitt sie mit einem Skalpell ein kleines Stück aus seiner Haut. Sie rutschte ab, weil er sich bewegte, und schnitt tiefer ins Fleisch. Rasch presste er die Watte auf die Wunde, denn er sah, wie sie sich augenblicklich wieder schloss.

Offenbar hatte Julia nichts bemerkt und setzte ihre Erklärung fort.

»Auch wenn wir inzwischen in der Lage sind, Organe künstlich zu kultivieren, am Nervengewebe scheitern sowohl Natur, Magie als auch Mensch.«

»Was soll das heißen?«

»Schäden am Gehirn oder am zentralen Nervensystem können nicht repariert werden und führen immer zum Tode. Als ich ein Praktikum in einem städtischen Krankenhaus machte, hatten viele der tot eingelieferten Patienten einen Kopfschuss erhalten. Viele Samurais kennen die Gefahr, dass die Medizin noch rechtzeitig kommt, um ein Leben zu retten. Ein nachträglicher Kopfschuss macht das unmöglich. – So, das war's, wir sind fertig. Ich nehme an, dass wir morgen Mittag erste Ergebnisse haben.«

Vorsichtig packte sie ihre Ausrüstung in den Koffer und legte die Proben hinzu.

»Gut, und was jetzt?«

»Ich fahre nach Hause, um noch ein paar Unterlagen zu sortieren. Morgen wird ein anstrengender Tag. Natürlich nur, falls es dir nichts ausmacht, hier allein zu warten.«

Bevor er sich eine Antwort überlegen konnte, piepte die Telekomkonsole eine schrille Tonfolge. Julia stand auf, um das Gespräch anzunehmen. Immer noch wirbelten Gedanken in seinem Kopf umher: Regeneration, Magie, Infektion, Supersoldaten. Was war bloß mit ihm los?

Und dann geschah es. Er tauchte wie ein Schreckgespenst vor ihm auf, wie Nebel, der zu einem Körper zusammenfloss. Plötzlich stand er im Raum, und alles schien in dunkles Dämmerlicht getaucht zu sein. Der Mann hatte ein Dutzend Einschusslöcher im Bauch, und seine teure Kleidung war zerschlissen und uralt. Unter der Krempe seines Hutes starrte er ihn mit dunklen Augen aus einem Gesicht an, das aus Wachs gegossen schien, eine bleiche und unbewegliche Maske. Die Augen blieben völlig starr, es war keine Regung in den schwarzen Pupillen zu erkennen, die ihre Umgebung förmlich aufzusaugen schienen. Mit einem herablassenden Lächeln ließ die Gestalt ihren Blick von ihm zu Julia wandern, und seine strahlend weißen Zähne blitzten in der Dunkelheit auf, als er in ihre Richtung schritt. Und dann sprach er mit einer Stimme, die keine menschliche Regung und nur öde Leere und Kälte in der Seele erkennen ließ. Ihr Klang passte perfekt zu dem abschätzenden Blick, als würde er statt der jungen Ärztin völlig emotionslos irgendeinen Gegenstand begutachten.

»Sie hätte dir gehört. Aber wenn du sie nicht willst, ich nehme sie gern. Sie wäre wirklich perfekt gewesen, so unvorbereitet, so wehrlos. Schade um sie. Schade für dich.«

Die Gestalt hatte sie fast erreicht, obwohl sie anscheinend nicht lief. Es war, als würde der Abstand einfach fließend schrumpfen. Langsam hob sich der rechte Arm der Gestalt, und ihre Hand näherte sich Julias Schulter. Dann hielt die Hand in ihrer Bewegung inne. John erkannte, dass es keine Hand war, sondern eine große, langfingrige Klaue. Die Gestalt drehte ihren Kopf und schaute John noch einmal direkt in die Augen. Er erkannte das Gesicht, die leuchtenden Augen, das Grinsen. Und vor allem die Zähne, jeder Zahn war wie eine tödliche Klinge, bereit, alles zu zerreißen, was zwischen die Kiefer kam.

»Du solltest wirklich aufhören, dein wahres Selbst zu verleugnen, denn du hast keine Chance. Fressen oder verhungern. Bald wirst auch du das anerkennen. Ich werde da sein, um dir den wahren Weg zu weisen.«

Johns Lähmung fiel von ihm ab, unbändige Wut flammte in ihm auf. Er konnte das nicht zulassen. Mit einem lauten Schrei stürzte er in ihre Richtung, um sie zu schützen. Durch sein Aufheulen aus der Vision herausgerissen, sah er nur noch Julia mit schreckgeweiteten Augen vor ihm stehen, die Arme abwehrend ausgestreckt. Über sich selbst entsetzt, wich er einen Schritt zurück, und Julia entspannte sich, doch ihr verstörter Gesichtsausdruck blieb zurück. Sie starrte ihn mit offenem Mund an, das Telekom stand unbeachtet auf dem Tisch, und eine besorgte Männerstimme fragte eindringlich, was passiert sei. Allerdings machten weder Julia noch John Anstalten, der Stimme aus dem Telekom eine Antwort zu geben. Das entsetzte Gesicht von Julia blieb wie eingefroren, und John spürte deutlich ihr Entsetzen, er konnte es förmlich riechen. Das

Gefühl von Fremdartigkeit kam in ihm auf, er fühlte sich wie ausgestoßen: schrecklich und gefährlich. Sekunden vergingen. Er wollte sich entschuldigen, die Situation erklären, obwohl alles unglaubhaft wirken musste. Julia würde ihn nicht verstehen, sie würde ihn nie mehr unvoreingenommen sehen können, es war, als wäre ihr Verhältnis auf ewig belastet, zerstört durch seinen Anfall. Benommen schloss John die Augen, Einsamkeit wogte um ihn auf. Er war allein, ohne Freunde, ohne Erinnerungen, ohne Zukunft. Es gab nur noch eine Straße in die Dunkelheit.

»Es ist alles in Ordnung, Thomas, es war nur John. Er ist noch emotional verwirrt. Ich werde mich darum kümmern.«

Julias Stimme zitterte leicht, aber sie musste einen relativ sicheren Eindruck auf Thomas gemacht haben. Dennoch war ihr anzusehen, dass es sie Kraft gekostet hatte. Sie legte hastig auf und ging beherzt ein paar Schritte auf ihn zu, doch ihre Unsicherheit verriet sie. Sie selbst war emotional genauso verwirrt wie er. Auch sein Versuch, sie mit gespielter Beherrschung zu beruhigen, gelang ihm nur mäßig. Seine Stimme, die eigent lich hätte gelassen klingen sollen, wirkte gehetzt und brach bei den ersten Worten.

»Es ist alles gut. Es war nur eine Erinnerung.«

Trotz des misslungenen Tonfalls brach der Satz ihre Erstarrung, denn sie eilte ihm entgegen und ließ sich in seine Arme fallen.

»Es war nur …«, sie schluchzte. »Für einen Moment sah ich nicht dich, sondern etwas anderes, etwas Wildes, Tierisches. Ich … ich dachte, du wolltest mich umbringen …«

Ihre Gefühle waren nun völlig entfesselt, er spürte ihre Tränen auf seiner Haut. Sein Blick fiel auf ihr seidiges Haar und die feinen Gesichtszüge, aus der Nähe geriet er beinahe in ihren Bann.

»Sie hätte dir gehört.«

Die Stimme hallte in seinem Kopf wider, und er wollte Julia wegdrücken, nicht, weil sie ihm nicht gefallen würde, sondern gerade deshalb. Sie klammerte sich an ihn, weil sie ihn im Moment brauchte, doch er wusste, dass sie sich an ein Monster klammerte. Auch wenn ihn ihre Umarmung beruhigte, verspürte er Sorge um sie. Ihm kam erneut der Gedanke, dass er für immer verschwinden sollte. Doch in dem Moment, in dem er die Entscheidung fast gefällt hatte, wurde ihm klar, wie wichtig ihm diese Leute waren, die er erst seit wenigen Stunden kannte. Er mochte Julia, Vivien und Thomas, und wahrscheinlich brauchte er sie auch, schließlich waren sie die einzigen Menschen, die er hatte. Doch andererseits befürchtete er, dass der einzig richtige Schritt sein würde, alle Brücken zu ihnen zu sprengen und sich in die Einsamkeit der Nacht zu flüchten.

Julia beruhigte sich allmählich, und er führte sie zur Couch. Dabei hielt sich Julia immer noch an ihn geschlungen, während er versuchte, ihr durch seine Nähe Trost zu spenden und sie gleichzeitig auf Distanz zu halten, um sie vor sich zu schützen.

Minuten vergingen, bevor sie aufstanden. Während der ganzen Zeit hatte sie sich nur an ihn angelehnt und still geweint, während seine Gedanken chaotisch umherschwirrten. Während er verzweifelt versuchte, sich über seine Situation Klarheit zu verschaffen, lief die Zeit für ihn in anderen Bahnen. Doch dann musste Julia schließlich gehen. Bevor sie die Wohnung verließ, erwähnte sie, dass Thomas ihr am Telekom gesagt hätte, er habe Vivien nicht gefunden. Der Samurai wollte benachrichtigt werden, wenn sie zurückkam, und auch Julia schien es wichtig zu sein, über Viviens Zustand informiert zu sein, daher gab sie ihm eine Karte mit ihrer Telefonnummer und betonte, dass er sie jederzeit anrufen könne.

Am Ende war der Abschied still und hinterließ bei beiden einen schalen Nachgeschmack. Anscheinend wollte keiner das Risiko eingehen, sein bedrohliches Verhalten zur Sprache zu bringen, auch wenn es vielleicht geholfen hätte. Andererseits hätte es dadurch noch schlimmer werden können, also blieb der Vorfall ungeklärt im Raum stehen.

Nachdem die Ärztin die Wohnung verlassen hatte, ließ sich John in einen Sessel fallen. Was sollte er nun alleine tun? Sollte er wirklich vor allem fliehen und sich in irgendeiner Ruine verstecken? Spontan entschied er, dass er noch Zeit hatte, bevor er weiterziehen würde. Eines war ihm endlich klargeworden, so hart die Erkenntnis auch war, sein altes Leben war vorbei, der Neuanfang hatte begonnen. Selbst wenn seine Erinnerung zurückkehrte, würde er nie mehr sein altes Leben führen können, daher war es besser, nach vorne zu schauen. Es war eine schwere Erkenntnis, aber ein Neuanfang barg wenigstens einen Funken Hoffnung in sich.

Er beschloss einen Spaziergang machen, um seine Gedanken zu ordnen. Nach einer kurzen Suche fand er einen elektronischen Zweitschlüssel der Wohnung und nahm seine Pistole in die Hand, doch als er sie einstecken wollte, legte er sie zurück. Er würde sie nicht brauchen, dessen war er sich sicher. Eine kurze Nachricht, dass er noch aus sei, lag auf dem Esstisch, als er nach draußen in die Nacht trat. Der Himmel war von dichten Wolken bedeckt, und kein Stern war am smogverhangenen Nachthimmel zu sehen. John ging schnellen Schrittes los, ohne sich seines Ziels bewusst zu sein, doch dann stellte er fest, wie die schlechte Gegend um ihn herum noch düsterer wurde. Sein Weg führte ihn in Richtung des großen Rotlichtviertels von Dümpten. Aber was machte das schon, es spielte keine Rolle, wohin er ging.

Sein Spaziergang dauerte lange, immer wieder traf er auf Gangs, Squatter, Prostituierte und ein paar Mafiasoldaten, doch nie wurde er belästigt. Zwar bewegte er sich durch die Menge, doch es war, als wäre er nicht vorhanden und würde von den anderen Menschen übersehen. Als er unversehens wieder vor dem kargen Wohnbunker stand, war ihm kaum noch bewusst, ob er wirklich weg gewesen war. Oben im Apartment sah er auf die Uhr, es war 4.30 morgens. John stellte überrascht fest, dass er sogar lange unterwegs gewesen war. Irgendwie erschien ihm die Erinnerung daran sonderbar verzerrt.

Angespannt horchte er für einen Moment, während er den dunklen Wohnraum betrachtete. Alles war still, niemand war hier, nur von unten hörte er Musik und gedämpftes Gekicher. Vivien war noch nicht zurückgekehrt, also beschloss er, noch wach zu bleiben und auf sie zu warten, abgesehen davon fühlte er sich überhaupt nicht müde. Um sich die Zeit zu vertreiben, schaltete er die Telekomkonsole ein und begann wahllos irgendwelche öffentlichen Datenbanken abzurufen und sich über einen Haufen unwichtige Dinge zu informieren, bis ein Geräusch seine Aufmerksamkeit auf sich zog. Jemand war an der Tür. Bevor er die Konsole ausschaltete, streifte sein Blick die Uhr: 6.30. Der Raum war nun vollkommen dunkel, der Schirm glomm einige Sekunden noch leicht in der Dunkelheit und erlosch dann völlig, sodass nur das wenige Licht von außen durch die Fenster fiel. Seine Augen passten sich ziemlich schnell an die geänderten Lichtverhältnisse an, sodass er bald Schemen in der Dunkelheit ausmachen konnte, die immer klarer wurden. Das Geräusch an der Tür war nun deutlicher. Irgendjemand versuchte, unter leisem Fluchen das Schloss zu öffnen. Nach einigen missglückten Versuchen wurde es still, dann hörte er, wie etwas dumpf gegen die Tür schlug. Langsam erhob sich John und öffnete die Tür einen Spalt. Sofort spürte er den Druck und sah die Gestalt, die an den Türrahmen gelehnt war. Auch wenn er nicht so gut im Dunkeln hätte sehen können, wäre ihm schnell klar gewesen, wer die Gestalt war. Vivien war zurückgekehrt, und sie war eindeutig nicht im besten Zustand. Diesen Eindruck gewann er am deutlichsten durch den Geruch, der ihm entgegenwehte. Es roch nach Alkohol, und ein anderer ihm vage bekannter Geruch überwältigte seine Wahrnehmung. Als er sie in das Apartment zog und etwas Warmes, Flüssiges berührte, wurde ihm schlagartig klar, welcher Geruch ihn so verwirrt hatte: Blut. Sie musste eine ziemlich tiefe Wunde haben. Schnell schloss er die Tür und schaltete das Licht ein, das sofort brennend in seine Netzhaut eindrang. Nach einem kurzen Blinzeln gewöhnte er sich an die Helligkeit und konnte nun Vivien genauer betrachten. Ihr Gesicht wirkte ziemlich bleich, und sie hatte dunkle Ringe unter den Augen. Die letzten Spuren ihres Make-ups waren verwischt. Ihre Jeans war zerfetzt, und Blut lief aus mehreren tiefen Schnittwunden. An ihrem Oberarm war ein Projektil durch die Panzerung ihrer Lederjacke gedrungen, hatte den Arm durchschlagen und war an der Rückseite wieder ausgetreten. Diese Art von Durchschuss war ihm bekannt, es musste sich um panzerbrechende Hochgeschwindigkeitsmunition handeln, auch APDS genannt. Die Munition war in der Lage, die meisten Standardballistikpanzerungen zu durchdringen, und wurde deshalb durch Polizei und Grenzschutz kontrolliert. Diese Kugeln kosteten immer wieder Polizisten das Leben, die sich in ihren Panzerungen und im Schutz eines Streifenwagens sicher fühlten, und Munition dieses Typs wurde sofort beschlagnahmt und zu einem der streng bewachten Depots gebracht. Die Frage war an dieser Stelle nur: Woher wusste er das alles? Wieder irritierten ihn seine

Kenntnisse, doch er hatte keine Zeit, sich mit solchen Nebensächlichkeiten abzugeben, denn Vivien machte mit einem leisen Aufstöhnen auf sich aufmerksam. Auch wenn er nur wenig Erfahrung in der Behandlung Verletzter hatte, da er sich ziemlich ratlos fühlte, entschied er, dass er sie erst einmal hinlegen würde. Vorsichtig hob er sie an, nachdem er sich versichert hatte, dass durch einen solchen Transport kein Risiko bestand, und war erstaunt, wie leicht es ihm fiel, sie hochzuheben. Bei der Bewegung stöhnte sie leise auf, doch ihre Augen blieben geschlossen. Ohne ihr Gewicht zu spüren, trug er sie vorsichtig ins Schlafzimmer und legte sie auf das Doppelbett. Der starke Blutgeruch machte ihn nervös, aber es half nichts, er würde sich die Wunden genauer ansehen müssen. Jedes Krankenhaus würde die Schussverletzung der Polizei melden und damit etwas in Gang setzen, was für sie beide unangenehm wenn nicht gefährlich werden würde. Schließlich hatte er keine Ahnung, was geschehen war, und außerdem hatte er bereits an diesem Abend erfahren, dass Vivien als Shadowrunner in illegale Geschäfte verwickelt war. Schnell hatte er sie bis auf die Leibwäsche ausgezogen. Die Schusswunde am Arm hatte ein sauberes Loch hinterlassen, aber der Armknochen schien unverletzt. Die andere Wunde stammte anscheinend von vier parallelen Klingen und hatte den rechten Oberschenkel über eine Länge von fast zehn Zentimetern aufgeschlitzt. Diese Schnittwunden schienen allerdings sehr tief zu sein, und der mögliche Blutverlust stimmte ihn bedenklich. Nur schwer konnte er den Blick von ihr abwenden, als immer noch etwas von der roten Flüssigkeit aus ihren Wunden sickerte, während ein Teil ihres Körpers von geronnenem Blut verkrustet war. Irgendwie ertappte er sich bei der Frage, wie ihr Blut schmecken würde, da der Geruch schwer in der Luft hing, und er verspürte den Drang, diese Frage zu beantworten, indem er das Blut, das ihre Wunden bedeckte, auflecken würde. Dieser Gedanke faszinierte ihn gleichermaßen, wie er ihn abstieß.

Er verdrängte diesen sonderbaren Gedanken. Zunächst musste er einen Arzt rufen. Allerdings fragte er sich, an wen er sich wenden sollte. Vielleicht war Julia die beste Wahl. Sie war die einzige Ärztin, der er vertrauen konnte, außerdem hatte er ihre Telekomnummer. Julia hatte ohnehin darauf bestanden, dass er sie anrufen sollte, sobald Vivien zurück war. John ging zur Telekomkonsole und tippte hektisch die Nummer ein. Es folgten einige Sekunden des Wartens, die ihm wie Minuten vorkamen, bevor der Anruf entgegengenommen wurde. Auf dem Bildschirm erschien das Gesicht einer wider Erwarten hellwachen Julia mit nassem Haar, die ihm ohne Brille hilflos entgegenstarrte. Er bemerkte den Rand eines weißen Handtuchs, das sie sich umgebunden hatte. Sie brauchte ein paar Sekunden, um sein Gesicht einzuordnen, während Wassertropfen von ihrem Haar auf die Schultern tropften. Als sie ihn endlich erkannte, begann er zu sprechen.

»Julia, du musst unbedingt kommen. Vivien hat eine Schusswunde am Arm und eine große Schnittverletzung am Bein.«

Er sprach nervöser, als er gedacht hatte. Julia schien seine Besorgnis zu teilen, denn nach der Versicherung, dass sie gleich da sei, erlosch ihr Gesicht auf dem Bildschirm der Telekomkonsole. Die nächsten zwanzig Minuten verbrachte er damit, Viviens Wunden notdürftig zu verbinden und das Blut aufzuwischen. Als er ihre verschmierten Sachen ins Bad brachte, warf er einen Blick auf die bleiche Gestalt, die sich kaum von dem hellen Bettlaken abhob. Irgendwie gelang es ihm nicht, den Blick abzuwenden, seine Augen schienen jedes Detail erfassen zu wollen, ihre schwachen Atemzüge, die kleinen Blutspritzer auf dem Laken und die Art, wie ihre Haare zerzaust auf dem Kissen ausgebreitet waren. Keine Kleinigkeit war so unwichtig, dass er sie nicht hätte registrieren müssen.

Endlich klingelte es an der Tür. Doch die Person, die ihn anblickte, als er die Tür aufriss, hatte er nicht erwartet. Er war so überrascht, dass er zwischen totaler Starre und dem Drang anzugreifen verharrte. John wusste den mittelgroßen Jungen in seinem braunen Wildlederlook nicht einzuordnen, und der Anblick der beiden gut sichtbaren zwei Revolver löste in ihm ein Gefühl zwischen Angst und unbändigem Überlebenswillen aus. Er fühlte sich überrumpelt, und seine instinktive Reaktion wäre gewesen, direkt zum Angriff überzugehen, ohne seinem Gegner eine Chance zu geben. John rang um Selbstbeherrschung und verdrängte dieses irrationale Gefühl aus seinem Bewusstsein, während er einen genaueren Blick auf den Fremden warf, der ihn unverschämt angrinste. Der Junge war ungefähr achtzehn, eher ein bisschen jünger. Sein blondes Haar war schulterlang, und mit einem selbstsicheren Grinsen starrten seine tiefblauen Augen John an. In seinem Blick und der ganzen Körperhaltung lag eine Herausforderung. Erst als der Gedanke erneut aufkam, dass er vielleicht in Gefahr war, entdeckte er Julia hinter dem Jungen. Wie beim letzten Mal trug sie einen weißen Arztkittel und hatte ihre schwarze Tasche dabei. Erst bei ihrem Anblick trat John von der Tür weg und ließ die beiden ein. Julia begrüßte ihn flüchtig und klärte ihn darüber auf, dass ihr Bruder Billy zu ihrem Schutz mitgekommen sei. John warf einen weiteren Blick auf den Jungen, der in seiner Wildlederkleidung wie ein Kind aussah, das sich als Cowboy verkleidet hat, und er musste bei dem Gedanken lächeln, dass dieser Junge sie tatsächlich beschützen sollte. Er kam sich stark vor, da er zwei Revolver mit sich herumschleppte, aber John zweifelte daran, dass der Junge mit den Waffen wirklich umgehen konnte. Als hätte er seine Gedanken gelesen, reagierte Billy sofort. Bevor John überhaupt eine Bewegung wahrnahm, hatte er auch schon einen der Revolver zwischen seinen Augen sitzen, und der Hahn der Waffe war gespannt. Nur ein kurzer Druck auf den Abzug würde John die letzten Kopfschmerzen seines Lebens bereiten. Billy verzog keine Miene, während John seine Überraschung nicht verbergen konnte, und sprach seine provokante Frage mit herablassendem Tonfall aus.

»Und? Schnell genug?«

Doch bevor der Junge seinen Sieg auskosten konnte, ging Julia dazwischen. Sie war sichtlich verärgert, und auch in ihrer Stimme schwang Gereiztheit mit.

»Wilhelm, nimm auf der Stelle die Waffe weg, wir haben Wichtigeres zu tun.«

Langsam ließ Wilhelm die Waffe sinken, um sie dann mit einer blitzschnellen Bewegung ins Holster zurückzustecken, auch wenn ihm deutlich anzusehen war, dass er lieber gehabt hätte, wenn Julia ihn statt mit seinem richtigen Namen mit Billy angeredet hätte. Nachdem sie ihren Bruder zurechtgewiesen hatte, schien Julia sich etwas zu entspannen, aber trotzdem wirkte sie besorgt, als sie John darum bat, sie zu Vivien zu bringen. Ihren Bruder wies sie an, im Wohnzimmer zu warten. Am Schlafzimmer angekommen, trat sie durch die Tür und versperrte John den Durchgang. Ihr Tonfall war freundlich, trotzdem ließ sie erkennen, dass sie ihn auf keinen Fall bei der Behandlung dabeihaben wollte.

»Danke für die Vorarbeit, John, aber ich wäre jetzt lieber ungestört. Wenn du bitte draußen warten würdest …«

Er hatte keine Wahl, denn es war offensichtlich, dass sie keine Widerworte dulden würde, daher leistete er Billy im Wohnzimmer Gesellschaft, der sich auf einem Sessel herumflegelte und mit seinen Waffen herumspielte. Seine Hoffnung, dass Billy ein Gespräch beginnen würde, sah John nach einigen Minuten endgültig als gescheitert an, und schließlich ergriff er selbst die Initiative.

»Netter Trick mit dem Revolver, wenn auch ein wenig voreilig. Ich würde das nicht noch einmal versuchen, die meisten Leute würden darauf sehr unangenehm reagieren.«

»Die meisten haben kein zweites Mal.«

»Wir sind wohl von der ganz eiskalten Sorte.«

»Hör zu, wenn du glaubst, weil du älter aussiehst, könntest du mich wie ein kleines Kind behandeln, dann versuch es doch. Aber ich warne dich, die meisten, die das durchziehen wollten, haben nur noch ein schönes Begräbnis bekommen. Alles klar? Lass mich in Ruhe!«

John war versucht, diesem Spinner eine Lektion zu erteilen. Er beschwor seine gesamte Geduld herauf und wartete, ohne sich weiter um Billy zu kümmern, der sich wieder seinen Revolvern zuwandte. Die Zeit kroch nur langsam dahin, und er fing an, sich zu langweilen. Schließlich wollte er aufstehen und im Raum umherwandern, aber angesichts seines lässigen Gegenübers entschied er sich dagegen und versuchte ebenfalls, die Zeit mit geduldigem Warten zu überbrücken, so schwer es ihm auch fiel. Ein guter Teil seiner Gedanken kreiste um Viviens Wohlergehen, aber auch die Frage, warum Julia einen Beschützer mitgenommen hatte, nagte an ihm. Natürlich war es sicherer noch jemanden mitzubringen, vor allem, wenn Vivien so viele Feinde hatte, wie Julia angedeutet hatte, doch spielte vielleicht sein Ausbruch am früheren Abend eine Rolle, und sollte Billy sie vor ihm schützen?

Nach über einer halben Stunde kam Julia in das Wohnzimmer zurück. Sie sah erschöpft, aber auch erleichtert aus.

»Es geht ihr gut. Die Schnittwunden am Bein sind nicht so schlimm, wie sie aussahen, nur der Durchschuss ist eine ziemlich unangenehme Sache. Sie sollte sich die nächsten Tage etwas schonen. Es wäre gut, wenn du auf sie aufpassen könntest.«

»Kein Problem. Ist sie bei Bewusstsein?«

»Ich habe ihr ein Beruhigungsmittel gegeben, und sie wird mindestens zwölf Stunden schlafen. Ich komme heute Abend noch mal vorbei, um nach ihr zu sehen. Vielleicht habe ich dann auch schon deine Testergebnisse. Ich mache mich wieder auf den Weg; meine Arbeit ruft, und ich bin schon spät dran. Also bis später!«

Billy stand auf, und zusammen mit Julia verließ er die Wohnung, wobei der Revolverheld ihm noch einen letzten verächtlichen Blick zuwarf. John sah müde auf die Uhr: 7.30. Es war Zeit, endlich schlafen zu gehen, auch wenn er einen großen Teil des Tages verschlafen würde. Offensichtlich war er ein echter Nachtmensch geworden.

Sein Schlaf war unangenehm. Abermals erschien der dunkel gekleidete Mann und redete auf ihn ein. John wollte sich auf ihn stürzen, doch plötzlich war er nur noch von Nebel umgeben und sein Feind verschwunden. Schweißgebadet erwachte er.

Der Raum war dunkel, da die Jalousien fest verschlossen waren. Langsam konnte John Umrisse wahrnehmen, es war fast so, als würde sein Körper in der Dunkelheit warm leuchten. Während er noch überlegte, was ihn geweckt hatte, suchte er nach einer Uhr, um festzustellen, wie spät es war. Doch dann hörte er gedämpfte Stimmen. Irgendetwas stimmte nicht. Binnen Sekunden war er hellwach. Vielleicht war Vivien aufgestanden und lief benommen durch die Wohnung, aber er war sich sicher, dass es etwas anderes sein musste. Schnell zog er seine Jeans an und öffnete leise die Tür. Er hörte ein leises elektrisches Summen, und plötzlich wisperte eindeutig eine Männerstimme. Jetzt stand fest, dass etwas nicht stimmte. John tastete nach seinem Colt America und fühlte die kühle Schwere der Waffe in der Hand, bevor er sie entsichert hinten in den Hosenbund steckte. Vorsichtig öffnete er die Tür zum Flur vollends. Wenigstens konnte er einigermaßen in der Dunkelheit sehen, sodass er nicht völlig orientierungslos war, außerdem konnte er die Eindringlinge gut hören. John war auf alles gefasst, als er auf den Gang hinaustrat.

Im Wohnraum zeichneten sich mehrere warme, bewegliche Objekte ab. Den Umrissen nach zu urteilen waren es Menschen. Die Silhouette der Gestalt, die ihm am nächsten war, hatte etwas Befremdliches an sich, und John brauchte einen Moment, bis er erkannte, was ihn irritiert hatte. Die Gestalt hatte anstelle von Augen zwei lange Zylinder von ungefähr fünf Zentimetern Länge. Doch es waren keine Stielaugen, wie es ihm zunächst durch den Kopf geschossen war, sondern IR-Brillen oder Nachtsichtgeräte, dessen war er sich nach kurzem Überlegen sicher. Die Eindringlinge waren auf diese Situation offenbar gut vorbereitet.

John musste ein Geräusch verursacht haben, denn die Gestalt, die ihm am nächsten stand, wirbelte zu ihm herum. Ein lauter Schrei ertönte. Mit einer blitzschnellen Bewegung zog John seine Waffe. Die Gestalt führte ihre Hände zusammen und holte mit dem rechten Arm zum Wurf aus. Der Colt war im selben Moment auf das Ziel gerichtet, und beim ersten leichten Druck auf den Abzug glühte ein roter Laserpunkt auf dem Ziel auf.

John drückte den Abzug seiner Waffe voll durch. Nichts passierte: kein Knallen, kein Mündungsfeuer, kein Rückstoß. Überhaupt nichts. Die schwarz gekleidete Gestalt trat ins Licht und sah ihn grinsend an.

»Du weißt doch, dass du mich nicht töten kannst, es hat beim ersten Mal nicht geklappt, es wird nie funktionieren.«

Nein, das durfte nicht passieren. Alles bäumte sich in John auf, das durfte nicht sein, er hatte ihn getötet. Immer noch hörte er den Schuss seiner Dienstpistole laut in den Ohren hallen.

Das Geräusch der Schüsse rief ihn in die Wirklichkeit zurück. Die Gestalt wurde zurückgeschleudert und rollte sich hinter der nächsten Wand in Deckung. Der kleine Gegenstand aus ihrer Hand fiel kurz vor John auf den Boden und explodierte mit einem leisen Knallen. Ein greller Lichtblitz brannte sich in seine Augen, obwohl er nur den Hauch einer Druckwelle spürte. Rote Lichtflecke tanzten in seinem Sichtfeld, als er sich vorwärts abrollte, um aus dem gefährlichen Gang zu kommen. Ein weiterer Lichtblitz traf seine Augen, dieses Mal war er aber wesentlich weniger intensiv. Jemand hatte das Licht eingeschaltet. Im Augenwinkel konnte er die Bewegung eines weiteren Schattens ausmachen. Er richtete seine Waffe darauf und feuerte fünf Schuss in schneller Folge ab. Der Schatten hielt in der Bewegung inne, wurde zurückgeschleudert und krachte auf den Boden. Im selben Moment vernahm er das helle, nervöse Rattern einer leichten Maschinenpistole, und im Schein des Lichts konnte er langsam wieder seine Umgebung erkennen. Die Schatten gewannen an Kontur und Farbe, und sein letztes Ziel erwies sich als ein Elf in einem dunklen Duster, der blutend auf dem Boden lag. Die Maschinenpistole, die auf ihn gerichtet war, ruhte in den Händen eines Straßensamurai im Kampfdress, der sich beim zweiten Hinsehen als eine junge Elfe entpuppte. Neben ihr stand ein älterer Mann in einem etwas altmodischen Anzug, der einen großen Holzstab in seinen Händen hielt. John kalkulierte in Sekundenbruchteilen seine Möglichkeiten. Die Digitalanzeige seiner Waffe zeigte an, dass er noch sechs Schuss hatte. Seine Wunden waren bereits zweimal auf wundersame Weise geheilt, warum sollte ihm dieser Umstand nicht abermals helfen? Außerdem schienen nur seine Instinkte zu wissen, wie er lebend aus dieser Situation kommen würde: er musste kämpfen. Wenn er seine Gegner überraschen könnte, würde er vielleicht sogar gewinnen.

Mit seiner Waffe zielte er genau in das Gesicht der Frau. Er erhöhte den Druck auf den Abzug, und der rote Laserpunkt erschien auf ihrer Stirn. John drückte langsam weiter. Die Elfe sah ihn nur mit ausdruckslosen, hoch verchromten Augen an. Sein Blick fiel auf die auf ihn gerichtete Ares Crusader. Der rote Laserpunkt auf seiner Brust verriet ihm, dass sie ihn ebenfalls im Visier hatte. Der Druck auf den Abzug des Colts nahm weiter zu, während Johns Blick starr auf die Elfe gerichtet war. Seine Gegnerin zeigte keine Reaktion, keine Angst, und sie schoss auch nicht, sondern senkte langsam ihre Waffe, der Leuchtpunkt wanderte seinen Körper hinunter. John sah ihr ins Gesicht. Für einen kurzen Moment schloss sie die Augen. Es war, als wüsste sie um ihren Tod und schien ihn zu akzeptieren. Der Druck auf den Abzug wuchs weiter. Er sah sie immer noch an. Sie war eine Frau, sie hatte die Waffe gesenkt, und plötzlich stellte er fest, dass er sie so nicht töten konnte. Die Aufregung des Gefechts und die Wirkung des Adrenalins verschwanden, und er wusste, dass es keine automatische Verteidigungsreaktion mehr sein würde, wenn er jetzt feuerte. Er konnte diese Frau nicht einfach töten, nicht so, nicht wenn sie ihn dabei ansah. John ließ den Abzug los, der Laserpunkt erstarb. Das war ein Fehler. Die Mündung der Crusader blitzte auf, und der Rückstoß ließ den Lauf der Waffe hochschlagen. Zeitgleich zerriss ein brennender Schmerz sein Schienbein und sein Knie. John spürte, wie die Kugeln ins Fleisch drangen und mit einem fast hörbaren Knall kleiner Explosionen Fleisch und Knochen zerfetzten. Der Schmerz war nahezu unerträglich, er schwankte, denn sein zerstörtes Bein konnte ihn nicht mehr tragen. Zwei Schüsse röhrten aus seinem Colt, den er automatisch abfeuerte, bevor ein zweiter Schmerz seine Hand traf. Die Frau war nach vorne gesprungen und hatte mit einem Tritt seine Hand direkt am Gelenk getroffen. Während er vor Schmerz aufheulte, flog seine Waffe im hohen Bogen durch die Luft. John verlor das Gleichgewicht und fiel auf sein verletztes Bein. Damit erreichte sein Schmerz ein unvorstellbares Maß, obwohl er merkte, wie sich die Eintrittswunden bereits schlossen und der Knochen neu zusammenwuchs. Sein Blick fiel auf den alten Mann, der bisher in den Kampf nicht eingegriffen hatte. Dessen Augen waren vor Verwunderung weit aufgerissen, und Blut spritzte aus seiner Brust, als er auf die Knie ging. Der Mann war völlig überrascht über sein unerwartetes Ableben. Wenigstens hatte Johns zweiter Schuss doch ein Ziel gefunden. Leuchtend gelbe Blitze umtanzten den Stab des Mannes, als dieser mit dem verwunderten Gesicht auf dem Boden aufschlug.

Inzwischen fühlte sich Johns Bein wieder gut an. Von dem sengenden Schmerz war nur noch ein leichtes Jucken geblieben, und auch der gebrochene Knochen seiner Hand wuchs binnen Sekunden wieder zusammen. Langsam stand er auf, und ein Gefühl übermenschlicher Macht durchflutete ihn. Er war nicht tot, nicht einmal verletzt, und nun sollte diese Elfe sehen, dass sie ihm nichts anhaben konnte. Seine Gegnerin stand inzwischen an der Tür, die Waffe auf ihn gerichtet und ein neues Magazin einschiebend, während das leere Magazin klirrend auf den Boden fiel. Eine Stimme brach aus ihm hervor: »Du kannst mich nicht töten.«

Und ein Lachen, das nicht nur sein eigenes war, entrang sich seiner Kehle. Die Elfe starrte ihn an, grimmige Wut und Entschlossenheit in ihrem Gesicht.

»Töten kann ich dich noch nicht und einfangen auch

nicht, aber ich kann dich den Schmerz und die Angst lehren.«

Sie drehte ihre Waffe, die gerade noch auf seinen Bauch gerichtet war, ein Stück von ihm weg und zielte auf etwas hinter ihm. Mit einem bösartigen Lächeln drückte sie den Abzug durch, das Mündungsfeuer flammte auf, doch John wich keinen Zentimeter zur Seite. Er spürte nicht einmal den Hauch von Angst, die sie ihm einjagen wollte, schließlich konnte er nicht sterben, schon gar nicht, wenn sie daneben schoss. Hinter ihm ertönte ein Klirren, die Elfe schoss auf das Fenster hinter ihm, das in kleine Splitter barst. Er musste lächeln, was war das doch für eine bescheuerte Idee. Doch seine Überheblichkeit verschwand, als die ersten sengenden Schmerzen seinen Rücken trafen. Es waren die Stiche von einem ganzen Schwarm von Bienen, nein, es war, als würden kleine Feuer auf seinem Rücken brennen. Schreiend drehte sich John um, um sich seinem neuen Gegner entgegenzustellen. Doch er hatte keine Chance. Zum ersten Mal seit Tagen sah er durch die vielen münzgroßen Löcher in der Jalousie die Sonne, und sie schien nicht erfreut zu sein, ihn wiederzusehen, denn da, wo ihre hellen Strahlen seinen ungeschützten Körper trafen, brannte sie schlimmer als der schlimmste Sonnenbrand, schlimmer als das schlimmste Höllenfeuer. In der Jalousie platzten immer mehr Einschusslöcher auf, die Treffer des Sonnenlichts auf seinem Körper häuften sich. Er schrie, seine Wut und seine Angst kannten keine Grenzen, es war, als würde ein wildes Tier in seinem Körper losgelassen. Mit wutverzerrtem Gesicht wirbelte er herum, doch die leere Türöffnung war das Einzige, was sich ihm darbot. Sofort rannte er los und schloss die Tür, indem er sie zuschlug. Er wollte nur noch in die Dunkelheit flüchten, Hass und panische Angst bestimmten sein Handeln.

Im Vorbeirennen riss er den blutenden Elfen, den er angeschossen hatte, vom Boden hoch und schleppte ihn mit sich. Wütend und unter schrecklichen Schmerzen zog er sein Opfer mit sich in sein dunkles Zimmer und schloss auch diese Tür. Der Elf rührte sich, eine kleine Bewegung verriet ihn, er war also noch am Leben. Aber das war nichts, was man nicht ändern konnte. Mit einem lauten Krachen schlug er den Elfen gegen die Wand neben der Tür. Der Elf röchelte auf, und überrascht spürte John einen stechenden Schmerz in seinem Arm. Blutverschmierte Klingen unter den Nägeln holten aus, um ihm einen weiteren Stich zu versetzen. Der Schmerz machte ihn nur noch wütender. John wollte sehen, wie der Elf mit dem Schmerz fertig würde. Sein Opfer holte für den nächsten Schlag aus, und die Hand ragte über die Kante des Türrahmens hinaus. Dies war Johns Chance. Mit einem brutalen Faustschlag traf er die Hand des Elfen, und mit einem lauten Krachen brach der Arm kurz über dem Handgelenk. Der Verwundete schrie auf, und sein Widerstand ließ endlich nach. Es war eigentlich schade, dass es schon vorbei war. John packte den Elfen brutal an den Haaren und riss dessen Kopf nach hinten. In den entsetzten Augen seines Opfers spiegelte sich Johns Gesicht, das Gesicht eines Monsters wider, eines Wesens, das alle Menschlichkeit verloren hatte. Doch die Spiegelbilder in den Augen waren nichts im Vergleich zu dem Anblick des hellen, verwundbaren Halses direkt vor seinem aufgerissenen Mund.

Mit einem letzten Wutschrei versenkte er seine Zähne in das weiche Fleisch und riss die blutgefüllten Adern auf. Heißes Blut strömte in seinen Mund, und ein Gefühl der Ekstase durchfuhr ihn und erstickte die zappelnden Versuche des schreienden Elfen, sich zu wehren. Die Stimme seines Peinigers, nein, verbesserte er sich, seines Wohltäters erklang in ihm:

»Endlich hast du aufgehört zu leugnen. Der erste Schritt zur wahren Macht ist getan.«

Alles Weitere passierte wie in einem Rausch oder in einem Traum. Später saß John benommen auf dem Boden, blutüberströmt und im Triumph seiner Stärke völlig versunken, den Kopf eines toten Elfen, der ihn mit leeren Augen anstarrte, auf seinem Schoß.

John hatte viel gewonnen, aber noch mehr verloren. Er war nahezu unverwundbar, das Gefühl der Macht war einzigartig, aber jetzt, da es abklang, war der Beigeschmack bitter. Ohne Skrupel hatte er einen Elfen getötet, nicht aus Notwehr, sondern nur, um seiner Wut Luft zu machen, hatte er ein Leben ausgelöscht. Und das Schlimmste daran war, dass er es genossen hatte. Jetzt hatte er sich zwar wieder unter Kontrolle, aber was war später? Er war eine Gefahr für jeden Menschen in seiner Nähe. Seine Wut und sein Blutdurst waren vorübergehend gestillt, aber wie lange würde es dauern, bis alles von vorne begann? John hielt den Gedanken nicht aus und schloss die Augen, nur um die Qualen eines Elfen zu sehen, der zur falschen Zeit in seine Hände geraten war. Plötzlich wurde ihm noch etwas anderes bewusst. Die Angreiferin hatte seine verwundbare Stelle gekannt. Die Truppe war in die Wohnung eingedrungen, um ihn zu töten. Oder hatte sie nicht gesagt, um ihn zu fangen? Seine Gegner wussten offenbar, wer er war, und jagten ihn, jagten das Etwas in ihm, das seine Präsenz so brutal zum Ausdruck gebracht hatte. John wurde plötzlich eines klar: Er musste fliehen.

Aber was würde aus Vivien? Sie war hier ebenfalls nicht mehr sicher, denn sie kannten ihr Versteck. Andererseits, war sie beim ihm sicher?

Für einen kurzen Moment versuchte er das Risiko abzuschätzen, doch dann fällte er eine Entscheidung. Er musste sie mitnehmen, sie war jetzt zu verwundbar.

Und er wollte verdammt sein, wenn es ihm nicht gelang, sich unter Kontrolle zu halten.

Schnell durchsuchte er die Leiche des Elfen und des älteren Mannes, den er im Wohnraum erschossen hatte, doch er fand nichts von Interesse. Also packte er einige Sachen in eine Sporttasche, die er in Viviens Schlafzimmer fand, und durchsuchte auch den Rest der Wohnung, um alles, was sich als nützlich erweisen könnte, mitzunehmen und in die Tasche zu stopfen. Nach fünfminütigem Packen war die Tasche zwar ziemlich voll, aber nicht besonders schwer. Das größere Problem bei der Flucht war Vivien, sie war nicht bei Bewusstsein und wahrscheinlich immerhin schwer genug, um ihm einige Probleme zu bereiten. Und wie sollte er das Haus verlassen bei all dem tödlichen Sonnenschein draußen? Bei der Untersuchung des toten Magiers hatte er sich bemüht, nicht in einen der Lichtkegel zu geraten, doch wo Licht auf seine ungeschützte Haut gefallen war, hatte es ihm unmenschliche Schmerzen bereitet. Aber das war nichts im Vergleich zu der Wirkung, der er ausgesetzt sein würde, wenn er ungeschützt auf die Straße trat. Andererseits musste er schnell weg. Die Schüsse könnten die Polizei auf den Plan gerufen haben, und es war nur allzu wahrscheinlich, dass seine Jägerin bald mit Verstärkung zurückkam. Zumindest musste er aus der Wohnung und dieser Etage. Die Leichen zu verstecken hatte wenig Sinn, die Blutspuren und Einschusslöcher waren zu offensichtlich, um den Mord tarnen zu können.

Vorsichtig hob er Vivien aus dem Bett und zog ihr schnell Jeans, T-Shirt und ihren langen Mantel über die Leibwäsche, in der sie im Bett gelegen hatte. Schuhe und ein paar andere Kleidungstücke packte er oben auf die Tasche.

Schließlich war er so weit, mehr Vorbereitungen konnte er nicht treffen. Die Sporttasche hängte er um und schulterte Vivien vorsichtig, um erleichtert festzustellen, dass die Belastung durch ihr Gewicht nicht besonders groß war. John eilte in den Flur, verriegelte die Tür und rannte in Richtung Aufzug, während er in Gedanken dem Architekten dankte, der anscheinend vergessen hatte, den Flur mit Fenstern zu erleuchten, denn ihm konnte die bunkerähnliche Bauweise nur recht sein.

Der Aufzug stand offen, und ein Mann in den Farben von Pyros Gang lag auf dem Boden der Kabine. Die Augen des Toten starrten an die Decke, und ein blutendes Loch in der Stirn und Spritzer von Blut und Gehirn an der Wand waren eine mehr als deutliche Erklärung, was die Elfe mit ihm gemacht hatte. Trotz des widerlichen Anblicks stieg John in den Aufzug und drückte auf den Knopf für den Keller, aber die Tür bewegte sich keinen Zentimeter. Er startete einen weiteren Versuch, doch nichts passierte. Einer spontanen Eingebung folgend, ließ er seinen Blick auf die Tür zum Treppenhaus wandern, doch er hatte das Gebäude von außen gesehen; das Treppenhaus war von unten, als er vor dem Haus gestanden hatte, durch die großen Glasflächen zu erkennen gewesen. Der verdammte Aufzug musste doch irgendwie funktionieren. Plötzlich kam ihm eine Idee, und wie er vermutet hatte, war die Lichtschranke an der Tür überklebt, um den Aufzug aufzuhalten. Da er die Treppe nicht benutzen konnte, wäre er beinahe gefangen gewesen. Die Elfe wollte ihn also tatsächlich aufhalten, um Verstärkung zu rufen.

Mit einem starken Ruck riss er den Klebestreifen ab und drückte erneut auf den Knopf für den Keller, und endlich setzte sich der Aufzug in Bewegung.

Während der kurzen Fahrt war er gezwungen, den Geruch von Blut zu riechen, doch in der Enge der Fahrstuhlkabine löste diese Wahrnehmung Ekel bei ihm aus. Glücklicherweise hielt der Aufzug nach kurzer

Fahrt mit einem Quietschen im Keller an. Die Tür glitt mit einem mechanischen Knirschen auf, und die Falle schnappte zu. John konnte gerade noch eine Gruppe von Personen erkennen, als plötzlich die Türkontrolle neben ihm explodierte.

Vor ihm in der Tiefgarage stand die Elfe in dem Tarndress, und neben ihr auf einer schweren Harley saß ein großer Ork in dicker Panzerkleidung, seine AK-98 an der Hüfte angelegt. Seine Hand war auf den Abzug des Granatwerfers gelegt und die Mündung auf den Aufzug gerichtet. Ein mordlüsternes Leuchten war in den Augen des Orks zu erkennen, offenbar stellte er sich gerade vor, wie der Aufzug und die Insassen nach dem Beschuss mit einer Dreißig-Millimeter-Granate aussehen mussten.

Doch der Ork interessierte John weniger, seine Aufmerksamkeit galt voll und ganz der Elfe. Sie trug einen Kampfoverall in Urban-Camouflage-Farben und stand vor einer schnittigen BMW-Rennmaschine. In ihrer linken Hand hielt sie lässig eine kleine Pistole, die sie wie zufällig in seine Richtung hielt. Seine Gegnerin hatte den leichten und schlanken Körperbau einer Elfe, doch der Kampfanzug betonte auch ihre Muskeln und weiblichen Formen. Ihr Gesicht war hellhäutig, und die Augen waren hinter spiegelnden Chromabdeckungen versteckt. Mit ihrem kurzen Haarschnitt vermittelte sie ein Bild von kaltblütiger Effizienz.

Im Hintergrund der Szene waren Umrisse zu erkennen, die eindeutig menschlich waren, und wie zufällig stach ihm bei einer der fünf Leichen ein rotes Abzeichen auf dem Ärmel ins Auge. Es zeigte eine rote Flamme, die das Zeichen von Pyros Gang war.

Um Vivien nicht unnötig zu gefährden, legte er vorsichtig ihren leblosen Körper auf den Boden des Aufzugs und hob langsam die Hände. Als Reaktion erntete er von der Elfe ein kaltes Lächeln, und auch der Ork entblößte seine Hauer zu einem siegessicheren Grinsen.

»So ist es schon besser. Es wäre doch wirklich schade, wenn sie …«, die Elfe zeigte auf Vivien, »dasselbe Schicksal erleiden müsste wie ihre unfähigen Bewacher.«

Zum Zeichen, wen sie damit meinte, deutete sie auf die Leichen hinter ihr. Dann klappte sie mit der freien Hand das Sprechteil eines Funkgeräts auf.

»Zielobjekt gefangen. Leichte Verluste. Fertig zum Abholen.«

Nachdem sie ihr Funkgerät ausgeschaltet hatte, stolzierte sie mit langsamen Schritten zu dem Ork hinüber und blieb neben ihm stehen. Sowohl John als auch der Ork rechneten nicht mit ihrem überraschenden Angriff, als plötzlich drei Klingen von fast dreißig Zentimetern Länge aus ihrem Unterarm schnappten und die Elfe ihre Cybersporne von schräg unten in den Hals des Orks stieß. Die langen Klingen verschwanden mit einem lauten Knacken im Kopf des Orks, der keine Chance zur Gegenwehr hatte. Er blickte sie noch einen Moment verdutzt an, als hätte man ihm gerade einen Witz erzählt, den er nicht verstand, während eine Fontäne dunklen Bluts aus seinem Mund spritzte, und in einem verzweifelten, letzten Heraufreißen seiner Arme schleuderte er die Waffe hoch durch die Luft, sodass sie einige Meter von ihm entfernt mit einem lauten Scheppern aufschlug.

Die Elfe starrte ihrem Opfer kurz in das verdutzte Gesicht und riss dann die Klingen mit einer ruckartigen Geste wieder heraus. Ihr Grinsen erweckte den Anschein, als sei nichts Besonderes geschehen, während der Ork zusammensackte. Mit einem Achselzucken stieg sie über den Leichnam hinweg, um der Blutlache auszuweichen, die sich zu ihren Füßen bildete, und wandte ihre Aufmerksamkeit erneut John zu.

»Ein harter Job, Kopfgeldjäger zu sein, doch manchmal hat man Glück, wenn es um die Anteile geht. Wir müssen nur noch einen kleinen Moment warten, dann lernst du deinen neuen Besitzer kennen.«

John war überrascht von ihrer Kaltblütigkeit, und ihm wurde klar, dass er handeln musste, wenn er die Tiefgarage lebend verlassen wollte. Immerhin war die Elfe kaum bewaffnet, obwohl ihn der Mord an dem Ork abschreckte. Wozu war diese Frau noch imstande?

Ihre kleine Pistole sollte ihm nicht viel ausmachen, also entschied er sich anzugreifen. Doch bei seinem ersten Schritt in ihre Richtung feuerte sie mit ihrer Waffe auf ihn, und sofort verspürte er einen kurzen Stich in seinem rechten Arm. Sein Blick fiel auf einen kleinen Pfeil, der sich in seinen Oberarm gebohrt hatte, und er hatte das Gefühl, dass jede Wahrnehmung des Arms wich, der schlaff an seiner Seite herabhing. Ein taubes Gefühl machte sich breit, und die Elfe hatte nur ein Kopfschütteln für ihn übrig.

»Du solltest stehen bleiben, der zweite Pfeil enthält ein nettes, wirksameres Gift. Tot bringst du zwar nur das halbe Kopfgeld, aber mein Anteil hat sich bereits vervierfacht, es wäre also kein großer Verlust. Außerdem könnte ich zuerst deine Freundin töten, falls du nicht kooperierst.«

Sie lächelte ihn auf eine katzenhafte Art an und lehnte sich gemütlich an die BMW, ohne sich an den Leichen zu ihren Füßen zu stören. Die Elfe war einfach zu weit entfernt, als dass John sie hätte angreifen können. Bevor er eine Chance hätte, sie zu erreichen, würde sie mindestens einmal auf ihn feuern können.

Allerdings blieb ihm keine Zeit, eine Fluchtmöglichkeit zu finden, denn in der Tiefgarage war das Geräusch eines Autos zu hören. Ein Lieferwagen fuhr langsam auf sie zu, die Lichter auf dem Dach und die weiße Lackierung ließen ihn wie einen Krankenwagen aussehen, doch auf der Seite stand ein anderer Schriftzug. Es war also keine der typischen BuMoNa-Ambulanzen, sondern er musste zu einer anderen Organisation oder zu einem Konzern gehören. Der Wagen kam direkt neben dem Motorrad der Elfe zum Stehen, und drei Leute stiegen aus. Zwei der Neuankömmlinge waren kräftige Männer in Sanitäterkleidung, während der dritte Mann einen dunklen Anzug trug und einen kleinen schwarzen Koffer in der rechten Hand hielt. Als er die Elfe sah, warf er ihr den Koffer zu, den sie mit der freien Hand aufschnappte.

»Vielen Dank, Angel. Wie ich sehe, haben Sie Ihren Auftrag erfüllt, obwohl ein paar unserer Nachwuchstalente, die wir Ihnen zur Seite gestellt hatten, anscheinend weniger Glück hatten.«

Die Stimme des Mannes klang vorwurfsvoll, als er die Leiche des Orks betrachtete.

Die Elfe hatte nur ein kaltes Lächeln für ihn übrig, als sie ihm antwortete:

»Wie ich bereits sagte, arbeite ich nur ungern mit Anfängern. Ich hoffe, Sie haben sich an die Abmachung gehalten, Herr Schmidt. Mir würde gar nicht gefallen, wenn es heute noch weitere Komplikationen gäbe. Außerdem habe ich noch einen kleinen Bonus für Sie. Sehen Sie die Frau da drüben? Vielleicht haben Sie ja Verwendung für ihren Körper?«

Ihr herablassendes Lächeln bewirkte, dass das Gesicht des Angesprochenen versteinerte, und es war offensichtlich, dass er kurz davor stand, etwas Dummes zu tun. Trotz allem schien die mit Angel angesprochene Elfe ihn nicht zu beachten, sondern öffnete den Koffer, der kleine Ampullen und Metallzylinder enthielt. Sie betrachtete jede einzelne Ampulle und schien sichtlich zufrieden zu sein. In der Zwischenzeit kamen die beiden Sanitäter, die den Körperbau von Bodybuildern besaßen, näher und schienen sowohl John als auch Vivien in den Krankenwagen verladen zu wollen. Einer der beiden hatte eine kleine Spritze in der Hand. Beide sahen zwar sehr kräftig aus, aber sie waren nicht bewaffnet. Andererseits war Angel als weitere Gegnerin nicht zu unterschätzen, und es war unklar, ob nicht noch weitere Leute im Wagen saßen. John musste schnell überlegen, was er jetzt tun würde. Ein Angriff schien wenig Erfolg versprechend, da seine Gegner überlegen waren, andererseits würde eine Flucht nach seiner Gefangennahme unmöglich sein. Die Taubheit war zwar aus seinem Arm gewichen, aber er wusste nicht, wie stark die Drogen waren, die man im Krankenwagen für ihn bereithielt. Vor allem hatte er Vivien mit in das Chaos hineingezogen, und genau das war es, was er hatte vermeiden wollen.

John wollte diesen Schmidt als Geisel nehmen, aber zuvor würde er an den Sanitätern vorbei müssen. Außerdem würde Angel für einen kurzen Moment freies Schussfeld auf ihn haben, obwohl ihre Waffe noch auf dem Tank des Motorrads lag. Wenn er an die AK-98 des toten Orks kommen könnte, die nur knapp vier Meter von ihm entfernt lag, würde das seine Chancen stark verbessern. Damit stand sein Plan fest. Mit einem kurzen Blick vergewisserte er sich, dass Vivien immer noch regungslos im Fahrstuhl lag.

Mit einem tiefen Atemzug machte er sich bereit und spürte, wie sich sein Körper anspannte. Sein Verstand rechnete schnell noch einmal alles durch, und sein Adrenalinpegel schaltete bereits seine Wahrnehmung auf Zeitlupe, als er endlich nach einer scheinbaren Ewigkeit lossprang. Die Sanitäter waren darauf nicht vorbereitet, als er direkt zwischen ihnen hindurchflog. Für einen kurzen Moment kam er sich vor wie ein Tiger, der durch einen Feuerreifen sprang, allerdings war sein Flug nicht perfekt, und er rammte einen der beiden Männer an der Schulter. Der harte Stoß brachte den

Angerempelten aus dem Gleichgewicht, sodass er nach hinten fiel, während John selbst hart auf dem Boden landete. Seine Handgelenke knackten aufgrund der Wucht seines Versuches, sein Gewicht abzufangen, und immer noch von seinem Schwung angetrieben, rutschte er mit dem Kopf voran über den harten Asphalt, der seine Kleidung und seine Haut zerriss. Doch dieses Mal hatte John keine Zeit, den Schmerz zu spüren, und richtete seinen Blick auf Herrn Schmidt.

Der Mann im Anzug drehte seinen Kopf wie in Zeitlupe in Johns Richtung, die Elfe folgte seinem Blick. Ein Anflug von Überraschung war in ihrem Gesicht zu lesen, und sofort gewahrte sie sein Ziel, das er fast erreicht hatte: die AK-98. Angel schien für einen kurzen Moment ihre Möglichkeiten abzuwägen, und auch für sie schien die normale Wahrnehmung durch Zeitlupendarstellung ersetzt worden zu sein. Ihre Bewegungen vermittelten trotz der Geschwindigkeit eine Genauigkeit, die nur mit Reflexverstärkung zu erreichen war, denn in einer fließenden Bewegung ließ sie den Koffer fallen und rollte sich rückwärts über ihr Motorrad ab, um hinter der Maschine in Deckung zu fallen. Inzwischen schafften es Johns Nervenzellen, seine Verwundungen zu melden, und seine Arme schrien ihm den Schmerz der Schürfwunden und überstrapazierten Muskeln und Knochen entgegen. Endlich kam seine Rutschpartie zum Stillstand, als er mit seinem Gesicht auf das kalte Metall der Waffe traf. Die wenigen Sekunden hatten sich wie Minuten angefühlt, und doch hatte er sein Ziel noch nicht endgültig erreicht.

Der Sanitäter half seinem Kollegen auf, als John die Waffe in seinen abgeschürften Händen hielt. Der Schmerz würde vergehen. Jetzt ging es um sein Leben und wahrscheinlich um das von Vivien. Sein Blick wanderte über den Asphalt zu der BMW der Elfe, ein heiseres Rattern kam aus dieser Richtung. Angel hatte hinter dem Motorrad Deckung bezogen, und die kleinen Splitterfontänen, die ihre Maschinenpistole aus dem Betonboden riss, kamen direkt auf ihn zu. John rollte sich zur Seite ab und quetschte sich seinen Arm mit dem sperrigen Sturmgewehr. Über das Rattern von Angels Waffe ertönte der Entsetzensschrei von Schmidt, der endlich gemerkt hatte, was vor sich ging und feststellen musste, dass John nur wenige Meter von ihm entfernt mit einem Sturmgewehr lag.

John versuchte sich aufzurappeln, um den Sanitätern auszuweichen, doch Angel hatte die Gelegenheit genutzt, neu zu zielen, und ihre nächste Salve traf. Mehrere Kugeln zischten an ihm vorbei, doch einige Geschosse fanden ihr Ziel und bohrten sich in Beine, Arme und Bauch. Dann verstummte das Rattern, und als Angel ihren Ladestreifen wechseln musste, sprang er auf. Humpelnd erreichte er Schmidt und riss den Mann in seinem teuren Designeranzug mit sich nach unten, als ein weiterer Oberschenkeltreffer ihn das Gleichgewicht verlieren ließ. Wie die anderen Wunden heilte auch diese Verletzung spürbar schnell, was die Schmerzen zunächst aber kaum hemmte. Die Tränen in seinen Augen trübten seine Sicht, und Schmidt wand sich schreiend unter ihm. John sah zum Motorrad der Elfe. Über der Kante des Motorrads blitzte das Mündungsfeuer, und kleine Fontänen von Asphaltbröckchen rasten auf ihn zu. John schrie vor Schmerz laut auf, als sich die Geschosse ihren Weg in seine Seite und seinen Rücken bahnten. Schmidt stieß ein Stöhnen aus, bevor er mit einem letzten Aufbäumen sein Leben beendete, da er von einem Dutzend Kugeln durchbohrt worden war. Der Plan, Schmidt als Geisel zu nehmen, war gescheitert.

In der nächsten Feuerpause drehte John seinen Kopf zur Seite und sah in Richtung der Sanitäter. Beide starrten entsetzt auf ihren Boss, der tot am Boden lag. Bevor sie wieder einen klaren Gedanken fassen konnten, richtete er seine Waffe auf die beiden Männer und feuerte. Eine volle Automatiksalve aus der AK-98 traf die beiden und ließ sie in einer Sprühwolke aus Blut zusammenbrechen. Als die AK nur noch ein leeres Klicken von sich gab, ließ er den Abzug los. Während sich seine Wunden regenerierten und sich sein Gehör von dem brutalen Lärm erholte, hörte er schnelle Schritte, die sich entfernten. Die Elfe rannte zum Ausgang der Tiefgarage. Genau in dem Moment, als John in ihre Richtung sah, blieb sie stehen und drehte sich zu ihm um.

»Eins zu null für dich, Kreatur der Nacht. Aber dein Ende wird kommen, und ich werde zur Stelle sein, um deinen Kopf als Trophäe mitzunehmen.«

Die Elfe ging gemächlich in den Lichtkegel, der von der Rampe in die Tiefgarage fiel. In ihrer rechten Hand trug sie den kleinen Koffer, den ihr Schmidt gegeben hatte; sie schien davon überzeugt, dass John sie nicht mehr angreifen könnte. Zwar war das Sturmgewehr leer geschossen, aber er hatte immer noch den Granatwerfer. Doch als er den Lauf der Waffe in ihre Richtung hielt, zögerte er. Irgendetwas an ihrem Blick hatte ihm nicht gefallen. Er hatte das Gefühl, dass ihn gleich eine böse Überraschung treffen sollte. Sein Blick fiel auf das glänzende Chrom ihrer BMW-Rennmaschine. Warum war sie nicht mit dem Motorrad weggefahren, sondern ging zu Fuß? Auf einmal kam eine schreckliche Ahnung in ihm auf, und ihm wurde klar, warum das Motorrad noch immer in der Tiefgarage stand. In letzter Sekunde gelang es ihm mit einem Hechtsprung, im Aufzug in Deckung zu gehen, als die BMW in tausend Stücke gerissen wurde. Die Druckwelle warf ihn gegen die Fahrstuhlwand, und benommen fiel er zu Boden. Splitter prallten mit lautem Scheppern auf den Beton, und als John sich wieder aufgerappelt hatte, sah er überall in der Tiefgarage brennende Motorradteile liegen. Dichter Rauch wogte durch den Raum, und es stank nach den verschmorenden Plastikteilen. Die Bombe war eine weitere Falle der Elfe gewesen, doch dieses Mal hatte er sich durch ihren Abgang nicht verwirren lassen.

Spätestens nach der Explosion war sicher, dass jemand die Polizei rufen würde. Doch für die Flucht brauchte er ein Auto, um sich vor dem Sonnenlicht zu schützen. Als sein Adrenalinspiegel wieder sank, spürte er ein leichtes Brennen auf seiner Haut. Selbst das wenige Licht, das von der Rampe in die Tiefgarage fiel, reichte aus, um ihm Unbehagen zu bereiten. Die beste Alternative schien der Krankenwagen zu sein. Das Auto sah noch halbwegs intakt aus, anscheinend hatte die Explosion den Wagen kaum getroffen, zudem hatten die getönten Scheiben keinen Schaden genommen. Allerdings war John sich nicht sicher, ob die Tönung ausreichen würde, um ihn vor der Wirkung der Sonnenstrahlen zu schützen.

Zuerst musste er sich aber um Vivien kümmern, die immer noch bewusstlos im Aufzug lag. Als er sich über sie beugte, sah er, dass ihre Augen leicht geöffnet waren, doch der glasige Blick machte ihm schnell klar, dass sie ihm im Moment nicht helfen konnte. Vorsichtig hob er sie auf, und als sie erfolglos versuchte, ihm etwas zu sagen, was eher wie ein Gurgeln klang, dämmerte ihm, dass seine Probleme größer waren, als er zunächst angenommen hatte.

Mit größter Vorsicht legte er Vivien auf die Trage aus dem Krankenwagen und band sie darauf fest, um zu verhindern, dass sie während der Fahrt verletzt würde. Außerdem nahm er zwei der dunkelgrauen Decken mit in die Fahrerkabine. Nachdem er sich vergewissert hatte, dass der Zündschlüssel steckte, hüllte er sich in die Decken ein, wobei er nur einen Sichtschlitz für seine Augen ließ. Die Sonnenbrille auf dem Armaturenbrett ergänzte seine Schutzkleidung, und als er sich im Rückspiegel betrachtete, sah er aus wie jemand, der sich mit mäßigem Erfolg als Ölscheich verkleidet hatte. Jetzt war die Zeit gekommen, die Wirkung seiner Schutzkleidung zu testen. Mit einem tiefen Atemzug startete er den Wagen und ließ das schwere Fahrzeug langsam Richtung Rampe rollen. Nun gab es kein Zurück mehr, und wenn er Pech hatte, würde ihn das erbarmungslose Licht der Sonne töten.

Vorsichtig manövrierte er zwischen den Trümmern und geparkten Autos hindurch auf die Ausfahrt zu. Es war ein ungewohntes Gefühl, als einziges Geräusch das monotone Brummen des Motors zu hören, es fehlte ihm irgendwie sein Beifahrer, mit dem er sich unterhalten konnte. Plötzlich wurde ihm schwindlig, Kopfschmerzen hämmerten in seinem Kopf, als wäre er auf eine Erinnerung gestoßen, die ihm verwehrt bleiben sollte. Trotzdem erschien wie ein Blitz ein Name und ein Gesicht in der Schwärze seines Gedächtnisses. Jörg, schoss es ihm durch den Kopf. Es war Jörg, den er vermisste. Sie waren Kollegen gewesen, als er noch bei …

Die Erinnerung war wieder weg, nur der Nachhall des Namens blieb, während das Gesicht in die Tiefe gerissen wurde und verschwand, als wäre es nie da gewesen.

Der Ambulanzwagen hatte die Ausfahrt der Tiefgarage erreicht, und das Tageslicht fiel auf das langsam fahrende Auto. Er hatte Glück, schwere Wolken verdüsterten den Himmel, und die getönten Scheiben absorbierten größtenteils das Licht, aber trotzdem schrie er kurz auf, als er den Brand an seinen Händen spürte. Erschreckt sah er, dass die Wolldecke verrutscht war. Der Schmerz war unglaublich, es war nicht wie das Feuer der kleinen Lichtkegel, sondern viel schlimmer. Es war, als würde er neben einer großen Hitzequelle stehen, die langsam seine Haut versengte und irgendwann sein Fleisch zum Kochen bringen würde. Mit der Decke und der Sonnenbrille war er wenigstens einigermaßen geschützt. In ihm meldete sich erneut eine Stimme, die ihm sagte, dass er überleben würde, denn seine Aufgabe war noch nicht beendet.

XI

Nachdem er die letzte Karte aufgedeckt hatte, hielt er einen Moment inne. Mit welchem Aspekt dieses Spiels sollte er weitermachen? Abermals glitt sein Blick über die Rückseiten der Karten, und nach kurzem Überlegen fixierte er die zweite Karte von unten in der senkrechten Reihe. Es war die Karte seines Umfelds, sie würde ihm zeigen, wie die Umgebung auf den Wandel reagierte und wie sie den Narr beeinflusste.

Das Umfeld versprach interessant zu werden. Schließlich war der Zusammenbruch gerade erst passiert, und es stellte sich die Frage, wie der Narr neu anfangen würde. Was für Menschen würde er treffen, und wie würde er mit ihnen umgehen? Auf dem Weg eines Menschen gab es Freunde und Feinde, so einfach wurden sie in der Regel eingeteilt. Er selbst hatte gelernt, dass es dieses Schwarz und Weiß nicht gab. Die Wahrheit war tatsächlich grau, Feinde konnten zu Freunden werden, und Verrat wurde besonders von angeblichen Freunden begangen. Doch trotz der schmerzhaften Offenbarung würde der Narr dies noch nicht verstehen. Er selbst aber hatte diese Lektion vor langer Zeit gelernt, und seitdem hatte er keine Freunde mehr, sondern nur noch Untergebene. Wenigstens versprach dieses System etwas Sicherheit. Es schützte zwar nicht vor Verrat, aber es erlaubte, jeden Verrat auf das Härteste zu bestrafen.

Verärgert merkte er, dass sich ihr Bild in seine Erinnerungen einschlich. Hatte er ihr nicht das größte Geschenk gemacht und war so blind gewesen, ihr zu vertrauen? Und was hatte sie getan? Sie hatte ihn verlassen, war geflohen und hatte ihm damit eine Menge Ärger bereitet. Doch er würde sie zurückholen, inzwischen hatte er herausgefunden, wo sie sich aufhielt. Vielleicht wäre es einfacher, sie zu töten, doch damit müsste er sich seinen Fehler eingestehen, und normalerweise machte er keine Fehler.

Aber er wollte die Karten legen und nicht über seine Pläne nachdenken. Im Moment waren alle Vorbereitungen getroffen, und er musste nur noch auf ein Ergebnis warten.

Vorsichtig drehte er schließlich die Karte um und betrachtete amüsiert das Motiv. Es war die Karte ›Lust‹. Zumindest war dies die Bezeichnung, die ihm besser gefiel als der übliche Titel, ›Die Kraft‹. Das Bild war einfach gestaltet, doch die Details kamen schließlich von ihm selbst und nicht vom Zeichner der Karten.

Als Motiv waren eine Frau und ein Löwe abgebildet. Der Löwe war ein beeindruckendes Raubtier mit rötlichem Fell und wirkte wild und gefährlich. Doch der jungen, nackten Frau auf der Karte war keine Angst anzumerken. Mit einem zufriedenen Lächeln und in entspannter Haltung genoss sie sichtlich den Ritt auf der Bestie. Es war nicht nur der Versuch der Kontrolle, es war das bewusste Spiel mit der Gefahr. Und auf der anderen Seite war es das Symbol absoluter Beherrschung.

Wie erwartetet verschwammen die Züge der schönen Frau, und er erkannte jene blonde Magierin in ihr, die den Narren begleitete. Sie spielte mit dem Feuer, und der Löwe war in diesem Fall niemand anderes als der Narr. Die Gefahr, die von der Bestie in ihm ausging, reizte sie, und deshalb ließ sie sich auf das Risiko ein. Wahrscheinlich war ihr nicht bewusst, dass sie ihr Leben riskierte, auch wenn es die Ursache für ihr Handeln war. Außerdem schien mehr dahinter zu stecken. Es würde ihn nicht wundern, wenn der Titel der Karte nur eine weitere Motivation für sie war. Sie wollte ihn unterwerfen und sich damit ihre Stärke beweisen.

Doch plötzlich verschwammen die Konturen, und das gesamte Kräftegleichgewicht verlagerte sich. Die Frau veränderte ihre Züge, ihre Ohren wurden spitz, die Haare färbten sich schwarz, und dunkle Schwingen wuchsen aus ihrem Rücken. Sie war nicht mehr wehrlos, sondern ein großes Schwert lag in ihren Händen. Der Löwe war nicht länger das kraftvolle Tier, sondern wurde zu dem am Boden kauernden Narren. Auch der schwarze Engel wollte ihn beherrschen, doch auf eine andere Art als die blonde Frau. Der schwarze Engel wollte ihn unterwerfen und vernichten. Sein Antrieb war destruktiv, und dieses Mal war es der Narr, der das Risiko einging und versuchte, mit ihm zu spielen. Sichtlich fasziniert von dem düsteren Engel erkannte er, dass sich das Motiv wieder veränderte und der ursprünglichen Form ähnelte.

Dieses Mal saßen sowohl der Narr als auch die blonde Magierin auf dem Löwen, doch auch dieser änderte seine Gestalt. Aus dem heroischen Symbol für gerechte Stärke wuchsen plötzlich schwarze Schuppen, und der Kopf wurde immer echsenähnlicher. Die Reiter schrumpften im Vergleich zu dem Koloss von einem Drachen, auf dem sie saßen. Sie versuchten tatsächlich, diese unglaubliche Bestie zu unterwerfen, doch dieses Mal schien das Monster sie nicht einmal wahrzunehmen. Ihr Feind war übermächtig, und er selbst wusste sofort, wen dieser Drache darstellte. Die beiden hatten sich einen wahrlich gefährlichen Gegner ausgesucht, und es grenzte an Selbstmord, sich mit dieser Macht anzulegen. Doch erneut ging es darum, den Widersacher zu unterwerfen oder bei dem Versuch zu sterben.

Doch all diese Kämpfe waren letztendlich unwichtig. Die entscheidende Schlacht wurde im Inneren ausgetragen, und bei dieser Konfrontation konnte niemand dem Narren helfen. Er selbst wusste, wie unwichtig das Umfeld war, denn am Ende sollte die Kraft dieser Entwicklungsstufe dazu dienen, seinen Weg unabhängig von den Meinungen anderer Menschen zu gehen.

Und trotz all der Schwierigkeiten, die sich auftürmten, hatte der Weg des Narren gerade erst begonnen.

Kapitel 2:
DER ENGEL DES TODES

Die Nacht brach herein. Während das Leben im Rest des Plexes sich langsam in die Sicherheit seiner geschützten Häuser oder der glitzernden Discos und Restaurants zurückzog, erwachte in der Trostlosigkeit der Ruinenstadt die düstere Antwort auf das Leben. Die Brachen waren voll von Abschaum, den niemand in den sauberen Teilen des Plexes haben wollte: da waren die Gangs, die den größten Teil des Tages verschlafen hatten und sich mit Einbruch der Dunkelheit auf die Straßen begaben, da waren die Prostituierten, die die verbrauchten Reste ihres Körpers für eine Nacht verkauften, da waren die Schwarzmarkthändler und Dealer, die für den richtigen Preis alles und jeden an den Mann brachten, doch am schlimmsten waren die Geschöpfe der Nacht, die im Schutz der Dunkelheit nach Beute suchten.

Oblivion oder John Doe, wie er genannt wurde, wartete in den Schatten der dunklen Gasse, die zu dem Hinterhof führte, in dem der Krankenwagen geparkt war. Es war nicht schwer, sich zu verstecken, das ganze Viertel war offiziell aufgegeben worden und von der Stromversorgung abgeschnitten. Früher gehörten diese Wohnblocks zum Süden von Dümpten, dem größten Rotlichtviertel im Plex, doch diese verfallenen Wohnbunker waren zu einem Teil der Brachen verkommen und wurden von schlimmerem Abschaum bevölkert als das Bordellviertel selbst, das fest in der Hand des organisierten Verbrechens lag, während in den Brachen all jene Schutz suchten, die nicht zu den großen Syndikaten gehörten. Trotzdem sah man vereinzelt die Lichter der Squatter, die Stromkabel angezapft hatten und in den Ruinen hausten. Ansonsten waren die vereinzelten Feuer in der Straße die einzige Beleuchtung, selbst der Mond hatte sein Angesicht in einer schweren Wolkendecke verhüllt. Oberflächlich gesehen war es ruhig, doch wenn man genau aufpasste, hörte man überall die erwachenden Abbilder des Lebens, die aus ihren Löchern gekrochen kamen. John konnte sich kaum erinnern, wie er hierher gekommen war, und seine Brandwunden kühlten erst jetzt langsam ab. Der Schleier um seine Wahrnehmung, der ihn die letzten Stunden in dem verdunkelten Ambulanzwagen vor seiner Angst geschützt hatte, löste sich langsam auf, und er konnte in der kühlen Abendluft wieder klarer denken.

Er fragte sich, wie es weitergehen sollte. Die Gangkämpfer konnte er für eine gewisse Zeit abhalten, aber der Krankenwagen war zu auffällig und stellte mit seiner Technik und den Medikamenten einen beträchtlichen Wert dar. Wahrscheinlich würde die Nachfrage schnell zu groß für ihn werden, und er hatte nicht vor, sich mit Junkies und Schiebern um einige Ampullen Schmerzmittel und Mediscanner zu prügeln.

Das Warten hatte er damit verbracht, über die Elfe nachzudenken. Sie wusste anscheinend mehr über ihn als er selbst, denn sie kannte einige seiner Schwachpunkte. Kannte er sie vielleicht von früher, oder war sie erst seit kurzem auf seiner Spur? Auf der Suche nach Antworten hatte er intensiv nachgedacht, doch er konnte keine Erinnerung an sie finden. Allerdings hatte er das sichere Gefühl, dass sie sich an diesem Tag zum ersten Mal getroffen hatten, denn eine vorherige Begegnung hätte bestimmt Erinnerungen geweckt, schließlich war sie eine beeindruckende Gegnerin. Und das konnte nur bedeuten, dass sie ein neuer Feind war. Aber woher wusste dieser Feind so viel über ihn, da er doch selbst nichts über sich wusste? Nur Pyro, Shark und Julia mit ihrem schießwütigen Bruder kannten sein Viertel. Pyro und seine Leute schieden dabei aus, denn sie waren vom Team der Elfe überrascht und getötet worden, und es würde ihn wundern, wenn der Gangboss zu so einem Verrat imstande gewesen wäre. Shark kannte er kaum, aber er hätte die Killerin sicher nicht auf seine Spur gebracht, da er Vivien gefährdet hätte. Damit blieb nur noch Julia übrig, und ihre Analyse hätte Hinweise auf seine Besonderheiten geben sollen. Damit wusste sie am meisten über ihn, wahrscheinlich sogar mehr als er selbst. Sie war die Einzige, die hätte herausfinden können, was er war, dennoch wollte er an diese Möglichkeit nicht glauben. Julia war zu freundlich, er hatte direkt ein Band der Sympathie zu ihr gespürt, und trotz seines Anfalls hatte sie ihm vertraut, und dasselbe galt für ihn. Und außerdem konnte er sich nicht vorstellen, dass sie versuchen würde, ihn zu fangen, mit dem Risiko, dass Vivien dabei getötet würde. Trotzdem deutete alles auf sie hin, und die Tatsache, dass seine Gegner ihn mit einem Krankenwagen hatten abtransportieren wollen, war ein weiteres Indiz für diesen Verdacht. Allerdings bestand immer noch die Möglichkeit, dass sie ihn unfreiwillig verraten hatte, und das konnte bedeuten, dass sie selbst in Gefahr war.

Der Ambulanzwagen brachte trotz einer umfassenden Durchsuchung keinerlei weitere Hinweise ins Spiel, sodass er im Moment nur wilde Spekulationen anstellen konnte. Vivien war immer noch nicht bei Bewusstsein, obwohl sie die letzte halbe Stunde einige Male im Schlaf gesprochen hatte. Es schien fast so, als versuchte sie aufzuwachen, schaffte es aber nicht, gegen die Wirkung des Beruhigungsmittels anzukämpfen. Er musste abwarten, dass die Magierin aufwachte, denn schließlich konnte er sie weder in dieser Gegend zurücklassen, noch war er in der Lage, sie durch die

Brachen zu tragen, da er sonst unnötige Aufmerksamkeit erregt hätte. Der Krankenwagen half ihnen auch nicht mehr, da der Tank leer war. Mit dem letzten Tropfen hatte er es geschafft, auf den Hinterhof zu gelangen, und sich dann im Wagen versteckt, bis es endlich Abend wurde.

Während er nun an den Krankenwagen gelehnt die kühle Abendluft genoss und seinen Überlegungen nachhing, hörte er langsame Schritte die Gasse herunterkommen, und sofort spannten sich seine Muskeln an. Für einen kurzen Moment kam eine unglaubliche Panik in ihm auf, und ein sonderbares Chaos aus Bildern und Eindrücken überflutete seine Gedanken: ein Mann, eine dunkle Gasse, ein großer Mann mit langem Mantel, Gefahr, Tod, alle tot.

Doch es war nicht der Mann, vor dem er Angst hatte, der in sein Sichtfeld trat, sondern es war ein großer Ork. Fast zwei Meter hoch ragte der muskulöse Körper des Hünen, der sich langsam in Richtung des Krankenwagens bewegte. Seine schwarzen Synthetiklederklamotten spiegelten das Licht in kleinen Reflexen wider, und die Metallnieten, Ketten und Verschlüsse, die einem Kettenhemd alle Ehre gemacht hätten, funkelten matt und schlugen aneinander, sodass jeder Schritt des Orks von einem Klirren begleitet war. Eine geflickte Mütze, die im ersten Moment wie eine gewöhnliche Baseball-Kappe ausgesehen hatte, entpuppte sich als jene Kopfbedeckung, die die SWAT-Teams der Polizei im Rhein-Ruhr-Megaplex trugen. Normalerweise konnte man diese Mützen nicht bekommen, es sei denn, man erschoss den Besitzer und nahm ihm die Mütze ab, was bei der Gefährlichkeit der Mitglieder dieser Einsatztruppe an Selbstmord grenzte.

Trotz dieser Zurschaustellung von Kampfkraft trat John aus dem Schatten des Ambulanzwagens und ging auf den Neuankömmling zu. Der Ork blieb mit einem unterdrückten Grunzen stehen, und unwillkürlich fuhr seine Hand in die Tiefen der schweren Lederjacke, wo sie wahrscheinlich auf dem Griff einer Pistole ruhen blieb. Es sah so aus, als warte der Ork darauf, dass John den ersten Schritt machte, und als dieser den Ork nur schweigend anstarrte, verlor jener seine Überheblichkeit. Mit einer Grimasse sammelte er seinen Mut zusammen und begann mit einer leisen und für sein Körpervolumen peinlich hohen Stimme zu sprechen, wobei jeder S-Laut wie ein leises Zischen klang:

»He, wass machse hier, Mann? Wass iss dass für 'n Krankenwagen? Ich warn dich, mach bloß kein Ärger oder …«

John überlegte, wie er die Sache am besten angehen konnte. Da sein Bedarf an Gewalt vorerst gedeckt war, entschied er sich für Freundlichkeit.

»Hör zu, Mütze, ich will keinen Ärger, und ich hoffe für dich, dass du das genauso siehst! Meine Freundin und ich hatten 'nen Unfall, und ich suche jetzt 'ne Möglichkeit, für einige Tage unterzutauchen. Es springt 'n Krankenwagen als Belohnung raus, falls sich einer findet, der uns helfen kann!«

Der Ork wirkte sichtlich verwirrt, dass John so schnell zur Sache kam. Wahrscheinlich hatte er mit irgendeinem blöden Spruch gerechnet, der ihm erlaubt hätte, sein Gegenüber zusammenzuschlagen. Stattdessen bat dieser um Hilfe. Es fiel dem Ork sichtlich schwer zu entscheiden, ob er John provozieren oder nachfragen sollte, was all das zu bedeuten hätte. Nach wenigen Sekunden grunzte er seine Antwort:

»Mann, soll dass 'n Scherz sein? Der Wagen steht in unserm Revier, der gehört unss sowiesso schon. Und wass soll ich 'nem Typen wie dir helfen, he? 'nen Brüter wie dich zerleg ich doch mit linkss! Also, sach, was willsse?«

John hätte am liebsten laut losgelacht, als der Ork

sich ereiferte, denn unter dem coolen Gehabe roch er die Angst, die er in Wirklichkeit empfand. Irgendwie musste John ihm unheimlich sein, denn der Ork war es nicht gewohnt, dass jemand aus dem Schema ›blöde Anmache mit anschließender Prügelei‹ ausbrach. Andererseits, vielleicht war der Ork ganz nützlich, denn John musste hier so schnell wie möglich weg, und wahrscheinlich hatte jener sein großkotziges Gehabe mit einigen Freunden abgesichert. Immerhin hatte er davon gesprochen, dass dies ›ihr Revier‹ sei.

»Ganz ruhig, Meister, ich habe nicht vor, dir etwas zu tun. Ich suche einfach eine Wohnung, ein Telekom, etwas zu Essen und ein paar Stunden Ruhe. Und dafür bekommt ihr einen Krankenwagen voller teuerer Technik, Medikamente und Drogen. Der Deal ist also mehr als fair.«

Bei dem Wort ›Drogen‹ leuchteten die Augen des Orks auf, schließlich musste selbst er einsehen, welchen Wert der Wagen mit seiner Ausrüstung darstellte. Andererseits schien er immer noch mit dem Gedanken zu spielen, sich den Wagen einfach zu nehmen, vielleicht befürchtete er auch einfach nur eine Falle.

»Okay, Mann, lass ma' den Wagen sehn, und ich sach dir dann, ob wir wass für dich tun! Und keine Tricks, ich hab hier 'ne dicke Wumme bereit, mit der ich dir 'n übles Loch in den Bauch brennen kann!«

Der Gedanke, wie wenig dieses Spielzeug gegen ihn ausrichten konnte, belustigte John. Der Ork würde ziemlich blöde aus der Wäsche schauen, wenn er sehen müsste, wie sich die Wunden in wenigen Sekunden schließen würden. Trotzdem hatte John genug davon, und die Erinnerung an die Schmerzen machte einen Kampf auch nicht attraktiv. Er ging langsam in Richtung des Krankenwagens, während er auf die schweren Stiefel des Orks hinter sich hörte, um nicht überrascht zu werden.

John öffnete die Doppeltür des Wagens. In der Mitte der Kabine lag Vivien auf der Krankenbahre und wälzte sich im Schlaf hin und her. Aus ihrem Mund kam ein unverständliches Gemurmel, es klang wie eine Warnung, nicht den Wagen zu betreten, sodass John diese Worte zuerst auf sich bezog. Doch aus dem weiteren gequälten Gemurmel wurde ihm klar, dass sie Albträume hatte, in denen sie vom Tod ihrer Schwester verfolgt wurde. Vielleicht war das Vergessen manchmal besser, als die schreckliche Wahrheit zu kennen, vielleicht war es manchmal leichter, tot zu sein, als die Schrecken dieser Welt zu überleben. Ein Gefühl der Hilflosigkeit kroch in sein Denken, wahrscheinlich konnte er weder sich selbst noch ihr helfen.

Der Ork legte seine schwere Hand auf Johns Schulter. Ein feistes Grinsen hatte sich auf seinem Gesicht breitgemacht, und mit einem unterdrückten Grunzen und einem gierigen Blick wandte er sich erst Vivien und dann John zu.

»Nette Braut, die Kleine! Gehört die zur Standardausstattung vonne Karre? Wenn die dazu gehört, nehm' ich den …«

Weiter kam der Ork nicht, denn John hatte sich ruckartig zu ihm umgedreht, und wenn sich das in seinem Gesicht widerspiegelte, was in seinem Inneren vorging, war der entsetzte Gesichtsausdruck des Orks mehr als verständlich. Johns Hand hatte ihren Weg an den Hals des Orks gefunden, und reflexartig stemmte er die fast hundert Kilogramm lebendes Fleisch hoch, um zu dem strampelnden Ork hochzublicken. Immer stärker wurde der Drang, dem Ork ins Gesicht zu schreien, dass diese Frau ihm gehöre und er ihn umbringen könnte, weil er eine so bemitleidenswert schwache Kreatur sei. Doch auf der anderen Seite entsetzte ihn seine eigene Reaktion, diese Selbstverständlichkeit, mit der er Anspruch auf Vivien erhob, denn dieser Teil, der ihn ausrasten lassen wollte, sah in ihr lediglich nur einen Besitz. Angewidert über seine eigene Reaktion entspannte er sich und ließ den Ork langsam herunter.

»Hör zu, Mütze, sei vorsichtig mit dem, was du sagst. Die Frau gehört zu mir, und wer etwas von ihr will, muss erst einmal an mir vorbei! Ich sehe, wir verstehen uns, also kommen wir zum Geschäft, oder gibt es noch irgendein Problem?«

Mütze, wie er ihn nannte, hatte panische Angst, doch er war auch erfahren darin, seine Schwächen hinter einer coolen Maske zu verstecken, und nahm die Aufforderung mit der angemessenen Professionalität auf, selbst wenn sie nur gespielt war.

»Okay, Mann, sollte nur 'n Witz sein. Der Wagen scheint in Ordnung zu sein, und ich kann da wass für dich tun. Also 'ne Wohnung, Mann, kein Problem ...«

Das Geplapper reizte John nur noch mehr als der misslungene Versuch des Orks, so zu tun, als hätte er bei dem Geschäft irgendeine Wahl. Mütze wusste inzwischen, dass John ihn ohne weiteres töten konnte, aber er glaubte, immer noch das coole Gangmitglied spielen zu müssen. Daher entschloss sich John, die Gelegenheit zu nutzen, seine Forderungen noch ein wenig hochzuschrauben.

»Außerdem wäre ein Fahrzeug nicht schlecht, entweder ein Auto oder zwei Motorräder, und wenn du deine Kumpel für den Deal brauchst, dann hol sie jetzt, wir haben nicht die ganze Nacht Zeit!«

Unter dem Vorwand, sich schnell um das Geschäft zu kümmern, zog Mütze hektisch ab. Es war offensichtlich, dass er mehr als froh war, John entkommen zu sein und seine Freunde mobilisieren zu können. Wie die meisten Ganger kannte er das Prinzip der Stärke durch Masse, und es bestand immer noch die Möglichkeit, dass er versuchen würde, den Wagen mit Gewalt zu bekommen. Doch Johns Kraftakt musste ihn beeindruckt haben, denn John war selbst über seine Stärke überrascht. Als der Ork sich ein letztes Mal umdrehte, rief er John zu, dass er in spätestens einer halben Stunde zurück sei, und rannte dann die Gasse entlang. Eine halbe Stunde hatte er also noch Zeit, um Vivien wach zu bekommen und einen Plan zu schmieden, falls der Ork Probleme machen würde.

In Gedanken versunken sah er zu Vivien hinüber. Sie war der einzige Mensch, der ihm noch geblieben war. Sie war seine Hoffnung, seine Identität zu finden, und vielleicht war sie die Einzige, die seinen Schmerz verstehen konnte. Allein die Tatsache, dass er nicht allein mit seinen Problemen war, brachte ihm wenigstens den Schimmer einer Hoffnung. Irgendwie war es eine Ironie des Schicksals: da saßen sie nun zusammen in einem Krankenwagen, sie, die Frau, die sich hinter einer ganzen Ansammlung von Namen versteckte, und er, der eigentlich keinen Namen hatte. Sie flüchtete vor ihrer Vergangenheit, und er hätte alles für einen winzigen Einblick in sein früheres Leben gegeben.

Wenn er Vivien nicht bald wach bekam, würde es möglicherweise heikel werden, denn erstens hoffte er auf ihre Unterstützung, und zweitens war sie in der gegenwärtigen Verfassung nur eine Belastung für ihn. Wie lange würde dieses verdammte Beruhigungsmittel noch wirken? Als sein Blick auf ihr friedliches Gesicht fiel, verflog sein Zorn, und für einen kurzen Moment lächelte er. Mit neuem Mut erwachte er aus der Starre. In dem Krankenwagen musste es doch irgendetwas geben, um sie aufzuwecken, und dann würden sie weitersehen.

Hektisch wühlte er in den Medikamentenvorräten herum und versuchte, etwas zu finden, mit dem er die Wirkung des Beruhigungsmittels neutralisieren konnte. Als er endlich einen Satz Medikamentpflaster gefunden hatte, wandte er sich der Magierin zu, die sich im

Schlaf hin und her wälzte. Bevor er ihr die Medikamente verabreichte, vergewisserte er sich, dass er sich nicht vergriffen und das richtige Patch erwischt hatte. Die dunkelrote Aufschrift auf der Verpackung besagte, dass das Pflaster eine Kombination von Wirkstoffen freisetzen würde, die den Körper aus einem Schock, einer Bewusstlosigkeit und ähnlichen Zuständen wachrufen würden. Außerdem seien die Patches in extremen Situationen auch dazu geeignet, Leute über ihre natürlichen Grenzen hinaus wach zu halten. Johns Meinung nach waren die letzten Tage eine Extremsituation gewesen, und damit sah er die Anwendung als gerechtfertigt. Zur raschen Wirkung empfahl die Beschreibung, das Patch im Brustbereich aufzudrücken, also legte er die Decke zur Seite und öffnete ihren Mantel. Wenigstens konnte er dieses Mal die sonderbaren Gefühle beim Anblick ihres Körpers unterdrücken. Gerade als er das Patch aufsetzen wollte, fiel sein Blick erneut auf die Anleitung. Und erst jetzt sah er einen Warntext, den er vorher übersehen hatte:

Für Risiken und Nebenwirkungen bei magisch-aktiven Personen wird keine Haftung übernommen!

Vivien war eine Magierin, und er konnte diese Art von Drogen nicht verwenden, wenn er ihre Fähigkeiten und ihr Leben nicht gefährden wollte. Mit einem unterdrückten Wutschrei schlug er seine Faust an die Seitenwand der Kabine, und die helle Plastikverkleidung gab mit einem lauten Krachen nach und splitterte. Irgendwie musste sie aufwachen, und zwar schnell. Das Gefühl, dass ihm die Zeit fortrannte, wurde immer schlimmer und ließ Panik in ihm aufkommen.

Auch wenn er sich wie ein eingesperrtes Tier fühlte, blieb ihm nichts anderes übrig, als zu warten, bis Mütze und seine Freunde auftauchen würden. Und bei der bevorstehenden Auseinandersetzung mit Mützes Leuten hatte er nicht einmal Rückendeckung. Ein Teil von ihm lachte innerlich über die Möglichkeit, dass sie versuchen könnten, ihn zu hintergehen, und wie sie einer nach dem anderen für diesen Versuch mit ihrem Leben bezahlen würden. Aber vielleicht war das gar nicht nötig. Im Grunde genommen wartete er nur darauf, dass endlich etwas passierte.

»Du bist keiner von diesen Schreibtischhengsten, darum wirst du wohl dein Leben lang mit mir durch diese verrottende Stadt fahren müssen …«

Die Stimme in seinem Kopf kam ihm sonderbar bekannt vor, es war fast so, als wäre er wieder an jenem Ort mit dem Mann, der das gesagt hatte, doch er hatte keine Zeit, über jenen alten Bekannten nachzudenken, denn von draußen hörte er lautes Gegröle. Anscheinend war Mütze endlich zurück.

Mit einer geschmeidigen Bewegung sprang John aus dem Wagen und landete fast lautlos auf dem harten Asphalt. Vor ihm standen acht große Orks in derselben Leder- und Kettenkluft gekleidet wie Mütze, und alle trugen irgendwelche Waffen, angefangen von Schwertern bis hin zu Schrotgewehren. Sie sahen aus wie ein improvisierter Lynchmob, der alles an Waffen mitgebracht hatte, was er hatte finden können. Mit einem Lächeln nahm er zur Kenntnis, dass alle ziemliche Angst vor ihm haben mussten, ihre Haltung verriet sie. Trotzdem kam der Anführer dieses sonderbaren Trupps direkt auf ihn zu und blieb nur einen Meter vor ihm stehen, um ihn anzustarren. John konnte auf die Entfernung die Mengen Alkohol riechen, die der Ork in seinen Körper geschüttet haben musste, und hielt seinen Blick fest auf die Augen seines Gegenübers gerichtet. Der Ork begann nach wenigen Sekunden zu blinzeln und sah dann weg. Die erste primitive Machtprobe war ein Kinderspiel gewesen, aber John war durchaus bewusst, dass ein solcher erster Eindruck entscheidend sein konnte.

Gelangweilt wartete John auf das, was der Anführer zu sagen hatte. Der Ork begann mit tiefer, kräftiger Stimme zu sprechen. Im Gegensatz zu Mütze war seine Aussprache deutlicher, und er versuchte, seiner Rede einen drohenden Unterton zu geben.

»Torak sagt, du willst den Wagen gegen Sicherheit eintauschen und meinst, hier den großen Meister markieren zu müssen! Hör zu, Brüter, du befindest dich hier in unserem Gebiet, dem Revier der *Slayriders*, und hier mache ich die Regeln, klar? Wenn du damit Schwierigkeiten hast, wirst du dich mit meinen Jungs herumschlagen müssen.«

Der Anführer der Orkgang drückte sich relativ gut aus und verfiel nicht in das Stadtslang-Gegrunze von Mütze. Obwohl sich John seine Überraschung nicht anmerken ließ, schien der Ork seine Selbstsicherheit wiederzugewinnen. Sollten die *Slayriders* auf die Idee kommen, sie könnten sich einfach nehmen, was sie wollten, war ein Kampf vorprogrammiert. Da der Ork mit seiner Rede fertig war, beschloss John, ihm eine deutliche Botschaft zu vermitteln.

»Schön, es sieht so aus, als könnten wir uns einigen, wenn ihr nicht auf dumme Gedanken kommt. Denn eines sollte dir klar sein, wir wissen, worauf wir uns einlassen. Und damit sollte auch dir klar sein, dass wir nicht ohne Möglichkeiten sind.«

Normalerweise hätten diese Worte die Ehre des Anführers bereits verletzen können, aber anstatt aus krankem Ehrgefühl John herauszufordern, machte sich ein Lächeln auf den Zügen des Orks breit, das seine großen, gelblich verfärbten Hauer freilegte. Vielleicht konnte er doch noch ein Geschäft mit den Orks machen, und deshalb redete er ohne Unterbrechung weiter.

»Meine Freundin und ich brauchen eine Wohnung für ein, zwei Tage, dazu Essen, Kleidung, ein Transportmittel und Waffen. Es sollte für dich und deine Leute nicht schwer sein, diese Sachen zu beschaffen, alles in allem ist das Kleinkram, um den ich mich leider nicht selbst kümmern kann. Zum Ausgleich bekommt ihr den Krankenwagen, der mit seiner Ausrüstung mehr als hunderttausend wert ist. Das dürfte die geforderten Dienste ausreichend bezahlen und alle persönlichen Fragen hinreichend beantworten, die du jetzt vielleicht stellen willst. Sind wir uns einig?«

Der Anführer der Slayriders war offensichtlich überrascht von der Geschwindigkeit, mit der John den Handel durchziehen wollte, und versuchte ein letztes Mal, seine Position auszureizen.

»Und was ist, wenn wir uns einfach nehmen, was in unserem Revier ist? Du bist ein einzelner Brüter, vielleicht ist da noch deine komische Freundin, aber wir sind acht kräftige Orks, und dieselbe Anzahl wartet draußen auf der Straße in der Hoffnung, dass ihr so dumm seid und Schwierigkeiten macht!«

Das überhebliche Grinsen wirkte unsicher, als könne der Boss der Slayriders spüren, dass er nichts mit seinem Auftreten erreichen würde. John überlegte kurz, ob er dem Ork drohen sollte, letzten Endes war es aber besser, die Frage zu übergehen und es dem Ork zu überlassen, sich die Folgen auszumalen.

»Machen wir den Handel oder nicht? Allmählich wird mir dieses Hin und Her langweilig!«

Seine Ungeduld war nicht gespielt, und der Anführer der Gang machte inzwischen ein Gesicht, als wüsste er, dass, egal welche Entscheidung er traf, diese sich als falsch entpuppen würde. Mit einem gequälten Lächeln trat er auf John zu und streckte seine große Hand aus, deren Rücken von dichtem schwarzem Haar überwachsen war.

»Okay, wir machen den Deal. Eine Wohnung, zwei Feuerwaffen und ein Auto. Einer meiner Leute bringt euch zur Wohnung, und dort bekommt ihr die restlichen Sachen. Wir bekommen den Krankenwagen mit allem, was an Ausrüstung drin ist.«

Das war alles, was John wollte, und ohne zu zögern schlug er ein. Der Händedruck war fest, aber John spürte die eigene Kraft in seiner Hand und ließ sie wie einen Schraubstock um die Pranke des Orks geschlossen, der vergeblich versuchte, den Händedruck zu lösen. John musste lächeln. Woher seine Stärke auch kam, er fand Gefallen daran. Das Gesicht des Anführers wurde allmählich bleich, und der Hauch von Panik war unübersehbar, sodass John die Gelegenheit für ideal hielt, um seine letzte Forderung zu stellen.

»Wir sind uns sicher einig, dass du uns zur Wohnung begleitest, während sich deine Leute um den Wagen kümmern! Ich schlage vor, einer deiner Männer holt einen Wagen in den Hof. Wir fahren gleich los, um nicht noch mehr Zeit zu vertrödeln.«

Mit einer gewissen Genugtuung vernahm John die zustimmende Antwort des Orks, die ein wenig gequält klang, auch wenn er seinen Leuten vorzuspielen versuchte, er hätte die Situation unter Kontrolle, und ihm war egal, ob sein Verhandlungspartner mit der schnellen Einwilligung nur seine Hand aus dem Klammergriff lösen wollte oder die Idee tatsächlich ohne Widerrede akzeptierte.

Der Anführer der Slayriders, der sich auf der Fahrt als Spälter vorstellte, war alles andere als begeistert gewesen, als er schließlich mit John in den grauen EMC Carrona eingestiegen war. Zusammen mit einem der Orks hatte John Vivien vorsichtig auf die Rückbank der Limousine gelegt, doch das lüsterne Grinsen seines Helfers war binnen Sekunden aus seinem Gesicht gewichen, als er John ansah. Spälter war an der Fahrerseite eingestiegen und fuhr sie jetzt durch die nächtlichen Straßen, während seine Leute den Krankenwagen plünderten. Der Anführer der Orks roch förmlich nach Angst, doch mit der Zeit fand er seine Sicherheit und seine Stimme wieder und erzählte von dem Stadtviertel und seiner Gang. Seine Versuche, mehr über John und seine Begleiterin herauszufinden, scheiterten daran, dass John ihn einfach ignorierte.

Die trostlosen Betonhochhäuser des Viertels machten kleineren Geschäften und bewohnten Häusern Platz, dann näherten sie sich dem geschäftigen Teil von Dümpten. Das Straßenbild war durch die heruntergekommenen Bars und Stundenhotels geprägt, auf den Bürgersteigen stolzierten die halb nackten Prostituierten herum und versuchten, mit der Zurschaustellung ihres Körpers Kunden zu angeln, während in den Schatten der Gassen sonderbare Gestalten ihren Geschäften nachgingen. Neben den Kunden, die sich in diesem heruntergekommenen Teil des Rotlichtviertels aus gewöhnlichen Arbeitern und anderen Vertretern der Unterschicht zusammensetzten, konnte John Gangmitglieder erkennen. Auch der vereinzelte Schwarzmarkthändler, der Waffen, Drogen oder Organe anzubieten hatte, oder die Fußsoldaten der Mafia, die die Reviere ihrer Syndikate schützten, entgingen seiner Aufmerksamkeit nicht. Von Zeit zu Zeit würde die Polizei eine Patrouille in das Gebiet schicken, die einige Typen verhaften würde oder sich von den Zuhältern und Schwarzhändlern bestechen ließ, doch es war wahrscheinlich, dass auch private Sicherheitsfirmen das Gebiet als ›Übungsgelände‹ benutzten. Am Ende würde es niemand wagen, sich zu beschweren, wenn es Tote bei diesen Manövern gab, und die Sicherheitsleute konnten sich hier mal so richtig austoben. Dass der Wert eines Lebens in diesen Teilen der Stadt unter dem einer warmen Mahlzeit stand, war eine der bekannten Schattenseiten des Plexes.

Schließlich blieben sie gegenüber einer Bar stehen,

die mit ihrer neuen Holoreklame den erbärmlichen Zustand des restlichen Etablissements zu verdecken suchte. Spälter zeigte auf das Haus auf der anderen Straßenseite, das anscheinend als Wohnhaus mit preiswerten Apartments für berufstätige Singles geplant worden war, jetzt aber als Wohn- und Arbeitsplatz der Frauen diente, die auf dem Bürgersteig ihren Körper zum Verkauf anboten. Im ersten Moment erschien dieser Ort John viel zu belebt, aber dann änderte er seine Meinung. Auf jeden Fall war es schwer, hier jemanden wiederzufinden, und da der Unterschlupf sowieso nur als Übergangslösung geplant war, erschien die Wahl gar nicht so schlecht.

John hatte noch nicht ganz den Wagen verlassen, als eines der jungen Mädchen auf ihn zukam. Sie war etwas kleiner als er, und seiner Schätzung nach war sie nicht älter als sechzehn. Trotz des kühlen Wetters war sie nur mit einem kurzen roten Lackröckchen und einem durchscheinenden Shirt bekleidet. Ihre langen blonden Haare wirkten dabei genauso künstlich wie ihr Make-up und ihr Lächeln, das etwas Bemitleidenswertes hatte. Als sie mit einer kraftlosen Umarmung auf Körperkontakt ging, sah John in ihre Augen. Die Pupillen waren unnatürlich geweitet, und ihr Blick hatte etwas Leeres an sich. Es wirkte wie der starre Blick einer Toten. Doch auch wenn sie auf dem besten Weg war, in naher Zukunft als Leiche zu enden, war es offensichtlich, das sie unter dem Einfluss starker Drogen stand, mit denen sie sich vermeintlich am Leben hielt. Angewidert drückte er das Mädchen von sich weg. Bevor er die Hintertür des Wagens öffnen konnte, spürte er trotz seiner deutlichen Ablehnung ihre Hand, die über seinen Oberschenkel glitt, während sie ihr Angebot wiederholte und ihren Preis mit zwanzig EC nannte. John spürte wieder diesen Hass in sich aufkeimen, er wollte nicht von ihr belästigt werden und ihr deutlich zeigen, was passierte, wenn sie ihn nicht in Ruhe ließ, doch einem Teil von ihm widerstrebte es, dem Mädchen wehzutun. Im Grunde war sie nur ein weiteres Opfer der Stadt und hatte eher sein Mitleid als seinen Zorn verdient. Als er sich umdrehte und in ihr junges und trotzdem verbrauchtes Gesicht sah, spürte er den Verlust. Für Sekunden verschmolzen die Züge vor seinen Augen zu denen einer anderen Frau: die kurzen dunkelbraunen Haare, die Datenbuchse, dieses Lächeln, es war etwas gewesen, was er geliebt hatte. Und es war jemand, den er verloren hatte und dessen Anblick sein Gedächtnis noch einmal für einen kurzen Moment heraufbeschwor. Der Verlust überwältigte ihn, es war das schreckliche Gefühl, jemanden verloren zu haben, ohne dass auch nur der Hauch einer Erinnerung geblieben war.

Ein Schrei riss ihn in die Wirklichkeit zurück, und überrascht musste er mit ansehen, wie das Mädchen auf den harten Asphalt aufschlug. Spälter fluchte wütend, sie solle ihn gefälligst in Ruhe lassen, und holte mit dem schweren Springerstiefel aus, um das am Boden liegende Mädchen in den Bauch zu treten. Doch bevor der Ork zutreten konnte, hatte John ihn bereits weggerissen und gegen den Wagen geschleudert.

»Das reicht, lass sie in Ruhe!«

Mit einer abwehrenden Handbewegung wich Spälter zurück und murmelte halblaut eine Entschuldigung. John trat an die junge Frau heran und half ihr auf, doch sie wand sich aus seinem Griff und rannte heulend weg. Der Sturz hatte ihre Haut aufgeschürft, und irgendwie schien es der Schmerz geschafft zu haben, den Nebel ihrer Drogen zu durchdringen.

Die anderen Prostituierten hielten Abstand zu Spälter und John, doch die Blicke drückten Angst und eine Spur von Hass aus, als er mit Vivien über der Schulter dem Ork ins Haus folgte. Wer wusste schon, was sie bei diesem Anblick dachten, was die beiden mit der Magierin vorhätten, doch wagte niemand, sich ihnen in den Weg zu stellen.

Das Gebäude war nicht so heruntergekommen, wie John erwartet hatte, und sogar der Aufzug funktionierte. Während der Fahrt erzählte der Anführer der Gang mit einem Hauch von Verlegenheit, dass die Gegend ziemlich schlecht und daher der Umgangston hier etwas härter sei. Das Apartment, berichtete Spälter, gehöre einem alten Freund, der ihm noch einen Gefallen schulde, außerdem könne man hier ideal untertauchen. Doch das belanglose Gerede des Orks verfolgte offensichtlich einen Zweck. Nach der heftigen Reaktion von vorhin schien er ausloten zu wollen, ob John mit der Umgebung zufrieden sei oder eine andere Bleibe fordern würde.

Die Wohnung war relativ klein, wie man es in dieser Gegend erwarten konnte. Es gab ein Bad, ein Schlafzimmer und einen Wohnraum mit Kochnische, doch trotz des schmutzigen Chaos draußen machte alles einen sauberen Eindruck. Die Möbel im Wohnzimmer waren zwar billige Plastikware, doch nach Johns Meinung reichte das aus, schließlich hatte er keine drei Sterne gebucht. Wichtiger war, dass die Telekomkonsole ein leistungsstarkes Fabrikat war und dass man die Wohnung mit Jalousien vor dem Sonnenlicht abschotten konnte. Ideal für die Tagesstunden erschien ihm das Bad, das völlig fensterlos war.

John fielen aber noch ein paar Dinge auf. Eine ganze Palette an Waschutensilien ließ den Schluss zu, dass der Vorbesitzer die Wohnung schnell verlassen hatte. Und auch im Schlafzimmer, über dessen riesigem Doppelbett ein Spiegel montiert war, fanden sich Kleidungsstücke, die darauf hindeuteten, womit der ›Freund‹ oder wahrscheinlicher die Freundin, von der Spälter sprach, ihr Geld verdiente. John wollte lieber nicht nachfragen, wie Spälter die Wohnung geräumt hatte, denn wahrscheinlich würde er dann seinen nächsten Wutanfall bekommen.

Nachdem er Vivien ins Bett gelegt hatte, wartete er schweigend eine Viertelstunde mit Spälter im Wohnzimmer, bis es an der Tür klopfte und der Anführer der Slayriders einem gemeinsamen alten Bekannten öffnete. Mütze brachte die versprochenen Waffen, Nahrung und Kleidungsstücke. Doch inzwischen war John nicht mehr aufnahmefähig für die Dinge um ihn herum, Tausende von Gedanken brannten durch seinen Kopf, sodass er kaum wahrnahm, wie die Orks schließlich gingen. Erst zehn Minuten später stand er endlich auf, um nach der Magierin zu sehen.

Vivien lag verloren auf dem großen Doppelbett. Im Gegensatz zu vorher wirkte sie friedlich, ihr Gesicht war entspannt, und sie hatte aufgehört, im Schlaf zu sprechen. Behutsam setzte er sich neben sie auf das Bett und blickte auf sie herab. Es war ein sonderbarer Schmerz, den er spürte, er konnte nicht feststellen, ob er für sich oder für sie litt. War es der Verlust seiner Vergangenheit und die sonderbaren Ereignisse, oder waren es ihre Probleme und die Gefahr, in die er sie hineingezogen hatte, was ihn beunruhigte? Zum ersten Mal sah sie glücklich aus, doch es war nur ein Traum, der sie so lächeln ließ, und diese Tatsache machte ihr Elend noch deutlicher. John verspürte den Drang, ihr seine Gedanken mitzuteilen. Er wollte einfach jemandem erzählen, was er fühlte, vielleicht nur um selbst zu verstehen, was in ihm vorging. Und deshalb spielte es am Ende auch keine Rolle, dass sie schlief.

»Es tut mir Leid.«

Der erste Satz war vielleicht das, worauf alles hinauslief, denn auf einmal fehlte ihm der Antrieb, seine Vergangenheit zu ergründen.

»Alles liegt im Dunkeln, meine Vergangenheit ist nur

noch eine Wolke von Dunkelheit, und meine ganze Existenz wird von etwas Düsterem überschattet. Es ist nicht nur, dass ich getötet habe, es ist das Gefühl der Macht, das mir Angst macht und mich durchströmt, als würde etwas in mir mein Handeln kontrollieren. Allein die Situation, als ich Julia beinahe zu Tode erschreckt hätte, war schon schlimm genug zu ertragen, aber jetzt habe ich auch noch dich da hineingezogen. Plötzlich sind einige deiner Freunde tot, irgendwelche Killer sind hinter uns her, und langsam keimt die Angst in mir auf, dass auch du bei mir nicht sicher sein könntest. Mein ganzes Leben ist ein Trümmerhaufen, und mir fehlt die Kraft, das Geheimnis zu lösen. Vielleicht ist es besser, die Vergangenheit ruhen zu lassen. Und auf der anderen Seite sehe ich dich, wie du unter dem Schmerz deiner Erinnerungen zusammenbrichst. Ich kenne dich nicht, und trotzdem fühle ich mich für dich verantwortlich. Du bist der einzige Mensch, den ich habe. Was soll ich ohne dich machen? Warum musste ich dich da mit hineinziehen? Es tut mir Leid!«

Seine Vergangenheit war das einzige Ziel in seinem Leben, und inzwischen stand zu befürchten, dass sie schreckliche Geheimnisse enthielt. Auf einmal fühlte er sich verwirrt, und seinem vorherigen Tatendrang folgte gähnende Leere. Als er mit den Orks verhandelte, hatte er ein unmittelbares Ziel gehabt, doch jetzt saß er unschlüssig mit einer ohnmächtigen Magierin in einer billigen Wohnung. An wen sollte er sich wenden? In der naiven Hoffnung, dass sich die Probleme von selbst lösen würden, schloss er die Augen und versuchte, inneren Frieden zu finden.

Viviens Stimme klang kratzig, sodass sie sich erst einmal räusperte. Vorher hatte er immer einen Hauch von Trotz in ihrer Stimme gehört, doch auf einmal hatte sie sanfte Untertöne, die für John etwas Beruhigendes hatten.

»Meine Schwester hat immer gesagt, es gibt kein Problem, das man nicht lösen könnte. Probleme bleiben ungelöst, weil keiner sich daranwagt, sie zu lösen. Nun ja, jetzt ist sie tot, wer weiß, ob ihre Meinung noch von Wert ist.«

John blickte auf und sah, dass sich Vivien aufgesetzt hatte und ihm direkt ins Gesicht schaute. Ihr Blick war immer noch leicht benebelt, und ihre Haltung ließ erkennen, dass sie schwer mit der Müdigkeit zu kämpfen hatte.

»Ist es wirklich so aussichtslos, wie es sich anhört?«, fragte sie. »Ich glaube, du solltest mir erst einmal erzählen, was passiert ist, während ich versuche, wach zu werden.«

Bevor er mit seinen Ausführungen begann, brachte er ihr ein paar frische Sachen zum Anziehen. John berichtete über die Vorfälle, beginnend mit ihrer Ankunft an der Wohnung, Julias Arztbesuch und dem Überfall, allerdings vermied er es, seine sonderbaren Gefühle und die Sache mit dem Elf zu erwähnen. Nach zwanzig Minuten gingen sie ins Wohnzimmer, und bei seinem Bericht über die Entführer mit dem Krankenwagen und die Odyssee bis zu dieser Wohnung wurde er von gelegentlichen Fragen unterbrochen, die Vivien mit vollem Mund stellte. Nachdem sie endlich wach war, hatte sie sich an den Tisch gesetzt und ihm zugehört, während sie sich mit Junkfood aus dem Kühlschrank voll stopfte.

Als er mit seinem Bericht fertig war, stopfte sie sich gerade den fünften Mikrowellen-Soyburger in den Mund und lächelte ihn aufmunternd an.

»Klingt interessant! Also haben wir einen Job!«

Zuerst verstand er nicht, was sie meinte, doch dann dämmerte es ihm.

»Heißt das, du willst mir helfen, meine Vergangenheit zu ergründen?«

»Warum nicht? Die Sache fällt in meinen Betätigungsbereich!«

»Ich dachte, Shadowruns kosten eine Menge Geld, das ich nicht habe.«

»Na und? Du hast mir schließlich das Leben gerettet, da ist so ein Gefallen selbstverständlich.«

»Aber ich habe dich in Schwierigkeiten gebracht!«

»Hör zu, John. Willst du nun meine Hilfe oder …«

»Aber du kennst mich doch kaum …«

»Verdammt, verstehst du nicht? Ich brauche einen Job, etwas, womit ich mich beschäftigen kann, etwas, das mich auf andere Gedanken bringt. Bei einigen Leuten gelte ich nach dem Tod meiner Schwester als ausgebrannt, und ausgebrannte Shadowrunner verschwinden schnell von der Bildfläche. Gib mir diese verdammte Möglichkeit, etwas Sinnvolles zu tun, um wieder Frieden zu finden oder zumindest um ein Ziel zu haben, für das es sich zu sterben lohnt.«

Ihre Stimme ging von Enthusiasmus fließend in Verzweiflung über, und bei der Erwähnung des Todes ihrer Schwester glaubte er, Tränen in ihren Augen schimmern zu sehen.

»Schon gut, ich brauche deine Hilfe, aber du musst mir was versprechen!«

Ihre Verblüffung verdrängte für einen Moment die Verzweiflung, als sie ihn fragend ansah, doch bevor sie etwas sagen konnte, brachte John seine Bedingung vor.

»Versprich mir, keine Selbstmordaktionen zu unternehmen, denn selbst wenn dir dein Leben im Moment nichts bedeutet, musst du es mit deinem Gewissen vereinbaren, dass ich dir folgen werde, wenn du meinst, aus irgendeiner blöden Laune heraus in den Tod gehen zu müssen …«

Für einen Moment fand er, seine Worte würden lächerlich klingen, doch die Ernsthaftigkeit, mit der Vivien sie hinnahm, machte ihm den Ernst dieses Versprechens deutlich. Sie kam einige Schritte auf ihn zu und umarmte ihn.

»Ich verspreche es dir, wenn du mir dasselbe Versprechen gibst, egal, was deine Vergangenheit offenbart«, flüsterte sie ihm ins Ohr.

Mit einem kurzen Nicken bestätigte er sein Einverständnis, und mit einem Lächeln, das eine Spur von Hoffnung zeigte, löste sie sich aus der Umarmung und sah ihn erwartungsvoll an.

Plötzlich wich alle Sanftheit aus ihrem Gesicht, und unvermittelt sah er sich wieder der Vivien Stern gegenüber, die Schwäche hinter der Maske von Professionalität und Zynismus versteckte. Ihre Stimme zitterte nicht mehr, sondern hatte wieder den festen Klang angenommen.

»Gehen wir an die Arbeit. Wir müssen erfahren, wer meine Wohnung gestürmt hat und warum. Woher wussten die Typen, dass du dort warst. Möglicherweise ist irgendetwas durch Julia oder Shark nach außen gedrungen, obwohl ich keinen Grund sehe, warum sie so handeln sollten.«

Mit schnellen Schritten wandte sie sich der Telekomkonsole zu, blieb dann aber auf halbem Weg stehen und drehte sich ruckhaft um, um ihn noch einmal entschlossen anzublicken.

»Und noch etwas: solltest du irgendjemandem erzählen, was ich dir vorhin über mich gesagt habe, dann bete, dass ich dich nicht in die Finger bekomme …«

Sie wandte sich der Telekomkonsole zu und fing an, erste Gespräche zu führen, als sei nichts weiter passiert, doch John wusste, dass es besser wäre, ihren Rat zu beherzigen.

Vivien rief Shark an, der das Gespräch sofort entgegennahm. Sein Gesicht auf dem Bildschirm war von Sorge gekennzeichnet, und als er Vivien erkannte, zeichnete sich deutlich seine Erleichterung ab, obwohl

John glaubte, in seiner Stimme einen spürbaren Hauch von Ärger mitschwingen zu hören.

»Vivien! Du lebst also! Verdammt, wo bist du? Was ist passiert? Ich dachte schon, du steckst tief in Schwierigkeiten!«

Das Gesicht der Magierin hatte wieder das überlegene Lächeln angenommen, und ihre Stimme klang so, als sei nichts weiter passiert.

»Reg dich ab, Thomas, wie du siehst, lebe ich ...«

»Nach allem, was Julia erzählt hat, war es ziemlich knapp.«

»Ach, du meinst die paar Kratzer. Du weißt doch, Julia klingt mit ihrem Fachchinesisch immer so dramatisch, dass es sich anhört, als wäre man schon tot. Ich bin völlig in Ordnung, da waren nur ein paar Kids, die meinten, sie müssten mir auf die Nerven fallen.«

»Spiel das jetzt nicht runter, ich weiß bereits, dass du dich in der U-Bahn mit irgendeiner zweitklassigen Straßengang angelegt hast, nur um dir was zu beweisen ...«

»Deswegen rufe ich nicht an, sondern weil ich Arbeit für dich habe.«

»Hat das etwas mit den Typen zu tun, die deine Wohnung in Schutt und Asche gelegt haben?«

Vivien blickte etwas überrascht drein, und es schien ihr die Sprache verschlagen zu haben, sodass Shark weitersprechen konnte.

»Julia hat mich angerufen, dass du wieder einmal aussiehst, als wärst du unter die Räder gekommen, und ich wollte bei dir vorbeischauen.«

Er zögerte einen Moment, als hätte er Schwierigkeiten, den nächsten Satz auszusprechen.

»Ich wollte mich entschuldigen. Doch als ich bei dir ankam, schaffte die Polizei irgendwelche Leichen aus dem Haus. Natürlich habe ich mich umgehört, daher weiß ich, dass neben acht von Pyros Leuten sechs weitere Leichen gefunden wurden, zwei davon in deiner Wohnung. Aber da man keine Leiche gefunden hat, auf die deine Beschreibung gepasst hätte, hatte ich gehofft, dass du lebend aus dieser Sache rausgekommen bist. Ich bin verdammt froh, dass du noch lebst, ich befürchtete schon, dieser sonderbare Typ hätte dich in Schwierigkeiten gebracht.«

»Wenn du John mit diesem ›sonderbaren Typen‹ meinst, dann hast du im Grunde genommen Recht. Ausnahmsweise wollten diese Typen nichts von mir, anscheinend waren sie hinter ihm her. Darum geht es auch bei dem Job – ich helfe ihm, mit seiner Vergangenheit aufzuräumen.«

»Aha, und was springt dabei für uns raus?«

John war ein wenig enttäuscht, dass Shark nur an das Geld dachte, wie man es von einem typischen Söldner erwartete, doch dann wurde ihm klar, was wirklich hinter der Frage steckte.

»Nun, da John keine Vergangenheit hat, hat er auch kein Geld, also betrachte ich es als einen Gefallen.«

Ein Hauch von Verärgerung zeichnete sich auf dem Gesicht des Straßensamurais ab, und seine Stimme verlor weiter an Sicherheit. John hatte also richtig vermutet, der Samurai war eifersüchtig.

»Du willst ihm also einfach so helfen?«

Auch Vivien schien zu merken, was im Kopf ihres Gesprächspartners vorging. Sie gab ihre selbstbewusste Maske auf, und in ihr Mitgefühl mischte sich eine Spur von Ärger.

»Warum sagst du nicht offen, was du denkst? Es geht dir doch gar nicht ums Geld. Du hast nur Angst, ich würde mich mit jemandem einlassen, den ich gerade erst kenne. Wir hatten das doch geklärt! Außerdem ist es nicht das, was du jetzt wieder denkst. Er hat mir das Leben gerettet, auch wenn der Überfall ihm galt. Ich habe einfach das Gefühl, ihm helfen zu müssen, außerdem haben wir im Moment sowieso nichts Besseres zu tun.«

Was John bislang nur vermutet hatte, bestätigte sich jetzt. Am Ende sprach der Samurai so leise, als würde er mit sich selbst reden.

»Ich habe Angst, die Sache geht wieder schrecklich schief. Warum handelt sie nicht einmal rational und nicht spontan nach ihren Gefühlen …«

Dieser Satz brachte die Magierin endgültig aus der Fassung. Obwohl sie nicht direkt wütend war und sie Shark auch nicht verletzen wollte, bewirkte ihre direkte Art eher das Gegenteil.

»Verdammt, Thomas, jetzt spiele bloß nicht den Beleidigten. Es ist etwas, das du nicht verstehst, etwas, das selbst ich noch nicht richtig verstehe, es ist etwas Übernatürliches …«

John horchte auf. Dieser letzte Satz hatte sein Interesse geweckt, denn anscheinend wusste sie etwas, das sie ihm verschwiegen hatte. Vivien bemerkte seine Reaktion, und mit einem traurigen Lächeln blickte die Magierin vom Bildschirm zu ihm herüber.

»Ich weiß, ich hätte es dir vorher sagen sollen, aber es ist etwas Sonderbares an dir, das ich nicht verstehe. Es ist nicht nur der Gedächtnisverlust, sondern noch etwas anderes. Ich wollte dir vorhin nichts sagen, weil ich dir keine falschen Hoffnungen machen wollte, aber ich möchte dir helfen, dieses Rätsel zu lösen.«

Als Vivien die Ratlosigkeit in Johns Gesicht sah, wandte sie sich wieder dem Telekomscreen zu und sprach schnell zu dem Straßensamurai, der verwundert dreinschaute.

»Shark, hör zu, wir treffen uns in drei Stunden in der Partyzone. Versuch so viel wie möglich über die jüngsten Vorfälle herauszufinden, ich erklär dir später den Rest.«

Bevor Shark antworten konnte, unterbrach sie die Verbindung und wandte sich John zu. Sie wirkte auf einmal müde und überfordert.

»Es tut mir Leid. Ich kann dir nicht erklären, was ich mit ›übernatürlich‹ gemeint habe, und es war auch kein abgekartetes Spiel. Du fragst dich wahrscheinlich, warum ich dir im *Xanhaem's* geholfen habe. Ich wollte die Konfrontation in der Hoffnung, dass es mich dieses Mal endgültig erwischt. Vielleicht war es auch dieses Spiel mit der Gefahr, weshalb ich dich mit nach Hause genommen habe, auch wenn es nicht ehrlich dir gegenüber war. Aber ich verdanke dir mein Leben, du hättest mich auch in der Wohnung liegen lassen können. Deine ungewöhnliche Aura habe ich erst bemerkt, als wir uns vorhin unterhalten haben, auch wenn mir vorher schon einiges sonderbar vorkam. Ich möchte dir helfen, aber ich fürchte, ich mache gerade alles noch komplizierter. Ich hoffe, du willst deshalb nicht aus der Sache aussteigen. Bitte sag irgendetwas.«

John hatte ihr schweigend zugehört, wobei sein Gesicht eine unbewegliche Maske geblieben war, aber als er Viviens Hilflosigkeit sah, antwortete er mit fester Stimme.

»Okay, ich vertraue dir. Habe ich überhaupt eine andere Wahl? Vergessen wir die ganze Sache einfach, wir sind beide etwas durcheinander. Einverstanden?«

»Einverstanden!«

Sie war sichtlich erleichtert, dass John keine weiteren Erklärungen erwartete. Um ihre sonderbare Beziehung nicht weiter zu zerreden, versuchte er Vivien und sich selbst mit einer ersten Planung abzulenken.

»Wir sollten Julia anrufen. Vielleicht hat sie inzwischen die Testergebnisse bekommen, die sie beschaffen wollte.«

Vivien wählte die Nummer, und nach mehrmaligem Klingeln nahm jemand ab. Jedoch erschien auf dem

Screen wider Erwarten nicht das Gesicht der jungen Ärztin, sondern das eines Mannes.

Es war das Gesicht eines Menschen, wahrscheinlich Anfang dreißig. Die Züge waren durchschnittlich, die blonden Haare kurz geschnitten, und auf seinem glatt rasierten Gesicht erschien ein offenes Lächeln, das gut einstudiert wirkte.

»Bei Wilson, was kann ich für Sie tun?«

Wenn Vivien genauso irritiert war wie John, ließ sie sich nichts anmerken. Sie setzte ebenfalls ihr gewinnendstes Lächeln auf.

»Guten Abend, hier ist Andrea Gertens. Kann ich Julia sprechen?«

Vivien konnte anscheinend schnell improvisieren, und erleichtert richtete John sein Augenmerk auf das Gesicht auf dem Bildschirm.

»Tut mir Leid, Julia ist noch im Labor. Sie musste für einen Kollegen einspringen und wohnt für die Dauer der Versuchsreihe auf dem Firmengelände. Ich bin einer ihrer Assistenten und sollte noch schnell ein paar Sachen für sie abholen.«

Eines war für John klar, die Farbe der Augen des Mannes war genauso unecht wie sein freundliches Auftreten. Die Art, wie er sich bewegte, die Qualität seiner Cyberaugen, der militärische Haarschnitt und die muskulösen Schultern passten nicht zu dem Bild, das John von einem medizinischen Assistenten hatte.

»Das ist schade, Julia wollte für mich einen Test machen.«

»Ja, sie sagte irgendetwas von Ergebnissen, die hier in ihrer Wohnung wären und die ich weiterleiten sollte. Worum ging es denn?«

Hätte John nicht gewusst, dass sie log, wäre es selbst ihm schwer gefallen, Viviens Geschichte nicht zu glauben. Sie schien leicht zu erröten, als sie verlegen zur Seite schaute und perfekt ihre kleine Rolle spielte.

»Nun, es war ein Test, wegen dieser … äh … ja also, ich dachte … nachdem ich mit ihm geschlafen … ich glaube, man nennt das ein virologisches Gutachten, irgendein Bluttest.«

»Ich verstehe, was Sie meinen. Nun, wenn Sie einen Moment warten …«

Der angebliche Assistent wirkte absolut unberührt von ihrem Verhalten, obwohl er immer noch zu versuchen schien, seine Fassade aufrechtzuerhalten. Als er aus dem Blickwinkel seiner Kamera ging und vom Telekomschirm verschwand, blickte Vivien auf ihre Uhr und hielt den Finger auf der Abbruch-Taste bereit. Gerade als der Mann zurückkehrte und einen Stapel Papiere in der Hand hielt, unterbrach sie die Verbindung und drehte sich zu John um.

»Pass kurz auf meinen Körper auf, ich schau mir die Sache mal an. Halt, warte! Wo sind wir hier?«

John nannte ihr die Adresse, dann sackte ihr Körper in sich zusammen. Als sie langsam aus dem Stuhl zu rutschen drohte, trug er sie zur Couch, wo er sie vorsichtig ablegte.

John war mit seinen Gedanken allein. Irgendetwas stimmte nicht mit Julia. Der Mann in ihrer Wohnung war bestimmt nicht ihr Assistent gewesen, und damit war die ganze Geschichte erlogen. Der Mann hatte versucht, Zeit zu schinden, um den Anruf zurückzuverfolgen, daher hatte Vivien das Gespräch vor Ablauf der kritischen Zeit abgebrochen. Wenn dieser Mann den Anruf zurückverfolgen wollte, konnte das nur bedeuten, dass er etwas von ihnen wollte. Vielleicht hieß das sogar, dass der Unbekannte mit Johns Feinden zusammenarbeitete, um ihm eine Falle zu stellen. Aber was wollten seine Gegner von Julia, und warum waren sie eigentlich hinter ihm her? Im Moment konnte er nur hoffen, dass die Magierin bald von ihrem Ausflug zurückkehren und einige Antworten mitbringen würde.

Allmählich wurde ihm die Sache zu unheimlich. Irgendwie waren seine Gegner immer einen Schritt voraus, und er hatte bisher nicht einmal eine Ahnung, worum es überhaupt ging.

Es dauerte zehn lange Minuten, die John wie eine Ewigkeit vorkamen, dann kehrte Vivien zurück. Mit einem tiefen Atemzug holte sie Luft und begann sofort von ihrer Reise zu berichten, wobei sie etwas außer Atem wirkte.

»Volltreffer, wir haben einen Ansatz! In Julias Wohnung war dieser Typ, du weißt, der angebliche Assistent, aber nach der Combatgun zu urteilen, die hinter ihm auf der Couch lag, würde ich auf einen anderen Beruf tippen. Er war übrigens nicht alleine, da war noch eine Frau bei ihm, schien eine Hexe zu sein, auch wenn die Dilettanten den Astralraum nicht gesichert hatten. Er hat jemanden namens ›Death Angel‹ angerufen und ihr Bericht erstattet. Leider konnte ich das Bild auf dem Telekom nicht erkennen oder verstehen, was sie antwortete – elektronische Kommunikation kommt im Astralraum nicht an. Der Typ meinte, er hätte gerade einen Anruf erhalten, und beschrieb mich detailliert. Diese Angel antwortete irgendwas, was ich nur als Knistern hören konnte, und er bestätigte, das müsse die gesuchte Frau sein, allerdings habe er die Zielperson nicht sehen können. Außerdem teile er ihre Meinung, dass wir wahrscheinlich versuchen würden, in die Wohnung einzudringen, und bestätigte, dass die Vorbereitungen fast abgeschlossen seien. Das war auch schon alles, was die beiden am Telekom besprochen haben, danach hat er sich mit der Hexe unterhalten und sie gedrängt, endlich die magischen Vorbereitungen zu treffen. Diese Hobbyrunner wollen uns in Julias Wohnung eine Falle stellen. Dabei soll die Hexe dich außer Gefecht setzen, während der Muskeltyp mich mit seiner Combatgun ummäht. Die glauben, die könnten dich mit meinem Leben erpressen, aber im Grunde wollen sie dich. Wenn es sein muss, soll einer der beiden mich umbringen. Anscheinend kommt diese Angel auch zu der Wohnung, zumindest hat das der Typ angedeutet, und die Hexe wurde gleich eifersüchtig … Also, was meinst du, machen wir diesen Dilettanten die Freude und kreuzen gleich auf, um denen zu zeigen, dass ihr Plan absolut dämlich ist, oder lassen wir sie noch ein bisschen zappeln?«

John dachte an das Routinevorgehen, wie er es damals gelernt hatte. Sie hatten es mit mindestens zwei bewaffneten Straftätern zu tun, wahrscheinlich auch noch mit der Elfe, die beim ersten Angriff auf ihn dabei war. Mindestens eines der Ziele war bewaffnet, und möglicherweise lag eine Geiselnahme vor, wenn sich Julia noch in der Wohnung befand. Die besten Chancen würde der kombinierte Einsatz von Scharfschützen und einem Sturmteam bieten, das mit Betäubungswaffen ausgerüstet wäre, um die Zivilverluste niedrig zu halten, außerdem müsste zumindest ein Magier den Astralraum absichern. Schwere Körperpanzerung wäre für alle Einheiten erforderlich, da die Ziele über sicherheitstechnische Automatikwaffen verfügten.

Erst beim zweiten Nachdenken verwirrten ihn die konkreten Bilder und Anweisungen, die ihm durch den Kopf gingen. Es war sonderbar, mit welcher Präzision er sich den Einsatz vorstellen konnte, doch für Erinnerungen war jetzt keine Zeit. Sie mussten Julia befreien, denn wenn diese Angel wirklich jene Elfe war, würde sie nicht davor zurückschrecken, die Ärztin zu töten.

Andererseits war Vivien noch nicht völlig einsatzfähig, und er kannte seine sonderbaren Fähigkeiten nicht genau. Ihre Ausrüstung war kaum für einen solchen Angriff geeignet. Außerdem gefiel ihm der Gedanke nicht, sich mit einem unbekannten Gegner einzulassen, selbst wenn sie einige grundsätzliche Informationen hatten. Sie hatten jedoch nicht ewig Zeit, denn ihre Gegner bereiteten sich auf den Angriff vor. Spontan entschied er, dass eine Stunde vielleicht ausreichen mochte, die Chancen wenigstens etwas zu ihren Gunsten anzupassen. Vivien starrte ihn an und schien seine Antwort kaum erwarten zu können. Auch wenn John Gefahr lief, unüberlegt zu handeln, mussten sie ihr Vorgehen in Ruhe planen.

»Vivien, ich muss mir das genau überlegen. Wir sollten versuchen, in Julias Wohnung einzudringen, aber wir müssen uns vorbereiten, wir brauchen Ausrüstung, vielleicht ein paar Leute, die uns helfen, und mehr Informationen über unseren Gegner. Wenn wir in einer Stunde …«

»Alles klar, ich ruf ein paar Leute an; am besten nehmen wir Shark mit, der hat auch die nötige Hardware für den Job.«

»Was ist mit Julias Bruder? Der Junge schien ziemlich schnell zu sein, außerdem können wir ihm in diesem Fall trauen.«

Das Gesicht der Magierin drückte nicht gerade Begeisterung aus, aber wenn sie Gründe hatte, auf den Revolverhelden zu verzichten, so verschwieg sie diese.

»Gut, ich werde mich um die nötigen Anrufe kümmern, Shark kann sicher in einer halben Stunde hier sein, und wir schlagen in einer Stunde zu, auch wenn wir damit einen guten Teil des Überraschungseffekts verlieren. Und noch eines solltest du wissen, wenn du mich während des Runs ansprichst, dann nenn mich bitte Toxic. Es hat gute Gründe, warum Runner nicht unter ihrem richtigen Namen arbeiten …«

In der darauffolgenden Stunde lernte John, wie Shadowrunner arbeiteten, wenn sie einen ›Job‹ vorbereiteten. Gleich nach dem Gespräch führte sie gut zwei Dutzend Telefongespräche mit teilweise sehr sonderbaren Personen, die auch aus der Runnerszene stammten.

Das Team sollte aus vier Personen bestehen, doch die Magierin konnte den Bruder nicht erreichen, sodass nur noch Shark, John, der sich für den Straßennamen ›Oblivion‹ entschieden hatte, und sie selbst übrig blieben.

Die Magierin bediente sich aller Tricks, um schnell an Informationen zu kommen. Bis zu dem Gespräch mit einem gewissen Dancer hatte sie nicht viel in Erfahrung bringen können, doch dann bekamen sie endlich ein detaillierteres Bild, zumindest was die Elfe betraf.

Dancer wirkte auf dem Bildschirm des Telekoms für Johns Geschmack schon fast peinlich cool, vor allem die schwarze Sonnenbrille und die überflüssige Geste, sich mit der Hand durch den neonroten, hochstehenden Haarstreifen auf dem sonst kahl rasierten Kopf zu fahren, weckten einen Anflug von Ärger in ihm. Für einen kurzen Moment ertappte er sich bei dem Gedanken, ob es vielleicht eine Spur von Eifersucht war, hervorgerufen durch die Art, wie sich Dancer an Toxic heranmachte, doch als er sah, wie sie mit ihm umsprang, ahnte er, was von der Beziehung der beiden übrig war, falls es je eine stärkere Bindung gegeben hatte.

»Schön, dich zu sehen, Tox, von dir hat man lange nichts mehr gehört. Was macht die Arbeit?«

In der Stimme des Mannes schwang ein Hauch von Überheblichkeit mit, aber sein Blick verriet sowohl Überraschung als auch Freude.

»Hi, Dancer, ich hänge gerade in einem üblen Job fest und brauche ein paar Informationen.«

»Oh, jetzt bin ich aber enttäuscht, Toxy-Baby, ich dachte schon, du rufst wegen der guten alten Zeiten an …«

Inzwischen wirkte Dancers Verhalten herablassend, und die Magierin schüttelte missbilligend den Kopf.

»Dancer, ich sagte, ich brauche Infos, also spar dir den ganzen Dreck.«

»Komm schon, Schätzchen, ich weiß, dass es dir früher nie schnell genug gehen konnte, aber …«

Für einen kurzen Moment glaubte John ein wütendes Funkeln in ihren Augen zu erkennen, doch Vivien blieb bei ihrer sachlichen Art, allerdings konnte John im Gegensatz zu Dancer sehen, wie sich ihre Fingernägel in das Plastik der Telekomkonsole bohrten.

»Mach dir bloß keine Hoffnung, Dancer, vorbei ist vorbei …«

»Schade, ich wollte gerade vorschlagen, dass du vorbeikommst und wir ein wenig der alten Zeiten gedenken und ich dir dann die Informationen nach dem Frühstück beschaffe …«

Dieses eindeutige Angebot bewirkte schließlich einen harten Umschwung in der Stimme der Magierin, die jetzt ebenfalls mit herablassendem Tonfall versuchte, eine Position der Stärke zu vermitteln.

»Okay, lass es mich so formulieren, dass selbst du es verstehst. Es ist vorbei, was auch immer zwischen uns gewesen ist, und wenn du das nicht akzeptierst, gibt es da noch einige Geschichten, die ich aufwärmen könnte. Oder weiß Terry Bescheid?«

Dancers Gesichtsausdruck nach zu urteilen, war das nicht der Fall, aber Toxic war noch nicht fertig, auch wenn die wütenden Untertöne langsam verschwanden.

»Du wolltest doch immer Daten über Shiva haben, an die ich rankommen kann, oder? Ich schlage dir einen Handel vor: Wir vergessen die alten Zeiten, du bekommst das Dossier über Shiva und besorgst mir das komplette Profil über eine Elfe namens Death Angel. Entweder wir machen den Deal so, oder das war unser letztes Gespräch!«

Dancer schien einen Moment zu überlegen und nickte dann, während er sich von der Kamera wegdrehte und etwas in einen Computer eingab. Nach einer kurzen Pause wandte er sich wieder Toxic zu und fasste die Daten zusammen, die er offensichtlich von einem Screen neben seinem Telekom ablas.

»Da hast du dir jemand wirklich Netten ausgesucht, Baby – äh, Tox. Diese Death Angel spielt in der Profiliga mit. Wie üblich keine Vergangenheit, kein Erscheinen bis vor ungefähr zehn Jahren. Danach begann sie eine steile Karriere in jeder Art von Dirtjobs: Entführungen, Einschüchterungen und jede Menge Wetwork. Klassische Assassinenkarriere, also Beseitigung von lästigen Zivilpersonen für Konzerne, Tötung von Zeugen, gezielte Ausschaltungen zur Einschüchterung. Alle Jobs wurden absolut präzise ausgeführt, wenige Kämpfe, die Frau arbeitete viel auf der persönlichen Ebene, angefangen bei der einzelnen Kugel in den Kopf bis hin zu sehr intimen Tötungen. Daher kommt auch ihr Name ›Death Angel‹. Die wenigen, die sie näher kennen gelernt haben, müssen sie ziemlich himmlisch gefunden haben, doch alle haben diese Erfahrung mit dem Leben bezahlt. Für die Elfe sind ihre Attentate so etwas wie eine Kunst, sie beherrscht anscheinend alle traditionellen Methoden von Gift über Sprengstoff und waffenlose Kampftechniken bis hin zum klassischen Kopfschuss. Jeder Job wird präzise und mit Stil ausgeführt, nicht die Holzhammermethode der üblichen Schlächter. Außerdem ist die Kleine hochgradig verdrahtet, der übliche Kram halt, Reflexverstärkung, Cyberaugen der Luxusklasse und einige Extras.«

»Für wen arbeitet die Elfe jetzt? Auf wessen Lohnliste steht sie?«

»Nun, Death Angel arbeitet weltweit für jeden, der sich ihre Dienste leisten kann. Anscheinend hat sie keine feste Bindung zu irgendeinem Ort auf diesem Planeten. Keine Hobbys, keine besonderen Neigungen oder Interessen. Keine bekannten Beziehungen während der letzten zehn Jahre. Es scheint, als lebt sie nur für ihre

Arbeit, und das psychologische Profil deutet darauf hin, dass sie jahrelang auf ihren Job gedrillt wurde. Die Kleine ist der feuchte Traum jedes Geheimdienst- oder Militärausbilders, und offenbar wurde sie zu Zeiten der Eurokriege konditioniert oder von einem Konzern für Tötungsaufträge ausgebildet. Psychologisches Training, Drogen, Magie oder weiß die Hölle was haben die Elfe zu einer kalten, effizienten Maschine gemacht. Diese Art Jobs können sich nur wenige leisten, es dauert Jahre, sich so einen Killer heranzuzüchten, und in der Regel zahlt sich dieser Aufwand nicht aus. Trotzdem hat sich bei ihrer Ausbildung jemand wirklich Mühe gegeben. Daher hat sie wahrscheinlich auch keine Schwächen. Sie ist die perfekte Tötungsmaschine.«

»Zügel ein wenig deine Begeisterung, und gib mir noch ein paar Infos, mit denen ich arbeiten kann.«

»Schon gut, schon gut. Für wen sie derzeit arbeitet, weiß ich nicht genau, aber sie scheint bei einigen Konzernen für bestimmte Aufträge angeheuert zu werden. Bis vor zwei Jahren hat sie häufig mit drei anderen Runnern unter dem Namen ›Four Riders‹ zusammengearbeitet, bis das Team sich aufteilte, um für einen speziellen Job in Russland jeweils eine Einheit von Anfängern zu führen. Doch es gab ein Desaster, zwei Einheiten gerieten in Hinterhalte und wurden aufgerieben, während die dritte Einheit vermisst wurde. Death Angels Gruppe brach auseinander, als einer ihrer Untergebenen ihre Position anfechten wollte. Seitdem arbeitet sie meistens solo und hasst es, mit anderen zusammenzuarbeiten. Ihr letzter Run, irgendeine Entführung im Medienmilieu, soll ein Fehlschlag gewesen sein, und damit hat sie zum ersten Mal in ihrer Karriere ihren perfekten Ruf gefährdet. Anscheinend hat sich ihr Begleitteam wieder mal zerlegt, und ich bezweifle, dass sie besonders traurig darüber war.«

»War das alles?«

Dancer lächelte vertraulich und zwinkerte ihr als Antwort zu, bevor er langsam den Kopf schüttelte.

»Danke, Dancer. Und falls ich noch einmal irgendetwas von deinem dummen Gerede über früher hören sollte, komm ich gerne bei dir vorbei, und das wird dann eine Nacht, an die du dich immer erinnern wirst, auch wenn du wünschen würdest, du müsstest es nicht. Ach so, noch etwas: für die paar langweiligen Information kann ich dir Shivas Dossier leider nicht geben.«

Dancer bekam nicht einmal die Chance, etwas auf ihre übertrieben freundlich formulierte Drohung zu antworten, denn beim ersten Verziehen seines Gesichts unterbrach sie das Gespräch.

Für einen Moment blieb ihr wütender Gesichtsausdruck bestehen, doch als sie John ansah, breitete sich ein Lächeln in ihrem Gesicht aus, und sie machte eine entschuldigende Handbewegung. Es dauerte nur wenige Sekunden, bis sie ihre normale Fassung wiedergewonnen hatte, und ihre Stimme wirkte beherrscht und freundlich.

»Es scheint tatsächlich so, als hätten wir es mit Profis zu tun, zumindest was diese Death Angel betrifft. Vielleicht sollten wir noch etwas warten, bis wir zuschlagen.«

Obwohl ihm das Argument durchaus einleuchtete, wollte John nicht von seinem ursprünglichen Plan abweichen. Er versuchte sich zwar einzureden, dass er auf einen Angriff drängte, um nicht länger Julias Leben zu gefährden, aber ein kleiner Teil von ihm dürstete nach dem Blut, das fließen würde. Es war das Gefühl maßloser Wut und der Zwang, seinen Gegnern auf brutalste Weise klar zu machen, dass er die Herausforderung annahm und den Krieg zu ihnen trug. Erneut dachte er an Death Angels Drohung in der Tiefgarage, und er sehnte sich nach der Konfrontation, um sich seine Macht zu beweisen. Dieser größenwahnsinnige Drang, der in ihm erwacht war, kam ihm beinahe natürlich und normal vor, und dieser Eindruck ließ seine Gefühle nur noch fremdartiger wirken. Es galt jetzt nur noch, Vivien ebenfalls von der Notwendigkeit eines schnellen Handelns zu überzeugen.

»Ich muss endlich wissen, warum dieser Todesengel hinter mir her ist. Außerdem gefährden wir Julias Leben, wenn wir abwarten, und lassen unseren Gegnern die Zeit, sich vorzubereiten …«

Erst als Vivien antwortete, wurde John der befehlende Unterton in seiner Stimme bewusst, und ihm wurde wieder klar, wie sehr er auf den Kampf drängte. Doch auch Vivien schien an einer schnellen Lösung gelegen zu sein.

»Schon gut, sobald Shark hier ist, fahren wir los, also sollten wir die wenigen verbleibenden Minuten nutzen, um wenigstens Ansätze eines Plans zu machen, bevor das Ganze in einem unkontrollierten Massaker endet, schließlich wollen wir es unseren Gegnern nicht zu einfach machen. Wir haben es mit der Gegenwehr von mindestens zwei, wahrscheinlich drei Leuten zu tun, darunter zumindest eine magisch aktive Person. Diese Typen, vor allem der angebliche Assistent mit seinen Automatikwaffen, verlassen sich darauf, dass wir in ihre Falle rennen, sie uns problemlos überwältigen und dann verschwinden können, bevor die Polizei auftaucht. Wir hingegen brauchen Zeit, um unsere Informationen zu bekommen, und das bedeutet: geringe Feuerkraft und präzises Arbeiten. Diese Hexe ist zwar eine große Gefahr, doch möglicherweise ist sie auch das leichteste Ziel, wenn ich sie direkt im Astralraum ausschalten kann. Zusätzlich müssen wir noch diesen anderen Typen außer Gefecht setzen, aber das Hauptproblem könnte Death Angel sein, denn ich bezweifle, dass wir sie so leicht in die Finger kriegen. Nach allem, was wir über sie wissen, scheint sie verdammt erfahren zu sein. Außerdem fürchte ich, dass die Elfe über jede Leiche geht, was ihre eigenen Leute durchaus einschließt. Am besten warten wir noch auf Shark und machen die Planung mit ihm zusammen auf der Fahrt.«

Auch wenn die ganze Sache hastig und im schlimmsten Fall völlig unzureichend geplant wurde, mussten sie handeln. Denn auch ihre Gegner konnten die Zeit zur Vorbereitung nutzen, und seitdem sie wussten, dass Vivien und er den Köder geschluckt hatten, brauchten sie Julia nicht mehr am Leben zu lassen, um sie in die Falle zu locken. Außerdem wussten sie nicht, ob Death Angel noch Verstärkung auftreiben würde, wenn sie zu lange zögerten.

Es dauerte noch ungefähr fünf Minuten, bis Shark eintraf, und in dieser Zeit besprachen Vivien und John einige taktische Gesichtspunkte des bevorstehenden Angriffs, aber die eigentliche Planung begann erst, als sie alle in Sharks roten BMW eingestiegen waren und Richtung Essen fuhren. Kaum hatte sich der Wagen in Bewegung gesetzt, fing der Straßensamurai auch schon an, mit der Magierin über die Pläne zu diskutieren und alle ihre riskanten Ansätze zu verwerfen. Während der Samurai bei der Planung einen besonnenen Eindruck machte, merkte man Vivien ihre Kampflust an. John fiel auf, dass sie sich immer wieder über jede Sicherheit hinwegsetzen wollte und für sich selbst große Gefahren einplante. Als sich Shark schließlich an John wandte, um eine Entscheidung herbeizuführen, hatte er bereits seinen eigenen Plan gefasst.

»Ich sehe die Sache so: Die Typen wollen mich, also gehe ich zuerst alleine in die Wohnung. Shark gibt mir Feuerschutz, und Vivien sichert den Astralraum gegen magische Angriffe ab. So habe ich Zeit zu erfahren, was diese Typen von mir wollen, und während die Leute sich über ihren leichten Sieg freuen, starten wir aus drei Richtungen einen kombinierten Angriff …«

Auch wenn sich der Straßensamurai und die Magierin noch bis vor wenigen Sekunden über jedes noch so kleine Detail gestritten hatten, waren sie plötzlich völlig einer Meinung und redeten gleichzeitig auf John ein, ohne auf den jeweils anderen zu hören.

»Der Plan ist doch wohl …«

»Habt ihr eigentlich alle nur noch …«

»… das Dämlichste, was ich je …«

»… oder ist Selbstmord jetzt in …«

»… wenn ich nicht allein gehen darf …«

»… wie die kleinen Kinder …«

»… Pizzabotentaktik besser …«

John hätte über die chaotischen Einwürfe seiner Begleiter lachen müssen, wenn die Situation nicht so ernst gewesen wäre, doch bevor er die beiden unterbrechen konnte, merkten sie selbst, dass sie auf diese Art keine Einigung erreichen würden. Deshalb beschloss John, diesen Moment der Stille zu nutzen, um seinen Plan genauer zu erläutern.

»Diese Typen wollen mich lebend, richtig? Wenn sie mich einfach hätten umbringen wollen, dann hätte Death Angel irgendein größeres Kaliber ausgepackt und mich einfach erschossen. Letztendlich wollen wir einen von denen lebend, denn ansonsten kommen wir nicht an die Hintermänner heran. Außerdem können wir davon ausgehen, dass sie mit einem bewaffneten Angriff rechnen und darauf vorbereitet sind. Indem ich zuerst reingehe und der Angriff dann zeitverzögert erfolgt, stiften wir Verwirrung, da sie nicht damit rechnen können, dass wir als Team operieren werden. Schließlich wusste ich selbst bis vor einer Stunde nicht, dass wir drei zusammen diesen Befreiungsschlag durchführen. Bei dem Aufwand, mit dem sie die ganze Angelegenheit vorbereitet haben, sollte meine Gefangennahme sie eine gewisse Zeit beschäftigen, da sie beim ersten Mal versagt haben, und damit gewinnt ihr einen Überraschungsvorteil. Shark, du hast vorhin Erschütterungsgranaten erwähnt, die in der Lage sind, einen Gegner mit einer Schockwelle zu betäuben. Ich dachte mir, ich nehme zwei von den Dingern mit und lasse sie gleich an Ort und Stelle explodieren.«

Shark runzelte die Stirn und warf einen Blick in den Rückspiegel, sodass er John genau in die Augen sah.

»Nichts gegen dich, John, aber ich fürchte, dir fehlen die Kabel, um deine Reaktion so hochzureißen, dass dir dieser Stunt gelingt. Vergiss es, die Typen haben dich überwältigt, bevor du überhaupt eine Granate gezogen hast …«

John hatte nicht mit Zustimmung gerechnet, aber so wie er sich die Sache ausgedacht hatte, sah er die einzige Möglichkeit.

»Deshalb sind die Granaten bereits scharf, wenn ich in die Wohnung reingehe. Meine Reaktionszeit spielt keine Rolle, wenn die Dinger auf Zeitzündung geschaltet sind. Die Typen überwältigen mich, und die Granaten betäuben sie …«

»… und reißen dich in Stücke!«

Shark reagierte genauso, wie John befürchtet hatte, doch Vivien starrte den Samurai fragend an, der sofort seine Bedenken erklärte.

»Die Dinger heißen zwar Betäubungsgranaten, weil die Schockwelle gerade ausreicht, jemandem das Bewusstsein zu rauben, aber die Theorie schließt nicht ein, dass jemand auf die kranke Idee kommt, sie direkt am Körper explodieren zu lassen. Ich hab zwar noch nie gesehen, dass jemand etwas so Dummes ausprobiert hätte, aber möglicherweise reißt es John in Stücke oder die Explosion setzt seine Kleidung in Brand. Auf jeden Fall wird die Granate John mehr als nur betäuben.«

Während Vivien interessiert zuhörte, wie Shark sein wichtigstes Argument gegen Johns Vorschlag vorbrachte, versuchte John seinen Trick, der auf dem Selbstvertrauen der Magierin basierte und ihm ihre Stimme bei dem Plan zusichern sollte. Schließlich konnte er die wahren Gründe, warum er sich nicht vor der Explosion fürchten musste, seinen beiden Begleitern nur schwerlich erklären.

»Vivien, du als Magierin dürftest eine solche Wunde doch in wenigen Sekunden heilen können ...«

Die Tatsache, dass sie grinsen musste, zauberte ein Siegerlächeln auf Johns Gesicht, und auch Shark schien zu ahnen, dass er verloren hatte. Die Magierin pflichtete dem Vorschlag begeistert bei, während Shark mit gespielter Enttäuschung diesen Teil des Plans annahm.

»Klar kann ich diese Wunde heilen, gar kein Problem. Also, Shark, was meinst du?«

»Einer von euch beiden ist schon schlimm genug, aber zusammen seid ihr die Hölle. Ich sag dir, Vivien, wenn dieser blöde Plan schief geht ...«

»Hör auf zu unken, du bist nur sauer, weil du mal nicht in erster Reihe kämpfen darfst ...«

»Wenn ich dich daran erinnern darf, kämpfst du sogar in der letzten Reihe.«

»Falsch, ich muss die Babyhexe und ihre Brut im Astralraum bekämpfen und das Schlachtfeld magisch absichern. Und ich weiß bereits wie!«

»Und wie?«

Sharks Stimme machte klar, dass Viviens fröhliche Art ihn einiges an Nerven kostete. Es schien ihn zu ärgern, dass die Magierin für sich größere Risiken eingeplant hatte, als er ahnen konnte, und sie nun völlig in ihrem Selbstvertrauen badete.

»Die Leute da oben haben wenig Platz und wenig Zeit, es ist also unwahrscheinlich, dass sie irgendeine magische Barriere aufbauen konnten, daher gibt es für die Typen nur eine magische Verteidigungsmöglichkeit, um den Astralraum abzusichern, nämlich den Einsatz aggressiver Geister, die entweder nur die Ankunft astraler Ziele melden oder gleich versuchen, sie zu grillen.«

John hatte davon nur wenig Ahnung, wie er feststellen musste, aber trotzdem klang die Sache mit den Geistern in seinen Ohren nach einem beträchtlichen Risiko, vor allem, da sie nicht wussten, wie gut diese aktive Sicherung ausfallen würde. Und auch Shark machte seine Zweifel deutlich.

»Das bedeutet, im Astralraum kann sich eine Armee von Geistern aufhalten, die nur darauf wartet, jemanden zu töten, der in der Wohnung astral herumschnüffelt?«

»Das ist unwahrscheinlich ...«

Viviens Stimme ließ für einen kurzen Moment den Enthusiasmus missen, und es klang fast, als würde sie einen sachlichen Vortrag über das Thema halten.

»... denn die einzige Zauberin, die diesen Typen zur Verfügung steht, ist eine Hexe. Hexen können nur Naturgeister beschwören, und diese sonderbaren Wesen sind den mächtigen Elementaren der hermetischen Tradition hoffnungslos unterlegen. Sogar wenn sie vier oder fünf von den Herdgeistern aufbieten könnte, was sie aber auf keinen Fall kann, wäre das kein bedrohlicher Gegner für einen guten Elementar. Außerdem steht ihr in der Wohnung maximal einer dieser Naturgeister zur Verfügung. Das einzige Problem ist, dass die Hexe selbst in den Kampf eingreifen könnte und damit das Gleichgewicht verlagert, denn gegen eine talentierte Hexe sieht auch ein starker Elementar nicht gut aus. Auf der anderen Seite würde sich der Herdgeist sicher zuerst auf mich stürzen, wenn die Hexe weiß, wie man die Prioritäten für diese Art der Absicherung setzen muss.«

John war verblüfft über die Fähigkeiten der Magierin. Jetzt gab es nur noch eine Frage zu ihrem Angriffsplan.

»Und wie viele Elementare haben wir zur Verfügung?«

Ein verschmitztes Lächeln zeichnete sich auf Viviens Gesicht ab, und sie verfiel wieder in ihre begeisterte Art, ihren Plan vorzutragen.

»Nun, eigentlich haben wir nur einen Luftgeist, der leider nicht besonders stark ist …«

Shark wirkte etwas ungehalten, als er die Frage stellte, und sein Gesicht, das sich gerade erst entspannt hatte, nahm wieder seinen gequälten Ausdruck an.

»Tox, du weißt, dass wir davon keine Ahnung haben, was heißt also ›nicht besonders stark‹?«

»Nun, auf der Standish-Bergen-Skala, würde ich sagen, liegt er bei klaren 4,2.«

»4,2 was? 4,2 Kubikmeter oder 4,2 Megatonnen?«

»4,2 äquivalente Astraleinheiten. Ich dachte, wir planen einen Run und wollen nicht über Geister diskutieren. Außerdem spielt der Geist eine ganz andere Rolle in meinem Plan, als ich oben skizziert habe. Wenn du also einfach zuhören würdest und deine Fragen nachher stellst, müsste selbst jemand, der nicht den Hauch einer Ahnung von Magie hat, verstehen, wie der Plan funktioniert.«

Spätestens jetzt war offensichtlich, dass Vivien ihren Plan nicht mehr ändern wollte, und wie auch John schien der Samurai keine Lust mehr zu haben, ihr die Sache auszureden.

»Tox?«

»Ja, Thomas, was ist?«

»Fass dich bitte kurz, wir sind in zwei Minuten am Ziel.«

»Okay, ich rufe einen Satz Dergels …«

Bei dem letzten Wort rollten Sharks Augen nach oben, als wollte er vom Himmel Hilfe erflehen, um die

Ausführungen der Magierin zu verstehen. Auch John verlor langsam den Überblick zwischen sonderbaren Skalierungen und Dergels, was immer sie damit meinte, obwohl er sicher war, dass dies kein Fachbegriff war.

»... und die düsen alle in die Wohnung. Der Herdfuzzi und mögliche Dergels der Hexe wenden sich natürlich diesen scheinbaren Angreifern zu, doch meine Dergels düsen gleich mit Mach 2 weiter in den Keller, und dort wartet mein Luftgeist. Es gibt einen Kampf, und wenn meine Jungs schon nicht gewinnen, dann sorgen sie doch für eine Verzögerung und beschäftigen die Geister der Hexe. In der Zwischenzeit ist die Hexe ungedeckt und bekommt von mir auf die harte Tour gezeigt, dass Hermetikerinnen besser sind als diese lächerlichen Emanzen, die meinen, Magie hätte etwas mit Gefühlen und nackt ums Feuer tanzen zu tun ...«

Inzwischen verlor nicht nur John den Faden, auch Shark schüttelte nur noch den Kopf und hörte überhaupt nicht mehr zu. Viviens Grinsen bedeutete wahrscheinlich, dass sie genau darauf abgezielt hatte. Auch John hatte entschieden, die Frage, was ein Dergel sei, besser nicht mehr zu stellen, Hauptsache, die Magierin wusste noch, was sie tat. Da offenbar keiner mehr mit Vivien weiter diskutieren wollte, verfiel sie in Schweigen und starrte konzentriert auf das Handschuhfach vor sich.

John meinte wenige Sekunden darauf ein Leuchten wahrnehmen zu können, und irgendwie schienen die Farben des Armaturenbretts zu verfließen. Mit einem deutlichen ›Plop‹ materialisierte sich ein sonderbares, neongrünes Wesen vor dem Gesicht der Magierin, das wie ein halb leerer Wasserball von der Größe einer kleinen Melone aussah. Das sonderbare Geschöpf hatte ein albern schiefes Gesicht, das aussah, als hätte ein Kind es gezeichnet. Das Wesen, das leicht durchscheinend wirkte und offenbar zur Hälfte im geschlossenen

Handschuhfach steckte, grinste Vivien dümmlich an, gab ein paar glucksende Laute von sich und wippte dann mit einem Geräusch hin und her, als würde jemand mit Taucherflossen über nasse Fliesen laufen.

Shark warf einen kurzen Blick zur Seite, verzog angewidert das Gesicht und wandte sich sofort wieder ab. Der Straßensamurai tat so, als würde er das Wesen nicht bemerken, und richtete seine ganze Aufmerksamkeit auf die Straße, während mit einem erneuten Ploppen ein weiteres dieser Wesen erschien. Im Gegensatz zum ersten Geschöpf war das zweite rot und bepelzt, allerdings ließ das stupide Grinsen der beiden ihre Verwandtschaft erahnen. Für einen kurzen Moment sahen sich die kugelrunden Monster verwirrt an, dann erschien ein dritter Vertreter ihrer Art in ihrer Mitte, sodass sie beide nach außen gedrückt wurden und hektisch versuchten, ihre Orientierung zurückzugewinnen. Mit der Ankunft des vierten Geschöpfs entstand ein Tumult, den selbst Shark nicht ignorieren konnte und mit einem gemurmelten Fluch kommentierte. John dämmerte inzwischen, dass es sich bei den Wesen um besagte Dergels handelte, die desorientiert ihre Umgebung betrachteten. Eigentlich hatte er gedacht, die Geister nicht wahrnehmen zu können, da er gehört hatte, dass sie sich im Astralraum befänden. Da aber auch Shark sie bemerkt hatte, schien das nichts Besonderes zu sein. Trotzdem sahen diese Geister eher wie Karikaturen einer Zeichentrickfigur aus als wie die Unterstützungstruppe für den Astralraum.

Während er darüber nachdachte, wie ihnen diese Dergels helfen sollten, hörte er die Magierin unverständlich murmeln. Dieses Mal war es nicht das kurze Ploppen, sondern eher ein Rascheln wie ein Windrauschen, das immer mehr anschwoll, bis mit einem dumpfen Brummen ein leuchtender Wirbel sichtbar wurde. Das Ganze sah aus wie die Miniaturausführung eines Tornados, und von Zeit zu Zeit glaubte John Gesichtszüge in dem wirbelnden Chaos zu erkennen. Viviens angespannte Haltung wurde durch ein kurzes Rucken unterbrochen, und sie atmete mehrfach tief ein. Obwohl die Magierin ihren Sitz zurückgefahren hatte, nahm die sonderbare Gesellschaft inzwischen einen guten Teil ihrer Bewegungsfreiheit ein, was ihr anscheinend erst jetzt auffiel, und auch Thomas schien sich durch die Anwesenheit der versammelten Geister gestört zu fühlen.

Nachdem ihre Hilfstruppen vollständig erschienen waren, wandte Vivien sich an den Wirbel, und mit freundlicher Stimme befahl sie dem Wesen, das sie ›Hurri‹ nannte, auf der ›anderen Seite‹ auf sie zu warten. Zwar hatte John nicht viel Ahnung von Magiern und Geistern, aber wenn er sich nicht völlig täuschte, musste es sich bei dem Wirbel um den Luftelementar handeln. Der Geist gehorchte sogleich und mit ihm verschwand auch das pfeifende Geräusch, das den Wagen erfüllt hatte. Die anderen Geschöpfe erregten seine Aufmerksamkeit, die ungeduldig herumwuselten und sonderbare Geräusche machten. Als der erste Dergel Shark vor dem Gesicht herumflog, schlug er mit der Faust nach dem Wesen. Doch seine Hand glitt ungehindert durch den kugelförmigen Körper und knallte hart auf das Lenkrad. Trotzdem sprang das Wesen mit einem leisen Quieken zur Seite in das Gewimmel seiner Kollegen zurück, während sich der Samurai mit schmerzverzerrtem Gesicht die Hand rieb. Offenbar war für ihn der Spaß vorbei, und seine Stimme klang verärgert, als er sich Vivien zuwandte.

»Vivien, pack sofort diese Viecher ein, oder ich raste gleich aus! Wenn die so weitermachen, haben wir noch einen Unfall!«

Die Magierin warf ihm ein wissendes Lächeln zu, nickte und sprach die Wesen laut an:

»Eins, Zwei, Drei und Vier, macht euch wieder unsichtbar, und wartet auf meine weiteren Befehle.«

An ihre beiden Mitfahrer gewandt, erklärte sie: »Keine Panik, Leute, das sind nur ein paar Dergels, ich hab sie Eins, Zwei, Drei und Vier getauft, längere Namen können die Kleinen sowieso nicht behalten. Der Wirbel war übrigens der Luftgeist, er hört auf den Namen Hurri, genauer gesagt Hurri-Cane.«

»Was bitte ist ein Dergel?«

John hatte diese Bezeichnung noch nie gehört, und irgendwie faszinierten ihn diese chaotischen Geister genauso stark, wie sie den Samurai abstießen.

»Na, ein Dergel halt. Ich meine, manche von diesen hochtrabenden Magiern nennen sie Watcher, aber auf der Straße heißen die Kerle nun mal Dergel. Ich glaube, du kannst dir vorstellen, wie nervig die Dinger sein können. Das wird im Astralraum echt die Hölle, das muss man gesehen haben, wie viel Chaos vier von diesen kleinen Geistern anrichten können.«

Wie zur Bestätigung nickte Shark und brummelte irgendetwas Unverständliches vor sich hin.

»Shark mag die Kleinen nicht, aber ich finde sie äußerst praktisch. Sie sind zwar dumm wie Soy, aber immerhin können sie perfekt für Verwirrung sorgen.«

Bevor sie mit wachsender Begeisterung weitererzählen konnte, fuhr Shark an den Straßenrand und verkündete, dass sie fast am Ziel seien. Die Straße gehörte zum Essener Stadtteil Steele und war eine typische Mittelklasse-Wohnsiedlung. Die Häuser machten einen ziemlich neuen Eindruck und waren im Gegensatz zu den meisten Apartmentblocks im Plex maximal acht Stockwerke hoch. Steele war zwar ein Wohngebiet für Leute, die etwas mehr Geld verdienten, trotzdem schnitt es gegenüber den anderen von Saeder-Krupp sanierten Stadtteilen vergleichsweise bescheiden ab. Nach Sharks Beschreibung mussten sie nur noch die

Straße hinuntergehen und nach zwanzig Metern in die nächste Querstraße einbiegen. Das erste Haus auf der linken Seite war das Zielgebäude, Julias Wohnung lag im dritten Stock. Der Samurai stieg aus, um die Ausrüstung aus dem Kofferraum zu holen, und John nutzte die Chance, um noch einmal mit Vivien zu sprechen.

»Ich fürchte, jetzt gibt es kein Zurück mehr, aber ich glaube, wir schaffen es. Nur eines noch ...«

»Was?«

»Denk an dein Versprechen ...«

Ihr Gesicht verriet nicht gerade Begeisterung, dass er das Thema noch einmal anschnitt, aber mit einem Anflug von Traurigkeit nickte sie.

»Wir werden die Sache alle überleben. John?«

Sie zwängte sich zwischen den beiden Vordersitzen hindurch, ihm entgegen, und auch er beugte sich vor und kam ihr ebenfalls näher. Er war etwas überrascht, als sie die Arme um seinen Hals schlang, ihn zu sich heranzog und ihn auf die Wange küsste.

»Pass auf dich auf, Mann ohne Erinnerung. Es wäre schade, wenn unsere Freundschaft heute enden würde.«

Während John ihr verwundert ein Lächeln schenkte, öffnete sich die Fahrertür. Im selben Moment war ihre Herzlichkeit verschwunden, und sie fiel in die Rolle der kaltblütigen Runnerin zurück. Shark stieg mit einer großen Sporttasche in der Hand ein und zog die Wagentür hinter sich zu. Als er die Tasche öffnete, war John froh, dass ihr Auto getönte Scheiben hatte, denn in dem Beutel befand sich ein kleines Waffenarsenal, das für eine dreimal so große Gruppe gereicht hätte.

Nach kurzem Suchen gab der Samurai John zwei kugelrunde Handgranaten und wollte ihm gerade deren Gebrauch erklären, aber John winkte ab. Als er die Erschütterungsgranaten in den Händen hielt, wusste er genau, wie er mit ihnen umgehen musste. Die Pistole, die ihm Shark zusätzlich anbot, lehnte er ab. Er hatte sich entschlossen, die schwere Schrotpistole mitzunehmen, die ihm Spälter besorgt hatte, eine Altmayr SP. Die Waffe machte zwar einen etwas klobigen Eindruck, dafür ließ der daumendicke Lauf der Altmayr auf deren enorme Durchschlagskraft schließen. John war froh, dass der Straßensamurai in seinem Waffensortiment über Gelgeschosse des passenden Kalibers verfügte; schließlich hatten sie sich vorgenommen, mindestens einen ihrer Gegner lebend zu fangen, und eine Schrotladung war nicht unbedingt geeignet, wenn man jemanden nur betäuben wollte. Nachdem John alle Waffen hatte, die er brauchte, verteilte Shark einige weitere Ausrüstungsteile. Auch die beiden Runner hatten sich schnell ausgerüstet. Jeder bekam eine Panzerjacke, die zumindest einen großen Teil der Kugeln abhalten würde, und da Vivien nur im Astralraum dabei sein würde, brauchte sie keine Waffe. Shark entschied sich für einen Yamaha Pulsar Taser und eine schallgedämpfte Heckler & Koch-Maschinenpistole, um sich dann einsatzklar zu machen. Es fehlte nur noch eine letzte Besprechung, dachte John, dann würde es losgehen.

»Sprechen wir noch einmal alles durch. Ich gehe vor, klingele an der Tür und betrete dann die Wohnung. Wenige Sekunden später zünden die Betäubungsgranaten per Timer, und ich eröffne das Feuer auf unsere Gegner. Zum selben Zeitpunkt macht Vivien den Astralangriff, und Shark stürmt zu mir in die Wohnung und hilft mir bei der Schießerei. Denkt beide daran, wir brauchen mindestens einen von denen lebend. Beginn der Aktion in exakt zwei Minuten.«

Beide nickten und machten sich bereit. Keiner sagte mehr ein unnötiges Wort, und die vorher noch lockere Atmosphäre hatte schweigender Konzentration Platz gemacht. Selbst Vivien wirkte ungewohnt ernst, als sie ihr Bewusstsein in den Astralraum gleiten ließ und ihr Körper erschlaffte. Die Zeit war gekommen, die Herausforderung Death Angels anzunehmen. Mit einem Nicken verabschiedete John sich von dem Samurai und stieg aus dem Wagen, um langsam in Richtung des Hauses zu gehen.

Die Nacht war angenehm kühl, und ein Blick auf die Uhr zeigte ihm, dass es fast Mitternacht war. Nach den hektischen Diskussionen war er froh, endlich einen Moment Ruhe zu haben, um sich auf seinen Einsatz vorzubereiten. Für einen kurzen Augenblick kamen Zweifel in ihm auf, aber dann wurde ihm bewusst, dass die Elfe die Lücken in seiner Erinnerung schließen konnte. Zumindest würde er erfahren, was diese Leute von ihm wollten und was mit Julia passiert war. Trotzdem konnte es sein, dass er in einen Hinterhalt lief, dem er nicht gewachsen war. Konnte er sich tatsächlich auf seine sonderbare Regenerationsfähigkeit verlassen? Wenn sie ihn gefangen nahmen, würde er zwar auch alles erfahren, aber es würde ihm nicht mehr viel nützen. Andererseits war dies besser, als ohne Erinnerung zu sterben, ohne zu ahnen, warum das alles passiert war. Mit einem kurzen Blick über die Schulter vergewisserte er sich, dass der Straßensamurai ihm folgte, um rechtzeitig zur Stelle zu sein, und bei dem Anblick seiner kampferprobten Rückendeckung fasste er neuen Mut. Die beiden Runner schienen Profis zu sein, und außerdem hatte er mit ihnen Menschen gefunden, die Freunden am nächsten kamen. Der Gedanke, was er ohne sie machen würde, erschreckte ihn.

Während er weiterging, warf er noch einen Blick auf die Timereinstellung der beiden Granaten. Die rot leuchtende Anzeige garantierte ihm dreißig Sekunden, bevor die beiden Sprengkörper nach dem Ziehen des Sicherheitsstifts explodieren würden.

Im Grunde war es nicht der Kampf, was ihn beunruhigte, sondern dieses sonderbare Gefühl, das sich in ihm breitmachte. Er spürte eine unbändige Wut aus ihrem Schlummer erwachen, und abermals schossen die Bilder und Eindrücke von der ersten Begegnung mit Death Angel durch seinen Kopf: die Schmerzen der Kugel, die sie auf ihn abgefeuert hatte; der Gesichtsausdruck des alten Mannes, als er starb; die Schreie des Elfen, den er brutal getötet hatte. All das war nur wenige Stunden her, und möglicherweise würde er in wenigen Minuten schon wieder töten. Waren auf den Straßen oder in den Schatten Menschenleben tatsächlich so unwichtig, dass er das Recht hatte, jeden seiner Feinde ohne Skrupel zu töten? Doch schlimmer als diese Frage lastete eine andere Erkenntnis auf seinem Gewissen: Im schlimmsten Fall würde er es genießen zu töten, wie er es schon beim letzten Mal genossen hatte.

Er hatte die Eingangstür des mehrstöckigen Wohnblocks erreicht und betrachtete die kleinen Schilder über den Klingeltasten. Wie erwartet, bemerkte er eine kleine Kamera im Inneren der Lobby, die auf die Glastür ausgerichtet war. Die Bewohner des Hauses würden sehen können, wer vor der Tür stand, und seine Feinde würde diese Möglichkeit zu nutzen wissen. Endlich fand er die Klingel mit dem Namen Dr. Julia Wilson, die im dritten Stock wohnte. Bevor er die Klingel drückte, legte John das halb leere Paket Taschentücher, das er aus seiner Tasche hervorgekramt hatte, auf den Boden und hoffte, dass sein Plan funktionieren würde. Nachdem er ein letztes Mal tief durchgeatmet hatte, läutete er.

In seinem Denken veränderte sich etwas, alles Unwichtige um ihn herum verlor seine Bedeutung, während sich seine Gedanken nur noch um seinen Plan drehten. »Nicht zu offensichtlich in die Kamera schauen und das Taschentuchpaket nicht verfehlen!«, ging es ihm durch den Kopf.

Aus der Gegensprechanlage meldete sich eine Frauenstimme, die Julia entfernt ähnlich klang, und fragte, wer an der Tür sei. John lächelte und nannte den Namen, mit dem er vorerst leben musste: John Doe. Die Stimme klang erfreut und bat ihn herein, während ein Surren an der Tür bestätigte, dass sie entriegelt worden war. *Die Stimme klang zu freundlich, die Falle war offensichtlich.* Als er eintrat, schob sein rechter Fuß vorsichtig die Packung Taschentür an den Türrahmen. *Nicht hinschauen, die Tür müsste jetzt blockiert sein!* Ohne nachzuschauen ging John weiter und stieg die Treppe hinauf. Hinter sich hörte er ein dumpfes Geräusch, die Tür war also nicht ins Schloss gefallen. Shark sollte keine Schwierigkeiten haben hereinzukommen. *Die Granaten scharf machen!*

Es dauerte nicht lange, die zwei Stockwerke hochzulaufen, und kurz bevor er die dritte Etage erreichte, zog er die Sicherungsstifte der beiden Granaten, die er sich unter dem T-Shirt in den Gürtel gesteckt hatte. Dreißig Sekunden würden ihm bleiben, bevor die beiden Sprengkörper mit einer Erschütterungswelle explodieren würden. *Auf das Timing achten!*

Die Tür zu Julias Wohnung lag genau vor ihm, und er zögerte kurz, als er irgendwo tiefer unter sich leise Schritte hörte. Shark war also bereit. Es blieben noch zwanzig Sekunden. Die letzten fünf Meter bis zur Tür kosteten ihn nur Sekunden, und er drückte die Klingel neben der Eingangstür, als mit einem markanten Knacken das Licht im Treppenhaus automatisch erlosch. *Keine Panik, die Lichtverhältnisse sind weiterhin ausreichend!* Noch fünfzehn Sekunden.

Schritte näherten sich der Tür, es klang wie schwere Stiefel, die über Teppich liefen. Jemand legte seine Hand auf die Türklinke, das Schloss knackte. Zehn Sekunden. Die Tür wurde geöffnet, ein Lichtstrahl fiel in den Flur. Da war ein Geräusch hinter ihm, er spürte, wie ihn jemand beobachtete, sie hatten also jemanden außerhalb der Wohnung positioniert. Der Schatten einer Person war im Lichtkegel hinter der sich öffnenden Wohnungstür zu erkennen, und als er seinen Blick hob, erkannte er Julia, die ihn fröhlich anlächelte. Irgendetwas stimmte nicht.

»John! Ich hatte dich gar nicht erwartet, komm doch rein.«

Die Frau trat einige Schritte zur Seite und ließ ihn in den schmalen Korridor treten, der in die Wohnung führte. Fünf Sekunden. Hatten sie sich etwa getäuscht, war Julia gar nicht in Gefahr gewesen, hatten sie einen schrecklichen Fehler gemacht oder bei ihrem Plan etwas Wichtiges übersehen?

Für einen Moment kamen Zweifel in ihm auf, doch dann roch er es. Das war nicht Julia, die Person vor ihm war ein Mann. Und dieser Mann hatte ganz offensichtlich Angst, der Geruch von kaltem Schweiß lag in der Luft. Überraschend schnell sprang John in die Wohnung und schlug die Tür hinter sich zu. Damit war die Tarnung aufgeflogen, und der Mann zog eine riesige Pistole hinter dem Rücken hervor und legte auf John an.

Ein heller Blitz hüllte sie beide ein. Die Schockwelle schleuderte John mit voller Härte gegen die Wand, und auch der Doppelgänger wurde von den Füßen gerissen. Es war, als hätte ihm jemand mit einem Presslufthammer in den Bauch geschlagen, einige Rippen waren gebrochen. Außerdem spürte er deutlich, dass seine Haut verbrannt worden war. Ihm wurde schlecht durch den Schock, und schwarze Ränder verkleinerten sein Sichtfeld, doch er war immer noch bei Bewusstsein, auch wenn das Rauschen in seinen Ohren ihn fast betäubte. Der Doppelgänger lag in der Ecke und rührte sich nicht mehr, offenbar hatte er die Druckwelle nicht gut vertragen. Unvermittelt begannen seine Gesichtszüge und seine Gestalt zu verschwimmen, und binnen Sekunden löste sich seine Form wie Rauch auf. Hinter der Illusion von Julia verbarg sich ihr angeblicher Assistent, aber sein Anzug aus gepanzerter Tarnkleidung und die schweren Waffen, die er am Körper trug, verrieten ihn als das, was er wirklich war: ein Söldner. John griff hinten in seinen Gürtel, um die Altmayr zu ziehen, aber auch sein Gegenspieler war noch kampffähig und rappelte sich auf. Bevor John seine Waffe ziehen konnte, feuerte sein Gegner mit seiner Pistole blind in Johns Richtung.

Statt eines Knalls konnte John nur ein leises Zischen über dem Dröhnen in seinem Kopf hören, und aus dem sonderbaren Mündungsrohr schoss ein Projektil, das sich auf der kurzen Strecke bereits zu einem Netz entfaltete. Die Waffe war eine Netzpistole, eine der besten Waffen für den Fall, dass man jemanden lebend fangen wollte. Zumindest hatte er in diesem Punkt Recht gehabt, seine Gegner wollten ihn lebend.

Doch der Söldner hatte nicht genau zielen können, und der Schuss ging etwas daneben. Das Netz traf John am rechten Arm, schlang sich hartnäckig um seine rechte Körperhälfte und verhedderte sich an seiner Waffe. Sein Kopf wurde von dem harten Metallkabelgeflecht zur Seite gerissen, und im selben Moment fiel Johns Blick auf die Frau am Ende des Korridors. Trotz des Chaos erfassten seine Augen genügend Details, um sie einordnen zu können. Sie war jung, ungefähr in Viviens Alter, und in ein langes, schwarzes Gewand gehüllt, das die Farbe ihres Haars hatte und bis zu ihren Füßen reichte. In der Hand hielt sie einen großen, verzierten Dolch, und sie hatte beide Arme gehoben, sodass die weiten Ärmel ihres Gewands sie noch majestätischer wirken ließen. Der Dolch leuchtete in einem bläulichen Feuer, als würde er die magischen Energien aus der Umgebung anziehen und bündeln. Damit war klar, dass es sich um die Hexe handeln musste, von der Toxic erzählt hatte, doch sie wirkte eindeutig imposanter, als er sie sich vorgestellt hatte.

Das Leuchten um den Dolch wurde immer intensiver, und John war sich sicher, dass die Hexe bereit war, einen starken Zauber zu wirken. Für einen Moment kam ihm die grauenhafte Idee, dass Toxic sie möglicherweise unterschätzt hatte, doch dann explodierte das Leuchten in einem blauen Energieball, der die Magierin und das Zimmer einhüllte. John hatte diese Art von Blitz schon einmal gesehen, als Vivien einen der Ghule mit ihrem Zauber geröstet hatte. Doch dieses Mal war es nicht nur die Hexe, sondern der ganze Raum, der in ein Inferno von Blitzen gehüllt wurde. Die Explosion und das wilde Leuchten von Energieentladungen verschwanden so schnell, wie sie gekommen waren, doch nicht, ohne Spuren hinterlassen zu haben. Die Hexe starrte ungläubig auf den dunkelrot glühenden Dolch in ihren rauchenden Händen. Ihr Gesicht zeigte schwere Verbrennungen, und von Teilen ihres verbrannten Gewands stiegen Rauchschwaden auf. Während ihr Körper wilde Zuckungen vollführt hatte, als die blauen Elektrofunken über sie hinweggefahren waren, stand sie jetzt einen kurzen Moment lang still und sackte dann schwankend in die Knie. John fürchtete, sie würde noch einen Angriff wagen, aber es war vorbei. Der starre Blick, dem sie ihm zuwarf, während sie auf die Knie fiel, und der Anblick ihres Gesichts ließen ihn erstarren. Ihr Haar war bis auf wenige Büschel, die immer noch qualmten, versengt, ihr Gesicht zeigte deutliche Brandspuren und war an den nicht verbrannten Stellen feuerrot. Mit einem stumpfen Blick öffnete sie den Mund, als wollte sie etwas sagen, doch bevor irgendwelche Worte über ihre aufgeplatzten Lippen kamen, fiel sie vornüber. Ihr Gesicht schlug ungebremst auf dem rotbraun gefliesten Boden auf, und John wusste, dass sie tot war.

John hatte den Blick nicht abwenden können, so sehr hatte ihn die Szenerie in den Bann gezogen, doch damit hatte er seinem Gegner die Chance gegeben, noch ein Netz abzufeuern, das ihn dieses Mal besser traf. Das Wirrwarr aus Kabeln schlang sich um seinen Körper, nachdem der Aufprall des Netzes seinen Kopf gegen die Wand geschleudert hatte.

Wieder kamen die schwarzen Ränder in seinem Sichtfeld für einen kurzen Moment zurück und raubten ihm beinahe das Bewusstsein, doch wurde er nicht ohnmächtig. Immerhin hielt er noch seine Waffe in der Hand und versuchte sie trotz der eingeschränkten Bewegungsfreiheit in die Richtung des Mannes mit der Netzpistole zu halten. Er würde nur einen Versuch haben, denn so stark wie er sich bereits verheddert hatte, würde er nicht in der Lage sein, die Pump-Action-Waffe für einen zweiten Schuss durchzuladen. Inzwischen warf sein Gegner, der ebenfalls durch einen langen Blick auf die Leiche der Hexe abgelenkt war, seine Waffe weg und zog einen Taser. Es würde für den Söldner leicht sein, John zu treffen, und sobald sich einer der Taserpfeile durch seine Panzerung gebohrt hätte, wurden ihn die Stromschläge des Tasers außer Gefecht setzen. Und wenn er den Ausdruck von kaltem Hass im Gesicht des Söldners richtig deutete, würde er John für den Tod der Hexe leiden lassen. John feuerte die Altmayr ohne zu zielen auf den Mann ab.

Trotz des Pfeifens in seinen Ohren hörte er den lauten Schuss. Der Rückstoß riss die Waffe ein Stück nach oben, und das schwere Geschoß aus hartem Plastik traf den Mann genau im Brustbereich. Der Aufprall schleuderte den Söldner zurück und gegen die Wand. Dieses Mal hatte die Wucht des Angriffs ausgereicht, denn sein Gegner sackte an der Wand herunter und blieb bewegungslos auf dem Rücken liegen.

Doch noch hatte John nicht gewonnen, denn im selben Moment zog ein lautes Krachen seinen Blick auf die Eingangstür der Wohnung. Das schwarze Plastik im Bereich des Türschlosses war in kleine Splitter zerfetzt worden, die in den Korridor spritzten. Im nächsten Augenblick flog die Tür auf und prallte so hart gegen die Wand, dass er glaubte, die Erschütterung spüren zu können. In der Türöffnung stand eine Gestalt, die mit unglaublicher Geschwindigkeit in den Raum hineinsprang und kurz vor John zum Stehen kam. Im Licht der Wohnung konnte er die Elfe erkennen, die sich vor ihn hinhockte und eine große Waffe auf ihn richtete. Es war Death Angel, und dieses Mal trug sie einen eng anliegenden, schwarzen Overall, in den Panzerstücke eingenäht waren. Ihre Haare waren unter einem schwarzen Seidentuch verborgen, und in ihrem Gesicht konnte er nur grimmige Entschlossenheit lesen. Sie hatte ein einfaches Katana auf den Rücken geschnallt und richtete den Lauf ihrer großen Sturmschrotflinte direkt auf sein Gesicht. Ein kaltes Lächeln schlich über ihre Lippen, und ohne Vorwarnung stieß sie mit dem Lauf zu. John hätte nicht ausweichen können, selbst wenn er die Möglichkeit gehabt hätte zu reagieren, aber im Netz verfangen war er chancenlos. Der stahlharte Lauf prallte mit voller Wucht auf seinen Unterkiefer, und das Knacken der splitternden Knochen war deutlich zu hören. Der Schmerz war unerträglich, der Kiefer musste mehrfach gebrochen sein, und die Splitter bohrten sich in das weiche Fleisch. Doch sie war noch nicht fertig mit ihm. Als sie sich blitzschnell erhob, trat sie mit ihrem schweren Stiefel genau auf sein Brustbein. Der erste Tritt hatte die Rippen schon anbrechen lassen, aber die folgenden beiden Tritte in schneller Folge drückten die Spitzen der abgebrochenen Rippen in seinen Körper. John glaubte genau zu spüren, wie die Knochen die Lungenflügel perforierten und seinen Brustkasten durchbohrten. Zwar konnte sie ihn wahrscheinlich nicht töten, aber sie konnte ihm höllische Qualen verursachen. Die Schmerzen machten ihn wahnsinnig, doch er konnte sich nicht einmal bewegen. Seine Hilflosigkeit steigerte sich in maßlose Wut. Der Schrei jedoch, den er ihr entgegenschleudern wollte, wurde nur ein unschönes Gurgeln, während der Schmerz im zersplitterten Kiefer ihn aufstöhnen ließ. Blut floss aus seinem Mund, und die Schmerzen wurden unerträglich. Zum ersten Mal hoffte John inständig, das Bewusstsein zu verlieren, doch sein Flehen wurde nicht erhört. Tief im Inneren wusste er, dass er die Wunden wahrscheinlich überleben würde und sie sich schneller schließen würden als bei jedem anderen, dem er jemals begegnen würde, doch dieses Wissen linderte nicht den unmenschlichen Schmerz. Selbst wenn es nur Sekunden bis zu seiner Heilung dauern würde, war jede dieser Sekunden bereits zu viel. Fast noch schlimmer war allerdings das Gefühl der Hilflosigkeit. Er verspürte diese unglaubliche Wut, die er nicht mehr unterdrücken konnte, und sein Verstand malte sich die blutrünstigsten Methoden aus, mit Death Angel abzurechnen. Der maßlose Drang, sie mit bloßen Händen zu zerreißen, der Wunsch, so lange mit bloßen Fäusten auf sie einzuschlagen, bis nur noch eine unförmige Masse aus Blut und Knochen übrig bleiben würde, war übermächtig geworden, allerdings saß er wehrlos am Boden und musste erdulden, wie die Elfe ihren Hass an ihm ausließ. Er konnte sich nicht einmal bewegen, nicht einmal schreien, ohne dass er das Gefühl hatte, die Schmerzen würden ihn umbringen. Er riss an den Netzen, die ihn festhielten, und versuchte die von jeder Bewegung verursachten Schmerzen zu ignorieren, doch dieser Fluchtversuch wurde sofort von Death Angel erbarmungslos bestraft. Dieses Mal nutzte sie den Kolben der Schrotflinte, um den Knöchel seines rechten Fußes zu brechen, und mit mehreren Schlägen zerstampfte sie den Knochen zu winzigen Fragmenten. Inzwischen hatten sich die Knochensplitter seines Kiefer neu geordnet und waren zu einem harten Knochen zusammengewachsen, doch der Schmerz verlagerte sich damit nur woanders hin. Trotzdem konnte er jetzt wenigstens schreien, und so stieß er einen lauten Schrei aus, dessen unkontrolliert panischer Ton ihn selbst entsetzte.

»Shaaaark!«

Die Elfe wandte sich augenblicklich der Eingangstür zu und bemerkte im selben Moment den Straßensamurai, der zu Johns Rettung gekommen war. Shark nutzte die Deckung des Türrahmens, um eine breitgestreute Salve mit der Maschinenpistole in den Flur zu feuern, doch die Elfe hatte sich rechtzeitig zu Boden geworfen, sodass der Feuerstoß nur die Wand perforierte und einige gerahmte Kunstdrucke zersplittern ließ. Death Angel ging sofort zum Gegenangriff über und schoss in die Richtung der Gefahr, um dann die Sekunden, die Shark hinter der Tür in Deckung verschwand, dafür zu nutzen, mit einem Sprung ins Wohnzimmer zu hechten.

Inzwischen fühlte sich John wieder besser. Der Druck in seiner Brust verschwand, und die Schmerzen waren nur noch ein Schatten der Qualen, die ihn vor wenigen Sekunden gepeinigt hatten. Trotzdem ließ er sich flach auf den Boden fallen, um nicht das Opfer von Querschlägern zu werden, denn weitere Wunden wollte er nicht erleiden.

Für einen kurzen Moment war alles ruhig, beide Kämpfer schienen die neue Lage zu bewerten, dann rückte Shark vor. Der Samurai ging geduckt an John vorbei, die Waffe ständig in Richtung des Wohnzimmers zielend. Aber er machte einen Fehler. Der kurze Blick, den er auf John warf, wurde ihm zum Verhängnis.

Ein kleiner eiförmiger Gegenstand fiel direkt vor seine Füße, und als sich Shark zu der Bewegung umdrehte, explodierte die Granate mit einem grellen Lichtblitz, der sich in Johns Augen brannte. Für einen kurzen Moment sah er ein unglaublich helles, weißes Leuchten, dann tanzten nur noch bunte Punkte vor seinen Augen. Wenn er die wenigen Schemen, die er ausmachen konnte, richtig deutete, war der Straßensamurai genauso geblendet wie er selbst, und so ging der Feuerstoß daneben, den er blind auf die Elfe abfeuerte. Bevor er einen zweiten Versuch bekam, war Death Angel bereits bei ihm und trat mit voller Kraft gegen sein Handgelenk, sodass seine Maschinenpistole gegen die Wand geschleudert wurde. Ihr zweiter Tritt galt seinem Gesicht und ließ den Samurai zu Boden stürzen. Sofort sprang sie auf ihn zu und stemmte ihr rechtes Bein auf Sharks Brustkasten. Die Mündung ihres Schrotgewehrs schwebte drohend über seinem Gesicht. Trotz der Flecken vermeinte John ein bedauerndes Lächeln zu erkennen.

»Kein schlechter Auftritt! Schade nur, dass der Abgang so unschön wird.«

Für einen kurzen Moment glaubte John, das Pfeifen sei noch der Nachhall des Kampflärms, doch als die Elfe entsetzt in das Wohnzimmer starrte, wurde ihm klar, dass sie das Geräusch auch hörte. Immer noch geblendet, konnte John nicht genau erkennen, worauf Death Angel feuerte, doch plötzlich spürte er einen starken Luftzug und sah, wie die Elfe wild um sich schlug und nach Luft rang. Ihre Konturen schienen zu verschwimmen, und für einen Moment glaubte John sogar, dass sie mit den Armen rudernd schweben würde. Bevor er wusste, was mit der Elfe passierte, fiel sie bereits leblos zu Boden. Immer noch hilflos in dem Netz gefangen, konnte John nur abwarten und spüren, wie sich seine Wunden weiter schlossen und die Knochen neu zusammenwuchsen.

Mit einem Stöhnen kam Shark wieder auf die Beine

und wollte sich gerade der am Boden liegenden Elfe zuwenden, als eine bekannte Stimme ertönte. Obwohl sie verzerrt klang, war es die Stimme von Toxic, und John meinte sogar einen schwachen transparenten Umriss erkennen zu können, der im Gang zu schweben schien.

»Keine Sorge, Shark, die Elfe ist vorerst außer Gefecht gesetzt. Hurri hat sich darum gekümmert. Die Hexe ist tot. Aber angesichts des Aufruhrs, den ihr verursacht habt, solltet ihr schnell aus der Wohnung verschwinden, denn die Polizei sollte schon auf dem Weg zu eurer Party sein.«

Mit diesen Worten verschwand die Erscheinung, und Shark wandte sich von Death Angel ab, um sich um John zu kümmern.

»Alles klar, Oblivion?«

Während der Samurai das Netz mit einem großen Überlebensmesser zerschnitt, improvisierte John seine Antwort.

»Alles klar! Es sieht schlimmer aus, als es ist. Ich habe wie durch ein Wunder kaum etwas abbekommen.«

Damit traf er die Wahrheit nicht ganz. Inzwischen fühlte er sich bis auf das dumpfe Gefühl in seiner Brust und das Pochen in seinem Knöchel wieder kerngesund, aber normalerweise hätte er einige Wochen im Krankenhaus verbringen müssen, wenn er überhaupt überlebt hätte. Doch dem Straßensamurai schien diese Erklärung zu genügen, und nach wenigen Schnitten konnte John sich endlich aus den Überresten des Netzes befreien. Zuerst wandte er sich dem Mann zu, der ihn mit der Netzpistole außer Gefecht gesetzt hatte.

»Was ist mit dem Typen?«, wollte Shark wissen.

»Kümmere du dich um die Elfe, ich untersuche den Typen.«

Vorsichtig beugte John sich über Julias angeblichen

Assistenten, während er hörte, wie Shark zu der Elfe ging. Langsam griff seine Hand zum Hals des am Boden Liegenden, und als seine Finger die warme Haut berührten, spürte er den Puls. Der Mann war noch am Leben. Die rasende Wut in ihm war immer noch nicht erloschen und flackerte plötzlich erneut auf. Dieser Mann war noch am Leben, und er war schuld, dass er die Schmerzen, die Death Angel ihm zugefügt hatte, wehrlos hatte ertragen müssen. Der Söldner hatte ihn gefangen genommen, er hatte ihn mit der Illusion, als Julia zu erscheinen, belogen und betrogen. Johns Hass steigerte sich in den unbändigen Drang, den Mann für all seine Schmerzen zu bestrafen. Dieser Mann war schuldig, er war sein Feind, er hatte versucht, ihm zu schaden.

Zuerst merkte John gar nicht, dass sein Hass Besitz von seinen Händen ergriffen hatte, doch trotz seiner Wut entging ihm das Blut nicht, das über seine Finger sickerte. Seine Fingernägel hatten sich bereits tief in das weiche Fleisch des Halses gegraben. Der Anblick und der Nachgeschmack des Blutes in seinem Mund überwältigten ihn. Bevor er wusste, was er tat, brach er dem wehrlosen Söldner mit einem kraftvollen Ruck das Genick. Entsetzt wich er zurück und schaute auf die regungslose Leiche. Im selben Moment meldete sich Shark hinter ihm.

»Die Elfe lebt noch. Was ist mit dem Typen?«

John musste schlucken, bevor er antworten konnte.

»Der Mann ist tot, die Hexe auch. Wir müssen also die Elfe mitnehmen.«

»Ich durchsuche noch mal die Magierin, vielleicht findet sich etwas Interessantes. Du filzt den Typen.«

Shark ging zu der Leiche der Hexe und drehte sie vorsichtig mit seinem Fuß auf den Rücken. Die blicklosen Augen starrten zur Decke, und John wandte sich ab, um den Toten zu untersuchen. Schnell tastete er den

Körper ab und durchsuchte die Taschen der Tarnjacke. Er fand einen Credstick und einen Taschensekretär und stopfte beides in seinen Gürtel. Ansonsten fand er nur noch einen schweren Revolver sowie ein großes Messer, beides ignorierte er.

Als er in den Taschen wühlte, hatte er das merkwürdige Gefühl, beobachtet zu werden. Die Augen des Toten waren zwar geschlossen, trotzdem hatte der Leichnam etwas Beunruhigendes an sich. Schnell beendete er seine Suche, er wollte weg von der Leiche, denn von seiner Wut war nur noch Abscheu für seine eigene Tat übrig geblieben.

Als John aufstand, kam ihm Shark entgegen. Der Samurai blieb neben der Elfe stehen, ging in die Hocke und wuchtete ihren Körper auf seine Schulter. Mit einem Lächeln meinte er zu John gewandt: »Okay, ich glaube, wir haben alles, was wir brauchen. Lass uns verschwinden!«

Auch John wollte nur noch weg von dem Schauplatz des Kampfes. Zu viel war hier passiert, als dass er länger an diesem Ort verweilen wollte. Indem er die Wohnung verließ, hoffte er, den Schrecken des Gefechts zu entkommen, das seine schlimmsten Befürchtungen erfüllt hatte. Wieder hatte er getötet, und wieder war er entsetzt über das, was er dabei gefühlt hatte.

Als sie an der Haustür ankamen, stand Toxic schon mit dem Auto bereit, und in wenigen Sekunden war Shark mit der Elfe im Fond eingestiegen, während John auf dem Beifahrersitz Platz nahm. Bevor er sich anschnallen konnte, setzte sich der Wagen bereits in Bewegung, um sich auf der nächsten Hauptstraße in den fließenden Verkehr zu mischen. Als sie endlich im Verkehrsfluss untertauchten, warf die Magierin ihm einen kurzen Blick zu und lächelte ihn schwach an.

»Schön, dass ihr zurück seid.«

Es war auffallend, wie wenig gesprächig sie war,

normalerweise hätte er überschwängliche Freude über ihren Erfolg erwartet. Toxic jedoch wirkte körperlich ziemlich am Ende, und er konnte deutlich erkennen, dass sie sich tatsächlich nicht gut fühlte: ihre Haut war bleich, und kalter Schweiß stand ihr im Gesicht. Obwohl sie sich am Lenkrad festhielt, konnte er sehen, dass sie heftig zitterte. Als sie laut hustete, spritzten winzige Blutströpfchen auf die Windschutzscheibe und das Armaturenbrett. Besorgt sah John die Magierin an, sie hatte offenbar mehr abbekommen als der Straßensamurai und er selbst.

»Tox, ist alles in Ordnung?«

Wieder drehte sie den Kopf in seine Richtung und versuchte zu lächeln, doch der Versuch misslang kläglich.

»Alles in Ordnung …«

Die Magierin wirkte müde, als sie sprach, und der Glanz in ihren Augen schien zu flackern. Was sie auch immer hatte, sie versuchte krampfhaft, sich möglichst wenig anmerken zu lassen. Bevor John Einspruch gegen ihre Beschwichtigungen erheben konnte, gab sie ihre Schwäche selbst zu.

»Ich fürchte, ich habe einiges einstecken müssen. Der Zauber war vielleicht etwas zu stark, mein Körper war überfordert mit der Belastung und …«

Der Rest ging in einem unkontrollierten Husten unter. Auch wenn sie versuchte, ihn über ihren Zustand hinwegzutäuschen, war John klar, dass sie fast nicht mehr in der Lage war, zu fahren. Sie musste sich ausruhen, außerdem hasste er es, wenn Leute so unkontrolliert fuhren, schließlich brachte sie damit sie alle in Gefahr.

»Halt an, Vivien, ich fahre weiter, du musst dich ausruhen.«

Für einen Moment glaubte er, sie würde ihm widersprechen, aber der Trotz in ihrem Gesicht verschwand, und sie fuhr an den Straßenrand. Während John um den Wagen herumlief und sich auf dem Fahrersitz niederließ, rückte Vivien ohne auszusteigen auf den anderen Sitz. Shark sagte etwas zu ihr, was John nicht verstand, aber ihre Reaktion machte klar, dass ihr die Frage nicht gefiel. Als er den Motor wieder anließ, schwiegen beide.

Immerhin half John der Umstand, dass er sich auf den Verkehr konzentrieren musste, die bedrohliche Stimmung, die sich durch das Schweigen ausbreitete, zu verdrängen, obwohl er sich ziemlich sicher war, worum es bei dem Streit ging. Vivien hatte offensichtlich wieder übertrieben und sich damit beinahe umgebracht. Sharks Kritik hatte ihren Rest von Enthusiasmus, der ihr über den Schmerz hinweggeholfen hatte, gebremst. Wenigstens versuchte keiner von beiden, ihn in die Sache hineinzuziehen. Er hatte genügend eigene Probleme, über die er nachzudenken hatte.

Auch wenn er es kaum glauben konnte, sie hatten die Elfe tatsächlich lebend gefangen. Andererseits hätte die ganze Sache ihn beinahe das Leben gekostet, und John war sich nicht sicher, ob es nicht nur Glück war, dass er tatsächlich dem Hinterhalt hatte entkommen können. Doch das war nicht das wirkliche Problem an der Sache, schlimmer war, dass jetzt ein Gefühl von Leere sein Denken bestimmte. Das Gefühl, dass ihm sein eigener Tod nichts bedeutet hätte, gefiel ihm nicht. Es hatte nicht nur etwas Niederschmetterndes an sich, es stellte auch seine gesamten Bemühungen infrage. Was hatte es für einen Sinn, sich für seine Vergangenheit einzusetzen, wenn er bereit war, keine Zukunft mehr zu haben?

»… was meinst du?«

John schreckte aus seinen Gedanken hoch und war sich nicht sicher, ob wirklich er gemeint war. Anscheinend hatte Shark ihm eine Frage gestellt, aber irgendwie hatte er sie überhört, weil er so völlig in Gedanken versunken war. Auch wenn ihm die Situation seltsam vertraut vorkam, war es ihm doch etwas peinlich, nachfragen zu müssen.

»Was hattest du gefragt, Shark?«

Der Straßensamurai warf ihm einen vielsagenden Blick zu, trotzdem war seine Stimme freundlich, vielleicht schon zu freundlich, denn anscheinend wollte er seinen Streit mit Toxic dadurch überspielen.

»Ich hatte gefragt, ob ich deiner elfischen Freundin ein kleines Beruhigungsmittel verabreichen soll, damit sie nicht zu einem unpassenden Zeitpunkt aufwacht.«

John überlegte einen Moment und stimmte dann zu.

»Wahrscheinlich ist es besser so, denn wenn Death Angel zu früh aufwacht, könnten wir in Schwierigkeiten geraten. Allerdings fällt mir noch etwas ein: Wie bekommen wir die Informationen aus ihr heraus, denn freiwillig wird sie wohl kaum mit uns sprechen?«

»Vielleicht mit Magie?«

Als Toxic auf Sharks Frage nicht reagierte, konnte John ihm ansehen, wie sehr der Samurai bereute, dass die Magierin auf ihn wütend war, doch er versuchte weiter, sich nichts anmerken zu lassen.

»Oder mit Drogen?«

»Was für Drogen?«

»Wahrheitsdrogen – es gibt eine ganze Menge von dem Zeug auf den Straßen, aber entweder ist der Kram nicht sicher, oder es bleiben Schäden zurück. Wenn die Drogen industrielle Qualität hätten wie bei den Konzernen, wäre es etwas anderes, aber wir kommen nur an das Zeug aus den Hobbylabors.«

»Haben wir Alternativen?«

»Die Alternativen wären entweder die klassischen Methoden oder aber der Einsatz von Folter.«

Die Idee erregte zum einen Abscheu bei John, andererseits spürte er die Lust, der Elfe für das, was sie ihm angetan hatte, ähnliche Qualen zu verursachen. Vielleicht war es besser, mit der Lösung dieses Problems abzuwarten, bis ihre Gefangene erwachte und sie ihren Zielort erreicht hatten. In der Zwischenzeit hatten sie alle die Gelegenheit, ihre Unvoreingenommenheit wiederzufinden, und mit einem sachlichen Ansatz würden sie mehr erreichen, als wenn sie ihre Rachegelüste auslebten.

Die Wohnung, zu der sie fahren wollten, war ein Versteck, das Shark für solche Fälle gemietet hatte; dort würden sie Zeit haben, über alles nachzudenken. Vorerst beschäftigte sich jeder mit unmittelbareren Problemen: Vivien erholte sich von ihren Wunden und schmollte, Shark verpasste Death Angel ein Tranq-Patch, und John versuchte, den Beschreibungen des Straßensamurai zu dem Versteck zu folgen.

Nach einer halben Stunde hatten sie ihr Ziel erreicht. Das Versteck entpuppte sich nicht als Wohnung, sondern als eine alte Tankstelle und Werkstatt am Rand der Großen Brache. Nur wenige hundert Meter entfernt begann die berüchtigte Ruinenstadt im Norden Oberhausens. Niemand wusste genau, welche Wesen sich in dem menschenleeren Gebiet herumtrieben und welche zwielichtigen Elemente dort ihren Geschäften nachgingen. Andererseits war John der Meinung, dass die Nähe der Brachen schon beinahe Heimatgefühle in ihm wecken müsste, wenn man danach urteilte, wie oft er diesen Teil des Plexes in den letzten Tagen gesehen hatte.

Von außen sah die Tankstelle heruntergekommen aus, die weiße Farbe an dem kleinen Betonbau war schon lange abgeblättert, und dichter Staub hatte die Scheiben in trübe Flächen verwandelt. Die Benzinpreise, sofern sie noch zu erkennen waren, schienen vom Anfang der vierziger Jahre zu stammen, und großes Unkraut, das durch den Asphalt gebrochen war, machte deutlich, wie oft Leute hierher kamen.

Umso überraschter war John, als er mit dem Wagen in die ehemalige Reparaturgarage fuhr, die Shark aufgrund eines komplexen Schlossmechanismus umständlich öffnen musste. Für einen kurzen Moment hatte John mit dem Gedanken gespielt, mit Vivien zu reden, doch ein Blick auf ihr zutiefst verhärmtes Gesicht hatte ihn davon abgehalten. Er würde bis zu einer besseren Gelegenheit warten. Der Run war vorerst zu Ende, und damit war sie für ihn wieder Vivien und nicht mehr Toxic, wie er sie vorher hatte nennen müssen.

Doch schließlich wurde seine ganze Aufmerksamkeit von dem Versteck in den Bann gezogen. Die Werkstatt war perfekt aufgeräumt und anscheinend erst vor kurzem renoviert worden. Die blinden Scheiben waren nur Tarnung für eine höchst moderne Reparaturwerkstatt. Die herumstehenden elektronischen Werkzeuge und Diagnosesysteme ließen auf den Arbeitsbereich eines Riggers schließen, und auch sonst erwies sich das Versteck als angenehme Überraschung. Neben der High-Tech-Garage verfügte einer der früheren Büroräume über ein perfektes Kommunikationssystem mit Funk, Telekom und Matrixanschlüssen, daneben befand sich eine moderne Sicherheitskontrollstation mit Monitoren und Anzeigen für verschiedene Alarmsysteme, die im Umkreis der Tankstelle versteckt waren. Weitere Büros, die sich an die große Halle anschlossen, boten drei Wohnräume mit jeweils zwei Feldbetten und Metallspinden, und einer der Räume war so ausgestattet, dass man ihn auch als Zelle verwenden konnte. Die Tür bestand aus verstärktem Stahl, und es gab keine Fenster, aus denen man hätte fliehen können. Wie Shark kurz erwähnte, waren alle Räume schallisoliert, und seinen Anspielungen war zu entnehmen, dass irgendwo in diesen Mauern ein Arsenal mit Waffen versteckt war, die hier für Notfälle gelagert wurden. Natürlich gab es ein kleines Bad, das ebenfalls hohen Ansprüchen genügte. Der Verkaufsraum der Tankstelle war zu einem Gemeinschaftsraum umfunktioniert worden, sodass hier neben der typischen Telekomeinheit auch noch ein Mikrowellenherd und drei Kaffeemaschinen untergebracht waren. Der Kühlschrank neben der großen Couch war, wie John erwartet hatte, randvoll mit Lebensmitteln gefüllt.

Shark hatte es offenkundig Freude gemacht, John alles zu zeigen, allerdings holte ihn im Gemeinschaftsraum schließlich das ein, was er zu verdrängen versucht hatte. Während sie beide durch die Räume gegangen waren, hatte Vivien sich wortlos in diesen Raum begeben. Nachdem Shark und John die Elfe in die Zelle getragen und mit einer Handschelle an das am Boden festgeschraubte Bett gefesselt hatten, gingen sie ebenfalls dorthin.

Als sie schließlich den Gemeinschaftsraum betraten, saß die Magierin mit entblößtem Oberkörper auf der Couch und fuhr vorsichtig mit ihren Fingern über die Wunden, die sich auf ihrem Bauch und auf ihrer Brust abzeichneten. Jede dieser sanften Berührungen bewirkte bei ihren Verletzungen, dass sie sich sichtbar schnell schlossen.

Nach wenigen Sekunden war ihre Haut durch diese magische Heilung wieder so makellos, als hätte sie bei der ganzen Sache keinerlei Schaden erlitten. Auch von den Wunden vom Vortag fehlte jede Spur. Erst in dem Moment, in dem sie ihre Heilung beendet hatte, hatte sie zu ihnen aufgeschaut und beim Anblick des Samurais ein verletztes Gesicht gemacht, um schnell ihre Blöße mit ihren Armen zu bedecken. Auch wenn John sie noch nicht lange kannte, war er sich sicher, dass es ihr gar nicht darum ging, was Shark von ihr gesehen hatte. Ihr Verhalten zielte vielmehr darauf ab, ihn zu verletzen, und das Verhalten des Samurais zeigte, dass sie damit Erfolg hatte, denn dieser verließ wütend den Raum. Sobald er verschwunden war, ließ sie ihre Arme sinken und zog sich, ohne sich an John zu stören, wieder an.

Auch das kam John als Provokation gegenüber dem Samurai vor, und er wollte nicht von ihr benutzt werden, um ihren Gastgeber zu verletzen. Ihm war klar, wie sehr Shark sie mochte, und die beiden waren eigentlich gute Freunde, daher war es umso gemeiner, wie sie ihn behandelte. Spätestens jetzt musste er mit ihr sprechen, auch wenn er nicht gleich zur Sache kam, als er sich ihr gegenüber in einem Sessel niederließ. Doch bevor er überhaupt ansetzen konnte, hörte er Shark laut von der Werkstatt aus rufen, dass er etwas zu essen holen würde, dann wurde ein Motor gestartet. Erst als das Tor mit einem Rattern heruntergefahren war, setzte er an, sie anzusprechen.

»Was ist eigentlich passiert, Vivien? Ich habe so gut wie nichts mitbekommen.«

Sie lächelte ihn kurz an und begann ruhig zu erzählen, anscheinend konnte sie sich entspannen, nachdem Shark gefahren war. Zum ersten Mal nach dem Überfall wirkte sie ruhig und beherrscht.

»Eigentlich ist nichts Besonderes passiert. Die Dergels sind durch die Wohnung gerauscht und haben anscheinend Ärger mit einem oder zwei Geistern bekommen. Hurri hat die Geister in dem Hinterhalt zerlegt, während ich dir im Astralraum Deckung gegeben habe. Die Hexe wollte einen Zauber auf dich schleudern, allerdings hatte sie sich auf die Geister verlassen, um sich gegen Angriffe im Astralraum abzusichern, und ist dann das Risiko eingegangen, ihren Fokus – diesen Dolch – zu aktivieren und zu versuchen, sich zu zentrieren. Habt ihr den Dolch mitgenommen?«

Bei ihrer Frage wurde sie plötzlich aufgeregt, und John war froh, dass er gesehen hatte, wie der Straßensamurai den Gegenstand aus den Händen des Leichnams befreit und eingesteckt hatte.

»Keine Sorge, Shark hat den Dolch mitgenommen.«

Zwar war sie eindeutig froh über diese Tatsache, aber offensichtlich wäre es ihr lieber gewesen, wenn John den Dolch gehabt hätte.

»Gut. Jedenfalls konnte ich einen ziemlich heftigen Zauber gegen sie wirken, weil sie sich bei ihrer Hexerei dem Astralraum öffnete, und so konnte ich die Hexe außer Gefecht setzen. Allerdings war es schwer, die Energie des Zaubers zu kontrollieren, vor allem, weil ich das im Astralraum tun musste, und da ich auf Nummer Sicher gehen wollte und den Spruch mit beträchtlicher Stärke gesprochen habe, musste ich selbst einiges einstecken.«

»Du sahst vorhin wirklich nicht gut aus, ich dachte schon, wir müssten dich in ein Krankenhaus bringen.«

»Es geht mir gut, wirklich, ich habe mich soeben geheilt. Nur im Auto hatte ich keine Zeit dafür, da ich mich unter diesen Bedingungen nicht konzentrieren kann …«

»Du brauchst dich nicht zu rechtfertigen …«

»Dann kam die Sache mit Death Angel und Shark, die ich fast nicht mitbekommen habe. Ich musste etwas unternehmen, um sie zu stoppen, aber du weißt wahrscheinlich, dass es keine Möglichkeit gibt, aus dem Astralraum rein physische Objekte anzugreifen. Also war die Situation ziemlich brenzlig, doch das Schicksal war auf unserer Seite. Im richtigen Moment kam Hurri zurück, und auf meinen Befehl hin griff er die Elfe an. Der Luftwirbel, der sie umhüllt hat, war der Geist. Er hat sie betäubt.«

»Und wo ist unser Lebensretter jetzt?«

»Er ist frei!«

»Frei?«

»Ja, frei. Hurri hat alle Dienste erfüllt, die ich bei seiner Beschwörung aus ihm herausholen konnte, also stand es ihm frei zu gehen, und das hat er getan.«

»Und was war die Erscheinung, die wir gesehen haben? Einen Moment glaubte ich, dich zu erkennen.«

»Im Grunde war ich das auch, oder besser gesagt, es war die physisch wahrnehmbare Projektion meines Astralkörpers. Schließlich musste ich euch Bescheid sagen, dass alles in Ordnung war. Anschließend bin ich zu meinem Körper zurückgekehrt und habe euch mit dem Auto eingesammelt. Den Rest der Geschichte kennst du ja selbst.«

»Ich fürchte nur, ich verstehe nicht alles.«

Ihr Blick sagte, dass sie genau wusste, worauf er anspielte, und ihr schien dieses Thema unangenehm zu sein, sodass John es für besser hielt einzulenken.

»Vergiss es, es geht mich nichts an …«

»Du hast Recht, es geht dich wirklich nichts an! Aber trotzdem, es ist wahrscheinlich besser, mit jemandem darüber zu reden. Es ist eine ziemlich lange Geschichte. Thomas und ich arbeiten jetzt über ein Jahr zusammen, und das ist in diesem Geschäft eine verdammt lange Zeit. Vor ein paar Monaten haben wir einen Run angenommen, der uns beinahe das Leben gekostet hätte. Bei dem Run sind der Rigger und …«

Für einen kurzen Moment zögerte sie und schien Kraft zu sammeln. Nachdem sie tief Luft geholt hatte, schien sie bereit, sich mit einem neuen Ansatz der Wahrheit zu stellen.

»… Katherine, meine Schwester, wurde getötet. Sie hatte kaum etwas mit dem Run zu tun gehabt, und diese Schweine wollten mich erwischen. Die Bombe war an die Zündung meines Autos angeschlossen. Katherine hatte sich den Wagen ausgeliehen und …«

Ihre Stimme war immer mehr ins Stocken geraten, und sie verbarg ihr Gesicht in den Händen.

»Diese kalten Konzernmonster hatten eine chemische Brandbombe genommen. Als ich den Knall hörte, rannte ich zum Fenster und musste mit ansehen, wie der ganze Wagen in Flammen stand. Sie konnte der Falle nicht entkommen, die elektrische Türverriegelung wurde ebenfalls durch den Zündmechanismus blockiert. Sie verbrannte vor meinen Augen, und ich konnte nichts für sie tun. Ich hätte damals sterben sollen, aber ein dummer Zufall kostete sie das Leben. Früher habe ich Katherine gehasst, aber als ich sie dann schließlich wiedertraf, war sie endlich die Familie, die mir gefehlt hatte. Sie war jemand, mit dem ich nicht nur zusammenarbeitete, anders als meine so genannten Freunde. In diesem Job hört die Freundschaft schnell bei Geld auf, und man muss immer damit rechnen, dass sie bei einem Run getötet werden. Ich dachte, es gäbe jemanden, mit dem ich neu anfangen könnte. Doch all diese Pläne sind mit ihr gestorben.«

Aus ihrer Trauer war Verbitterung geworden, und John konnte bereits spüren, dass dieses Gefühl in Hass umschlagen würde.

»Das Schlimmste ist, dass ich sie nicht einmal rächen kann. Die wahren Täter werde ich nie in Erfahrung bringen, aber ich weiß, auf wessen Anweisung die Brandbombe angebracht wurde. Aber wie kann ich mich an einem Konzern rächen? Außerdem wollte ich Thomas nicht gefährden, es wäre nicht fair gewesen, einen Krieg anzufangen, in dem er vielleicht das nächste Opfer gewesen wäre. Aber was macht es für einen Sinn, darüber zu reden …«

Auch wenn ihr selbst klar sein musste, dass sie das Bedürfnis hatte, sich ihm mitzuteilen, schien sie sich ihm nicht völlig anvertrauen zu wollen. John ging durch den Kopf, dass es vielleicht besser sei, keine Vergangenheit zu haben, aber er wusste sofort, dass er damit Unrecht hatte.

»Hör zu, Vivien, was ich dir jetzt sage, klingt vielleicht dumm, aber denke einfach darüber nach. Du bist nicht für den Tod deiner Schwester verantwortlich, und ich bezweifle, dass sie dir einen Vorwurf gemacht hätte. Du hast eine Schlacht in deinem Leben verloren, aber deshalb darfst du nicht aufgeben.«

»Wenn das so einfach wäre. Jedes Mal, wenn Thomas ihren Namen erwähnt, rollt dieses Gefühl der Leere über mich hinweg. Was hat es für einen Sinn, sich mit Leuten einzulassen, sie zu lieben, wenn man sie sowieso verlieren muss?«

»Was ist mit Thomas?«

»Was soll mit Thomas sein?«

Er warf ihr einen Blick zu, der andeuten sollte, dass sie genau wisse, was er meinte. Inzwischen hatte sie sich wieder gefangen, aber irgendwie wirkte sie leer und erschöpft. Es schien, als sei sie nicht mehr in der Lage zu fühlen, als könne sie nichts mehr erreichen. Es war ein Gefühl, das er sehr gut nachempfinden konnte.

»Wenn Thomas dir gleichgültig wäre, hätte er dir nicht so wehtun können. Er bedeutet dir etwas, und das beruht auf Gegenseitigkeit. Ich weiß nicht viel über mich, aber ich habe einiges über dich gelernt. Du bedeutest Thomas eine Menge, und was du als Bevormundung empfindest, ist seine Angst, dich auch noch zu verlieren. Hast du je mit ihm darüber gesprochen?«

Da sie ihr Gesicht hinter den angezogenen Beinen verbarg und nicht antwortete, sprach John nach kurzem Zögern weiter.

»Du hast Thomas in der kurzen Zeit, in der ich ihn kenne, oft leiden lassen. Du musst aufhören, an den Geistern der Vergangenheit festzuhalten und dich selbst zu quälen. Es gibt Leute, denen du etwas bedeutest, nicht nur Thomas. Also gib nicht auf. Der Schmerz, den du spürst, ist sicher nicht falsch. Du bist noch in der Lage zu fühlen, aber lass dich davon nicht unterkriegen. Vielleicht solltest du erst einmal schlafen, morgen sieht wieder alles anders aus.«

Es war, als wäre sie in eine Starre verfallen, nur ein leises Schluchzen machte ihm klar, dass sie ihm zugehört hatte. Leise stand er auf, und bevor er zur Tür ging, trat er noch einmal an sie heran. Für einen kurzen Moment zögerte er, dann strich er ihr sanft über die Haare. Als er sich zur Tür drehte, griff ihre Hand nach der seinen und hielt ihn fest. Ihre Worte waren fast ein Schluchzen, aber er verstand sie trotzdem.

»Bitte, geh jetzt nicht weg!«

John ließ sich neben ihr nieder und legte einen Arm um ihre Schultern. Sofort vergrub sie ihr Gesicht an seiner Brust und weinte. John wusste nicht, was er noch sagen könnte, also schwieg er.

Es dauerte eine Ewigkeit, bis sie sich wieder beruhigte. Es war eine Ewigkeit, in der er sich in seiner Situation gefangen vorkam. Es war etwas Schönes an dem Gefühl, sie zu trösten, aber gleichzeitig kam er nicht umhin, erneut über sich selbst nachzudenken.

Zwei Seelen schienen in seinem Körper um die Herrschaft zu kämpfen. Das Gefühl, das Potenzial zum Guten und zum Bösen zu haben und nicht unterscheiden zu können, welchen Weg er einschlagen sollte, zog ihn in die düsteren Zweifel zurück.

Wenigstens konnte Vivien friedlich schlafen.

Als Shark endlich zurückkam, löste er sich vorsichtig von Vivien, die sich ein wenig zur Seite drehte und dann weiterschlief. John ging leise zur Tür, als er hörte, wie der Straßensamurai nach ihm rief, und schloss sie hinter sich zu. Als er Shark in dem Gang vor den Wohnräumen traf, konnte er erkennen, dass dieser sich anscheinend beruhigt hatte. In den Händen hielt er eine große Papiertüte mit einem chinesischen Gartenmotiv, über dem der Name des Restaurants stand. Der Geruch von chinesischem Essen war durchdringend und so intensiv, dass er auf John schon nicht mehr appetitanregend wirkte.

»Alles klar?«

Die Frage war mehrdeutig, und John fielen viele Möglichkeiten ein, worauf sie sich bezogen haben könnte. Aber inzwischen hatte er keine Lust mehr, sich an den undurchsichtigen und hinterhältigen Andeutungen zu beteiligen, und deshalb kam er gleich zur Sache, auch wenn er damit vielleicht zu direkt war.

»Es ist alles klar, Shark. Vivien hat sich wieder gefangen, und du solltest dir nicht zu viele Gedanken über unsere kleine Magierin machen. Wahrscheinlich geht es ihr bald besser, das Ganze war etwas viel für sie. Außerdem haben wir wichtigere Sachen zu erledigen.«

Für einen Moment machte der Straßensamurai einen überraschten Eindruck, doch als John das Gespräch auf den Run brachte, schlich ein ehrliches Lächeln über Sharks Lippen, und der Samurai streckte seine kräftige Hand John entgegen, der sofort einschlug.

»Du hast Recht, auch wenn ich es nicht gerne zugebe. Vergessen wir das alles. Und noch etwas, nenn mich Thomas. Wir sind im Moment nicht auf einem Run.«

Der ermutigende Klaps auf seine Schulter ließ auch John lächeln, und endlich konnten sie sich um Julias Rettung und seine Vergangenheit kümmern, ohne dass irgendwelche Missverständnisse ihnen das Leben schwer machen würden.

»Vivien schläft, wir sollten sie jetzt nicht wecken. Hast du schon gegessen?«

Der Samurai schüttelte den Kopf und hob die Tüte, doch bevor er etwas sagen konnte, sprach John weiter.

»Gut, dann lass uns in die Garage gehen, eine Kleinigkeit essen und überlegen, was zu tun ist.«

In der großen Garage setzte sich Thomas auf die Motorhaube des BMW und begann die Papiertüte zu durchstöbern, bis er schließlich zwei kleine Pappschachteln herausnahm und vor sich aufbaute. Als er die Tüte John anbot, lehnte dieser ab, denn der Geruch war ihm zu intensiv, das süßliche Aroma der Speisen bereitete ihm fast Übelkeit. Der Samurai hingegen begann mit einem unglaublichen Tempo seine zwei Gerichte in sich hineinzuschaufeln, und nach erneutem Nachfragen aß er zwei weitere Speisen, die eigentlich für John bestimmt gewesen waren.

Nach dem Essen konnten sie endlich überlegen, was zu tun war. Thomas hatte den letzten Bissen noch nicht ganz geschluckt, als er begann.

»So, jetzt können wir reden. Die Sache in der Wohnung war verdammt knapp …«

»Aber wir haben es geschafft – wir haben es als Team geschafft.«

»Gut, ich muss zugeben, ich hätte diese Elfe beinahe unterschätzt, aber es gehört zum Job, dem Tod ins Auge zu blicken.«

»Und was machen wir jetzt mit unserem Gast?«

»Wir sollten sie befragen, und zwar möglichst schnell. Unsere Gegner dürften wissen, dass ihr Plan fehlgeschlagen ist, und das sollte sie mehr als beunruhigen, denn wir haben eine Chance, ihre Identität herauszufinden. Diese Elfe liegt gefesselt in der Zelle, und normalerweise müsste sie langsam wach werden. Die Frage ist nur, ob wir irgendetwas aus ihr herausbekommen.«

Mit diesen Worten ließ er sich von der Motorhaube rutschen und ging zusammen mit John zu der Zelle. Die Tür war verschlossen, trotzdem meinte John ein leises Rumoren zu hören. Offensichtlich hatte er sich nicht getäuscht, denn als Thomas die Tür öffnete, war deutlich zu erkennen, dass Death Angel versucht hatte, sich zu befreien. Doch die Plastikhandschellen, mit denen sie ans Bett gefesselt war, hatten ihren Bemühungen standgehalten und sich tief in ihre Haut gegraben, sodass ihr Blut die weißen Laken befleckte. Als sie eintraten, hörte die Elfe auf, an ihren Fesseln zu zerren, und sah sie beide unverwandt an. John suchte vergeblich nach Angst in ihrem Gesicht, ihre Augen spiegelten nur Gleichgültigkeit wider. Sie hatte sich so weit aufgerichtet, wie sie konnte, und obwohl ihr die Fesseln Schmerzen bereiten mussten, versuchte sie immer noch, stark und überlegen zu wirken. Der Samurai prüfte die Handschellen und ließ sich dann auf einem der beiden Klappstühle nieder, die er vom Gang mitgenommen hatte. John entschied sich, vorerst stehen zu bleiben.

Der Stuhl machte ein schrilles Geräusch, als er über den Boden scharrte und der Samurai direkt vor der Elfe Platz nahm. Death Angel erwiderte ungerührt seinen Blick und wich keinen Millimeter zurück.

»Fangen wir an, wir haben einige Fragen …«

»Mein Name ist Death Angel, und sonst werdet ihr von mir nichts erfahren.«

Ihre Stimme wirkte kalt und sicher, es war nicht die Spur einer menschlichen Regung zu erkennen. Bis jetzt schien der Samurai alles noch für einen Teil des üblichen Spiels zu halten und zeigte sich zuversichtlich.

»Nun, jetzt kennen wir schon einmal deinen Namen.«

»Den müsstet ihr sowieso kennen.«

Dieses Mal erwiderte Thomas nicht das herablassende Lächeln der Elfe.

»Wer sind deine Kollegen?«

Keine Antwort kam von der Elfe.

»Wer sind deine Auftraggeber?«

Death Angel reagierte nicht einmal mit einem Wimpernzucken.

»Du solltest antworten, weil wir die Antworten sowieso bekommen.«

Ihre Reaktion war nur ein leichtes Kopfschütteln,

während sie ihn mit ausdruckslosen Cyberaugen anstarrte, aber inzwischen schien Thomas durch das Verhalten der Elfe verärgert zu sein. Völlig überraschend holte der Samurai mit der rechten Faust aus und schlug ihr ins Gesicht. Der Aufprall riss ihren Kopf zur Seite, doch sie drehte ihn wieder dem Samurai zu. Ihre Gesichtszüge, die für einen kurzen Moment Hass oder Schmerz auszudrücken schienen, gingen fließend in die gleichgültige Maske, der man keine Gefühlsregung ansehen konnte, über. Auf ihrer Wange zeichnete sich ein großer roter Fleck ab, und Blut sickerte aus ihrer aufgeplatzten Lippe. Behutsam ließ sie ihre Zunge über die Wunde gleiten und spuckte dann dem Samurai ins Gesicht. Bevor dieser erneut zuschlagen konnte, hielt John ihn zurück. Dieser Ansatz würde zu nichts führen, die Elfe hatte nicht einmal geschrien, als der Schlag sie getroffen hatte.

»Durchsuchen wir zuerst ihre Sachen, vielleicht finden wir irgendwelche Hinweise.«

Zwar hatte John mit diesem Vorschlag die Situation beruhigen wollen, doch dieser Versuch scheiterte. Thomas ging unnötig rabiat vor, als er Death Angel abtastete und ihre Taschen ausleerte, allerdings schien die Elfe sich an dieser Behandlung nicht zu stören. Nachdem er alle Sachen auf den Boden geworfen hatte, öffnete er den Reißverschluss des schwarzen Overalls und zog ihn, so weit es die Fesseln erlaubten, herunter. Sie trug nichts darunter, und trotz des überaus attraktiven Anblicks ihres nackten Oberkörpers fiel Johns Blick sofort auf die Tätowierung auf der rechten Schulter.

Das Motiv war relativ klein, trotzdem war jedes Detail deutlich zu erkennen. Es war die Darstellung eines schwarzen Engels, der sich mit einem großen Zweihandschwert und bedrohlich ausgebreiteten Flügeln vor dem Betrachter aufstellte. Interessanter als die Kleinigkeiten, die die Ausstrahlung von Macht und Stärke untermalten, waren für John die Gesichtszüge des schwarzen Engels. Es war das emotionslose Gesicht einer Elfe, und diese Elfe war Death Angel selbst. Im Grunde war es das stilisierte Symbol dessen, was Death Angel zu verkörpern suchte.

Doch noch etwas ging John durch den Kopf: die Art, wie die Tätowierung angelegt war, und die Perfektion der Arbeit erinnerten ihn an die Rangabzeichen militärischer Spezialeinheiten. Hatte Viviens Freund nicht davon gesprochen, dass die Elfe einen militärischen Hintergrund hatte?

Während John in die Details der Tätowierung versunken war, hatte Thomas die Elfe völlig ignoriert, die nur ein provokatives Lächeln für ihn übrig hatte, und sich den Sachen auf dem Fußboden zugewandt. Auch John warf einen Blick auf die wenigen Habseligkeiten, die Death Angel bei sich getragen hatte. Vor ihm lagen ein Messer, eine spielzeughaft wirkende leichte Pistole, ihr Ebbie und ein paar Erkennungsmarken, die sie um den Hals getragen hatte. Die Waffen waren Standardausführungen, auch wenn John die Pistole als Ares Squirt erkannte. Diese Waffe verschoss keine normalen Projektile, sondern ein giftiges Gel, das durch Kleidung und Haut drang. Gifte schienen tatsächlich zum Spezialgebiet der Elfe zu gehören. Der Ebbie enthielt zwar höchstwahrscheinlich die interessantesten Daten, selbst wenn das meiste davon gefälscht war, allerdings konnte John sich nicht vorstellen, wie sie an diese Informationen herankommen sollten. Was blieb, waren die Marken, die auf den ersten Blick identisch mit den typischen Marken waren, wie sie die meisten Armeen zur Identifizierung benutzten. Als er sie aber aufhob und betrachtete, fand er auf einer der Marken den düsteren Engel, den auch die Tätowierung darstellte. Auf die anderen Marken waren die Namen ›Joan Calhoun‹ und ›Death Angel‹ eingestanzt. Irgendwie hatte er ein sonderbares Gefühl bei den Marken, und seine Nackenhaare richteten sich auf, als wollten sie seinen Verdacht bestätigen. Nach kurzem Überlegen wandte er sich an Thomas, der inzwischen die Squirt untersuchte.

»Haben wir hier einen Wanzenscanner?«

Der Samurai schaute von der Waffe hoch und blickte John fragend an, als hätte er nicht verstanden, worum es ginge.

»Ja, natürlich. Was willst du damit?«

»Hör zu, am besten überprüfst du die Erkennungsmarken. Ich vermute, dass möglicherweise mehr dahintersteckt.«

John erhielt nur ein Nicken als Antwort, und ihm kam noch eine weitere Idee.

»Kennst du jemanden, der den Ebbie knacken kann?«

»Ich kenn einen Techie, der vielleicht dazu in der Lage ist, das Teil auseinander zu nehmen, aber so eine Sache ist teuer!«

»Sag ihm einfach, er bekommt alles Geld, das er auf dem Ebbie findet, und wenn das nicht reicht, überleg dir irgendetwas, wie wir ihn bezahlen können, weil ich nicht glaube, dass wir sonst weiterkommen. Außerdem brauchen wir jemanden, der in der Matrix den Informationen nachgehen kann.«

»Giant.«

»Wer?«

»Giant ist der Techie, von dem ich sprach. Er ist ein ziemlich guter Decker, der von Zeit zu Zeit mit mir gearbeitet hat.«

»Okay, du prüfst die Marken und schaffst diesen Giant herbei, und ich kümmere mich so lange um unseren Gast.«

Thomas stand auf, um zu gehen, blieb dann aber noch einmal in der Tür stehen.

»Eine Sache sollte ich dir vorher sagen. Mach bloß keinen dummen Kommentar zu Giants Größe!«

»Wieso das?«

»Weil Giant ein Zwerg ist!«

Im selben Moment verließ der Samurai den Raum, und ihr Gespräch war beendet. John blickte zur Elfe zurück. Zum ersten Mal hatte er die Ruhe, sie genauer zu betrachten. Selbst für eine Elfe war sie mehr als gut aussehend. Ihr schlanker Körper verriet ein hartes Training, ohne dabei zu viel an Weiblichkeit zu verlieren. Bei einem Menschen hätte er sie auf jemanden geschätzt, der die Zwanzig gerade überschritten hatte und trotzdem einen deutlichen Eindruck von Erfahrenheit hinterließ. Doch bei Elfen war das ausgesprochen schwer zu beurteilen, selbst die ersten Erwachten von 2011 sahen so aus, als wären sie in den letzten Jahrzehnten kaum gealtert. Es war also durchaus denkbar, dass diese Elfe bereits fast sechzig Jahre alt war. Es war faszinierend, sich vorzustellen, eine so lange Lebensspanne zu haben, dass man selbst Jahrhunderte überbrücken könnte und die Chance bekäme, den Wandel der Menschheit mitzuerleben.

Aber am Ende lief es einfach darauf hinaus, dass er das Alter von Death Angel einfach nicht schätzen konnte. In diesem Moment, als sie ihn mit ihrem harten, regungslosen Gesicht anstarrte, wirkte sie unglaublich erfahren und stark, doch als er ihr das erste Mal in die Augen geblickt hatte und sie ihren Tod zu akzeptieren schien, hatte er geglaubt, hinter der kalten Fassade der Chromlinsen etwas unerwartet Unschuldiges und Harmloses zu finden. Jetzt wirkten die chromglänzenden Flächen ihrer Cyberaugen kalt und seelenlos, als wäre sie tatsächlich mehr Maschine als Mensch. Ihre helle Haut war makellos, und ein leichter Schweißfilm glänzte über den angespannten Muskeln. Sie trug immer noch das schwarze Seidentuch um den Kopf gebunden, aber vor seinem inneren Auge konnte er sie sich mit langen blonden Haaren vorstellen, die sich aber bei ihrer ersten Begegnung nur als kurz rasierte Stoppeln entpuppt hatten.

Außerdem konnte er nun etwas erkennen, was ihm vorher nicht aufgefallen war, nämlich, dass aus ihrer linken Schläfe das glänzende Chrom einer Datenbuchse ragte. Sein Blick glitt noch einmal über ihr Gesicht, das ihn trotz seiner Härte irgendwie in den Bann gezogen hatte. Während er erneut ihre Schönheit bewunderte und sich der Gedanke einschlich, warum ausgerechnet sie beide Feinde sein mussten, blickte er ihr tief in die Augen.

Sie hielt seinem Blick stand und brach mit ihrer harten Stimme das Schweigen: »Was ist los? Willst du dich tatsächlich nur an meinem Anblick aufgeilen?«

Die Art, wie sie ihm diese Worte entgegenschleuderte, hatte etwas Verwundendes, aber vielleicht gerade deshalb, weil er einen wahren Kern in ihrer Anklage spüren konnte. Vorsichtig zog er den Reißverschluss des Overalls hoch, sodass ihr Körper wieder verhüllt war. Auch wenn sie ihn für einen Moment aus der Fassung gebracht hatte, musste er sich vor Augen führen, dass er in der stärkeren Position war, schließlich war sie seine Gefangene, und außerdem hatte sie versucht, ihn umzubringen.

»Gut, dann willst du also doch reden. Was willst du von mir?«

Seine Stimme war so ruhig und sicher, wie es ihm möglich war, aber trotzdem hätte ein Außenstehender an der Art, wie sie antwortete, in ihr die überlegene Gesprächsteilnehmerin gesehen.

»Was ich von dir will? Gar nichts! Aber jemand will dich haben, und dieser Jemand zahlt mir eine Menge Geld für deinen Körper.«

»Und wer ist dieser Jemand?«

»Warum sollte ich ausgerechnet dir das sagen?«

»Gut, wir werden sehen, ob du unter den entsprechenden Schmerzen gesprächiger wirst. Und wenn du uns überhaupt nichts nützt, werden wir dich töten!«

Ein großer Teil seiner Verachtung war immer noch gespielt, und die Elfe schien ihn zu durchschauen.

»Du meinst so, wie du mich bei unserer ersten Begegnung töten wolltest.«

Für einen kurzen Moment sah er die Szene vor seinem geistigen Auge. Alle Erinnerungen kehrten zurück: der Blick in ihren Augen, die scheinbar um Gnade gefleht hatten, jedes Detail ihrer gespielten Unterwerfung und dieses Gefühl, das er gespürt hatte. Selbst wenn er die Elfe hätte töten können, so hatte etwas in ihm nicht gewollt, sie sterben zu sehen. Sie hatte Recht, selbst nach all dem, was sie ihm angetan hatte, wollte er sie nicht töten, weil ihn irgendetwas an ihr faszinierte. Als er aus seinen Gedanken in die Wirklichkeit zurückkehrte, blickte er wieder in ihr Gesicht, um noch einmal diesen friedlichen Ausdruck zu sehen, doch das Einzige, was sie ihm schenkte, war ihr kaltes Lächeln.

»Ich habe also Recht, du könntest mich nicht töten. Also, warum sollte ich dir helfen?«

»Vielleicht, weil wir beide etwas gemeinsam haben?«

Sie konnte ihr Interesse nicht sofort verbergen, versuchte diese Regung aber hinter dem sarkastischen Unterton in ihrer Stimme zu verstecken.

»Was sollte das sein?«

»Nun, wir haben beide keine Vergangenheit …«

Sie lachte kurz auf und schüttelte den Kopf.

»Das ist doch nicht dein Ernst, oder? Du hast eine Vergangenheit, genauso wie ich, mit dem Unterschied, dass meine niemand erfahren wird.«

»Du weißt, wer ich bin?«

Diese Vermutung regte ihn so auf, dass seine Frage fast ein Schrei war. Instinktiv war er näher an die Elfe herangetreten, weil er seine Chance sah, einen Teil der

Wahrheit zu erfahren, aber ihr Misstrauen war deutlich zu erkennen.

»Was willst du von mir?«

»Ich fragte, ob du weißt, wer ich bin?«

Death Angel sah ihn fragend an, als würde sie immer noch nicht verstehen, doch dann hatte sie nur noch ein spöttisches Grinsen für ihn übrig.

»Du weißt tatsächlich nicht, wer du bist, habe ich Recht?«

Dieser Gedanke schien sie zu amüsieren, und das Gefühl der Enttäuschung, das ihn wieder einholte, schien sie bemerkt zu haben, als sie spöttisch weitersprach.

»Sieh an, du weißt also nicht einmal, wer du bist! Schade, und dabei hattest du ein so interessantes Leben. Und wahrscheinlich würdest du wirklich gerne wissen, was ich weiß, oder etwa nicht?«

Die Frage erschien ihm grausam, und das schien auch ihre Absicht zu sein. Anstatt zu antworten, nickte er nur mutlos.

»Tja, ich fürchte nur, ich gewinne nichts dabei, wenn ich dir die ganze Geschichte erzähle. Warum sollte ich dir dann helfen?«

»Bitte, sag mir, wer ich bin.«

»Warum sollte ich das tun? Ihr werdet mich für diese Information sowieso nicht gehen lassen, zumindest der nette Schläger wird dieser Idee wohl kaum seine Zustimmung geben, oder? Und was willst du machen? Mich foltern? Seien wir ehrlich, du wirst mir nichts tun, du kannst mir nicht wehtun, weil ein Teil von dir einfach zu schwach ist. Abgesehen davon würde ich die Informationen lieber mit ins Grab nehmen, als dass ich mich von euch brechen lasse. Wärst du doch in deiner Welt geblieben, aber du willst ja unbedingt dieses Spiel spielen, dessen Regeln du nicht verstehst. Ich fürchte also, ich kann dir nicht im Geringsten weiterhelfen.«

Am liebsten hätte er ihr bewiesen, dass er ihr Schmerzen zufügen konnte, doch auch dieses Mal hatte sie nicht völlig Unrecht. Er war nicht in der Stimmung, jemandem wehzutun, auch wenn er den Elfen damals hatte töten müssen, um dem Zwang in ihm nachzugeben. Aber jetzt erschien ihm diese Idee, Gewalt anzuwenden, falsch und unnötig. Außerdem konnte er sich damit über seine eigene Schwäche hinwegtäuschen, dass er sich einredete, sie würde unter der Folter eher sterben, als seine Fragen zu beantworten. Seine einzige Hoffnung war, dass er sie überzeugen konnte, dass er sein Angebot ernst meinte.

»Ich gebe dir mein Wort, wenn du mir die Information gibst, wer ich bin und wie ich heiße, lasse ich dich unversehrt gehen.«

»Entweder bist du wirklich verzweifelt oder bemitleidenswert naiv. So ein Handel funktioniert nicht in den Schatten. Ihr würdet mich kaum gehen lassen, ohne die Informationen vorher zu bekommen, und ich werde dir nichts verraten, bevor ich nicht weiß, dass ich aus der ganzen Sache lebend herauskomme. Ihr könnt mir nicht trauen und ich euch nicht, weil wir uns gegenseitig verraten würden, sobald sich die Chance bietet.«

»Und was wäre, wenn ich dir vertrauen würde?«

Sie sah ihn an, als würde sie beinahe wirklich Mitleid empfinden.

»Ich kann dir sagen, was dann wäre. Ich würde versuchen, dich hereinzulegen, und euch alle dann bei der nächsten Gelegenheit töten. Tot bringst du zwar nur die halbe Prämie, aber das ist besser als nichts.«

Ihre Offenheit hatte etwas Irritierendes an sich, auch wenn John trotzdem glaubte, ihr tatsächlich vertrauen zu können. Doch es würde schwierig werden, Vivien oder Thomas von dieser Idee zu überzeugen, denn sie würden darüber ähnlich wie die Elfe denken. Vorerst brauchte er Bedenkzeit, um sich die ganze Sache noch einmal durch den Kopf gehen zu lassen, und da er nicht glaubte, mehr aus ihr herauszubekommen, verließ John den Raum. Ehe er die Tür hinter sich schloss, wandte er sich noch einmal an die Elfe.

»Ich glaube, wir sollten diesen Handel noch einmal überdenken. Und falls du etwas brauchst ...«

»... benutze ich einfach das Haustelefon, und der Zimmerservice kümmert sich dann um alles.«

Mit einem Kopfschütteln wollte er die Tür schließen, doch sie räusperte sich laut, und danach klang ihre Stimme zumindest für ihre Verhältnisse schon freundlicher, als sie sich erneut an ihn wandte.

»Vielleicht wäre etwas zu trinken und zu essen nicht schlecht.«

Mit einem Nicken schloss John die Tür und kehrte zum Gemeinschaftsraum zurück. Wider Erwarten war Vivien verschwunden, und nur der Straßensamurai hatte es sich auf der Couch bequem gemacht.

»Und, was sagt unsere störrische Elfe?«, fragte Thomas verächtlich.

»Nicht viel. Was hattest du erwartet?«

Der Straßensamurai schüttelte gereizt den Kopf.

»Ich hasse diese Art von Runnern. Sie ist eine Mietkillerin, und damit gehört sie zu den miesesten Typen, die da draußen auf den Straßen lauern. Ich glaube, unsere Elfe würde für Geld einen ganzen Kindergarten niedermetzeln, ohne auch nur eine Spur von Schuld zu spüren. Wenn es nach mir ginge ...«

»Würdest du dich auf ihr Niveau begeben und sie töten. Und das mit derselben Kaltblütigkeit, wie sie dich töten würde, wenn sie jetzt an deiner Stelle wäre.«

Der Blick des Straßensamurais wirkte gekränkt, vielleicht gerade deshalb, weil selbst er nicht leugnen konnte, dass an dem Argument einiges stimmte.

»Hör zu, Thomas, ich will dir nicht in dein Leben

hineinreden, aber wenn ich es anders formulieren soll: Wir werden sie am Leben lassen. Wenn jemand das Recht hätte, sie zu töten, dann wäre ich es, und ich entscheide, sie bleibt am Leben, egal, ob wir die Informationen bekommen oder nicht.«

Die Antwort des Straßensamurais fiel ziemlich aufbrausend aus, aber damit hatte John gerechnet.

»Das ist hoffentlich nicht dein Ernst! Wie naiv bist du eigentlich? Du fällst doch nicht etwa auf diesen Todesengel herein? Diese Frau ist eine kaltblütige Killerin und ein echtes Miststück. Sie am Leben zu lassen wäre einfach nur bescheuert!«

Dieses Mal war es John, der sich ärgerte. Ihm gefiel nicht, dass Thomas ihm die Schwäche nachsagte, sie nicht töten zu können, weil sie eine Frau war.

»John, ich will dir nicht zu nahe treten, aber es ist so. Ich kenne diesen Ausdruck in deinem Gesicht. Es ist wahrscheinlich dieses altmodische Gehabe von Ritterlichkeit. Du willst keine Frau verletzen, sondern sie lieber beschützen. Wahrscheinlich glaubst du am Ende noch, sie sei das Opfer, und die bösen Umstände hätten sie zu dem gemacht, was sie jetzt ist. Vergiss es! Wir leben im 21. Jahrhundert, und diese Elfe gehört zu den Frauen, die dich ohne mit der Wimper zu zucken umbringen, weil sie auf deine Schwäche spekulieren können. Glaube mir, es würde mir anders auch besser gefallen, aber das Leben ist nun einmal so. Unsere Skalpellmieze zieht die alte Unschuldsnummer ab, und in der Sekunde, in der du sie bedauerst oder dein Beschützerinstinkt erwacht, reißt sie dir zum Dank dein verliebtes Herz aus der Brust. Wenn jemand wie Death Angel dich in den Arm nimmt, dann nur, um dir besser ein Messer in den Rücken rammen zu können. Gefühle wie Liebe oder Mitleid sind zwar schön, aber wenn du in den Schatten lebst, musst du sie verdrängen ...«

»Und dann wirst du so kaltblütig wie Death Angel. Ist es das, worauf du hinauswillst?«

Dieses Mal war es Thomas, der geknickt wirkte, und John sollte erfahren, welche Erinnerung seine Stimmung verdunkelt hatte.

»Verdammt, ich selbst habe diesen Fehler gemacht, und er hat mein Leben beinahe ruiniert. Vor drei Jahren war ich bei einer Sicherheitsfirma angestellt. Mit einem Kollegen bewachte ich ein Bürogebäude, ein simpler Job also. Da unsere Kunden schon mehrfach Ärger mit Einbrüchen hatten, waren wir mit Panzerwesten und Maschinenpistolen ausgerüstet. Eines Abends wurde das Gebäude tatsächlich überfallen. Es waren keine Shadowrunner, keine Profis, sondern nur ein paar dumme Jugendliche, die irgendeine lächerliche Mutprobe veranstalten wollten. Sie lösten Alarm aus, und unser Team war in der Nähe. Wir sahen drei von diesen Kindern, zwei Jungen und ein Mädchen, vielleicht sechzehn Jahre alt, durch den Gang schleichen, und ich rief sie laut an. In dem Moment, als ich sah, dass es Kinder waren, ließ ich meine Waffe sinken, schließlich wollte ich nicht auf Kinder schießen. Doch einer der Jungen zog eine Pistole und feuerte mehrfach. Ein Streifschuss erwischte mich am Arm, aber mein Kollege hatte weniger Glück. Es war ein Zufallstreffer in den Kopf, er war sofort tot. Hätte ich mich damals an meine Anweisungen gehalten und nicht nach meinem Gefühl gehandelt, hätte mein Kollege überlebt. Am Ende gab es eine interne Untersuchung, und ich wurde gefeuert: fahrlässige Gefährdung und Missachtung der Sicherheitsvorschriften. Es war besser so, denn die ständigen Sprüche, dass ich zu weich geworden sei, verfolgten mich bereits in meinen Albträumen. Damals habe ich mir geschworen, nie darauf zu achten, auf wen ich schieße. Wenn ich in Gefahr bin, töte ich, bevor mein Gegner zuschlagen kann. Nur so kannst du auf den Straßen überleben!«

Auch wenn er ein gewisses Verständnis für die Lebensphilosophie des Samurais hatte, merkte John, dass sich irgendetwas in ihm dagegen sträubte. Es war so, als würde er auf der anderen Seite stehen. Wahrscheinlich hatte es etwas mit seiner Vergangenheit zu tun, doch das war ein Problem, mit dem er sich jetzt nicht beschäftigen wollte.

Bevor John und Thomas ihr Gespräch fortführen konnten, wurden sie unterbrochen. Giant, der Techie, traf ein, und John war froh für die Ablenkung.

Obwohl Zwerge genauso wie Elfen, Orks und Trolle inzwischen weltweit zum Straßenbild gehörten, ging John mit gewissen Vorurteilen an die Begegnung heran. Während der Samurai zum Eingang ging, um den Techniker hereinzulassen, malte sich John in Gedanken einen kleinen, älteren Mann mit einem wilden grauen Bart und einer behäbigen Erscheinung aus. Wenigstens hatten seine Vorstellungen nicht noch eine Zipfelmütze hinzugefügt.

Aber er sollte enttäuscht werden. Giant war klein, aber das war auch die einzige Gemeinsamkeit mit dem, was John sich insgeheim vorgestellt hatte. Der Zwerg war jung, und, was seltener war, er wirkte auch jung, was vielleicht an dem neongelben Haarkamm lag, der den sonst kahlen Kopf zierte. Auch die Kleidung entsprach nicht den üblichen Klischees. Er trug schwere, neongrüne Springerstiefel, eine Hose mit einem Tarnmuster in Leuchtfarben und ein schwarzes T-Shirt mit dem brutalen Aufdruck des neuesten Nuclear Pacifier-Albums. Aber schließlich war dies das 21. Jahrhundert und nicht Schneewittchen und die sieben Zwerge. Andererseits fehlten die üblichen Merkmale eines Computerspezialisten, denn John sah nicht die üblichen chromglänzenden Datenbuchen, die solche Leute üblicherweise wie eine Auszeichnung zu tragen pflegten. Außerdem bezweifelte John, dass der Zwerg ein Cyberdeck in dem Chaos seines abgewetzten Synthlederrucksacks mit sich herumtrug. Trotzdem hatte Thomas diesen Mann empfohlen, und deshalb glaubte John, sicher sein zu können, dass Giant sein Handwerk verstand.

Nachdem der Techniker sie begrüßt hatte, drängte er auch schon darauf, dass der Samurai ihm die Informationen für seine Arbeit geben sollte, und die beiden verschwanden in Richtung der Überwachungszentrale. John war dieses Vorgehen mehr als lieb, sollten sich der Zwerg und der Samurai doch vorerst um die weitere Spurensuche kümmern.

Inzwischen nutzte John die Zeit, sein Versprechen einzulösen. Er richtete einen Imbiss her, und als er ein Tablett gefunden hatte, trug er die Sachen in die kleine Zelle. Da er nicht wagte, die Elfe von ihren Fesseln zu befreien, machte er sich daran, ihr beim Essen zu helfen. Wider Erwarten erhob sie keinen Einspruch und verschonte ihn auch mit ihren üblichen Hasstiraden. Erneut kam dieser Konflikt in ihm auf, in ihr seinen grausamen Feind oder die hilflose Gefangene zu sehen, doch er schaffte es, sich völlig auf die Prozedur zu konzentrieren und sich von jedem tiefgründigen Gedanken abzulenken.

Als er nach einer Viertelstunde fertig war und die Reste in den Aufenthaltsraum zurückgebracht hatte, gesellte er sich zu den beiden anderen Runnern, die in ihre Recherchen vertieft waren. Der Zwerg, an dessen Stirn eine Induktionsdatenleitung klebte, die ihn mit dem Computeranschluss verband, wandte sich beim Eintreten an John und sprach ihn mit hektisch aufgeregtem Unterton an:

»Hattest Recht, Mann! Die Erkennungsmarken hatten ein Geheimnis: ein Mikrosender, winzig, aber effektiv. Sieht aus wie'n Wentachi Z-VIII. Gut, dass der Laden hier gejammt wird. Dürfte nicht durch die Abschirmung dringen. Ich check jetzt den Stick durch. Bis später, Jungs!«

Ohne eine Antwort zu erwarten, schloss Giant die Augen, und seine Muskeln erschlafften, als sein Körper in den Sessel sank. Johns Blick fiel auf das kleine Gerät, das über ein Glasfaserkabel mit der Stirn des Zwergs verbunden war. Neben einigen mysteriösen Digitalanzeigen und einem weiteren Kabel, das zu dem Matrixanschluss in der Wand führte, steckte der Ebbie der Elfe in dem schwarzen Kasten. Auch wenn er keine große Ahnung von Cyberdecks hatte, sah dieses Gerät nicht wie eines dieser Terminals aus, wenn sie ihm das damals richtig erklärt hatte. Sie? Es war eine kurze Erinnerung, sie hatte ihm etwas über Cyberdecks erzählt, doch wenn er versuchte, ein Bild heraufzubeschwören, sah er nur Julia, die Ärztin, doch mit ihr hatte er darüber nie gesprochen. So sehr er sich auch anstrengte, blieb die Erinnerung doch vage, und selbst der Gedanke an jenes Gespräch schien ihm wie ein verblassender Traum.

»Wir haben Glück gehabt, dass du den Sender gefunden hast. Wie bist du darauf gekommen?«

Thomas' Stimme drang in Johns Überlegungen ein, sodass dieser seine Grübeleien aufgab.

»Das Verfahren kam mir bekannt vor, jemanden mit einem Leitsignal auszustatten, und irgendwie erschien mir die Marke dafür geeignet. Wie lange wird Giant brauchen, um den Ebbie zu knacken?«

»Für die Oberflächendaten braucht er etwa zehn Minuten, aber die Protokolle für getätigte Transaktionen werden schwer zu knacken sein.«

»Eigentlich sollte es unmöglich sein ...«

Der Straßensamurai zuckte nur mit den Achseln.

»Ich hatte einen anstrengenden Tag, und mir fehlen mehrere Stunden Schlaf. Wenn es dir nichts ausmacht, allein bei Giant zu bleiben, werde ich mich ein paar

Stunden hinlegen. Ich nehme das vordere Zimmer, im zweiten hat sich Vivien eingeschlossen. Falls etwas sein sollte, weißt du, wo du mich findest.«

John nickte nur zur Bestätigung, und bevor er am Tisch Platz nehmen konnte, war Thomas bereits aus dem Raum verschwunden.

Es war still in der Überwachungszentrale, das einzige Geräusch waren die ruhigen Atemzüge des Zwerges, dessen Geist die elektronischen Bauteile des Codebrechercomputers steuerte. John versuchte, sich zu entspannen und etwas Ruhe zu finden. In den vergangenen Tagen war so viel passiert, dass er ziemlich erschöpft war. Er dachte an seine Fortschritte, die Schatten seiner Vergangenheit zu lüften. Vielleicht würde er bald sein altes Leben wiederhaben, ein Leben in geordneten Verhältnissen, mit Familie, Freunden und einem Job. Aber etwas sagte ihm, dass es nie wieder so werden würde wie früher.

Im ersten Moment wusste John nicht, wo er war, doch als er das breite Grinsen des Zwergs sah, dämmerte ihm, dass er eingenickt war.

»Guten Morgen, alter Freund, es gibt Neuigkeiten.«

Giant war aufgeregt und legte trotzdem eine dramatische Pause ein. John nickte, um zu erfahren, was der Techie herausgefunden hatte.

»Der Ebbie ist eine verdammt gute Handarbeit, Spitzenklasse, aber leider gefälscht. Mal sehen, was haben wir denn hier?«

Der Zwerg schnappte sich den kleinen Taschencomputer auf dem Tisch und las einen Teil der dort verzeichneten Informationen vor.

»Die Frau, der dieser Stick gehört, ist eine Elfe, eins neunzig groß, blond, Augenfarbe Grau, wenn man die Chromschutzplatten entfernen würde, dem Bild nach zu urteilen ziemlich gut aussehend. Bestimmt nichts Neues für euch, außerdem trifft die Beschreibung wahrscheinlich auf die Hälfte der Elfen zu, die die letzten Jahre in diversen Magazinen zu bewundern waren. Interessanter sind schon folgende Dinge: Unsere Frau heißt Janice Bains, wurde am 7. August 2032 in New York geboren, ist Bürgerin der ADL und von Beruf Sicherheitsbeamtin bei Light Escorts, einer privaten Sicherheitsfirma aus Hannover. Neben den üblichen Führerscheinen besitzt sie Genehmigungen für den Erwerb und das Mitführen von Pistolen, Gewehren und Automatikwaffen, letztere nur in Ausübung ihrer Pflicht. Die SIN willst du wahrscheinlich nicht hören! Der Ebbie enthält mehrere Schlüsselcodierungen, eine davon für ein Zimmer in einem kleineren Hotel, dem ›Rheinblick‹. Doch das ist erst der Anfang. Hier habe ich die Liste ihrer Transaktionen der letzten sieben Tage, allerdings ist nichts Auffallendes dabei, abgesehen von einer elektronischen Zugangsidentifikation für Humanitech Biolaboratories. Die Kodierung ist eine Art Besucherausweis, allerdings wurde der Code bereits teilweise gelöscht, sodass ich eine Menge davon rekonstruieren musste. Damit haben wir eine Spur, denn Humanitech-Besucherausweise werden bestimmt nicht an jeden verteilt. Vielleicht bringt uns das ein Stück weiter.«

John beschlich eine dunkle Ahnung, die einiges erklären würde, aber er wollte noch nicht glauben, was ihm in den Sinn gekommen war.

»Auf welchem Sektor arbeitet diese Firma?«

»Ich dachte mir, dass du das fragen würdest, deshalb habe ich mir deren Profil aus einer Datenbank gezogen. Humanitech Biolaboratories betreibt mehrere Labors in Nordrhein-Ruhr und anderen Allianzländern. Der Schwerpunkt der Forschungen liegt auf der Entschlüsselung der Metagene verschiedener Para-Arten. Aber neben diesem Mammutprojekt kümmern die Docs von Humanitech sich auch um praktischere Dinge auf dem

Biotech-Sektor, auch wenn vieles mit Viren und Genen zu tun hat.«

»Auch Allergien?«

»Genau, eines der neueren Projekte befasst sich mit den so genannten Meta-Allergien, die den Metamenschen das Leben schwer machen. Man sucht die Ursachen sowohl im konventionellen Bereich im Vergleich mit anderen allergischen Reaktionen als auch auf der Grundlage von Defekten auf genetischer Basis.«

Das genügte, John kannte jemanden, der für eine kleine Firma arbeitete und sich mit Allergien beschäftigte. Es war also tatsächlich Julia, zu der all ihre Spuren führten. Spätestens jetzt war sicher, dass sie für Humanitech arbeitete und deren Labor hinter den Anschlägen steckte. Es passte alles zusammen. Sie wollten ihn, sie wollten seinen Körper, weil Julias Analysen etwas ergeben hatten, was Humanitech vermarkten konnte. Es musste etwas mit seiner Regenerationsfähigkeit oder mit seiner Vergangenheit zu tun haben.

»Wem gehört Humanitech?«

Der Zwerg lächelte, als hätte er nur auf diese Frage gewartet.

»Im Grunde ist Humanitech eine Aktiengesellschaft mit ungezählten Aktionären. Es gibt jedoch zwei Machtblöcke. Fünfundvierzig Prozent der Aktien gehören einem Yoshiro Tanamasha und weitere siebenunddreißig Prozent einer Firma namens Wyrm Biotechnics. Aber das ist noch nicht alles. Ich hatte einen Verdacht, also habe ich mir die Nummer von diesem Tanamasha aus den Datenbanken geholt und ihn unter einem Vorwand angerufen ...«

Giant bemerkte Johns skeptischen Blick und grinste erneut.

»Natürlich verwende ich ein Biomasking-Programm in meinem Telekom. Die Sekretärin hat zwar ein Bild von mir gesehen, aber wenn du wüsstest, wie ich auf ihrem Screen erschienen bin, könntest du ahnen, warum sie so lange mit einem *kawaruhito* geredet hat. Natürlich konnte ich nicht bis zu diesem Yoshi vordringen, aber ich habe einige Bilder von seiner Sekretärin, bildhübsche kleine Japanerin übrigens.«

»Giant, komm endlich auf den Punkt! Was bringt uns das?«

»Die Kleine trug eines dieser typischen Konzernkostüme, komplett mit Sticker, warte, ich zeig's dir.«

Der Zwerg verband das Glasfaserkabel von seinem Kopf mit einer Buchse an einem der Überwachungsmonitore, und plötzlich erschien das Standbild einer Japanerin in Konzernkleidung auf dem Schirm. Im Hintergrund konnte man Teile eines teuren und äußerst modernen Büros erkennen, doch John wusste nicht, worauf er achten sollte.

»Und was sollte ich jetzt sehen?«

»Richte dein Augenmerk auf ihren Kragen. Warte, ich zoome ihn heran.«

Das Bild verschwand, und er bekam eine Ausschnittsvergrößerung ihres Gesichts.

»Oh, falscher Sektor.«

Das Bild verschwand und wurde durch eine Nahaufnahme ihres Kragens ersetzt. Inzwischen fragte sich John, wie viel Chrom und Prozessoren wohl in Giants Kopf steckten. Doch dann erkannte er plötzlich, was der Zwerg ihm zeigen wollte. Mitten auf dem Kragen befand ein kleines Abzeichen, ein Konzern-Pin. Der Sticker war ein kleines rotes Dreieck mit der Spitze nach unten, auf das das Profil eines schwarzen Drachen gedruckt war. Der Drache weckte eine vage Erinnerung in ihm, er hatte dieses Symbol schon öfter gesehen. Irgendjemand, den er kannte, hatte einen ähnlichen Pin getragen. Trotzdem war ihm immer noch nicht klar, was dies zu bedeuten hatte. Giant schien seine Verwirrung zu bemerken, schüttelte den Kopf und erklärte weiter.

»Die Sekretärin von diesem Yoshi trägt einen Konzern-Pin, sie gehört zu einem Großkonzern, und damit ist ihr Chef auch einer von denen. Also ist er kein privater Aktionär. Doch der Hammer kommt noch: ich habe das Logo identifiziert, was nicht besonders schwer war. Der schwarze Drache auf rotem Grund ist niemand anderes als Nitama Security Services.«

John hatte von der Sicherheitsfirma gehört. Nitama war ein japanischer Waffengroßkonzern, der vor kurzem eine Enklave in Düsseldorf eröffnet hatte. Es gab viele Gerüchte über die Geschäftspraktiken dieser Japaner, John konnte sich für einen kurzen Moment an ein offizielles Dossier erinnern, doch es verschwand wie alle Erinnerungen zuvor, ohne eine Spur zu hinterlassen. Immer noch beunruhigte ihn die Tatsache, dass er glaubte, den Sticker zu kennen. Zwar dürften viele Leute im Plex dieses Logo schon einmal gesehen haben, doch seine Verbindung zu dem schwarzen Drachen war irgendwie persönlicher. War das Verbindungsstück zu dieser Genfirma vielleicht nicht Julia, sondern seine Beziehung zu Nitama? Doch Giant war noch lange nicht fertig und setzte seinen Vortrag fort.

»Rate mal, zu welcher Firma Wyrm Biotechnics gehört. Der Wyrm ist die hundertprozentige Tochter des schwarzen Drachen Nitama, und damit dürfte einiges klar sein.«

»Nämlich was?«

»Nitama ist ein Waffenkonzern und in diesem Fall die Mutterfirma von Humanitech. Andererseits versuchen sie die Verbindung zu verschleiern, denn, so leicht, wie das hier alles klingt, waren diese Informationen nicht zu beschaffen. Da war nämlich 'ne Menge Ice auf dem Weg. Auf jeden Fall nutzt Nitama die Anlagen für eigene Projekte. Ich verwette meine Hand, dass diese Projekte nicht viel mit der Lösung des Meta-Allergieproblems zu tun haben, sofern man diese Allergien nicht als Biowaffe einsetzen kann. Außerdem ist damit noch etwas klar: Wenn du dich diesem Gegner stellen willst, kämpfst du wahrhaftig gegen einen Drachen. Das Imperium von Nitama ist verdammt mächtig, und diese Japaner haben mehr als einmal gezeigt, dass sie böse austeilen können. Also kein kleines Labor, sondern ein beschissener Megakon ist hinter dir her, weiß die Hölle warum.«

Spätestens jetzt fragte sich John, wie weit zu gehen er wirklich bereit war. Bisher schien sein Problem schwerwiegend, aber nicht unlösbar zu sein, doch die Konfrontation mit einem Waffengiganten wie Nitama ging über seine Vorstellung hinaus. Er bezweifelte zwar nicht, dass Shark, Toxic und Giant gute Runner waren, aber dieses Risiko konnte er unmöglich eingehen.

»Das war's dann also!«

Der Zwerg blickte ihn verwirrt an.

»He? Was war was?«

»Es ist aus, wir haben den Punkt erreicht, an dem wir nicht mehr weiterkommen. Die Sache ist zu Ende.«

Endlich schien der Zwerg zu begreifen, was John meinte, aber trotzdem schien er ihn nicht zu verstehen.

»Was heißt zu Ende? Wir kommen weiter, und du willst aufgeben? Was ist das für 'ne Art?«

»Giant, ich habe dich doch richtig verstanden, oder? Dieser Waffenkon Nitama ist hinter mir her, und mit dem ist wohl kaum zu spaßen. Verdammt, die ganze Sache ist mir einfach über den Kopf gewachsen.«

»Hör zu, John, es geht hier nicht nur um dich. Diese Typen halten wahrscheinlich Julia fest. Der Doc hat mich zweimal davor bewahrt, in die Hölle für Decker zu kommen, und dafür bin ich echt dankbar. Schön, wenn du so leicht aufgibst und vergisst, dass du sie in den Schlamassel gebracht hast, dann kannst du abhauen und schmollen, aber ich werde diesen Japsen keine Kollegen überlassen, und wenn es mich dabei endgültig zerlegt. Die haben den Krieg angefangen, aber das heißt nicht, dass sie ihn beenden werden. Also?«

Im Grunde hatte der Zwerg Recht, es war seine Schuld, dass sie Julia gefangen hielten, es ging nicht mehr um ihn allein. Er hatte das Spiel angefangen, und das bedeutete, dass er es bis zum bitteren Ende spielen musste. Trotzdem sah er keine Möglichkeit, aus der Sache lebend herauszukommen, geschweige denn, die Ärztin zu retten. Doch selbst wenn er nicht wusste, wer er war, seine Ehre verbot ihm, sie im Stich zu lassen.

»Gut, Giant. Du hast wahrscheinlich Recht. Was sollen wir tun?«

»Keine Sorge, mir wird schon etwas einfallen.«

Das war wohl der typische Satz jedes Shadowrunners, der nicht weiterwusste, doch Giant bewies, dass John sich geirrt hatte.

»Das Labor ist über so viele Ecken mit Nitama assoziiert, dass die Konfuzzies wohl kaum offensichtliche Firmenschlächter mit Panzern dort einsetzen. Schließlich wollen sie den Ruf als unabhängiges Labor wahren, und es steht zu bezweifeln, dass die Nitamaleute den Doc in ihre Festung gebracht haben. Also muss es möglich sein, sie zu befreien. Wenn du mich entschuldigst, wir sollten die anderen informieren.«

Nachdem sie Vivien und Thomas geweckt hatten, hatten sich alle in dem Gemeinschaftsraum zusammengesetzt. Die Lagebesprechung hatte fast zwei Stunden gedauert, und alle waren sich am Ende einig, dass sie es mit einem tödlichen Gegner zu tun hatten. Trotzdem waren auch Thomas und Vivien fest entschlossen, Julia zu befreien. Aber noch etwas war allen klar: Normalerweise hätten sie für diesen Run mehrere Tage Zeit zur Vorbereitung gebraucht, trotzdem einigten sie sich darauf, in spätestens vierundzwanzig Stunden zuzuschlagen.

Der ganze Plan beruhte auf mehreren Ansätzen, die

bei der kurzen Vorbereitung leicht fehlschlagen konnten. Giant wollte versuchen, die Besucherkennung von Death Angels Ebbie zu duplizieren und die Zugangsrechte zu erweitern, um dem Team einen Einstieg zu verschaffen. Thomas sollte am nächsten Tag bei einem Schieber ein biologisches Aerosol beschaffen, während Vivien sich einige Elementare als Unterstützung rufen wollte. Auch wenn er bezweifelte, dass es etwas helfen würde, sollte John noch einmal Death Angel verhören. Vielleicht hatten sie ihm diesen kleinen Auftrag auch nur gegeben, um ihn zu beschäftigen.

In Johns Augen war der Plan gut, aber riskant. Giants Daten über Stärke und Sicherung des Komplexes beruhten auf vagen Projektionen und teilweise völligen Spekulationen, wie er selbst zugegeben hatte, gleichzeitig waren diese Daten aber ihre gesamte Grundlage. Das Einzige, was sie sicher wussten, war, dass das Humanitech-Labor eine unterirdische Anlage mit vier Stockwerken war, während zwei oberirdische Stockwerke die Büros der Verwaltung beherbergten. Da in den Labors mit biologischen Proben gearbeitete wurde, waren die Sicherheitsprotokolle für diesen Teil des Gebäudes wahrscheinlich sehr streng. Allerdings schien es unwahrscheinlich, dass die Sicherheitsaufgaben in der Hand einfacher Konzerngardisten lagen; wahrscheinlicher war der Einsatz eines geschulten Trupps aus speziell für diese besonders sensiblen Zonen ausgebildeten Gardisten. Außerdem war davon auszugehen, dass die Waffen dieser Einheit darauf ausgelegt waren, nicht unnötig durch Schäden an Geräten und Proben das Leben aller in den Labors zu gefährden. Also konnten sie ziemlich sicher sein, dass ihre Gegner nur mit leichten Waffen ausgerüstet sein würden. Allerdings vermutete Giant einen Ausgleich, den Nitama mit einem Computer namens ›Advanced Intelligent Defense Expert System‹, kurz AIDES, erzielen könnte, da der

Waffenkonzern sich gerne auf automatisierte Verteidigungsanlagen verließ. Nitama war berüchtigt für die Entwicklung automatisierter Abwehrsysteme, die zentral durch einen Rechner vernetzt und in der Lage waren, eine komplette Wachmannschaft zu ersetzen. Auf der anderen Seite bedeutete dies aber auch, dass, wenn sie den Computerkern sprengen könnten, die Verteidigung der Anlage ausfallen würde. John hatte vorgeschlagen, harmlose biologische Proben zu besorgen, denn eines war sicher: das Labor musste mit Biosensoren gespickt sein. Ein Alarm für biologische Kontaminierung würde einen Tumult auslösen, der ihnen helfen konnte, vor allem wenn nur sie im Gebäude wussten, dass sie durch die harmlosen Proben nicht gefährdet waren. Die meisten Sicherheitsschleusen zum Schutz vor Krankheitserregern waren im Alarmfall nicht mehr zu öffnen und konnten damit eine Chance bieten, sich vor den Wachen zu schützen. Doch ohne eine genauere Ortskenntnis würde ihnen selbst dieser Vorteil wenig bringen, sodass sie einen Plan der Anlage brauchten. Solche Informationen waren schwer zu beschaffen, aber Giant vermutete sie im Computernetz von Humanitech, das er in der Anlage infiltrieren wollte.

Die Eckpunkte ihres vorläufigen Plans standen fest: sie wollten mit den Besucherausweisen in die Anlage eindringen, und dort würde Giant versuchen, Zugriff auf das Computersystem zu bekommen, um so ihre Bemühungen zu koordinieren. Ihr Hauptziel war es, Julia zu finden und die Daten über John zu kopieren und die Originale zu vernichten. Am einfachsten wäre es, den kompletten Computerkern zu zerstören, um auf diese Weise alle Informationen über ihren ›Besuch‹ und Johns Identität zu löschen. Ihr einziger Trumpf war die Möglichkeit, mit der Zerstörung von AIDES die gesamte automatische Verteidigung zu vernichten und jeden

Widerstand zu brechen, bis Verstärkung eintreffen könnte. Für den Notfall hätten sie dann immer noch die Bioproben, um ein Chaos auszulösen.

Alle Anwesenden waren sich einig, dass der Plan mehr als gewagt war, doch die Runner glaubten, dass sie mit einem Tag Vorbereitung ihre Chance deutlich verbessern konnten. Ihr wichtigster Vorteil war wahrscheinlich, dass ihre Gegner nicht damit rechneten, dass John sich in die Höhle des Löwen wagen würde, sofern er überhaupt wusste, wer hinter Death Angels Überfällen steckte. Auf eine solche Überraschung war Humanitech gewiss nicht vorbereitet, und alle waren bereit, ihr Leben einzusetzen, um Julia zu retten.

Außerdem hegte John die Hoffnung, mehr über seine Vergangenheit zu erfahren und zu verstehen, wer er wirklich war.

XII

Vor ihm erstreckte sich eine undurchdringliche Dunkelheit, und nur mit Mühe konnte er die riesigen Muster am Boden des gewölbeartigen Raumes erkennen. Er hatte tatsächlich Erfolg gehabt, seine Pläne schienen aufzugehen. Die Frau, die ihn so überraschend verraten hatte, war bereits auf dem Weg zu ihm. Seine Leute hatten sie aufgespürt, bevor sie endgültig in die Hände des Feindes fiel, und man brachte sie bereits zu ihm. In wenigen Stunden würde sie sich vor ihm zu verantworten haben, und er würde die Gelegenheit bekommen, ein Urteil zu fällen. Es stand immer noch zu hoffen, dass er seinen Fehler nicht gänzlich korrigieren musste, aber falls sie weiter seine Interessen gefährdete, würde er sie endgültig bestrafen müssen.

Doch das war jetzt nebensächlich. Mit einem Lächeln dachte er an den Narren und wandte sich erneut den Karten zu. Wer mochte erahnen, welchen Verrat der Narr noch zu spüren hätte? Für einen Moment zögerte er, welche Karte er als Nächstes aufdecken würde, doch dann fiel ihm auf, dass er die zweite Karte des inneren Kreuzes noch nicht umgedreht hatte. Auch diese Karte würde etwas über die Situation des Narren aussagen, daher war es wichtig, diesen Aspekt seiner Persönlichkeit zu klären, bevor er sich den tiefgründigeren Punkten zuwenden würde.

Seine hellen Finger glitten über die raue Oberfläche des Kartenrückens, und mit geschlossenen Augen ertastete er die Muster der kleinen Risse.

Die Erkenntnis, welches Blatt er umdrehen würde,

überraschte ihn nicht, wenigstens stand zu hoffen, dass die späteren Züge neue Erkenntnisse bringen würden.

Trotzdem betrachtete er das Deckblatt der letzten Karte mit einer gewissen Genugtuung, denn es war ›Der Gehängte‹. Die mit dem Kopf nach unten hängende Gestalt war leicht zu erkennen, es war dasselbe Gesicht, das auch der Narr gehabt hatte. Einige Darstellungen zeigten den Gehängten mit einer gewissen Ruhe und Gelassenheit, doch dieses Mal konnte er deutlich das nackte Entsetzen des Gehängten erkennen. Nicht zu Unrecht wurde diese Karte auch als die Prüfung bezeichnet, denn entweder würde der Narr mit der Situation fertig werden oder untergehen.

Immerhin war deutlich, dass er eine neue Perspektive für sein Leben bekam, und es amüsierte ihn, ein wenig zu erahnen, wie sich der Narr fühlen musste. Nach der großen Katastrophe des Turms stand seine Welt plötzlich Kopf, und er hing in dieser neuen Lage fest.

Wenn er nicht seine Furcht bezwingen und sich der neuen Situation öffnen würde, dann würde der gehängte Narr nie erkennen, welche Möglichkeiten sich ihm boten. Doch Wissen hatte immer einen Preis, und in dem Moment, in dem der Narr erkennen musste, wer sein Feind war, lag es in seiner Entscheidung, ob er sich der Herausforderung stellen oder das Wissen nie erhalten würde.

Doch wichtiger als die konkrete Prüfung, um seine neue Lage zu verstehen, war der Gesichtspunkt der Akzeptanz. Ohne Verständnis für seine neue, kopfstehende Perspektive würde er mit der Welt nicht mehr ins reine kommen und untergehen.

Dasselbe war damals mit Kar geschehen. Kar war ein suchender Wanderer gewesen, doch es war nicht das Streben nach Magie gewesen, wie er gedacht hatte, was ihn trieb, sondern es war die Suche nach einem Sinn im Leben. Ihr erstes Treffen war ihm noch deutlich in Erinnerung, schließlich war er es gewesen, der Kars Suche beendet hatte.

Kar hatte Magie und Macht gewollt, und genau das hatte er ihm gegeben. Doch jedes Geschenk hatte seinen Preis, und in dem Moment, als Kar geglaubt hatte, seine Suche vollendet zu haben, war ihm klar geworden, worum es wirklich ging. Und plötzlich hatte er erkennen müssen, dass er mit der Annahme des Geschenks sein Leben zerstört hatte, zumindest hatte er genau das denken müssen. Es war eine doppelte Prüfung gewesen. Er hatte Kar zu seinem Weg der Erleuchtung verführt, weil er gewusst hatte, dass Kar diesen Weg nicht verstehen würde. Der zweite Teil war die Chance gewesen, dass er vielleicht doch mit seinem neuen Leben in Einklang kommen und die neue Sicht verstehen würde. Der Sinn seines Lebens wäre ein anderer gewesen als am Anfang der Suche, aber er hätte ihn finden können.

Doch wie erwartet, hatte Kar nicht verstanden. Er war entsetzt über die Wahrheit gewesen, die er fand, und war daran zerbrochen. Damals hatte er schon in den Karten lesen können, dass sein Schuler diesem Schicksal entgegeneilte, und es hatte ihm eine gewisse Befriedigung verschafft, diesen gierigen Günstling zu vernichten.

Dieses Mal würde es allerdings alles anders werden, denn die Prüfung war wie der Turm der Ausgangszustand und nicht ein Omen des drohenden Untergangs.

Er selbst wusste, wie der Narr dieses Spieles den ersten Hinweis auf seine Wahrheit gefunden hatte, und allein das war der Beweis, dass er sich an seine neue Situation anpassen konnte, doch bevor er nicht die ganze Wahrheit kannte, war er nicht sicher, ob er tatsächlich verstehen würde.

Sein Blick fiel auf den schweren Mörser, in dem sich ein kleiner Haufen dunkler Asche auftürmte. Manchmal war es erschreckend, wie einfach bestimmte Sachen waren. Einfach zu erkennen, aber nicht einfach zu verstehen.

Wie sagten diese lächerlichen Priester, ›Asche zu Asche, Staub zu Staub‹? Wenn sie wüssten, dass ihr Glaube so viel Wert hatte wie dieser kleine Haufen Asche, würden sie dann erkennen, was ihr Schicksal war? Würden sie verstehen, dass bestimmte Dinge sich verändern und untergehen mussten, damit die Welt funktionierte?

Würde der Narr dies verstehen?

Kapitel 3:
DIE PRÜFUNG

Allmählich wurde wieder alles real. Die Stunden vor dem Run waren John wie in einem sonderbaren Traum vorgekommen. Tatsächlich hatte er den ganzen Tag verschlafen und seinen Teil der Vorbereitungen noch in derselben Nacht erledigt, während die anderen begonnen hatten, ihre Kräfte für den nächsten Tag zu sammeln. Bei Sonnenaufgang war er in einem der dunklen Zimmer verschwunden und hatte sich vor dem Licht des Tages versteckt. Die letzte Erfahrung mit den Strahlen der Sonne hatte ihm vorübergehend den Spaß am natürlichen Licht genommen.

Vor dem Schlafengehen hatte er noch einmal Death Angel verhört, doch wie erwartet, hatte das Gespräch nichts Konkretes ergeben. Trotzdem war es ihm wichtig gewesen, mit ihr zu reden, da ihr Schicksal irgendwie mit dem seinen verknüpft zu sein schien. Möglicherweise hatte Thomas Recht gehabt: er beging allmählich den Fehler, für seinen Feind Sympathie zu empfinden. Auch wenn er eigentlich keine Skrupel hätte haben sollen, hatte er nicht versucht, ihren Willen durch Schmerzen zu brechen, da auch seine Rachegedanken inzwischen nicht mehr so wichtig waren. Außerdem glaubte er ihr, dass sie eher sterben würde, als Verrat zu begehen. Und das war es, was ihn vielleicht so faszinierte. Hinter der abweisenden Fassade vermutete er einen Kern, der nur aus Angst oder Trotz diese Mauer aufgebaut hatte. Je häufiger er ihre Kaltblütigkeit sah und ihren Zynismus hörte, desto sicherer wurde er, dass sie etwas verbarg, einen Teil von ihr, der anders war. Und genau dieser Teil, den sie anscheinend so erfolgreich unterdrückte, war vielleicht durchaus liebenswert. Es war eine Spur von Bedauern in ihm aufgekommen, sie so gefühllos zu sehen, aber da war auch die Herausforderung, ihre gute Seite hervorzuholen und auf ihrem harten, aber ausdrucksstarken und schönen Gesicht ein ehrliches Lächeln zu sehen. Doch was ihn am meisten beunruhigt hatte, war etwas anderes. Der Straßensamurai würde wahrscheinlich Recht behalten. Sie war nicht zu ändern, und es war vielleicht Johns Weg, genauso zu enden, falls ihm nicht vorher einer das Lebenslicht ausblies. Tief in seinem Inneren konnte er ihre selbst geschaffene Einsamkeit inzwischen nur zu gut verstehen.

Doch das alles war jetzt belanglos. Es war ihm jetzt genauso fern wie die Albträume um den schwarzen Mann, die ihn den Tag über gequält hatten. Es ging jetzt nur noch darum, erfolgreich in das Labor von Humanitech einzudringen und Julia zu befreien. Und darum, zu überleben. Dieser Überlebenswille war wie ein Primärinstinkt, der seine anderen Überlegungen wie weggewischt hatte. Das Risiko würde groß sein, aber sie hatten einen Teil ihrer Schwächen durch die Vorarbeit wettmachen können.

Zum einen wussten sie, wo Humanitech Julia wahrscheinlich untergebracht hatte. Die drei Arrestzellen in der Nähe der Sicherheitszentrale waren naheliegend gewesen, aber wahrscheinlicher erschien ihnen die Variante, dass sie in einem der Quartiere auf der ersten Subebene untergebracht war. Vielleicht fühlte sie sich nicht einmal als Gefangene, denn Thomas hatte erfahren, dass die Wissenschaftler des Biolabors während wichtiger Projekte in dem Komplex wohnten, um effektiver arbeiten zu können. Wenn es sich so verhielt, würden sie mit ihren falschen Besucherausweisen nahe an diese Zone herankommen und vielleicht sogar die

Möglichkeit haben, sie zu betreten, ohne die Sicherheit zu alarmieren. Damit hätten sie ihr erstes Ziel erreicht; trotzdem waren sie vorbereitet, bis zur Sicherheitszentrale vorzudringen, um den Computerkern des Verteidigungssystems zu sprengen. Auch wenn das Herzstück der Verteidigung wahrscheinlich bestens gesichert war, lag die Vermutung nahe, dass niemand damit rechnete, dass Eindringlinge die Barrieren überwinden würden.

Und auch über das Computersicherheitssystem hatten sie inzwischen etwas erfahren, denn auch in diesem Punkt war der Straßensamurai bei seinem Schieber fündig geworden. Alles deutete darauf hin, dass Nitama bei Humanitech einen Prozessor der Deltaklasse verwendet hatte, der nur über beschränkte Fähigkeiten verfügte. Allerdings war in diesem Fall der Ausdruck ›beschränkt‹ irreführend. Die Deltaklasse war bei der Identifikation von Personen auf Magnetkennungen angewiesen und verfügte nicht wie höhere Systeme über eine optische Erkennung zugelassener Personen. Das bedeutete, sie würden wissen, wann Big Brother, wie Giant ihren Gegner getauft hatte, sie identifizieren wollte. Es war außerdem unwahrscheinlich, dass zu bestimmten Zeiten ganze Laborbereiche komplett gesperrt waren, sodass sie zumindest in dieser Hinsicht keine Fehler machen konnten, indem sie zur falschen Zeit am falschen Ort auftauchen würden. Außerdem verfügte Big Brother über die Kontrolle aller Türen und Bioschleusen sowie mehrere aktive Verteidigungssysteme. Die Deltaklasse war in der Lage, automatische Geschütze mit optischer Erkennung zu steuern, oder, was in diesem Fall wahrscheinlich war, gefährdete Areale mit Betäubungsgas zu fluten. Eine letzte neue Komponente an diesem System war, dass Big Brother seine Fliegenden Augen zur Verfügung haben würde, kleine Drohnen, die allerdings eher für Überwachungsaufgaben als für Kampfeinsätze konzipiert waren. Die Standardbestückung ging von vier Fliegenden Augen und zwei ferngesteuerten Stachelschweinen aus. Die Stachelschweine waren ein härteres Kaliber, denn neben einer fingerdicken Panzerung verfügten diese Miniaturpanzer meist über automatische Waffen und wurden für Sturmaufgaben eingesetzt. Trotzdem galt auch für diese waffenstarrenden Minifahrzeuge, dass zielloses Feuern mehr Schaden als Nutzen für Humanitech bedeutet hätte, und daher stand zu erwarten, dass sie nur in Notfällen eingesetzt würden.

Die Verteidigungstruppe bestand nur aus einigen wenigen Kameras und einer zehnköpfigen Wachmannschaft, allerdings würde man versuchen, Eindringlinge so lange festzusetzen, bis eines von Nitamas Quick Response Teams eintraf, und gegen diese Truppe aus hochgerüsteten Soldaten würden sie keine Chance haben. Im Falle eines Alarms würde Nitama ein gut ausgerüstetes Team von mindestens zwanzig Söldnern schicken, die schwer bewaffnet waren und innerhalb weniger Minuten mit ihrem Hubschrauber zur Verfügung stehen würden.

Aber dazu durfte es einfach nicht kommen. Schließlich waren sie Profis, wie Giant alle fünf Minuten betont hatte. Die meiste Zeit hatten seine Argumente John überzeugen können, aber wenn es wirklich so leicht war, warum hatten dann Schattenläufer den Ruf, ständig ihr Leben zu riskieren und immer am Abgrund des Todes zu stehen?

Doch jetzt war es zu spät, aus der Sache noch aussteigen zu wollen, denn in diesem Moment erreichte ihr Wagen das Tor zum Humanitech-Gelände. Dieses erste Hindernis würde zeigen, wie gut ihr Plan wirklich war, denn das Tor stellte die erste Bewährungsprobe dar.

Der Laborkomplex, in den das Team eindringen wollte, war eine der neueren und moderneren Anlagen des Biokonzerns. Humanitech hatte die Anlage erst nach der indirekten Übernahme durch Nitama errichtet und damit ein neues Zentrum für die Firma geschaffen. Humanitech D, wie das Labor bezeichnet wurde, lag im Norden des Plexes, in einer kleineren Stadt namens Dinslaken an der Peripherie von Duisburg. Das Gelände war ursprünglich ein Gewerbegebiet gewesen, doch als die kleinen Betriebe im Plex zusammenbrachen, wurde dieser Standort aufgegeben, und die Hallen verkamen zu einem Zentrum für Gang- und Drogenkriminalität. Doch vor sechs Jahren wurde das gesamte Gelände aufgekauft, und unter dem ehemaligen Gewerbegebiet entstand ein hochmodernes Biolabor. Die Lage war nicht nur für die firmeninterne Logistik günstig, auch die Runner würden von der nahen Autobahn profitieren.

Der Anblick, der sich John und seinen Gefährten bot, war allerdings eher unscheinbar. Das Gelände war von einem Drahtzaun mit Stacheldraht umgeben, und die einzige Zufahrtsstraße endete an einer Schranke, neben der zwei Sicherheitsleute in einem kleinen Wachhäuschen die passierenden Fahrzeuge kontrollierten. Weiter hinten sahen sie den großen betonierten Parkplatz für die Angestellten, den man mit einigen Bäumen zu verschönern versucht hatte, während neben dem eigentlichen Hauptgebäude die Verladestation für Lkws und mehrere Vorratstanks untergebracht waren. Das Gebäude selbst war ein zweistöckiger weißer Betonbau, dessen schwarz verspiegelte Fenster das kalte Erscheinungsbild abrundeten. Offenbar wollten die Architekten mit diesem Bau zum Ausdruck bringen, dass kaltes Design Effizienz bedeutete, oder aber sie hatten den optischen Eindruck als unwichtig betrachtet. Doch die Runner würden sich von dem kleinen Gebäude nicht täuschen lassen, denn die wichtigen Etagen lagen sowieso unter der Erde.

Als ihr Wagen vor der Schranke zum Stehen kam, verließ einer der Sicherheitsleute das Wachhäuschen und trat an das Auto heran. Er trug eine leicht gepanzerte Uniform und war mit einer Automatikpistole bewaffnet. Thomas, der ihren gestohlenen Mercedes 680 fuhr, ließ die getönte Fensterscheibe herunterfahren und blickte den jungen Wachmann an, der sich mit routinemäßiger Freundlichkeit dem Straßensamurai zuwandte.

»Guten Abend, Ihre Identifikationskarten, bitte.«

Shark lächelte und reichte ihm seinen Ebbie herüber.

»n' Abend, Officer, wir werden erwartet. Dr. Barnov soll einige Experimente überprüfen.«

Während der Sicherheitsgardist die ID auf Thomas' Credstick überprüfte, waren alle im Auto bis aufs Äußerste angespannt. John, der auf dem Beifahrersitz saß, musste sich zurückhalten, um nicht nach seiner Waffe zu greifen. Aber es war abgemacht, dass im Notfall Toxic mit einem Zauber versuchen würde, die Situation zu retten. Nur Dr. Barnov oder besser gesagt Giant, der in seinem teuren Designeranzug im Fond saß, Zigarre paffte und Toxic, seine angebliche Sekretärin, anlächelte, schien die Ruhe selbst zu sein. Vielleicht lag es nicht zuletzt daran, dass er mehr als nur einen flüchtigen Blick in die Bordbar der Luxuslimousine geworfen hatte und seine Rolle als erfolgreicher Wissenschaftler offensichtlich genoss. Immerhin hatte er als Dr. Barnov neben einem teuren Auto einen Chauffeur, einen kräftigen Leibwächter und eine bezaubernde Sekretärin, um sich von seinem eigenen Erfolg überzeugen zu können. Dass Giant schon auf der Hinfahrt die anderen behandelt hatte, als wäre er wirklich ihr Chef, hatte ihm noch keiner übel genommen.

Als Shark seinen Ebbie zurückerhielt, gab John dem Wachmann seine Identifikation. Für einen kurzen Moment flammte Angst in ihm auf, als der Wachmann ihn irritiert ansah.

»Entschuldigung, kann es sein, dass ich Sie schon einmal irgendwo gesehen habe?«

Diese Frage beunruhigte John, denn was sollten sie tun, wenn seine Gegner ihn bereits erwarteten? Andererseits, was konnte der Wachmann schon wissen? Vorerst entschloss sich John, seine Rolle einfach weiterzuspielen.

»Durchaus möglich, seit meiner Tätigkeit für Dr. Barnov begleite ich ihn ständig, und wir waren in letzter Zeit häufiger in Humanitech B. Vielleicht hatten Sie da vor einiger Zeit Dienst?«

Bevor der Wachmann etwas erwidern konnte, schaltete sich Giant alias Dr. Barnov ein, der den arroganten Tonfall, der von ihm erwartet wurde, mit Bravour imitierte.

»Officer, ich will ja nicht drängeln, aber ich habe Wichtigeres zu tun, als mir Ihre kleine Wiedersehensfeier anzusehen. Wie wäre es, wenn wir jetzt durchfahren dürften? Es gibt noch eine Menge Arbeit zu erledigen.«

Mit einem selbstgefälligen Grinsen steckte Giant seine Zigarre in den Mund und blies eine große Rauchwolke in die Luft. In dem teuren Anzug und ohne seine Punkfrisur, von der er sich hatte trennen müssen, wenn auch nicht ohne heftigen Protest, als Toxic die Haare abrasierte, sah er wirklich wie ein seriöser Wissenschaftler aus. Doch der Wachmann schien sich an die Vorschriften halten zu wollen und ließ sich nicht beirren.

»Bedaure, Dr. Barnov, aber wir müssen leider alle Identifikationen prüfen und …«

Giant unterbrach ihn unwirsch und warf Toxic einen befehlenden Blick zu.

»Ja, ja, schon gut, Hauptsache, ich komme heute noch ins Labor. Julia, reichen Sie dem Mann die Identifikationen, damit wir endlich weiterfahren können.«

Toxic, die in ihrem teuren Konzernkostüm nicht mehr wiederzuerkennen war, gehorchte sofort und gab ihre beiden Credsticks heraus. Dabei warf sie dem Wachmann ein Lächeln zu, das ihn wieder aufzubauen schien. Toxic war jetzt Julia Brandes, die Sekretärin von Dr. Barnov, und in dem grauen Kostüm mit dem figurbetonten Blazer und dem kurzen Rock musste sie wie das typische Konzernmäuschen aussehen. Ihre schlichte Frisur und ihr Lächeln ließen sie wie die willenlose Konzernsekretärin wirken, die jeden Befehl ihres Chefs ausführte und die restliche Zeit damit verbrachte, einfach nur gut auszusehen, um ihren Vorgesetzten zu gefallen.

Der Wachmann reichte beide Credsticks zurück und gab seinem Kollegen das Zeichen, die Schranke zu öffnen. Als er noch eine letzte Entschuldigung aussprechen wollte, fuhr Thomas die Scheibe hoch und ließ ihn einfach stehen.

John war erleichtert, dass sie es geschafft hatten, die Torwachen mit ihren gefälschten Dokumenten und ihrer Show zu übertölpeln, doch Giant schien sichtlich Spaß daran zu haben, mit seiner Darbietung weiterzumachen.

»Fräulein Julia, bitte machen Sie einen Vermerk über die Verspätung, außerdem ist, glaube ich, jetzt die Zeit für meine Nackenmassage gekommen.«

Das breite Grinsen mit der Zigarre im Mundwinkel unterstrich noch die Dreistigkeit des Zwergs, und Toxic schien inzwischen vom Humor des Deckers nicht mehr begeistert zu sein.

»Giant! Treib es nicht zu weit. Wenn du noch einmal deine Hand auf mein Knie legst, brech ich dir alle Knochen.«

Unter normalen Umständen hätte John die Drohung ernst genommen, aber in der gegebenen Situation war es eher ein Versuch, die Nervosität abzubauen. Jeder würde seine Rolle in dem Run spielen, und private Gefühle und Gedanken durften keine Bedeutung mehr haben.

»Wir sind da.«

Shark war schon die ganze Zeit über äußerst wortkarg gewesen, und John bezweifelte, dass er nur die Rolle des schweigsamen Chauffeurs spielen wollte. Was mochte nur in dem Samurai vorgehen? Giant war die letzte halbe Stunde reichlich aufgekratzt gewesen, wie er schon bei der Besprechung gezeigt hatte, während Toxic unter der Anspannung leicht gereizt wirkte. Doch Shark ließ sich nichts anmerken, als würde ihn nicht interessieren, was sie gerade taten.

Inzwischen war der Wagen vor dem Eingang des Hauptgebäudes zum Stehen gekommen, und John stieg aus, um Dr. Barnov die Tür zu öffnen, wie es seine Pflicht als zweiter Leibwächter des Wissenschaftlers war. Nachdem der Zwerg den Wagen verlassen hatte, half er der angeblichen Sekretärin aus dem Wagen und ging dann vor ihnen her, während Shark den Wagen parkte.

Der Wachmann am Eingang grüßte sie kurz, als sie das Gebäude durch die getönten Glastüren betraten, und sie fanden sich in dem geräumigen Foyer des Gebäudes wieder. Direkt vor ihnen war ein massiver Empfangsschalter aus weißem Marmor, hinter dem eine junge platinblonde Elfe saß. Als sich ihre Gruppe dem Schalter näherte, sah die Sekretärin von ihrem Terminal auf und schenkte ihnen ein einstudiertes Lächeln.

»Guten Abend, Dr. Barnov. Ihre Ankunft wurde mir soeben vom Tor gemeldet. Es scheint, als wäre die Meldung über Ihren Besuch versäumt worden, aber seien Sie versichert, dass es keinerlei Probleme geben wird.«

Der falsche Dr. Barnov machte eine beschwichtigende Handbewegung, die vor allem darauf abzielte, der

Sekretärin zu zeigen, für wie wichtig er sich selbst hielt, und antwortete ihr zwischen zwei Zügen aus seiner Zigarre.

»Schon gut, Kindchen, es war ein langer Flug, und die Fahrt hierher war ein Albtraum. Kann ich jetzt mit Dr. Gustavsen sprechen, damit sich die Reise gelohnt hat?«

Giant spielte seine Rolle wirklich mit Genuss, und er wusste genau, was die Sekretärin ihm gleich sagen würde. Dr. Gustavsen war im Urlaub und würde erst am nächsten Morgen wiederkommen. Diese Information hatte sich der Decker vorher beschafft, und mit diesem Trumpf wollten sie erreichen, dass sie von Humanitech für eine Nacht in der Anlage einquartiert würden.

Die platinblonde Elfe lächelte mit gespielter Verlegenheit und wandte sich ihrem Terminal zu.

»Tut mir Leid, Dr. Barnov, aber Dr. Gustavsen ist überraschend zu einer wichtigen Tagung gefahren und wird erst morgen wiederkommen.«

Wahrscheinlich wusste sie genauso gut wie die Runner, dass Gustavsen seinen Urlaub schon lange geplant hatte und höchstwahrscheinlich im Bett mit seiner Geliebten verbrachte, schließlich war dieses Gerücht sogar bis in die Schatten vorgedrungen, was vielleicht an den etwas außergewöhnlichen Gelüsten des Doktors lag.

Doch Giant verkniff sich das Lachen, das er bei ihrer Besprechung nicht hatte unterdrücken können, als er diese schmutzigen kleinen Geheimnisse erzählt hatte, und spielte weiterhin den Konzernwissenschaftler, als Shark durch die Tür trat.

»Robert, Sie können den Wagen gleich wieder holen, wir fahren wieder ab. Diese Idioten haben unseren Termin verschlampt.«

Die gelassene Stimme des Zwerges wirkte auf die

Konzernsekretärin wahrscheinlich noch bedrohlicher, als es ein gespielter Wutausbruch vermocht hätte. Shark nickte kurz und wollte sich gerade umdrehen, als die Sekretärin versuchte, die Situation zu retten.

»Dr. Barnov, wenn es Ihr Zeitplan zulässt, könnten Sie sich morgen mit Dr. Gustavsen treffen und so lange im Besuchertrakt der Anlage wohnen. Sie hätten die Gelegenheit, sich vorab seine Aufzeichnungen anzusehen und sich von der anstrengenden Reise zu entspannen. Ich werde mich persönlich darum kümmern, dass Ihr Aufenthalt so angenehm wie möglich wird.«

Giants Grinsen ließ keinen Zweifel daran, wie er den letzten Satz verstanden hatte, und sein kurzes Zwinkern ließ die Elfe dann doch ein wenig erröten. Wenn der Zwerg so weiterspielte, brachte er sie noch in Schwierigkeiten.

»In Ordnung, Kindchen, ich glaube, wir bleiben hier, sonst wäre diese ganze Reise umsonst gewesen, aber ich werde nicht umhinkommen, ein paar ernste Worte mit den Verantwortlichen zu reden. Robert, holen Sie die Koffer! Ich hoffe nur, die Zimmer sind wenigstens bequem.«

Während Giant seine Rolle weiterhin ausreizte, konnte John Toxics Erleichterung erkennen. Sie hatten tatsächlich Glück gehabt, und ihr Plan schien aufzugehen. Vielleicht lag es daran, dass Humanitech mit bewaffneten Angreifern rechnete, um die Anlage zu infiltrieren, aber diese Art, sich Zugang zu den Labors zu verschaffen, war ihnen wahrscheinlich nicht in den Sinn gekommen. Es schien tatsächlich so, als kämen sie an Julia heran, ohne sich größeren Gefahren aussetzen zu müssen. Solange sie hier bleiben würden und ihre Rollen weiterspielten, würde ihre Tarnung erst am nächsten Morgen auffliegen. Doch spätestens wenn sie ihre wahren Ziele verfolgten, würden sie Aufsehen erregen, aber immerhin war der erste Schritt leichter als geplant verlaufen. Sie hatten Zugang zum Wohntrakt, und dieser Teil des Komplexes war wahrscheinlich auch Julias Aufenthaltsort. Wenn sie ihre Zimmer bezogen hatten, blieben ihnen noch fast zwölf Stunden Zeit. Allerdings hatten weder John noch die anderen Runner Lust, so lange zu warten und ihre Tarnung zu riskieren, daher würden sie bei nächster Gelegenheit handeln.

Shark kam kurze Zeit später mit den zwei Koffern, in denen sie ihre Ausrüstung verstaut hatten, und ein Wachmann führte sie in den Wohntrakt auf der ersten Subebene. Die Korridore des ersten Untergeschosses waren so, wie John sie sich vorgestellt hatte: weiß, steril und kalt. Nachdem sie den Aufzug verlassen hatten, waren sie an einer der Bioschleusen vorbeigekommen, die in den Labortrakt führten, und die verschiedenen Warntafeln und Sicherheitshinweise auf der Stahltür hatten bei John ein mulmiges Gefühl ausgelöst. Wer wusste schon, welche Forschungen die Biochemiker und Genetiker hinter diesen Türen betrieben?

Allerdings erwies sich der Wohntrakt als recht komfortabel. Humanitech hatte es so eingerichtet, dass fünfzehn Doppel- und zehn Einzelzimmer für Angestellte und Besucher zur Verfügung standen. Auf Anfrage von Giant, der in seiner überheblichen Art auf dem ganzen Weg mit dem Wachmann über die Anlage redete, erfuhren sie, dass die meisten Räume belegt waren und ihnen zwei Einzel- und zwei Doppelzimmer zur Verfügung standen. Giant wählte die zwei Doppelzimmer mit einer Verbindungstür, und die Anmerkung, dass seine Sekretärin in seinem Raum schlafen würde, schien den Wachmann nicht weiter zu verwundern. Die ihnen zugewiesenen Räume waren relativ groß und boten neben Bett und Kleiderschrank einen Arbeitstisch mit einem Terminal sowie ein kleines Badezimmer. Für Mahlzeiten stand ein kleines Restaurant im zweiten Stock des Gebäudes zur Verfügung, und der Wachmann bestätigte, dass man sich um alle weiteren Wünsche kümmern würde. Eine Sache war allerdings beunruhigend, denn sie hatten gesehen, dass zwei Wachmänner mit Panzerwesten und Maschinenpistolen den Zugang zum Wohntrakt bewachten. Die Wachen dienten zwar der Sicherheit der Wissenschaftler in ihren Quartieren, für die Runner würden sie allerdings ein weiteres Hindernis sein.

Nachdem der Sicherheitsmann gegangen war, begannen Shark und John sofort ihren Raum zu untersuchen, während sie sich über die Ergebnisse des letzten Hoverligaspiels unterhielten. Toxic und Giant würden genauso verfahren, zumindest war es so abgesprochen. Als Shark mit einem Scanner nach Wanzen suchte, mussten sie feststellen, dass der Raum tatsächlich überwacht werden konnte, allerdings waren die Abhörgeräte nicht aktiviert. Wenigstens waren keine Kameras versteckt worden, sodass sie zumindest schon einmal ihre Koffer auspacken konnten. Auch wenn sie nicht mit einer Durchsuchung der Koffer gerechnet hatten, war ihre Ausrüstung gut versteckt, sodass es einige Zeit dauerte, die wichtigen Stücke auszupacken. Sie hatten ihre Ausrüstung sicherheitshalber beschränken müssen, und so hatten sie nur wenig mitnehmen können: eine schallgedämpfte Colt Manhunter, zwei ebenfalls schallgedämpfte Heckler & Koch ›Urban Combat‹ Maschinenpistolen, Respiratorfiltermasken und eine drei Kilogramm schwere Ladung Plastiksprengstoff. Wenn ihr Plan funktionierte, würden sie all diese Sachen nicht brauchen, aber John bezweifelte, dass alles so reibungslos ablaufen würde.

Trotzdem hatten sie das Vorgehen genau durchgesprochen, und die Suche nach Abhörgeräten und der Zusammenbau und Check ihrer Ausrüstung kostete sie nur zehn Minuten, womit sie deutlich unter ihrem Zeitrahmen lagen. Sie versteckten die Sachen griffbereit unter dem Bett und begaben sich durch die Verbindungstür ins Nebenzimmer, in dem bereits Toxic und Giant warteten. Sofort machten sie einige Gesten, um auf die Wanzen hinzuweisen, während sie zur Tarnung die üblichen Gespräche abspulten, wie Shark und John es auch bei ihrer Vorbereitung getan hatten. Falls tatsächlich jemand zuhörte, würde er nur einige langweilige Diskussionen über die Hoverliga, das schlechte Verhalten der Wachleute und die Vorzüge der koreanischen Küche hören. Während die ersten Informationen mit einstudierten Handzeichen ausgetauscht wurden, baute Giant ein Tonband mit einem vorgefertigten Vortrag seinerseits auf, während er einen Teil des Raums mit einem White Noise Generator gegen lästige Zuhörer sicherte. Nun hatten sie endlich die Gelegenheit, die letzten fehlenden Entscheidungen zu treffen.

»Also los, Leute, fangen wir an.«

Es war Toxic, die zuerst sprach, und in ihrer Stimme schwangen deutlich Erwartung und Aufregung mit, aber auch John wollte die Sache hinter sich bringen.

Shark wirkte wesentlich ruhiger, doch seine Stimme klang so distanziert, dass der Straßensamurai wahrscheinlich seine wahren Gefühle verbarg.

»Als Erstes müssen wir Julia lokalisieren. Toxic, kannst du auf magischem Wege etwas erreichen?«

»Ich habe bereits einen Blick in den Astralraum geworfen. Das Gebäude ist mit einem passiven Schutz umgeben, und auf dem Hof patrouillieren Geister, aber ich bezweifle ernsthaft, dass hier eine aktive Verteidigung zu finden ist. Der Astralraum dürfte das reinste Höllenloch sein, aber ich könnte trotzdem einen kleinen Spaziergang machen, um unsere Ärztin zu finden.«

Die Bezeichnung Höllenloch hatte die Magierin bereits in einer frühen Besprechung erläutert. Wenn John die Argumentation richtig verstand, war der Astralraum von Emotionen und Stimmungen geprägt, und da der Laborkomplex ein Ort ohne richtige Menschlichkeit war und mit seiner rationalen Forschung im Astralraum irgendwie unwirklich und leer wirkte, war hier eine düstere Atmosphäre zu erwarten. Das war auch der Grund, der den Einsatz von Geistern zu Wachzwecken erschwerte, daher rechnete Toxic nicht mit einer aktiven Verteidigung. Allerdings würde die kleine Exkursion ihr möglicherweise zusetzen, falls der Astralraum in diesem Bereich von der Unmenschlichkeit des Konzerns verpestet war.

»Gut, ich suche im Astralraum nach Julia, und ihr passt auf meinen Körper auf. Wenn sich irgendwelche Wunden bilden sollten, wurde ich wahrscheinlich entdeckt und angegriffen.«

Mit diesen Worten schloss sie die Augen, ohne zu sagen, was sie in einem solchen Fall tun sollten, und ihr Körper erschlaffte auf dem Stuhl, als wäre sie in Ohnmacht gefallen. In Wirklichkeit jedoch schwebte ihr Bewusstsein in jener Parallelwelt, die nur den magisch aktiven Wesen der Sechsten Welt zugänglich war. Während Toxic mit ihrer Suche beschäftigt war, nutzte Shark die Gelegenheit, seine Ausführungen fortzusetzen.

»Wenn wir wissen, wo sich Julia aufhält, müssen wir mit ihr Kontakt aufnehmen. Wie wir gesehen haben, könnte das schwieriger werden, als wir geplant hatten. Die Möglichkeit, dass Toxic ein sichtbares Abbild aus dem Astralraum projiziert und mit ihr redet, wird durch die Wanzen zu gefährlich. Andererseits können wir schlecht an die Tür ihres Zimmers klopfen, während die beiden Wachen am Ende des Korridors uns dabei zusehen, außerdem haben wir in diesem Fall noch das Problem mit der Überwachungselektronik.«

»Außerdem wissen wir immer noch nicht mit Sicherheit, ob sie überhaupt in diesem Trakt ist!«

Johns Einwand bewirkte nur ein kraftloses Nicken bei dem Straßensamurai.

»Solange sie irgendwo in diesem Gebäude ist, holen wir sie raus.«

»Was ist mit dem Sicherheitssystem?«

Dieses Mal antwortete Giant, der wieder wie ein Shadowrunner und nicht wie ein überheblicher Konzernmann wirkte.

»Wir haben einen Anschluss für ihr Computersystem, und es dürfte möglich sein, an ihre Datenbanken zu kommen. Aber wenn der Konzern tatsächlich Big Brother die Überwachung überlässt, fährt dieses System auf einem eigenständigen Netz mit wenigen Zugangsstellen, in das wir durch diesen Standardanschluss nie reinkommen. Der einzige Zugang dürfte in der Wachzentrale sein, und wenn wir den Mainframe dort in kleine Stückchen bomben, werden Big Brother die Lichter ausgehen. Das ist einfacher, als irgendwelche Deckingtricks zu probieren. Die Frage ist nur, ob ich im Hauptnetz nach aufschlussreichen Daten suchen soll oder ob wir das Risiko nicht eingehen wollen.«

»Es ist in jedem Fall sinnvoll, diese Daten zu suchen, da wir dann wissen, was die netten Heckenschützen von Humanitech von John wirklich wollen. Aber wir warten erst auf Toxic, bevor wir eine Entscheidung treffen.«

Für einen kurzen Moment herrschte Ruhe, und jeder der drei schien mit sich selbst beschäftigt zu sein, doch in dem Moment, als Toxics Körper zu zucken begann, waren alle sofort in Alarmbereitschaft. Allerdings wurde der Körper nicht, wie John befürchtet hatte, von unsichtbaren Kräften in Fetzen gerissen, sondern binnen Sekunden riss die Magierin die Augen auf, und ihr Lächeln ließ ihren Erfolg erahnen.

»Wir haben sie! Julia ist tatsächlich hier, gerade einmal vier Türen entfernt. Es geht ihr anscheinend gut, und es sieht nicht so aus, als würde sie gefangen gehalten. Unsere Vermutung scheint zuzutreffen, dass sie nicht einmal ahnt, dass der Konzern sie hier festhält.«

Für einen kurzen Moment glaubte John, ein Lächeln unter der kalten Fassade von Sharks Gesicht zu erkennen, und auch er war erleichtert, dass sie Julia gefunden hatten.

»Außerdem habe ich eine Idee, wie wir Julia kontaktieren können. Wenn ich das richtig sehe, haben diese Konzernschweine nur Wanzen in den Wohnräumen ihrer Angestellten installiert.«

Giant nickte kurz, und Toxic fuhr mit ihrer Überlegung fort.

»Daher können wir ihr schlecht eine akustische Botschaft zukommen lassen, weil die Typen möglicherweise etwas mitbekommen würden. Also schicken wir ihr eine optische Botschaft!«

»Und wie wollen wir das machen?«

Shark formulierte genau den Gedanken, der auch John durch den Kopf ging.

»Wir schicken einen Dergel. Sie können ihre Form variieren und damit eine Botschaft abbilden, allerdings sollte die Nachricht kurz sein.«

»Gut, wie wäre die Nachricht, dass sie Besuch von ihrem alten Kollegen Dr. Barnov erhält, der zufällig erfahren hat, dass sie ebenfalls hier ist? Giant nimmt dann einen Zettel mit, auf dem der wirkliche Grund für sein Kommen steht, und installiert den White Noise Generator, um den Raum gegen diese Lauscher abzusichern. Dann kann sie über alles informiert werden, und außerdem könnte ihre Hilfe nützlich sein, das Computersystem nach Daten zu durchsuchen. Währenddessen schlagen auch die anderen zu …«

Johns Idee schien Toxic zu gefallen, die sofort eine Gelegenheit sah, selbst etwas zu tun.

»Gut, ich kümmere mich um die beiden Wachen.«

Shark warf ihr einen schnellen Blick zu, aber wenn er etwas hatte kritisieren wollen, schluckte er seine Bedenken hinunter und ließ die Magierin weitererzählen.

»Ich bringe in Erfahrung, wann der Wachwechsel ist, und wenn wir mindestens zwei Stunden Zeit haben, räume ich die beiden Typen aus dem Weg.«

»Und was ist, wenn jemand das Fehlen der Wachen bemerkt?«

»Wir ersetzen eine der Wachen, das dürfte ausreichen, die meisten Angestellten zu beruhigen. Wer von diesen Konzernwissenschaftlern würde schon mit einem dieser Wachleute darüber diskutieren wollen, wo sein Kollege ist?«

»Okay, aber was macht der Rest in der Zeit?«

»Shark und John, ihr schnappt euch den Sicherheitsrechner.«

»Du willst nicht selbst mitgehen?«

Sharks Stimme klang überrascht, doch Toxic konnte ihren Plan noch ergänzen.

»Natürlich wäre es ein Vorteil, wenn ich das Team begleiten würde, aber du würdest sicherlich Einsprüche erheben …«

Ihre Anspielung hatte nichts Trotziges an sich, sondern sie schien ernsthaft Rücksicht auf Sharks Ansichten zu nehmen. Ihre Freundlichkeit sollte sich jedoch als jene Falle entpuppen, die eigentlich zu erwarten war. Und Shark war auf dem besten Wege, hineinzutappen.

»Du hast Recht, als Magierin wärst du recht hilfreich …«

»Dann sind wir uns also einig. John und ich schauen uns die Anlage an, und du ersetzt die Wache.«

In dem Moment, als Shark ihr die einzige Chance bot, brachte Toxic ihren wahren Plan vor, doch dieses Mal sollte sie auf den Widerstand des Straßensamurais stoßen.

»Das kommt nicht infrage. Ich werde dich begleiten, und John wird hier Wache schieben.«

Dieses Mal griff John ein, denn schließlich hatte er ebenfalls eine Meinung zu dem Thema.

»Das halte ich für ungünstig. Das Team, das sich in der Anlage umsieht, geht das größte Risiko ein. Wir sind hier, um Julia zu retten, und die Nachforschungen über meine Identität und das Interesse dieser Firma an mir stehen ebenso wie die Zerstörung des Sicherheitssystems an zweiter Stelle. Schließlich geht es dabei auch um mich, also möchte ich dabei sein. Und wenn ich bei diesem Versuch scheitere und sterbe, dann bin ich wenigstens für meine eigenen Ziele gestorben. Wenn es dich da unten erwischt, ist mein Leben sowieso sinnlos, weil wir die Informationen wahrscheinlich nie mehr bekommen, außerdem hast du die besseren Chancen, Julia und Giant hier lebend rauszubringen, falls es Probleme gibt.«

Johns Argumente waren einleuchtend, das würde selbst Shark anerkennen müssen, andererseits war die Anspielung auf den möglichen Tod, der sie unten erwartete, ein Bruch der Etikette, es gehört sich in Runnerkreisen einfach nicht, so über dieses Thema zu sprechen. Außerdem würde Sharks Sorge um Toxic wieder erwachen, wenn er um ihr Leben fürchten musste. Trotzdem versuchte der Straßensamurai nicht, den Plan zu ändern, doch zumindest wollte er das letzte Wort behalten.

»Okay, aber ihr werdet da unten wieder rauskommen, sonst holen wir euch da raus.«

Toxic wollte anmerken, dass sie dann höchstens ihre Leichen bergen konnten, doch ein Blick von John ließ sie diese Bemerkung unterdrücken. Es würde ohnehin schon schwierig genug.

»Also, an die Arbeit! Fangen wir mit Julia an.«

Für einen kurzen Moment verfiel Toxic erneut in

starre Konzentration, und vor ihr manifestierte sich eines dieser kugelrunden Wesen, die sie als Dergel bezeichnete. Vorsichtig fing die Magierin an, dem Wesen Instruktionen zu geben, die es mit seiner piepsigen Stimme wiederholen musste. Es dauerte einige Zeit, bis der Dergel die Nachricht auf seiner sichtbaren Gestalt projizieren konnte, und auch die Anweisungen, wie er zu Julia finden sollte und wie er sich zu verhalten hatte, gestalteten sich ziemlich kompliziert. Dennoch konnten sie nach knapp fünf Minuten ihren Boten losschicken, und kurz darauf verließ Giant als Dr. Barnov das Zimmer, um zu Julias Räumen zu gehen. Es sah etwas sonderbar aus, wie er versuchte, sein eingeschmuggeltes Cyberdeck und die schwere Schrotpistole in seinem teuren Anzug zu verstecken, und am Ende konnten sie nur beten, dass er niemanden auf dem Gang traf, der ihn sich näher ansehen würde.

Da sie innerhalb der Anlage keinen Funk benutzen durften, weil Big Brother sämtlichen Funkverkehr überwachte, konnten sie über Giants Vorgehen nur spekulieren. Bis der Zwerg ein Ergebnis mitteilte, konnten sie nur warten. In der Zwischenzeit machte sich Toxic für den Run im Badezimmer fertig, und als sie nach wenigen Minuten wiederkam, wurde klar, welche Idee sie hatte. Ihr Konzernkostüm war verschwunden, und ihr einziges Kleidungsstück war ein langes, weißes Hemd, das nur von wenigen Knöpfen zusammengehalten wurde und so einen freien Blick auf ihre langen, glatten Beine bot und auch ihren Oberkörper freizügig zur Schau stellte.

Als sie aus dem Badezimmer trat, hatte sie ein freches Lächeln aufgesetzt und zwinkerte John zu, während die beiden Runner sie verdutzt anstarrten.

»So, ich schau mal eben nach den Wachen. Ich glaube doch, dass einer der beiden netten Herren da draußen mir weiterhelfen kann. Bis gleich.«

Shark nickte nur, auch wenn er nicht unbedingt begeistert aussah, und verschwand in dem Zimmer, in dem er und John untergebracht waren. Wahrscheinlich würde er mit seiner Waffe ihre Aktion sichern, falls wider Erwarten Probleme auftraten. Toxic verließ ihren Wohnraum, allerdings zog sie die Tür nicht ganz hinter sich zu. John spähte durch den Spalt, um ebenfalls einen Blick auf das Geschehen zu werfen.

Toxic schlenderte langsam den Gang hinunter, und sofort drehten die Wachen sich zu ihr um. Zumindest einem der beiden, der etwas jünger wirkte, war ins Gesicht geschrieben, was ihm durch den Kopf ging. John konnte sich nur zu gut vorstellen, was die Wachleute dachten. Toxics Stimme hatte einen verlockend sanften Unterton, als sie die Wachen ansprach und nach einigen Schmeicheleien fragte, ob sie ihr nicht etwas zu trinken besorgen könnten. Nach einer kurzen Diskussion überzeugte der jüngere Wachmann seinen Kollegen, dass dieser ins Restaurant gehen sollte, um dort etwas zu beschaffen, während er selbst so lange alleine aufpassen würde. Als sein Kollege nachgab und wegging, war die Freude des jüngeren Wachmanns unübersehbar. Wahrscheinlich war Toxic für ihn die angenehmste Art, von seinem Job abgelenkt zu werden, und er nutzte die Gelegenheit für einen Flirt.

Im Grunde hatte die Magierin Glück, dass das Wachpersonal einen lockeren Job hatte, denn John war klar, dass bei den meisten Firmen diese Taktik nicht gezogen hätte. Viele Großkonzerne würden ihre Sicherheitsleute für ein solches Verhalten feuern, und Veteranen hätten vielleicht das Risiko erkannt, das der Wachmann einging. Natürlich hatte die junge, äußerst attraktive Frau keine Möglichkeiten, irgendwelche Waffen zu verstecken, trotzdem konnte sie eine tödliche Bedrohung darstellen. Doch Toxics Plan ging auf, und während der eine Wachmann verschwand, lockte sie die Information über den Schichtwechsel aus dem jungen Wachmann heraus und köderte ihn mit der Hoffnung auf ein nächtliches Treffen, um die Vorschriften bezüglich regelmäßiger Funkmeldungen und ähnlicher Sicherheitsprotokolle zu erfahren. Sie hatten tatsächlich Glück: der Wachwechsel würde erst in vier Stunden stattfinden, außerdem würden nur in Notfällen Funkmeldungen gemacht, sodass sie nicht auch noch den Funkverkehr simulieren mussten. Jetzt wussten sie alles, was sie wollten, und John fragte sich, was Toxic nun machen würde, da sie bereits angekündigt hatte, sie wolle die Wachen ausschalten. Er hatte mit einigem gerechnet, aber was wirklich passierte, hatte er nicht vorausgesehen.

Anstatt sich von dem Wachmann zu verabschieden, provozierte sie, dass auch er zudringlicher wurde. Plötzlich presste sie sich an ihn, und während er versuchte, seine Hand in ihr Hemd zu schieben, öffnete sie ihren Mund zu einem leidenschaftlichen Kuss, den er erwiderte. Und ehe John verstehen konnte, was eigentlich passierte, brach der Sicherheitsgardist mit einem krampfhaften Zucken zusammen und blieb erstarrt auf dem kalten Plastikfußboden liegen. Toxic rückte ihr Hemd zurecht und ließ sich neben dem Körper nieder, um seinen Puls zu fühlen. Als sie langsam den Kopf schüttelte und dann mit den Achseln zuckte, trat Shark in den Gang und an den Leichnam heran. Ohne ein Wort zu sagen, schulterte er die Leiche und schleppte sie in ihr Zimmer.

Toxic verharrte die ganze Zeit auf der Stelle, um sich dann an die Wand anzulehnen und sich mit einem Fuß an der Mauer abzustützen. Das Hemd verrutschte wieder etwas, aber trotzdem hatte der Anblick nichts Anziehendes mehr an sich. Die Magierin hatte mit einem Kuss getötet, und ihr Blick verriet, dass dem anderen Wachmann dasselbe Schicksal widerfahren sollte. Für einen kurzen Moment ertappte sich John bei dem Gedanken, wie ähnlich sie auf einmal Death Angel schien.

Fast vier Minuten lang mussten alle still auf ihren Plätzen verharren, dann kehrte der andere Wachmann mit einer Flasche Sekt in der Hand zurück. Ihn schien der Anblick der Frau, die wieder das verführerische Lächeln aufgesetzt hatte, eher zu irritieren als zu interessieren, doch als Toxic sich von der Wand löste und ihm um den Hals fiel, leistete er keinen Widerstand. Es war wieder ein einzelner Kuss, der ihn umwarf und tötete, ohne dass er auch nur ein Röcheln von sich geben konnte. Angewidert wischte sich die Magierin über ihre Lippen und eilte zu dem Zimmer zurück, hinter dessen angelehnter Tür John gewartet hatte. Shark zog auch diese Leiche in ihr Zimmer, und der Gang blieb menschenleer zurück.

Als Toxic an John vorbeiging, hielt er sie an ihrem Arm fest und sah ihr in die Augen. Für einen kurzen Moment fürchtete er, dieselbe Kälte wie in den Augen von Death Angel zu sehen, doch was in den grünen Augen schimmerte, waren Tränen und nicht das bedrohliche Funkeln der Killerelfe. Im Gegensatz zu Death Angel war ihr bewusst, was sie getan hatte, und es schien sie trotz all der Jahre in den Schatten immer noch zu berühren. Bevor er etwas sagen konnte, riss sie sich los, rannte ins Badezimmer und knallte die Tür hinter sich zu. John schloss die Wohnungstür und entschied sich, zu Shark hinüberzugehen. Toxic würde die Zeit brauchen, um sich für ihre nächste Aufgabe auszurüsten.

Als John den Raum betrat, war der Straßensamurai gerade dabei, den älteren Wachmann auszuziehen. Die Kleidung war zwar etwas zu klein, trotzdem würde der Unterschied wenig auffallen, wenn sich der Straßensamurai die Uniform überziehen würde. John überlegte, ob er Shark nach Toxic fragen sollte, doch er entschied sich dagegen. Wenn der Samurai etwas zu sagen hätte, würde er sich schon melden, doch obwohl er ein Gespräch begann, erwähnte er sie mit keiner Silbe.

»Gut, so weit hat alles funktioniert. Ich ziehe mir jetzt die Uniform über, und du solltest dich für euren Teil der Mission vorbereiten. Ich empfehle dir leichtes Gerät, die leichte Panzerweste, die schallgedämpfte Pistole und natürlich unsere kleine Überraschung für Big Brother. In der Zwischenzeit verständige ich Giant, dass alles nach Plan verlaufen ist. Ihr habt zwanzig Minuten Zeit, die Ladung zu Big Brother zu bringen und eure Daten zu holen, dann evakuieren wir.«

John nickte nur stumm und nahm sich seine Ausrüstung. Er würde die Uniform des anderen Wachmanns anziehen, vielleicht konnten die wenigen Sekunden Verwirrung, die er damit auslösen würde, ihnen das Leben retten. Den Plastiksprengstoff versteckte er am Körper, während er die Dienstpistole durch seine eigene Waffe ersetzte. Mit der Kennung auf dem Credstick des Wachmanns würden sie bis in die Nähe der Wachzentrale kommen, wenn nicht sogar bis zum Computer selbst. Außerdem setzte er sich eines der Kopfhörerfunkgeräte auf, die sie ab jetzt alle tragen würden, aber nur im Notfall einsetzen wollten. Big Brother mochte beim kontinuierlichen Scannen des Funkverkehrs ihre Nachrichten abfangen, und sie wollten kein unnötiges Risiko eingehen.

Bevor er ging, wandte sich Shark noch einmal um und hob seine rechte Hand. John schlug ein und wünschte ihm viel Glück.

Als Shark den Raum verließ, brannte sich kurz ein sonderbarer Gedanke in Johns Bewusstsein. Irgendwie fühlte er sich dem Run gewachsen, trotzdem glaubte er zu spüren, dass dies etwas Neues für ihn war, was ihn eigentlich hätte nervös machen sollen. Endlich war er der Lösung einiger Fragen so nah, und vielleicht würden diese Antworten seine Erinnerung zurückbringen. Aber würde er dann immer noch derselbe sein, oder würde sich sein Leben schlagartig ändern? Doch es war nicht die Zeit, sich darüber den Kopf zu zerbrechen, sie mussten erst einmal Julia befreien.

Toxic hatte sich wieder angezogen, als sie aus dem Badezimmer zurückkehrte, und sie schien ebenfalls einsatzbereit zu sein. Die Magierin trug wieder ihr graues Konzernkostüm, was sie ein wenig unnahbarer machte. Trotzdem stellte John die Frage, die ihm auf der Zunge lag:

»Vivien, ist alles in Ordnung?«

Auch wenn sie vereinbart hatten, während des Runs nur ihre Decknamen zu verwenden, brach er diese Absprache, weil ihr richtiger Name den Teil ihrer Persönlichkeit ansprach, der verletzt wirkte. Doch Toxic nickte nur müde. Ihr Lächeln wirkte gequält, aber John wollte nicht weiter in sie dringen. Ohne ein weiteres Wort gingen sie los, um ihren Teil des Runs durchzuziehen. Shark, der die Position der Wachen eingenommen hatte, nickte ihnen aufmunternd zu, und dann waren sie endgultig auf sich gestellt. Es waren nur wenige Meter bis zum Aufzug, und erst zwei Etagen tiefer, auf dem Weg in das Herz der Sicherheitsanlagen, würden sie mit Schwierigkeiten rechnen müssen.

Der Aufzug war leer, als sich die verchromten Türen öffneten und das verspiegelte Innere freigaben. Toxic nahm neben ihm Aufstellung, und ihre Hand ruhte auf dem Griff der Pistole, die sie hinter ihrem Rücken versteckt hielt. John benutzte den Credstick des Toten, um Zugriff auf die nicht allgemein zugänglichen Stockwerke des Komplexes zu bekommen, und drückte den Knopf für das dritte Untergeschoss. Langsam setzte sich der Aufzug in Bewegung und blieb nach kurzer Fahrt sanft stehen. Ein leises Klingeln kündigte das Öffnen der Türen an, und in der Sekunde, in der die glänzenden Flügel sich auseinander schoben, waren beide kampfbereit.

Doch der kurze Gang, der sich vor ihnen erstreckte, war leer. Humanitech war ein ordentlicher Konzern, der sich an die üblichen Sicherheitsbestimmungen hielt, denn die beiden biologischen Sicherheitsschleusen, die an den Enden des Ganges lagen, waren beschriftet. Die eine Schleuse würde sich zu den Laboratorien öffnen, während auf der gegenüberliegenden Seite die Sicherheit des Komplexes untergebracht war.

Vorsichtig gingen Toxic und John an das weiße Sicherheitsschott heran und öffneten die schwere Stahltür mit einem Knopfdruck. Dahinter war ein kleiner Raum, an dessen Ende ein dickes Panzerschott den Weg versperrte. Das zweite Schott würde sich erst öffnen, nachdem die erste Tür geschlossen war und die eingebauten Scanner den Schleusenraum überprüft hatten. Dabei würde sowohl die Identität der Personen in der Schleuse verifiziert als auch sichergestellt werden, dass keinerlei gefährliche Substanzen vorhanden wären. Falls sich das andere Schott nicht öffnen würde, wären sie rettungslos hinter mehreren Zentimetern luftdichten Stahls gefangen, bis jemand von der Sicherheit sie dort herausholen würde.

Ein Gefühl von Klaustrophobie kam in John auf, als sie die sterile Schleuse betraten. Zu ihrer Rechten war ein Schrank mit Chemoanzügen, und auf der anderen Seite befand sich eine kleine Computerkonsole. Zögernd gab John den Befehl ein, das erste Schott zu schließen, und mit einem leisen Sirren fuhr die schwere Tür zu. Die Versiegelung gab ein leises Zischen von sich, und dann begannen die Biosensoren die Atmosphäre der Schleuse zu analysieren. Der Raum wurde mit starkem UV-Licht durchflutet, um weniger robuste Viren zu vernichten. Erst nach einigen Sekunden bestätigte der Computer, dass keinerlei biologische Kontaminierung gefunden wurde, und der zweite Teil des Protokolls begann: John sollte sich identifizieren.

Vorsichtig schob er den Credstick des Wachmanns auf das Induktionspad des Scanners, und auf dem Bildschirm erschien die Bestätigung der Zugangsberechtigung. Unerwartet erschien eine weitere Nachricht, die ihn erstarren ließ. Das Sicherheitsprotokoll verlangte eine Stimmenanalyse von John, und er sah sich bereits in der Schleuse gefangen. Sie würden sich nicht einmal freisprengen können, denn in dem kleinen Raum würde die Druckwelle sie in kleine Stückchen zerreißen. In der gleichen Sekunde, in der John panisch einen seiner Mitrunner per Funk nach einer Lösung fragen wollte, legte Toxic ihm ihre Hand auf den Mund und sah auf das Terminal. Dann konzentrierte sie sich kurz und las den Text vom Bildschirm ab:

»Mein Name ist Walter Grubert, dies ist meine Stimme.«

John kannte die Stimme, mit der die Magierin sprach, zwar nicht, aber es war eindeutig eine Männerstimme, und anscheinend hatte sie den richtigen Ton getroffen, denn sofort erschien die Bestätigung des Stimmmusters, und die entgegengesetzte Tür öffnete sich langsam. Ohne die Hilfe der Magierin wären sie hier stecken geblieben, und John war froh, dass Toxic ihn begleitete. Sie hatten es tatsächlich in den Sicherheitstrakt geschafft und waren damit in der Höhle des Löwen.

Toxic platzierte das unscheinbare Metallrohr so in der Türfüllung, dass dieses Schleusenschott nicht mehr schließen konnte. Die Motoren an dem Schott waren nicht darauf ausgelegt, dermaßen robuste Sperren zu zerquetschen. Gleichzeitig befestigte sie einen Sprengsatz neben der Tür. Der kleine Metallzylinder, der wie ein Kugelschreiber aussah, war mit einem Funkzünder gekoppelt und würde auf Knopfdruck ein harmloses

Virus freisetzen. Allerdings würden die überall im Laborkomplex verteilten Bioscanner eine biologische Kontamination feststellen, die von einem potenziell tödlichen Virus stammte, da das System die minimalen Strukturunterschiede nicht erkennen konnte. Da die Schleuse ebenfalls verseucht wurde, würde der Computer den gesamten Gebäudeabschnitt sperren und die Bioschleuse deaktivieren, um Ausbruchsversuche infizierter Sicherheitsleute zu verhindern. Zur Aufhebung dieser Sperre bedurfte es der Autorisation von zwei in der Hierarchie hoch stehenden Angestellten, und es würde einige Stunden dauern, bis irgendjemand in diesen Trakt hereinkommen oder ihn verlassen konnte. In dieser Zeit würden die anderen fliehen können, auch wenn Toxic und John dann festsaßen. Sollten sie allerdings mit ihrem Versuch, das Sicherheitsnetz zu sprengen, Erfolg haben, würden sie die Probe wieder einsammeln, auf der anderen Seite im Fahrstuhlgang zünden und damit sowohl die Labors als auch den Sicherheitsbereich abriegeln.

Toxic war schnell mit ihrer Arbeit fertig, und John hatte unterdessen den Waschraum ausfindig gemacht. Ohne unnötige Hektik gingen sie in diesen Raum, der wie erwartet leer war. Niemand sah das sonderbare Paar mit gezogenen Waffen den weiß gekachelten Raum betreten. Zum ersten Mal seit dem Beginn ihres Einsatzes bot sich die Gelegenheit, ungestört miteinander zu sprechen.

»Verdammt, Toxic, ich dachte schon, wir würden in dieser verdammten Schleuse verrecken. Wir haben teuflisches Glück gehabt!«

»Von wegen Glück, ich hatte die Stimme des Wachmanns gehört, und mittels Magie konnte ich sie imitieren. Gut, dass Shark mich doch mitgehen ließ, ansonsten hättet ihr in der Schleuse verhungern können.«

Die Stimme der Magierin klang angespannt und

schneidend, und als John ihr Gesicht betrachtete, sah er die Wut, aber auch die Angst, die sie auf diesem Run begleitete.

»Wie gehen wir weiter vor? Wie finden wir den Computerkern?«

»Ich könnte ein Astralscanning versuchen, aber dieser Ort wird ein noch schlimmeres Höllenloch als oben sein. Ich weiß nicht, ob ich überhaupt etwas erkennen kann, geschweige denn diesen verdammten Hauptcomputer. Wenn wir wissen, wo wir hinmüssen, lege ich die Wachen mit einem Spruch schlafen, und du gibst Big Brother den Todesstoß.«

»Okay, ich warte hier bei deinem Körper.«

Toxic nickte kurz und ließ ihren Körper dann in seine Arme fallen, als ihr Bewusstsein auf die andere Seite überwechselte. Vorsichtig ließ John ihren leichten Körper zu Boden sinken, dann griff er nach seiner Pistole und wartete.

Es war still, leise konnte er das Summen der Neonröhren an der Decke hören, und einer der Wasserhähne tröpfelte langsam vor sich hin. Bei der Stille war es leicht, das störende Geräusch auszumachen, als die Türklinke zum Waschraum heruntergedrückt wurde. John war in die Hocke gegangen und hatte die Waffe im Anschlag, bevor das Licht durch die sich öffnende Tür fiel und eine Frau in der Uniform der Wachmannschaft den Raum betrat. Sie hatte die Figur eines Kleiderschranks und trug ihre gelbblonden Haare in langen geflochtenen Zöpfen. Irgendwie erinnerte sie John an eine Walküre, wie er sie aus alten Opernaufführungen kannte. Woher diese Erinnerung stammte, war dieses Mal egal, Johns ganze Aufmerksamkeit galt den langsamen, kraftvollen Bewegungen der Frau, die zu den Waschbecken ging. Anscheinend hatte sie ihn noch nicht gesehen, und sie begann damit, sich kaltes Wasser ins Gesicht zu spritzen. Sie wandte ihm ihren breiten

Rücken zu, und John meinte ein leises Kichern zu hören, das absolut nicht zu ihrem massiven Körperbau passte.

Plötzlich verlor er für eine Sekunde die Balance in seiner angespannten hockenden Haltung und schlug kurz mit dem Kopf an die geflieste Wand neben ihm. Die Hoffnung, dass das Geräusch vom Rauschen des Wassers überdeckt würde, trog, und mit ungeahnter Behändigkeit wirbelte sie herum. Ihr Gesicht verriet Erstaunen, doch ihre Hand schien zu wissen, was zu tun war, und griff nach der Waffe. Sie hatte ihre Drehung immer noch nicht vollendet, ihre Handfläche berührte gerade den Griff ihrer Pistole, und ihre hellen Zöpfe wirbelten immer noch durch die Luft, als John schoss. Da sie sich bewegte, ging er auf Nummer sicher und feuerte fünfmal. Der Schalldämpfer erlaubte der Pistole nur fünf leise Huster, doch die Kugeln wurden dadurch nicht weniger tödlich. Alle Geschosse fanden ihr Ziel und durchschlugen mit kaum gebremster Wucht die leichte Panzerung ihrer Uniform. Die elegante Drehung wurde durch den Aufprall der Kugeln in ein unkontrolliertes Taumeln verwandelt, und mit einem leisen Röcheln ging die Sicherheitsgardistin zu Boden. Die ganze Zeit war es fast ruhig gewesen, und erst das laute Aufschlagen ihres Körpers auf den kalten Fliesen zerriss die Stille. John war aufgesprungen und stand schon über ihr, die Waffe auf ihren Kopf gerichtet. Obwohl er sie hart erwischt hatte, war sie zäh und klammerte sich mit aller Macht an ihr Leben. Sie hatte ihren schweren Revolver gezogen, und mit schier unglaublicher Willensstärke versuchte sie noch, die Waffe gegen ihn zu richten, doch John konnte das nicht geschehen lassen. Ein sechster Schuss löste sich aus seiner Pistole, und die Kugel schlug ihren Kopf mit einem widerlichen Geräusch auf die Fliesen. So lag sie vor ihm, den Blick ihrer leeren Augen an die Decke gerichtet, während ihr Blut eine stetig wachsende Pfütze um die blonden Zöpfe bildete. Der Anblick hatte etwas Widerliches und doch krankhaft Faszinierendes. Die unbekannte Frau war tot, er hatte mit dem einfachen Krümmen seines Fingers ihr Leben beendet, und das gab ihm ein Gefühl von Macht, für das er sich schuldig fühlte. Ein Teil von ihm genoss den Tod, doch etwas in ihm weinte um die Frau und um den Verlust seiner Menschlichkeit. Das Monster in ihm war stärker denn je, doch er spürte immer noch die Schuld und die quälende Hoffnung, noch nicht völlig abgestumpft gegenüber dem Tod zu sein. Es war das Gefühl, etwas zu verlieren, einen Weg eingeschlagen zu haben, der einem Macht, aber auch den Verlust jeglicher Empfindung versprach. Es war ein Verlust, den er nicht ertragen konnte.

Mit aller Gewalt riss er sich vom Anblick der Toten los und wandte sich abrupt ab. Erfolglos versuchte er, sich an die alten Regeln zu klammern, mit denen sich manche Shadowrunner über Wasser hielten: dass ihr Tod notwendig war, dass sie ihn ohne Skrupel getötet hätte und dass alles nur um den Run ging. Aber er sah auch, in welche Finsternis dieser Weg ihn führen würde, wie sein Leben sein würde, wenn er das Leben anderer Menschen nicht mehr zu schätzen wusste.

Schließlich drehte sich John noch einmal zu der Frau um und hockte sich neben ihr nieder. Seine Hand strich wie von selbst über ihr Gesicht und schloss die Augen. Auf einmal wirkte ihr Gesicht sonderbar friedlich, und John war froh, durch Toxics Rückkehr abgelenkt zu werden, bevor er sich erneut in dem Anblick verlor.

Er saß immer noch neben der unbekannten Toten, als sich Toxics Hand auf seine Schulter legte. Im Aufstehen drehte er sich zu ihr um und blickte ihr in die Augen.

»Wir müssen weitermachen, John.«

Ihr Anblick hatte etwas Tröstliches, und die Art, wie

sie es sagte, beruhigte ihn. Auch sie hatte heute getötet, und auch sie hatte sich ihre Gedanken dazu machen müssen. Endlich konnte er sich wieder dazu zwingen, sich auf den Run zu besinnen, sein Gewissen würde noch warten müssen.

»Hast du den Rechner gefunden?«

»Ja, unser Ziel liegt in einer Stahlkammer direkt hinter der Zentrale. Wir müssen jedoch durch den Aufenthaltsraum der Wachen, um in die Sicherheitszentrale zu gelangen.«

»Wie viele Wachen?«

»In der Zentrale sitzen vier Leute und im Aufenthaltsraum noch einmal sechs.«

Offensichtlich hatten sie die Stärke der Wachmannschaft unterschätzt. Sollten dies die nächsten zehn namenlosen Toten werden?

»Und was nun?«

»Wir bleiben bei unserem Plan, wir nehmen zuerst den Aufenthaltsraum, und ich versuche, die Leute mit einem Zauber schlafen zu legen. Allerdings fürchte ich, dass ich diesen Trick dann nicht mehr für die Wachen in der Zentrale hinbekomme.«

Sie sprach es nicht aus, aber sie wussten beide, dass er sie erschießen musste. Also standen ihm tatsächlich noch vier Tote bevor. Trotzdem konnte er keinen Rückzieher machen, schließlich war er für die ganze Sache verantwortlich.

»Gut, du übernimmst die Leute im Aufenthaltsraum und ich die Wachen in der Sicherheitszentrale. Sobald wir den Computerkern gesprengt haben, machen wir, dass wir hier rauskommen.«

Toxic nickte bestätigend, und beide nutzen die Gelegenheit für einen letzten tiefen Atemzug, bevor es losging. Dann hatten beide Runner ihre Waffen in der Hand und bewegten sich schnell und leise auf die Tür zu. Toxic öffnete die Tür, und sofort sicherte John mit seiner Waffe den Gang. Ab jetzt mussten sie wie ein perfektes Team arbeiten, jeder Fehler konnte sie ihr Leben kosten. Wie das der Sicherheitsgardistin, dachte John, doch er unterdrückte einen letzten Blick zurück, als sie den Waschraum verließen.

Die Magierin deutete auf den Aufenthaltsraum, und in geduckter Haltung rannten sie nahe an der Wand entlang. Die Tür hatte kein Schloss für einen Credstick, sondern konnte per Knopfdruck geöffnet werden. Toxic nahm so Aufstellung, dass sie in Deckung war, aber trotzdem den ganzen Raum überblicken konnte, um alle Wachen mit dem Schlafzauber zu erwischen. Auf ihr Zeichen drückte John den Knopf, und die Tür wurde von einem leise sirrenden Elektromotor in die Wand geschoben.

Zu spät sah John die versteckte Kamera. Er musste Toxic warnen, doch die Magierin reckte ihren Kopf gerade um die Ecke, um ihre Ziele sehen zu können. Sein Schrei kam zugleich mit der magischen Entladung, die alle Wachleute im Raum betäuben sollte, doch über dem kurzen Chaos sah er noch etwas anderes, das sie bedrohte. Wie in Zeitlupe fuhr im Gang ein kleines Automatikgeschütz aus der Wand, und die elektronische Zielerfassung schien sich auf Toxic festzulegen. Aus der Warnung wurde ein schriller Schrei, als er sich gegen die Magierin warf, um sie aus dem Schussfeld zu stoßen. Der Computer brauchte nur wenige Millisekunden, um das Geschütz neu auszurichten, und John wurde von mindestens vier Kugeln getroffen, als die Automatikwaffe einen Feuerstoß auf ihn abfeuerte. Der Alarm ging in dem höllischen Hämmern der Salve unter, doch eines war sicher: sie waren entdeckt worden. Die Schmerzen spielten keine Rolle, er musste Vivien hier rausbringen. Doch die Magierin war selbst in der Lage, sich zu verteidigen. Das Automatikgeschütz richtete sich gerade auf sie aus, als sie einen weiteren Zauber warf. Eine widerlich grüne Wolke hüllte die Stahlkonstruktion ein, und ein beißender Gestank brannte sich schmerzhaft in Johns Nase. Auch wenn das Geschütz durch die Säurewolke nur oberflächlich korrodiert wurde, hatte der Zauber Erfolg, denn die Waffe begann ziellos herumzuzucken, als würde sie panisch ihr Ziel suchen. Anscheinend hatten die Säurenebel das Sensorsystem zerstört, und dieser Teil von Big Brother war nun geblendet und hilflos. Allerdings würden auch an anderer Stelle die Waffen des Sicherheitsnetzes ausgefahren und nur auf die Runner warten. Es war auf einmal umso wichtiger, den Rechner zu zerstören.

Johns erster Blick galt der Magierin, aber außer ein paar blauen Flecken hatte sie die Sache bisher gut überstanden. Noch hatte sie keinen wirklichen Schaden erlitten, den ein paar Stunden Schlaf nicht heilen konnten, und was ihn selbst anging, verließ er sich auf seine unglaubliche Regenerationsfähigkeit, die tatsächlich wieder die Wunden schloss.

Der zweite Blick brachte allerdings eine weniger schöne Erkenntnis mit sich. Beim ersten Blick in den Aufenthaltsraum hatte er die Tür zur Sicherheitszentrale gesehen, doch jetzt war an dieser Stelle ein schweres Stahlschott heruntergefahren, sodass die Controller hinter mehreren Zentimetern Stahl geschützt waren und die restlichen Leute mit taktischen Informationen versorgen konnten. Sie würden bereits ihren ganzen Sprengstoff brauchen, um allein in die Zentrale zu kommen, aber da keiner von beiden ein erfahrener Sprengmeister war, würde es schwierig werden, überhaupt etwas gegen die massiven Panzerplatten auszurichten. Schließlich war es eine Sache, einen Computer in die Luft zu sprengen, ein Panzerschott war ein anderes Kaliber.

»Verdammt, was sollen wir tun? Wir kommen nicht mehr an die Zentrale ran.«

Toxic blickte ihn erst ratlos an, dann sprang sie auf und rief mit weit ausgestreckten Armen einen sonderbaren Namen. Erst in dieser Haltung konnte er ihre Erschöpfung sehen, doch ihr Blick hatte auch etwas Gehetztes und Wütendes. Sie war noch nicht bereit aufzugeben. Während sie mit wildem Gesichtsausdruck die Arme zur Decke streckte und Schweiß ihren Körper herunterrann, wirkte sie machtvoll, aber auch fremdartig, was nicht zuletzt an der jetzt mehr als unpassenden Kleidung lag. Plötzlich spürte John eine Hitzewelle, und vor der Magierin begann die Luft zu flirren, als wären sie in der Wüste. Doch es war kein unkontrolliertes Flirren. John sah die feinen, durchscheinenden Konturen von Flammen, die zwischen ihnen standen. Es schien zuerst eine unwirkliche Feuersbrunst zu sein, doch dann nahm er die Form wahr, die ihm sagte, dass es sich um ein Wesen und nicht um ein Naturphänomen handelte. Es war eine große Echse, die noch zum Teil in ihrer eigenen Welt war und sich doch buchstäblich in ihre Realität einbrannte. Toxics Augen waren weit geöffnet, als sie mit ihrem ausgestreckten Arm und schmerzhaft gespreizten Fingern in Richtung der Zentrale zeigte. Ihre befehlende Stimme hallte über das Kreischen der Alarmsirenen und war an die flammende Echse gerichtet.

»O großer Geist des Feuers, folge dem Weg meiner Hand und töte die Menschen hinter der Tür und verbrenne den großen Computer im Raum dahinter. Wenn du diese Mission der Zerstörung erfüllt hast, sollst du frei sein!«

Das geisterhafte Wesen wand sich unter dem harten Befehl, um sich dann in Bewegung zu setzen, ohne hörbar ihre Anweisung zu bestätigen, doch es war offensichtlich, dass es seinen Befehl ausführen würde. Die unwirkliche Form strahlte eine kaum fassbare Macht aus, und als sie die Panzertür durchwanderte, als wäre sie nicht da, erwartete John, die panischen Schreie der sterbenden Wachleute zu hören. Doch gnädigerweise schützte sie das Stahltor vor den Geräuschen des Kampfes, der in der Zentrale wütete. Plötzlich verstummten die Sirenen, und das lärmende Chaos schien sich von selbst aufzulösen. Auch das Automatikgeschütz hörte mit seinen unkontrollierten Zuckungen auf, anscheinend hatten sie doch Erfolg gehabt, Big Brother war wohl nur noch ein Haufen zerschmolzener Plastikchips und rauchender Platinen. Als sich John wieder zu Toxic umdrehte, lag die Magierin bewusstlos am Boden, und Blut lief aus ihrer Nase.

John holte ein Stimulanzpatch aus seiner Tasche und drückte das schwach dosierte Pflaster auf den Arm der Bewusstlosen. Die Wirkstoffe würden sie noch für einige Zeit wach halten, bevor sie dann endgültig zusammenbrechen würde, aber dann waren sie bereits hoffentlich in Sicherheit. John betete still, dass Toxic nicht den Kontakt zu ihrer Magie verlor. Aber das waren Fragen für später, jetzt schaltete er erst einmal sein Funkgerät ein, um die anderen Teammitglieder zu informieren, während er darauf wartete, dass die Magierin erwachte.

»John ruft Alphateam, haben Big Brother zerstört und beginnen Evakuierung. Treffpunkt ist Pick-up-Point Gamma.«

»Hier Teamleader Alpha, habe verstanden, Evakuierung in t minus drei Punkt null null. Sekundärziel ebenfalls erfüllt.«

Es war Shark, der ihm antwortete und ebenfalls in dem typischen Militärkauderwelsch sprach. Die Bezeichnungen waren mit Absicht komplizierter, als sie sein mussten, um ihre Gegner zu verwirren, falls ihr Funk abgehört wurde. Die einzige wichtige Information war, dass in drei Minuten alle Runner am Wagen oder zumindest am Haupteingang sein sollten, um die

Anlage zu verlassen. Außerdem hatten Shark und Giant Julia befreit und möglicherweise sogar einige Computerdaten über ihn bekommen. Wenn sie es jetzt noch bis zum Ausgang schaffen würden, hatten sie mehr erreicht, als John für möglich gehalten hätte.

Inzwischen war Toxic wieder zu sich gekommen, und nachdem John sich vergewissert hatte, dass sie allein gehen konnte, rannten sie zur Sicherheitsschleuse. Sie passierten die Sperre und sparten viel Zeit, da die Sicherheitsüberprüfung beim Verlassen der Sektion entfiel. Offensichtlich hielten sich die Humanitechleute an die üblichen Sicherheitsbestimmungen, die Schleusen nicht mit dem Ausfall des Sicherheitsnetzes einfach zu sperren, und da niemand mehr in der Sicherheitszentrale war, um die Schleusen manuell zu sperren, war ihr Weg frei.

Als sie den Aufzug erreichten, öffnete sich bereits dessen Tür, doch die Schüsse, die John vorsichtshalber abfeuerte, trafen niemanden. Vielleicht hatten die anderen Runner ihnen den Aufzug heruntergeschickt, oder vielleicht war es auch nur ein glücklicher Zufall gewesen, doch John war froh, nicht auf den Lift warten zu müssen. Schnell betraten sie die Kabine, und Toxic warf eine ihrer Virusproben in den Gang, um in dem Stockwerk für noch mehr Chaos zu sorgen. Als sich der Aufzug in Bewegung setzte, bereitete John die Bombe, die sie für Big Brother mitgenommen hatten, dafür vor, den Aufzug nach ihrem Verlassen zu sprengen. Der Komplex verfügte zwar über mehrere Aufzugschächte, die allerdings so eng beieinander lagen, dass eine Sprengladung dieser Größenordnung die meisten davon zerstören oder zumindest schwer beschädigen würde. Das Chaos, das sie damit anrichten würden, würde ihre Flucht begünstigen.

John war gerade mit dem Anbringen der Sprengladung und der Programmierung der Zeitzünder fertig, als der Aufzug das Erdgeschoss erreichte. Sofort drückten sich Toxic und er an die Wände, um die Lobby zu sichern. Doch ein Blick genügte, um festzustellen, dass die Schlacht schon geschlagen worden war. Ein Wachmann lag tot vor der zerschossenen Eingangstür, und die Sekretärin war bewusstlos hinter ihrem Informationsschalter zusammengebrochen.

John vergewisserte sich ein zweites Mal, dass keine Gegner in Sichtweite waren, und gab dann der Magierin ein Zeichen. Toxic nickte kurz und rannte durch den Raum, während er ihr Feuerschutz gab. Sie erreichte die Eingangstür, hob den Funkzünder und sprengte die Kapseln mit den biologischen Proben zwei Stockwerke tiefer. Damit würden die unteren Sicherheitsschleusen versiegelt, und niemand würde bis zur Entwarnung die Laboratorien im Keller verlassen können.

John rannte los, als Toxic ihm ein Zeichen gab. Als er sie schließlich erreichte, kam im selben Moment der große Mercedes vor dem Eingang mit quietschenden Reifen zum Stehen, und zwei Wagentüren wurden geöffnet. Toxic sprang auf den Beifahrersitz, sodass John nur die Möglichkeit blieb, im Fond des Wagens einzusteigen.

Im selben Moment, in dem er auf der Rückbank landete, riss jemand die Tür zu, und der Mercedes beschleunigte mit quietschenden Reifen in Richtung Haupttor. Es trennten sie nur noch wenige hundert Meter von der Freiheit und vom Erfolg ihres Runs. Das Tor war die einzige Barriere, die sie noch aufhalten konnte, aber nach der Zerstörung des Sicherheitsnetzes war dieser Widerstand nur noch ein müder Versuch, sie aufzuhalten.

Giant und Julia waren ebenfalls im Fond der Limousine, und sie schienen beide unverletzt zu sein. Der Zwerg hatte sein Cyberdeck an sich gepresst, und das Glasfaserkabel hing immer noch an seinem Kopf. Vielleicht sortierte er bereits die Daten, die er erbeutet hatte, denn John konnte sich gut vorstellen, wie der hektische Decker nach diesen neuen Informationen gierte. Vielleicht war es aber auch nur seine Art, sich vom Ende des Runs abzulenken, auf das er keinen Einfluss mehr hatte. Julia saß mit geschlossenen Augen in dem Sitz neben ihm und schien zu schlafen, doch als John genauer hinsah, erkannte er eine kleine Injektionswunde am Hals und einen blau gefiederten Pfeil, der neben ihr auf dem Sitz lag. Anscheinend hatte sie einen Schuss von einem der Sicherheitsleute abbekommen, aber als John nach dem Puls fühlte, wusste er, dass der Schütze nur einen Betäubungspfeil abgeschossen hatte. Da sie ansonsten völlig unverletzt aussah, brauchte er sich um die Ärztin wohl keine Sorge zu machen. Selbst wenn sie nichts über ihn erfahren hatten, so hatten sie zumindest Julia retten können, und John war beruhigt, dass sie bald in Sicherheit war.

Plötzlich wandte sich Shark auf seinem Fahrersitz zu ihnen um und rief ihnen eine Warnung zu, dass es jetzt etwas unruhig würde. John blickte nach vorne und sah durch die getönte Frontscheibe die zwei Torwachen mit Maschinenpistolen vor der Schranke stehen. Beide Wachleute feuerten im vollen Automatikmodus auf sie, doch die Kugeln schienen der gepanzerten Limousine nichts anzuhaben. Shark drosselte nicht einmal die Geschwindigkeit, als er auf das Hindernis zufuhr, und nur eine der beiden Wachen war so geistesgegenwärtig, in Deckung zu springen. Der andere Mann wurde vom Kühlergrill des Mercedes getroffen, bevor die Limousine durch die Schranke brach. Im Wagen war ein hartes Rucken zu spüren, dennoch war die Schranke nicht imstande gewesen, das Auto auch nur annähernd zu bremsen, geschweige denn aufzuhalten. Der Wachmann würde einer der Toten sein, die der Run gefordert hatte, doch im Rausch des Erfolgs war sein Tod für John unbedeutend.

Wir haben es tatsächlich geschafft, ging es John durch den Kopf, und Toxic sprach leise diesen Gedanken aus. Shark grummelte ebenfalls einen Kommentar, den John nicht verstand, und konzentrierte sich darauf, so schnell wie möglich die Autobahn zu erreichen. Wenn ihre Berechnungen stimmten, würden in diesem Moment vom Nitama Fortress in Düsseldorf ein bis zwei *Quick Response*-Teams starten, und es würde nicht lange dauern, bis die Konzernsoldaten die Humanitech-Anlage sicherten und nach den Eindringlingen suchten. Eines war allerdings sicher, Kamera- oder andere Sensoraufnahmen würden sie nicht vorfinden, denn mit Big Brother waren auch diese Daten zu Asche verbrannt. Es würde allein Stunden dauern, die Anlage wieder unter Kontrolle zu bringen, und bis dahin wäre die Spur so kalt, dass selbst Nitama wenig Chancen hätte, sie zu finden. Ihr Run hatte zwar die Ehre des Konzerns verletzt, indem sie das Sicherheitssystem überlistet und zerstört hatten, allerdings war der Schaden am Konzerneigentum im Vergleich zum Wert der Gesamtanlage zu gering, um Nitama zu einem langen Rachefeldzug zu zwingen.

John warf Giant einen kurzen Blick zu und dachte an die Daten, die der Decker hatte beschaffen sollen. Wenn er keine Files über ihn gefunden hatte, war Johns Suche nach seiner Vergangenheit wahrscheinlich zu Ende, denn der Hauptcomputerkern der Anlage befand sich ihren Informationen nach im selben Raum wie Big Brother, und damit dürften auch diese Daten von dem Feuergeist verbrannt worden sein. Als der Zwerg, dessen Finger über das Cyberdeck huschten, benommen nach dem Kabel griff, das sein Gehirn mit dem Cyberdeck verband, spürte John die Hoffnung in sich aufflammen, endlich mehr über seine Vergangenheit zu erfahren. Der Decker schien etwas gefunden zu haben, und die kleinste Spur, die ihn zu seiner Geschichte führte, war besser, als ohne einen Anhaltspunkt weitermachen zu müssen. Doch Giant sprudelte nicht sofort mit seinen Ergebnissen los, sondern sah ihn nur irritiert an und wirkte irgendwie beunruhigt. Trotzdem war seine Stimme fest und sicher, und beinahe glaubte John einen Hauch von Feindseligkeit darin mitschwingen zu hören.

»John, ich weiß jetzt, wer du bist!«

Etwas an der Art, wie der Decker die Worte aussprach, gefiel John überhaupt nicht, und unbewusst bewegte sich seine Hand zu der Waffe, die immer noch in seinem Gürtel steckte. Es war ein sonderbarer Reflex, allerdings sollte sich zeigen, dass sein Unterbewusstsein einen guten Teil der Lage verstand, während er selbst noch verwirrt vom plötzlichen Sinneswandel des Zwergs war. Doch auch Giant war schnell, und plötzlich hielt er seine schwere Walther in Johns Gesicht.

»Du bist ein verdammter Bulle und ein Monster …«

Der Hass in den Worten des Deckers war so überwältigend, dass ihr Inhalt beinahe nebensächlich wurde. Die Bedrohung war offensichtlich, und etwas in John wusste, wie er zu handeln hatte, bevor er überhaupt die Situation verstand. Instinktiv duckte er sich weg und schlug nach der Waffe. Sein Leben war in Gefahr, und er musste sich verteidigen, das war das Einzige, was ihm im Moment durch den Kopf ging. Er durfte sich von dem Zwerg nicht töten lassen, und selbst die Drohung mit der Waffe war Grund genug, ihn anzugreifen. Bei dem brutalen Detailreichtum, mit dem sein Unterbewusstsein ihm die Bilder von der Gefahr und der Gewalt, die er selbst zur Abwehr anwenden musste, zeigte, hatte der Decker vielleicht den Kern getroffen, als er ihn ein Monster genannt hatte. Trotzdem würde er dafür bezahlen müssen. Johns Bewegungen wurden automatisch, und er war selbst nicht in der Lage, das kurze Handgemenge nachzuvollziehen.

Plötzlich löste sich laut dröhnend ein Schuss, und Giants Gesichtsausdruck erstarrte. Wie in Zeitlupe ließ er die Pistole fallen und betrachtete das blutende Loch in seinem Brustkorb, als könnte er nicht glauben, was er da sah. Die Kugel war durch den Schlitz der geöffneten Panzerweste gedrungen und musste den Zwerg nahe dem Herzen getroffen haben, denn binnen Sekunden sackte er tot in sich zusammen, ohne die Chance zu haben, sich ein letztes Mal aufzubäumen. Blut lief in einem dunklen Strom aus der Brust des Deckers, und seine toten Augen fixierten immer noch seinen Mörder. Es war ein Unfall gewesen, John hatte Giant nicht töten wollen. Dennoch triumphierte etwas in ihm, ein bösartiger Teil von ihm genoss den Tod des Zwergs, der es gewagt hatte, ihn anzugreifen. Das Monster in ihm war zurück, und diese Erkenntnis war noch erschreckender als bei den anderen Malen zuvor.

Der Zwerg hatte mit einem geröchelten Fluch sein Leben ausgehaucht, und in dieser Sekunde wurde John endgültig bewusst, dass sein Leben nie mehr so sein würde wie früher. Seine Suche nach Antworten war vorerst zu Ende. Doch der Krieg war noch nicht vorbei …

IX

Erneut starrte er in die Dunkelheit, und wie so oft glaubte er für einen kurzen Moment, dass einer seiner alten Gefährten auftauchen würde. Eigentlich waren die meisten eher Gegner als Gefährten gewesen, doch trotzdem vermisste er sie manchmal ein wenig. Es waren keine sentimentalen Gedanken, sondern die Erinnerungen an eine Zeit, in der die Dinge interessanter waren. Damals hatten sie geglaubt, alles zu wissen und zu verstehen. Sie waren bereit gewesen, sich den letzten Herausforderungen des Unbekannten zu stellen und nach der endgültigen Wahrheit zu streben. Doch in den Jahren, die einige Unwissende das Sechste Zeitalter getauft hatten, war alles anders. Die Magie hatte die Welt verändert, aber immer noch nicht die Menschen. Anstatt nach dem Verstehen des Universums zu streben, galt ihr einziges Interesse Reichtum, Macht und der Befriedigung ihrer Eitelkeit. Sie hatten nicht einmal den Hauch einer Ahnung, was sie noch erwartete und welche Möglichkeiten ihnen offen standen.

Die Mächte der Korruption waren schon tief in der neuen Welt verankert, und trotzdem wunderten sich die Menschen, wie schwarze Kulte und Bedrohungen wie die Geisterinsekten sie in Angst versetzen konnten. Doch anstatt zu versuchen, zu verstehen, kämpften sie gegen alles, was ihnen fremd war. Manchmal war es gut, dass sie es taten, doch manchmal begingen sie damit ihre größten Fehler.

Und die Mächtigen der Sechsten Welt, die Konzerne, verstanden am wenigsten, worum es ging. Ihr Potenzial wurde vergeudet, und das Einzige, was ihnen in den

Sinn kam, war das Streben nach Profit. Anscheinend hatte sich niemand die Frage gestellt, was sie mit diesem Geld überhaupt bewirken konnten.

Sein Imperium stand dagegen allein da, er hatte Ziele, die weitaus bedeutender waren. Zwar erwirtschafteten seine Firmen Millionenbeträge, doch dieses Geld hatte einen Zweck. Das ganze System arbeitete nur auf ein Ziel hin, das Wiedererlangen des Wissens. Zwar beriefen sich auch die Konzerne auf den Spruch, Wissen sei Macht, doch ihre beschränkte Sicht ließ sie nur an Marketinganalysen und Industriespionage denken. Er hingegen wollte endlich die Magie umfassend verstehen. Allmählich begann er, die Natur des Universums zu begreifen, und konnte das Ziel erkennen, auf das er zusteuerte.

Dies war vorerst genug des Besinnens auf seine eigenen Ziele, und er wandte sich wieder dem Schicksal des Narren zu. Wie würde der Narr seine Situation bewerten? Würde auch er dieser lächerlich beschränkten Sicht zum Opfer fallen?

Die Karte, die ihm die Antwort geben sollte, lag am unteren Ende der Linie am rechten Rand des Spiels.

Es war eine treffende Wahl des Schicksals, den Eremiten als Symbol zu verwenden. Ein Mann in einem langen dunklen Mantel stand in einer finsteren Höhle, das einzige Licht kam von einer kleinen Lampe in seiner Hand. Die Gestalt wirkte allein, doch sie war es nicht. In der Dunkelheit lauerten Dutzende von Ungeheuern, die hinter dem Lichtkreis der Lampe zu erahnen waren. Nur der dreiköpfige Hund vor dem Eremiten wagte sich in den Schein des Lichts.

Natürlich war der Eremit wieder dieselbe Person wie der Narr am Anfang des Spiels. Doch dieses Mal war er der Eremit, der einsame Wanderer auf der Suche nach der Wahrheit. Es war eine Aufgabe, die man allein bewältigen musste, und obwohl der Eremit entschlossen seine Isolation auf sich zu nehmen schien, konnte er seinen Schmerz erkennen. Wissen hatte seinen Preis. Und mit seinem Wissen musste er allein sein. Indem er nach diesem Wissen strebte, musste er die Gesellschaft von Menschen hinter sich lassen. Außerdem wurde klar, dass die Wahrheit, die er suchte, letztendlich in ihm selbst steckte und nicht anders zu beschaffen war.

Und tatsächlich würde der frühere Narr versuchen, sich zurückzuziehen, und die Einsamkeit suchen. Die Erkenntnis, allein zu sein und nicht mehr dazuzugehören, war im ersten Moment schmerzhaft, und der Zerberus vor ihm war ein mehr als deutliches Zeichen, wohin sein Weg ihn zu führen schien.

Die mächtigen Hundeköpfe begannen langsam zu verwischen und wurden immer menschlicher. Bizarrerweise trug der erste Kopf auf einmal einen dunklen Hut, und das Gesicht war die wächserne Maske eines Wahnsinnigen, daneben wuchs das Gesicht jener Elfe, die in dem Spiel bereits als schwarzer Engel erschienen war, und es überraschte ihn keineswegs zu erkennen, dass der letzte Kopf sein eigener war.

Der Eremit würde sich seinen Dämonen stellen müssen, und die drei Köpfe waren nicht nur Symbole für seine äußeren Feinde, sondern auch für die Dämonen in ihm, denen er sich stellen musste, um die Wahrheit zu verstehen.

Überrascht erkannte er eine Veränderung im Licht der Laterne. Die hellen Flammen gewannen scheinbar an Konsistenz und bildeten deutliche Formen aus. Das vorher unruhig flackernde Licht fokussierte zu einem deutlichen Umriss, der immer mehr Details bekam. Zuerst war das Gesicht konturlos und nichtssagend, doch die scheinbare Maske wurde zu einem immer deutlicheren Bild. Langsam wurden die Züge weicher und weiblicher, die Augen strahlten mit einem inneren Glanz, und auf die Lippen legte sich ein mitfühlendes

Lächeln. Die Flammen, die eine blonde Haarpracht bildeten, gaben dem Ganzen eine strahlende Aura. Es war wieder diese Magierin, die auf der Karte erschien. Das hieß, der Eremit sah in ihr seine einzige Hoffnung, mit seinen inneren Dämonen fertig zu werden. Sie war sein wirklicher Ansporn.

Also würde der Narr doch nicht ganz allein sein. Etwas verärgert stellte er fest, dass er sie vielleicht aus dem Spiel hätte entfernen sollen.

Kapitel 4:
DER PREIS DER WAHRHEIT

Sein altes Leben hatte in jener Nacht geendet, in der sie Julia befreit hatten und in der er Giant, den Zwerg, der ihm bei dem Run geholfen hatte, getötet hatte. In gewisser Weise war er selbst gestorben, und das nicht zum ersten Mal. Jene Nacht war so verwirrend und schwierig und doch so einfach gewesen. Jetzt erinnerte er sich nur noch an einzelne Szenen des Ganzen, doch auch diese Fragmente reichten, um die schmerzliche Wahrheit in sein Gedächtnis zu brennen.

Obwohl jeder dieser schicksalhaften Momente ewig gedauert hatte, war die Nacht schneller vorbei gewesen, als dass er hätte bewusst handeln können. Er war nur noch Zuschauer eines Dramas gewesen, dessen Hauptdarsteller er hätte sein sollen. Allerdings war alles nur um ihn herum passiert, und wenn er sich jetzt daran erinnerte, war der Rest jener Nacht so verschwommen und unwirklich wie ein verblassender Albtraum. Immer wieder flackerten einzelne Bilder und Eindrücke auf und quälten ihn, als würde alles zum zweiten Mal passieren.

Erst dieser bedauernswerte Tod von Giant, die entsetzten Gesichter von Vivien und Thomas, die Diskussion in Thomas' Versteck. Der Schmerz des Samurai über den Verlust seines Freundes, die Verwirrung über seine Rolle in dem ganzen Drama und die Wut gegenüber sich selbst. Egal, wie es weitergehen würde, er hatte auch den Samurai mit Giants Tod verloren, nichts konnte die Leere zwischen ihnen überbrücken. Doch bevor es für den Unfall irgendeinen Sinn, irgendeine

Erklärung gab, erwachte Julia. Dann kam ihre Verwirrung, ihr hoffnungsloser Versuch, Giant noch einmal wiederzubeleben, doch gleichzeitig die harte Unabänderlichkeit des Schicksals, das den Decker aus dem Leben abgezogen hatte. Schlimmer noch war ihre Lektüre der Daten, an denen das Blut mehrerer Menschen klebte, ihr Gesichtsausdruck, der auf so deutliche Art dem von Giant kurz vor seinem Tode glich. Ihr langsames Zurückweichen zu Thomas, der seinen Arm um sie legte, als müsse er sie schützen. Julias tonlose Zusammenfassung dessen, was er wirklich war. Die Angst in ihren Augen, die Abscheu.

Er hatte in dieser Sekunde mit seinem Leben abgeschlossen und war bereit gewesen zu sterben, vielleicht war er in diesem Moment sogar froh gewesen, dass es endlich zu Ende gehen würde. Doch Thomas' Urteil war milder und damit ungleich grausamer gewesen, sie hatten ihn nicht getötet, auch wenn der Hass des Straßensamurais deutlich erkennbar war. Es war das Urteil, ihn in die Verbannung zu schicken, ihn wieder alleine die Nacht durchwandern zu lassen.

Nun war er wieder allein, ohne Freunde, allein mit der schrecklichen Schuld und dem Fluch, der auf ihm lastete. Und abermals kam diese plötzliche Erkenntnis. Die Hölle war kein Ort auf der anderen Seite, die Hölle war ein Zustand im Leben. Es war der Zustand, zu dem er auf ewig verdammt sein würde.

Seine letzte Frage, bevor er gegangen war, hatte Death Angel gegolten, und Shark hatte versprochen, sie freizulassen. Es beruhigte ihn, dass nicht auch noch ihr Blut an seinen Händen klebte, denn endlich verstand er ihre Verachtung. Vielleicht konnte in jenem Moment auch Shark verstehen, warum die Elfe ihn hatte vernichten wollen, und war deshalb bereit gewesen, sie gehen zu lassen.

Sein letzter Blick galt Vivien, die alles stumm mit angesehen hatte. Sie hatte ihn damals gerettet, doch von ihr durfte er keine Hilfe mehr erwarten, er gehörte nicht länger in ihre Welt. Am liebsten hätte er sie um ihre Hilfe, um ihre Vergebung angefleht, aber die Erkenntnis, dass ihm diese Gnade nicht zustand, ließ ihn zerbrechen, bis er überhaupt nichts mehr spürte. Es war schlimm, ihr Vertrauen und ihre Zuneigung missbraucht zu haben, auch wenn er es nicht willentlich getan hatte. Es war das Monster in ihm, das er so abgrundtief hasste. Und der Name des Monsters, das sein Leben zerstört hatte, war Vampir.

Ein kleines, gefährliches Virus mit dem unschuldigen Namen MMVV hatte ihn verwandelt und aus ihm eine Kreatur des Bösen gemacht. Und im Nachhinein konnte er sich nur wundern, warum ihm das alles nicht vorher aufgefallen war. Seine Angst vor dem Sonnenlicht, die Tatsache, dass er seit Tagen nichts gegessen oder getrunken hatte, seine übermenschliche Regenerationsfähigkeit oder seine Faszination für Blut waren mehr als deutliche Symptome seines neuen Zustands. Nicht eine Chance hatte er gegen diese Art der Verdammnis gehabt, und am liebsten hätte er die Frage in den Himmel geschrien, womit er diese Strafe verdient hatte. Was konnte rechtfertigen, dass man ihm dies angetan hatte? Humanitech hatte auf der Suche nach einem lebenden Versuchsobjekt mit dieser besonderen Krankheit auch seine persönlichen Daten beschafft, und denen zufolge war er früher einmal Gerd Reinerts, ein einfacher Polizist, gewesen. Aber jede Erinnerung an jenes Leben war ausgelöscht und hoffnungslos verloren. Die Informationen über sein früheres Leben und die Tatsache, dass er seit einiger Zeit als vermisst galt, weckten keine Erinnerung und keine Gefühle in ihm. Alles, was er über Gerd Reinerts erfahren hatte, gehörte auf die Liste dessen, was er unwiederbringlich verloren hatte. Sein altes Leben war vorbei, und kein Weg führte zurück. In den vergangenen albtraumhaften Nächten hatte er immer gehofft, seine wahre Identität zu finden und in sein altes Leben zurückzukehren. Die Sehnsucht nach der Nähe seiner alten Freunde hatte ihn am Leben gehalten und ihn vor der wahnsinnigen Angst bewahrt, doch nun hatte er auch noch seine neuen Freunde verloren. Er musste seinen Fluch allein tragen und würde ihn ewig tragen müssen.

Death Angel war hinter seinem Körper her gewesen, den irgendwelche Ärzte sezieren wollten, um an das Geheimnis seiner Unsterblichkeit zu kommen. Doch ihr Hass hatte dem Monster in ihm gegolten. Sie hatte Julia nichts angetan, der Ärztin hatte man gesagt, sie würde zu ihrer eigenen Sicherheit in der Anlage festgehalten, da Terroristen einen Anschlag auf ihre Arbeitsgruppe angekündigt hätten. Und nun hatte sie ihren Job verloren, und wahrscheinlich würde Humanitech mit seinen Spürhunden nach ihr suchen. Es war nur ein weiteres Leben, das er zerstört hatte.

Aber dies war nichts im Vergleich zu dem schlimmsten Schmerz in seinem Inneren. Wieder sah er jenen letzten Blick auf Vivien, die Schmerzen, die sie zu erleiden hatte. Wegen ihr schmerzte ihn sein unabsichtlicher Verrat noch mehr. Auch wenn er es nicht gewusst hatte, hatte er sie hintergangen, ihr Vertrauen missbraucht, und diese Schuld lastete am schlimmsten auf ihm. Es war die grausame Ironie des Schicksals, dass er ihr hatte helfen wollen, wieder an ihr eigenes Leben zu glauben, und sie ihm nun wahrscheinlich den Tod wünschte. Sie war seine Hoffnung gewesen, mit den Schatten seiner Vergangenheit fertig zu werden, doch die Finsternis in seinem Inneren hatte sie vertrieben. Dabei war sie der Mensch gewesen, der ihm am nächsten gewesen war, und nun waren sie für immer getrennt.

Zwischen seinem Abschied und der Ankunft in seinem neuen Versteck lag nur noch eine Wolke der Verzweiflung und der Angst. Sein Weg hatte ihn immer tiefer in die Brachen geführt. Das Niemandsland aus verfallenen Ruinen sollte ihn verschlucken, und vielleicht hatte er sich sogar insgeheim gewünscht, dass die Kreaturen, die sich am Rand der menschlichen Gesellschaft versteckten, ihn töten würden. Doch es konnte nicht passieren, sein Schicksal war es, ein Raubtier zu sein und nicht als Jagdbeute zu enden. Wenn das Monster in ihm nicht diesen Überlebenswillen gehabt hätte, wäre er in jener Nacht bis zum Sonnenaufgang auf dem Fabrikdach sitzen geblieben, um mit einem letzten Blick auf das helle Licht von seiner Existenz erlöst zu werden. Trotzdem war er in der nächsten Nacht in einem dunklen Keller erwacht und wusste seit diesem Moment, dass er sich nicht umbringen konnte und wahrscheinlich bis zum Ende der Zeit weiterexistieren würde.

Was sollte er nun tun? Bisher hatte er seine Vergangenheit zu ergründen versucht, doch seine Vergangenheit war abgeschlossen, und nur die Zukunft blieb, eine Zukunft ohne Ziel und Sinn. Dieses Gefühl, am Abend allein in dem dunklen Keller einer alten, verfallenen Fabrik aufzuwachen und zu wissen, dass er ein Ungeheuer war, weckte wieder den Schmerz in ihm. Würde dieser Schmerz ihn für immer begleiten und in den Wahnsinn treiben? Oder musste er nur der Bestie freien Lauf lassen, um alldem zu entkommen? Mit diesen Gedanken, die in ihm wach wurden und ein Chaos aus streitenden Stimmen in seinem Kopf bildeten, fühlte er sich so elend, wie er es nie für möglich gehalten hätte.

»Du siehst auch nicht besonders glücklich aus!«

Diese Stimme kam von außerhalb seines Kopfes, und sofort machte er sich kampfbereit, als er die Augen aufschlug. Inmitten des düsteren, dreckigen Kellergewölbes stand sie da, ein leuchtender Engel im kalten Licht der Lampe, und sah auf seinen zusammengekrümmten Körper herab. Kam sie, um ihm Erlösung zu bringen, oder sollte ihr Anblick den Schmerz nur verschlimmern?

In seiner Verwirrung brachte er nur einen unartikulierten Laut heraus und starrte Vivien an. Mit einem feuchten Schimmern in ihren Augen schenkte sie ihm ein trauriges Lächeln.

»Hattest du wirklich gedacht, dass es so endet?«

John war sich nicht sicher, was sie mit dieser Frage meinte. Sie war das Symbol all dessen, was er gestern Nacht verloren hatte. Sie war alles, was er an Hoffnung und Beistand gehabt hatte. Sie war der einzige Mensch, dem gegenüber er die ganze Schuld seiner Existenz gespürt hatte. Instinktiv zog er seine Beine an und vergrub das Gesicht hinter seinen Armen. Ihre Schritte waren so deutlich zu hören, als sie auf ihn zukam, dass er sich für die Unnatürlichkeit seiner Wahrnehmung hasste. Die Geräusche malten ihm perfekt das Bild, wie sie an ihn herantrat, sich auf den Boden herabließ und ihren Arm um seine Schulter legte, um sich an ihn anzulehnen. Ihre Stimme war leise und sanft, als sie ihm ins Ohr flüsterte, und in der Umarmung fühlte er sich zum ersten Mal wieder geborgen. Doch die Angst kam zurück, die Angst, dass dieser Zustand nicht von Dauer sein würde und er umso tiefer fallen würde, je mehr er aus diesem Augenblick Kraft schöpfte.

»Erinnerst du dich an unser Versprechen?«

Dieses Mal brachte er nur ein Schluchzen zustande und schämte sich für dieses Zeichen der Schwäche. Aber was hatte er noch zu verlieren? Als er nicht antwortete, drückte die Magierin ihn noch stärker an sich und sprach leise weiter.

»Wir haben uns versprochen, am Leben zu bleiben und die Sache zusammen durchzustehen, egal, welches Geheimnis deine Vergangenheit offenbart. Als du dich heute Morgen von der Sonne verbrennen lassen wolltest, hättest du beinahe dein Versprechen gebrochen. Aber ich konnte nicht zulassen, dass du dich tötest. Ich will dich nicht verlieren, egal, was du bist. Ich verstehe deinen Schmerz, ich kenne ein ähnliches Gefühl, aber deshalb ist es noch nicht vorbei. Du hast Angst wegen der Schuld, die du auf dich geladen hast, und du fürchtest die Schuld, die dich noch erwartet. Aber du bist mir auch etwas schuldig, nämlich am Leben zu bleiben. Hattest du ernsthaft gedacht, ich würde dich einfach im Stich lassen und zulassen, dass du ohne ein Wort des Abschieds fliehst?«

»Aber ich bin ein Monster, ein Vampir!«

Seine Stimme klang so elend, wie er sich fühlte, doch Vivien versuchte ihn weiter zu beruhigen.

»Wer sagt, dass du ein Monster bist? Nur weil irgendwelche Spinner Angst vor dem haben, was sie nicht verstehen, musst du ihren Unsinn nicht selbst glauben. Mir wäre es in den letzten Tagen sicher aufgefallen, wenn du ein Monster wärest.«

»Aber ich habe getötet …«

»Was soll das jetzt heißen? Ja, du hast getötet, und du fühlst, dass es falsch war. Immerhin empfindest du noch etwas, dir sind die Leute nicht egal. Wenn es dir nichts ausmachen würde, wie einigen Straßensamurais, dann dürftest du dich vielleicht ein Monster nennen. Wer hat irgendwelchen Wissenschaftlern erlaubt, darüber zu richten, ob dein Handeln zu rechtfertigen ist oder ob du von Natur aus böse bist? Oder glaubst du etwa auch, dass alle Trolle strohdumm und alle Magier machtgeil sind? Ich dachte, du wärst klug genug, das dumme Geschwätz dieser Humanis-Policlub-Idioten zu durchschauen. Die Menschen wussten schon vor Jahrzehnten, dass ein Mensch nicht böse geboren wird, sondern sein Leben selbst bestimmt. Überlass das Monster-Geschwätz irgendwelchen Typen, die gedanklich noch im Mittelalter leben. Verdammt, nur weil du dich verändert hast, hast du nicht deinen freien Willen verloren. Außerdem willst du wohl kaum ein Monster sein, oder?«

»Nein.«

Insgeheim stimmte er ihr zu, dennoch konnte er nicht so einfach diesem Teufelskreis entkommen.

»Gut, wenn du nicht böse sein willst, dann sei gut, was auch immer das in der Praxis bedeuten mag.«

»Aber ich kann nicht, er ist in mir, dieser schwarze Mann, der langsam versucht, mich in die Finsternis zu ziehen.«

»Verdammt, dann kämpfe. Wer hat behauptet, das Leben sei einfach? Stell dich der Herausforderung, und zeige ihm, dass du der Stärkere bist.«

»Und dann?«

»Mach es dir doch nicht so schwer. Dann lebe dein Leben, geh deinen Weg.«

»Aber ich weiß nichts mehr über mich, nicht über den Menschen, der ich einmal war, und auch nicht über den Vampir, der ich jetzt bin. Womit habe ich das verdient?«

»Wir werden die Antworten finden. Wir werden den Typen finden, der dir das angetan hat, und dann wirst du dich besser verstehen. Aber bevor du nicht alles weißt, darfst du nicht über dich selbst richten. Keine Angst, du wirst nicht allein sein, ich werde zu dir stehen.«

»Das kann ich nicht verlangen.«

»Und das kannst du mir auch nicht verbieten! Ich möchte dich nicht verlieren, auch wenn ich selbst nicht weiß, warum. Seit ich mit dir die Suche nach deiner Wahrheit begonnen habe, hat mein Leben wieder einen Sinn. Endlich weiß ich, dass ich mit meinen Problemen fertig werden kann.«

»Und was ist mit Shark und Julia?«

Er wusste nicht, ob ihm die Antwort gefallen würde, aber ohne sie würde er keinen Frieden finden können.

»Julia ist untergetaucht, nachdem sie gesehen hat, zu welchen Methoden ihre Firma fähig war. Mit diesem Wissen hätte sie nicht weiterarbeiten können, und vielleicht findet sie endlich eine Aufgabe, die ihrem Idealismus gerecht wird. Shark dürfte etwas sauer sein, dass ich abgehauen bin. Aber versuch mir jetzt bloß nicht in die Sache reinzureden. Thomas wird die Sache verstehen, auch wenn es Zeit braucht. Er wusste von Anfang an, dass es anstrengend ist, mit mir befreundet zu sein. Aber unser Problem geht im Moment nur dich und mich etwas an. Also, versuch wieder einen klaren Kopf zu bekommen, damit wir mit der Suche beginnen können. Vielleicht wirst du dann deinen Frieden finden. Und ich vielleicht meinen!«

Überrascht spürte er den sanften Kuss, den sie auf seine Wange drückte, als sie sich von ihm löste. Jetzt ging es ihm etwas besser, zumindest vorläufig. Langsam sah er auf und blickte ihr ins Gesicht. Ihr Lächeln war gleichzeitig bedauernd und aufmunternd, und plötzlich erkannte er, dass er selbst ein Lächeln zustande brachte. Zumindest konnte er diesen Weg versuchen, und mit ihrer Hilfe konnte er es vielleicht schaffen, seinen Frieden zu finden. Ohne zu zögern ergriff er die Hand, die sie ihm anbot, um ihm auf die Beine zu helfen, und nach einem Blick in ihre Augen konnte er nicht anders, als sie einfach fest zu umarmen und an sich drücken.

»Es bleibt nur noch eine Frage.«

Viviens Satz beschwor für einen kurzen Moment Zweifel in ihm herauf, doch ein Blick in ihr Gesicht ließ ihn neuen Mut fassen.

»Wie soll ich dich nennen?«

Inzwischen hatte er viele Namen: Oblivion, John Dow oder Gerd Reinerts, aber keiner wurde ihm gerecht, da sie für seine Vergangenheit standen. Es galt, einen neuen Namen zu finden, unter dessen Zeichen er seinen Weg beginnen konnte. Doch im Moment war er zu ratlos, um auf diese Frage zu antworten, und zuckte nur mit den Achseln.

»Mir würde Phönix gefallen.«

Vorerst erntete Vivien für ihren Vorschlag nur einen verwunderten Blick, doch offenbar war ihre Wahl nicht ohne Grund auf einen dermaßen eigenwilligen Namen gefallen.

»Ich finde, der Phönix passt zu dir, und als Name klingt es auch nicht schlecht.«

Obwohl die Magierin von ihrer Wahl offenkundig begeistert war, zögerte er noch, weil er nicht damit gerechnet hatte, dass sie ihm einen Straßennamen geben würde. Etwas weniger Ausgefallenes wäre einfacher zu akzeptieren gewesen, doch wahrscheinlich würde ihm ein Allerweltsname nicht gerecht.

Erneut sah Vivien ihn fragend an, doch er zuckte nur mit den Achseln.

»Was ist an dem Namen auszusetzen? Gut, es klingt wie ein Straßenname, aber vorerst werden wir wohl auf der Straße operieren, um diesen anderen Vampir zu finden, und außerdem passt der Name zu dir. Du kennst doch die Sage von dem Vogel, der sich selbst verbrennt und aus seiner Asche wieder aufersteht, oder? Auch für dich wird das Sterben in gewisser Weise zur Gewohnheit, doch immerhin bist du genauso unsterblich wie dieser Vogel. Außerdem gefällt mir die Vorstellung, dass aus der Asche etwas aufsteht, das besser ist als vorher. Immerhin ist dies dein Neuanfang, und es wird Zeit, wirklich neu anzufangen. Also, was ist jetzt, gefällt dir der Name oder nicht?«

Es fiel ihm nicht leicht, sich über solche Nebensächlichkeiten Gedanken zu machen, aber Vivien schien seine Meinung wichtig zu finden. Auch wenn der Vorschlag ihrem spontanen Temperament entsprungen zu sein schien, machte sie den Eindruck, dass sie ihre Wahl nicht voreilig getroffen hatte. Nach all dem, was sie für ihn getan hatte, konnte er ihr dies nicht abschlagen, und da ihm selbst nichts einfiel, beschloss er, Phönix zu akzeptieren. Und vielleicht war es auch nur ein Name auf Zeit, wer konnte schon wissen, welche Richtung sein Leben einschlagen würde, wenn sie seinen Schöpfer fanden?

Phönix spürte Viviens echte Freude, als er ihren Vorschlag annahm, und nach einer weiteren Umarmung beschlossen sie, aufzubrechen und die Suche nach der Wahrheit erneut zu beginnen. In Phönix' Bewusstsein schlich sich die zynische Frage, ob am Ende ihrer Suche ebenfalls nur Asche von seinem Leben übrig bleiben würde, doch dann ließ er diese düsteren Gedanken hinter sich.

Es war ein sonderbares Gefühl, nachdem sie den alten Keller verlassen hatten. Langsam waren sie durch die Ruinenstadt gegangen, und über ihnen brach der bleiche Mond zwischen den Smogwolken des Plexes hervor. Man hätte sie für ein Liebespaar bei einem nächtlichen Schaufensterbummel halten können, doch die Geschäfte, an denen sie vorbeigingen, waren von jahrelangem Verfall gezeichnet, und auch der Mond war weniger ein Symbol für eine romantische Nacht als vielmehr eine Warnung vor den Geschöpfen, die hier in der Dunkelheit ihr Dasein fristeten. Vielleicht war er aber auch die Warnung vor ihnen selbst, der Magierin und dem Vampir, die ihren eigenen Plänen nachhingen. Es war kalt geworden, und die kriechende Nässe des Nebels schlich sich in Phönix' Kleidung, doch trotz der trostlosen Kulisse genoss er das angenehme Vertrauen und die Ruhe, mit Vivien durch die Nacht zu schlendern. Möglicherweise war es nur die Tatsache, den Moment mit jemandem teilen zu können, das Gefühl, nicht mehr allein zu sein, aber aus welchen Gründen auch immer, er genoss es, wie sie sich an ihn lehnte und einen Teil der Wärme, die sie ausstrahlte, mit ihm teilte. Sie waren schon ein sonderbares Paar.

»Und was machen wir jetzt?«

Vivien sprach genau die Frage aus, die ihn die ganze Zeit beschäftigt hatte, als sie jeder für sich schweigend nachgedacht hatten, sodass er inzwischen wusste, wie sein weiterer Weg aussehen sollte.

»Ich muss jenen Vampir finden, der diesen Fluch oder diese Krankheit an mich weitergegeben hat.«

Phönix hatte auf eine Antwort gehofft, die seine Entscheidung bewertete, doch die Magierin schwieg und schien darauf zu warten, dass er seine Pläne selbst erklärte. Tatsächlich verstand er seinen Entschluss erst, als er ihn für ihre Ohren formulierte:

»Ein Teil von mir fragt sich, warum ich diese Entscheidung getroffen habe, aber ich glaube, ich hatte keine Wahl. Es ist das Einzige, was mir in den Sinn kommt, es ist fast wie ein Zwang.«

Er schnaubte und schüttelte den Kopf.

»Ich weiß nicht einmal, was ich von ihm will. Ist es nur das Bedürfnis, mich zu rächen, oder hoffe ich, dass er mir den Weg zeigt, Frieden zu finden? Was bedeutet schon Rache? Und wie sollte mir dieser verrückte Killer helfen? Aber ich muss ihn sehen, ihm von Angesicht zu Angesicht gegenüberstehen, denn ich habe dieses sonderbare Gefühl, dass dann alles wieder einen Sinn bekommt.«

»Oder er könnte dich töten, wie er alle anderen vor dir getötet hat. Alle Opfer des Nachtschlächters, wie die Medien deinen Schöpfer nennen, wurden so verstümmelt, dass sie selbst als Vampir nicht wieder auferstehen konnten. Ich bezweifle, dass er dich absichtlich hat leben lassen.«

Ihr trauriger Blick sagte ihm, wie sie diesen Satz

meinte, und das Gefährliche an dieser Idee war, dass sie Recht haben könnte. Wäre nicht sein Tod auch eine Lösung des Ganzen? War nicht die Idee, vom selben Wesen erschaffen und vernichtet zu werden, irgendwie faszinierend? Doch auch in dieser Hinsicht hatte er einen Entschluss gefasst, und er blieb einen Moment stehen, um die Bedeutung seiner nächsten Worte zu untermalen.

»Ich werde mich an mein Versprechen halten.«

Es lag Zuversicht in ihren Augen, Zuversicht und Hoffnung, die einen Menschen aufbauen und verzweifeln lassen konnten. Und auch Vivien nahm die Sache ernst.

»Wir werden ihn finden, und wir werden überleben, wie versprochen.«

»Aber genauso wenig, wie ich weiß, was passiert, wenn wir meinen Schöpfer finden, weiß ich, wie wir überhaupt anfangen sollen.«

»Nun, ich kenne nur einen Ort im Plex, wo Wesen wie er offen das sein können, was sie sind, oder wo wir andere seiner Art finden können.«

Für einen Moment sah Phönix sie fragend an, doch dann dämmerte ihm, welchen Ort sie meinte.

»Das *Xanhaem's?*«

»Genau daran hatte ich gedacht. Ich vermute, diese Mitgliedskarte, die du dabeihattest, gehörte deinem Erschaffer.«

»Vivien, was ist das *Xanhaem's* eigentlich? Ich war nur einmal dort, und dieser Besuch war überraschend schnell zu Ende.«

»Das *Xanhaem's* ist eine Disco mit besonderer Kundschaft. Erinnerst du dich an die sonderbaren Gestalten, die dort herumsaßen? Im *Xanhaem's* verkehren Vampire, Gestaltwandler, Ghule und ähnliche Geschöpfe. Das ist auch der Grund, warum es so tief in den Brachen liegt und die wenigsten Leute je davon gehört haben.

Und selbst wenn jemand davon gehört hat: Würdest du etwa irgendwelchen Geschichten über eine Disco für Monster glauben?«

»Wenn das *Xanhaem's* für Monster ist, was hast du dann dort gemacht?«

»Nun, auch Menschen wird der Zutritt nicht verweigert, allerdings sollte man etwas andersartig sein, um nicht unangenehm aufzufallen. Magier und Hexen gehören zu jenen Menschen, die am ehesten akzeptiert werden, es gibt auch einige abgedrehte Sterbliche, die zur Stammkundschaft gehören. Solange man sich mit den Leuten nicht anlegt und klar macht, dass man selbst zu den Jägern und nicht zur Beute gehört, hat man gewisse Überlebenschancen. Allerdings muss man in jedem Fall vorsichtig sein, eine falsche Bewegung oder ein falsches Wort reichen aus, und man riskiert sein Leben. Das *Xanhaem's* ist nur deshalb so erfolgreich, weil die Monster dieser Stadt – entschuldige, ich wollte dich nicht verletzen – keinen anderen Ort für ihre Treffen haben und dort selbst für ihren Schutz sorgen. Normalerweise müssen sich auch Ghule wie Necro gut überlegen, wen sie belästigen, denn einige der Wesen im *Xanhaem's* sind so mächtig, dass sie einen Ghul wie eine Fliege zerquetschen würden. Vielleicht kennt man dort deinen Schöpfer, und möglicherweise finden wir sogar jemanden, der bereit ist, uns zu helfen, aber das ist ein gefährliches Spiel. Wenn wir den falschen Leuten auf die Füße treten, kann die Sache schnell tödlich ausgehen.«

»Haben wir denn eine andere Wahl?«

»Ich glaube nicht.«

»Und bist du bereit, das Risiko einzugehen?«

Vivien nickte langsam, aber entschlossen. Phönix war froh über ihre Ernsthaftigkeit, denn ihr üblicher Enthusiasmus hätte ihn eher beunruhigt als von ihrer Idee überzeugt. Mit neuem Mut gelang es ihm, ein ehrliches Lächeln auf seine Lippen zu zaubern.

»Gut, dann würde ich sagen, wir haben heute Nacht noch etwas vor. Darf ich dich zu einem Drink im *Xanhaem's* einladen?«

Sie erwiderte sein Lächeln, und auch Phönix war froh darüber, Selbstvertrauen und Humor wiedergefunden zu haben. Eigentlich glaubte er inzwischen sogar ziemlich fest an den Erfolg ihres Teams. Vielleicht aber glaubte er auch nur an das Team.

Die Fahrt zum *Xanhaem's* war genauso rasant wie die Flucht, als Vivien ihn vor den Ghulen gerettet hatte. Die Maschine hatte Vivien am Rande der Brachen geknackt, doch die graue Yamaha war nicht in der Lage, die Erwartungen der Fahrerin zu erfüllen, sodass sie ständig über irgendwelche Schwierigkeiten fluchte. Eigentlich schien die Maschine in einwandfreiem Zustand zu sein, allerdings hatten die Hersteller sie nicht für Fahrerinnen wie Vivien konstruiert.

Das alte Fabrikgebäude mit dem leuchtenden Kürbiskopf kam in Sicht, und ihre Fahrt verlangsamte sich. Sie hatten ihr Ziel erreicht, und auch wenn die Disco Phönix schon beim ersten Mal beeindruckt hatte, wirkte sie dieses Mal noch sonderbarer und faszinierender, nachdem er die Wahrheit über die sonderbaren Gäste kannte. Für einen kurzen Moment war es wie das Gefühl, nach Hause zu kommen, denn diese Wesen in der alten Fabrikhalle waren ihm näher, als jeder Mensch es je sein konnte. Doch vielleicht waren sie auch anders als er, für Wesen wie sie gab es wahrscheinlich sowieso keinen Ort, an dem sie wirklich zu Hause waren.

Nachdem Vivien die Maschine geparkt hatte, machte sie sich nicht die Mühe, das Motorrad zu sichern, sondern hakte sich unter seinem Arm ein, und zusammen schritten sie auf den Eingang zu, wo sie die Ghulwachen erwarteten. Wortlos kontrollierten sie die Karten und ließen sie passieren.

Das dumpfe Dröhnen der Musik hatte sie schon am

Eingang erfasst, doch als sie durch die Tür traten, schlug ihnen die Musik mit aller Macht entgegen. Dieses Mal spielte keine Live-Band, trotzdem gab das düstere Dröhnen der Disco die Stimmung, die ihr gerecht wurde. Es war ein Ort der Verdammten, aber auch ein Ort der Jäger, gemacht für Geschöpfe, die unglaublich mächtig waren. So strahlte die Atmosphäre abwechselnd bedrückende Verdammnis und aggressive, wahnsinnige Machtgier aus.

Die Besucher passten auf einmal genauso gut ins Bild wie die Musik. Im Gegensatz zum ersten Mal sah er jetzt das, was sein Bewusstsein vorher unterdrückt hatte. Ein großer Teil der Gäste waren Ghule, daneben konnten seine geschärften Augen Menschen erkennen, deren Menschlichkeit nur ein Teil ihres Wesens war, während sein Geruchssinn sie als die Tiere identifizierte, die sie waren. Es mussten bestimmt sieben oder acht dieser Gestaltwandler da sein. Einige der bleichen Gestalten waren wahrscheinlich nicht nur Sterbliche, die mit der verzweifelten Imitation eines Vampirs nach Unsterblichkeit strebten. Ein Gefühl sagte ihm, welche wirklich zu seiner Art zählten. Mit seinen übernatürlichen Sinnen spürte er dieses Mal auch den Grund für diesen sonderbaren Frieden: Sobald eines dieser Geschöpfe einen Streit anfangen würde, könnte das Ganze in einem schrecklichen Blutbad enden, das nur wenige überleben würden.

Doch was war mit den Sterblichen, die zwischen diesen Geschöpfen der Nacht umherwandelten? War ihnen bewusst, dass das düstere Äußere nur einen Teil der wirklichen Finsternis ausmachte, die sich im *Xanhaem's* ausruhte? Wie viele von ihnen wussten, in welcher Gefahr sie schwebten, und wie viele waren aus genau diesem Grund hier, um mit der Gefahr und ihrer Angst zu spielen? Boten sie sich diesen Wesen der Nacht an, oder ahnten sie nichts von den Gelüsten, die ihr verführerisches Aussehen heraufbeschwor? Auf einmal wurde ihm auch klar, was Vivien an diesem Ort angezogen hatte und warum Shark so wütend reagiert hatte, als er erfahren hatte, dass sie dort gewesen war. Letzten Endes war dieser Ort doch nicht für Menschen geschaffen worden, sondern für Monster, die hier wie Menschen feiern konnten. Wie das *Xanhaem's* hatte entstehen können, wie es dieser sonderbare Ort geschafft hatte, so lange Zeit zu existieren, war Phönix ein Rätsel. Doch auch wenn er das *Xanhaem's* nicht völlig begreifen konnte, so schien es doch in der Lage zu sein, auf lange Sicht zu bestehen.

Vorsichtig löste sich Vivien von ihm und schenkte ihm ein kurzes Lächeln, bevor sie sich von der pulsierenden Masse auf der Tanzfläche verschlucken ließ. Nachdem sie ihren Kevlarmantel über den erstbesten Stuhl geworfen hatte, trug sie nur noch die schwarze, eng anliegende Stretchjeans und ein knappes schwarzes Oberteil. Dieses Mal war sie nicht bewaffnet wie bei ihrer ersten Begegnung, aber inzwischen wusste Phönix, dass sie solche physischen Mittel nicht zu ihrer Verteidigung brauchte.

Wie sollte er die Sache überhaupt anfangen? Schließlich konnte er wohl kaum einen dieser bleichen Gentlemen in ihren teuren schwarzen Designeranzügen mit den Worten »Hallo, ich bin auch ein Vampir und suche meinen Erschaffer« begrüßen. Überrascht stellte er fest, dass er praktisch nichts über Vampire wusste. Natürlich kannte er einen Teil der Fähigkeiten und Schwächen seiner Art, auch die medizinischen Grundlagen waren ihm zumindest in Grundzügen bekannt, aber was wusste er über ihre Gesellschaft? Verhielten sie sich noch wie Menschen, oder hatten sie ihre eigenen Regeln und Gebräuche entwickelt? Wenn sie tatsächlich eine Art Protokoll kannten, war es sicherlich gefährlich, die Regeln der Etikette zu brechen. Dennoch konnte er nicht abwarten, und wenn er nicht mit einem von ihnen ins Gespräch kam, würde er nie etwas über seine Art erfahren. Allerdings war er sich immer noch nicht sicher, ob er die wahren Vampire erkennen oder ob er auf die Aufmachung der menschlichen Gäste hereinfallen würde. Vivien hätte die Möglichkeit gehabt, sie im Astralraum zu erkennen, allerdings war dies ziemlich riskant, denn die meisten Gäste schätzten diese Art der Betrachtung überhaupt nicht. Und auch Phönix konnte verstehen, warum es ihnen lieber war, ihre Natur zu verbergen.

Doch bevor er noch länger unschlüssig in der Gegend herumstehen würde, beschloss Phönix, an die Bar zu gehen. Die große Theke schien aus schwarzem Marmor gefertigt zu sein, und ein Barkeeper und eine Bedienung kümmerten sich um die Wünsche der Kunden, die auf den Barhockern saßen. Derzeit waren nur wenige Gäste an der Bar: ein junges, bleich geschminktes Mädchen, das sich anscheinend langsam volllaufen ließ, ein eleganter älterer Mann im Anzug, der sie beobachtete, und eine kleine alte Frau, die über und über mit sonderbaren Fetischen behängt war und sich mit dem Barkeeper unterhielt. Den Platz, den Phönix wählte, war etwas von den anderen Gästen entfernt, und sofort kam die Bedienung, eine hübsche Blondine mit kurzen Haaren, zu ihm, um ihn mit einem hintergründigen Lächeln nach seinen Wünschen zu fragen. Immerhin wusste er inzwischen eines, nämlich dass Vampire keine normale Nahrung zu sich nehmen konnten, ohne sie binnen Minuten erbrechen zu müssen. Alkohol war sogar in der Lage, diesen Effekt noch zu beschleunigen, sodass er eher aus Verlegenheit ein Bier bestellte. Phönix konnte sich nicht einmal sicher sein, ob die Bedienung nicht sogar wusste, dass er nichts trinken konnte, aber wie hätte er sonst ihre Frage beantworten sollen? Die Variante, ihr zu sagen »Danke, ich trinke nicht, ich bin ein Vampir«, wäre vielleicht sogar für das *Xanhaem's* etwas zu deutlich gewesen.

Kurz darauf brachte ihm die Blondine sein Bier und blieb in seiner Nähe stehen. Für einen Moment schien sie ihn erwartungsvoll anzublicken, doch dann war sich Phönix schon nicht mehr sicher, ob er den Blick richtig verstand. War sie bereit, ein Gespräch zu beginnen, oder konnte sie ihm vielleicht ansehen, dass etwas mit ihm nicht stimmte? Bevor er weiter darüber nachdenken konnte, sprach sie ihn an.

»Hallo, wie geht's? Mir scheint, du bist neu hier!«

Wieder lächelte die Blondine ihn an, und ihr Lächeln hatte etwas beängstigend Wissendes an sich, als hätte sie ihn bei etwas äußerst Unangenehmem ertappt. Das Gefühl, dass alle Gäste des *Xanhaem's* wussten, dass er anders war, weckte ein Gefühl von Unwohlsein, auch wenn sie genauso sonderbar waren wie er selbst. Trotzdem gab er sich Mühe, die Sache so anzugehen, als wäre er in einer normalen Kneipe.

»Stimmt, ich bin heute zum ersten Mal hier.«

In Gedanken ergänzte er: Das letzte Mal zählt wohl nicht, denn vor meinem ersten Drink gab es ein paar Probleme, und nach dem kleinen Massaker konnte ich leider nicht bleiben.

»Und wie gefällt dir das *Xanhaem's?*«

»Nun, es ist einzigartig.«

Die Blondine lachte und nickte.

»Sind wir das nicht alle?«

Diese Bemerkung erwischte ihn unvorbereitet, und sofort fühlte er sich enttarnt und bedroht, doch die Blondine schien diese Situation zu kennen.

»Du brauchst nicht gleich in Panik zu verfallen, wir sind hier alle ›anders‹. Zumindest die meisten. Mein Name ist übrigens Gerri.«

Immer noch misstrauisch schüttelte er die Hand, die sie ihm entgegenstreckte, und sah ihr tief in die Augen.

Es war ihm vorher nicht aufgefallen, doch ihre hellen, grauen Augen schimmerten wie Spiegel. Sein eigenes Abbild auf ihrer Pupille war so deutlich, dass er beinahe über seinen besorgten Gesichtsausdruck hätte lachen müssen.

»Die Sache ist für mich noch etwas ungewohnt.«

Wieder lächelte sie wissend und nickte.

»Du bist wahrscheinlich erst vor kurzem gebissen worden.«

Das Gefühl, ertappt worden zu sein, schnellte wieder in ihm hoch, und unwillkürlich glitt sein Arm zu der Waffe, die hinten im Bund seiner Hose steckte. Der letzte Mensch, der ihm etwas Ähnliches an den Kopf geschleudert hatte, war tot, und sein Reflex drängte ihn zuerst dazu, erneut zu töten, um seine wahre Identität zu verbergen. In letzter Sekunde siegte dann doch noch die Vernunft über die mitreißende Panik, und langsam versuchte er sich zu entspannen. Gerri schüttelte lachend den Kopf, im Gegensatz zu Giant war kein Funke Angst in ihrer Körpersprache zu erkennen.

»Du bist wirklich etwas überreizt. Keine Angst, ich kann deine Aura sehen, und ich kenne diese sonderbaren Muster, eine ganze Menge unserer Gäste haben sie. Was ist denn schon dabei, dass du ein Vampir bist? Schlimmer wäre, wenn du ein Norm wärst. Um die Sache etwas auszugleichen: ich bin ein Gestaltwandler, eine Tigerin. Einige meiner Freunde nennen mich sogar Man-eater.«

Wieder lachte sie, aber ihre Masche hatte Erfolg, Phönix beruhigte sich endlich wieder. Anscheinend waren Monster untereinander doch recht umgänglich, zumindest vermittelte sie ihm dieses Bild. Die Tigerwandlerin schien vielleicht ein ganz guter Ansatzpunkt für seine Nachforschungen zu sein. Wenn er den Betreibern dieser Disco nicht trauen konnte, bei wem unter den Anwesenden sollte er dann anfangen? Also setzte Phönix an, ihr sein Problem zu erklären, doch vorher wollte er klarstellen, dass er sie nicht als Man-eater sah, vielleicht weil ihm der Gedanke nicht gefiel, mit einem weiteren Monster zu sprechen. Eine hübsche Bedienung war ihm irgendwie lieber als eine Frau, die sich in eine tödliche Tigerin verwandeln konnte.

»Ich glaube, ich bleibe lieber bei Gerri. Also, womit soll ich beginnen? Nun, ich bin tatsächlich noch nicht lange das, was ich jetzt bin. Außerdem habe ich nie meinen Schöpfer kennen gelernt und weiß praktisch nichts über unsere Art.«

»Und du willst hier ein paar Abendlektionen nehmen?«

Langsam sah sie zu den übrigen Gästen an der Bar hinüber und winkte dann dem Barkeeper zu.

»Wir sollten vielleicht besser an einem Tische Platz nehmen, es sieht so aus, als würde das eine längere Geschichte.«

Mit einem kurzen Anlauf sprang sie elegant über die Bar und kam wie eine Katze neben ihm auf den Füßen zu stehen. In einer fließenden Bewegung ging sie auf einen freien Tisch zu, der etwas abseits stand, und gab ihm ein Zeichen, ihr zu folgen. Als er den Tisch erreichte, hatte sie schon auf einem umgedrehten Stuhl Platz genommen, und mit dem auf die Stuhllehne gestützten Kopf starrte sie ihn erwartungsvoll an. Langsam setzte sich Phönix ihr gegenüber hin, und als sie ihn mit einer Handbewegung zum Reden aufforderte, begann er zu erzählen.

»Mein Schöpfer ist verschwunden, und es hat Tage gedauert, herauszufinden, was ich wirklich bin. Allerdings hatte ich diese Karte für das *Xanhaem's,* und ich kannte die Gerüchte über die Gäste. Also kam ich hierher, um etwas Licht in mein Leben zu bringen.«

Das unbeschwerte Lachen verschwand aus Gerris Gesicht, und obwohl ihre Stimme noch genauso freundlich klang, merkte Phönix, dass ihre Warnung durchaus ernst gemeint war.

»Erstens: Du solltest wirklich vorsichtig sein, wem du diese Geschichte erzählst. Zweitens: Die Alten, die hier ein- und ausgehen, mögen neue Vampire nicht, vor allem keine, die keinen Schöpfer vorweisen können, und solche Jungvampire neigen dazu, in den ersten paar Wochen zu verschwinden. Drittens: Du hast dich an die Richtige gewandt, vielleicht kann ich dir helfen. Allerdings solltest du ehrlich sein!«

Die Sache wurde womöglich gefährlich, denn wer garantierte Phönix, dass er Gerri trauen konnte, da sie ihn bereits vor seiner Situation gewarnt hatte? Dennoch wollte er das Risiko eingehen und die Chance, die sich ihm bot, nutzen, denn ihr letzter Satz zeichnete sich wieder durch echte Hilfsbereitschaft aus.

»Ich bin einverstanden. Es wäre schön, wenn du mir helfen könntest.«

»Zuerst will ich deinen Namen wissen und deine Geschichte hören. Wenn du mir vertraust, kann ich dir auch vertrauen.«

Mit einem kurzen Zögern dachte er erneut über das Risiko nach, doch es war die beste Gelegenheit, mit seiner Suche anzufangen. Außerdem verspürte er eine Basis für sein Vertrauen, sie wirkte nicht wie jemand, der seine Hilfe unbedacht anbieten würde. Außerdem wäre seine einzige Alternative, einfach zu gehen und damit seinen bisher einzigen Ansatzpunkt aufzugeben. So entschied sich Phönix, mit offenen Karten zu spielen, und erzählte den Verlauf seines neuen Lebens in Kurzform. Gerri nickte von Zeit zu Zeit, um ihr Interesse zu bekunden, allerdings unterbrach sie ihn nicht ein einziges Mal. Als er mit seiner Erzählung am Ende war, blickte sie ihn ernst an.

»Ich an deiner Stelle würde niemandem erzählen, von wem du wahrscheinlich abstammst. Die Nachtschlächter-Morde haben viel Ärger in der Szene ausgelöst, und die wenigsten Leute hier sind besonders glücklich über deinen Schöpfer. In den letzten Wochen hat er zu viel Aufmerksamkeit erregt, und das bringt uns alle in Gefahr. Und wenn sie diesen Nachtschlächter schon nicht finden können, dann wäre es für viele Vampire ein Anfang, einen seiner Nachkommen zu vernichten. Allerdings kenne ich eine Person, die dir vielleicht helfen könnte. Für einen Preis, versteht sich.«

Jetzt kam sie zum interessanten Teil der ganzen Sache.

»Für welchen Preis?«

»Dazu später. Zuerst noch eine Frage. Liege ich richtig mit der Annahme, dass du bereit wärst, einen Freelance-Job zu übernehmen?«

Erneut stellte Gerri eine ihrer überraschenden und damit bedrohlichen Fragen, die ihn glauben ließen, dass sie mehr wusste, als sie eigentlich sollte. Dieses Mal sah er sie scharf an, doch sie schenkte ihm nur ihr verlegenes Lächeln und zeigte dabei ihre makellosen weißen Zähne.

»Ich habe gesehen, dass du mit dieser Magierin hier bist, und da Toxic zu den Schatten gehört, liegt die Vermutung nahe, dass ihr zusammenarbeitet. Also wärt ihr die richtigen Leute für den Job.«

Das war etwas gewesen, was Phönix hatte verhindern wollen, auch in seinem Bericht hatte er mit Absicht alle Namen ausgelassen, schließlich wollte er die Magierin nicht durch eine Unachtsamkeit gefährden. Doch ihn interessierten der Job und die Informationen, die sie ihm angeboten hatte.

»Kommt darauf an, worum es geht.«

»Keine Ahnung! Aber ich weiß, dass Natasha jemanden sucht, der einen Job für sie übernimmt, der im Dunkel der Schatten bleiben muss.«

»Und wer ist diese Natasha?«

»Eine Freundin. Und die Vertraute eines Mannes, der dir vielleicht helfen und deinen Schöpfer für dich auftreiben kann.«

Sie unterdrückte die Frage, die er gerade stellen wollte, mit einer schnellen Handbewegung.

»Stell bitte keine Fragen, du wirst keine Antworten von mir bekommen! Ich zeige dir Natasha, und du machst den Rest mit ihr aus. Mehr kann und will ich dir nicht sagen. Aber sei vorsichtig! Du lässt dich damit auf ein Spiel ein, dem du vielleicht nicht gewachsen bist.«

Anstatt Licht in die Angelegenheit zu bringen, hatte Gerri alles noch komplizierter gemacht. Wer waren diese rätselhaften Personen, die ihm weiterhelfen sollten, und was bezweckte sie mit ihren Warnungen? Keine Fragen zu stellen war wahrscheinlich angebracht, denn die meisten Geschäfte in den Schatten liefen so, dass man besser nicht nachfragte, und im Grunde hatte Gerri ihm schon sehr viel Vertrauen bewiesen. Doch auf der anderen Seite konnte ihre letzte Andeutung auch unterstreichen, wie sicher sie sich ihrer eigenen Position war. Auf jeden Fall wollte er sich die Sache mit dem Auftrag einmal anhören, ablehnen konnte er schließlich immer noch.

»Einverstanden, ich möchte diese Natasha kennen lernen. Und, übrigens, danke, dass du mir helfen willst.«

Ihr Lächeln war das beängstigendste, das sie ihm schenkte. Für einen Moment schien sie das Raubtier zu sein, das ihre zweite Natur war, und er kam sich wie die Beute vor. Dann deutete sie auf einen der anderen Tische und blickte ihn freundlich an.

»Die Frau am Tisch dort drüben ist Natasha. Und was die Hilfe angeht, ich fürchte, du schuldest mir jetzt einen Gefallen.«

Phönix bekam keine Gelegenheit mehr, zu antworten, bevor Gerri verschwand. Wieder überraschte ihn die natürliche Anmut, mit der sie von dem Stuhl glitt und zur Bar zurückkehrte. Sein letzter Eindruck von ihr waren ihre blonden Haare und die unglaublich spiegelnden Augen.

Als Phönix sich dem Tisch zuwandte, auf den Gerri gezeigt hatte, konnte er Natasha nur von hinten sehen, doch der breite Rücken wies sie als kräftige und überdurchschnittlich große Frau aus. Der Körperbau war für einen Menschen viel zu massiv, und die Vermutung lag nahe, dass Natasha ein Ork war. Vielleicht war sie aber auch ein seltsameres Wesen, dachte Phönix, in Anbetracht der Tatsache, wer sonst noch im *Xanhaem's* verkehrte. Allerdings wollte er sich zuerst mit Vivien beraten, bevor er sich jener rätselhaften Frau zuwenden würde.

Doch die Magierin war vollauf damit beschäftigt, sich rhythmisch mit der Menge auf der Tanzfläche hin und her zu bewegen, und bot dabei einen interessanten Anblick, auch wenn sich Phönix einen Moment fragte, wie es sie weiterbringen sollte, wenn die Magierin sich nur amüsieren wollte. Phönix blieb an seinem Tisch sitzen und beobachtete die anderen Tänzer, die in ihren Bewegungen völlig in ihrer eigenen Welt fixiert wirkten und die anderen Gäste gar nicht wahrzunehmen schienen. Selbst wenn das Publikum in der Nähe der Tanzfläche ziemlich jung wirkte, begann Phönix ernstlich daran zu zweifeln, dass dieser Eindruck zutreffend war. Mit der Zeit glaubte er ein Gespür zu entwickeln, wer von den Anwesenden ein echtes ›Monster‹ und wer nur ein Poser war. Ein großer Teil der hochgestylten Typen schien eher zu der zweiten Gruppe zu gehören, und es entging ihm nicht, dass sie von vielen der zurückhaltenderen Gäste einfach übersehen wurden.

In die düsteren Klänge der Musik versunken, bemerkte er zuerst die Gestalt, die sich ihm näherte, überhaupt nicht. Doch als sie auf wenige Meter herangekommen war, erwachte ein Instinkt in ihm, der ihm genau sagte, dass sich ihm jemand gerade außerhalb des rechten Randes seines Blickfeldes näherte und ihn dabei unablässig anstarrte. Trotzdem machte er sich nicht die Mühe, seinen Blick von der Tanzfläche zu wenden, seine übrigen Sinne genügten völlig, um diese Person zu beobachten. Es dauerte einen kurzen Moment, bis er das zufriedene Grinsen bemerkte, das sich auf seine Gesichtszüge geschlichen hatte, und zum ersten Mal fühlte er sich wirklich wohl in seiner neuen Haut.

Es war ein junges Mädchen, das auf ihn zugekommen war, und spätestens, als sie sich ihm gegenüber auf den Stuhl setzte, konnte er sie nicht mehr ignorieren. Es war das Mädchen, das er an der Bar gesehen hatte, während sie einen Drink nach dem anderen in sich hineingeschüttet hatte. Die Kleine war jung und total aufgestylt. Die wenigen Stofffetzen, die sie an ihrem schweißglänzenden Körper trug, verdeckten nicht mehr viel, und zusammen mit ihrem übermäßig kontrastreich geschminkten Gesicht wirkte sie wie eine traurige Parodie der verführerischen Überlegenheit, die sie ausstrahlen wollte. Vielleicht war es aber auch nur der Geruch von Angst, den sie verströmte und der seinen Eindruck festigte. Das Mädchen versuchte sich selbst etwas zu beweisen, indem sie sich in eine Rolle zwang, die ihr Angst machte, und ihre Verzweiflung trieb sie anscheinend so weit, dass sie sich trotz ihrer Angst an ihn heranmachen wollte. Es war ein Gefühl von Mitleid und Abscheu, das Phönix verspürte, und die Überlegenheit ihr gegenüber vermischte sich mit einem brutaleren Gefühl, das sie ihm als Opfer erscheinen ließ. Die Kleine wollte mit dem Feuer spielen, ohne zu wissen, wie tödlich es sein konnte, sich zu verbrennen. Doch erneut entsetzte ihn seine herablassende Haltung. Die Erkenntnis, dass es ihm nichts ausmachen würde, sie zu töten, war schmerzlich.

»Hallo, hast du mal Feuer?«

Ihre Stimme sollte fröhlich und verführerisch klingen, doch auch bei dieser Frage schwang deutlich die Unsicherheit mit. Die Bewegung, mit der sie ihm die lange Zigarette hinhielt, war genauso einstudiert wie das Lächeln und das kurze Blinzeln, mit dem sie die Frage stellte. Phönix konnte den Geruch nach Alkohol in ihrem Atem wahrnehmen, und auch ihre Augen verrieten, dass sie ihren Mut mit einigen Cocktails hätte stärken müssen.

Als er ihr weißes Gesicht mit den schwarzen Lippen sah, schüttelte er den Kopf, ohne sicher zu sein, ob diese Reaktion ihrer Frage oder ihrem bemitleidenswerten Verhalten galt. Anscheinend brachte sie diese Antwort aus dem Konzept, doch dann ließ sie die Zigarette auf den Tisch fallen und versuchte einen zweiten Anlauf.

»Mein Name ist Cleo. Du bist nicht oft hier, oder?«

Wieder dieses Blinzeln und Lächeln, das ihm langsam auf die Nerven fiel. Auch dieses Mal schüttelte er nur stillschweigend den Kopf und hoffte, sie würde von selbst darauf kommen, dass sie unerwünscht war, und sich jemand anderen suchen. Doch sie schien nicht aufgeben zu wollen, vielleicht hatte der Alkohol ihre Wahrnehmung so beeinträchtigt, dass sie die Situation nicht verstand, oder ihre Verzweiflung war so groß, dass sie nicht mehr aufgeben konnte. Ihr dritter Versuch wurde allerdings unterbrochen, als Vivien von der Tanzfläche kam, sich Cleo näherte und ihre Hand auf deren Schulter legte. Sofort zuckte das Mädchen zusammen und drehte sich entsetzt zu Vivien um. Für diese kurze Sekunde konnte Phönix ihre wahre Angst wahrnehmen und ihre Maske durchschauen.

Die Magierin blickte auf das Mädchen herunter und starrte sie kalt an.

»Besser, du verschwindest jetzt und suchst dir jemand anderen. Oder vielleicht solltest du nach Hause gehen und erst mal erwachsen werden.«

Ihre Stimme hatte einige Spitzen, die nicht nur gespielt sein konnten, Cleo schien sie wirklich verärgert zu haben. Und Cleo war in der Situation das Opfer und hatte keine Möglichkeit, sich zu verteidigen. Diese Lage schien ihr allerdings nicht fremd zu sein, und es war anscheinend nicht ihre erste Niederlage, auch wenn das ihren Schmerz nicht zu lindern schien. Ihr Blick sprach Bände, doch sie versuchte nicht einmal gegen Vivien anzutreten, sondern zog sich schweigend zurück. Diese Begegnung würde eine weitere Narbe in ihrem Selbstvertrauen hinterlassen, und es würde wahrscheinlich nicht die letzte sein.

Ungerührt ließ sich die Magierin auf den frei gewordenen Stuhl fallen und starrte ihn an.

»Was ist los, ist irgendetwas nicht in Ordnung?«

»Ist schon gut, mir gehen nur immer noch einige Sachen durch den Kopf.«

Sie nickte verständnisvoll und fragte glücklicherweise nicht weiter nach. Er wollte nicht darüber sprechen, aber es war schwierig, sich daran zu gewöhnen, dass er jetzt zu den Raubtieren der Sechsten Welt gehörte und dass Mitleid mit der schwachen Beute nichts mehr in seinem Kopf verloren haben sollte. Trotzdem berührte ihn die Begegnung und welche Gedanken sie bei ihm ausgelöst hatte. Aber er musste diese störenden Gefühle wegschieben, denn wichtigere Probleme waren zu lösen.

»Ich glaube, wir haben eine Spur. Dort drüben an dem Tisch sitzt eine Frau namens Natasha. Gerri sagte mir, dass sie mir vielleicht weiterhelfen könnte, falls wir einen kleinen Auftrag für sie erledigen.«

»Du meinst nicht die Kleine von soeben, oder?«

Bei dem Gedanken und dem ungläubigen Gesichtsausdruck der Magierin musste Phönix lächeln.

»Nein, Gerri ist die Barkeeperin.«

Vivien warf einen schnellen Blick zur Bar und war sichtlich interessiert.

»Du hast mit Man-eater gesprochen? Und sie hat dir bei der ersten Begegnung einen Rat gegeben?«

»Wieso? Ist das bei meiner Ausstrahlung so überraschend?«

Obwohl er die Bemerkung nicht ernst gemeint hatte, fand er Viviens Lachen doch etwas unangebracht.

»Man-eater lässt sich selten mit Gästen ein, und sie hat ihren Spitznamen nicht umsonst. Normalerweise finden Typen, die sie belästigen, ihre Gliedmaßen in den Müllcontainern hinter der Disco wieder! Mich wundert schon, dass du ihren richtigen Namen kennst.«

»Eigentlich hat sie mich angesprochen.«

Nun schien die Magierin wirklich verblüfft.

»Entweder hat sie ihren ersten guten Tag seit Jahren, oder du hast etwas an dir, was mir bisher entgangen ist. Aber Spaß beiseite, wenn sie dir den Tipp gegeben hat, kannst du dich darauf verlassen, dass diese Natasha uns weiterhelfen kann.«

»Das heißt dann wohl aber auch, dass wir ihre Warnung ernst nehmen sollten.«

Das bedeutungsschwere Nicken der Magierin war Antwort genug.

»Zumindest hat Gerri mich an Natasha verwiesen, und ihre Warnung bezog sich darauf, dass deren Herr und Meister sehr einflussreich und gefährlich sei. Trotzdem sollten wir versuchen, ob wir nicht diese Möglichkeit nutzen können.«

»Bringen wir es hinter uns. Wenn uns die Sache nicht gefällt, können wir vielleicht immer noch nach einer anderen Möglichkeit suchen.«

»Hauptsache, der Abgang wird dieses Mal etwas ruhiger als der letzte Besuch mit dir hier!«

Vivien musste lächeln, aber sie war trotzdem angespannt. Sie schien nicht wirklich zu glauben, dass sie sich für den Job interessieren und dann noch aussteigen konnten, dafür kannte sie solche Situationen zu gut. Wer wusste schon, was sie erwarten sollte? Die rätselhafte Warnung von Gerri machte die Sache nur noch unheimlicher, aber sie hatten ihre Entscheidung getroffen, als Vivien aufstand und auf den Tisch zuging, den Phönix ihr zeigte.

Die muskulöse Frau wandte ihnen immer noch den Rücken zu, als sie sich ihr näherten, und Phönix fiel auf, dass sie anscheinend mit Absicht so saß, dass sie das Geschehen nicht beobachten konnte und dass andererseits auch sie nicht beobachtet werden konnte.

Vorsichtigen Schrittes ging Phönix um den Tisch herum und hielt seinen Blick ständig auf Natasha gerichtet. Auch wenn sie auf ihr Herannahen nicht reagiert hatte, war er sich sicher, dass sie ihre Ankunft bemerkt hatte und sie immer im Zentrum ihrer Aufmerksamkeit hielt.

Natasha war eine große Frau, das hatte er schon von weitem erkennen können. Ihre Figur war die einer Bodybuilderin, die breiten Schultern und der muskulöse Körperbau nahmen ihr jeden Eindruck von Weiblichkeit. Ihr dunkles Haar war zu einer millimeterkurzen Militärfrisur zurückgeschnitten, und der schwere Mantel machte mit seinen kugelsicheren Platten eher einen funktionalen Eindruck. Doch all diese Merkmale verblassten, als Phönix ihr ins Gesicht sah. Schon vorher hatte er vermutet, dass es sich bei Natasha um einen Ork handeln könnte, doch der Anblick, der sich ihm bot, irritierte ihn weitaus mehr. Ihr Gesicht war von der Natur mit einer gewissen groben Einfachheit ausgestattet worden, doch unter den Laserskalpellen der modernen Schönheitschirurgie war ein Kunstwerk entstanden, das eine gewisse Schönheit hatte, aber künstlich und unecht wirkte. Die Augen fielen durch kalte Effizienz auf. Anstatt den Versuch zu machen, die Augen natürlich aussehen zu lassen, hatte sich Natasha Cyberaugen implantieren lassen, die sich nur als glatte schwarze Flächen präsentierten, ohne die Pupillen zu differenzieren. Der Versuch zu erahnen, wohin sie mit den kalten Implantaten blickte, war zum Scheitern verurteilt. Wer konnte schon ahnen, was sie mit diesen künstlichen Konstrukten alles sah, wie die Welt für sie wirken musste. Doch all dies war noch normal, es gab Samurais auf den Straßen, die wesentlich überzogener wirkten. Auch die krankhafte Blässe ihres Gesichts war im Zeitalter tödlicher Sonnenallergie und häufiger Mangelernährung kein ungewöhnlicher Anblick, doch in dem Moment, als ihr Lächeln die Hauer in ihrem Mund entblößte, wurde Phönix klar, dass sie weder ein normaler Mensch noch ein gewöhnlicher Ork war. Während die Eckzähne der meisten Orks zu großen Hauern ausgebildet waren, waren Natashas Zähne zu feinen Raubtierfangzähnen geschliffen worden. Es war eigentlich nicht diese künstliche Veränderung, sondern diese Ahnung, dass sie irgendwie anders war, was ihn beschäftigte. Die Zähne, ihre bleiche Haut, ihr ganzes Äußeres waren vielleicht sonderbar, aber nicht wirklich fremdartig. Aber es war etwas hinter dieser Fassade, das er spüren konnte, eine Aura der Gefährlichkeit und Unmenschlichkeit, die den bloßen Anblick harmlos wirken ließ. Was auch immer aus dem Ork geworden war, der Natasha früher einmal gewesen war, jetzt verbarg sich etwas anderes hinter dieser Maske. Würde er irgendwann genauso werden?

Nachdem Phönix sich seine erste Meinung über diese Frau gebildet hatte, blickte er zu Vivien, doch die Magierin verbarg ihre Überraschung gut, sofern sie überhaupt beeindruckt war. Allerdings sagte sie nichts und blickte abwartend zu Phönix herüber, als wolle sie andeuten, dass es seine Aufgabe sei, den ersten Schritt zu machen.

»Guten Abend, ich hörte, Sie suchen ein paar Leute für einen besonderen Job.«

Die Einleitung war vielleicht etwas direkt, andererseits sah Natasha nicht so aus, als würde sie viel Wert auf Umgangsformen legen. Anscheinend lag er mit dieser Vermutung richtig, denn sie lächelte und deutete mit einer großen Hand auf die Stühle ihr gegenüber. Auch die Hand wirkte fremdartig. Die bleiche Haut war sonderbar haarlos, vor allem für einen Ork, und schwarzglänzende und rasiermesserscharfe Metallplatten waren in die Nagelbetten eingesetzt worden.

Vivien ließ sich auf dem Stuhl neben Phönix nieder, nachdem er gegenüber von Natasha Platz genommen hatte, und begrüßte sie mit einem kurzen »Hallo«.

Als Natasha sprach, war Phönix verwundert über ihr leises Krächzen, das ihrem massigen Körper keineswegs gerecht zu werden schien. Trotzdem wirkte der Tonfall befehlend und herablassend zugleich. Allein die Stimme war in der Lage, jemanden erfolgreich einzuschüchtern.

»Ihr beiden sucht einen Job? Schon möglich, dass ich einen hätte, aber warum sollte ich ausgerechnet euch dafür nehmen?«

»Erstens, wenn wir es nicht wert wären, nach diesem Job zu fragen, dann wüssten wir nichts davon, und zweitens sehe ich bisher keine anderen Anwärter, die auch nur annähernd so geeignet wären.«

Dieses Mal war es Vivien, die sprach, und auch sie hatte ihrer Stimme einen scharfen Unterton gegeben, anscheinend wollte sie die Verhandlung übernehmen. Das aggressive Verhalten schien Natasha zu gefallen, und sie warf der Magierin ein anerkennendes Lächeln zu.

»Nun, ich habe einen wichtigen Job. Es wird Schwierigkeiten geben.«

»Na und, gibt es die nicht immer?«

»Trotzdem bezweifle ich, dass euch der Job gefallen wird. Außerdem dürft ihr nicht wissen, was ihr wirklich tut.«

»Auch das ist nicht ungewöhnlich.«

»Vielleicht sind allerdings unsere Forderungen bezüglich der Bezahlung ungewöhnlich!«

Der letzte Satz, den Phönix in das Gespräch hatte einfließen lassen, ließ Natasha aufhorchen, und ihr Gesicht gefror binnen Sekunden zu einer eisigen Maske. Als sie nicht nachfragte, worum es sich handeln würde, führte er seine Erklärungen fort.

»Wir wollen für die Erledigung des Jobs in erster Linie Informationen, die nur der Mann liefern kann, für den Sie Mittelsmann sind.«

Natashas Augen verengten sich zu Schlitzen, und ihre Haltung spannte sich binnen Sekunden an, als würde sie zu einem Angriff ansetzen. Doch bevor sie etwas Törichtes tun konnte, mischte sich Vivien wieder ein.

»Keine Sorge, wir wissen praktisch nichts über den Big Boss hinter der Unternehmung, allerdings wurde uns gesagt, er könne die Informationen beschaffen, die wir brauchen. Das alte Spiel: eine Hand wäscht die andere.«

Natashas Stimme klang gepresst, als sie die nächste Frage stellte.

»Welche Art von Informationen?«

»Es geht um einen Vampir, den wir finden müssen. Es geht um den Mann, der mich zu einem Vampir gemacht hat.«

Es war für Phönix leichter, die Wahrheit zu sagen. Ohne die Erklärung bestand die Gefahr, dass Natasha seine Absichten missverstand und die ganze Angelegenheit außer Kontrolle geriet.

»Unter diesen Bedingungen muss ich Rücksprache nehmen.«

Ihre Stimme klang immer noch gepresst, und sie schien einen inneren Krieg auszufechten, was sie tun sollte. Plötzlich kehrte die Sicherheit in ihr Gesicht zurück, und es war ein Ausdruck, der einem Angst machen konnte. Sie würde Rücksprache nehmen, und sie wusste, dass sie sowohl Vivien als auch ihn töten würde, wenn die Antwort ihres Chefs abschlägig ausfiel. Und anscheinend schien ihr der Gedanke zu gefallen.

»Ihr wartet hier, ich bin in wenigen Minuten zurück. Ich hoffe, ihr seid nicht so dumm, irgendwelche Tricks zu probieren.«

Ihre Stimme klang todernst, als sie aufstand und in Richtung einer menschenleeren Ecke ging. Als sie in ihr Handgelenktelefon sprach, waren die Augen immer auf ihren Tisch gerichtet, allerdings ließen die schwarzen Flächen nicht erahnen, wo das Zentrum ihrer Aufmerksamkeit wirklich lag. Phönix warf Vivien einen fragenden Blick zu, doch ihre Augenbewegung machte ihm klar, dass es sicherer sei, einfach still zu warten. Natasha beendete ihr Gespräch und kam zurück. Ein hinterhältiges Grinsen hatte sich während des Telefonats auf ihrem Gesicht breitgemacht, und sichtlich zufrieden ließ sie sich wieder auf ihren Stuhl fallen.

»Wenn ihr den Job zu meiner Zufriedenheit ausführt, sollt ihr bekommen, was ihr verlangt. Allerdings müssen wir sofort aufbrechen, die Angelegenheit duldet keinen Aufschub. Ich hoffe, ihr seid reisefertig?«

Die letzte Bemerkung irritierte Phönix, doch Vivien stand mit einem einfachen Nicken auf und sah so aus, als wolle sie gleich aufbrechen. Zu seiner Verwunderung war auch Natasha sofort auf den Beinen, und kurz darauf verließ das Trio die Disco.

Wieder passierten sie die beiden Ghulwachen, ihre Auftraggeberin ging zu einem mitternachtsblauen BMW. Es war unschwer zu erkennen, dass das sportliche Auto zu den teureren Modellen gehörte. Natasha schloss den Wagen auf und nahm auf dem Fahrersitz Platz, während Vivien an der Beifahrerseite einstieg. Für ihn blieb also nur die eingeschränkte Beinfreiheit der Rückbank übrig. Die Fahrerin startete den Motor, während der Chipplayer des Wagens mit knallharter Lautstärke das neueste Album der Nuclear Pacifiers auf sie eindröhnen ließ. Natasha nutzte die Beschleunigung des Wagens voll aus und startete mit heulendem Motor und quietschenden Reifen.

Der Sportwagen war einige Minuten durch die Nacht gerast, während die Musik laut dröhnte, als Phönix sich entschied, eine Frage zu stellen.

»Wohin fahren wir eigentlich?«

Entweder hatten sowohl Natasha als auch Vivien die Frage überhört, oder keine von beiden schien Wert darauf zu legen, ihm zu antworten, sodass die kommende halbe Stunde nur das harte Gehämmer der Nuclear Pacifiers zu hören war.

Natasha nutzte die leeren Autobahnen und fuhr den schweren Wagen bis zu seinen Grenzen aus. Ihre Fahrtroute brachte sie bald aus dem Plex heraus und führte sie nach Nordwesten. Die Strecke auf der Autobahn war ereignislos, sogar der Autoduellist, der auf der nächtlichen Bahn ein Hochgeschwindigkeitsduell mit seinem Wagen und einer Batterie von Automatikwaffen ausfechten wollte, fiel binnen Sekunden hinter dem BMW zurück, und von den wenigen Schüssen, die ihr Ziel fanden, war im Inneren des BMWs nur ein leichtes Knistern zu hören. Die Kugeln prallten offenbar an der Panzerung des Wagens ab, und Natasha machte während des ganzen Vorfalls nicht den Eindruck, als würde es sie auch nur ansatzweise interessieren.

Schließlich verließen sie die Autobahn, und Natasha fuhr nach Wesel, das am nördlichen Ende von Nordrhein-Ruhr lag. Im Gegensatz zu dem weiter südlich liegenden Rhein-Ruhr-Megaplex hatte sich Wesel in den letzten fünfzig Jahren kaum verändert, doch im Vergleich zum Plex wirkten nur wenige Städte nicht provinziell und veraltet. Trotz allem war Wesel in der Sechsten Welt gewachsen, und mit dem Aufbau einer Firmenniederlassung von Messerschmitt-Kawasaki war die Stadt in den letzten zehn Jahren zu einem kleinen, aber wichtigen Zentrum der Raumfahrtindustrie geworden. In den Entwicklungslabors und Produktionsstätten des Konzerns wurden angeblich die Computersysteme für das Sänger-Orbitalgleiter-Konzept hergestellt, allerdings lief das ganze Projekt unter großer Geheimhaltung. Der Megakonzern war der größte Arbeitgeber der Stadt, und weite Teile der Bevölkerung in der Umgebung arbeiteten auf die eine oder andere Weise für den Konzern. Außerdem hatte die Niederlassung von Messerschmitt-Kawasaki zur Folge gehabt, dass andere Elektronikfirmen sich ebenfalls in Wesel ansiedelten, und im Gegensatz zu den Außenbezirken war auch die Innenstadt um den Dom inzwischen eine Sicherheitszone mehrerer privater Firmen, um die millionenschweren Entwicklungen zu schützen. Trotzdem war Wesel selbst auf diesem Sektor den meisten Städten des Plexes unterlegen und kein Vergleich zu den Sicherheitszonen innerhalb von Essen. Immerhin machte das Hoverliga-Team noch von Zeit zu Zeit von sich reden, sodass Wesel nicht völlig in der Hektik des 21. Jahrhunderts unterging.

Natasha fuhr aus dem Zentrum der Stadt, und die Luxusapartmentwohnungen und Bürotürme der Konzerne, die gerade eben vermieden, den Dom zu überragen, verschwanden, um dem linksrheinischen Stadtteil Platz zu machen, der vor vierzig Jahren als ehrgeiziges Wohnprojekt verwirklicht worden war. Der klangvolle Name, den die Städteplaner dieser Siedlung gegeben hatten, war inzwischen vergessen, doch die Bezeichnung ›Nebelstadt‹ war über die Jahre mit dem Wandel gekommen. Über den Wirren der Eurokriege, dem Chaos des Auftauchens der Sechsten Welt und einem ganzen Paket von sozialen Problemen war die Nebelstadt vor ungefähr fünfzehn Jahren von einmarschierenden Gangs förmlich eingenommen worden. Es war nicht die Geschichte der wütenden Motorradschar, die plündernd durch die Stadtviertel raste, sondern es war eine schleichende Invasion gewesen. Drogen, Kriminalität, vergessene Altlasten, auf denen die Wohnblocks errichtet worden waren, trieben immer mehr Wohlhabende aus ihren Wohnungen ins sichere Stadtzentrum oder in andere Städte, während die Gangs mit ihren Waffen und Drogen immer mehr die Kontrolle übernahmen. Die Polizei war korrupt oder zeigte kein Interesse, und die Teufelsrattenplage, die am Ende des Wandels stand, wäre eigentlich nicht mehr nötig gewesen, um den Untergang des ehemaligen Luxuswohnviertels zu besiegeln und die letzten Anwohner zu verjagen. Die Grundstückspreise waren in den Keller gefallen, und nach dem ersten Jahr in der Hand der neuen Besetzer der Nebelstadt waren die Schäden an den Gebäuden so hoch, dass jede Renovierung nicht mehr rentabel gewesen wäre. Trotzdem war die Nebelstadt angeblich vor mehreren Jahren komplett aufgekauft worden und stand nun unter der rechtlichen Gewalt des neuen Besitzers. Vielleicht war dieses Gerücht aber auch nur die Rechtfertigung der Behörden, sich nicht mehr um dieses Problemgebiet kümmern zu müssen. Man hatte der Nebelstadt einfach sämtliche Versorgungsleitungen abgedreht, und die Rheinbrücke, die einzige Verbindung zwischen dem linksrheinischen Viertel und der restlichen Stadt, hatte man in eine Art Checkpoint verwandelt, um zu verhindern, dass sich das Krebsgeschwür ›Nebelstadt‹ weiter ausdehnte. Die nachträglich errichtete Mauer, die die restliche Nebelstadt umgab, um die Brücke zum einzigen Zugang zu machen, war vielleicht der deutlichste Hinweis, dass tatsächlich jemand das ganze Stadtviertel aufgekauft hatte.

Ihre Fahrt führte sie an maroden Wohnblocks vorbei, die den Weg in Richtung Rheinufer säumten, und der BMW näherte sich langsam der Zufahrtsbrücke der ›Nebelstadt‹. Die Brücke war eine monströse Stahlkonstruktion, und auf der zur Stadt gewandten Seite sah sie aus wie eine Festung. Ein gepanzertes Wachhaus auf der rechten Seite leuchtete das Areal mit Scheinwerfern aus und beobachtete die Brücke mit Dutzenden von Kameras. Die Uferböschung war mit Stacheldraht und Sensoren gespickt, auch wenn sich Phönix nicht vorstellen konnte, wer so verrückt sein würde, den Rhein zu durchschwimmen. Es gab zwar gefährlichere Flüsse in der Allianz, aber trotzdem gab es in dem trüben Wasser mehr Möglichkeiten, durch gefährliche Critter zu sterben, als in manchem Naturschutzgebiet. In dem Wachhaus waren anscheinend fünf bis zehn Wachmänner untergebracht, und an beiden Seiten der Brücke waren schwere Betonblöcke auf Schienen positioniert, um den einzigen Durchgang zur Nebelstadt gegen schwere Fahrzeuge abschirmen zu können. Wenn die Gerüchte stimmten, hatte der Käufer der Nebelstadt diesen Grenzposten als Teil des Kaufvertrags finanzieren müssen, damit sich die braven Bürger von Wesel nicht durch eine plötzliche Invasion bedroht fühlen mussten.

Natasha fuhr den Wagen ungewöhnlich ruhig an den Checkpoint heran, und plötzlich tauchten aus einem vorher nicht erkennbaren Winkel zwei gepanzerte und bewaffnete Polizisten auf, die mit roten Leuchtkellen den BMW zum Bremsen aufforderten. Neben den beiden Beamten war ein großes Schild zu erkennen, das in Deutsch, Englisch und Russisch einen warnenden Hinweis verkündete:

Achtung!

Sie verlassen den Stadtbezirk von Wesel in Richtung einer brachen Zone!

Die Weiterfahrt geschieht auf eigene Gefahr!

Aufgrund des unsicheren Zustands der Zone erlöschen für die Dauer des Aufenthalts alle Ansprüche auf medizinische Notfallhilfe!

Den Anordnungen des Sicherheitspersonals ist Folge zu leisten!

Das Sicherheitspersonal ist befugt, jedem, der aus der brachen Zone zurückkommt, ohne Angabe von Gründen die Weiterfahrt zu verweigern!

Natasha bremste den Wagen und kam neben den Beamten zum Stehen, während sie zum ersten Mal während der ganzen Fahrt die Musik leiser drehte. Per Knopfdruck ließ sie Viviens Scheibe herunterfahren, und einer der beiden Polizisten näherte sich dem offenen Fenster. Beide Sicherheitsleute trugen schwere grüne Panzerwesten und Helme mit klarem Sichtvisier, das in dieser Version auch als Head-Up-Display dienen konnte. Beide waren mit Heckler & Koch-Maschinenpistolen ausgerüstet.

»Guten Abend, entschuldigen Sie, aber Sie bewegen sich auf eine Brachenzone zu.«

Die Stimme des Polizisten war monoton und drückte kein sonderliches Interesse aus. Trotzdem reagierte Vivien gereizt, die Stimmung der Musik, die sie die ganze Zeit zugedröhnt hatte, schwang in ihren Worten mit.

»Stimmt, und wir haben sogar vor hineinzufahren. Und da es keine rechtliche Grundlage gibt, uns nicht passieren zu lassen, sollten wir die Sache beschleunigen.«

Der Polizist wollte sich das Verhalten nicht gefallen lassen und reagierte ebenfalls gereizt.

»Vielleicht sollten wir zuerst eine Fahrzeugkontrolle durchführen. Wenn der Wagen gestohlen ist …«

»… hätten Sie noch Glück gehabt, denn der Konzern, aus dessen Fuhrpark der BMW stammt, wird ziemlich verärgert sein, wenn seine Angestellten grundlos aufgehalten werden. Wir werden sowieso noch einmal kontrolliert, wenn wir hier wieder herauskommen. Also, bis später.«

Dieses Mal war es Natasha, die geantwortet hatte, und mit dem Ende des Satzes schob sich die kugelsichere Scheibe vor das grimmige Gesicht des Polizisten, und der Wagen fuhr mit normaler Geschwindigkeit auf die Brücke zu. Phönix wunderte sich nur, dass sie sich nicht die Mühe machte, den Chipplayer wieder lauter zu stellen. Allerdings war Natasha juristisch gesehen im Recht, denn die Polizei konnte ihnen die Fahrt in die Zone nicht verwehren. Allerdings war sie in der Lage, allen Verkehr aus der Zone aufzuhalten, und die Polizisten hatten keine Verpflichtung, Zivilisten in der Zone zu helfen. Im Grunde ging es bei der ersten Kontrolle nur um eine Warnung, um zu verhindern, dass Opfer übermäßige Schadensersatzforderungen stellen könnten, weil sie in der Nebelstadt irgendwelche Angehörigen oder Organe verloren hätten.

Endlich brach Natasha das Schweigen, als der Wagen langsam über die alte Brücke fuhr.

»Willkommen in der Nebelstadt. Wir sind bald am Ziel unseres kleinen Ausflugs.«

Da Vivien ihre Fahrerin zu ignorieren schien und auf den nebelverhangenen Rhein blickte, nutzte Phönix die Gelegenheit, sich mit der Fahrerin zu unterhalten.

»Was wollen wir in der Nebelstadt?«

»Drei Sachen: Briefing, Ausrüsten und Transport in die Zielzone.«

Warum das ausgerechnet in der Nebelstadt geschehen musste, war Phönix zwar nicht klar, aber dieser Ort war ideal für Schieber und Shadowrunner, um ihre Geschäfte durchzuführen. Doch auch sein Wunsch nach ein wenig Konversation wurde von Natasha im Keim erstickt, sodass er seine Aufmerksamkeit der Umgebung zuwandte.

Am anderen Ufer zeichneten sich die großen Apartmentblocks ab, die zu den teuersten Wohnungen in Wesel gehören würden, wenn das Schicksal nicht so unbarmherzig mit diesem Stadtviertel umgegangen wäre. Überall waren Lichter in den Straßen und auf den Dächern zu sehen, aber es waren keine teuren Hochleistungslampen, sondern einfache Feuer, deren flackerndes Leuchten wirre Schatten über die schwarzen Glasfassaden huschen ließ. Die Nebelstadt sah bewohnt aus, allerdings wirkte sie wie die bösartige Karikatur einer nächtlichen Stadt. Auf der Mitte der Brücke passierten sie schließlich ein weiteres Schild, das mit krakeligen, roten Buchstaben beschrieben war.

Willkommen in der Nebelstadt!
Ein guter Ort zu sterben!
(Oder zu töten!)

Dies war genau die Art von Begrüßung, die man hier zu erwarten hatte. Bereits vor dem Ende der Brücke war ein weiterer Checkpoint aufgebaut, allerdings waren es dieses Mal mehrere Gangmitglieder, welche die Brücke versperrten. Ein alter Jeep blockierte die doppelspurige Straße, und kahl geschorene Gestalten in schwarzen Lederklamotten, die mit gelben Runen bemalt waren, richteten unverhohlen ihre Waffen auf den BMW. Phönix zählte sechs Personen, alles Menschen, männlich, Anfang zwanzig. Die Waffen waren Sturmschrotflinten und zwei MPs, ein nettes Arsenal für eine einfache Straßengang. Beim Anblick der Blockade fluchte Natasha leise auf Russisch und wandte sich dann an Vivien und ihn.

»Diese Idioten von Neo-Skins wollen anscheinend Ärger. Nur damit eines klar ist, mit denen verhandeln wir nicht!«

Vivien nickte und schien sich auf einen Zauber vorzubereiten, denn ihr teilnahmsloser Gesichtsausdruck verschwand in einer Mischung aus freudiger Erwartung und Anspannung. Auch Phönix hatte verstanden, was Natasha erwartete: sie würden die Blockade durchbrechen und dabei so viele Gangmitglieder in die Hölle schicken, wie sie konnten.

Einer der Skins, ein Zwei-Meter-Hüne mit einer großen Narbe auf seinem kahlen Schädel, trat an den bremsenden BMW heran, während seine Kumpel ihm laut zugrölten.

Natasha ließ die Scheibe herunter, doch mit ihrer anderen Hand zog sie vorsichtig etwas unter ihrem Sitz hervor. Der Hüne beugte sich vor, um in den Wagen zu blicken, während er mit einem unverschämten Grinsen sein Sprüchlein aufsagte.

»Okay, Fatso, wir wollten uns mit dir über deinen Beitrag zum Kampf gegen dieses Metagesindel unterhalten – hey, Moment, das ist ja 'ne Ork-Hu …«

Weiter kam der Hüne nicht, denn der Rest des Satzes ging in der Automatikfeuersalve unter, die Natasha aus nächster Nähe in den Typen hineinpumpte. Sie leerte das gesamte Magazin in das Gangmitglied, das wild zuckend durch die Gegend geschleudert wurde, während Dutzende von Kugeln seinen Körper in Stücke rissen. Der Gesichtsausdruck des Orks war beängstigender als ihr Angriff. Keine Regung war auf der weißen Maske ihres Gesichts zu erkennen, nicht einmal das Aufflackern maßloser Wut war in ihren Zügen zu sehen. Die anderen Gangmitglieder waren offensichtlich von Natashas Attacke überrascht, und der plötzliche Tod ihres Anführers schien sie in ihrer Entscheidungsfähigkeit zu lähmen. Es fiel nur ein Schuss, bevor der BMW unter voller Beschleunigung durch die Barrikade brach und drei weitere Gangmitglieder überrollte.

Sie rasten mit ihrem BMW in die Nebelstadt und ließen vier Tote auf der Brücke zurück. Die beiden Überlebenden schienen nicht an Rache interessiert zu sein, sondern brachten zuerst ihr eigenes Leben in Sicherheit, als ihre Kollegen von der Wucht des Wagens zerschmettert wurden.

Die Nebelstadt hatte mit dieser Begegnung innerhalb der ersten Minuten alle schlechten Erwartungen erfüllt, die Phönix an sie gestellt hatte, und allmählich störte ihn die krampfhafte Stille in dem Wagen. Er wollte mit Vivien reden, denn langsam spürte er wieder das Gefühl der Einsamkeit in sich hochkriechen, die irrationale Angst, dass die Magierin nichts mit ihm zu tun haben wollte. Und gleichzeitig sah er den Ort an den kugelsicheren Scheiben vorbeiziehen, der die Art von Hölle darstellte, in die er selbst gehören sollte. Aber wenn er etwas sagen würde, um die Stille zu brechen, würde er Schwäche zeigen, und im Beisein von Natasha war dieser Gedanke noch schlimmer als die Einsamkeit.

Also schwieg er und versuchte, so viel von der Nebelstadt in sich aufzunehmen, wie er konnte. Die schwarzen Wohnblocks, die beim näheren Hinsehen beschädigt und mit Graffiti beschmiert waren, wichen einer Straße, die als Einkaufszone geplant gewesen war und in deren kleinen Geschäften sich das abzeichnete, was die Nebelstadt ausmachte. Die Nebelstadt war nicht verlassen, und das Treiben auf der Straße hätte die Stadtplaner neidisch gemacht, wenn nicht das besondere Flair der neuen Bewohner gewesen wäre. Statt Boutiquen, Lebensmittelgeschäften und Bistros, in denen elegant gekleidete Konzernangehörige ihre Einkäufe erledigen konnten, bot sich ein anderes Bild. Samurai, Squatter, Dealer, Prostituierte und Gangmitglieder waren die neuen Anwohner, und die Geschäfte, die hier unter dem Schein flackernder Holobildreklamen abgeschlossen wurden, hatten mit Drogen, Waffen und Sex zu tun. Offensichtlich florierten die Geschäfte. Es war eine Welt der unbegrenzten Möglichkeiten für Leute, die eigentlich keine Chance hatten. Menschenleben waren hier nichts wert, auch wenn Phönix mit einem zynischen Lächeln feststellen musste, dass das eigentlich so nicht stimmte, denn es gab offensichtlich sogar einen Sklavenhandel in der Nebelstadt.

Langsam tauchte die ehemals chromglänzende Nadel des Rhein-Towers auf, die als Bürostadt mit sechzig Stockwerken geplant worden war und den Mittelpunkt des Stadtteils bildete. Eine breite Straße führt auf dieses monolithische Bauwerk zu, und als sie das Gebäude fast erreicht hatten, lenkte Natasha den Wagen eine Einfahrt hinab, die direkt unter den Turm führte. Das riesige Parkdeck war absolut leer, und der Turm schien von den Bewohnern der Nebelstadt unangetastet geblieben zu sein. Doch als sie die Einfahrt der Garage passiert hatten, wurde Phönix klar, warum hier niemand sein Lager aufgeschlagen hatte. Die Zufahrt wurde von Kameras überwacht, und zwei automatische Feuersysteme mit schweren Maschinengewehren deckten die Zufahrtsrampe ab. Die Technik war das Neueste vom Neuesten, es handelte sich eindeutig um Militärsysteme mit elektronischer Zielerfassung, wie sie einige Konzerne und Armeen für ihre Perimetersicherung nutzten. Alles, was das System als unbefugter Eindringling identifizierte, wurde von den Automatikgeschützen mit ein paar hundert Schuss pro Minute in die Hölle geschickt. Die Waffen ließen den Wagen passieren, und Natasha parkte in dem leeren Parkdeck direkt vor den Aufzügen, die die Garage mit dem Rest des Towers verbanden.

Vivien und Phönix folgten ihr, als sie ausstieg und per Knopfdruck den Aufzug rief. Anscheinend verfügte das Gebäude über Strom, aber im Gegensatz zu den kleinen Geschäften, die sie vorher gesehen hatten, bezweifelte er, dass man diese Anlage mit ein paar kleinen Generatoren und einem Satz Hochleistungsbatterien betreiben konnte. Auch der Aufzug selbst war beleuchtet und in perfektem Zustand, irgendwie fehlte nur noch die sanfte Musik bei der Fahrt, um die Illusion von Normalität zu wahren.

Ihre Fahrt dauerte nur wenige Sekunden, obwohl Natasha den Fahrstuhl per Schlüsselschalter in den obersten Stock beordert hatte. Vielleicht erwarteten sie oben in der Spitze des Rhein-Towers endlich Antworten.

Die Aufzugstür öffnete sich mit einem leisen Rumpeln zu einem großes Foyer, das als Wartezimmer und Arbeitsplatz für Sekretärinnen ausgelegt gewesen war, jetzt aber nur noch kalten grauen Marmor und eine große verchromte Doppeltür zu bieten hatte. Ihre Schritte hallten unangenehm laut von den kahlen Wänden zurück, und ihre Führerin öffnete wortlos die Tür. Mit einem nichtssagenden Gesichtsausdruck blieb sie neben der Tür stehen und bedeutete ihnen einzutreten. Weil Phönix für einen kurzen Moment zögerte, war es Vivien, die zuerst eintrat. Sofort folgte er ihr, und es bot sich ihm ein beeindruckender Anblick. Dies musste das Büro eines Konzernbonzen gewesen sein, denn ein riesiges Panoramafenster gestattete einen Blick über die breite Straße bis zum Rhein hinunter. Es wirkte, als wäre dieser Raum das Herz der ganzen Nebelstadt, und von hier oben erschien das Chaos in den Straßen unwichtig und harmlos. Die Wände waren verspiegelt, und so sah es aus, als würden sie auf einem offenen Plateau stehen, während ihre Spiegelbilder kleine Menschengruppen in symmetrischen Abständen bildeten. Erst mit dem Klicken der Tür hinter ihm fiel Phönix auf, dass Natasha ihnen nicht gefolgt war, sondern die Doppeltür hinter ihnen geschlossen hatte. Vivien sah angespannt aus, doch wenigstens stand nicht mehr

Natasha zwischen ihnen, denn die Magierin warf ihm ein aufmunterndes Lächeln zu.

Plötzlich nahm Phönix eine Bewegung im Augenwinkel wahr und drehte sich langsam um, nachdem er den Impuls unterdrückt hatte, schnell auf die Situation zu reagieren. Seine Instinkte waren schneller als sein Verstand, doch dieses Mal hatte er sich beherrschen können.

Die Bewegung stellte sich als dunkle Gestalt heraus, die sich vor den schwachen Lichtern der Stadt vor dem Panoramafenster abzeichnete. Der lange Mantel der Gestalt wehte im Wind, und ein heiseres Lachen schlug Phönix entgegen.

»Erkenne endlich deine Bestimmung! Töte! Beginne mit ihr!«

Es war die Stimme seines Feindes, und die Gestalt zeigte auf Vivien neben ihm. Doch die Magierin stand nicht mehr aufrecht, sondern lag auf Knien vor ihm, das Gesicht auf den Boden gerichtet. Alles an ihrer Haltung symbolisierte ihre Niederlage, sie hatte sich ihm unterworfen, sie gehörte ihm. Er konnte mit ihr tun, was er wollte, er konnte ihr alles antun, und sie würde es erdulden. Doch das Gefühl von Macht wich der schmerzhaften Erkenntnis und dem Entsetzen über das, was ihm in grauenhaft plastischen Bildern präsentiert wurde. Entsetzt schloss er die Augen, er musste diese Gier in seinem Kopf zum Schweigen bringen, er durfte diesem sadistischen Machtgefühl nicht die Kontrolle überlassen. Sein Feind war zurück, und anscheinend verlor er den Kampf, der in ihm selbst stattfand.

»Alles in Ordnung?«

Es war Viviens freundliche Stimme, die zu ihm sprach, und ihre Hand legte sich auf seinen Oberarm. Langsam spürte er, wie er sich wieder unter Kontrolle bekam. Vorsichtig öffnete er die Augen. Sie stand direkt vor ihm und schien besorgt zu sein. Allerdings war nichts von ihrer Unterwerfung zu erkennen, doch ein schneller Blick zeigte ihm, dass die Gestalt, die er gesehen hatte, immer noch vor dem Fenster stand. Aber es war nicht die Gestalt seines schattenhaften Feindes, sondern die Silhouette eines schmalen, kahlköpfigen Mannes. Auch wenn er nichts Genaues erkennen konnte, war sich Phönix sicher, dass es nicht der Feind war. Die schreckliche Konfrontation hatte nur in seinem Kopf stattgefunden. Mit einem gezwungenen Lächeln versuchte er, Vivien zu beruhigen, und wandte sich der Gestalt zu. Irgendetwas an ihr stimmte nicht, etwas war falsch, doch Phönix konnte den Fehler nicht ausmachen. Auch Vivien blickte ihr Gegenüber irritiert an und war dicht an Phönix herangerückt, sodass sich ihre Schultern berührten.

Die Gestalt rührte sich zunächst nicht, und es schien eine Willenskraftprobe zu werden, wer zuerst sprechen würde. Nach der Vision wurde das Schweigen für Phönix noch schrecklicher als zuvor, und als Vivien ihn leise ansprach, gab ihm das einen Hauch von Sicherheit, nicht allein zu sein. Zuerst verstand er nicht, was die Magierin gesagt hatte, aber dann ergaben die Laute einen Sinn. Sie hatte ›Hologramm‹ gesagt, und endlich verstand er, was seine Sinne ihm versucht hatten mitzuteilen. Der Fremde hatte keinerlei Geruch und wirkte irreal, masselos, und auch das dumpfe Summen im Hintergrund machte auf einmal einen Sinn. Die Gestalt war nur eine holographische Projektion, überraschend gut gemacht, aber nicht perfekt.

Plötzlich sprach die Gestalt, und ihre Stimme war klar und präzise.

»Guten Abend. Willkommen in der Nebelstadt. Ich hörte, ihr wollt mir einen kleinen Dienst erweisen?«

Vivien übernahm das Reden, und Phönix war froh darüber, nicht selbst nach passenden Antworten suchen zu müssen. Die Magierin war erfahrener mit dieser Art von Geschäften und riskierte nicht so schnell, eine falsche Bemerkung zu machen.

»Richtig, wir brauchen einige Informationen, und dafür sind wir bereit, etwas zu tun.«

»Natasha sagte bereits, dass eure Forderungen reichlich extravagant sind.«

»Man sagte uns, dass der Auftrag ebenfalls extravagant ist.«

»Das kommt auf die Perspektive an, allerdings können wir uns über solche philosophischen Fragen später unterhalten. Die Informationen betreffen einen Vampir?«

»Ja, wir wollen alle verfügbaren Informationen.«

»Und euer Vampir ist der ominöse Nachtschlächter?«

Wenn die Magierin diese Frage verärgerte, so ließ sie es sich jedenfalls nicht anmerken.

»Auch diese Information ist korrekt.«

»Gut, ich glaube, ich kann euch helfen, aber vorher müsst ihr eine Kleinigkeit für mich erledigen.«

Die Gestalt machte eine bedächtige Pause, dann drehte sie sich scheinbar von ihnen weg, um die Stadt zu betrachten, bevor sie weitersprach.

»Ich suche eine Frau. Sie schuldet mir – sagen wir einmal – ein paar Antworten. Außerdem hat sie sich in eine äußerst missliche Lage gebracht. Um es kurz zu machen: in den Augen der deutsch-katholischen Kirche ist sie ein verdammungswürdiges Geschöpf, das durch die Flammen des Scheiterhaufens erlöst werden sollte. Leider ist sie nach Westphalen geflohen, als ich sie beinahe gefunden hatte, und wurde von der Bischofsgarde geschnappt. Man wird sie höchstwahrscheinlich ins ›Limbo‹ bringen, und ich fürchte, dass man sie nur schwerlich daraus befreien kann. Aber keine Sorge, ihr sollt den Gefangenentransport nicht überfallen, sondern nur meine ›Freundin‹ sicher hierher bringen. Natasha wird euch eine besondere Droge geben, mit der ihr meine Freundin für sechs Stunden betäuben könnt, nachdem ihr sie von dem Überfallkommando übernommen habt. Innerhalb dieser Zeit solltet ihr hier ankommen, denn sie wird nicht sehr erfreut sein, wenn sie erwacht. Die Droge ist speziell auf die Physiologie meiner Freundin abgestimmt, also verschwendet sie nicht. Die Ausrüstung erhaltet ihr von Natasha hier in der Nebelstadt, und die Vorbereitungen für euren Transport nach Westphalen sind bereits getroffen. Ihr werdet dort Marcel, meinen Kontaktmann in Münster, treffen und weitere Instruktionen und ein Fahrzeug erhalten. Sobald ihr meine Freundin in Gewahrsam habt, verlasst ihr den Kirchenstaat. Es ist wohl überflüssig anzudeuten, was passiert, wenn ihr versagt und der Bischofsgarde in die Hände fallt. Toxic weiß sicherlich, wovon ich spreche, und wir wollen schließlich nicht, dass unsere kleine Hexe Schaden erleidet. Damit wäre alles gesagt, und da wir uns einig sind, solltet ihr beginnen.«

Ohne Vorwarnung verschwand die Gestalt, und sie waren wieder alleine. Phönix wollte etwas sagen, doch die Magierin legte ihren Zeigefinger auf seine Lippen und schüttelte den Kopf. »Später.«

Der Auftrag war nicht nur außergewöhnlich, sondern auch äußerst gefährlich. Westphalen war eigentlich ein sehr ruhiges und angenehmes Mitgliedsland der Allianz Deutscher Länder, sofern man nicht Magier, Metamensch oder irgendwie vercybert war. Nahezu alles, was die Sechste Welt ausmachte, war in Westphalen verboten, und auf Magierinnen und vor allem Vampire war die deutsch-katholische Kirche besonders schlecht zu sprechen, so viel war sicher. Das ›Limbo‹ war angeblich ein Gefängniskomplex speziell für Magier und paranormale Wesen. Es galt nicht nur als absolut ausbruchssicher, sondern es hieß auch, die Gefangenen würden dort ihrer Magie beraubt, als Testobjekte für neue Antimagiemethoden der Bischofsgarde missbraucht und mittels Gehirnwäsche unterworfen. Außerdem hieß es, dass bestimmte Kreaturen dort einfach vernichtet würden. Da für solche Wesen in Westphalen keine Rechte galten, war dies mit keinerlei juristischen Problemen verbunden, und die Bischofsgarde rühmte sich ihrer Erfolge in der Beseitigung der ›Legionen Satans‹, wie sie der Bischof nannte.

Die Art, wie jene Gestalt den Auftrag vergeben hatte, war höchst ungewöhnlich. Neben den eindeutigen Befehlen und Anweisung zu dem Run hatte sie offenbar vergessen, Vivien und ihn nach seinem Einverständnis zu fragen, und das bedeutete offenbar, dass ihr Auftraggeber kein Nein akzeptieren würde. Doch nach Phönix' letzter Vision schien es wichtiger denn je, jenen Vampir, der als Nachtschlächter bezeichnet wurde, zu finden und sich endlich seinem Feind persönlich zu stellen.

»Wir müssen jetzt los.«

Phönix hatte gar nicht gehört, wie Natasha die Doppeltür hinter ihnen geöffnet hatte. Sie hatte sich umgezogen, sodass ihr massiger Körper jetzt in schweren, schwarzen Ledersachen steckte. Die dicke Hose war wahrscheinlich genau so kugelsicher wie die schwere Jacke, die mit vielen Taschen und Metallschnallen versehen war. Allerdings war leicht zu erkennen, dass es sich nicht um modischen Schnickschnack handelte, sondern um funktionelle Halterungen, die einiger Belastung standhalten konnten. Die Jacke hatte außerdem breite Schulterklappen, wobei unter die rechte ein schwarzes Barett geklemmt war. Zusammen mit den schweren Kampfstiefeln und der großen Altmayr-Schrotpistole, die sie offen in einem Gürtelhalfter trug, sah sie wie eine Mischung aus Sicherheitsgardistin und Söldnerin aus. Nahm man die spitzen Zähne, die gefühllosen Augen und das bleiche Gesicht in die Gleichung auf, wirkte sie eher wie die gewissenlose Zombievariante einer Soldatin.

Trotzdem wusste Phönix, dass diese bedrohliche Ausstrahlung ihnen helfen würde angesichts des menschlichen Abschaums draußen in der Nebelstadt. Auf der anderen Seite jedoch war ihm auch klar, was diese harte Mittelsfrau jenes sonderbaren Auftraggebers mit ihnen machen würde, wenn sie den Auftrag abgelehnt hätten. Allmählich stellte sich ihm die Frage, ob die meisten Runs mit diesem unangenehmen Druck behaftet waren oder ob die Runner manchmal auch die Chance bekamen, ihre Entscheidungen selbst zu treffen.

Als sie mit dem Aufzug in der Tiefgarage ankamen, hatte Phönix vermutet, sie würden mit dem BMW fahren, doch Natasha verkündete, sie würden zu Fuß weitergehen, der Wagen sei jetzt nur hinderlich. Die Idee, nicht mehr geschützt durch mehrere Zentimeter kugelsicheres Ferroplast durch die Nebelstadt zu laufen, empfand Phönix in erster Linie als interessant, und er sah keine Gefahr darin. Die sonderbare Ausstrahlung der Stadt war zwar bedrohlich, und viele der Bewohner würden sie vielleicht sogar als elend bezeichnen, aber irgendwie glaubte er, sich hier wohler zu fühlen als im Rhein Ruhr-Megaplex. Hier galten andere Gesetze, hier wusste jeder, dass das Leben in erster Linie im Überleben bestand und nicht in der Frage, was am Abend im Trid wiederholt wurde. Er war zwar auch hier das außenstehende Raubtier unter Menschen, aber diese Menschen waren größtenteils selbst Monster. Vielleicht war es die Freiheit, nicht ständig Angst vor dem Ausbruch des Tiers in ihm zu haben, oder vielleicht auch nur der Schein, sich unter die Leute mischen zu können, ohne als gefährlicher Außenseiter angesehen zu werden. Natasha war etwas gesprächiger geworden, nachdem sie die Frage, ob sie den Auftrag angenommen hätten, bejaht hatten. Ihre Art hatte auf einmal etwas Kumpelhaftes, auch wenn es vielleicht nur die Notwendigkeit war, einen stärkeren Eindruck in der Nebelstadt zu machen, indem sie als Team auftraten. Auch Vivien, deren ungewöhnliche Schweigsamkeit Phönix schon beunruhigt hatte, ging auf den Smalltalk ihrer Fremdenführerin ein.

Es waren Natashas kleine Geschichten über die Nebelstadt und die Erfahrungen aus Viviens Leben, die ein deutliches Bild von dem entwarfen, wie korrupt und heruntergekommen die Welt im 21. Jahrhundert war. Trotz allem waren die beiden Frauen nicht traurig, sondern es lag eine zynische Begeisterung darin, sich gegenseitig mit Schauergeschichten über die kranken Exzesse ihrer Zeitgenossen zu überbieten. Phönix genügte es vorerst, einfach zuzuhören und über sich nachzudenken.

Es war ein sonderbarer Widerspruch. Jetzt war er selbst ein Avatar dieser schlechten Welt: ein Wesen, das instinktiv die einfache Essenz dessen repräsentierte, was auch die Menschen bestimmte, aber im Gegensatz zu den meisten Menschen wusste er, was er anderen Lebewesen antun konnte, um sein Überleben zu sichern, während die Leute da draußen die Menschheit immer noch für zivilisiert hielten. Solche Erscheinungen wie die Nebelstadt waren für sie nur ein interessantes Phänomen, ohne dass sie wirklich den jämmerlichen Zustand erkannten, in dem die unteren Bevölkerungsschichten vegetierten. Doch selbst die Menschen, denen es schlecht ging, waren sich nicht immer der Tatsache bewusst, dass es immer noch andere unter ihnen gab, die wiederum von ihnen ausgebeutet wurden.

Früher war es für ihn anders gewesen. Giant hatte gesagt, er sei Polizist gewesen. Die Polizei, dein Freund

und Helfer. War er damals wirklich so idealistisch gewesen? Mit dieser Frage kam er zu dem Schluss, dass er seine Vergangenheit nie mehr wiederbekommen würde. Selbst wenn er sich erinnern würde, bezweifelte er, dass er sich selbst verstehen könnte. Seine Existenz als Vampir hatte seine Art zu denken verändert, oder es war die Erfahrung gewesen, einmal die andere Seite zu sehen, einmal zu den ›Bösen‹, zu den Shadowrunnern und zu den Monstern zu gehören, um zu verstehen, warum die Welt so schlecht war.

Früher wäre Vivien für ihn eine Verbrecherin gewesen, eine Diebin und brutale Mörderin, und als Polizist hätte er sie wahrscheinlich im Kampf töten müssen, weil sie sich bis zum letzten Blutstropfen verteidigt hätte. Und das Einzige, was er dann empfunden hätte, wäre Unverständnis und Abscheu gegenüber ihrer Lebensart gewesen. Jetzt war sie der einzige Freund, der ihm geblieben war, sie war die einzige Person, die ihm half, ohne dabei an ihren Profit zu denken und ohne seine neue Natur zu verachten. Seine früheren Kollegen würden ihn inzwischen mit demselben Unverständnis und demselben Ekel jagen, wie auch er sie damals für einen Vampir empfunden hätte.

Endlich akzeptierte er das Leben auf der Seite der Verdammten, und es war vielleicht doch nicht so wichtig, ob man nun ein Norm, ein Troll oder ein Vampir war. Und er hatte Vivien. Ein Blick auf ihr grinsendes Gesicht, als sie Natasha von irgendeinem der Kämpfe in ihrem Leben erzählte, machte Phönix schmerzhaft bewusst, dass sie möglicherweise mehr war als nur ein Freund. Doch er wollte sich nicht auf einen anderen Menschen einlassen, wenn er sich selbst nicht einmal verstand. Dies war nicht die Zeit für Grübeleien, sie waren an einem faszinierenden Ort, und in wenigen Stunden würden sie nach Westphalen fahren. Und das würde eine Reise sein, die ihn das Leben kosten könnte.

Es war besser, die nächsten Stunden zu genießen, denn wer in den Schatten konnte schon wissen, wie viel Zeit das Schicksal einem in dieser Existenzebene noch schenken würde?

Inzwischen hatten sie die Einkaufsstraße erreicht, durch die sie bereits gefahren waren. Vorher waren sie die leere Prunkstraße entlanggewandert, die direkt auf den riesigen Turm zulief, der hinter ihnen uneinnehmbar in den Nachthimmel aufragte, doch nun legte sich der Lärm der Einkaufsstraße um sie, und Phönix' Sinne wurden von Gerüchen, Geräuschen und dem Chaos aus Farben und Formen überflutet.

Auf dem Bürgersteig drängten sich die Bewohner der Nebelstadt und einige Besucher dieser sonderbaren Kulisse. Praktisch jeder war irgendwie bewaffnet, auch wenn die Leute unterschiedlichen Wert darauf legten, wie gut ihre Waffen zu erkennen sein sollten. Das Spektrum an Waffen reichte von kleinen Pistolen und Messern über Schwerter und Maschinenpistolen bis hin zu Äxten und Sturmgewehren. Tätowierungen waren eine der herausragenden Modeerscheinungen, und einige bullige Straßensamurais und Gangmitglieder zeigten so viel bemalte Haut, dass man beinahe den Eindruck bekam, auf einer Kunstausstellung zu sein. Aber auch anderer Körperschmuck wurde zur Schau gestellt. Phönix hatte nicht geglaubt, was man alles piercen oder bodygraften konnte, vor allem weil letztere Prozedur, die auf chirurgischer Veränderung von Haut und Fleisch beruhte, äußerst schmerzhaft und teuer war. Trotzdem hatte ein weiblicher Samurai den ganzen Oberkörper mit goldglänzender Synthetikhaut überziehen lassen und präsentierte ihn stolz den Passanten. Natürlich durfte massive Cyberware nicht fehlen, und auch hier wurde nicht auf naturnahes Aussehen, sondern möglichst chromstrotzende Fremdartigkeit Wert gelegt. Die Cyberarme sahen aus, als stammten die Teile aus einem Gabelstapler und seien dafür ausgelegt, Tonnenlasten zu tragen. Wenn man von den leicht bekleideten Prostituierten und den wenigen etwas unauffälligeren Menschen absah, hätte man meinen können, man befinde sich in einem Söldnercamp für Halbandroiden.

Doch gerade dieser Gier nach einem ausgefallenen Styling kam ein guter Teil der Geschäfte entgegen. Neben Tattooshops mit den neuesten Holotattoos im Angebot hatten Straßendocs ihre Praxis aufgeschlagen, die laut Neonreklame jede Modifikation durchführen konnten und auf Trideoschirmen die Highlights ihrer Produktionspalette präsentierten. Dagegen wirkten die Secondhandshops fast langweilig, auch wenn die Mode das ganze Spektrum abdeckte, das nicht von Konzernleuten getragen wurde und möglichst viel öffentliches Ärgernis erregen sollte.

Andere Geschäfte offerierten Waffen aller Art, wobei Phönix auffiel, mit welcher Selbstverständlichkeit illegale Automatikgewehre neben Granatwerfern und anderen schweren Waffen angeboten wurden. Außerdem gab es Elektronik, Zubehör für Cyberdecks und illegale Programme und Okkultshops jeglicher Art. Tatsächlich waren alle diese Läden gut besucht und schienen sich reger Nachfrage zu erfreuen.

Die Kneipen und Bordelle konkurrierten mit großen Leuchttafeln um die Gunst der Besucher, und jedes dieser Etablissements versuchte, Kunden mit billigem Alkohol, harten Drogen und leichten Mädchen zu ködern, doch im Grunde hatte jedes dieser Lokale seine Stammkundschaft, ob sie nun aus Orks, Mitgliedern einer bestimmten Gang oder Straßenmagiern bestand.

Schnell wurde klar, dass Natasha nicht zum ersten Mal in der Nebelstadt Geschäfte zu erledigen hatte. Zuerst fiel Phönix gar nicht auf, dass manche Passanten ihre Begleiterin grüßten, und erst mit dem Auftauchen von Ernie wurde ihm klar, dass er sich tatsächlich nicht getäuscht hatte, sondern ein großer Teil ihrer Führerin Respekt zollte. Ernie, ein gut drei Meter großer Troll, der fast genauso breit erschien, wie er hoch war, stellte sich ihnen unvermittelt in den Weg, und genauso wie Vivien machte sich Phönix auf Ärger gefasst, doch wider Erwarten lachte der Koloss Natasha freundlich an und begrüßte sie überschwänglich, wobei er sie mit ›Fang‹ anredete. Sofort tauschten beide einige kurze Bemerkungen aus, und für einen Moment schien Natasha ihre Begleiter zu vergessen. Ein Teil der Konversation schien auf Russisch geführt zu werden, sodass Phönix nur aus den Gesten und dem Klang der Stimmen den Inhalt des Gesprächs erahnen konnte. Für ihn hörte es sich wie der Smalltalk zweier alter Freunde an, die sich zufällig getroffen hatten und schnell ein paar Worte austauschen wollten. Als Natasha oder Fang, wie sie hier zu heißen schien, kurz zu Vivien und ihm herüberblickte und eine Bemerkung machte, musste der Troll laut loslachen und sagte dann etwas Unverständliches zu Vivien, die als Antwort nur kurz nickte. Dann verabschiedete sich der Troll, und sie gingen weiter. Bevor Phönix seine Überraschung darüber zum Ausdruck bringen konnte, dass die Magierin russisch sprach, wandte sich diese an Natasha mit der Frage, was Ernie von ihr gewollt hätte.

»Ernie hat dir viel Glück gewünscht«, meinte Natasha, ohne ein leichtes Grinsen verbergen zu können.

Vivien schien nicht ganz zufrieden zu sein und hakte nach.

»Das war alles?«

»Nun, vielleicht war die Formulierung etwas anders. Es hatte etwas damit zu tun, dass du deinen Körper in einem Stück von der Mission zurückbringen solltest. Auf welche Stücke er angespielt hat, kannst du dir wohl denken.«

Normalerweise hatte er erwartet, dass die Magierin

mit einem Wutausbruch geantwortet hätte, doch offensichtlich nahm sie es als Kompliment auf und lächelte wissend in sich hinein.

Nach wenigen Schritten blieb Natasha vor einer alten Einkaufspassage stehen, die nach Auskunft der Leuchtschrift ›Das letzte Paradies‹ war. Die große Glasfront war schwarz übermalt worden, und die laute Musik im Inneren ging in dem Chaos unter, das anscheinend das laute Publikum des letzten Paradieses verursachte.

»Wir sind da. In dem Laden bekommen wir die Ausrüstung, die ihr für eure Mission braucht, außerdem treffen wir den Mann, der euren Transport nach Westphalen übernimmt. Ich muss erst ein paar Gespräche mit den Leuten führen, in der Zeit könnt ihr euch ein wenig amüsieren, aber ihr solltet es nicht übertreiben. Schließlich seid ihr neu hier, und wir brauchen euch noch.«

Die Zeit in der Kneipe totzuschlagen war kein Problem, die einzige Schwierigkeit bestand vielmehr darin, nicht selbst totgeschlagen zu werden. Die gesamte zweistöckige Einkaufspassage war unter den neuen Bewohnern zu einer Kneipe oder einem Bordell umgebaut worden. Das Publikum, ein bunter Schnitt durch die gesamte Metamenschheit, vergnügte sich mit Alkohol in Massen oder den anderen Unterhaltungsmöglichkeiten. Anscheinend hatte der Besitzer seine eigene Vorstellung vom Paradies, denn Phönix fiel eher die Bezeichnung Spiel- und Drogenhölle ein. Dutzende in aufreizendes Leder gepackte Frauen und Männer sorgten dafür, dass man gegen bare Münze in den alten Geschäften der Passage ein besonderes, persönlicheres Unterhaltungsprogramm geboten bekam. Nachdem er zwei der attraktiven und anhänglichen Mädchen unter Schwierigkeiten abgewimmelt hatte, versuchte einer der Joyboys sein Glück, doch auch dieser musste nach kurzer Diskussion einsehen, dass er keine Chance hatte, ein Geschäft zu machen. Vivien hatte sich die ganze Zeit über seine Bemühungen amüsiert und selbst mit zwei der Jungen herumgeflirtet, doch als ein dicklicher Zwerg mit dunkler Haut mit arabischem Akzent fragte, ob er Phönix' Begleiterin kaufen oder zumindest mieten konnte, verstand die Magierin keinen Spaß mehr. Trotzdem lösten sie die Sache halbwegs friedlich, und als der Zwerg unter wildem Fluchen verschwand, war es wenigstens nicht zu einer Schlägerei oder Schlimmerem gekommen.

Nach dieser kurzen Begegnung hatten sie sich an die Bar gestellt, da die Leute dort anscheinend weniger belästigt wurden, aber es zeigte sich, dass die Straßensamurai und Söldner keine Fremden an ›ihrer Bar‹ dulden wollten. Allerdings erwähnte einer der muskulösen Kolosse, dass sie Freunde von Fang seien, und dieser Name verschaffte ihnen sofort Respekt. Ab diesem Moment wurden sie in Ruhe gelassen, sogar die Barkeeperin brachte ihnen zunächst keine Aufmerksamkeit entgegen, was allerdings eher an dem Söldner lag, der sie im Arm hielt und mit seinen prankenhaften Händen unter ihrem ärmellosen T-Shirt herumwühlte. Als sie dann endlich ihre Drinks bekamen, hatten sie einen Moment so etwas wie Ruhe, zumindest mussten sie sich um nichts kümmern, obwohl bei dem Lärm um sie herum schwerlich eine ruhige Atmosphäre zustande kam. Immerhin konnten sie sich einmal ungestört unterhalten, sodass Phönix diese Chance sofort wahrnahm.

»Was denkst du, Toxic?«

Sie zuckte kurz mit den Achseln, als hätte sie keine Lust, sich irgendwelche Gedanken zu machen, nach einem kurzen Moment antwortete sie dann aber doch.

»Ich habe ein wenig Angst. Der Auftrag ist verdammt gefährlich, wenn es um die Bischofsgarde geht. Vor allem wenn das Limbo im Spiel ist.«

»Was genau ist das Limbo?«

»Das Limbo ist ein magischer Knast. Der Bischof lässt im Limbo die Gefangenen verschwinden, die irgendetwas Magisches an sich haben. Der Vergleich mit der Vorhölle soll mehr als zutreffend sein, denn die meisten Inhaftierten verbringen dort nur wenig Zeit, bis sie sich der nächsten Gerichtsverhandlung vor ihrem Schöpfer stellen müssen. Und das macht mir Sorgen. Die Freundin unseres sonderbaren Schattenmanns soll dorthin verlegt werden, und das lässt nur den Schluss zu, dass sie magisch aktiv ist. Und es ist sicher, dass etwas mit ihr nicht stimmt, denn harmlose Hexer und nervige Hermetiker werden nur registriert und dann in ein anderes ADL-Land deportiert. Wenn sie aber sofort ins Limbo gesteckt wird, ist sie entweder in Westphalen einschlägig vorbestraft, oder ihre Magie ist unwiderruflich böse, zumindest in den Augen der Kirche.«

»Geht eine Gefahr von besagter Freundin aus?«

»Das steht zu befürchten, und noch etwas gefällt mir nicht. Warum sonst sollten wir sie die ganze Zeit betäubt halten? Dieser Schattenmann oder wie zur Hölle er auch heißen mag kannte außerdem meinen Straßennamen und schien zu wissen, dass ich leichte Differenzen mit der Bischofsgarde hatte.«

»Was für Differenzen?«

»Ich weiß nicht, ob …«

Sie blickte in ihr Glas und schien mit sich selbst zu ringen, ob sie die Geschichte erzählen konnte. Phönix wollte ihr schon sagen, dass sie nicht zu reden brauche, aber nachdem sie das Glas mit einem Schluck geleert hatte, wandte sie sich ihm ruckartig zu.

»Ach, verdammt, wenn dieser Typ die Geschichte schon kennt, dann kann ich sie auch dir erzählen. Auf einem Run, es war, glaube ich, mein erster, haben wir einige Daten über ein hohes Mitglied in der Kirchenhierarchie bekommen. Es waren eigentlich harmlose Dinge, der Pfaffe hatte nur ein paar ungewöhnliche Vorlieben. Auf jeden Fall war der Bischofsgarde die Sache etwas wichtiger, und sie hat nach uns gesucht. Der Decker aus unserem damaligen Team hat mich anscheinend bei denen verpfiffen, und die Typen waren hoch erfreut, die böse Hexe hinter dem Komplott zu finden. Zumindest brach in jener Nacht ein Sonderkommando der Bischofsgarde den Schlafsarg auf, in dem ich damals wohnte, und zerrte mich in eines ihrer Verstecke im Rhein-Ruhr-Megaplex. Blöd, wie ich war, wollte ich meine Leute nicht verraten, und so griffen sie zur Folter. Am Ende habe ich ihnen alles erzählt.«

Jetzt musste sie an dem unangenehmen Punkt angekommen sein, denn sie drehte sich weg und trank auch noch Phönix' Drink, den er nicht angerührt hatte, mit einem schnellen Zug aus. Ihre Stimme klang schwach und gepresst, als sie weitererzählte.

»Der Offizier, der die Operation leitete, schickte seine Leute weg und sagte, er müsse mir nun meine Magie nehmen, schließlich sei ich nur ein Kind, das eine solche Verantwortung nicht tragen könnte. Ich war erst sechzehn, und das bisschen Magie, dass ich damals beherrschte, hatte dafür gesorgt, dass ich auf der Straße nicht unter die Räder gekommen war. Also flehte ich ihn an, mir meine Magie zu lassen. Und natürlich war er bereit, mich ziehen zu lassen, wenn …«

Sie hatte ihn fixiert, und in ihren Augen konnte Phönix den glänzenden Schimmer erkennen, der das erste Anzeichen für Tränen war, doch dann verhärtete sich ihr Gesicht, und ihre Stimme klang schneidend und kalt.

»Also war ich ihm zu Willen, um mich freizukaufen. Und er ließ mich tatsächlich gehen. Doch in jener Nacht habe ich mir geschworen, nie wieder das Opfer zu sein. Für einen Moment hatte ich die Chance gesehen, ihn zu töten, doch ich habe es nicht geschafft, mich gegen ihn zu wehren und ihn umzubringen. Trotz allem hat mir dieser Scheißkerl meine mächtigste Waffe gezeigt, auf die inzwischen viele Männer hereingefallen sind, und irgendwann werde ich auch ihn finden und das zu Ende führen, was ich damals nicht geschafft habe.«

Diese Geschichte passte nur zu gut in das Gesamtbild. Natürlich gab Vivien nicht zu, was sie damit verloren hatte, was damals zerstört worden war. Vielleicht war der Verrat ihrer Leute und der Verrat ihrer Selbst der Grund, warum sie so hart gegen sich und andere war. Wahrscheinlich hatten deshalb auch die Gefühle beim Tod ihrer Schwester sie beinahe zerstört. Phönix wollte etwas Aufmunterndes sagen, ihr beistehen, doch er wusste nicht, wie er das anstellen sollte, vor allem in diesem Umfeld, mit Dutzenden von grölenden Söldnern und anderen zwielichtigen Gestalten um sie herum. Die Magierin schien eine Schulter zum Anlehnen zu brauchen, aber hier würde sie keine Spur von Schwäche zeigen. Glücklicherweise befreite Natasha ihn aus der prekären Lage, als sie ihnen vom hinteren Teil des Paradieses zuwinkte. Es ging also weiter, und endlich verstand er, warum manche Leute sich in einem ständigen Arbeitswust erstickten und immer neuen Plänen hinterherjagten: So hatten sie wenigstens nicht so viel Zeit, über ihre Probleme nachdenken zu müssen.

Trotzdem blieb Phönix die Gelegenheit, eine Sache noch zu bedenken, während er sich zusammen mit Vivien einen Weg durch die Menge bahnte, um die ehemalige Boutique der Einkaufspassage zu erreichen, vor der Natasha stand.

Westphalen würde nicht nur für ihn ein gefährliches Pflaster werden, wenn Vivien der Bischofsgarde schon einmal in die Finger geraten war. Üblicherweise wurden Straftäter im zentralen Sicherheitsnetz in Münster gespeichert und bei Identifizierung von der Bischofsgarde gejagt. Eine Routinekontrolle konnte echte Probleme aufwerfen, auf der anderen Seite jedoch bestand ihr Job nur darin, den Kirchenstaat mit ihrer Zielperson möglichst schnell zu verlassen. Doch es war müßig, über die Risiken nachzudenken, aus der Sache auszusteigen war inzwischen unmöglich.

Wäre das letzte Paradies noch eine Einkaufspassage gewesen, dann wäre der Raum, vor dem Natasha sie erwartete, wahrscheinlich ein kleinerer Supermarkt gewesen, doch statt mit Plakaten von Sonderangeboten waren die Glasscheiben sorgsam mit schwarzer Folie überklebt und, wie sich von innen zeigen sollte, durch schwere Stahlplatten gesichert. Die Sicht in den Laden durch die Eingangstür wurde von einem Samurai verdeckt, dessen Körperbau jeden Ork hätte neidisch machen können. Gegen den muskulösen Oberkörper, den der Wächter stolz und ohne Rücksicht auf seine fehlende Panzerung präsentierte, wirkte Natasha beinahe zierlich. Der Muskelmann trug nur eine olivgrüne Tarnhose, Armeestiefel und seine schwere Sturmschrotflinte. Falls es seine Aufgabe war, Leute einzuschüchtern und davon abzuhalten, den Laden zu betreten, dann verstand er sich gut auf sein Handwerk, doch offensichtlich kannte er Natasha oder die beiden hatten bereits einen Deal ausgehandelt, denn als Vivien und Phönix ankamen, machte er respektvoll Platz, um sie einzulassen.

Während hinter ihnen die Tür geschlossen wurde und das chaotische Lärmen der Kneipe verhallte, nutzten die Magierin und er die Möglichkeit, sich ein Bild von dem Raum zu machen. Natasha schien sich bereits bestens auszukennen und wandelte zielsicher durch die Regalreihen.

In dem Raum hätte ein kleiner Supermarkt Platz gehabt, doch die neuen Besitzer hatten den vorderen

Bereich mit hohen Regalen voll gestellt, in denen große Kartons mit verschiedensten Waren lagerten. Die erkennbare Unordnung und die Bandbreite des Warenangebots deuteten auf eine rege Schiebertätigkeit hin, offensichtlich hatte man keine Zeit, die Sachen irgendwann mal zu sortieren. Neben diversen Körperpanzerungen konnte Phönix auf den ersten Blick Kletterausrüstungen, Nachtsichtgeräte, portable Computersysteme und ähnliche Dinge des täglichen Bedarfs eines Shadowrunners erkennen. Von weiter hinten waren Geräusche zu hören, dies war auch die Richtung gewesen, in die Natasha verschwunden war. Als Vivien ihr hinterherging, riss sich auch Phönix von dem Anblick der Waren los und folgte den beiden Frauen tiefer in das Warenlager. Dabei passierten sie weitere Regalreihen mit Hehlerware und Ausrüstungsteilen, bis sie im Zentrum des Gewirrs aus Gängen das Herz dieses außergewöhnlichen Geschäfts erreichten. Der große Bereich war weniger dicht mit Regalen voll gestellt, und neben den großen Tischen und gesicherten Schaukästen voller Waffen und teurer Elektronik stand eine Frau, die sie erwartet zu haben schien.

Die Frau war wahrscheinlich Ende dreißig, allerdings war ihr Alter nach ihrem Aussehen schwer zu schätzen. Ihr Haar war schulterlang, die rotblonde Haarfarbe war aber nach Phönix' Meinung genauso wenig echt wie der Rest ihrer Erscheinung. Im Grunde war die Rothaarige attraktiv gebaut, vielleicht zu attraktiv, zu perfekt, denn ihr ganzes Aussehen wirkte für ihn künstlich und damit abstoßend. Nicht, dass die chirurgischen Eingriffe an ihrem Körper nicht nahezu perfekt waren; es war die Natürlichkeit, die ihr fehlte, und damit wirkte sie ungefähr so anziehend wie eine hübsche Plastikpuppe. Die Frau trug eine dunkelgraue Jeans und ein schwarzes T-Shirt mit dem Aufdruck eines *Smilies* mit Kopfschuss und der daruntergedruckten Aufforderung: ›Stirb mit einem Lächeln‹. Ihre Brüste, die sich gegen das Shirt pressten, waren dabei wesentlich eindrucksvoller als ihr nichtssagendes Gesicht, das mit den blauen Augen, den ebenmäßigen Zügen und dem roten Lippenstift wie die langweilige Mischung diverser Schönheitsideale aussah. Erst auf den zweiten Blick fiel ihm auf, dass die Frau spitze Ohren hatte: sie war also eine Elfe oder wollte zumindest so aussehen.

»Natasha, alte Freundin. Schön, dich wiederzusehen. Was macht der Job?«

Die Stimme wirkte ausgesprochen freundlich, und es sah tatsächlich so aus, als wäre die Frau erfreut, vielleicht war es aber auch nur Fassade. Natasha schien dieser leutselige Ton nicht zu gefallen, und ihre Antwort fiel vergleichsweise kalt aus.

»Hallo, Bianca, wir sind geschäftlich hier. Ich brauche Ausrüstung für diese zwei Runner, die für mich arbeiten.«

Dabei zeigte Natasha auf die Magierin und Phönix. Sofort richtete die Frau ihr Augenmerk auf die beiden, wobei ihr Blick an der Magierin hängenblieb. Sichtlich erfreut ging sie auf Vivien zu und sprach weiter.

»Schön, euch kennen zu lernen, meine Freunde nennen mich übrigens Bi.«

Als sie Vivien zuzwinkerte, glaubte Phönix für eine Sekunde, sich getäuscht zu haben, doch dann umarmte Bianca die Magierin und versuchte sie auf den Mund zu küssen, doch sie traf nur die Wange, weil Vivien ihren Kopf wegdrehte. Als die Schieberin sich von ihr löste, lächelte sie die Magierin mit strahlenden Augen an und ließ ihre Zunge langsam über ihre Lippen fahren. Vivien blieb vergleichsweise ruhig, doch in ihrer Haltung war eine deutliche Abwehr zu erkennen, auch ihre Stimme hatte wieder diesen kalten, geschäftsmäßigen Klang, den sie benutzte, wenn sie Leute auf Distanz halten wollte.

»Ich glaube, ich bleibe lieber bei Bianca. Du darfst mich übrigens Toxic nennen.«

Bianca ignorierte die Ablehnung, und auch Phönix wurde freundlich, wenn auch nur mit Handschlag begrüßt. Ihm war allerdings egal, warum sie ihn weniger warmherzig begrüßte, wichtiger war, dass Bianca ihr Handwerk verstand, denn als Natasha nach Waffen fragte und den ungefähren Auftrag schilderte, wurde Biancas Auftreten ebenfalls geschäftsmäßiger, und sofort machte sich die Schieberin daran, ein ganzes Sortiment an Waffen auf dem Tisch zu verteilen und dabei ihre Produkte anzupreisen. Mit Erstaunen sah Phönix, wie sich auf dem Tisch ein ganzes Arsenal Pistolen, MPs, Sturmgewehre und Schrotflinten ansammelte. Hinzu kamen diverse Sorten illegaler Munitionstypen, Granaten, elektronische Überwachungs- und Blockierausrüstung sowie allerlei nützlicher Kleinkram.

Nachdem Bianca den Inhalt aller möglichen Glaskästen, olivgrünen Aluminiumkisten und Kartons ausgebreitet hatte, wandte sie sich wieder ihren Kunden zu.

»Also, Leute, was darf's sein?«

Vivien warf einen Blick über die ausgebreiteten Sachen und griff dann scheinbar wahllos eine schwere Pistole aus dem Sortiment. Sofort bedachte Bianca ihre Wahl anerkennend.

»Gute Wahl, eine Walther Nova II, zehn Millimeter, fünfzehn Schuss im Magazin, eingebauter Laserzieler, irgendwo liegt hier auch noch der passende Schalldämpfer herum. An Munition hätte ich APDS, Explosiv und Stahlmantel anzubieten.«

Die Magierin warf Natasha einen Seitenblick zu, als erwarte sie einen Kommentar, zuckte dann mit den Achseln, als diese nicht reagierte, und verlangte zwei Streifen APDS und zwei Streifen Explosivmunition. Anscheinend wollte sie ihr Arsenal noch ergänzen und hob eine große Waffe aus der Mitte des Chaos. Gegen diese Feuerwaffe wirkte die Walther zierlich, und auch wenn ihre zweite Wahl wie eine überdimensionierte Pistole aussah, deuteten die ausklappbare Schulterstütze und die Größe der Laufmündung auf ein schwereres Kaliber. Dieses Mal reagierte Natasha und nickte zufrieden. Etwas wie ein Lächeln, das einem alten Freund galt, huschte über ihr bleiches Gesicht.

»Eine TEC 603, Spitzname Stier, Kurzlaufversion, fünfzehn Millimeter Spezialmunition, Massiv oder Schrot, vollautomatisch, Zieloptik, Rückstoßunterdrückung, wahlweise dreißig Schuss im Magazin oder Gurt. Allerdings würde ich die Schulterstütze benutzen, ansonsten bricht dir das Baby vielleicht den Arm.«

Als Natasha endgültig in ihren Erinnerungen zu schwelgen begann, merkte Bianca an, dass sie keine Gurtmunition auf Lager hätte, was Vivien allerdings nicht weiter störte. Ihr letzter Wunsch war eine gute Panzerjacke, und bevor die Schieberin anfangen konnte, ihre Maße zu nehmen, nannte die Magierin sie, sodass Bianca abzog, um weiter hinten nach etwas Geeignetem zu suchen.

Phönix war von der Auswahl, die die Schieberin anzubieten hatte, überwältigt, viele der Waffen wirkten vertraut, und wahrscheinlich hatte er als Polizist einige Erfahrungen mit diesen Dingern, doch trotzdem fiel ihm die Wahl schwer. Letztendlich entschied er sich für eine vollautomatische Pistole von Heckler & Koch, ansonsten wollte er keine weiteren Waffen mit sich herumschleppen. Die Heckler & Koch war in der Lage, ihr gesamtes Magazin in zwei Sekunden leer zu schießen, und war dabei noch halbwegs handlich und unauffällig. Normalerweise sollten sie keine Waffen brauchen, doch man wusste vorher nie, was einen erwartete. Nach einer kurzen Beratung entschieden Vivien und er sich noch dafür, ein Medkit, Nachtsichtbrillen, einen Wanzenscanner und Gasmasken mitzunehmen. Angeblich testete die Bischofsgarde gerne die neuesten Entwicklungen auf dem Tränengassektor, wenn es nicht unbedingt nötig war, zu schießen, sodass die Gasmasken ihnen vielleicht mehr nutzen würden als der Rest der Ausrüstung. Inzwischen war Bianca zurückgekehrt und hatte ihnen beiden Panzerjacken mitgebracht, die relativ gut passten. Vivien probierte ihre Jacke aus und brachte dann einen weiteren wichtigen Punkt zur Sprache.

»Wenn der Job so läuft wie beschrieben, brauchen wir nichts mehr, oder? Aber was ist mit dem Fahrzeug?«

Natasha wirkte plötzlich wieder todernst, als sie antwortete.

»Alles wird nach Plan laufen! Der Hintransport ist arrangiert, euer Fahrzeug bekommt ihr an den Zielkoordinaten.«

Damit war die Sache erledigt, und sie machten sich zum Aufbruch bereit. Nur Bianca wollte, nachdem sie ihre Ausrüstung in zwei großen Sporttaschen verstaut hatten, den Abschied noch einen Moment hinauszögern und lud die Magierin ein wiederzukommen, wenn der Run beendet sei. Deren begeisterte Antwort und das gehauchte »Bis bald« enthielt mehr als nur eine Spur von Ironie, doch Natasha schien es auf einmal eilig zu haben, denn nach einem kurzen Blick auf die Uhr trieb sie die Gruppe aus dem Laden der Schieberin und verließ mit ihnen das ›Letzte Paradies‹.

Natasha wirkte angespannt und konzentriert, während sie sich beeilte, in Richtung Fluss zu gehen. Ihre ganze Art war auf einmal kalt und geschäftsmäßig, kein Lächeln und keine Anekdote von früher lockerten die Situation auf. Phönix fügte sich der Stimmung und folgte den beiden Frauen schweigend, bis sie nach wenigen Minuten einen Anlegesteg am Rhein erreichten. Erneut hatten sie das bunte Treiben der Nebelstadt passiert, aber dieses Mal waren sie nicht eingetaucht, offenbar waren sie bereits auf dem Run, und ihr Blick durfte nur noch möglichen Gefahren gelten und sich nicht von Nebensächlichkeiten ablenken lassen. Vielleicht war diese Einschätzung aber auch nur ein Hirngespinst von Phönix, der in Wirklichkeit immer noch nicht in den Schatten zu Hause war.

Unten am Steg erwartete sie ein sonderbares Gefährt, das wie eine Mischung aus Porsche, Panzer und Hovercraft aussah und dessen seitlich herausragende Schubdüsen ein deutlicher Hinweis waren, dass es vektorschubtauglich war.

»Was ist das?«

Eigentlich hatte Phönix nach all seinen unbeantworteten Fragen keine Antwort erwartet, doch unversehens erschien ein Kopf in der offenen Seitenluke des Gefährts, das nur noch wenige Meter entfernt war, und gab ihm eine Antwort.

»Das ist die ›Wasserratte‹.«

Der Mann war ungefähr so groß wie Phönix, hatte einen kahl rasierten Schädel, der zum großen Teil von einem schwarzen Barett verdeckt wurde und aus dem einige Datenbuchsen ragten, und trug einen dunkelgrauen Kampfanzug mit diversen Fliegerabzeichen. Als er ihnen die Hand hinhielt, schlug Natasha erbarmungslos ein, und man konnte am Gesichtsausdruck des Mannes erkennen, dass sie ziemlich viel Kraft eingesetzt hatte.

»Hallo, Slug. Ich glaube, der Kollege wollte wissen, was das für ein Fahrzeug war, bis du es mit deinen Umbauten verpfuscht hast.«

Der Spott klang hart, schien aber nicht ernst gemeint zu sein, sodass auch Slugs Ausdruck der Entrüstung reichlich übertrieben wirkte.

»Willst du mich beleidigen? So etwas kannst du zu meinem Baby nicht sagen. Die kleine Ratte ist das

Schnellste und Sicherste, was zwischen Hamburg und München in dieser armseligen Allianz herumkurvt. Abgesehen davon ist sie eine echte Schönheit, meine große Liebe. Als ich sie gekauft habe, war es nur das Wrack eines Saeder-Krupp-Stachelschweins, aber ich habe diesem Baby neues Leben eingehaucht, bessere Schubdüsen installiert, die Elektronik ausgewechselt und ein paar grundlegende Verbesserung vorgenommen. Ich habe etwas geschaffen, was diese Designidioten von SK nie für möglich halten würden.«

»Dann erzähl es ihnen doch.«

Sofort machte der Rigger eine abwehrende Handbewegung.

»Geh mir bloß weg mit diesen Konzernfatzkes. Die würden eine gute Idee nicht einmal erkennen, wenn sie ihnen ins Gehirn geprügelt würde.«

»Und trotzdem versuchst du es immer wieder, nicht wahr? Aber ist auch egal. Du weißt Bescheid?«

»Exakt. Der Meister hat persönlich angerufen und gesagt, ich soll ein paar Leute unauffällig nach Münster schaffen. Die Zielkoordinaten habe ich, dort angekommen werden sie von Marcel übernommen. Es sieht sogar so aus, als wäre die übliche Route heute frei, die Pfaffen benutzen ihre Kanonenboote anscheinend für ein paar Spazierfahrten. Von mir aus können wir sofort aufbrechen.«

Natasha sah auf die Uhr und nickte.

»Ihr müsst jetzt los.«

Doch bevor sie fahren konnten, war noch eine Sache zu klären, die Phönix zu beunruhigen begann. Mit Schrecken dachte er an das letzte Mal, als er mit Tageslicht in Berührung gekommen war.

»Natasha, es gibt da noch ein Problem. Die Sonne …«

»Keine Sorge, wir haben die besonderen Umstände in die Planung mit einbezogen. Den morgigen Tag könnt ihr euch ausruhen, und mit Sonnenuntergang werdet ihr zurückfahren. Hier ist noch ein kleines Abschiedsgeschenk.«

Mit diesen Worten zog sie ein schwarzes Etui von der Größe ihrer Hand aus der Jacke und reichte es an Vivien weiter. Dann gab sie ihnen das Zeichen, ihr Fahrzeug zu besteigen.

Das Letzte, was sie sahen, bevor sich die schwere Stahltür verriegelte, war die Gestalt der großen, bleichen Frau, die ihnen bedächtig nachblickte und sich dann umdrehte, um zu gehen.

Sie waren in einem Laderaum untergebracht, in dem zwei große gepolsterte Sitze und zwei Klappbänke mehr Platz boten als sie brauchten. Der restliche Raum war mit schweren Holzkisten voll gestopft, denn neben den Passagieren schien die Wasserratte auch noch eine Menge Fracht zu transportieren. Slug, ihr Fahrer, war vorne im Cockpit verschwunden, doch mit dem Start der Motoren, die das Fahrzeug vibrieren ließen, meldete sich seine Stimme über einen Lautsprecher.

»Guten Abend, hier spricht der Captain des Fluges 666 in die Hölle des gottverdammten Kirchenstaats Westphalen. Solange wir auf normalem Kurs sind, brauchen Sie sich nicht anzuschnallen, und das Rauchen ist nur einzustellen, falls keiner 'ne Zigarette für den Fahrer übrig hat. Ach so, setzt bitte nicht die Munitionskisten hinten im Lagerraum in Brand. Wenn ihr was trinken wollt, die Bordbar steht euch zur Verfügung, die Stewardess hat heute leider frei.«

Ein Knacken des Lautsprechers beendete die Übertragung, und Vivien warf noch einen Blick in den Kühlschrank, der die Bordbar darstellen sollte. Allerdings war darin außer mehreren Flaschen billigsten Synthalkohols nichts zu finden, sodass sie sich neben Phönix in einen der Schalensitze fallen ließ.

Mit einem Ruck setzte sich das Gefährt in Bewegung, und nach anfänglichem Schwanken schoss es wie ein

Pfeil durch die Nacht rheinaufwärts. Endlich brach Vivien das erneute Schweigen.

»Wer auch immer unser Auftraggeber ist, er ist bestens ausgerüstet und hat gute Verbindungen.«

Phönix nickte nur zustimmend.

»Das Waffenlager dieser Schieberin war gut sortiert. Ist dir aufgefallen, dass nie ein Wort über den Preis fiel? Die TEC ist sehr teuer und schwer zu bekommen, da sie nur in kleinen Stückzahlen gefertigt wurde. Oder schau dir dieses Fahrzeug hier an. Der Rigger hat Recht, dies war tatsächlich mal ein SK-Stachelschwein. Dieses Ding ist ein leichter amphibischer Spähpanzer mit Vektorschub. Normalerweise düsen solche Panzerrigger irgendwo in der Pampa von Russland herum oder vielleicht oben im Moderland um Hamburg, aber dieser Slug düst über eine Grenze durch dicht besiedeltes Gebiet.«

»Und was ist, wenn er sich dabei überschätzt?«

Vivien schüttelte den Kopf.

»Glaub ich nicht. Um so weit zu kommen, muss man gut sein. Und man darf sich nicht überschätzen. Ich vertraue den Fähigkeiten unseres Riggers. Aber noch mehr traue ich der Auswahl unserer Natasha. Hast du eigentlich ihr Barett bemerkt?«

Phönix musste einen kurzen Moment nachdenken, aber außer der Tatsache, dass es schwarz war und Slug eine ähnliche Kopfbedeckung getragen hatte, fiel ihm nichts ein, sodass die Magierin ihre Schlussfolgerungen selbst ziehen musste.

»Ich bin mir nicht hundertprozentig sicher, aber ich glaube, das Abzeichen auf der Vorderseite stammt von einer ehemaligen russischen Eliteeinheit aus den Eurokriegen. Vom Alter her würde ich sagen, unsere Natasha war mal Soldat in einem Spezialkommando der Russen. Ich hoffe nur, wir können bei diesem Niveau noch mithalten.«

»Und ich dachte schon, du würdest nie aufhören, von deinen Fähigkeiten überzeugt zu sein.«

Sie sah ihn fragend an.

»Ich bin von meiner Macht absolut überzeugt, aber schaffst du es, dieses Tempo mitzuhalten?«

Bevor ihn diese Bemerkung schmerzen konnte, stupste sie ihn an und lächelte.

»Das sollte nur ein Scherz sein! Wir schaffen das schon. Und morgen um diese Zeit wissen wir endlich mehr über dich und deinen Schöpfer.«

»Oder wir sind tot.«

»Und wenn schon. Wer will schon alt werden?«

Wieder einmal ging Phönix die Frage durch den Kopf, warum Vivien ihm half, ohne irgendeinen Profit daraus zu ziehen. In den Schatten wurde doch angeblich nichts ohne Bezahlung gemacht, doch wie es schien, würde sie leer ausgehen. Unter anderen Umständen hätte er gesagt, dass sie sich in ihn verliebt hätte, aber in dieser Situation kam ihm dieser Gedanke lächerlich vor. Doch noch war nicht die Zeit, sie geradeheraus zu fragen, es gab andere Dinge, die im Moment wichtiger waren.

Allerdings sollte er auf der restlichen Fahrt wenig Gelegenheit zum Nachdenken bekommen, auch wenn sich keine Komplikationen bei ihrem Tiefflug über Flüsse und Kanäle ergaben, denn sie beide nutzten die Stunden, um über alle möglichen Themen und vor allem über die alten Zeiten zu reden. Vielleicht war es eine Vorwegnahme der Erfahrung, bei der das Leben kurz vor dem Tod an einem noch mal vorüberzog, vielleicht war es aber auch die Aussicht auf einen neuen Anfang.

VIII

Jetzt gab es nur noch eine Karte, die sich mit dem Problem des Narren direkt beschäftigte. Die Karte, die den oberen Ast des Kreuzes markierte, war das Bewusstsein des Narren, es war die Perspektive, wie er das Problem sah.

Seine angestrebte Lösung und seine Perspektive kannte er bereits aus den vorherigen Legungen, doch jetzt war die Zeit gekommen, sein Bewusstsein zu durchleuchten. All die neuen Perspektiven, all die neuen Fragen mussten den Narren intensiv beschäftigen.

Langsam, mit einer gewissen Vorfreude, drehte er mit spitzen Fingern die nächste Karte um. Es war ›Ausgleich‹ oder ›Gerechtigkeit‹, je nachdem, wie man sie verstand. Das Motiv zeigte eine dunkle, maskierte Frauengestalt, die auf einem Schwert eine Waage balancierte.

In Anbetracht der vielen unterschiedlichen Ebenen der Karte musste er lächeln. Die erste Deutung war einfach, als die Frau sich in die Gestalt des Narren verwandelte. Seine Augen waren weit geöffnet und starrten konzentriert, fast ängstlich, auf die Schalen der Waage. Nicht nur die Waage musste ausbalanciert werden, auch die Gestalt selbst musste versuchen, auf die Spitze des Schwertes gestützt das Gleichgewicht zu bewahren. Es war ein beinahe unglaubliches Kunststück, das der Narr zu vollführen versuchte, vor allem, da die Waagschalen nicht ruhig blieben und hin und her pendelten.

Beide Pole des Balanceakts veränderten sich kontinuierlich, und der Narr versuchte, die Situation auszugleichen, um nicht mit dem Schwert umzustürzen. Langsam beobachtete er die Vorgänge in den beiden Schalen. Zuerst enthielten sie zwei Organe, in der einen Schale befand sich ein schwarzes Herz, das fast wie ein Steinblock aussah, den Gegenpol bildete ein menschliches Gehirn. Das schwarze Herz begann plötzlich zu wachsen, und die Waage begann sich dramatisch in seine Richtung zu neigen. Sofort steuerte der Narr dieser Entwicklung entgegen, doch das Herz zerplatzte, und den blutigen Fleischfetzen entstieg eine völlig in Schwarz gekleidete Gestalt mit einer bleichen konturlosen Maske. Laut schreiend startete die Gestalt den Versuch, die Konzentration des Narren zu zerstören und ihn aus dem Gleichgewicht zu bringen. Bevor der Narr jedoch stürzte, landete eine weiße, strahlende Frauengestalt in der Schale mit dem Gehirn und glich die Balance aus. Es war natürlich wieder diese Magierin, die den Untergang des Narren verhinderte, wie er schon zuvor erfahren hatte.

Doch bevor Hinweise über den zukünftigen Ausgang dieses inneren Konflikts zu erkennen waren, änderte sich das Bild. Die Waage befand sich abermals in den Händen einer dunklen Frauengestalt, die deutlich elfische Züge trug. Ihre Augen bedeckten eine schwarze Binde, doch imposanter war das mächtige Schwert in ihrer Hand.

Auch dieses Mal standen zwei menschliche Gestalten in den Waagschalen. Auf der einen Seite war es ein junger, freundlicher Polizist mit den Zügen des Narren, die andere Gestalt war eher schattenhaft, mit unklaren Konturen, die aber andeuteten, dass sie nicht völlig menschlich war. Beide wurden nicht nur gegeneinander aufgewogen, sondern waren auch offensichtliche Gegner bei diesem Prozess, den nur einer der beiden gewinnen konnte, während der andere ein vernichtendes Urteil zu erwarten hatte.

Der Hintergrund begann plötzlich deutliche Formen auszubilden, und unschwer war zu erkennen, dass die Szene auf einmal in einer hell erleuchteten Kirche stattfand. Von den strahlend hellen Kirchenfenstern starrten mitleidlose Engel mit erhobenen Schwertern, und neben dem Altar wartete bereits ein großer Scheiterhaufen. Dieses Mal war die Gestalt der Justitia für ihn ein nur zu bekannter Anblick. Der haarlose Schädel und die kalten Augen, die für einen kurzen Moment richtend auf dem Betrachter lagen, reichten, um sie zu erkennen. Es war die Frau, die ihn verraten hatte und über die er bald richten würde. Sie war auch die Grundlage für die Beurteilung des Narren, und obwohl die Kirche eine tödliche Bedrohung für den angeklagten Narren darstellte, entschied er sich für die Konfrontation.

Mit einem Blick auf die wackelnde Waage dachte er kurz an die beiden Möglichkeiten, die übrig blieben, falls er sein Gleichgewicht verlieren würde. Wenn das Monster in ihm siegen würde, hätte er endgültig die Kontrolle verloren und würde in einem blutigen Massaker untergehen. Siegte die andere Seite, könnte er seine eigene Natur nicht verstehen und würde jeden Lebenswillen verlieren. Damit würde er in jedem Fall sein eigener Richter werden.

Wenigstens war sich der Narr seiner Verantwortung bewusst, dass er das Chaos in seinem Inneren ausgleichen musste, und wenn er wirklich hielt, was er versprach, dann würde er sich sogar stabilisieren können.

Doch wusste der Narr auch, dass nicht nur er selbst sein eigener Richter war, sondern dass auch andere ihn richten konnten? Seine Reise nach Münster war vielleicht sogar eine Art Gottesurteil, selbst wenn es keinen Gott gab. Immerhin musste er sich der Gefahr stellen, um sein Urteil zu erfahren.

Sollte er jedoch dem Erzbischof und seinen Gefolgsleuten in die Hände fallen, war sein Urteil bereits gefällt, und sein Tod würde die Sache endgültig beenden.

Aber vielleicht hatte er tatsächlich das Potenzial, auch diese Prüfung zu meistern, und dann würde er auf seinen vorerst letzten Richter treffen, auf den Mann, der die Karten in den Händen hielt.

Kapitel 5:
DER STURM ZIEHT AUF

Phönix war gar nicht aufgefallen, wie lange die Fahrt gedauert hatte, aber es war fast halb sechs Uhr morgens, als er auf die Uhr sah, weil Slug erneut eine Durchsage machte. Seine letzte Meldung war vor einer Stunde erfolgt, als der Rigger sie gewarnt hatte, dass sie geortet worden wären und er einen kleinen Umweg fahren müsste. Allerdings waren keine Schüsse gefallen, und trotz fehlender Entwarnung schien Slug ihren Verfolgern entkommen zu sein. Die nächste Meldung fiel verheißungsvoller aus.

»Hallo, hier spricht euer Captain. Nachdem ich die Schlappschwänze von der Wasserpolizei abgehängt habe, nähern wir uns nun unserem Zielbereich. Innerhalb von fünfzehn Minuten werden wir in der Zielzone ankommen, und ich habe bereits die Bestätigung, dass Marcel euch erwartet. Macht euch also bereit auszusteigen. Wir wünschen noch einen angenehmen Flug.«

Wieder beendete ein Knacken die Durchsage, und Phönix blickte zu Vivien, die verwirrt dreinschaute. Nach dem Vorfall mit den Verfolgern war sie eingeschlafen, und Phönix hatte sich entschieden, sie nicht zu wecken. Eine Zeit lang hatte er sie beim Schlafen beobachtet und dann versucht, auf die Geräusche zu horchen, um festzustellen, wo sie herumfuhren, doch nur das leise Dröhnen der Schubtriebwerke war zu hören gewesen, mit denen sie über die Landschaft hinwegglitten. Jetzt war Vivien wieder wach, wenn auch noch etwas benommen, und sie waren kurz vor dem Ziel.

»Sind wir endlich da?«

Die Stimme der Magierin klang verschlafen, doch Phönix nahm deutlich wahr, wie sie erwachte. Ihre Bewegungen wurden energischer, ihr Atem wurde deutlich lauter, und er witterte einen Hauch von Nervosität.

»Slug zufolge sind wir so gut wie am Ziel.«

Vivien nickte und warf dann einen Blick zu den Taschen mit ihrer Ausrüstung. Alles lag vorbereitet da, und sie waren bereit, mit der Arbeit anzufangen. Allerdings würde erst der Tag kommen, und während die Sonne auf die Erde schien, würde Phönix sich vor dem Tageslicht verkriechen und schlafen. Zum ersten Mal wurde ihm bewusst, wie verwundbar er in dieser Zeit sein würde, doch er verließ sich darauf, dass Vivien bei Tag über ihn wachte.

Wieder ertönte das laute Knacken in den Lautsprechern als Zeichen, dass Slug ihnen etwas mitzuteilen hatte.

»Hier spricht euer Captain. Ich habe gerade die Ortung eines Flugzeugs empfangen, das unseren Kurs kreuzt. Es könnte ein Zufall sein und sich um eine Zivilmaschine handeln, ich will jedoch kein Risiko eingehen. Daher müsst ihr vorzeitig aussteigen. Ich setze euch einen Kilometer von dem Treffpunkt ab, von dort müsst ihr nur der Straße in Richtung Rastplatz folgen. Ich kann die Wasserratte nicht aufsetzen, da wir sonst auffallen. Wenn ich in T minus dreißig Sekunden stoppe und die Tür öffne, springt ihr ab und entfernt euch so schnell, wie ihr könnt.«

»Verdammt, es musste ja mit Problemen anfangen.«

Die Situation war zwar angespannt, aber Phönix verstand die Wut in den Augen der Magierin nicht ganz. Doch als sie sah, dass er die Situation nicht richtig einzuschätzen schien, erklärte sie ihm das Manöver des Riggers.

»Slug hat vor, die Maschine mit maximalem Gegenschub zu bremsen, die Tür zu öffnen und uns rausspringen zu lassen. Dabei bleiben die Schubdüsen die ganze Zeit an, und neben der Tatsache, dass wir wahrscheinlich taub werden, wenn wir draußen ankommen, liegen wir mehr oder weniger unter diesem Stahlkoloss. Und wenn unser Rigger es eilig hat, startet er einfach durch. Der Druck der Turbinen ...«

Auch wenn Phönix jetzt halbwegs verstand, kam die Magierin nicht mehr zum Ende ihrer Ausführungen, denn der plötzliche Gegenschub presste sie in ihre Sitze, und aus dem Lautsprecher drang Slugs hektische Stimme.

»Fünf ... vier ... drei ... zwei ... eins ... Viel Glück, Leute!«

Das Stachelschwein war zum Stehen gekommen, und in derselben Sekunde schwang die Seitenluke auf. Sofort sprangen sie aus den Sitzen, griffen die auf dem Boden liegenden Taschen und stürzten nach draußen.

Der Lärm der Turbinen war ohrenbetäubend. Anscheinend setzte der Rigger nicht mehr auf Heimlichkeit, sondern auf pure Geschwindigkeit. Das Gute daran war, dass Phönix und Vivien nicht hatten erkennen können, dass das Stachelschwein bei dieser Schubdüsenleistung drei Meter über dem Boden schwebte, auf der anderen Seite war es pures Glück, dass keiner von ihnen bei dem Aufprall verletzt wurde.

Die Magierin wollte vom Stachelschwein weglaufen, doch Phönix sah, dass der Rigger die Turbinen voll aufdrehte. Da er Vivien bei dem Lärm keine Warnung zurufen konnte, warf er sich auf sie und presste sie in den Matsch. Als er den Druck gegen seinen Rücken spürte, als die Wasserratte durchstartete, war ihm klar, dass seine Reaktion richtig war.

Vivien hatte sich zuerst gewehrt, doch als Äste und Staub über sie hinwegflogen, blieb sie still liegen, bis der künstliche Sturm verschwunden war.

Doch die Entfernung zu dem höllischen Lärm der

voll aufgedrehten Schubdüsen brachte zunächst keine Besserung, denn statt des pfeifenden Dröhnens hörte Phönix nur noch einen durchgehenden Piepton in seinen Ohren. Nachdem sich der Sturm gelegt hatte, wagte er es, sich aufzurichten und der Wasserratte hinterherzublicken. Der leichte Vektorschubpanzer hatte bei seiner Beschleunigung eine deutliche Spur der Vernichtung hinter sich hergezogen und den Boden einen halben Meter tief umgepflügt.

Plötzlich jagte der schwarze Schatten über sie hinweg, vor dem Slug geflohen war. Phönix erkannte nur einen Hubschrauber, der definitiv keine Zivilmaschine war. Der stromlinienförmige Rumpf war gepanzert und mit der offiziellen Lackierung des westphälischen Grenzschutzes markiert, doch aussagekräftiger waren die seitlichen Flügel, unter denen ein Arsenal von Raketen und Maschinengewehren angebracht war. Der Ausgang eines möglichen Kampfes war nicht vorauszuahnen, denn trotz der Beweglichkeit des Kampfhubschraubers war die Wasserratte schnell und gepanzert, außerdem gehörten sicherlich auch Waffen zu den Modifikationen des Riggers.

Der Hubschrauber hatte sie entweder übersehen oder sah in dem Vektorschubpanzer eine bessere Beute, auf jeden Fall schien sich der Grenzschutz vorerst nicht um sie kümmern zu wollen. Langsam stand Phönix auf, und auch Vivien blieb nicht länger im Matsch liegen. Die Magierin war total verdreckt, da der Boden noch vom Regen aufgeweicht war, und Phönix hatte sie in eine große Pfütze gedrückt. Der Anblick wäre beinahe zum Lachen gewesen, aber Vivien schien ihrem Gesichtsausdruck nach zu urteilen nicht viel von dieser Art von Kommentar zu halten.

»Scheiße, wie seh ich aus! Dieser verdammte Rigger hätte uns beinahe mit seinen Schubdüsen gegrillt, und jetzt stehen wir in der gottverlassenen Pampa von

Westphalen. Warum passiert so ein Dreck immer mir? Wenn ich diesen verdammten Wichser …«

Den Rest von Viviens Wutausbruch hörte Phönix nicht mehr. Sein Blick war nach Osten gerichtet, als er dem Hubschrauber hinterherblickte, doch am Horizont zeichnete sich etwas wesentlich Gefährlicheres ab. Der dunkle Nachthimmel wurde von einem wunderbaren Farbübergang von Tiefblau nach Rot überdeckt. Fassungslos starrte Phönix auf die ersten Strahlen, die die Sonne noch versteckt hinter dem Horizont aussandte. Entsetzt drehte er sich zu Vivien um, die beharrlich weiterschimpfte und damit vollauf beschäftigt war.

»Vivien, wir haben ein Problem. Wir sind zu spät. Der Umweg … Die Sonne … Nur noch wenige Minuten.«

Panik kam in ihm auf. Die Strahlen konnten ihn wahrscheinlich binnen Sekunden umbringen, und er hatte keine Lust, die Wirkung auszuprobieren. Die Angst wurde immer schlimmer, und er merkte, dass jegliche Besonnenheit aus ihm wich. Seine Instinkte drängten ihn zur Flucht, dazu, einfach wegzurennen, um der Gefahr zu entkommen. Er wollte noch nicht sterben.

»Vivien, hilf mir!«

Sie sah inzwischen ebenfalls zum östlichen Horizont und hatte ihre Tirade mitten im Satz beendet. Ihr Blick fiel auf Phönix, und sie schien hektisch zu überlegen, was zu tun sei.

»Die Sonne wird in ungefähr fünf Minuten sichtbar. Wenn Slug wenigstens mit der Entfernung richtig lag, können wir unseren Treffpunkt vielleicht vorher erreichen. Eine andere Möglichkeit sehe ich nicht.«

Wenn Vivien eine Antwort erhofft hatte, wurde sie enttäuscht, denn Phönix rannte einfach los. Er musste nur der Straße folgen. Am Treffpunkt wäre er in Sicherheit. Er musste nur gegen die Sonne anrennen und gewinnen. Seine ganze Wahrnehmung galt nur noch der Flucht. Die Straße war das dunkle Band, dem er folgte und an dessen Ende ihn hoffentlich Dunkelheit erwartete. Es war unwichtig, ob die Magierin ihm hinterherrannte, es war unwichtig, was sie ihm zurief, er musste rennen, nur rennen.

Das Einzige, was er noch spürte, war das rhythmische Aufsetzen seiner Füße auf dem Asphalt, als bewegte sich alles in diesem Rhythmus, das ganze Universum war nur noch die Straße und der Takt seiner Schritte. Die Zeit verschwamm wie seine restliche Wahrnehmung. Es war eine Ewigkeit, die nur Sekunden zu dauern schien. Dann drang ein Bild in seine Gedanken. Ein schwarzer Geländewagen, irgendwo vor ihm. Seine Schritte wurden schneller, der Takt zog deutlich an. Inzwischen spürte er nichts mehr, seine Beine waren wie taub, aber sie funktionierten noch.

Der schwarze Wagen rückte näher, wuchs, bekam Details. Neben dem Wagen stand ein Mann. Der Mann sah herüber. Entweder es war Marcel, ihr Kontaktmann, oder er würde ihn einfach töten und in dem Fahrzeug Zuflucht suchen. Niemand würde sich zwischen ihn und sein Versteck stellen und diesen Versuch überleben.

Im nächsten Moment hatte er den Wagen schon erreicht und stand neben dem Mann. Durch den Schleier seiner Panik drang ein Wort dessen, was der Mann zu ihm sagte. Marcel. Er war in Sicherheit, dennoch konnte er dem Drang nicht widerstehen, über seine Schulter zu blicken. Weit hinter ihm war eine Frau, die ebenfalls rannte, eine Frau, die langsam von den Strahlen der aufgehenden Sonne eingehüllt wurde. Das Licht brannte in seinen Augen, und seine Haut begann bereits zu kribbeln. Es würde ihn töten, ihn zu Asche verbrennen.

Der Mann sagte wieder etwas, aber Phönix verstand nicht, Panik erstickte jeden klaren Gedanken. Dann zerrte der Mann an ihm, und er konnte sich gerade noch beherrschen, ihn nicht dafür zu töten. Doch sein Blick fiel auf den schwarzen Plastiksack hinten in dem Laderaum des Geländewagens. Ein Transportsack, erkannte er, einer dieser Plastiksäcke, um Leichen zu transportieren. Seine Hände griffen nach dem Reißverschluss, doch er war zu hektisch, er wusste nicht, in welche Richtung er ziehen musste. Am liebsten hätte er den Sack in seiner Wut zerfetzt, aber das würde ihn zum Tode verurteilen. Er hatte den Leichenbeutel nur ein Stückchen geöffnet, aber ein Instinkt sagte ihm, das würde reichen. Das Kribbeln wurde unerträglich und steigerte sich zu einem Schmerz, als würde ein Wahnsinniger seine Haut mit einem Bandschleifer bearbeiten. Er musste in diesen Plastiksack.

Dann war es plötzlich dunkel. Der Schmerz ließ nach, und eine angenehme Kühle umfing ihn. Endlich in Sicherheit, endlich in Dunkelheit. Doch die Dunkelheit um ihn herum war begrenzt, sie bestand aus hartem Plastik, das kühl seinen ganzen Körper umschloss. Langsam konnte er wieder klar denken. Er war in dem Leichensack, auch wenn er nicht wusste, wie er hier hereingekommen war. Dann fiel ihm noch etwas auf. Das Plastik berührte überall am Körper seine nackte Haut, daher kam das kühle Gefühl. Er musste nackt sein, auch wenn er sich nicht erinnern konnte, wann er seine Kleidung verloren hatte.

Entfernte Stimmen drangen an sein Ohr, doch die Plastikhülle um ihn herum dämpfte die Geräusche von draußen. Dann hörte er, wie mehrere Autotüren zugeschlagen wurden und wie jemand den Dieselmotor des Geländewagens startete. Irgendetwas berührte sein Versteck, und er hörte eine vertraute Stimme, die immer noch um Luft rang.

»Alles in Ordnung, Phönix?«

»Ich lebe noch.«

Ein Laut, der ein Seufzer der Erleichterung sein mochte, drang an sein Ohr, und Vivien erzählte ihm, was passiert war.

»Du würdest einen verdammt guten Langstreckenläufer abgeben. Ich habe selten jemanden so schnell rennen sehen. Aber das war nichts im Vergleich zu deiner Aktion, um in deine Mülltüte zu kommen.«

Der Ausdruck gefiel Phönix überhaupt nicht, Leichensack war schon schlimm genug. Allerdings interessierte ihn, was sie mit ihrem letzten Satz gemeint hatte.

»Was für eine Aktion?«

»Phönix, soll das ein Scherz sein? Du verwandelst dich in eine verdammte Rauchwolke und schießt in diese Mülltüte, als hätte jemand darin einen Staubsauger versteckt, und spielst jetzt den Ahnungslosen?«

Phönix wurde schwindelig. Er sollte sich in eine Rauchwolke verwandelt haben? Seine Existenz als Vampir war ihm zwar schon vorher ziemlich abartig vorgekommen, doch diese Sache setzte dem Ganzen die Krone auf. Womit musste er in Zukunft rechnen, etwa damit, dass er als Fledermaus herumflog oder mit den Wölfen heulte?

»Ich habe mich in eine Rauchwolke verwandelt?«

Irgendwie kam ihm das alles wie ein dummer Witz vor. Er war sich nicht einmal bewusst, was und vor allem wie er das gemacht haben sollte.

»Verdammt, du warst auf einmal eine Rauchwolke, ich bin schließlich nicht bescheuert. Allerdings solltest du den Trick noch etwas trainieren.«

»Trainieren?«

Phönix konnte sich Viviens Grinsen vorstellen, als sie genüsslich nachsetzte: »Du hast deine Kleidung vergessen. Ich freue mich schon darauf, dich heute Abend aus deinem Müllbeutel steigen zu sehen.«

Allmählich ließ die innere Spannung nach, und eine

bleierne Müdigkeit schien sich in seinem Körper breitzumachen, aber bevor er ausruhen konnte, musste er noch einige Sachen klären.

»Wo sind wir eigentlich?«

Dieses Mal antwortete ihm eine unbekannte Männerstimme.

»Nun, du bist in deinem Versteck, der Leichensack liegt in unserem Geländewagen, und wir sind auf dem Weg nach Münster. Übrigens, mein Name ist Marcel. Ich hatte mich zwar bereits vorgestellt, aber ich glaube, du warst zu dem Zeitpunkt mit anderen Dingen beschäftigt. Schon 'ne üble Sache mit den Sonnenallergien! Ich hatte zwar gehört, dass diese Allergien nur bei Metas auftreten, aber heutzutage ist man nie vor Überraschungen sicher. Und dann diese Show mit dem Rauch, die du abgezogen hast, ich habe mich schon gefragt, ob …«

Sorge kam in Phönix auf, als Marcel seine übernatürliche Verwandlung ansprach und eine Vermutung äußern wollte. Anscheinend war ihr Kontaktmann nicht über seinen Zustand im Bilde, und es blieb zu hoffen, dass dies so bleiben würde. Auch Vivien schien das Gespräch nicht zu gefallen, denn sie unterbrach Marcel, der anscheinend vorhatte, gemütlich über Sonnenallergien zu plaudern.

»Marcel, du kennst doch das Sprichwort: Wissen ist Macht, aber Neugierde ist tödlich.«

»Schon in Ordnung, Toxic, ich wollte niemanden belästigen. Aber eine Frage hätte ich noch. Wie war noch der Name deines Kollegen?«

Beinahe hätte Phönix vergessen, dass sie wieder ihre Straßennamen benutzen mussten. In der Hoffnung, dass Marcels Interesse an Phönix' Eigenarten aus der Welt geschafft sein würde, stellte er sich unter seinem neuesten Namen vor. Marcel schien mit der Antwort zufrieden zu sein und wechselte das Thema.

»Okay, Phönix. Ich habe Toxic bereits erzählt, dass wir nach Münster fahren. Der Grenzschutz wird euren Fahrer noch eine Weile verfolgen, aber wenn er bis zur nächsten Grenze kommt, werden sie die Jagd abbrechen. Euch scheint man übersehen zu haben. Auf jeden Fall bringe ich euch in das vorgesehene Versteck. Dort werdet ihr warten, während das andere Team die Zielperson extrahiert. Sobald die Sonne untergegangen ist, werdet ihr mit der Zielperson in Richtung Nebelstadt aufbrechen. Das Briefing machen wir heute Abend. Plötzliche Änderungen des Plans werdet ihr beim Run über Funk erhalten, falls Komplikationen auftreten.«

Während Marcel ihre Mission erläuterte, wurde Phönix immer müder, und das dumpfe Brummen des Dieselmotors wirkte einschläfernd. Nur der widerliche Geruch des Plastiks hielt ihn noch wach. Wenigstens stand zu hoffen, dass er die erste Person war, die in diesem Plastiksack transportiert wurde.

»Was für ein Fahrzeug bekommen wir? Und wie wichtig ist es dem Bischof, die Zielperson daran zu hindern, über die Grenze zu kommen?«

Auch wenn die Antwort auf Toxics Fragen ihn interessiert hätte, konnte Phönix sie nicht mehr verstehen, denn endlich brach ein dumpfer Schlaf über ihn herein.

Es war dunkel, und ein muffiger Geruch lag in der Luft. Vorsichtig versuchte er die Augen zu öffnen, doch es gelang ihm nicht. Über sich hörte er eine dumpfe Stimme sprechen. Der Klang war stark gedämpft, und die Sprache war fremdartig, aber irgendwie bekannt. Es war eine alte Sprache, und schließlich erkannte Phönix, dass es Latein war, auch wenn er nichts verstehen konnte. Plötzlich wurde die melodisch rezitierte Rede von einer deutschen Phrase unterbrochen:

»Asche zu Asche, Staub zu Staub.«

Erneut versuchte sich Phönix zu bewegen, doch kein

Muskel gehorchte ihm. Mit diesen Worten beendete der Sprecher seine kurze Rede, und ein prasselndes Geräusch durchschnitt die Stille. Das Geräusch war näher als der Sprecher. Es war laut, als würden kleine Steinchen auf eine harte Oberfläche regnen. Mit Entsetzen malte sein Verstand ein Bild davon, was passierte. Sie begruben ihn, die Erde prasselte bereits auf seinen Sarg. Doch er war nicht tot, er konnte noch denken. Sie durften ihn nicht beerdigen, sie machten einen Fehler. Er lebte noch. Mit aller Kraft schrie er auf und versuchte panisch, seine Arme zu bewegen, um sich aus seinem Gefängnis zu befreien.

Das Licht traf ihn unerwartet in seine Augen, er starrte genau auf eine Neonröhre, die von der hohen Decke über ihm herunterschien. Trotzdem richtete er sich auf. Phönix stand in den zerfetzten Überresten von schwarzer Plastikfolie und ruderte wie ein Verrückter mit den Armen. Erst langsam dämmerte ihm, dass er nur einen Albtraum gehabt hatte, und seine Sinne fanden den Weg in die Wirklichkeit zurück. Die Wände bestanden aus rohem Mauerwerk, und zwei Neonröhren leuchteten kalt von der grauen Betondecke. Neben ihm ertönte schallendes Gelächter, und als er den Kopf zur Seite drehte, sah er sich drei Gesichtern gegenüber, von denen eines Toxic gehörte. Die anderen beiden, ein bärtiger Mann und eine Frau, sahen ihn fassungslos an. Die Magierin lachte immer noch, und als ihr Blick auf ihre erstarrten Begleiter fiel, steigerte sich ihr Lachen nur noch weiter.

Der bärtige Mann, der einen eleganten, aber schlecht sitzenden Anzug trug, den die Modeindustrie als Freizeitkleidung für Konzernleute konzipiert hatte, blickte ihn kopfschüttelnd an und warf einen Blick auf seine Begleitung, eine Frau, die Phönix in den Fünfzigern schätzte und auf deren Gesicht sich plötzlich ein Lächeln schlich. Endlich schien sich der Mann zu sammeln, um die Situation zu klären, und Phönix erkannte Marcels Stimme.

»Saber, das ist also Phönix.«

Mit einem Grinsen, das immer breiter wurde, betrachtete Saber ihn von oben bis unten und ließ ihren Blick dann wieder an seinem Körper heraufwandern.

»Ist der immer so drauf?«

Toxic, die vor Lachen nach Luft schnappte, griff nach einem Bündel, das neben ihr auf einem wackeligen Tisch lag, und warf es Phönix in hohem Bogen zu.

»Vielleicht solltest du dir das überziehen!«

Beinahe wäre ihre Aufforderung in dem Gelächter untergegangen, doch als er das Bündel aufgefangen hatte, wurde ihm bewusst, dass nicht nur sein Auftritt, sondern auch die Tatsache, dass er nackt und in den Fetzen des Leichensacks stand, zur Erheiterung der beiden Frauen beitrug.

Spätestens jetzt wurde ihm die Sache peinlich, doch der schnelle Blick nach einer verdeckten Ecke, um sich anzuziehen, bestätigte seine bösen Ahnung: außer einer heruntergekommenen Campinggarnitur, auf der die drei gesessen hatten, gab es absolut nichts in dem Raum. Also drehte er sich schnell um und wandte ihnen den Rücken zu, um sich hektisch den grauen Overall anzuziehen, den Toxic ihm zugeworfen hatte.

Erst als er den Overall verschlossen hatte, drehte er sich zu den anderen um. Wenigstens hatte Toxic mit dem Lachen aufgehört, auch wenn sie und Saber dauernd Bemerkungen über ihn gemacht hatten, die aber in der Hektik, sich anzuziehen, an ihm vorbeigegangen waren.

Als er sich endlich umdrehte, suchte er nach Worten, um die Sache zu erklären und weniger peinlich dazustehen.

»Tut mir Leid, Leute, aber ich hatte kurz die Orientierung verloren.«

Toxic warf Saber einen kurzen Blick zu und wandte sich dann wieder an ihn.

»Also, mir hat es gefallen!«

Saber nickte deutlich, um diese Meinung zu bestätigen, nur Marcel wirkte von der ganzen Sache nicht sonderlich begeistert.

»Jetzt, da alle wieder bereit sind …«

Anscheinend wollte Saber noch nicht mit den Scherzen aufhören und unterbrach Marcel, der ihr einen missbilligenden Blick zuwarf.

»Also, gerade sah unser Freund noch bereiter aus.«

Doch der wütende Blick, den sie von Marcel erntete, ließ ihr letztes Lachen verstummen, und sie wurde ernst. Phönix nahm sich die Zeit, die Frau näher zu betrachten. Auch sie trug einen dunkelgrauen Overall, nicht unähnlich seinem eigenem, der aber viel zu groß war und an Armen und Beinen mehrfach umgekrempelt worden war. Saber war nicht besonders groß und sie trug ihr schwarzes Haar mittellang. Auffallend war die dicke Brille, die einen Teil der Datenbuchsen verdeckte, die aus ihrer Stirn ragten.

Marcel sah mit seinem Dreitagebart, seinem lässigen Anzug und der teuren mechanischen Uhr am Handgelenk wie die Imitation des erfolgreichen Schönlings aus. Er schien sich mit seinem gesamten Äußeren von den Straßentypen, die häufig in den Schatten verkehrten, absetzen zu wollen, doch dadurch wurde seine Autorität eher untergraben als gefestigt. Erst nachdem sich Saber und Toxic disziplinierter verhielten und auf ihren Campingstühlen Platz genommen hatten, entspannten sich seine Gesichtszüge, und er nahm am Kopf des zerbrechlich wirkenden Plastiktischs Platz. Sofort zog er eine Zigarette aus einem silbernen Zigarettenetui, das er aus einer der Taschen zauberte, und steckte sie sich mit einem passenden Feuerzeug an. Anscheinend hielt er es für überflüssig, den anderen eine Zigarette anzubieten, jedoch reagierte keiner auf diese Unhöflichkeit. Immerhin gebot er mit einer kurzen Geste Phönix, auf dem letzten freien Stuhl Platz zu nehmen, und lächelte zufrieden, als Phönix diesem Wunsch nachkam. Auf einmal war der eben noch so nervöse Kontaktmann wieder die personifizierte Gelassenheit und versuchte schon fast übertrieben, eine Fassade der ruhigen Überlegenheit auszustrahlen. Genauso offensichtlich wie seine Arroganz war das Desinteresse der Frauen, die eher gelangweilt über dieses Verhalten zu sein schienen.

Nach einem weiteren zufriedenen Zug an seiner Zigarette lehnte sich Marcel zurück, um endlich zu erklären, was er anscheinend die ganze Zeit schon hatte sagen wollen.

»Gut, da wir nun endlich alle bereit sind, den Plan noch einmal durchzusprechen, kann ich nun beginnen. Saber, du verschleierst den Weg …«

Saber unterbrach Marcels selbstgefälligen Redeschwall und erntete sofort einen beleidigten Blick.

»Hör zu Marcel, müssen wir den ganzen Dreck noch einmal durchgehen? Ich weiß besser als du, was ich machen muss, und die anderen beiden interessieren sich sowieso nicht dafür. Außerdem werden sie sich noch genug von deiner Planung anhören müssen, sodass du nicht auch noch diesen Teil auswalzen musst. Um es zu Protokoll zu geben: ich klinke mich ins ALI ein, bastele ein wenig an den Verkehrsleitdaten des Gefangenentransports, um unsere Spur zu verwischen, und pass dann auf, welche Züge unser Gegner in der Matrix macht. Wenn es das war, gehe ich jetzt meine Ausrüstung checken!«

Ihr herausfordernder Tonfall schien Marcel zu verärgern, doch er nickte ihr bestätigend zu. Saber stand rasch auf und verließ den Raum durch die Ferroplast-Tür. Sobald sie alleine waren, setzte Marcel wieder zum Sprechen an.

»Decker! Na ja, wenigstens ist Saber ganz gut auf ihrem Spezialgebiet, deshalb werde ich über ihr Benehmen hinwegsehen. Ich hoffe, wenigstens ihr wisst ein detailliertes Briefing zu schätzen. Also, wie ihr vielleicht bereits erfahren habt, wird Team Alpha den Gefangenentransporter der Bischofsgarde stoppen. Nach der Übernahme des Fahrzeugs und unserer Zielperson bringen sie den Wagen zu dem vereinbarten Treffpunkt. Saber versucht in dieser Zeit, die Verkehrsdaten im ALI-Netz zu manipulieren, sodass die Bischofsgarde Probleme bekommt, den Wagen zu orten. Das Team Gamma, das seid ihr, wird nach erfolgreicher Übernahme am Treffpunkt die Zielperson in Empfang nehmen und dann aus Westphalen herausschaffen. Ihr bekommt dafür einen speziell ausgerüsteten Porsche 996.«

»Und was ist mit Team Beta?«

Damit sprach Toxic genau eine der Fragen aus, die auch Phönix durch den Kopf gingen. Marcel schien erfreut zu sein, dass sich jemand die Mühe machte, Fragen zu stellen, auch wenn seine Antwort genauso ausfiel, wie zu befürchten war.

»Team Beta ist nur relevant, falls der erste Plan nicht funktioniert.«

»Was ist mit Team Beta?«

Die hartnäckige Frage erschien Phönix riskant, und auch Marcel schien nicht gewillt, diesen Punkt weiter zu diskutieren, genauso wenig wie Toxic sich dazu bewegen ließ, das Thema ruhen zu lassen.

»Hör zu, Marcel. Geheimhaltung ist schön und gut, aber Münster ist ein gefährliches Pflaster. Was ist so verdammt geheimnisvoll an Team Beta?«

Die Magierin klang gereizt, doch ihre Argumente hatten einiges für sich. Auch Marcel schien dies zu verstehen und gab sich beschwichtigend.

»Schon gut. Wenn es dir so wichtig ist, werde ich es euch erzählen. Team Beta wird den Gefangenentransport zerstören, falls der Enterversuch von Team Alpha fehlschlägt.«

Sie würden also ihre Zielperson eher töten als den Behörden von Westphalen zu überlassen. Phönix gefiel das nicht, dieser Job war nicht besonders einleuchtend. Und auch Toxic schien noch nicht mit ihrem Wissensstand zufrieden zu sein. Ihre Stimme klang angespannt, als sie die entscheidende Frage stellte.

»Welchen Widerstand haben wir zu erwarten?«

Marcel zögerte, doch es war allen klar, dass eine solche Frage nicht unbeantwortet bleiben durfte, wenn der Run Erfolg haben sollte. Trotzdem schien ihr Kontaktmann einen Moment darüber nachzudenken, was er ihnen erzählen durfte.

»Wenn wir die Bischofsgarde richtig einschätzen, wird sie alles tun, um zu verhindern, dass unsere Zielperson die Landesgrenzen verlässt. Bevor jemand auf die Idee kommt, Fragen zu stellen: ich habe keine Ahnung, warum diese Frau so wichtig ist. Ich weiß nur, dass der Job verdammt gut bezahlt wird und auch verdammt heiß ist.«

»Was würde Münster in diesem Fall mobilisieren?«

»Da die Bischofsgarde über alle Ressourcen verfügen kann, werden sie höchstwahrscheinlich Einheiten des Grenzschutzes mobilisieren. Das bedeutet, sie werden vermutlich die Grenzen an den Autobahnen mit Checkpoints dichtmachen.«

»Wie wollen die so schnell reagieren, dass die Checkpoints aufgebaut sind, bevor wir Westphalen verlassen haben?«

»Dass die Bischofsgarde die Möglichkeiten hat, wissen wir. Es wurden schon zwei- oder dreimal die Bahnen dichtgemacht. Die Checkpoints bestanden aus Hubschraubern mit einer entsprechenden Kontroll- und Wachmannschaft. Zudem werden Truppen aller erdenklichen Art nach unserer Zielperson suchen.«

»Und wer ist auf die Idee gekommen, dass wir eine Chance haben, hier rauszukommen? Warum verladet ihr die Zielperson nicht einfach in einen Thunderbird und schafft sie hier heraus?«

»Ich weiß zwar nicht, warum ausgerechnet ihr für den Job ausgesucht wurdet, aber meine Anweisungen besagen, dass ihr den Transport so durchführen sollt. Außerdem hätte ein so auffälliges Fahrzeug wie ein Vektorschubtank oder ein Hubschrauber keine Chance, der Überwachung zu entkommen. Und da ein Teil der Suche vielleicht sogar auf magischem Wege ablaufen wird, seid ihr wohl gut geeignet.«

»Na, großartig.«

Toxic warf Phönix einen vielsagenden Blick zu, und auch er fand, dass sich die Sache wie ein Himmelfahrtskommando anhörte. Abgesehen davon hatten sie keine Chance mehr auszusteigen, geschweige denn, dass sie in diesem Fall in der Lage wären, Westphalen auf eigene Faust zu verlassen. Andererseits kam ihm der Aufwand, den Marcel beschrieb, etwas übertrieben vor. Wieder kam ihm die Frage in den Sinn, was es mit dieser geheimnisvollen Frau auf sich hatte, wenn ihr Verschwinden eine solche Maschinerie in Gang setzen würde.

»Wenn diese Fragen jetzt geklärt sind, würde ich gerne weitermachen.«

Toxic und Phönix sahen sich an, und sie schienen beide das Gleiche zu denken. Geklärt war eigentlich gar nichts, aber es gab auch nichts mehr zu sagen, was die Sache verändert hätte.

»Gut. Wie bereits erwähnt, übernehmt ihr die Zielperson an einem vorher abgesprochenen Platz. Ich kann euch nachher die Karten und euren Wagen zeigen, also bleiben wir vorerst bei der Theorie. Nach der Übernahme der Zielperson habt ihr die Kontrolle über den weiteren Verlauf des Runs. Solange ihr spätestens bei Morgengrauen die Grenze nach Nordrhein-Ruhr zusammen mit der Zielperson passiert, könnt ihr machen, was ihr wollt. Allerdings wurde ich angewiesen, euch noch einmal die Notwendigkeit der Betäubung der Zielperson zu verdeutlichen. Das entsprechende Sedativ solltet ihr bereits erhalten haben.«

Toxic kramte kurz in einer ihrer Taschen, die zu ihren Füßen lagen, und holte daraus das Etui hervor, das Natasha ihr vor ihrer Abfahrt gegeben hatte.

»Gut, ich sehe, auch dieser Punkt wäre geklärt, eure restliche Ausrüstung habt ihr auch, ihr müsst also nur noch lebend bis zur Grenze kommen. Außerdem werdet ihr nicht völlig allein sein. Wenn alles glatt geht, werdet ihr sowohl Berichte von uns als auch aus der Nebelstadt erhalten, um die Bewegung unseres Gegners mitzuverfolgen und gegenzusteuern. Wenn ihr halbwegs gut durchkommt, solltet ihr vor Mitternacht in der Nebelstadt sein.«

Vielleicht waren sie aber auch vor Mitternacht bereits tot, erschossen vom westphälischen Grenzschutz. Die Erinnerung an das Willkommenskommando bei ihrer Ankunft ging Phönix noch einmal durch den Kopf. Dieses Mal war es keine Privatwohnung mit ein paar Killern oder ein kleines Labor, dieses Mal hatten sie eine Armee gegen sich.

Anscheinend bestand das Runnerleben nicht nur aus Schießereien und vielen EC, die man anschließend auf seinem Konto verbuchen konnte, sondern wieder einmal wurde Phönix bewusst, dass der Einsatz bei diesem Spiel nichts anderes als das eigene Leben war. Und im Gegensatz zu den Gefühlen, die ihn in der Fabrikruine in den Brachen gequält hatten, hatte er inzwischen keine besondere Lust mehr, getötet zu werden. Außerdem wollte er nicht, dass Vivien etwas zustieß, schließlich hatte er sie in diese Sache mit hineingezogen, aber das Thema hatten sie oft genug diskutiert.

Es blieb also nichts anderes übrig, als zu versuchen, den Run erfolgreich durchzuführen, und erst am Ende würde sich herausstellen, ob die Jagd nach dem Phantom seiner Albträume die ganze Anstrengung wert war.

»Wenn ihr keine weiteren Fragen habt, sollten wir uns den Wagen ansehen.«

Marcel stand auf und wandte sich der Tür zu, offensichtlich erwartete er keine weiteren Fragen mehr. Als er Toxic den Rücken zudrehte, hielt sich die Magierin den Zeigefinger in den geöffneten Mund und verzog das Gesicht, als müsste sie sich übergeben. Anscheinend hatte ihr Kontaktmann nicht die besten Karten bei der Magierin, aber auch Phönix war alles andere als begeistert, was allerdings eher an dem Auftrag lag.

Auf halbem Weg blieb Marcel plötzlich stehen und wandte sich zu Phönix um.

»Das hätte ich beinahe vergessen, der Porsche dürfte in einem etwas zu sonnigen Bereich unserer Basis stehen, vielleicht sollten wir bis später warten.«

Die Aussicht, dass Marcel die Zeit mit einem erweiterten Briefing überbrücken könnte, langweilte Phönix, und daher wandte er sich an die Magierin.

»Vielleicht solltest du unser Fahrzeug inspizieren und dir die Besonderheiten zeigen lassen, ein Auto haben wir schließlich alle schon einmal gesehen. Ich könnte in der Zwischenzeit die Straßenkarten studieren.«

Ihr Kontaktmann wirkte erfreut über sein Engagement und eilte mit dem kurzen Hinweis weg, er würde die Chipkarten und ein entsprechendes Display holen. Sobald er außer Hörweite war, erntete Phönix den gereizten Blick der Magierin.

»Toll, du setzt dich in eine Ecke und tust so, als würdest du arbeiten, und ich muss mir das Geschwätz dieses Idioten anhören. Wenn er nicht gerade jedes Problem kleinredet und den großen Geheimnisträger spielt, versucht dieser Schleimer, mich auch noch zu belehren. Ich wette, ich habe mehr von den Schatten gesehen, als der in seinem ganzen Leben je sehen wird. Außerdem glaube ich nicht, dass ...«

Was auch immer Toxic ihm hatte mitteilen wollen, sie änderte sofort ihren Tonfall, als Marcel mit einem tragbaren Minicomputer in der Hand ankam.

»..., dass du Probleme mit dem Wagen haben wirst.«

Marcel drückte ihm den kleinen Computer in die Hand und vergewisserte sich kurz, dass Phönix damit umzugehen wusste. Als er sich wieder Toxic zuwandte, um mit ihr den Wagen zu checken, hatte Phönix den Rechner bereits in Betrieb genommen.

Er hatte vage Erinnerungen an diese Art Computer, wahrscheinlich stammte dieses Wissen noch aus seiner Zeit als Polizist. Das buchgroße Terminal war ein Müller-Schlüter Datamax III mit einer selbsterklärenden Benutzeroberfläche. Das Kartenprogramm war schnell gefunden, aber bevor er das Programm startete, fiel sein Blick auf die anderen leicht interpretierbaren Icons, die auf dem Pseudo-Holo-Screen flackerten. Neben dem Kartenprogramm waren eine Datenbank, Tabellenkalkulation, Textverarbeitung und die üblichen Terminplaner, Taschenrechner und Adressenkarteiprogramme auf dem Rechner. Das war die Standardausführung eines solchen Computers, doch dann fiel ihm ein weiteres Icon auf, das aus zwei Zahnrädern bestand, die mit einem Alpha und einem Omega beschriftet waren. Neugierig entschied sich Phönix, zuerst dieses unbekannte Programm zu starten, und plötzlich erschien ein Menü mit verschiedenen sonderbaren Optionen. Er brauchte einen Moment, um zu erkennen, was die Symbole und Fenster bedeuteten, in denen wirre Zeichenkombinationen standen. Plötzlich verstand er den Sinn des Programms und wusste, was die wirren Buchstaben und Symbole darstellten. Sofort fand er die Funktion, die er suchte, und es zeigte sich, dass seine Vermutung richtig war: das Programm war ein Codierungssystem, und wenn sein Wissen halbwegs auf dem neuesten Stand war, handelte es sich um eine unglaublich komplexe Version. Anscheinend war noch eine Datei ausgewählt gewesen, und der Inhalt eines Fensters, der zum Teil aus kyrillischen Buchstaben bestand, begann sich zu verändern. Aus dem Zeichenchaos formten sich fließend Worte, sodass aus dem Wirrwarr bald ein kompletter Text wurde. Bevor er sich die Daten durchlesen konnte, hörte Phönix die Schritte, die sich der Tür näherten, und es gelang ihm nur, die Überschrift zu lesen, bevor er das Programm abbrach und mit zwei Tastendrücken in das Kartensystem überwechselte. Es war nicht viel gewesen, was er gesehen hatte, aber vielleicht würde ihm dieser kleine Vorteil helfen. Marcel hatte ihm anscheinend seinen persönlichen Taschencomputer gegeben und vergessen, dass darauf vertrauliche Daten gespeichert waren. Auf jeden Fall hatte Phönix jetzt ein Logo und einen Firmennamen: Das Symbol war eine gewundene Schlange gewesen, und der Name lautete ›Eastern Star Pharmaceuticals‹.

Die Tür zu dem Raum öffnete sich ein wenig, und Saber blickte suchend durch den Spalt. Als sie anscheinend nicht fand, was sie suchte, fragte sie Phönix, ob er wisse, wo sich Marcel aufhalte. Nachdem er ihr Antwort gegeben hatte, schloss sie wieder die Tür, und er hörte deutlich, wie sie sich von der Tür entfernte und in einen anderen Teil des Gebäudes ging.

Auf einmal spürte Phönix wieder Angst in sich aufkeimen. Eastern Star Pharmaceuticals, war der Name ein Zufall, oder war die ganze Angelegenheit nur eine Finte, und steckte hinter dieser Firma wieder Nitama, die sich auch hinter Humanitech versteckt hatte? Oder sollte es nur Zufall sein, dass ausgerechnet eine codierte Nachricht eines Pharmakonzerns auf Marcels Taschencomputer abgespeichert war? Die Gründe, die Phönix einfielen, waren zahllos, aber es war wahrscheinlich besser, auf der Hut zu sein. Das Ganze wirkte zu sehr wie eine Falle.

Für einen kurzen Moment spielte Phönix mit dem Gedanken, die Informationen noch einmal abzurufen und die Nachricht komplett zu lesen, doch als er erneut Schritte hörte, verwarf er den Gedanken. Egal ob das Memo ihm galt oder nur zufällig auf dem Rechner gespeichert war, Marcel würde diese Indiskretion nicht hinnehmen. Er musste sich mit der Warnung begnügen und hoffen, dass er in der Lage sein würde, einer potenziellen Gefahr aus dem Weg zu gehen.

Als sich dieses Mal die Tür öffnete, war es Toxic, die den Raum betrat. Ihr Gesicht verriet einiges über das, was in ihrem Kopf vorging, und Begeisterung gehörte nicht zu den Gefühlen, die er darin lesen konnte. Offensichtlich war ihr Marcel erneut auf die Nerven gefallen. Die Magierin schloss die Tür, und sie waren alleine in dem kahlen Raum.

Nach einem übertriebenen Luftholen ließ sich Toxic in einen der Campingsessel fallen, dessen Plastik bedrohlich quietschte und ein wenig seine Form verlor, um anschließend ihre Beine auf den Tisch zu legen, der sich unter dieser Belastung ebenfalls leicht verformte. Fragend blickte sie Phönix an, sodass er das Gespräch anfing.

»Was gibt es Neues?«

Inzwischen wirkte Vivien eher müde, und ihr zynischer Unterton kam nur halbherzig herüber.

»Was willst du wissen? Wie weit Marcel mit seinen Belehrungen und seiner Anmache gekommen ist oder was ich Neues über unseren Job weiß? Unser großer Vorgesetzter hat versucht, bei der Demonstration seines Porsches mir ›zufällig‹ näherzukommen, indem er mein Knie mit der Gangschaltung verwechselt hat, aber nachdem ich ihm klar meine Meinung über diese Art der Anmache gesagt habe, hat er sich vorsichtig zurückgezogen. Außerdem traue ich dem Typen nicht. Marcel mag etwas vom Shadowbiz verstehen, trotzdem ist seine Perspektive irgendwie verkehrt. Frage mich bitte jetzt nicht, wie ich das meine, aber der Mann arbeitet nicht so in den Schatten wie die Runner, die ich kenne. Möglicherweise hinterlässt er deshalb diese Schleimspur, weil er ein Konzernmann ist.«

Der letzte Satz jagte Phönix einen kalten Schauer über den Rücken. Konzernmann bei Eastern Star Pharmaceuticals, das passte nur zu gut ins Bild. So lange sie jedoch in dem Versteck waren, wollte er der Magierin seinen Verdacht nicht darlegen. Die Gefahr, abgehört zu werden, war zu groß, auch wenn ihn Toxics Meinung zu der Angelegenheit interessiert hätte. Doch momentan sprach die Magierin von anderen Dingen.

»Das alles bringt uns nicht weiter, ich erzähle dir lieber, welches Fahrzeug wir bekommen haben. Auf jeden Fall sind wir gut gerüstet, wir bekommen einen Porsche 996 mit einigen Extras: ein halber Zentimeter Panzerung aus Blastplast, frisierter Motor, verbessertes Sensorpaket und verschlüsselter Funk. Angeblich haben wir die Hardware an Bord, die Signale der Bischofsgarde zu knacken, zumindest solange sie nur auf Sicherheitskanälen senden und nicht auf Militärfrequenzen überwechseln. Der Wagen scheint einigermaßen geeignet für den Job zu sein. Solange wir nicht mit Raketen beschossen werden, sollten wir über die Grenze einfach hinwegfegen können, und möglicherweise schaffen wir diese Aktion sogar ohne aufzufallen. Der Wagen hat überdies eine offiziell gespeicherte Kennung, die uns einen kleinen Vorteil verschaffen kann. Wenn die Bischofsgarde Daten aus ihrem Netz holt, erfährt sie, dass der Porsche einem der größeren Gutsbesitzer hier in Westphalen gehört. Vielleicht bewahrt uns das vor einigen Scherereien. Wir sind also das Ehepaar Jansen, erfolgreicher Wurstadel und verdienen unser Geld mit der Leitung einer großen Schweinemast. Fehlen eigentlich nur Eheringe und der Familienhund …«

»… und offensichtlich neigt das Ehepaar Jansen dazu, die Kleidung und das Aussehen von Straßenläufern zu imitieren, während unsere Waffen natürlich nur zur Verteidigung gegen amoklaufende Zuchtschweine im Auto liegen.«

»Zumindest wirkt es echt, solange sie uns nicht anhalten. In diesem Fall müssen wir zu Alternativen greifen, aber ich denke, die Bischofsgarde wird Probleme bekommen, den Wagen anzuhalten.«

Der Blick in ihren Augen sagte deutlich, was sie damit meinte. Sie würde keine Rücksicht auf das Leben dieser Gardisten nehmen und es wahrscheinlich genießen, sich für die Vergangenheit zu rächen. Phönix beschloss, dass es besser wäre, wenn sie nicht angehalten würden.

»Wenn Marcels Einschätzung stimmt, haben wir noch eine Stunde Zeit, unsere persönliche Planung zu überdenken, danach beginnt unser Einsatz.«

Für einen kurzen Moment glaubte Phönix, seinen Ohren nicht zu trauen: in einer Stunde sollte es losgehen? Nach seinem Zeitempfinden hatte er nur kurz geschlafen, und auf einmal wurde ihm bewusst, dass er wohl den ganzen Tag schlafend verbracht hatte.

»Ist es etwa schon Abend? Ihr habt mich den ganzen Tag in dieser Tüte liegen gelassen?«

Toxic grinste verlegen und zuckte mit den Achseln.

»Tut mir Leid, aber nachdem du eingeschlafen warst, warst du nicht wieder wachzukriegen, also haben wir dich mitsamt deiner Verpackung hier hingelegt. Ich hatte dafür gesorgt, dass der Reißverschluss offen war, damit zumindest dein Gesicht zu sehen war, aber es scheint so, als hättest du einen unruhigen Schlaf gehabt und dich gedreht. Ich wollte die Tüte nicht ganz öffnen, weil ich dachte, das sei dir peinlich, schließlich konnte ich dich nicht anziehen!«

»Und was hast du den ganzen Tag gemacht?«

Ein sonderbares Gefühl nagte an ihm, und überrascht merkte Phönix, dass es etwas wie Eifersucht war. So lächerlich es ihm auf den zweiten Blick vorkam, er musste feststellen, dass er nicht glücklich darüber war, dass sie tagsüber etwas ohne ihn unternommen haben könnte.

»Ich habe ebenfalls geschlafen. Schließlich müssen wir die ganze Nacht durchfahren, und bis zum Morgengrauen ist es noch eine lange Zeit. Außerdem habe ich mir vorgenommen, ausgeschlafen zu sterben.«

Die letzte Bemerkung zielte spürbar darauf ab, ihn zu verletzen, so als hätte sie seine Gefühle bemerkt und wollte ihn auf Distanz halten. Allerdings tat es ihr sofort Leid, und sie entschuldigte sich mit einem verlegenen Gesichtsausdruck, doch Phönix wollte jetzt keine Szene haben und kam auf den geschäftlichen Teil zurück.

»Wenn wir nur noch eine Stunde haben, sollten wir wenigstens nicht unzureichend informiert sterben. Also lass uns die Karten durchgehen und ein paar Notfallpläne aufstellen …«

Die nächste Stunde verbrachten sie mit ihrer Planung, bis endlich Marcel zu ihnen kam und das Zeichen für den Aufbruch gab. Nun gab es kein Zurück mehr, und es würde sich zeigen, ob sie der Bischofsgarde gewachsen waren.

XVIII

Nur noch zwei Karten trennten ihn von der Zukunft. Es war die zweite Karte von oben in der rechten Kartenreihe, die er als Nächstes offen legen würde, und sie sollte zeigen, welchen Hoffnungen und Ängsten der Narr unterworfen war. Es war der vorletzte Stein in dem Mosaik der Persönlichkeit des Narren, und diese Karte würde das Bild über ihn weiter verdichten.

Eigentlich war es eine Karte, die ihn persönlich wenig interessierte. Hoffnungen und Ängste waren in seinen Augen mehr ein Hindernis, als dass sie halfen. Natürlich waren Träume eine große Motivation für die Menschen, doch die Enttäuschungen, die ebenfalls durch sie entstanden, waren ungleich hinderlicher. Es gab wenig, um Menschen wieder aufzubauen, die ihre eigenen Hoffnungen zerstört sahen, meistens war es besser, sie mit ihren Träumen zu vernichten. Ängste wiederum lähmten sie, und ohne den Mut, sich dem Leben mit all seinen Gefahren zu stellen, würde die Menschheit nie wirklich weiterwachsen. Trotzdem hatte er Furcht als Waffe zu schätzen gelernt. Wenn es um die einfachen Ängste ging, waren Menschen genauso hilflos wie Tiere.

Sie hatte ihn damals gefragt, welche Hoffnungen und Träume er hätte, doch als er ihr zu erklären versuchte, dass er Pläne, die nicht dem Zufall oder einem primitiven Gefühl überlassen waren, vorzog, hatte sie ihn ausgelacht. Vielleicht hätte er mehr Nachsicht mit ihr haben sollen, sie hatte so viel weniger Zeit gehabt zu verstehen, als er gebraucht hatte, und mit Geduld hätte er sie sicherlich überzeugen können. Eigentlich war Geduld immer eine seiner größten Stärken gewesen, man musste manchmal einfach abwarten, um Veränderungen zu bewirken, und dann im günstigsten Augenblick zuschlagen. Wahrscheinlich war sie eine wirkliche Schwäche seinerseits gewesen, doch er konnte seine Entscheidung immer noch logisch begründen. Es war nicht das Aufflackern einer spontanen Laune gewesen, dessen war er sich sicher. Doch bisher hatte sie seine Erwartungen nicht erfüllen können. Wie ein trotziges Kind hatte sie sich gegen ihn erhoben und es gewagt, eine Weltanschauung aufzubauen, die nur darauf abzielte, seine Erkenntnisse ins Negative zu verkehren. Aber er hatte Zeit, sie würde ihn früher oder später verstehen müssen, es gab keine andere Wahl, wenn man die Wahrheit gesehen hatte.

Es schien fast so, als wären seine eigenen Schicksalswege und die seiner Widersacherin und des Narren stärker miteinander verwoben, als er zunächst angenommen hatte. Dieser Gedanke ärgerte ihn, die Sache war so, als würden ein Insekt und ein Mensch auf eine Stufe gestellt. Trotzdem musste er es akzeptieren, wenn es wirklich so war. Fortuna, das Schicksal, war eine der wenigen Mächte im Universum, denen selbst er sich beugen würde.

Minutenlang war sein Blick starr auf die Karte seiner Wahl gerichtet, doch es dauerte einige Zeit, bis er sich von seinen Gedanken losreißen konnte. Langsam streckte er seine Hand aus und ließ sie zunächst auf dem Rücken der Karte ruhen.

Erst nach einem kurzen Moment der Konzentration drehte er die Karte mit leichtem Widerwillen um. Es war ›Der Mond‹.

Ihm präsentierte sich eine dunkle Nachtlandschaft. Im Vordergrund befand sich ein düsteres Gewässer, aus dem sich ein schwarzer Krebs erhob. Von dem Teich verlief eine gerade Straße bis zum Horizont, zwischen zwei monolithischen und dennoch zerstörten Türmen hindurch. Über dem ganzen Szenario schwebte eine gigantische Mondsichel, die die wahren Umrisse des Erdtrabanten erahnen ließ.

Ein wenig ratlos starrte er auf die Abbildung, und erst langsam begann er zu verstehen. Trotz all der Finsternis, die schon vorher als heimlicher Feind auf den Karten zu finden war, war diese Szene von friedlicher Stille. Es war eine schöne Nacht, um aus der Tiefe jenes dunklen Sees aufzusteigen und seine Reise zu beginnen. War dies das erste Gefühl des Narren gewesen, aus der undurchdringlichen Leere seiner Vergangenheit aufzusteigen und einen geradlinigen Weg zu erkennen? Ja, das musste es sein, die Hoffnung des Narren war, dass sein Leben einen vorherbestimmten Weg hatte, auch wenn das verheißungsvolle Ziel unerreichbar über allem schwebte. Wie er erwartet hatte, zeigten sich Gesichter auf dem bleichen Himmelskörper. Für einen kurzen Moment erspähte er die Züge der Magierin, doch sie war nur eine oberflächliche Hoffnung, denn je länger er sich konzentrierte, desto stärker wurde der Eindruck, in einen Spiegel zu blicken. Es war nur zu verständlich, denn er selbst war die ferne Wahrheit. Genauso musste der Narr ihn sehen, als unerreichbar und doch als einziges Licht der Wahrheit in einer sonst dunklen Welt.

Wenigstens wurde sein Interesse an dieser Magierin, die ihn inzwischen wirklich störte, von der Karte dieses Mal geringfügiger bewertet, und so konnte er auch in Ruhe den Symbolgehalt des Krebses erkennen.

Aus dem fröhlichen, unbeschwerten und vor allem dummen Narren war ein Krebs geworden, eine Lebensform, die einfach und doch äußerst überlebensfähig war. Wie schon bei der Karte ›Der Eremit‹ stand der Krebs allein da und war auf sich gestellt. Der schwarze, glatte Panzer des Tieres ließ es kalt und gefühllos erscheinen, es verkörperte das, was er selbst als effizient bezeichnet hätte.

Als jedoch Bewegung in die Szenerie kam, stieß er einen alten Fluch aus. Es war, als wollte ihn die Karte beleidigen, denn in dem Moment, in dem er sie zu verstehen und zu schätzen glaubte, änderte sich die Botschaft.

Der Krebs krabbelte los, auf den Mond zu, und fließend veränderte sich seine Form. Langsam richtete sich das Wesen auf, die Chitinplatten lösten sich von seinem Körper, und die arachniden Formen wurden zusehends menschlicher. Auf dem Weg in Richtung des Mondes wurde aus dem vorher in seinen Augen perfekten Geschöpf wieder der Narr.

War die ganze Sache in Wirklichkeit der Weg zurück, der den Narren an seinen jämmerlichen Anfang brachte?

Kapitel 6:
DER KREUZZUG

Das sonderbare Gefühl kehrte blitzschnell zurück. Sobald Phönix den schwarzen Porsche aus der Lagerhalle manövriert hatte und anhand der Karte auf dem Headup-Display in Richtung des Übergabeorts lenkte, fühlte er wieder diesen plötzlichen Übergang. Das Warten vorher erschien ihm irreal wie ein Traum, die Anspannung machte seine gesamten Empfindungen intensiver. Es war keine Nervosität, sondern eher ein Gefühl von Kampfbereitschaft, das Gefühl, sich mit allen seinen Fähigkeiten einer schwierigen Aufgabe zu stellen. Jetzt, da die gefährliche Fahrt unmittelbar bevorstand, waren all die Angst und die Frustration aus seinem Kopf gewichen, es zählte nur noch der Run. Mit seinem Erfolg oder Scheitern würde sich alles verändern, es gab nichts mehr, was wichtiger war.

Als das große Lagergebäude im Rückspiegel kleiner wurde, verblassten auch die Erinnerungen an das Versteck und die anderen Runner. Auch wenn die Basis ihnen Rückendeckung geben würde, waren sie jetzt auf sich gestellt, und Phönix wurde bewusst, was Teamgeist wirklich bedeutete, als er einen Blick auf Toxic warf. Sie waren der entscheidende Faktor für ihren Erfolg, und zusammen würden sie es schaffen!

Das Versteck lag laut der Karte in einem Außenbezirk von Münster, wo die Tiefkühllagerhallen und Schlachthäuser der Fleischbarone des Kirchenstaats das Straßenbild prägten. Obwohl es bereits dunkel war, herrschte noch Betrieb in den Straßen. Schwere Viehtransporter brachten Hunderte von Tieren zu ihrer

Tötung, und das frische Fleisch wurde per Tiefkühltransporter in Richtung Rhein-Ruhr-Megaplex transportiert, um denjenigen als Nahrung zu dienen, die sich den Luxus echten Fleisches leisten konnten. Es war grotesk, dass im Plex das Leben eines Menschen weniger wert war als eine der Rinderhälften, die in den Kühlkammern lagerten. Würde die logische Konsequenz der Kosten-Nutzen-Rechnungen der menschenverachtenden Konzerne irgendwann vielleicht ergeben, dass es leichter war, Hamburger aus Squattern zu produzieren, als Soyimitate zu vermarkten?

Auch wenn er sich in sein früheres Selbst nicht mehr zurückversetzen konnte, glaubte er nicht, dass er diesen Zynismus früher so genossen hätte. Ob es nun ein Teil seiner Veränderung war oder die Tatsache, dass er die Welt seit den letzten Nächten aus den Schatten heraus sah, Zynismus schien manchmal das einzige Mittel zu sein, die Welt zu verstehen. Doch so viel ihm diese Situation auch über sein inneres Wesen sagen mochte, die Zeit war gekommen, persönliche Dinge aus seinem Bewusstsein zu verdrängen und sich voll auf seine Aufgabe zu konzentrieren.

Ihr Treffpunkt lag knapp außerhalb des Wurstdistrikts, wie das Schlachtviertel der Fleischbarone von den Anwohnern genannt wurde. Team Alpha hatte eine erfolgreiche Kaperung des Fahrzeugs gemeldet, doch Marcel hatte ihnen verschwiegen, dass die andere Gruppe vier Runner und damit mehr als die Hälfte ihrer Leute verloren hatte. Auch wenn Marcel diesen Punkt bei seinem Bericht ausließ, hatte Phönix dem gesamten vorherigen Gesprächsverlauf folgen können. Sein sensibles Gehör war etwas, mit dem ihr Kontaktmann anscheinend nicht gerechnet hatte, doch die Tatsache, dass sie über den Widerstand ihrer Gegner offensichtlich im Unklaren gelassen werden sollten, hatte inzwischen aufgehört, ihn zu beunruhigen.

Der Porsche erwies sich als ideales Auto für diesen Kurierjob. Auch wenn Phönix noch nicht das Fahrverhalten bei hohen Geschwindigkeiten testen konnte, so machten sich jetzt schon die Kontrolldaten und Computerunterstützung bei der Steuerung bemerkbar. Die Sensoren und der Bordcomputer waren absolute High-End-Technik, und gekoppelt mit den Informationen, die sie sowohl von ihren Leuten als auch durch Überwachung der Sicherheitsfrequenzen bekommen sollten, würde die Fahrt möglicherweise doch ungefährlicher sein als befürchtet. Nicht nur, dass sie Zugang zum Funkverkehr ihrer Widersacher hatten und zudem über ein leistungsfähiges ECM-System verfügten, es schien sogar so, dass die Bischofsgarde über dieselben Frequenzen, die sie abhören konnten, ihre taktischen Daten übermittelte, und solange sie ihre Codes nicht änderte, würde ihr Bordcomputer diese Informationen ebenfalls auf dem Head-up-Display oder auf dem Monitor des Beifahrers einblenden. Solange sie die Züge ihres Gegners genau sehen würden, waren sie vor bösen Überraschungen sicher. Bis zur Übernahme ihrer Zielperson würden sie die Geräte allerdings noch ausgeschaltet lassen. Erst wenn sie ihren Kurs Richtung Nebelstadt einlegten, würden sie das Netz anzapfen, um ein vorzeitiges Auffallen zu verhindern. Vor ihrer Abfahrt hatte sich Toxic für das System auffallend interessiert gezeigt und ihre Fragen mit ihrer angeblichen Unwissenheit in Hinsicht auf Computer begründet, doch Phönix vermutete einen anderen Grund hinter ihrem Interesse, denn er wusste ziemlich gut, wie ungern sie sich von Marcel belehren ließ und dass es ihr noch weniger gefiel, Schwächen einzugestehen, selbst wenn es um solche trivialen Dinge wie Computer ging.

»Okay, Toxic, was hat dir eigentlich so viel Freude daran gemacht, dass dir Marcel die grundsätzliche Bedienung des Bordsystems und des Sicherheitsnetzes erklärt hat?«

Die Magierin warf ihm ein triumphierendes Lächeln zu.

»Dir scheint genauso wenig klar zu sein wie Marcel, was für ein Werkzeug wir in den Händen halten. Unser Terminal hängt im Sicherheitsnetz der Bischofsgarde. Wir brauchen nicht nur auf deren Anweisungen und Pläne zu warten, wir können mit dem Bordterminal auch Daten direkt aus dem Netz abfragen.«

»Ohne Risiko?«

»Das ist der übliche Haken: sobald wir Informationen anfordern, laufen wir Gefahr, dass die Systemkontrolle in Münster uns als illegale Nutzer erkennt und uns aus ihrem Netz wirft. Und mit unseren Computerkenntnissen sehe ich keine Chance, dass wir noch einmal in deren System eindringen können.«

»Also ist die ganze Sache nur eine kleine Spielerei, die uns nicht weiterhilft, sondern uns nur zusätzlich in Gefahr bringt.«

»Nicht ganz. Wer hat denn gesagt, dass wir die Abfrage starten, solange wir noch in Westphalen sind? Sobald wir aus dem unmittelbaren Machtbereich der Bischofsgarde heraus sind, können wir die Daten abrufen, die uns interessieren. In Nordrhein-Ruhr brauchen wir die Verbindung sowieso nicht mehr, also warum sollten wir nicht versuchen, einen kleinen Bonus für uns abzuzweigen?«

Diese Idee erschien auch Phönix bedenkenswert. Innerhalb von Westphalen war das Ganze höchstens eine Notfalllösung und das Risiko kaum wert, aber jenseits der Grenze konnte die Bischofsgarde nicht mehr agieren, zumindest nicht mit ihrem vollen Potenzial. Durch das angespannte Verhältnis beider Allianzländer würde jede Grenzüberquerung von Sicherheitskräften des Kirchenstaats eine Krise heraufbeschwören, und trotz allen Aufwands, den sie von der Bischofsgarde zu befürchten hatten, erschien Phönix dieser Schritt selbst für ihre Gegner zu riskant. Und auch Toxic schien die Ironie der Situation zu genießen, denn ihr Gesicht strahlte vor Zufriedenheit, als Phönix die entscheidende Frage stellte: »Und an welche Informationen hattest du im Speziellen gedacht?«

»Wie wäre es mit Daten über Marcel oder Infos über unsere Zielperson?«

»Ich hätte einen anderen Vorschlag: Was glaubst du, was Münster über eine Firma namens Eastern Star Pharmaceuticals weiß?«

Die Magierin sah ihn fragend an.

»Wie kommst du jetzt auf ESP?«

Es war also an der Zeit, ein paar weitere Karten auszuspielen und zu hoffen, dass seine Begleiterin mit dem Puzzleteil, das Phönix auf dem Taschencomputer gefunden hatte, etwas mehr Licht in die ganze Angelegenheit bringen konnte.

»Durch Zufall bin ich auf Marcels Terminal auf ein Memo von ebendieser Firma gestoßen. Bis auf die Tatsache, dass ich nach dem Erlebnis mit Humanitech nicht mehr auf Biotechkonzerne stehe, kann ich aber mit dem Namen nichts anfangen.«

Auf einmal wirkte die Magierin nachdenklich und tippte einige Befehle auf dem Bordterminal ein. Der kurze Seitenblick, den Phönix auf ihre Tätigkeit werfen konnte, genügte ihm, um zu erkennen, dass sie Informationen aus öffentlichen Datenbanken abrief. Es zahlte sich also doch aus, mehrere tausend EC in einen Bordterminal zu stecken, das Zugriff auf das öffentliche Datennetz hatte, auch wenn die Funkverbindung weder schnell noch zuverlässig war. Toxic brauchte weniger als eine Minute und begann dann, den Text vom Screen zusammenzufassen.

»Hier habe ich einen Eintrag. Eastern Star Pharmaceuticals. ESP ist ein führender Konzern auf dem Pharmasektor. Mit seinen preiswerten Medikamenten ist der Konzern ein wichtiger Konkurrent der AGC, vor allem auf dem osteuropäischen Markt. Die Firmenniederlassungen liegen vor allem in Polen und Russland, aber auch in der ADL und in skandinavischen Ländern. In der ADL befindet sich die Hauptvertretung in Köln, außerdem betreibt ESP Labors und Produktionsstätten in Hamburg, Berlin und der SOX. Bemerkenswerter sind die Nebeninteressen. Während die AGC immer noch an konventioneller Chemie festhält, laufen bei ESP fast alle Forschungen auf alchemistische und magische Verfahren hinaus. Im Grunde scheinen die anderen Unternehmensgruppen wie medizinische Notfalldienste, Krankenhäuser, Medikamentenproduktion und Herstellung von medizinischer Ausrüstung nur die Kapitalquelle für ein breit gefächertes Forschungsgebiet zu sein. Diese besondere Situation ist auch dafür verantwortlich, dass die AGC mit ihren Übernahmeversuchen gescheitert ist. Wenn die Einschätzungen, die hier stehen, korrekt sind, dürfte ESP zu den führenden Firmen auf dem Sektor magische Güter und Dienste in Europa, wenn nicht weltweit gehören, auch wenn keine Produkte auf diesem Sektor großflächig vermarktet werden. Und hier ist noch eine Besonderheit, der Konzern wird praktisch von einem Mann geführt. Ein gewisser Vladimir Alexandrej Cherkov kontrolliert über neunzig Prozent der Aktien und scheint die Firma zu dem gemacht zu haben, was sie heute ist. Ansonsten sehe ich nur die üblichen Analysen, wie man sie zu den meisten Kons findet.«

Wenn es neben der paranoiden Idee, dass ESP etwas von ihm persönlich wollte, wie es bei Humanitech gewesen war, noch eine andere sinnvolle Erklärung für das Erscheinen dieses mysteriösen Konzerns auf der Bildfläche gab, so konnte Phönix bisher keine Verbindung finden. Trotzdem wollte er sichergehen, dass er bei seinem kurzen Blick auf den Bildschirm am Nachmittag keinen Fehler gemacht hatte.

»Ist in der Datei das Firmenlogo von ESP abgebildet?«

Toxic suchte einen kurzen Moment und ließ die Daten über den Bildschirm laufen, bis sie genau das gefunden hatte, was Phönix bereits gesehen hatte.

»Das Zeichen stellt einen DNS-Strang dar, der in den Kopf einer Schlange übergeht, die sich um eine Art Zauberstab windet. Dabei sind die Runen auf dem Stab genauso hervorgehoben wie die einzelnen Bausteine der DNS-Sequenz.«

Spätestens jetzt gab es keinen Zweifel mehr, das war das Symbol gewesen, das auch in dem Memo auftauchte. Es mochte zwar immer noch ein Zufall sein, aber wahrscheinlicher war die Möglichkeit, dass wieder ein Konzern die Finger mit im Spiel hatte. Und wieder war das Forschungsgebiet dieser Leute Biotechnik und Magie, etwas, was auch Humanitech mit ihm als Versuchskaninchen hatte untersuchen wollen. An einen Zufall konnte Phönix nur schwerlich glauben, und der angespannte Gesichtsausdruck seiner Beifahrerin deutete auf ähnliche Überlegungen hin.

»Du glaubst, dass sie nur hinter dir her sind?«

Toxic klang aufrichtig besorgt, und eine Spur von Mitleid schwang in ihrer Stimme mit.

»Vielleicht sollten wir die Sache vorerst vergessen, Spekulationen bringen uns auch nicht weiter. Unsere Konzentration bei diesem Run ist im Moment wichtiger, denn wenn uns die Bischofsgarde erwischt, brauchen wir uns um ESP keine Sorgen mehr zu machen. Falls es eine Falle ist, glaube ich sowieso nicht, dass wir noch eine Chance hätten. ESP muss nicht einmal etwas mit uns zu tun haben, vielleicht wollen die Konleute auch was von unserer Zielperson, oder Marcel hat von denen die Kündigung seiner Krankenversicherung zugeschickt bekommen. Die Teile passen einfach nicht zusammen; wenn die Typen mich hätten fangen wollen, warum haben sie dann keinen Hinterhalt in der Nebelstadt aufgebaut, wo niemandem unser Verschwinden aufgefallen wäre? Nein, der Run, den wir durchziehen, ist keine Falle, trotzdem sollten wir aber auf der Hut sein, wenn wir mit dieser Fahrt fertig sind.«

Als Toxic nicht antwortete, bereute Phönix, dass er das Thema zur Sprache gebracht hatte. Sie konnten es sich im Moment nicht leisten, abgelenkt zu sein, und im Gegensatz zu ihm konnte die Magierin das Problem anscheinend nicht so ohne weiteres vergessen.

Plötzlich beschlich ihn ein beunruhigender Verdacht. Normalerweise hätte er von Toxic mehr Distanz erwarten können, es sei denn, ihre Verbindung zu ihm wuchs über bloße Kameradschaft hinaus. Doch dann erinnerte er sich an dieses dumme Gefühl von Eifersucht und musste erkennen, dass ihr Verhältnis inzwischen nicht mehr so unkompliziert war wie früher. Wenn er sich die Sache noch einmal durch den Kopf gehen ließ, wurde ihm bewusst, dass es eigentlich nie unkompliziert gewesen war.

»Vivien, hör zu, mach dir um mich keine Sorgen, zumindest im Moment nicht. Nach all dem, was wir überlebt haben, brauchen wir nicht gleich hinter jeder Kleinigkeit eine Verschwörung zu befürchten. Außerdem …«

In diesem Moment blinkte eine Meldung auf dem Head-Up-Display auf.

»… sind wir am Zielpunkt.«

Die Magierin nickte nur bestätigend und wandte ihre Aufmerksamkeit dem Übergabeort zu, der vor ihnen auftauchte. Allerdings musste auch ihr klar gewesen sein, was die Verwendung ihres richtigen Namens in dieser Situation zu bedeuten hatte, und da sie ihn nicht an die Verwendung ihres Straßennamens während des

Runs erinnert hatte, stand fest, dass sie genauso fühlte, wie er befürchtet hatte.

Der Platz, an dem die Übergabe stattfinden sollte, erwies sich als ein schäbiger Garagenhof, der nur noch von ein paar Bastlern für Reparaturen genutzt zu werden schien. Die verstreuten Motorteile, die neue Hebebühne und die frischen Ölflecken auf dem Asphalt ließen die Vermutung plausibel erscheinen. Allerdings schien um diese Zeit niemand mehr an Reparaturarbeiten interessiert zu sein, oder der Anblick des Elfen, der vor der letzten Garage auf der linken Seite lehnte, hatte die üblichen Benutzer dieser Open-Air-Werkstatt abgeschreckt. Auch wenn er für einen Shadowrunner vergleichsweise harmlos aussah, wirkten das schwere, schwarze Lederoutfit und die dunklen Tätowierungen auf den Schläfen ungewöhnlich für das konservative Münster, vor allem, weil selbst konservative Elfen als gottlose Geschöpfe in den Augen der Bevölkerung nicht besonders gern gesehen waren. Die vor der Brust verschränkten Arme befanden sich über einer verdächtigen Ausbuchtung der Lederjacke, und die behandschuhten Hände schienen darauf vorbereitet zu sein, binnen Sekunden eine Waffe aus der Jacke hervorzuzaubern. Als das Licht der Scheinwerfer über den Elfen schwenkte, konnte Phönix sogar noch mehr verdächtige Details ausmachen, von den als Verzierungen getarnten Wurfsternen am Gürtel bis hin zu dem kleinen Antennenkabel, das aus dem spitzen Ohr lugte. Offenbar stand der Elf mit dem Rest seines Teams in Funkverbindung. Phönix stoppte den Wagen ein paar Meter entfernt und löschte die Scheinwerfer. In derselben Sekunde löste sich der Elf wie ein Schatten von der Wand und huschte mit der Geschmeidigkeit einer Katze an den Sportwagen heran. Toxic hatte das Beifahrerfenster heruntergefahren und flüsterte dem Elfen das Codewort zu, das Marcel ihnen genannt hatte: Hades.

Neben seiner Gewandtheit schien der Elf noch über ein ausgezeichnetes Gehör zu verfügen, denn trotz des leisen Flüsterns schien er keinerlei Schwierigkeiten zu haben, das Kennwort auf Anhieb zu verstehen. Sofort entspannte sich seine ganze Haltung, und er rief in Richtung der Garagentore etwas, das Phönix als Bestätigung verstehen konnte, dass alles in Ordnung sei. Noch bevor er und die Magierin aussteigen konnten, hatte sich eines der Tore geöffnet, und in der Garage konnte er die Silhouetten zweier Personen und eines Kleinbusses erkennen. Als er in der frischen Abendluft stand, veranlasste ihn ein Geräusch sich umzudrehen, und vor dem grauen Nachthimmel konnte er die Gestalt eines großen Mannes mit einem Gewehr ausmachen, der auf einer der Garagen stand. Allerdings hielt der Mann das Gewehr locker in einer Hand, und es schien keine Gefahr von ihm zu drohen. Offensichtlich war er die zweite Wache und der Grund gewesen, warum der Elf so selbstsicher im Freien gestanden hatte. Doch dann zog eine tiefe Stimme seine Aufmerksamkeit in eine andere Richtung und auf den Mann, der aus der Garage trat und auf sie zukam. Sein ganzes Äußeres war das eines Söldners, von der Tarnkleidung, dem kurzen Militärbürstenschnitt bis hin zu den alten Narben auf seinen entblößten Unterarmen und dem Sturmgewehr, das er sich umgehängt hatte.

»Hallo, Leute, ich bin der Colonel. Wenn ihr bereit seid, übergeben wir euch den Gefangenen.«

Der Colonel deutete auf den Kleinbus hinter sich, vor dem ein dürrer Mann stand, der in eine schmutzige Robe eingehüllt war. Sein kahler Schädel war mit roten Tätowierungen aus sonderbaren Symbolen und Hieroglyphen übersät, und seine dunklen Augen blinkten finster in ihre Richtung. Als sein Blick auf die Magierin fiel, spuckte er auf den Boden und murmelte hasserfüllt einige Worte in irgendeiner osteuropäischen

Sprache. Sofort drehte sich der Colonel herum, und sein strafender Blick traf den Kahlköpfigen, der mit angewidertem Gesicht von dem Auto zurückwich und sie unverhohlen anstarrte.

Toxic sah provokativ über den Kahlköpfigen hinweg und wandte sich an den Colonel.

»Wir sind bereit, die Zielperson zu übernehmen.«

Der Colonel nickte und streckte seine rechte Hand aus.

»Marcel sagte, ihr habt eine Droge, um die Gefangene ruhig zu halten.«

»So ist es, aber es war nicht die Rede davon, dass wir sie an euch weitergeben sollen.«

Ein leichter Anflug von Feindseligkeit lag in Toxics Stimme, als sie das Etui mit der Droge aus der Tasche zog, dem Colonel allerdings nicht übergab. Wieder fluchte der Kahlköpfige vor sich hin, und dieses Mal erkannte Phönix ein einzelnes Wort, das seinen Weg in die Stadtsprache gefunden hatte und so viel wie Hure bedeutete. Falls Toxic ihn ebenfalls verstanden hatte, überging sie die Beleidigung und blickte den Colonel erwartungsvoll an. Der Söldner schien einen Moment zu überlegen und zuckte dann mit den Achseln.

»Kein Problem, ich reiße mich nicht um diesen Job. Torch, gib ihr die Waffe!«

Lautlos trat der Elf an sie heran, und mit einer übertrieben ausladenden Bewegung hielt er ihr eine auffällige Pistole hin. Es handelte sich um keine der normalen Geschosswaffen, sondern um eine seltene Gelwaffe. Die Funktionsweise dieser Pistole war simpel, aber effektiv. In einer Halterung unter dem Lauf wurde eine Ampulle, wie sie Toxic aus dem Etui nahm, angeschlossen und bei Betätigung des Abzuges mit einem speziellen Gel gemischt, das sich in einem anderen Tank befand. Diese Ladung wurde per Druckluft aus dem Lauf geschleudert und bildete halbwegs stabile Projektile, die aber beim Aufprall zerplatzten und dann durch bestimmte Trägereigenschaften des Gels durch die Haut in die Blutbahn gelangten und dort die beigemischte Droge freisetzten. Dieses System war zwar störanfällig und teuer, allerdings gab es auf dem Sektor für Betäubungswaffen nichts Besseres. Auch die Magierin schien diese Art Waffe zu kennen und führte die silbern glänzende Stahlampulle geschickt in die dafür vorgesehene Halterung ein. Das Etui ließ sie in einer Tasche verschwinden, und mit der Waffe in der Hand trat sie an den Kleinbus heran.

Hinter ihrem Rücken grinste der Elf den Colonel an und schüttelte den Kopf, und auch ihr Gesprächspartner schien nicht davon überzeugt, dass sie mit der Situation fertig werden würde, die auf der anderen Seite der gepanzerten Metalltür wartete. Die ganze Sache artete in eine Mutprobe aus, und anscheinend war nur Phönix bewusst, wie kindisch und gefährlich dieses Verhalten für alle Beteiligten war. Doch den anwesenden Runnern war ihr Image wichtiger als ihr Leben. Für alle Fälle machte er sich bereit einzugreifen, falls etwas schief lief, und mit äußerster Konzentration betrachtete er die Szene.

Außer dem Heckenschützen auf dem Dach hinter ihm hatten alle ihre Aufmerksamkeit auf die Magierin und die Hecktür des Kleinbusses gerichtet. Der Colonel und der Elf, der als Torch angeredet worden war, wirkten wie neugierige Zuschauer, die darauf warteten, dass jemand in eine tödliche Falle lief. Unverhohlen war der Hass des Kahlköpfigen, in dessen Augen sich seine unmenschliche Blutgier widerspiegelte. Während die anderen beiden Runner die Situation als eine Art Test sahen, schien er zu hoffen, dass Toxic versagte und ihren Fehler mit dem Leben bezahlte. Auch wenn Phönix den Grund für die Feindseligkeit nicht verstand, war ihre Intensität unverkennbar.

Vorsichtig zog Toxic an dem Türgriff. Mit der anderen Hand hielt sie die Waffe bereit, die wie eine Wasserpistole für Erwachsene aussah. Doch auch die Haltung der Magierin verriet eine starke Anspannung, und was auch immer hinter der Tür wartete, würde sich durch eine Wasserpistole wohl kaum abschrecken lassen.

In dem Moment, als Phönix das Klicken des Schlossmechanismus hörte, riss Toxic die Tür auf, und er hatte wie alle anderen Anwesenden einen freien Blick in den Gefangenentransporter. Die hintere Kabine war fensterlos und bestand aus weiß lackiertem Metall, dessen Oberfläche mit mystischen Symbolen bemalt war, wobei die Symbolik deutlich der christlichen Glaubensvorstellung entsprang und durch Kreuze dominiert wurde. An beiden Seiten der Kabine waren metallene Bänke angebracht, und in der hintersten Ecke saß eine Gestalt, die mit Hand- und Fußschellen an die Wand gekettet war.

Die Gestalt war in sich zusammengesunken, doch im Bruchteil einer Sekunde hatte sie sich zur vollen Größe aufgerichtet und der Magierin zugewandt. Die Gestalt war eine Frau, die einen grauen Gefangenenoverall trug und kahl rasiert war. Ihre Gesichtshaut wirkte krankhaft bleich, aber trotz allem konnte man einen Hauch von verborgener Attraktivität erkennen. Doch zu den feinen Gesichtszügen und dem zerbrechlich wirkenden Körper passten die kraftvollen, blitzschnellen Bewegungen nicht, mit denen sie aufgestanden war und die Phönix nur aufgrund seiner guten Reflexe hatte genau erkennen können. Ihrem Blick nach hätte Toxic eine Maus sein können, die einer Schlange in die Quere gekommen war. Doch es steckte mehr in dem Blick, ein unbestimmtes Gefühl von Panik bemächtigte sich seiner, und obwohl diese Einschüchterung offensichtlich gegen die Magierin gerichtet war, traf sie auch die anderen Runner. Der beinahe hypnotische Blick der

Gefangenen blieb anscheinend wirkungslos gegen die Willenskraft der Magierin, und sofort wandte die gefesselte Frau sich Torch zu.

Ein leises »Töte sie!«, zischte über ihre Lippen, und mit schnellen Bewegungen begann der Elf, seine Waffe in Toxics Richtung zu halten. Die Magierin zielte währenddessen mit ihrer Pistole auf die Gefangene. Ihr Schuss fiel praktisch zeitgleich mit dem Befehl. Völlig in die Szene versunken, hatte Phönix gar nicht bewusst wahrgenommen, dass er sich Torch blitzschnell genähert hatte, und in dem Moment, als der Elf den Finger um den Abzug krümmte, schlug er die Maschinenpistole weg, sodass die Waffe nicht mehr auf die Magierin gerichtet war.

Die Gelladung traf die Gefangene mitten auf der Brust, und mit einem kräftigen Ruck riss sie an ihren Ketten, doch dann verlangsamten sich ihre Bewegungen, und sichtlich geschwächt funkelte sie Toxic an, als wolle sie ihre Niederlage nicht glauben. Als sie den Mund öffnete, um etwas zu sagen, trat die Wirkung der Droge endgültig ein, und die Frau brach zusammen. Dank Phönix' Eingreifen verfehlte der Elf sein Ziel, und die Salve der Maschinenpistole schlug durch den Schalldämpfer fast lautlos in eine der Garagenwände ein.

Um ein Haar hätte der Elf Toxic erschossen. Die Magierin hatte nicht einmal bemerkt, dass sie in Gefahr gewesen war, und auch Torch starrte verwundert auf die Waffe in seiner Hand und wurde bleich. Nur der Colonel schien seine Fassung nicht verloren zu haben, und als wäre nichts passiert, wandte er sich lobend an Toxic.

»Guter Schuss! Sollen wir die Gefangene in euer Auto bringen, oder möchtest du sie lieber selbst tragen?«

Toxic, die sich inzwischen umgedreht hatte, schüttelte nur den Kopf und kam zu Phönix herübergelaufen. Dann wandte sich der Söldner an den Elfen.

»Torch, du packst endlich deine Waffe weg und holst unseren Wagen!«

Mit einem verschüchterten Nicken verschwand der Elf und versteckte im Weggehen seine Maschinenpistole unter der Jacke. Der Colonel sprang in den Transporter, schloss die Handschellen mit einem kleinen Schlüssel auf und warf die Gefangene über seine Schulter. Ohne ein Zeichen von Anstrengung trug er sie zu dem Porsche und verfrachtete sie unsanft auf den engen Rücksitz. Mit einer geübten Handbewegung schloss er ihre Fesseln wieder und warf Toxic den Schlüssel zu, den sie ungelenk auffing.

Die Magierin und Phönix kehrten zu ihrem Wagen zurück und stiegen ein. Es war Zeit aufzubrechen, außerdem gab es nichts mehr zu sagen. Auf jeden Fall schien ihre Zielperson, die der Colonel immer als Gefangene bezeichnet hatte, über beträchtliche Fähigkeiten zu verfügen, die den Aufwand der Bischofsgarde rechtfertigten.

Toxic hatte bereits auf dem Beifahrersitz Platz genommen, doch der Colonel wünschte ihnen noch viel Erfolg bei ihrer Mission, bevor auch Phönix die Tür hatte schließen können. Es war kein besonders herzlicher Abschied, allerdings waren sie auch keine guten Freunde, und vielleicht galten für Runner einfach härtere Umgangsformen, wenn sie im Dienst waren.

Phönix startete den Motor und wendete rasch den Porsche, um in Richtung Nebelstadt aufzubrechen. Beim Drehen fiel sein Blick auf den tätowierten Kahlköpfigen, der ihnen hasserfüllt nachstarrte. Die Lippen des Mannes schienen einen letzten, ungehörten Fluch zu formen. Endlich hatten sie den Garagenhof verlassen und fuhren in Richtung der nächsten Autobahn. Toxic erstattete Marcel Bericht, dass sie die Zielperson übernommen hätten und jetzt auf Kurs gehen konnten. Nach dem Ausschalten des Funks herrschte noch einen Moment Stille, bevor Phönix das Schweigen brach.

»Laufen Übergaben in den Schatten immer so?«

Der Blick, den er erntete, war erst ärgerlich, doch dann musste sie lächeln. Es war ein bitteres Lächeln, und ihr Schnauben verriet, dass ihr die Gefahr, in der sie schwebte, erst jetzt richtig bewusst zu werden schien.

»Diese Machosöldner sind überzeugt, eine Frau hätte in den Schatten nichts verloren. Es hat mich verdammt viel Anstrengung gekostet, beim Anblick der Frau nicht schreiend wegzurennen, und ich glaube kaum, dass einer von denen dem Blick lange standgehalten hätte. Das war keine einfache Einschüchterung, es war etwas wie ein hypnotischer Befehl, der diese Angst auslöste.«

Das passte zu Phönix' eigener Einschätzung. Für diesen kurzen Moment hatte auch er die Furcht gespürt, und dieses Gefühl schien von der Frau ausgestrahlt zu werden und insbesondere auf Toxic gerichtet gewesen zu sein.

»Außerdem war ihr Befehl mit irgendeiner Kontrollmagie verbunden. Auch wenn ich nichts gesehen habe, möchte ich wetten, dass der Betroffene dieser Aufforderung beinahe nachgekommen wäre, oder?«

Phönix nickte geistesabwesend. Um ein Haar hatte der Elf auf sie gefeuert, und nur seinen schnellen Reflexen hatte sie ihr Leben zu verdanken. Phönix entschied jedoch, diesen Punkt nicht zur Sprache zu bringen. Außerdem, wer konnte schon wissen, was diese Frau nach dem Tod der Magierin mit den anderen Runnern gemacht hätte?

»Eigentlich hatte ich etwas Ähnliches erwartet, die Tatsache, dass die Frau ins Limbo gebracht werden sollte, lässt nur wenige Schlüsse zu. Entweder ist sie magisch aktiv und folgt einer Tradition, die der Kirche im Weg ist, oder sie ist paranormal veranlagt. Da die

Fähigkeiten, die sie angewandt hat, nicht wie Zaubersprüche wirkten, tippe ich auf die Letzteres.«

Anscheinend war sie mit ihren Ausführungen zu Ende, aber etwas interessierte Phönix dennoch.

»Der Mann mit den tätowierten Runen auf dem Kopf – was hatte der Typ gegen dich?«

Toxic machte eine abfällige Geste, und ihre Stimme klang herablassend, als sie ihm die Angelegenheit erklärte.

»Dieser elende Wurm war eine Art Magier. Irgendein Sektierer von einem der vielen satanistischen Kulte. Einer dieser ›Söhne Astaroths‹ oder ›Diener der ewigen Nacht‹, ich habe keine Ahnung, wie sich alle diese Gruppen nennen. Es sind einige magisch aktive Sekten und Dutzende von Spinnern, die glauben, ihre Magie hätten sie von irgendwelchen dahergelaufenen Dämonen erhalten und deshalb müssten sie jetzt zum Unwohl der Menschheit handeln. Auch wenn sie nur verwirrte Hermetiker oder Hexer sind, glauben sie, ihre Magie sei etwas Besonderes, und umgeben sich mit all ihrem pseudosatanistischen Gehabe. Sie hassen alle anderen Magier, da sie sich wie die Theurgen von Münster für die einzig wahren Zauberkundigen halten, und damit begeben sie sich auf dasselbe Niveau wie die Kirchenmagier. In der Regel sind sie Stümper, die auf ihren eigenen Aberglauben hereinfallen.«

Damit gab es auch zu diesem Thema nichts mehr zu sagen, doch Phönix fragte sich, ob der Satanistenmagier nur an dem Run teilgenommen hatte, um der Bischofsgarde Schaden zuzufügen, oder ob er genauso leicht mit Geld zu ködern war wie andere Runner auch. Früher hatte ihn Magie nie sonderlich interessiert, Magie war etwas für Trideosendungen und Talk-Shows, aber nie ein wichtiger Teil seines Alltagslebens gewesen. Inzwischen hatte die Magie sein ganzes Leben umgeworfen. Magie war nicht nur interessant geworden, das Leben in den Schatten machte gewisse Grundkenntnisse sogar notwendig, auch wenn er noch weit davon entfernt war, die näheren Details zu verstehen. Außerdem war er inzwischen selbst ein magischer Teil der Erwachten Welt. Wenn der Run vorbei wäre, würde er einige Nachhilfestunden bei Toxic nehmen und sich mit all dem genauer befassen.

Während des Gesprächs war Phönix streng nach den Anweisungen auf dem Head-up-Display gefahren, das ihm die Richtungsanweisungen für den von ihm zusammengestellten Kurs anzeigte. Sie hätten zwar den Autopiloten benutzen können, doch damit wären sie direkt an das ALI gekoppelt gewesen, und ihnen lag absolut nichts daran, dass ihre Fahrtroute von einem Verkehrsleitsystem überwacht und gesteuert wurde, vor allem, wenn die Bischofsgarde ihnen über das System leicht Schwierigkeiten machen konnte. Ihre geplante Fahrtroute sollte sie zuerst nach Norden führen, um dort auf die A1 zu gelangen, auf der sie geradewegs nach Süden in Richtung Nordrhein-Ruhr fahren wollten. Auch wenn sie damit viel zu weit östlich von der Nebelstadt herauskamen, war dies der kürzeste Weg, die Landesgrenze zu erreichen, und im Idealfall konnten sie die vierzig Kilometer in weniger als einer Viertelstunde schaffen.

Allerdings hatten sie Pech, und der erhoffte Idealfall blieb aus, denn in dem Moment, in dem sie auf die Autobahn auffuhren, kam das erste Update der taktischen Informationen aus Münster. Es war Toxics Aufgabe, die Daten zu überfliegen und ihm eine Zusammenfassung zu geben. Das Bild, das dabei entstand, war nicht gerade dazu geneigt, ihnen Mut zu machen.

»Verdammt, die Soldaten von der Garde haben den Gefangenentransporter gefunden und sind den anderen Runnern auf der Spur. Die Bischofsgarde verfolgt unsere Leute mit zwei Hubschraubern und mehreren Einsatzwagen. Außerdem hat die Bischofsgarde begonnen, vorsorglich die wichtigsten Autobahnen zu sperren, eine der betroffenen Strecken wird auch die A1 sein. Noch schlimmer ist die Tatsache, dass man versucht, rituelle Hexerei zur Lokalisierung der entflohenen Gefangenen zu nutzen. Wir müssen spätestens in einer Stunde von hier verschwunden sein, ansonsten können die Theurgen ein Band bis zu unserem Fahrgast da hinten knüpfen, und mit dieser Verbindung wären wir anfällig gegenüber einigen unschönen Überraschungen.«

»Kannst du sie nicht davon abhalten?«

»Theoretisch kann ich etwas dagegen tun, aber in der Stunde, die ich dir gegeben habe, ist die Zeit bereits einkalkuliert.«

»Also gut, wir bleiben auf der Autobahn, so lange wir können, und versuchen uns dann auf einer Landstraße über die Grenze zu schlagen, schließlich kann die Bischofsgarde wohl kaum das ganze Land abriegeln.«

»Genau das ist das Problem, deshalb werden sie sich besonders auf ihre Magie verlassen, und leider können sie uns damit über die Grenze verfolgen, auch wenn sie dann mit ihren Aktionen etwas vorsichtiger sein müssen.«

Phönix trat fester auf das Gaspedal, und der Wagen machte einen deutlichen Satz nach vorne. Toxic war vollauf beschäftigt, weitere Daten auszuwerten. Im Sicherheitsnetz von Münster schien Hochbetrieb zu herrschen, die Bischofsgarde wollte diese Frau unbedingt wieder in Gewahrsam nehmen und warf dabei eine Menge Ressourcen in die Schlacht. Phönix überholte gerade einige Kühllaster, als die Magierin einen kurzen Statusbericht abgab.

»Die A1 ist vor der Abfahrt Bergkamen dicht, wir

müssen spätestens in Hamm von der Bahn runter, sonst kommen wir in den Checkpoint. Münster hat mehrere Vendetta-Vektorschubpanzer zu den Blockadepunkten ausgeschickt, um die Übergänge zu sichern, allerdings könnten wir die Grenze erreichen, bevor dieser Nachschub eintrifft. Allerdings steht hier noch etwas Unangenehmeres: das Ritualteam beginnt mit seinen Bemühungen, und wenn die Angaben stimmen, dann hat der Erzbischof die Mitglieder des Erleuchteten Zirkels eingeschaltet.«

»Was ist der Erleuchtete Zirkel?«

»Der Zirkel ist die Organisation der höchsten Theurgen von Westphalen. In diese Gruppe erhalten nur die besten und loyalsten Diener des Bischofs Einlass, und der Zirkel kümmert sich neben verschiedenen Forschungsprojekten um besonders wichtige Aufträge der Garde. Gegen ein solches Angriffspotenzial habe ich nicht die geringste Chance. Das Schlimmste daran ist, dass der Erleuchtete Zirkel über Möglichkeiten verfügt, die sonst keinem Magier in Westphalen ohne Sondergenehmigungen erlaubt sind. Jeder andere Orden hätte bei einer magischen Suche immense Beschränkungen beachten müssen, doch die Mitglieder des Zirkels dürfen beispielsweise Elementargeister beschwören, und damit haben unsere Gegner eine äußerst gefährliche Waffe. Sie brauchen die Geister nur das astrale Band zu unserer Mitfahrerin entlangzuschicken, und wir stecken verdammt tief in der Patsche.«

Phönix dachte sofort an den Elementar, den Toxic damals beschworen hatte, und die Vorstellung, was eine ganze Gruppe von Magiern, die zudem die besten Westphalens waren, anrichten könnte, empfand er wie die Verkündung ihres Todesurteils.

»Haben wir Daten über den Aufbau des Checkpoints?«

Sofort blendete Toxic ihm die Skizzen der Bischofsgarde auf dem Head-up-Display ein, und nach kurzer Orientierung konnte Phönix den Plan verstehen. Die Bischofsgarde hatte drei Spuren mit Absperrungen geschlossen, und die verbleibenden drei Fahrstreifen wurden durch eine per Hubschrauber eingeflogene Wachmannschaft kontrolliert. Vor Ort war jeweils mindestens ein Magier der Bischofsgarde, außerdem bestand jede Einheit aus mindestens zwanzig Bischofsgardisten. Darunter befanden sich zu allem Überfluss zwei Spezialisten für schwere Waffen, außerdem hatte die Garde an jedem Checkpoint einen Kampfhubschrauber vor Ort, der die Kommandozentrale beherbergte. Knapp einen Kilometer vor der Barrikade schwirrten laut Skizze drei Drohnen als vorgezogene Späher über der Autobahn, um den Checkpoint auf Überraschungen vorzubereiten. Die Barrikade war nach Phönix' Meinung gut geplant und perfekt durchgeführt, allerdings mussten sie trotzdem einen Weg finden, dort durchzukommen, denn jeder Umweg, der sie Zeit kostete, war zu riskant geworden.

»Toxic, ich fürchte, wir müssen die Barrikade überwinden, alles andere scheint aussichtslos. Jede Sekunde in Westphalen wäre ein unnötiges Risiko, und ich bezweifle, dass der Erzbischof es wagen würde, wild gewordene Elementargeister auf dem Staatsgebiet von Nordrhein-Ruhr Amok laufen zu lassen. Da sie indirekter Bestandteil der Militärtruppen von Münster sind, wäre dies ein schwerer Verstoß, und für eine solche Lappalie wie uns dürfte sich dieses Risiko, einen Konflikt heraufzubeschwören, wohl kaum lohnen.«

»Das ist nicht dein Ernst, oder? Wie willst du da lebend durchkommen?«

»Ich habe einfach das Gefühl, dass die Barrikade nicht perfekt ist. Wenn ich mich richtig an früher erinnere, als ich noch bei der Polizei war, dann dienen diese Arten von Straßensperren dazu, den Flüchtenden abzuschrecken, ihn aufzuspüren und zur Aufgabe zu zwingen. Dabei ist wohl kaum eingeplant, dass wir mit voller Geschwindigkeit durch die Sperren durchbrechen.«

»Verdammt, das ist Wahnsinn. Bei drei Spuren, die gesperrt sind, rasen wir höchstens in das Ende eines Staus, und wenn wir uns damit nicht gleich umbringen, fallen wir der Bischofsgarde dadurch bestimmt auf, sodass sie nur noch unsere Überreste mitsamt dem Autowrack verbrennen muss!«

»Falsch! Wie du auf dem Display erkennen kannst, warnt das Verkehrsleitsystem vor der Fahrspurbegrenzung.«

Toxic starrte auf den blinkenden Schriftzug, der auf die Windschutzscheibe projiziert wurde, und zuckte mit den Achseln, da sie offensichtlich nicht die Möglichkeit sah, die sich ihnen bot.

»Der Punkt ist der, dass sich die anderen Fahrzeuge vor allem vor den Kontrollstellen einordnen und die gesperrten Fahrstreifen frei sind. Wir brauchen also nicht zu bremsen, sondern können sogar noch beschleunigen. Und ein Sportwagen wie dieser Porsche lässt sich nicht durch ein paar Plastiksperren stoppen.«

»Und ein Auto mit dieser Geschwindigkeit lässt sich nach einem solchen Aufprall auch nicht auf der Straße halten.«

»Erstens, wir haben ein computergestütztes Fahrwerk, und zweitens glaube ich, dass der Autopilot zumindest eine weitere Kollision nach dem Durchbruch vermeiden könnte, auch wenn wir dadurch auf eine niedrigere Geschwindigkeit abgebremst werden dürften. Sollten wir das Überraschungsmoment auf unserer Seite haben, dann sieht dieser Ansatz gar nicht schlecht aus, aber wenn die Bischofsgarde sich erst einmal berappelt, sind wir zumindest für Sekunden im Zielbereich der Gardisten mit den schweren Waffen.«

»Und wenn der Erzbischof in Münster einen Anruf

tätigt und der Polizei im Plex die Flucht gefährlicher Verbrecher meldet, haben wir die Tarnung verloren und immer noch Verfolger auf den Fersen, auch wenn es nicht mehr die Bischofsgarde ist.«

»Wir müssen eben hoch pokern. Wenn diese Frau so besonders ist, glaubst du dann wirklich, es liegt im Interesse der Bischofsgarde, sie Nordrhein-Ruhr in die Hände zu spielen? Die Beziehungen zwischen beiden Allianzländern sind schon immer angespannt gewesen, und ich bezweifle, dass die Bischofsgarde in so einem Fall Außenstehende um Hilfe bittet. Eine Entführungsaktion mit einem Special-Ops-Team dürfte eine bessere Lösung in den Augen der Bischofsgarde sein, und darum kann sich dann unser Auftraggeber kümmern, denn wir haben gewonnen, sobald wir in der Nebelstadt oder zumindest in Nordrhein-Ruhr sind.«

Inzwischen erschien der Hinweis auf die Abfahrt Hamm auf einer der Leuchttafeln, und gleichzeitig blendete das Verkehrsleitsystem dieselbe Information auf dem Display des Porsches ein. Dies war die letzte Ausfahrt, bevor sie auf den Checkpoint treffen würden, und wenn sie jetzt nicht abfuhren, mussten sie sich auf die Begegnung mit der Bischofsgarde einlassen. Phönix wollte Toxic die Entscheidung überlassen, doch die Magierin wirkte noch unentschlossen, bis sie plötzlich ein »Okay« zischte.

Ein Blick genügte, Phönix' Vermutung zu bestätigen. Toxics Gesicht wirkte kampfbereit, und sie ließ all ihre Wut und ihren Hass in sich aufkommen, um die Konfrontation besser bewältigen zu können.

»Also gut, zeigen wir dem Bischof und seinen Schlächtern, was wir können! Wenn einige von denen dabei ins Gras beißen müssen, habe ich nichts dagegen, und wenn wir auch draufgehen, dann sterben wir wenigstens zusammen.«

Wenn der letzte Satz eine Art grotesker Liebeserklärung war, verriet ihre Stimme, dass aggressivere Gefühle in ihr vorherrschten. Doch Phönix war sich sicher, dass diese Worte keine hohle Phrase waren, wie man sie häufig in billigen Action-Trids hörte, sondern eher der sonderbare romantische Kern in einer zynischen Weltauffassung. Doch egal, was ihre Motive waren, die Entscheidung war gefallen, als sie an der Abfahrt vorbeirasten und sich der Straßensperre näherten. Das Head-up-Display zeigte inzwischen die Karte des Straßenverlaufs von ihrem Standpunkt bis zur Blockade, und der Bordcomputer lieferte genaue Daten über Entfernung und verbleibende Zeit bis zum Erreichen des Hindernisses.

Wie sich zeigte, hatte auch Toxic in der wenigen verbleibenden Zeit einige Ideen zu ihrem Angriff beizusteuern.

»Ich weiß jetzt, wie wir durch die Barrikade kommen: Ich mache uns den Weg frei. Sobald ich die Sperre sehe, werde ich das ganze Areal in mehreren Metern Umkreis in Schutt und Asche legen. Schließlich hat nicht umsonst mein Einsatz einer Toxischen Welle den meisten Eindruck bei den anderen Runnern hinterlassen. Das ist schließlich mein Lieblingszauber. Außerdem schützen uns dann immer noch mehrere Zentimeter Panzerung vor den restlichen Trümmern und dem letzten Widerstand der Bischofsgardisten. Und wenn Gott gewollt hätte, dass Westphalen uns aufhalten kann, dann hätte er wohl kaum diese Verlierer von der Bischofsgarde für diesen Job ausersehen. Sobald wir die Drohnen passieren, wissen die Typen zwar von unserer Ankunft, aber wenn du den Wagen auf Touren bringst, entspricht ein Kilometer weniger als fünfzehn Sekunden. Wir schalten das seitliche Kollisionsschutzsystem und die Fahrunterstützung ein und hoffen, dass der Zauber alles grillt, was uns im Weg steht. Also los!«

Phönix zog den Porsche auf die äußerste linke Spur

und trat das Gaspedal bis zum Anschlag durch. Der Motor dröhnte auf, und die Geschwindigkeitsanzeige lief stetig auf die 300-km/h-Marke zu. Inzwischen übernahm der Autopilot die seitlichen Fahrtkorrekturen, denn für einen menschlichen Fahrer ohne Riggerkontrolle war es nahezu unmöglich, auf der engen Bahn die Geschwindigkeit ohne Gefahr eines Zusammenstoßes zu halten.

Phönix sah auf die wirren Zahlenwerte des Displays. Es blieben noch vierzig Sekunden bis zum Eintreffen an der Straßensperre. Toxic aktivierte das eingebaute ECM-System, um sensorgesteuerte Geschütze und Suchkopfraketen der Bischofsgarde zu verwirren und so die gefährlichsten Waffensysteme zu kompensieren. Damit würde zwar die Bischofsgarde gewarnt, sobald sie die Störsignale auffing, ihr ganzer Plan beruhte jedoch sowieso darauf, dass ihre Gegner keine Zeit mehr hätten, um zu reagieren. Während die Autos auf den anderen Fahrstreifen langsam Kolonnen bildeten und nur noch als ein verwischter Eindruck von Farben und Formen an ihnen vorbeiglitten, glaubte Phönix die Drohnen zu erkennen, die in geringer Entfernung über der Autobahn schwebten.

Zwanzig Sekunden vor dem Ziel begann Toxic sich auf ihren Zauber zu konzentrieren, und plötzlich wurde ihm bewusst, wie viel vom Erfolg der Magierin abhing. Zwar würde das Auto einen Aufprall mit der Barrikade höchstwahrscheinlich überstehen und seine Fahrtrichtung stabilisieren, aber die Sicherheitssysteme würden den Wagen buchstäblich in Einzelteile zerlegen, um zu verhindern, dass die Insassen verletzt würden. Die Airbags waren dabei das geringste Problem, denn bei einer solchen Kollision würde das automatische Sicherheitssystem außerdem gezielt den Motor absenken und das Lenk- und Kupplungsgestänge kontrolliert brechen lassen. Am Ende wäre von dem Wagen wenig übrig, was zum Fahren unbedingt gebraucht wurde. Und als stehendes Ziel hatten sie nicht mehr den Hauch einer Chance, selbst wenn sie so den Aufprall überleben würden.

Als sie die Drohnen passierten, sahen sie bereits die Absperrung in einem Kilometer Entfernung. Der Bordcomputer gab die geschätzte Zeit, um diese Strecke bei der aktuellen Geschwindigkeit zu überbrücken, mit ungefähr elf Sekunden an. Wenigstens schienen die Karten korrekt zu sein, sodass sie keine unangenehme Überraschung erlebten. Auf den rechten drei Fahrstreifen stauten sich die wartenden Fahrzeuge, während die anderen Spuren frei waren. Allerdings waren diese am Ende mit provisorisch aufgestellten Plastikabsperrungen gesichert, deren Überwindung jedoch eher Mut als Rammkraft kostete. Neben der Autobahn stand der Hubschrauber mit der Kommandozentrale, dessen weiße Hülle mit dem großen Kreuz der Bischofsgarde bemalt war. Am Checkpoint wimmelte es förmlich von Bischofsgardisten in weißen Sicherheitspanzerungen. Es war also kein Einsatz für Standardcops, sondern für Elitetruppen, die eher beim Militär als bei der regulären Polizei zu finden waren. Toxic musste den Funk der Bischofsgarde zugeschaltet haben, denn plötzlich erklang die gehetzte Stimme eines Mannes aus den Lautsprecherboxen des Wagens.

»Achtung, Perimetersicherung meldet schnell fahrendes Fahrzeug, das sich der Absperrung nähert! Das Auto ist um jeden Preis zu stoppen.«

Phönix hatte kaum Augen für die Gruppe von Bischofsgardisten, in die plötzlich Bewegung kam, um nach ihnen Ausschau zu halten. Es waren nur noch fünf Sekunden bis zum Aufprall, als er plötzlich Toxics Zauber bemerkte. Erst sah der tödliche Spruch nur wie ein starkes Hitzeflimmern aus, das dem Wagen vorwegraste, doch als die Manaenergien ihr Ziel erreichten, entfalteten sie ihre zerstörerischen Kräfte. Eine grünlich-gelbe Wolke hüllte die abgesperrten Fahrspuren und fast ein Dutzend der Bischofsgardisten ein, die gerade dabei waren, hinter der Absperrung in Feuerstellung zu gehen. Binnen Sekunden zeigten die giftigen Säuredämpfe ihre Wirkung. Das Plastik der Absperrungen korrodierte mit unglaublicher Geschwindigkeit und hinterließ nur eine dampfende Plastikmasse, die sich auf dem Asphalt verteilte und langsam auflöste. Auch die Panzerung der Söldner hatte den Säuredämpfen wenig entgegenzusetzen, und die grüne Wolke fraß sich durch die Rüstungen, sodass die qualmenden Plastikreste mit den verätzten Hautpartien zu einer undefinierbaren Masse verschmolzen. Einige der Gardisten waren sofort tot, andere waren aufgrund ihrer Wunden zu Boden gegangen, doch zwei von ihnen taumelten geblendet über den Asphalt. Im letzten Todeskrampf feuerte einer der beiden sein Sturmgewehr leer, und desorientiert schickte er die meisten Kugeln in die wartende Fahrzeugkolonne. Wie viele Tote dabei auf sein Konto gingen, konnte Phönix nicht erkennen, aber sicher war, dass mindestens die ersten fünf Autos von der panzerbrechenden Munition durchsiebt worden waren. Auch wenn die Bischofsgarde noch nicht aufgerieben war, so hatte der Zauber doch ihre Verteidigung vorläufig durchbrochen, und die Schreie der Sterbenden erlaubten keine normale Kommunikation auf dieser Funkfrequenz mehr. Innerhalb von drei Sekunden, nachdem der Zauber das Chaos ausgelöst hatte, rasten sie mit dem Wagen durch die restlichen grünen Schwaden und Überreste der Absperrungen. Ohne seine übermäßigen Reflexe und seine guten Augen wären Phönix wahrscheinlich die grauenhaften Details erspart geblieben, doch mittels seiner neuen Fähigkeiten brannten sich all die kleinen Details in seine Erinnerung ein. Die hilflosen Bewegungen der über den Boden kriechenden Gardisten, die zerfressenen Rüstungen und verätzten Körper, die Schreie und Hilferufe waren nur Teile der Vernichtung, die ihnen die Flucht ermöglicht hatte. Sogar der Asphalt war von dem Zauber zerfressen worden, und die Überreste dessen, was der Zauber nicht völlig aufgelöst hatte, waren zu einer amorphen Masse zusammengeschmolzen, die den Wagen vibrieren ließen, als er über die Unebenheiten hinwegschoss.

Doch noch hatten sie nicht gewonnen, auf dem Headup-Display blinkte plötzlich in roter Leuchtschrift eine Warnung auf.

»Warning! Missile alert!«

Die Bordsensoren des Porsche verfügten nicht nur über ECM, sondern waren auch in der Lage, auf das Auto ausgerichtete Raketenpeilsignale aufzufangen. Phönix wusste, dass dieser Alarm ihr Ende bedeuten konnte. Suchkopfraketen waren etwas, vor dem sie nicht wegfahren konnten und vor dem sie auch ihre dünne Panzerung nicht schützen würde. Kurz hinter dem Checkpoint der Bischofsgarde glaubte er, das metallische Klingen von Schüssen gehört zu haben, die von der Fahrzeugpanzerung abprallten, doch Raketen waren ein anderes Kaliber, denn eine ATR, eine Anti-Tank-Rakete, war darauf ausgelegt, einen Panzer zu knacken. Wenn das ECM-System des Wagens die Raketen nicht abschütteln konnte, war es um sie geschehen. Wenigstens würde es ein schneller Tod sein. Die Daten auf dem Display zeigten, dass eine Rakete bereits ihre Peilung verloren hatte. Doch ein Mercedes auf seiner Fahrspur erforderte seine Aufmerksamkeit. Blitzschnell riss er das Lenkrad nach rechts, und der Autopilot korrigierte diese Bewegung so, dass sie nur eine Spur wechselten und nicht in die rechts fahrende Autokolonne prallten. Dieser Reflex rettete ihnen wahrscheinlich das Leben, denn die Rakete, die sie bereits fast erreicht hatte, verlor durch dieses Manöver und die Störsignale des ECM endgültig ihr Ziel und erwischte den Mercedes neben ihnen, bevor sich der Sprengkopf entschärfen konnte. Das Geschoss fraß sich in den Kofferraum des Sportwagens, dann riss die Explosion den Wagen in Stücke. Eine rote Feuerwolke sprengte erst die Fenster und dann die Türen heraus, und schwarzer Rauch quoll aus dem brennenden Wagen. Der Mercedes hielt noch einige Meter treu die Spur, bis die letzten Trümmerteile mit der Leitplanke kollidierten. Sie passierten das brennende Wrack, ohne selbst Schaden zu nehmen, jedoch waren die Insassen des Wagens weitere Menschenleben, die ihre Aktion gekostet hatte.

Phönix merkte erst, dass die Schreie verstummt waren und seine Beifahrerin die Funkverbindung abgeschaltet hatte, als er Toxics Stimme neben sich hörte.

»Haben wir es geschafft?«

Toxic klang müde, der Zauber hatte sie offenbar sehr mitgenommen. Noch wusste Phönix die Antwort auf ihre Frage nicht. Zwar waren sie jetzt außer Sichtweite des Checkpoints, und damit bestand keine Gefahr mehr durch einen weiteren Raketenbeschuss, doch das Head-up-Display fing eine Meldung der Bischofsgarde auf, dass zwei MK-Sperber Panzerabwehrhubschrauber des Grenzschutzes sie abfangen sollten.

»Noch haben wir nicht verloren, es sind nur noch wenige Kilometer bis zur Grenze. Aber wir sollten diesen Wagen bald loswerden, versuch irgendetwas mit unserem Auftraggeber zu arrangieren.«

Toxic nickte wortlos, und langsam machte sie sich daran, eine Funkverbindung mit Marcel aufzubauen und dabei die bestmögliche Verschlüsselung einzuschalten.

Für Phönix stand eines fest: sie mussten die Grenze überquert haben, bevor die Hubschrauber eintrafen, denn im Gebiet von Nordrhein-Ruhr würden auch diese Verfolger beidrehen müssen. Zwar hatten sie die wichtigste Sperre auf der Autobahn überwunden, andererseits verdichtete sich langsam der Verkehr durch die angestauten Autos, sodass er seine Geschwindigkeit stark drosseln musste. Immerhin blieb noch die Möglichkeit, den Standstreifen zu nutzen, doch der Lastwagenkonvoi auf der rechten Spur schien nicht gewillt, dem Porsche Platz zu machen, damit dieser ganz nach rechts ziehen konnte. Toxic ließ das Funkgerät vorübergehend ruhen und griff zu einer handfesteren Lösung. Mit einem Griff hatte sie ihre schwere Flinte, die TEC 603, zur Hand und richtete das Ungetüm aus dem Fenster auf die Fahrerkabine des Lasters neben ihnen. Anscheinend hatte der Fahrer keine Lust, den Helden zu spielen, und bremste sein Fahrzeug, um dem Porsche Platz zu machen. Sofort zog Phönix den Sportwagen auf den Standstreifen herüber und trat so lange auf das Gaspedal, bis sie wieder die 190-km/h-Marke erreicht hatten. Das Head-up-Display meldete das Eintreffen der Hubschrauber in weniger als einer Minute, und daher entschloss sich Phönix, das Risiko einzugehen, weiter zu beschleunigen. Es war immer noch besser, bei diesem Versuch mit über zweihundert Stundenkilometern in ein Hindernis zu prallen, als von Kampfhubschraubern der Bischofsgarde in Stücke geschossen zu werden. Inzwischen hatte Toxic die Verbindung hergestellt und schaltete das Funkgerät laut.

»Hier *Mission Control,* was kann ich für euch tun?«

Die Frauenstimme kam Phönix bekannt vor, und nach kurzem Überlegen erkannte er Saber, die Deckerin, die für Marcel arbeitete. Da er sich auf die Fahrt konzentrieren musste, lag es an Toxic, die Verhandlung zu klären.

»Hör zu, ich will sofort eine Verbindung zu Natasha, wir müssen einige Arrangements treffen.«

»Ich kann keinen Direktkontakt herstellen, also sag

mir, was ihr braucht, und ich werde alles an Marcel weiterleiten.«

»Das dauert mir so zu lange, ich muss mit Natasha sprechen!«

»Ich kann dich nicht direkt verbinden …«

»Verdammt, du willst mich nicht verbinden. Sag Marcel, dass er Probleme bekommen wird, wenn er versucht, die Operation im Alleingang durchzuziehen. Reicht nicht der Verlust eines Teams aus …«

»Also gut, ich werde euch verbinden, aber an deiner Stelle wäre ich vorsichtig mit dem, was ich sage. Ich habe meine Autorisation nicht umsonst von ganz oben bekommen …«

Es war nun Marcel, der ihr geantwortet hatte, und an seiner Stimme war deutlich zu erkennen, dass er gereizt war. Nach einem kurzen Knacken in der Leitung hörten sie Natashas Stimme.

»Natasha hier. Was ist los? Over.«

»Wir brauchen ein neues Fahrzeug, wir mussten durchbrechen und haben eine Menge Ärger. Over.«

»Roger. Fahrt zu den Koordinaten 67,45/34,56. Dort wird euch ein Pick-up-Team erwarten. Over.«

»Koordinaten verstanden. Wir brauchen außerdem eine magische Abwehr. Over.«

»Es wird alles vorbereitet. Over and out.«

Eine große Leuchttafel kündigte die nächste Abfahrt an, doch als Toxic die Koordinaten in den Bordcomputer eingab, zeigte das Display, dass sie der Autobahn folgen sollten, um bis zur Gartenstadt in Dortmund zu fahren.

»Die nächste Abfahrt liegt bereits in Nordrhein-Ruhr, und kurz danach sind wir endlich wieder im Rhein-Ruhr-Megaplex.«

Plötzlich tauchten die Sperber-Kampfhubschrauber am Horizont auf und nahmen Kurs auf ihre Position. Ihrer Flugrichtung nach zu urteilen, hatten sie sie bereits entdeckt, und die Piloten gingen mit den Maschinen in schnellem Tiefflug auf Abfangkurs, doch im gleichen Moment erschien ein Schild am Straßenrand, das sie nicht genau erkennen konnten, dessen Botschaft allerdings ihre Rettung war.

Sie verlassen den Freistaat Westphalen.

Willkommen in Nordrhein-Ruhr.

Bis hinter der Grenze trieb Phönix den Porsche noch mit voller Geschwindigkeit und Lichthupe über den Standstreifen, und erst als die Abfahrt in Sicht kam, schwenkte er wieder auf eine reguläre Spur und passte sein Fahrverhalten den anderen Wagen an.

Die beiden Sperber drehten ab und kreisten noch einen kurzen Moment unschlüssig an der Grenze, bis sie endgültig kehrtmachten. Die Jagd war noch nicht zu Ende, doch sie hatten jetzt einen guten Vorsprung. Und zum ersten Mal gefiel Phönix das Turbinengeräusch der Düsenjäger, die über sie hinweg an der Grenze entlangflogen. Offensichtlich hatte der Rhein-Ruhr-Megaplex EFA-Düsenjäger geschickt, um den westphälischen Grenzschutzhubschraubern eine deutliche Warnung zu übermitteln.

»Wir sind durch!«

Toxics Freudenschrei schreckte Phönix auf, und tatsächlich hoffte er, dass die Magierin Recht behalten würde. Immerhin hatten sie noch ein ganzes Stück ihres Weges bis zum Abholpunkt vor sich, und wer wusste schon, wie es weitergehen würde? Trotz all seiner Bedenken schien Toxic sich sichtlich zu entspannen, und sie schien ihren Erfolg offenbar zu genießen. Vielleicht waren dies die wahren Freuden eines Runners: einer Gefahr entkommen zu sein und zu wissen, dass man einen neuen Tag erleben würde.

»Schieß los, Phönix, welche Daten holen wir uns jetzt?«

Zuerst wusste er nicht, was die Magierin von ihm

wollte, doch dann erinnerte er sich an den Plan, Informationen aus dem Sicherheitsnetz von Münster zu beschaffen.

»Wir sollten nach Eastern Star Pharmaceuticals und diesem Cherkov fragen. Wenn die ganze Aktion eine Falle wäre, dann hätte Münster wohl kaum Informationen über ESP. Andererseits könnten wir dann endlich in Erfahrung bringen, wen wir auf der Rückbank sitzen haben und warum die Frau für die Bischofsgarde so interessant ist.«

»So *ka*, ich gebe die Suchparameter ein. Mal sehen, was über unsere Leute in den Sicherheitsdatenbanken gespeichert ist.«

Toxic tippte einige Befehle auf dem Bordcomputer ein. Es dauerte einige Sekunden, bis Toxic vorzulesen begann. Der Verkehr auf der Autobahn hatte sich so weit normalisiert, dass Phönix ihr konzentriert zuhören konnte.

»Hey, Volltreffer. Über ESP scheint es eine ganze Akte zu geben. Ich bin hier in einer Analyse mit niedriger Sicherheitsstufe gelandet. Die Bischofsgarde scheint sich für die magischen Studien und Forschungen von ESP zu interessieren. Anscheinend hat die Firma keinen besonders guten Ruf. ESP hat keine Rechte, Anlagen in Westphalen zu betreiben, und eine Anweisung besagt, Transporte der Firma seien nur mit Sondergenehmigung auf dem Landesgebiet zu dulden. Kurz gesagt, ESP hat in Westphalen nichts verloren, obwohl der Konzern gar kein Interesse an dem Kirchenstaat hat. Nicht einmal das erforderliche Sondergutachten für den Verkauf von Medikamenten innerhalb Westphalens wurde beantragt. Kirche und Konzern scheinen keine besonderen Freunde zu sein, wenn beide so viel Wert auf Abstand legen. Komisch – hier scheint eine Akte über Cherkov zu sein, aber das ist sonderbar: das Datenfile muss riesig sein. Ich habe hier ein Organisationsprotokoll, das Dossier wurde von Mitgliedern des Erleuchteten Zirkels und Mitgliedern des westphälischen Geheimdienstes verfasst. Der Zugang erfordert die höchste Sicherheitskennung! Moment, hier ist eine Datei mit niedrigerer Sicherheitsstufe. Cherkov wird gesucht, im Falle einer Begegnung sind die Polizeikräfte angewiesen, ihn aufzuhalten und unter einer Sondernummer ein Spezialkommando zu verständigen. Was ist so verdammt wichtig an dem Konzernboss? Die führen sich ja auf, als wäre er der Teufel persönlich! Die Sache ist mir nicht ganz geheuer. Oh, verdammt ...«

Phönix hatte angespannt zugehört, wie Toxic immer hektischer die Fakten zusammenfasste, doch als sie plötzlich abbrach, war er auf das Schlimmste gefasst. Auf dem Head-up-Display zeichnete sich ab, dass Cherkov in der Sache mit drin hing. Das auf die Windschutzscheibe projizierte Holobild war eindeutig der Mann in der Nebelstadt, jenes Hologramm, das ihnen den Auftrag übermittelt hatte. Sie arbeiteten also tatsächlich für ESP oder zumindest für den wichtigsten Mann in der Hierarchie des Konzerns.

»Und was nun? Ich weiß zwar, dass du die Kirche nicht magst, aber trotzdem finde ich diese Entwicklung mehr als beunruhigend. Gleichzeitig ist das Datenfile der Beweis, dass Cherkov tatsächlich meine Informationen beschaffen könnte. Ich finde, du solltest entscheiden, Vivien, es ist auch dein Risiko, und du gewinnst nichts an der ganzen Sache.«

Die Magierin sah ihn vorwurfsvoll an, was jedoch nicht daran lag, dass er ihren richtigen Namen gebraucht hatte.

»Verdammt, Phönix, wir haben die Sache oft genug durchgesprochen. Ich helfe dir auf jeden Fall, und wir sollten die Sache bis zum Ende durchziehen. Soll wirklich all die Arbeit umsonst gewesen sein? Was ist, wenn

Cherkov nur ein paar unmoralische Experimente durchgeführt hat und deshalb auf der Abschussliste der Kirche steht? Was, wenn sie ihn nur unter die Lupe genommen haben, weil sie jeden Konzern, der magische Forschungen betreibt, als Gefahr für die Kirche ansehen?«

»Und was ist, wenn Cherkov tatsächlich ein Schwarzmagier ist? Oder vielleicht ist er der Anführer eines dieser Satanistenkulte, ›Diener Astaroths‹ oder wie sie auch immer heißen mögen!«

»Das sind doch alles Spekulationen! Außerdem, was willst du tun? An der nächsten Raststätte halten und mit dem Bus nach Hause fahren, um wieder ein normales Leben zu führen? Ohne die Informationen können wir nicht zurückkehren. Und glaube bloß nicht, jemand wie Cherkov würde es damit auf sich beruhen lassen. Wahrscheinlich hätten wir sogar kurz darauf noch die Bischofsgarde am Hals, und mein Bedarf an Killerkommandos ist für die nächsten Monate gedeckt. Bisher haben wir keinen Grund, Cherkov zu misstrauen. Vorsicht walten zu lassen, das ist okay, aber Paranoia bringt uns jetzt nicht weiter. Wenn man sich auf so ein Spiel einlässt, muss man es auch zu Ende führen.«

Phönix sah seine Beifahrerin an. Toxic war wirklich erregt, aber es war nicht nur hilflose Wut.

»Du hast Angst, oder?«

Auch wenn seine Bemerkung wie eine sanfte Frage klang, so wusste er ihre Antwort schon im Voraus. Ein leichter Glanz trat in ihre Augen, und ihre Gesichtszüge verschwammen, sodass der Trotz aus ihrer Mimik wich.

»Ja, verdammt, ich habe Angst. Aber das ändert nichts daran, dass wir weitermachen sollten.«

Tatsächlich hatte auch Toxics Stimme einen ruhigeren Klang angenommen, und sie wandte sich von ihm ab, bevor aus dem Schimmern in ihren Augen Tränen wurden. Erneut tippte sie Befehle in den Bordcomputer ein, und Phönix versuchte, sich auf die Fahrt zu konzentrieren. Er wusste nicht mehr, was er hätte sagen können, doch die Stille gefiel ihm nicht. Es war die Stille, die sich immer über sie senkte, wenn er glaubte, an den Kern der Angelegenheit zu kommen.

Ein Fluch riss ihn aus seinen Gedanken, und ruckartig wandte er sich der Magierin zu, die wütend ihre Faust auf die Tastatur des Bordcomputers knallen ließ.

»Wir sind draußen! Münster hat uns als illegale Systembenutzer identifiziert und rausgeworfen.«

Der Screen am Beifahrersitz war erloschen, und ein Teil der taktischen Daten, die immer noch vom Headup-Display auf die Windschutzscheibe projiziert worden waren, verschwand in derselben Sekunde. Immerhin hatte ihnen der Zugriff auf das Sicherheitsnetz einige letzte Informationen gebracht, aber die Wahrheit würden sie erst nach Beendigung ihres Runs erfahren. Falls es eine Wahrheit gab.

Inzwischen hatten sie das Autobahnkreuz Dortmund-Unna erreicht, und je tiefer sie in den Plex vordrangen, desto dichter wurde der Verkehr. Um diese Zeit waren die Autobahnen voll von Lkw, die das riesige Stadtgebilde mit ihren Gütern versorgten. Die ersten Motorradformationen der Gangs tauchten auf, allerdings war offenbar noch nicht die Zeit für Straßenschlachten, oder aber die Polizei patrouillierte das Gebiet im Moment wieder stärker, sodass diese Begegnungen friedlich verliefen. Als die Magierin ihm mitteilte, sie wolle sich von dem Zauber erholen und etwas schlafen, schaltete Phönix den Autopiloten ein und beobachtete die Umgebung.

Dortmund war ein erfolgreicher Teil des Megaplexes geworden. Sogar vom Autobahnkreuz aus konnte man die Konzernanlagen des eingemeindeten Stadtteils Unna erkennen, die ein wirtschaftlicher Kernpunkt der

Region waren. Unna war Konzerngebiet, das im Wesentlichen von Saeder-Krupp und Fuchi beherrscht wurde. Wahrscheinlich war diese Tatsache verantwortlich für die Zurückhaltung der Gangs, denn beide Megakons würden jede Gefährdung ihrer Transporte durch militante Motorradfahrer mit noch militanteren und vor allem besser bewaffneten Panzern der Konzernsicherheit beantworten.

Der Rest Dortmunds war eine Stadt wie all die anderen, die zusammen den Plex bildeten. Genau wie überall gab es die sicheren und eleganten Viertel der Reichen und die unberechenbaren Straßenschluchten, in denen Gesindel den Lebensstandard schlecht und Menschenleben billig machte. Die Gartenstadt war ein besonderes Juwel für Hobbysoziologen, denn das Stadtviertel war eine bunte Mischung halblegaler und illegaler Geschäfte und Werkstätten. Hier bewegte man sich so geschickt auf der Grenzlinie zum kriminellen Chaos, dass es den Bewohnern vergleichsweise gut ging. Die Aktivitäten waren so hart an der Grenze der Legalität, dass sie noch genügend Geld einbrachten, aber dabei so harmlos, dass die Polizei nicht zu härterem Durchgreifen gezwungen war. Paradoxerweise stammte die relativ hohe Sicherheit der Bewohner nicht von der Polizei, sondern wurde von den Gangs organisiert. Es schien fast so, als würde die Gartenstadt nach ihren eigenen Gesetzen leben, und solange sie nicht die Lebensart der umliegenden Stadtteile beeinträchtigte, wurde sie gebilligt.

Dieser Ort war als Abholpunkt ideal, niemand würde hier dumme Fragen stellen, und kein Konzern würde sich durch die Aktion angegriffen fühlen. Außerdem schienen die Anwohner genug Toleranz zu besitzen, sich nicht in die Geschäfte anderer einzumischen.

Andererseits war die Gartenstadt auch die letzte Chance für die Bischofsgarde, zuzuschlagen. Jedoch konnte sich Phönix nicht vorstellen, was Münster jetzt noch unternehmen konnte, falls das Ritualteam sie aufspüren würde. Vielleicht lag Toxic tatsächlich mit ihrer Prophezeiung richtig, und der Run war erfolgreich beendet.

Die weitere Fahrt durch Dortmund verlief ereignislos, nachdem sie die Autobahn verlassen hatten und durch die Stadt fuhren. Die Straßen machten genau den Eindruck, den Phönix von diesem Teil des Plexes erwartet hatte, und während Toxic leise im Schlaf vor sich hinmurmelte, drangen sie langsam in das Straßengewirr der Gartenstadt ein. Eine Zeit lang hatte Phönix versucht, etwas von dem Gemurmel der Magierin zu verstehen, doch dann hatte er seine Bemühungen aufgegeben und sich voll und ganz der Umgebung gewidmet. Wie erwartet, hatte Westphalen keinen Kontakt mit der Polizei von Nordrhein-Ruhr aufgenommen, sodass niemand nach ihnen zu suchen schien. Ihre Mitfahrerin war also so wichtig für den Bischof, dass er keine Kooperation mit anderen Kräften eingehen wollte. Es blieb zwar immer noch die Gefahr des astralen Bandes durch das Ritualteam, jedoch konnte sich auch dieser Erleuchtete Zirkel außerhalb Westphalens keinen magischen Angriff erlauben. Dies würde in Nordrhein-Ruhr genauso wenig gebilligt wie Panzerabwehrhubschrauber, die die Grenze verletzten. Das Problem hierbei war jedoch, dass der Plex einer Bedrohung durch Magie gegenüber nicht so aufmerksam sein würde und die Bischofsgarde eine verdeckte Operation versuchen könnte.

Sie hatten ihr Ziel fast erreicht. Beide Frauen schliefen ruhig, und Phönix schaute sich interessiert die Gartenstadt an. Die Neonreklamen waren bunter als in der Nebelstadt, aber die Waren und Dienstleitungen waren bei weitem nicht so heiß wie am Ausgangspunkt ihres Runs. Zwar mochten einige der angebotenen Second-

Hand-Waren in Wirklichkeit Hehlerware sein, aber es wurden keine Dinge offen angeboten, die illegal waren. Auffallend war, dass man in der Gartenstadt anscheinend alles mieten konnte, von Lastwagen über Hubschrauber bis hin zum kompletten Bodyguardteam. Das Dienstleistungsangebot in diesem Stadtteil war beinahe schon legendär.

Phönix hatte sich die Karten ihres Zielpunkts vom Bordcomputer zeigen lassen, und die nichtssagenden Koordinaten gehörten anscheinend zu einem Parkhaus im südlichen Teil des Stadtviertels. Früher waren die umliegenden Gebäude Teile eines Einkaufszentrums gewesen, doch Unruhen vor zehn Jahren hatten für die Zerstörung des Standorts gesorgt. Plündernde Banden hatten die Geschäfte und Büros ausgeraubt und die Gebäude in Brand gesetzt. Bis die Feuerwehr die Lage im Griff hatte, war das meiste verloren gewesen, und später schien niemand daran Interesse gehabt zu haben, die Schäden zu beseitigen und das Zentrum neu aufzubauen. Den Karteninformationen zufolge gab es dort wieder einige Kneipen und Werkstätten, die diesen Freiraum neu erschlossen hatten.

Als der Bordcomputer die errechnete Restfahrzeit mit fünf Minuten angab, beschloss Phönix, Toxic zu wecken. Nach mehrmaligem Anstoßen gab die Magierin einige quengelige Laute von sich, doch auf seine Anmerkung hin, dass sie fast am Ziel seien, wurde sie binnen Sekunden wach. Immer noch etwas desorientiert, sah sie sich um und verifizierte Phönix' Aussage anhand der Computerdaten. Als sie endlich mit ihrer Lage zufrieden zu sein schien, griff sie hinter ihren Sitz und holte die schwere Sturmpistole hervor. Mit einer geübten Bewegung überprüfte sie den Ladestreifen in der Waffe, lud einmal durch und entsicherte sie.

»Was ist mit deiner Wumme?«

Bis zu diesem Zeitpunkt hatte er wirklich gedacht,

sie hätten das Gefährlichste hinter sich, doch Toxics Alarmbereitschaft wirkte beunruhigend, sodass auch Phönix seine Pistole durchcheckte. Im Gegensatz zu seiner Gefährtin ließ er die Waffe jedoch gesichert und verstaute sie seitlich in der Ablage an seiner Tür.

Als das Parkhaus in Sicht kam, stellte er den Autopiloten aus und übernahm selbst die Steuerung. Wenigstens konnte er die letzten Minuten noch einmal genießen, den Luxussportwagen zu fahren, der immer wieder die neidischen Blicke der Passanten auf sich gezogen hatte. Als sie an der Zufahrt zum Parkhaus angekommen waren, gab die Magierin ihm ein Zeichen, in das Gebäude hineinzufahren. Das Parkhaus war alt und schien seit längerer Zeit nicht mehr instand gehalten zu werden. Bunte Graffiti übertünchten den dunkelgrauen Beton, und die Schranke, die ehemals den Eingang blockiert hatte, lag genauso wie der Kassierautomat in Einzelteilen auf der Rampe zum ersten Parkdeck. Hinter der Rampe war nur Finsternis zu erkennen, und es stand zu bezweifeln, dass irgendjemand sich die Mühe machte, den bunkerähnlichen Bau zu beleuchten.

Mit eingeschaltetem Licht manövrierte Phönix den Porsche vorsichtig die Rampe hinauf, die sie in das erste von neun Parkdecks brachte. Toxic war inzwischen äußerst wachsam, und nachdem sie ihrem Fahrgast einen prüfenden Blick zugeworfen hatte, hielt sie die Waffe schussbereit in den Händen.

Als sie das zweite Parkdeck erreichten und die grellen Scheinwerfer über einige fette Ratten hinwegfuhren, die im herumliegenden Müll nach Nahrung suchten, ließ ihn eine Ahnung zur Seite in eine der dunklen Ecken blicken, und für einen kurzen Moment nahm er ein rotes Glühen wahr.

Innerhalb einer Sekunde passten sich seine Augen den schlechten Lichtverhältnissen an, und Phönix konnte einen Mann erkennen, der in der dunklen Ecke stand und überrascht seine Zigarette an der Wand ausdrückte. Der Mann, der eine Motorradkombi aus schwarzem Leder trug, war groß und hatte einen Bürstenhaarschnitt. Da er anzunehmen schien, dass er nicht bemerkt worden war, sprach er kurz in ein Armbandfunkgerät und griff gleichzeitig in seine Jacke. Phönix brauchte gar nicht weiter hinzusehen, um zu wissen, dass der Mann eine Waffe zog, und mit einer Warnung an die Magierin trat er so hart auf das Gaspedal, dass der Wagen einen Satz nach vorne machte. Sie waren in eine Falle geraten, und im Moment blieb ihnen nur die Flucht nach vorn. Mit rasender Geschwindigkeit manövrierte Phönix den Porsche die nächste Rampe hoch und schrammte mit einem lauten Kratzgeräusch an der Betonwand entlang.

Toxic setzte gerade zu einer Frage an, die wahrscheinlich seinen Fahrstil betraf, als sie bereits auf die nächste Etage einbogen. Spätestens jetzt wurde auch ihr klar, was Phönix zu diesem Manöver veranlasst hatte.

Am anderen Ende des Parkdecks tauchte eine Gruppe von Gestalten im Licht der Scheinwerfer auf. Die Personen knieten auf dem Boden und richteten mehrere Automatikwaffen auf ihren Wagen. Beim Anblick des Sportwagens eröffneten sie ohne zu zögern das Feuer, und mit einem leisen, metallischen Klirren schrappte der Geschosshagel über die Panzerung. Vor ihnen zuckte ein wildes Gewitter aus Mündungsfeuer, und die sieben Angreifer schossen durchgehendes Automatikfeuer auf den Porsche, doch bisher war die einzige Beschädigung des Wagens der Verlust der Scheinwerfer. Allerdings reichte das Mündungsfeuer Phönix als Orientierungshilfe völlig aus, und mit Vollgas raste er auf die Menge zu. Der Wagen war momentan die beste Waffe gegen die Angreifer, und nur drei

Schützen reagierten, indem sie sich zur Seite warfen. Die übrigen blieben in Position und feuerten weiter auf den Wagen, doch versuchten sie jetzt, die Reifen zu erwischen. Kurz vor dem Aufprall fanden schließlich einige Projektile ihr Ziel, und der zerstörte Vorderreifen ließ den Wagen seitlich ausbrechen. Die Zeit reichte weder für Phönix noch für den Autopiloten, den Wagen unter Kontrolle zu bekommen, und so riss der Sportwagen nur zwei der Angreifer mit sich, bevor er an die Betonwand prallte. Während das Sicherheitssystem die Airbags aktivierte und die Gurte straffte, um die Insassen vor dem Aufprall zu schützen, wurden die beiden Schützen, die der schleudernde Wagen mit sich schleifte, an der Betonwand zerquetscht.

Damit waren noch fünf der Schützen übrig, und der Wagen hatte bei dem Aufprall einigen Schaden erlitten. Sie mussten schnell reagieren, bevor die Angreifer sich neu formieren konnten. Phönix warf der Magierin einen hektischen Blick zu, doch außer dem Schrecken und einer Schramme an der Stirn hatte sie nichts abbekommen.

»Kannst du sie sehen?«

»Ja, aber noch so ein Zauber von dem Kaliber wie an der Straßensperre, und die Erschöpfung bringt mich um.«

»Was sollen wir tun?«

»Ich fürchte, wir müssen kämpfen!«

Wenn sie ihre Waffen einsetzen wollten, mussten sie den Schutz des Wagens aufgeben, aber ohne dessen Panzerung würden sie der Feuerkraft ihrer Gegner wenig entgegensetzen können. Ihre Angreifer schienen vorerst keine weitere Munition verschwenden zu wollen, denn einer von ihnen sprintete überraschend schnell an den Wagen heran und presste eine kleine Kugel auf die Seitenscheibe.

Phönix erkannte die Kugel sofort. Was wie graue

Knete aussah, war eine kleine Ladung Plastiksprengstoff, und der nicht einmal golfballgroße Klumpen würde mehr als ausreichend sein, um das Panzerglas in Stücke zu sprengen und wahrscheinlich alle Insassen des Wagens zu töten. Damit war klar, dass sie nicht Opfer eines zufälligen Überfalls geworden waren, sondern das Ziel eines gut organisierten Angriffs waren.

Der Rest des Überfallkommandos wich zur nächsten Rampe, die nach oben führte, zurück, um im Schutz der Betonpfeiler in Deckung zu gehen, als ein großer schwarzhaariger Mann mit einem Megaphon in der Hand auf den Wagen zuging. Das Gesicht des Mannes war ein außergewöhnlicher Anblick. Während die linke Gesichtshälfte die eines Mannes in den Zwanzigern mit feinen Zügen war, wirkte die andere Seite wie eine leblose Schreckensmaske infolge eines Unfalls oder einer misslungenen Operation. Der Mann trug einen langen schwarzen Mantel, und jetzt erst konnte Phönix das große Breitschwert erkennen, das er in der behandschuhten rechten Hand trug, als würde er das Gewicht der Waffe nicht im Mindesten spüren.

Auf halbem Weg zum Auto blieb der Mann stehen, und gelassen nahm er das Megaphon an den Mund.

»Ihr habt dreißig Sekunden Zeit, die Satansbrut in eurem Auto an uns zu übergeben und euch der Gnade des Herrn zu stellen. Wenn ihr diesem Befehl nicht nachkommt, werdet ihr in die Feuer der Hölle hinabfahren.«

Anscheinend hatte er nicht mehr zu diesem Thema zu sagen, und ohne eine weitere Regung drehte der Mann ihnen den Rücken zu, ließ das Megaphon fallen und ging zu den anderen Angreifern zurück, die alle ihre Sturmgewehre nachgeladen und auf den Wagen angelegt hatten.

»Das war's dann wohl! Vielleicht sollten wir einfach aufgeben.«

Auch wenn er diese Worte äußerte, wusste Phönix, dass er sich nicht ergeben wollte. Lieber würde er die Übermacht angreifen und so viele von dem Überfallkommando mit in den Tod nehmen, wie ihm möglich war. Immerhin war er in der Lage, seine Wunden genauso schnell heilen zu lassen, wie sie ihm zugefügt würden. Aber selbst das war wohl nur eine Illusion, auch diese Fähigkeit war nur begrenzt, und mit der Feuerkraft von mehreren Sturmgewehren würden die Angreifer ihn in Stücke schießen, bevor er überhaupt ganz aus dem Auto gestiegen war. Aber auch Toxic hatte etwas zu dem Thema zu sagen.

»Vergiss es, das sind Ritter Christi, Mitglieder des terroristischen Arms der Deutsch-Katholischen Kirche. Die einzige Gnade, die wir zu erwarten hätten, wären die ›erlösenden Flammen‹ eines Scheiterhaufens. Die Bombe werden wir schon los, und nur mit den Sturmgewehren kommen die Typen nicht weit.«

Die Stimme der Magierin war auffallend ruhig, und ohne weitere Erklärungen kehrte der konzentrierte Gesichtsausdruck zurück, den Phönix immer dann gesehen hatte, wenn sie einen Zauber vorbereitete. Ihre ganze Aufmerksamkeit schien auf die golfballgroße Bombe gerichtet zu sein, die sie in wenigen Sekunden töten sollte, und erst als er genauer hinsah, konnte er erkennen, dass sich der Plastiksprengstoff von der Scheibe gelöst hatte und in einigen Millimetern Abstand in der Luft schwebte. Leider hatte Phönix keine Ahnung, wie viel Zeit ihnen blieb, doch plötzlich wurde die Bombe durch die Luft geschleudert und klatschte mit ungeheurer Wucht gegen die Betonwand neben der Rampe. Falls die Magierin damit gerechnet hatte, dass ihre Angreifer die Bombe zünden und sich selbst töten würden, so wurden ihre Erwartungen nicht erfüllt, aber immerhin hatten sie ein wenig Zeit gewonnen.

Das Überfallkommando beharkte als Antwort auf den Zauber den Porsche mit langen Feuerstößen, doch der Anführer gebot seinen Söldnern laut Einhalt. Er schien zu wissen, dass dieses Vorgehen reine Munitionsverschwendung war. Allerdings hatte sein Plan die Möglichkeit, dass sich die Runner von der Bombe befreien würden, offensichtlich nicht vorgesehen, denn es folgte vorerst keine gezielte Aktion. Anscheinend musste er überlegen, wie mit einem Gegner zu verfahren sei, der auch Magie anwendete. Entweder hatte der Erzbischof vergessen, das Terrorkommando über einige Details zu informieren, oder aber die Ritter Christi waren so magiefeindlich eingestellt, dass sie diesen Faktor leichtfertig aus ihrer Planung gestrichen hatten.

Andererseits genügte ein Blick, um zu erkennen, dass seine Beifahrerin die Grenzen ihrer Fähigkeiten erreicht hatte, denn kalter Schweiß stand ihr auf der Stirn, und sie schien leicht zu zittern. Auch wenn ihre Gegner das nicht wussten, würde Toxic keine große Bedrohung mehr sein.

Es wäre ein vorübergehendes Patt gewesen, dessen Ausgang wahrscheinlich auf Dauer zugunsten der Ritter Christi ausgefallen wäre, wenn nicht im selben Moment eine weitere Gruppe entschieden hätte, sich einzumischen. Einige Ritter des Überfallkommandos drehten sich um und feuerten auf einen Gegner, der vom Auto aus nicht zu erkennen war, doch dieser Angreifer schien sich zu wehren zu wissen. Das Rattern der Sturmgewehre ging in einem infernalischen Sirren von Geschossen unter. Das Kommando der Ritter Christi hatte nicht den Hauch einer Chance, und der Spuk dauerte nur wenige Sekunden, dann waren alle tot. Das Sperrfeuer hatte die ungeschützt stehenden Terroristen durchsiebt, den Rest erledigten die Querschläger.

Es war schwer zu glauben, dass dort gerade noch ein

mordlüsternes Killerkommando auf sie gelauert hatte, denn jetzt waren es gerade diese Leute, die brutal dahingemetzelt worden waren und mit ihrem Blut und ihren zerschossenen Leichen die Rampe wie ein Schlachtfeld aussehen ließen. Toxic gab nur ein leises Stöhnen von sich, doch auch Phönix war zu überrascht, als dass ihm eine vernünftige Erklärung eingefallen wäre. Es war äußerst unwahrscheinlich, dass ihr Wagen dieser Feuerkraft gewachsen war. Es stand nur zu hoffen, dass der Satz galt, dass die Feinde seiner Feinde seine Freunde waren, denn ansonsten würden sie genauso enden wie die Ritter Christi.

Phönix' Blick glitt erneut über all das Blut, und ohne Überraschung musste er feststellen, dass ihm der Tod der Männer nicht nahe ging, sondern einem aggressiven Trieb tief in seinem Inneren Befriedigung verschaffte. Das Monster in ihm genoss den Mord an seinen Feinden und schien ihn ebenfalls zu einer gewaltsamen Reaktion antreiben zu wollen.

Aber es gelang ihm, den Instinkt niederzuringen, und immer noch mit sich selbst kämpfend erkannte er die Leute, die die Ritter Christi niedergemetzelt hatten. Es waren drei weiße Gestalten, die in der Durchfahrt am oberen Ende der Rampe auftauchten, und ihre massiven, abgerundeten Körperformen stammten von ihren Vollpanzerungen, wie sie verschiedene Sicherheitsunternehmen einsetzten. Doch die schweren Panzerungen mit den gesichtslosen, verspiegelten Helmen und dem glänzenden Äußeren waren nicht die wahre Bedrohung. Die Soldaten trugen schwere Gyrostabilisatorharnische, und für die Art der Bewaffnung, die sie gewählt hatten, war diese Art der Rückstoßdämpfung das Minimum. Jede der drei hochgerüsteten Gestalten hatte eine mehrläufige Minigun auf dem Schwenkarm des Stabilisators montiert, und die Gurte, welche die Waffen speisten, kamen aus großen Munitionstornistern auf den Rücken. Diese Ausrüstung hätte einem Einsatzkommando des Militärs alle Ehre gemacht, und dermaßen hochgerüstete Truppen waren genauso teuer, wie sie selten waren.

Ohne die Leichen eines Blickes zu würdigen, marschierten die Soldaten durch das Blutbad die Rampe hinunter und sicherten mit den schweren Automatikwaffen die Umgebung.

Phönix war wie gelähmt. Wenn diese hochgerüsteten Monster ihre Feinde waren, hatten sie praktisch verloren, ihm fiel nichts ein, was er tun konnte, außer abzuwarten, was als Nächstes passieren würde. Ihm fiel nur noch eine Machtgruppe ein, die spontan ein solches Einsatzkommando hätte aufbieten können. Von seinen Feinden schien nur Nitama in der Lage, ein solches Team auf die Beine zu stellen, und wenn ihre Informationen richtig waren, war dieses Vorgehen typisch für den Waffenkonzern. Damit wären die Feinde seines Feindes trotzdem auch seine Feinde.

Offensichtlich bewerteten die Neuankömmlinge den Sportwagen und seine Insassen nicht als Gefahr und sicherten nur das Gelände ab, ohne sich weiter um den Porsche zu kümmern. Erst als eine breitschultrige Gestalt auf der Rampe erschien, wurde Phönix bewusst, dass sie dieses Mal Glück gehabt hatten.

Natasha war wie immer in ihre schwarze Ledermontur gehüllt, und das schwarze Barett hing schief über ihrem bleichen Gesicht. Die Orkfrau schien nicht bewaffnet zu sein, aber mit den drei Soldaten in ihrer Begleitung bestand dazu auch keinerlei Notwendigkeit. Mit einem zufriedenen Grinsen, das ihre monströsen Zähne entblößte, drehte sie die Leiche des Anführers der Ritter Christi mit dem Fuß um und spie auf die Überreste des Mannes. Ihre Verachtung und ihre Freude über das Schicksal der Terroristen stand ihr deutlich ins Gesicht geschrieben, als sie auf den Wagen zukam.

Phönix wollte aussteigen und mit ihrer Retterin reden. Zwei der Soldaten drehten sich sofort um, als sie das Geräusch hörten, das die Tür beim Öffnen machte, doch auf ein Zeichen des Orks ließen sie die Miniguns wieder sinken.

Natasha musterte ihn von Kopf bis Fuß und nickte ihm dann anerkennend zu.

»Gute Arbeit! Ihr wart zwar etwas laut und unkonventionell bei eurem Vorgehen, aber es ist der Erfolg, der zählt. Auf dem Dach steht ein Hubschrauber bereit, der uns zur Nebelstadt bringen wird. Vielleicht solltest du deiner Freundin helfen, ich kümmere mich um unseren Gast.«

Toxic hatte sich durch ein Stöhnen bemerkbar gemacht, und sie sah immer noch nicht besonders fit aus. Ihr letzter Zauber schien den Rest ihrer Kräfte verbraucht zu haben, und während ihre Retterin die geheimnisvolle Frau, die sie aus Westphalen herausgeschafft hatten, aus dem Wagen hievte, kümmerte er sich um die Magierin.

Toxic war erschöpft, aber ansonsten war sie offenbar in Ordnung. Der Aufprall hatte eine Schramme auf ihrer Stirn hinterlassen, doch es war nur ein oberflächlicher Kratzer, und sie schien die Wunde noch nicht bemerkt zu haben. Phönix erbot sich, sie auf dem Weg zum Dach zu stützen, und er war überrascht, dass sie annahm. Es gab also auch Zeiten, in denen sie ihren Stolz vergaß und nach ihren Bedürfnissen handelte. Und ihr Bedürfnis, sich an jemanden anlehnen zu können, war mehr als deutlich, denn die wenigen Schritte, die sie allein zu gehen versuchte, endeten in einem heftigen Schwanken. Er hatte seinen Arm um ihre Schulter gelegt, und ihr Arm lag an seiner Hüfte, als sie die Rampe hinaufgingen. Natasha hatte die andere Frau mit spielerischer Leichtigkeit über die Schulter geworfen und ging mit strammen Schritten vor den beiden

Runnern her. Die Soldaten sicherten weiterhin das Gelände.

»Wir haben es geschafft.« Toxics Worte klangen allerdings nicht glücklich oder aufgeregt, vielmehr war eine Müdigkeit darin, die nicht nur von der physischen Erschöpfung kam, es war der Tribut, den der Stress forderte.

Phönix jedoch fühlte sich nicht leer, denn die kommenden Stunden konnten sein Leben entscheidend verändern. Möglicherweise würde er seinem Schöpfer begegnen, und wer konnte das schon von sich behaupten? Dann konnte er sein neues Leben beginnen, wenn er es verstehen würde. Die Furcht, die Wahrheit niemals zu erfahren, war aus ihm gewichen, und neue Zuversicht machte sich in ihm breit. Trotz aller Schwierigkeiten hatten sie den Run zu Ende gebracht und konnten die Früchte ihrer Arbeit in Empfang nehmen.

Langsam schleppte er sich mit der Magierin eine Rampe nach der anderen hinauf, während Natasha ihren Vorsprung immer weiter ausbaute. Die Orkfrau schien ihre Last gar nicht wahrzunehmen, und Phönix fragte sich, ob er jemals erfahren würde, worum es in dem Run wirklich gegangen war.

»Phönix?«

Toxic blickte ihm in die Augen und schien etwas Wichtiges sagen zu wollen, doch dann wandte sie sich wieder ab.

»Ich erzähle es dir besser später …«

Phönix wollte nicht nachfragen, was sie ihm hatte sagen wollen, sie würden noch genügend Zeit dafür haben, über alles zu reden.

Als sie auf dem Dach ankamen, gaben die Wolken für einen kurzen Moment den Mond frei, und das fahle Licht erleuchtete das oberste Deck des Parkhauses. Am anderen Ende stand ein großer, weißer Helikopter. Natasha war bereits damit beschäftigt, die Frau aus Westphalen auf die Rückbank zu setzen und anzuschnallen. Der Hubschrauber war ein MK Kolibri, ein häufiges Gefährt für Leute mit dem nötigen Geld, um sich schnell im Megaplex zu bewegen. Phönix half Toxic auf den zweiten Platz auf der Rückbank und wollte dann neben Natasha Platz nehmen, die sich auf dem Pilotensitz niederließ und den Motor des Helikopters startete, als sein Blick auf die Tür fiel, die er hinter der Magierin geschlossen hatte. Im ersten Moment war ihm das schwarze Logo in der Dunkelheit gar nicht aufgefallen, doch was er erst für einen Schatten gehalten hatte, war eine sich um einen Stab windende Schlange, die in eine DNS-Helix überging. Der Hubschrauber gehörte Eastern Star Pharmaceuticals. Alte Zweifel kamen in ihm auf, doch welche Wahl blieb ihm? Wahrscheinlich würden die Soldaten ihn nicht entkommen lassen, außerdem wollte er endlich wissen, ob ESP nur zufällig seinen Weg gekreuzt hatte oder ihnen eine weitere Überraschung bevorstand.

Mit einem unguten Gefühl zwängte er sich auf den Sitz des Kopiloten, und der Kolibri erhob sich sanft in die Luft, um über die Lichter der sich unter ihnen ausbreitenden Riesenstadt in Richtung Nordwesten zu gleiten.

Dort am Horizont lagen, noch unsichtbar, die Neonlichter der Nebelstadt, und in dem Turm, der aus dem Chaos zu seinen Füßen herausragte, würde ihn sein Schicksal erwarten, was auch immer ihm bestimmt war.

XV

Gerade hatte er die Nachricht erhalten, seine Pläne waren tatsächlich aufgegangen. Bald würde er dem Narren selbst gegenüberstehen, und dann würde die Geschichte auf die eine oder andere Art enden. Und wenn dies erst einmal alles vorbei war, würde er sich mit seiner ungehorsamen Tochter beschäftigen. Auch über ihr Schicksal musste eine Entscheidung gefällt werden. Doch dazu würde er später genügend Zeit haben.

Die Karte am unteren Ende des Kreuzes war die unbewusste Seite des Narren in diesem Spiel, doch er wollte nicht noch mehr über dessen Psyche erfahren. Es war endlich an der Zeit, in die Zukunft zu blicken. Zuerst würde er sich um die nahe Zukunft kümmern, die unmittelbar bevorstand. Möglicherweise enthielt diese Karte sogar Informationen zu seinem bevorstehenden Treffen mit dem Narren.

Der Anblick der umgedrehten Karte ließ ihn beinahe auflachen, aber er hatte in der Vergangenheit nur noch selten gelacht, sodass er es aus Gewohnheit unterließ.

Die Bildunterschrift der Karte gefiel ihm: Der Teufel. Eine riesenhafte nackte Teufelsgestalt mit Hörnern und einem massigen Körper ragte bedrohlich über zwei Menschen auf, die an seinen Thron gekettet waren. Es waren eine Frau und ein Mann, die ebenso nackt wie das Wesen über ihnen waren, und trotzdem schienen sie ihre Situation zu genießen. Ihre Blicke und ihre Haltung ließen schon beinahe anmaßende Freude erkennen.

Zum ersten Mal seit dem ›Turm‹ war er mit dem

Bild, das sich ihm offenbarte, zufrieden. Jedes Mal, wenn er den Teufel betrachtete, fand er einen Teil von sich selbst in dem Bild. Wie hatte ihn Kar vor seinem Untergang bezeichnet? Te'kar, der Widersacher, war der Name auf Sperethiel, den er damals erhalten hatte. Es war der einzige Name, der ihm in den Äonen etwas bedeutet hatte. Dieser Titel zeigte Anerkennung und Ehrfurcht. Es war das größte Kompliment gewesen, das er je hatte bekommen können.

In einem Punkt hatte die Kirche wenigstens etwas verstanden, und doch sah sie die Wahrheit nicht. Luzifer, von der Kirche als personifiziertes Böses verteufelt, war immerhin der Lichtbringer. Hatten nicht sogar die Menschen in den letzten Jahrhunderten sehen müssen, dass Rebellion wichtig für Weiterentwicklung war? Ohne Widerstand, ohne Auflehnung, was sollte sich da schon entwickeln? Doch die Kirche war immer auf der anderen Seite gewesen, in ihren Augen war jede Veränderung von Übel, und die Wahrheit wurde so lange wie möglich verleumdet. Natürlich waren für den Erzbischof von Münster alle Veränderungen der Sechsten Welt schlecht. Magie war aus seiner Sicht die Manifestation teuflischer Mächte, doch selbst wenn er gewusst hätte, für welche Bedrohungen in der Zukunft die Menschen diese Magie als Waffe brauchen würden, hätte er die Wahrheit nicht erkennen wollen. Doch Te'kar würde sich gegen diese angeblichen Traditionen stellen und den Menschen die Augen öffnen.

Es schmeichelte ihm, als er die Szene plötzlich verändert sah.

Die massige Teufelsgestalt war durch sein eigenes Abbild ersetzt worden, und zu seinen Füßen lagen der Narr und seine Magierin in Ketten. Sie waren die Sklaven ihrer inneren Triebe, und beide hatten das Potenzial, dies zu erkennen. Langsam verschwammen die Proportionen, sein Abbild schrumpfte, während der

Narr wuchs, bis beide dieselbe Größe erreicht hatten. Zwischen ihnen erhob sich ein Basaltblock aus dem Boden, und sie saßen sich Auge in Auge gegenüber.

Er musste lächeln. Das Zusammentreffen stand bevor, und das Schicksal hatte ihm selbst eine Rolle zugeteilt, die es nicht besser hätte besetzen können. Es würde ihm ein Vergnügen sein, den Narren zu testen und in Versuchung zu führen. Viele waren durch seine Korruptionen geweckt worden und hatten erkennen müssen, dass das wahrhaft Böse in ihnen selbst lag. Und diese Erkenntnis hatte sie vernichtet, genauso wie sie Kar in den Selbstmord getrieben hatte.

Doch erneut wechselte die Teufelsgestalt ihr Äußeres, und das Gesicht wurde zu einer wächsernen Maske, aus der zwei abgrundtief schwarze Augen hervorstachen. Nach all den Zerstörungen und Umbrüchen würde sich der Narr seinen Versuchungen stellen müssen, und diese Prüfung würde sein Leben bestimmen.

War die immer noch im Hintergrund angekettete Magierin die große Verführung? Ihr nackter Anblick gefiel ihm, vielleicht hätte er nach der Prüfung des Narren noch Verwendung für sie, sodass sie wieder gut machen konnte, was sie durch ihr Eingreifen verändert hatte. Oder sollte ihr Auftreten nur zeigen, dass sie ebenfalls den Verführungen der Dunkelheit erliegen würde?

Bei diesem Gedanken änderte sich das Bild abermals, und für eine kurze Sekunde glaubte er den Narren in der Gestalt des Teufels zu sehen, die ihn anbetende Magierin zu seinen Füßen, doch zum ersten Mal war er sich nicht völlig sicher, was er gesehen hatte.

So sehr er sich auch konzentrierte, es gelang ihm nicht, dieses Bild erneut heraufzubeschwören. War es wirklich die Magierin gewesen, oder war es seine eigene verräterische Tochter?

Seine Gedanken drifteten wieder zu Kar, der ihn

Te'kar genannt hatte. Der Narr hatte einige Ähnlichkeit mit Kar, doch das hieß nicht, dass dieser Narr ebenfalls scheitern musste. Aber eigentlich sollte der Narr scheitern. Ein Mensch, der nicht in der Lage war, die Wahrheit zu erkennen, sollte seiner Ansicht nach die Augen geöffnet bekommen und mit der Vision der Wirklichkeit untergehen.

Kapitel 7:
DIE HEIMKEHR

Phönix konnte nicht beurteilen, wie lange der Flug gedauert hatte. In der ganzen Zeit war ihm zu viel durch den Kopf gegangen, und die Vergangenheit hatte erneut seine Aufmerksamkeit gefordert. Alles war noch einmal vor seinem geistigen Auge erschienen: das Treffen mit Vivien, die Auseinandersetzungen mit Death Angel und ihrem Team, der Einbruch bei der Genfirma, die schreckliche Wahrheit sowie die sonderbaren Ereignisse und jene Personen, die ihm danach begegnet waren. Sein ganzen Leben, an das er sich erinnern konnte, war durch ständige Umschwünge bestimmt, und nichts schien beständig zu sein. Und vor ihm lag der Augenblick der Wahrheit, die Möglichkeit, alles zu erfahren und zu verstehen. Es war die Chance, einen Rhythmus in dem pulsierenden Chaos zu sehen und wieder Sicherheit und Stabilität zu finden. Vielleicht würde er sogar seinen eigenen Platz in dem Chaos erkennen.

Oder die ganze Sache war doch nur eine Falle, aber selbst dann hätte seine Reise ein Ende, und er würde verstehen, worum es ging. So gesehen hatte er sowieso keinen Einfluss mehr auf die Situation, er würde so handeln, wie es die Situation erforderte. Allerdings hoffte er, dass Vivien nicht doch noch gefährdet würde nach all dem, was sie schon zusammen überlebt hatten.

Zwar hatte er inzwischen akzeptiert, dass er ein Vampir war, doch es erschien ihm noch fremdartig und grotesk. Erst langsam nahm er das Potenzial wahr, das in seinen Fähigkeiten steckte, und allein das Erlernen seiner natürlichen Fähigkeiten würde noch lange Zeit in

Anspruch nehmen. Seine Blutgier würde sein Leben kaum angenehmer machen. Er war jetzt einer der Verdammten, wie es in den B-Sims immer hieß. Und dann war aus einem ehemaligen Polizisten auch noch ein Shadowrunner geworden, und somit hatte er seine komplette Lebenseinstellung geändert. Tatsächlich hatte er nicht einmal weiter versucht, seine Zeit vor jener schicksalhaften Nacht zu ergründen. Wie konnte er sich von seinem alten Leben lossagen, wenn er es nicht einmal richtig kannte? Reichte die Begründung aus, dass er als Vampir sein altes Leben nie weiterleben könnte? Bezüglich einer Sache war sich Phönix inzwischen sicher: Seine frühere Vergangenheit war tot. Doch trotzdem wusste er immer noch nicht genau, wer er jetzt war. All das waren die Fragen, deren Antworten sie sich mit ihrem erfolgreichen Run verdient haben sollten.

Während Phönix die Flugzeit damit überbrückte, sich mit seinem Leben auseinander zu setzen, schliefen sowohl die geheimnisvolle Frau, die sie aus Westphalen gerettet hatten, als auch Vivien den ganzen Flug über ruhig. Natasha flog den Kolibri wortlos und völlig in ihre Aufgabe vertieft ihrem Ziel entgegen, und irgendwann hatten sie den Rhein-Ruhr-Megaplex hinter sich gelassen und schwebten über die erleuchteten Straßen Wesels hinweg. Nachdem sie den Rhein, der sich wie eine schwarzglänzende Schlange am Rande der Stadt entlangwand, überquert hatten, breitete sich zu ihren Füßen die Nebelstadt aus, und vor ihnen ragte der düstere Umriss des Rhein-Towers in den bewölkten Nachthimmel. Auch aus dem Hubschrauber wirkte der Turm wie der Sitz des Herrschers der Nebelstadt, falls es so etwas in diesem Chaos überhaupt gab. Vielleicht war es ja dieser Vladimir Cherkov gewesen, der mit seiner Firma die Nebelstadt gekauft hatte und als graue Eminenz über diesen Stadtteil herrschte.

Langsam drehte der Helikopter bei und steuerte auf

die Spitze des Gebäudes zu. Weit entfernt vom wilden Leben in den Straßen unter ihnen, manövrierte Natasha den Hubschrauber über ein beleuchtetes Landefeld auf dem Dach und ließ die Maschine auf die Betonfläche herabsinken. Wenn Phönix ein Empfangskommando erwartet hätte, wäre er enttäuscht worden. Das ganze Dach war menschenleer, und nachdem die Pilotin den Motor des Kolibri abgestellt hatte, dessen Brummen die ganze Zeit über das ständige Hintergrundgeräusch gewesen war, brach eine bedrohliche Stille über sie herein. Sie waren tatsächlich allein hier oben, und irgendwie war diese Tatsache beunruhigend, vielleicht deshalb, weil alles so fremdartig wirkte. Sie waren auf der Spitze eines Büroturms, in dem Hunderte von Angestellten arbeiten sollten, doch in dem sie möglicherweise die einzigen Lebewesen waren. Der Eindruck, in dieser Stille verlassen und allein zu sein, war überwältigend. Sie waren von den anderen Menschen in der Nebelstadt so weit abgehoben, dass diese genauso gut nicht hätten existieren können. Für einen Moment konnte sich Phönix beinahe vorstellen, dass sie die einzigen Menschen auf diesem Planeten waren, und dieser Eindruck beängstigte ihn.

Natasha schien diese Atmosphäre gewohnt zu sein, und unbeirrt verließ sie die Passagierkanzel, lud die kahlköpfige Frau aus Westphalen auf ihren Arm und befahl Phönix, die Magierin zu wecken. Ihre Pilotin wirkte völlig sicher, und es war mehr als deutlich, dass sie sich auf gewohntem Terrain bewegte und ihren Heimvorteil genoss. Mit einem weiteren Blick auf das Logo von ESP öffnete Phönix die Tür des Hubschraubers und weckte Vivien, die sich schläfrig umsah. Als sie langsam wach wurde, konnte Phönix erkennen, dass sie sich erholt hatte. Die Art, wie sie den Hubschrauber verließ, drückte die alte Stärke und ihr zurückgewonnenes Selbstbewusstsein aus, von der Erschöpfung war keine Spur mehr zu erkennen.

Gemeinsam folgten sie Natasha durch den kalten Wind, der über das Dach fuhr, zu einem kleinen Aufbau auf der sonst kahlen Dachplattform und betraten den Aufzug, der sich hinter einer matten Metalltür verbarg. Auch hier zeigte sich die Sicherheit des Gebäudes, die Tür benötigte einen Daumenabdruck, um geöffnet zu werden, und da die Identifikation ihrer Begleiterin offensichtlich gespeichert war, wurde Phönix klar, dass es sich bei dem Turm nicht nur um ein kurzzeitiges Hauptquartier handelte, sondern der Rhein-Tower immer noch eine wichtige Funktion hatte.

Spätestens im Aufzug verschwand der Eindruck, das Gebäude sei verlassen, und wie beim letzten Besuch erwartete Phönix, dass der Aufzug irgendwann halten würde und einige Angestellte mit Klemmblocks unter dem Arm einsteigen würden. Doch wieder schienen sie allein im Rhein-Tower zu sein, denn dieses Mal brachte sie der Lift in den zwanzigsten Stock, der genauso verlassen war wie alles, was sie von dem Gebäude gesehen hatten. Natasha zeigte nur auf die gegenüberliegende Tür und gebot ihnen in dem Raum zu warten, während sie sich um ihren ›Gast‹ kümmern würde. Ihre Anweisung, so lange dort zu bleiben, bis sie wiederkäme, klang befehlsgewohnt, und der Unterton und das Blitzen in ihren Augen waren die subtile Drohung, was passieren würde, wenn sie diese Gastfreundschaft abschlagen wollten. Phönix und Vivien verließen den Lift und durchquerten den hell beleuchteten Gang, um die Tür zu öffnen. Hinter ihnen schloss sich leise die Aufzugstür, und sie waren wieder allein.

Ihr Wartezimmer entpuppte sich als extravaganter Konferenzsaal. Der kreisrunde Raum hatte einen Durchmesser von gut zehn Metern und war mit den teuersten Materialien ausgestattet worden. Die Wände waren mit poliertem Holz versehen, der Boden bestand aus einem großen Marmormosaik, das sich aus runden Ornamenten zusammensetzte, und der riesige Konferenztisch aus schillerndem Glas war von bequemen Stühlen umgeben. Auf einem Beistelltisch in der Ecke war eine kleine Bar aufgebaut, und aufgrund des gedämpften Lichts, das von einer Vielzahl kleiner Lampen ausging, wirkte der Saal trotz seiner Größe recht gemütlich. Als sie die Doppeltür hinter sich schlossen, waren sie endlich für sich, und mit deutlichem Interesse an der kleinen Ansammlung von Getränken versorgte sich Vivien zuerst mit einer Flasche Mineralwasser, bevor sie sich genauer im Raum umsah und dann in einen der Sessel fallen ließ.

»So, Phönix, nun sind wir wohl am Ziel.«

Damit sprach sie genau das aus, was ihm die ganze Zeit durch den Kopf gegangen war.

»Und nun?«

Die Magierin blickte verwundert auf und sah ihn an.

»Nun bekommen wir die Antworten, nehme ich an. Es war schließlich schwer genug, Westphalen zu verlassen, also können wir guten Gewissens auf unsere Belohnung warten.«

Für einen Moment fragte sich Phönix, woher plötzlich dieses Gefühl von Traurigkeit kam, doch dann verstand er die Ursache.

»Vielleicht ist es genau das. Bis jetzt hatte ich keine richtige Vergangenheit, aber ich hatte ein Ziel für die Zukunft, nämlich dieses Rätsel zu lösen. Aber was kommt danach? Wie wird es weitergehen? Was macht man, wenn sich die Träume erfüllt haben?«

»Ist das jetzt so wichtig? Warum wartest du nicht ab, was wir erfahren werden? Danach wird sich schon etwas ergeben. Aber das ist es nicht allein, oder?«

Phönix hatte neben der Magierin Platz genommen, und sie sah ihn prüfend an.

»Du fragst dich, ob sich der Weg gelohnt haben wird. Du fürchtest, dass sich gleich herausstellt, dass die

Suche nach dem Sinn deines Lebens umsonst war und die Wahrheit sein wird, dass es keine Wahrheit, keinen Sinn gibt, der all das erklärt oder rechtfertigt.«

»Und für diese Erkenntnis mussten so viele sterben …«

»Aber wir leben noch! Ist das nicht die Hauptsache? Es werden immer Leute sterben, und die meisten von ihnen verlieren ihr Leben aus sinnloseren Gründen …«

Phönix wusste sofort, woran die Magierin gerade dachte. Für einen kurzen Moment flackerte wieder die Verzweiflung über den Tod ihrer Schwester in ihren Augen auf.

»Vivien?«

Seine Sorge war seiner Stimme anzuhören, doch sie schien sich wieder zu fangen.

»Ist schon gut, es war nur eine alte Last. Hör zu, Phönix, wir sollten das Thema wechseln!«

»Einverstanden.«

»Du wirktest besorgt, als wir mit dem Hubschrauber losgeflogen sind. Du sahst auf einmal so aus, als hättest du ein Gespenst gesehen, aber in Anwesenheit von Natasha wollte ich dich nicht darauf ansprechen.«

Phönix sah sich in dem Raum um. Das Risiko, dass sie abgehört wurden, erschien ihm zu groß, doch als die Magierin auf seine Nervosität mit einem Achselzucken reagierte, erzählte er ihr die Sache mit dem Logo, das er auf dem Hubschrauber gesehen hatte, und sie gingen daraufhin noch einmal alle Informationen durch, die sie bis dahin gesammelt hatten. Gerade als sie noch einmal die Konfrontation mit Death Angel und Humanitech durchsprachen, wurde die Tür geöffnet, und mit einem todernsten Gesichtsausdruck blieb Natasha im Eingang zum Konferenzraum stehen.

»Er will dich jetzt sprechen.«

Als sie beide aufstanden, um den Raum zu verlassen, machte die Orkfrau eine abwehrende Handbewegung und sah Vivien scharf an.

»Er will nur mit ihm sprechen.«

Ihre Stimme war kalt und schneidend, doch die Magierin hielt ihr Temperament im Zaum und sah hilfesuchend zu Phönix herüber.

»Natasha, entweder kommt Vivien mit ...«

»Ich wiederhole es nur noch einmal. Er will nur dich sehen. Toxic kann hier oben warten, dann geschieht ihr auch nichts.«

Der feindselige Unterton gefiel Phönix überhaupt nicht, und er wollte noch nicht aufgeben, doch die Magierin hatte sich bereits wieder hingesetzt und ihm zugenickt, dass er allein gehen solle.

Phönix folgte der Orkfrau, die die Tür zum Konferenzraum hinter ihnen schloss und zum Aufzug strebte. Als er in den Lift stieg, wurde offensichtlich, dass Natasha nicht mitkommen würde, und das Letzte, was er von ihr sah, war das gefühllose Gesicht mit den Rasiermesserzähnen. Dann schloss sich die Lifttür, und der Aufzug sank in die Tiefe.

Inzwischen war das Gefühl von Unbehagen einer aufkeimenden Furcht gewichen, und in dem beengten Lift kam er sich vor wie ein Gefangener. Beinahe hätte er die Kontrolle über seine Angst verloren und schreiend auf die Wände seines Gefängnisses eingeschlagen, doch mit Mühe unterdrückte er diese wilden Gefühle in seinem Inneren. Selbst das Erscheinen des schwarzen Mannes neben ihm konnte ihn nicht mehr weiter beunruhigen. Es war wieder der Mann mit dem Hut und dem schwarzen Mantel. Das grinsende Gesicht des Fremden hatte einen schemenhaften Ausdruck von bösartigem Mitleid.

»Du hast ja nicht hören wollen! Nun musst du die Konsequenzen tragen. Mein Weg wäre leichter gewesen, aber jeder muss seine Fehler selbst machen.«

Dies war kein Albtraum, Phönix war sich sicher, bei Bewusstsein zu sein, und beinahe hätte er nach der

Gestalt gegriffen, um herauszufinden, ob der schwarze Mann tatsächlich nur seiner Einbildung entsprang. Doch nach seiner kurzen Ansprache widmete der Fremde ihm nur ein höhnisches Lachen, bevor er so schnell verschwand, wie er gekommen war.

Im selben Moment stoppte der Aufzug, und instinktiv warf Phönix einen Blick auf die Leuchtanzeige über der sich öffnenden Tür: Er hatte das sechste Untergeschoss erreicht.

Vor ihm breitete sich Dunkelheit aus, nur das Licht aus dem Aufzug malte ein helles Rechteck auf den fast schwarzen Boden. In der Mitte des Rechtecks zeichnete sich sein verzerrter Schatten ab, und wenn man sich einen Hut dazudachte, war die Ähnlichkeit mit seinem Peiniger größer, als ihm lieb war. Langsam trat Phönix aus dem Aufzug heraus, und mit einem knirschenden Geräusch schlossen sich die Türen hinter ihm. Mit dem Aufzug verschwand das letzte Licht, und er stand vorübergehend in der Dunkelheit. Entschlossen, etwas zu tun, machte Phönix einige Schritte in den Raum hinein. Der Hall seiner Schritte ließ darauf schließen, dass er sich in einem riesenhaften Gewölbe befinden musste, und nach einigen Sekunden gewöhnten sich seine Augen an die Dunkelheit. In weiter Entfernung konnte er sanften, flackernden Lichtschein ausmachen, der von Kerzen zu stammen schien, und zu seinen Füßen zeichneten sich die Konturen eines länglichen Gegenstands ab.

Vorsichtig hob Phönix das Objekt auf, das die Länge seines Unterarms und den Durchmesser seines Daumens hatte. Die glatte Oberfläche fühlte sich warm und weich an, und an der Spitze konnte er einen Docht ausmachen. Der Gegenstand entpuppte sich als lange Kerze, und bevor er nach einem Feuerzeug suchen konnte, erwachte eine kleine Flamme am Docht zum Leben, und das Licht der Kerze tauchte die nähere Umgebung in flackernden Lichtschein.

Der riesige Raum hatte eine Deckenhöhe von fast fünf Metern, und in regelmäßigen Abständen wurde die Fläche durch Stützpfeiler unterbrochen. Früher war dies anscheinend ein Parkdeck gewesen, doch jemand hatte sich die Mühe gemacht, diese Halle komplett umzugestalten, sodass man sie eher unter einem Tempel als unter einem Bürohochhaus erwarten würde. Es waren keinerlei Deckenlampen zu erkennen, und außer den Pfeilern bot der Raum keine signifikanten Merkmale. Die Stützpfeiler waren ebenfalls verändert worden, wie Phönix erkannte, als er sich dem Ersten von ihnen näherte. Es stand zu bezweifeln, dass die Fackelhalterungen und Malereien von dem Architekten des Rhein-Towers stammten, und damit war klar, dass der jetzige Besitzer des Gebäudes seine persönlichen Träume in Bezug auf die Innenausstattung verwirklicht hatte.

Da bisher niemand sein Erscheinen zur Kenntnis genommen hatte, nahm sich Phönix die Zeit, sich etwas näher umzusehen. Zwar nagte immer noch die Angst an ihm, aber inzwischen hatte er sich in sein Schicksal ergeben. Die Malereien waren zu interessant, als dass er sie ignorieren wollte, also betrachtete er die Szenerie im flackernden Lichtschein seiner Kerze. Auf den Säulen erkannte er eine Ansammlung von Porträts und szenischen Darstellungen, und es schien so, als würden die Säulen eine Geschichte erzählen. Die fremdartigen Schriftzeichen, die die Bilder säumten, stützten seine These, und auch wenn er nicht verstehen konnte, worum es dabei ging, waren die Perfektion und der künstlerische Ausdruck überwältigend.

Ehrfurchtsvoll schritt er in Richtung der anderen Lichtquelle, und überrascht stellte er fest, dass auch der Boden mit Verzierungen versehen war. Allerdings hatten diese verschlungenen Muster und Symbole keine erkennbare Botschaft, auch wenn sich Phönix die Vermutung aufdrängte, dass auch sie nicht ohne Bedeutung waren. Vivien hätte sicher gewusst, ob sie etwas mit Magie zu tun hatten, doch die Magierin konnte ihm hierbei nicht helfen. Vielleicht war es richtig, dass er den letzten Teil der Reise allein antreten musste, auch wenn er ihre Gesellschaft zu schätzen gewusst hätte.

Je näher er der anderen Lichtquelle kam, desto deutlicher wurden die Eindrücke der Zeichen um ihn herum. Immer mehr drängte sich ihm der Gedanke auf, dass diese Bodenornamente aus roten Linien in einem Punkt zusammenliefen und dass dieser Punkt sein Ziel sein würde. Als er seinen Blick von den beinahe hypnotischen Mustern hob, stellte er fest, dass er die andere Lichtquelle beinahe erreicht hatte. Nur wenige Meter von ihm entfernt stand eine Art Tisch, der aus einem einzigen großen Steinblock zu bestehen schien, und auf der anderen Seite dieser Barriere sah er in die kalten, dunklen Augen eines Mannes, den er bereits gesehen hatte. Es war das bleiche, kahlköpfige Gesicht des Mannes, der ihnen als Hologramm den Auftrag gegeben hatte, diese Frau aus Münster zu schaffen. Auf dem Steinblock lag ein unübersichtliches Sortiment aus sonderbaren Gegenständen, die vom Feuerschein zweier großer, mit Kohle gefüllter Feuerschalen zu beiden Seiten seines Gegenübers erhellt wurden. Der Rauch verbreitete einen angenehmen, fremdartigen Geruch, und Phönix' Blick glitt wie hypnotisiert über die auf dem Tisch ausgebreiteten Utensilien. Zwischen dicken Büchern aus uraltem, vergilbtem Pergament lagen Knochen, diverse Metallgegenstände, die zum Teil wie Schmuck, zum Teil wie Werkzeuge aussahen, bunt schimmernde Steine und kleine Häufchen von farbigem Pulver. Im Zentrum des Ganzen war ein Zeichen aus Karten gelegt.

Die Anordnung stellte ein Kreuz dar, neben das eine Reihe weiterer Karten gelegt worden war. Bevor er die Zeit hatte, sich einen Überblick über dieses sonderbare

Spiel zu verschaffen, wurde seine Aufmerksamkeit von seinem Gegenüber beansprucht. Ohne ein Wort zu sagen, deutete die Gestalt mit einer Hand über den Tisch, und Phönix erkannte einen kleineren Steinblock, der ihm als Stuhl dienen sollte. Wortlos ließ er sich nieder und sah der Gestalt entschlossen ins Gesicht.

Sein Gegenüber war bleich und kahlköpfig, und es war unmöglich, sein Alter am Gesicht abzulesen. Eines war aber sicher, der Mann war alt, sehr alt und sehr erfahren, auch wenn dieser Eindruck nichts mit dem scheinbaren physischen Alter zu tun hatte. Die kalten Augen mit den schwarzen Pupillen waren wie der Blick in einen bodenlosen Abgrund, und wenn Phönix an den Grundsatz glaubte, die Augen seien der Spiegel der Seele, dann stand zu bezweifeln, ob sein Gegenüber überhaupt eine Seele besaß. Nicht der Hauch einer Gemütsregung war zu erkennen, doch irgendwie strahlte die Gestalt, die in der Datenbank von Münster als Vladimir Cherkov geführt wurde, eine spürbare Aura von Macht und Überlegenheit aus. Im Angesicht seines Gegenübers kam sich Phönix klein, schwach und dumm vor, ein Gefühl, das ihm in dieser Intensität völlig fremd war.

Scheinbar nach einer Ewigkeit öffnete sein Gegenüber den Mund, um zu sprechen, und Phönix war nicht überrascht, die zu Fängen verlängerten Eckzähne zu sehen.

»Guten Abend. Mein Name ist Vladimir Alexandrej Cherkov.«

Als wäre damit alles gesagt, sah ihn Cherkov schweigend an, als erwarte er eine Reaktion. Cherkovs Stimme war so distanziert und glatt, dass Phönix erst nicht sicher war, ob er die Worte überhaupt wirklich gehört hatte. Es dauerte einen Moment, bis er den Mut hatte, selbst etwas zu sagen, und leicht verunsichert versuchte er, ein Gespräch zu beginnen.

»Mein Name ist Phönix.«

»Ich weiß. Dein Name ist Phönix, John Doe, Oblivion oder Gerd Reinerts.«

Wieder trat Schweigen ein, und Phönix sah sich dem stechenden Blick seines Gegenübers ausgesetzt. Cherkov hatte keine Miene verzogen, nicht einmal ein Zwinkern war über die bleichen Züge gehuscht, sodass er zeitweise glauben konnte, er säße keinem Lebewesen, sondern einer Statue gegenüber. Auf diese Art der Konfrontation war Phönix nicht vorbereitet, und so fühlte er sich deutlich in die schwächere Position gedrängt. Trotzdem wollte er seine Informationen, die er als Lohn versprochen bekommen hatte, er hatte sich diese Daten schließlich unter Einsatz seines Lebens verdient. Aber wie konnte er jemandem wie Cherkov gegenüber Forderungen stellen?

»Wir haben die Sache in Münster erfolgreich zu Ende gebracht.«

Immer noch ruhte der kalte Blick auf ihm, und ihr Auftraggeber reagierte nicht einmal mit der kleinsten Bewegung auf diese Anmerkung, also sprach Phönix stockend weiter.

»Die Frau ist wohlbehalten hier angekommen, und der Run ist beendet.«

»Du hast Angst!«

Wieder traf ihn die Bemerkung unerwartet und brachte ihn aus dem Konzept. Cherkov hatte Recht, er hatte Angst, die innere Unruhe war in reine Furcht umgeschlagen.

»Nun ja, die ganze Situation ...«

»Es ist gut, dass du Angst hast.«

Ein weiterer Schlag traf sein Selbstbewusstsein. Fast glaubte Phönix, dass sich Cherkov hinter seiner regungslosen Fassade einen Spaß erlaubte, doch die fürchterliche Wahrheit schien zu sein, dass sein Gegenüber tatsächlich der Situation ohne Emotionen gegenüberstand. Er kam sich vor wie eine Laborratte, und wie eine Ratte hatte er keine Chance, den Spieß umzudrehen.

»Wir hatten einen Deal.«

»Falsch …«

Die kurze Pause in Cherkovs Antwort löste Entsetzen aus, doch es war nur ein weiteres Element in seinem Spiel.

»… denn wir haben immer noch einen Deal. Meine Hälfte des Geschäfts ist noch nicht erfüllt.«

Inzwischen trat ein Wechsel der Gefühle ein. Mit dem Verschwinden der ersten scheinbaren Bedrohung wurde Phönix das Spiel schnell leid, und Wut braute sich in ihm zusammen. Warum konnte Cherkov nicht einfach seinen Teil der Abmachung erfüllen, ohne eine solche Show abzuziehen? Warum musste er seine Spielchen mit ihm treiben? Trotz des in ihm aufkommenden Zorns überraschte ihn die Schärfe in seiner eigenen Stimme.

»Wann bekomme ich die Informationen?«

Wenn er Cherkov mit seiner schroffen Art verärgert hatte, so ließ sich sein Gegenüber nichts anmerken, auch wenn Phönix sich sicher war, dass er jedes Wort und jeden Tonfall genau analysierte.

»Du willst immer noch etwas über den Nachtschlächter wissen?«

»Das war der Handel!«

Cherkov blieb trotz des wütenden Untertons in Phönix' Stimme völlig unbeteiligt, und erst jetzt bewegte er sich zum ersten Mal, um eine schwarze Marmorkugel mit polierter Oberfläche aufzuheben, sie kurz zu betrachten und wieder an ihren Platz zu setzen. Erst nach dieser Kunstpause richtete er seine seelenlosen Augen auf Phönix und sprach weiter:

»Der Vampir, der von den Medien der Nachtschlächter genannt wird, heißt eigentlich Klaus van de Veteren.

Bis vor fünfzehn Monaten war er ein einfacher, erfolgloser Schauspieler, doch dann wurde er von einem Vampir zu dessen Nachfahren gemacht. Van de Veteren dankte dieses Geschenk mit Verrat und tötete seinen Schöpfer. Schon für dieses Verbrechen hätte er den Tod verdient, aber niemand wusste von der Existenz des neuen Vampirs, und der Mord fiel nicht auf. Erst als van de Veteren vor einem Jahr das erste Mal Amok lief und in einem Anfall von Blutgier ein Massaker veranstaltete, erregte seine Erscheinung das Interesse von anderen. Damals hat noch niemand den wahren Hintergrund des Amoklaufs verstanden, und die Sache geriet in Vergessenheit, nachdem van de Veteren von der Bildfläche verschwand. Doch vor einigen Wochen tauchte dieser Vampir erneut auf, als nach fast einem Jahr sein unstillbarer Hunger zurückkehrte, und er versuchte ein weiteres Blutbad anzurichten, das das vorherige noch in den Schatten stellen sollte. Dieses Mal war er unvorsichtig und hatte seine Instinkte nicht mehr unter Kontrolle. Er zog die Aufmerksamkeit der Polizei auf sich, und als die SKAPP in den Fall mit hineingezogen wurde und damit anfing, in unseren Angelegenheiten herumzuschnüffeln, wurde es Zeit für uns zu handeln.«

Phönix interessierte nicht, was Cherkov von seinem Schöpfer dachte und welche Probleme er ihm bereitet hatte, vielmehr wollte er die Antwort auf nur eine Frage.

»Wo ist van de Veteren?«

»Du möchtest deinen Vorfahren sehen?«

Während die ersten Informationen Phönix wenig Neues geboten hatten, war das letzte Angebot die beste Antwort auf die Frage, die er hatte erhoffen können. Endlich würde er seinem Schöpfer gegenübertreten und dem Phantom aus seinen Albträumen in die Augen sehen. Auf sein deutliches Nicken hin ergriff Cherkov einen großen marmornen Mörser, der neben ihm auf dem Tisch stand, und schüttete langsam den Inhalt auf die schwarze, glatte Oberfläche des Tisches. Eine kleine Wolke aus Asche rieselte aus dem Gefäß und bildete einen dunkelgrauen Haufen auf der Platte.

Zuerst verstand Phönix diese Handlung nicht, doch dann bohrte sich eine schreckliche Ahnung in sein Bewusstsein. Entsetzt starrte er zwischen Aschehaufen und Cherkov hin und her, doch sein Gegenüber ließ sich nichts anmerken.

»Du hast van de Veteren getötet? Nein, das darf nicht sein!«

Es war ein unbedachter Schrei, der ihm entfuhr. Er war so dicht vor seinem Ziel gewesen, mit dem Phantom abzurechnen, zu verstehen, was seinen Schöpfer bewegt hatte, doch das Einzige, was blieb, war ein Haufen Asche. Er hatte sein Leben für dieses bisschen Asche riskiert. Cherkov lächelte kalt, und für einen Moment konnte Phönix ein Blitzen in seinen Augen erkennen, das wie eine Warnung wirkte, nicht die Beherrschung zu verlieren.

»Van de Veteren hatte den Tod verdient, er hatte gewusst, dass wir ihm ein derartiges Verhalten nicht ein zweites Mal durchgehen lassen würden, und er hat uns ernsthaft in Gefahr gebracht. Nur so können solche Fehler ausgeglichen werden. Mit seiner Blutgier hat er die SKAPP und die Medien auf unsere Fährte gebracht, und dann hat er unvorsichtigerweise auch noch einen Nachfahren erschaffen. Du bist das Produkt eines weiteren Fehlers. Auch du hättest eines seiner Opfer werden sollen, aber weil dein Kollege sein Leben für dich gegeben hat, konntest du entkommen. Plötzlich sind sogar Firmen wie Nitama aufgetaucht, um Testexemplare für ihre Forschungen zu beschaffen, und auf einmal wurde verstärkt nach uns gefahndet. Über Jahre haben wir dafür gesorgt, hinter den Kulissen zu verschwinden, sodass die Menschen sich lieber um andere Dinge kümmerten, als nach uns zu suchen, aber dank van de Veteren war das Interesse der Sterblichen an unserer Macht neu erwacht. Und durch deine Dummheit hätten sie fast eine Versuchsperson bekommen, und was die Folgen gewesen wären, darüber wage ich gar nicht nachzudenken!«

»Was wird jetzt aus mir?«

Auch wenn Cherkov ihn nur schweigend anstarrte, war die Lösung offenkundig: Sein Gegenüber hatte ihn als einen Fehler bezeichnet und bereits an van de Veteren gezeigt, wie mit Fehlern zu verfahren sei.

»Ich werde dich töten.«

»Das ist grotesk, Toxic und ich riskieren unser Leben, um diese Frau aus Münster zu befreien, und der Dank ist, dass ich dafür ermordet werden soll? Schließlich ist es nicht mein Fehler, dass ich ein Vampir bin.«

»Du solltest bereits tot sein, nur durch einen Zufall bist du ein Vampir und am Leben! Durch nichts hast du dir diese Ehre verdient.«

»Verdammt, wir sind doch von einer Art. Ich dachte, wir halten zusammen, ich dachte, die Geschichten, dass wir alle kaltblütige Killer seien, sind falsch, doch …«

Phönix war wütend, und nach der Morddrohung konnte er Cherkov anschreien, ohne viel zu riskieren. Schließlich war er bereits zum Tode verurteilt. Doch irgendetwas von dem, was er gesagt hatte, musste sein Gegenüber verärgert haben, denn dieses Mal war Cherkovs Stimme nicht gefühllos und ruhig. Dieses Mal unterbrach ihn der kahlköpfige Mann mit einem Zischen, das tiefste Abscheu ausdrückte.

»Was heißt ›wir‹? Was meinst du damit: Wir sind von einer Art? Ihr seid primitive Barbaren, Tiere, Monster, die ihre Triebe nicht unter Kontrolle haben. Du wagst es, dich auf eine Stufe mit mir zu stellen? Du bist nichts, du weißt nichts, und du verstehst nichts. Du bist es nicht wert zu überleben, du bist eine primitive Lebensform, die es verdient, ausgerottet zu werden. Das ist genau die hochtrabende Ignoranz, die auch van de Veteren das Leben gekostet hat.«

Nun verstand Phönix gar nichts mehr. Er hätte geschworen, dass sowohl er als auch Cherkov Kreaturen einer Art seien. Doch die Reaktion des Firmenbosses schien diese These zu widerlegen. Die neuerliche Verwirrung machte ihn noch wütender, auch wenn sich hinter der Wut panische Angst verbarg.

»Aber wir sind doch Vampire.«

»Falsch! Du bist ein gewöhnlicher Vampir! Ich bin das, was diese nichtsahnenden Wissenschaftler ›Nosferatu‹ nennen. Während du deinen primitiven Gefühlen folgst, gehöre ich zu einer Spezies, die nach Logik und nicht nach Trieben handelt. Meine Art steht eine Stufe in der Evolution über euch, ihr seid das, was Affen für die Menschen sind. Wir sind es, die in diese Welt gehören, nicht primitive Monster, die ihre Blutgier nicht unter Kontrolle halten können wie Tiere. Du glaubst, wir seien gleich? Ich könnte dich zerquetschen wie eine Laus. Du weißt nichts von der Welt da draußen und verstehst nicht einen Hauch dessen, was sich mir offenbart hat.«

»Wir hatten einen Deal!«

»Richtig, aber es war nie die Rede von freiem Geleit, und deine Informationen hast du bekommen.«

Die Gedanken in Phönix' Kopf überschlugen sich. Nicht nur, dass er dem Tode geweiht war, Cherkov schien seine Rechtfertigung zu allem Überfluss auch noch aus einem verzerrten Darwinismus zu ziehen. Plötzlich wurde er wieder nach seiner Spezies beurteilt und nicht als Individuum betrachtet, und das von einem Wesen, das eigentlich eine bessere Perspektive haben sollte. Trotzdem wollte Phönix noch nicht aufgeben. Immerhin berief sich der Nosferatu, der sich nach seinen hasserfüllten Ausbrüchen binnen Sekunden beruhigt hatte, auf seine Logik und die getroffenen Vereinbarungen. Bemüht, ruhig zu klingen, versuchte er Cherkov von seinen Absichten abzubringen.

»Aber das Geschäft ist noch nicht beendet. Du schuldest mir noch einige Erklärungen.«

Unbeteiligt zuckte der Nosferatu mit den Achseln und bedeutete Phönix mit einem Nicken weiterzusprechen.

»Wenn ich als Vampir so verachtenswert bin, dann gehört zu den verlangten Informationen mindestens eine Erklärung.«

»Wie ich schon sagte, ihr Vampire seid alle triebgesteuerte Monster. Wohin das führt, hat der Nachtschlächter in beeindruckender Weise gezeigt. Von Blutgier getrieben hat er andere in Gefahr gebracht und hemmungslos Nachkommen geschaffen. Ohne die Regeln zu kennen, ist diese Generation von neuen Vampiren dazu verdammt, noch tiefer zu sinken.«

»Aber was ist mit mir? Was habe *ich* Schreckliches verbrochen?«

»Du bist genauso unbeherrscht wie die anderen Exemplare deiner Spezies.«

»Dann gibst du dem Bischof von Münster also im Grunde Recht? Jeder wird als gut oder schlecht geboren, und das Böse muss ausgerottet werden?«

»Die deutsch-katholische Kirche versteht davon gar nichts!«

»Aber sie hätten dieselbe Rechtfertigung genutzt, um die Frau zu vernichten, die wir gerettet haben!«

Plötzlich wurde Phönix etwas klar. Die Frau, die sie nach Nordrhein-Ruhr gebracht hatten, war ebenfalls kahlköpfig und bleich gewesen. Die Frau musste ebenfalls ein Nosferatu sein, doch das konnte kein Zufall sein. Nach den Mengen an Akten über Cherkov war die Bischofsgarde dem Nosferatu hinterhergejagt. Vielleicht hatte die Frau ein Druckmittel sein sollen oder Informationen über den Besitzer von ESP liefern können. Deshalb hatte Cherkov so viel an ihrer Rettung gelegen. Mit einem Schuss ins Blaue versuchte Phönix, diese Eingebung für sich zu nutzen.

»Doch bei ihr ist das natürlich etwas anderes, wer würde schon seinen eigenen Nachkommen in die Hände des Feindes fallen lassen?«

Zum ersten Mal sah Cherkov überrascht aus. Sonderbarerweise schien er Gefallen an diesem Gespräch zu finden, und einen Moment sah es fast so aus, als würde er angestrengt hinter seinen zusammengelegten Händen überlegen. Dann sah er Phönix anerkennend an.

»Ich freue mich, dass ich nicht völlig Unrecht hatte. Vielleicht bist du doch mehr wert, als ich dachte.«

»Heißt das, ich bleibe am Leben?«

Dieses Mal war er von Cherkov überrascht worden und ihm direkt in die Falle gelaufen. Mit dieser Frage hatte er seine Angst deutlich zugegeben und damit seine sichere Position verlassen. Daher kam auch Cherkovs Antwort sichtlich zufrieden.

»Nicht so schnell. Ich sagte, ich würde vielleicht meine Meinung ändern. Es war nicht die Rede davon, dich laufen zu lassen. Wie wäre es mit einem Test? Bestehst du die Aufgabe, lasse ich dich ziehen, ansonsten schicke ich dich zu deinem Schöpfer.«

Phönix fand keinen sonderlichen Gefallen daran, sich auf dieses Spiel einlassen zu müssen, aber einen anderen Ausweg sah er nicht.

»Also gut, welchen Test soll ich bestehen?«

Wieder lächelte Cherkov selbstzufrieden über Phönix' voreilige Zustimmung.

»Ein Test, der offensichtlich wäre, wäre kein guter Test.«

»Und wer sagt mir, dass das Ganze nicht völlig willkürlich ist?«

»Selbst wenn es so wäre, was wäre daran schlimmer

als an der ersten Lösung deines Problems? Du bist mir sowieso ausgeliefert, was hast du also zu verlieren?«

»Also gut, fangen wir an!«

Phönix war fast sicher, dass sein Gegenüber den ganzen Gesprächsverlauf so geplant hatte. Es schien keine spontane Entscheidung gewesen zu sein, sodass er tatsächlich eine Chance hatte. Andererseits konnte das Urteil bereits feststehen. Doch selbst wenn dies so war, würde er sein Bestes geben, auch wenn er höllisch aufpassen musste. Cherkov schien es zu lieben, mit seinem Gegner zu spielen, und Phönix durfte nicht vergessen, dass er in den Augen des Nosferatu nicht mehr als ein lästiges Insekt war. Auf jeden Fall würde er auf der Hut sein.

Herausfordernd blickte Phönix seinem Gegenspieler ins Gesicht und geriet wieder in den Bann der dunklen Pupillen, die ihm wie unendlich tiefe Abgründe entgegenstachen. Es war wie ein Gefühl, aufgesogen zu werden und in der Dunkelheit des Abgrunds zu verschwinden, ein Teil von ihm zu werden.

Es war wie in jener Nacht, in der er als Mensch gestorben und als Vampir auferstanden war. Die Nächte, die er in der Dunkelheit gewandert war, bis er ein Licht gefunden hatte. Dieses Licht war Vivien gewesen. Wieder spürte er jede Berührung der Magierin, fühlte ihren Schmerz und spürte ihre Stärke. Sie hatte ihn am Leben gehalten. Die Gefühle wurden immer intensiver, es war merkwürdig, dass er ausgerechnet jetzt an Vivien dachte.

Auf Cherkovs Gesicht stahl sich ein Lächeln, und plötzlich stellte Phönix fest, dass er jedes Zeitgefühl verloren hatte. Der Nosferatu sah ihn an, als könnte er jeden seiner Gedanken lesen, und plötzlich wurde ihm bewusst, dass genau das passierte. Er konnte das Gefühl, das diese Erkenntnis bewirkte, nicht beschreiben, doch seine Erinnerungen wurden nicht von ihm heraufbeschworen, sondern Cherkov spielte seine eigenen Tricks in seinem Gedächtnis. Die Vorstellung, dass der Nosferatu seine Gefühle und Gedanken las, machte Phönix Angst, es war die Angst, durch diese Manipulation auch diese wenigen Erinnerungen zu verlieren.

Mit aller Kraft, die er in seinem Inneren aufbieten konnte, riss er sich von dem Anblick der abgrundtiefen Pupillen los und wollte Cherkov Einhalt gebieten, doch der Nosferatu brach in diesem Moment die geistige Verbindung ab.

Für einen Moment starrten sie sich wortlos an, doch dann begann sein Gegenüber zu sprechen.

»Sie ist schön.«

Was ein Kompliment hätte sein können, klang wie eine Drohung. Erschreckt wurde Phönix bewusst, dass er nicht wusste, was mit der Magierin geschehen würde. Bisher war er davon ausgegangen, nur um sein eigenes Leben zu spielen, doch wie so oft hatte er seine einzige Freundin mit hineingezogen. Und wie erwartet wurde das Spiel unfair, weil Cherkov sie in seine Spielchen einbeziehen wollte.

Wütend versuchte Phönix, sich gegen die Tricks des Nosferatu aufzulehnen.

»Sie hat mit der Sache nichts zu tun!«

»Ich fürchte, du irrst dich. Sie weiß von dir, sie könnte dich verraten. Außerdem weiß sie zu viel von mir.«

»Sie hat mich bisher nicht verraten, und sie wird es niemals tun.«

»Shark hatte Recht.«

Die Erwähnung des Straßensamurais brachte ihn aus der Fassung. Wie weit reichte das Netz des Nosferatu, und was hatte sein früherer Teamgefährte mit der ganzen Angelegenheit zu tun?

»Womit hatte Shark Recht?«

»Nun, wenn ich mich recht entsinne, vertrat unser Freund die Meinung, dass du zu nachsichtig mit manchen Menschen bist, nur weil sie vom anderen Geschlecht sind. Selbst Death Angel hast du laufen lassen. Dabei steht außer Frage, dass sie den Tod verdient hatte.«

Offensichtlich machte es Cherkov ein besonderes Vergnügen, Todesurteile auszusprechen, Phönix jedoch konnte dem Nosferatu nicht beipflichten.

»Vielleicht hätte sie das, wenn man nach dem alten Satz geht: Auge um Auge, Zahn um Zahn. Doch dann hätten auch wir den Tod verdient.«

»Ich sehe, du klammerst dich immer noch an diese primitiven Moralvorstellungen der Menschen. All dieses verlogene Gewäsch von Nächstenliebe, das selbst die Sterblichen nicht mehr interessiert.«

»Selbst wenn ich nicht unvoreingenommen war, ist Death Angel immer noch meine Angelegenheit. Schließlich wollte sie meinen Kopf.«

»Und über dich hätte sie zum *Xanhaem's* finden können. Damit bist du eine Gefahr für uns, wie ich bereits gesagt habe. Aber abgesehen davon sprachen wir über Vivien.«

Erneut war Phönix überrascht, auch wenn er sich langsam daran gewöhnen sollte, dass Cherkov mehr wusste, als er sollte. Dadurch durfte er sich nicht irritieren lassen, vor allem dann nicht, wenn es um das Leben der Magierin ging.

»Was ist mit Toxic? Sie hat immer zu mir gestanden.«

»Das ist genau der Punkt. Du scheinst wirklich zu glauben, du könntest sie als Freundin betrachten. Du vergisst, dass sie anders ist. Oder willst du sie etwa auch zu einem Vampir machen?«

Dieser Gedanke wäre ihm nie gekommen, doch nach dieser Finte landete der Nosferatu wieder einen Treffer.

»Aber wir wissen beide, dass das nicht so ist. Insgeheim ist sie nicht nur eine Freundin, sondern so etwas wie eine Geliebte, die du aus der Entfernung bewunderst, weil du dich nicht an sie herantraust. Du willst sie und du weißt, dass du sie dir nur einfach nehmen bräuchtest. Aber nein, du musst deine Liebe wieder verklären! All diese Angst und Verwirrung nur wegen einer Frau.«

Gedanken rasten durch Phönix' Kopf. Hatte der Nosferatu die Wahrheit gesagt, oder war dies nur ein weiteres Spielchen? Er mochte Vivien, aber sie zu lieben hätte er sich nie eingestanden. Außerdem fragte er sich, was sie von diesem absurden Gedanken halten würde. Doch dann war da dieses tiefe Gefühl von Freundschaft und Verbundenheit. War es vielleicht doch Liebe? Konnte er überhaupt noch lieben?

Selbstzweifel nagten an ihm, und er wusste, dass er mit dieser Unsicherheit verlieren würde. Wenn er sich dadurch verwirren ließ, würde der Nosferatu sein Spiel gewinnen. Trotzdem fiel es schwer, die Gefühle einfach zu ignorieren, doch glücklicherweise schaffte er es, dass ihn seine Stimme nicht völlig verriet.

»Ich liebe sie nicht.«

»Gut, ich sehe, wir haben es fast geschafft. Nimm dies hier.«

Der freundliche Tonfall des Nosferatu beunruhigte ihn, und es stand zu befürchten, dass sein Gegenspieler auf genau diese Antwort gehofft hatte. Cherkov reichte ihm lächelnd einen schwarzen metallenen Gegenstand. Es war ein schwerer Magnumrevolver mit langem Lauf und einer achtschüssigen Trommel. Phönix warf Cherkov einen fragenden Blick zu, doch der Nosferatu zeigte nur wortlos auf etwas hinter ihm.

Langsam drehte sich Phönix um, und sein Blick traf auf Natasha und Vivien. Die Orksöldnerin ragte bedrohlich hinter seiner Teamgefährtin auf, und als er sich umdrehte, zwang sie die Magierin mit einem Tritt auf die Knie.

Vivien sah nicht gut aus, ein langer, blutiger Kratzer lief quer über ihre Wange, und ein Auge war rot und blau verschwollen. Die Magierin fiel beinahe der Länge nach hin, doch eine von Natashas großen Händen riss sie brutal an den Haaren zurück, wobei sie einige Büschel Haare ausriss. Das Stück Klebeband, das man der Magierin über den Mund geklebt hatte, verzerrte ihr Gesicht und verhinderte, dass sie vor Schmerzen schreien konnte. Ihre Hände waren mit Handschellen hinter ihrem Rücken gefesselt, und die Tatsache, dass ihre Handgelenke blutverschmiert waren, ließ erahnen, dass die Handschellen angeschärfte Kanten hatten. Bestürzt sah Phönix in die angsterfüllten Augen der Magierin, als Natasha einige Schritte zurücktrat. Entsetzen kam in ihm auf, als er fassungslos auf die Szene starrte, die sich ihm präsentierte. Hinter ihm meldete sich der Nosferatu zu Wort.

»Du brauchst sie nur zu töten, und du bist frei.«

Wieder glitt Phönix' Blick über die Magierin. Der Befehl, seine Freundin zu töten, war grotesk, und dieser Preis für die Freiheit war zu hoch. Vivien sah ihn flehentlich an, während Blut aus ihren Wunden sickerte. Langsam füllten sich ihre Augen mit Tränen, und Phönix wurde bewusst, welcher entsetzliche Verrat von ihm verlangt wurde. Lieber wollte er selbst sterben, als die Magierin dem Nosferatu und seiner Söldnerin zu opfern. Sein Entsetzen verwandelte sich schlagartig in maßlose Wut. Er musste an den schattenhaften Fremden denken, der ihm ebenfalls diese grausamen Forderungen gestellt hatte, und dieses Bild steigerte seinen Hass noch mehr. Man beschuldigte ihn, ein Monster zu sein, und vielleicht war es jetzt an der Zeit, zu zeigen, wozu er wirklich imstande war. Der Revolver hing immer noch schlaff in seiner Hand, und langsam trat er auf die Magierin zu.

Offenbar konnte man ihm die Wut ansehen, denn die Orksöldnerin sprang mit einem großen Satz nach vorne. Blitzende Klingen schnappten aus ihren Unterarmen, und das Ziel der tödlichen Waffen war der Nacken der Magierin. Natasha war unglaublich schnell, doch der plötzliche Adrenalinschub machte Phönix noch schneller. Bevor seine Gegnerin den Boden berührte, hatte er den Revolver bereits im Anschlag und feuerte sieben Schuss in Folge. Wie in Zeitlupe trafen die Geschosse die Söldnerin in die Brust, und das T-Shirt unter der geöffneten Panzerjacke bot keinen Schutz. Die Orkfrau fiel mit einem stöhnenden Grunzlaut zu Boden und blieb liegen. Der Rückstoß der Kugeln hatte sie zurückgeworfen, und mit einem dumpfen Aufprall schlug ihre Leiche auf dem Boden auf. Ihr Blut bildete langsam weitere Muster mit den roten Bodenornamenten, doch der Kampf war noch nicht vorbei, immerhin wartete noch Cherkov hinter ihm.

In einer fließenden Bewegung wirbelte Phönix herum und richtete den Lauf der Waffe auf die Stirn des Nosferatu. Zu gut erinnerte er sich an die Worte von Julia, dass Schäden am Zentralnervensystem praktisch immer zum Tode führten. Seine einzige Chance bestand darin, dass der Nosferatu keine Ausnahme von dieser Regel war, doch sein Gegner war ebenfalls nicht untätig gewesen.

Ein weißblaues Leuchten hatte sich um seine ausgestreckten Hände gelegt, und kleine Blitze zuckten über seine Arme. Anscheinend war Cherkov ein Magier und bereitete einen Kampfzauber vor. Doch plötzlich bemerkte Phönix, dass die Magie nicht gegen ihn gerichtet zu sein schien. Cherkov zielte mit seinen glühenden Händen auf die wehrlose Magierin.

Phönix blieb nur die Möglichkeit, Cherkov zu töten oder Vivien zu retten. Bevor sein Bewusstsein eine Entscheidung fällen konnte, sprang er bereits in den Weg der blauen Blitze, die knisternd von den Händen des Nosferatus ausgingen und in einer gezackten Linie durch die Luft zuckten.

Sein letzter Gedanke war, dass Cherkov an seiner Stelle wahrscheinlich lieber seinen Gegner getötet hätte, als einen Freund zu retten, dann trafen ihn die blauen Blitze. Sein Körper war vorbereitet auf die unmenschlichen Schmerzen, die er erwartete, doch es sollte anders kommen. In dem Moment, als der Zauber seine Haut berührte, verschwand die Lichterscheinung. Der Schwung seines Sprunges trug ihn noch weiter, und verwundert stürzte er einige Meter weiter hart zu Boden. Es dauerte einen kurzen Moment, bis er wieder auf die Füße kam, und sein erster Blick, der Vivien galt, verschaffte ihm endlich Klarheit.

Die Magierin löste sich genauso in Luft auf wie die blauen Blitze, und auch der Leichnam von Natasha war verschwunden.

»Beachtliche Leistung. Du schaffst es wirklich, mich zu überraschen.«

Immer noch mit dem Revolver in der Hand richtete sich Phönix vorsichtig auf. Anscheinend war die Waffe keine Illusion, und weiterhin kampfbereit kehrte er langsam zu dem Tisch zurück. Cherkov saß auf seinem Platz, als sei nichts geschehen, und reagierte gelassen auf die Tatsache, dass die Waffe auf seine Stirn gerichtet wurde. Auch wenn die Szene nur eine Illusion gewesen war und zu den Spielchen des Nosferatu gehörte, so war die unglaubliche Wut in Phönix' Bauch echt. Es wäre in dieser Situation so leicht, Cherkov zu töten, und paradoxerweise war es eigentlich genau das, was der Nosferatu von ihm erwartete.

Phönix' Puls pochte in seinen Ohren, und das überlegene Grinsen seines Gegners stachelte seine Wut nur noch weiter an. Er war kurz davor, die Beherrschung zu verlieren. Aber immerhin hatte er noch eine Kugel in der Waffe und er glaubte Julias Einschätzung, dass ein Kopfschuss sogar den Nosferatu töten würde. Damit war eine Kugel genug, um das Spiel zu beenden. Endlich hatte Phönix die Oberhand. Cherkov jedoch ließ sich davon nicht beirren.

»Du fragst dich sicher, ob du mich töten könntest. Die Antwort lautet ja. Du brauchst nur deinen Finger zu krümmen, und es ist vorbei.«

Es galt, eine schnelle Entscheidung zu treffen. Eine Stimme in ihm, die der des Phantoms in seinen Albträumen verdammt ähnlich war, schrie, er solle abdrücken und das Gehirn des Nosferatu durch den Raum schießen. Vielleicht war das der Test, den er bestehen sollte. Doch was würde aus ihm und Vivien werden? Welche Chancen hatten sie, selbst wenn der Nosferatu tot war, von hier wegzukommen? Außerdem konnte er nicht glauben, dass sich Cherkov wirklich töten lassen würde.

Gegen seine Wut ankämpfend, senkte er die Waffe, doch bevor er diese Bewegung beendet hatte, verschwammen plötzlich die Züge des Mannes, auf den er gerade gezielt hatte, und Phönix' schlimmste Befürchtung sollte sich bewahrheiten, als sich das jetzige Aussehen seines Gegenübers abpellte und darunter ein bekanntes Gesicht zum Vorschein kam. Es war das Phantom, das ihn laut anlachte, und jedes Detail an der Erscheinung stimmte, vom langen Mantel bis hin zu dem wächsernen Gesicht.

Wieder schalteten sich seine Reflexe ein und rissen die Waffe hoch, sodass die Mündung knapp über die leeren Augen zielte. Der Mund voller messerscharfer Zähne lachte ihn laut aus, und in letzter Sekunde konnte Phönix gerade noch den Druck auf den Abzug bremsen und sich wieder unter Kontrolle bekommen. Mit einem frustrierten Schrei schleuderte er den Revolver so weit er konnte von sich, und die Waffe prallte klirrend gegen einen der Stützpfeiler.

Mit dieser Aktion war er einem inneren Instinkt gefolgt, der ihm sagte, der Mann könne nicht die Gestalt aus seinen Albträumen sein. Wenn er mit diesem Gegner fertig werden wollte, durfte er sich nicht durch seinen Hass beherrschen lassen. Verzweifelt schrie der Rest Logik in seinem panischen Verstand, dass auch dies eine Illusion sein musste und ein Teil des Tests.

Doch dann kamen die Zweifel. Wenn das Phantom nun echt war, hatte er mit dem Verlust der Waffe sein eigenes Grab geschaufelt. War dies der Test? Hätte er das Schreckgespenst erschießen müssen? Die quälenden Gedanken hatten wenige Sekunden Zeit, sich weiter zu steigern, während der Mann mit dem wächsernen Gesicht ihn auslachte, doch dann wurde es plötzlich still.

Für eine Schrecksekunde glaubte Phönix, dass nun sein Ende gekommen sei, doch wieder verschwammen die Konturen seines Gegenübers, und die Gestalt von Cherkov kehrte zurück.

Mit durchdringenden Augen starrte ihn der kahlköpfige Nosferatu an und machte eine bestimmende Geste, die Phönix dazu aufforderte, Platz zu nehmen. Unfähig, eine eigene Entscheidung zu treffen, ließ er sich auf dem Steinblock nieder, während Cherkov ihm zufrieden zunickte.

»Wie bereits gesagt, du überraschst mich immer wieder.«

Immer noch ungehalten über die Spielchen, fiel Phönix' Antwort überraschend scharf aus.

»War es das jetzt? Hab ich diesen blöden Test bestanden? Oder kommt jetzt die nächste Zaubershow?«

»Entspanne dich erst einmal, es gibt keinen Grund, sich aufzuregen. Wenn dich die Sache wirklich so mitgenommen hat, hättest du vielleicht doch abdrücken sollen.«

»Und natürlich hätte das funktioniert und die Welt wäre um einen arroganten Nosferatu ärmer! So dumm bin ich nicht.«

»Falsch. Hättest du abgedrückt, wäre ich jetzt tot,

aber ich war mir nahezu sicher, dass du nicht schießen würdest. Trotzdem hat diese Möglichkeit das Spiel spannend gemacht.«

»Und anschließend wären wir von Natasha getötet worden. Das wäre eine großartige Alternative, dann könnten wir dieses Gespräch in der Hölle fortsetzen.«

»Auch das ist falsch. Natasha hat die strikte Anweisung, euch auch dann gehen zu lassen, wenn ihr mich getötet hättet. Ich würde jetzt jedoch keine voreiligen Pläne machen, denn du hattest deine Chance, mich zu beseitigen. Beim nächsten Versuch solltest du verdammt gut sein, wenn du mich umbringen willst. Die letzten Jahrhunderte haben viele versucht, mich loszuwerden, doch wie du siehst, bin ich immer noch hier.«

Für einen Moment drang Phönix die Bedeutung des letzten Satzes nicht ins Bewusstsein, doch dann wurde ihm klar, was Cherkov gerade behauptet hatte. Entweder war die Andeutung ein weiteres theatralisches Mittel, sich wichtig zu machen, oder hinter dem Nosferatu steckte weitaus mehr, als er zunächst geglaubt hatte. War dies der Grund für das Interesse der Bischofsgarde an Cherkov? Warum sollte es andererseits nicht möglich sein, dass sein Gegenüber so alt war, schließlich sprach man davon, dass auch die Drachen ›aufgewacht‹ seien.

Als Cherkov seinen fragenden Blick sah, zuckte er mit den Achseln und meinte:

»Die Geschichte ist zu lang, um an dieser Stelle erzählt zu werden, außerdem geht es hier um dein Leben und nicht um meines. Wie bereits gesagt, du hast dich gut bewährt, und ich bin überrascht, zumindest ein wenig.«

»Darf ich vielleicht auch an der Erkenntnis teilhaben, was ich denn so Tolles gemacht habe?«

Cherkov überging den Sarkasmus, und mit einem Blick auf die ausgebreiteten Karten setzte er zu seiner Erklärung an.

»Es ging um zwei deiner Behauptungen, nämlich erstens, dass du dich unter Kontrolle hättest, und zweitens, dass du Vivien nicht liebst. Im ersten Fall muss ich dir Recht geben, aber was die zweite Behauptung angeht, hast du dich selbst Lügen gestraft.«

»Soll das heißen, wenn sie nur eine Freundin gewesen wäre, hätte ich das nicht getan? Ich weiß nicht, wie das nach Hunderten von Jahren aussieht, aber ich kenne mehrere Abstufungen zwischen Freundschaft, Feindschaft und Liebe.«

»Wenn Du darauf bestehst, sie nicht zu lieben, soll es mir egal sein, das war sowieso nie der Punkt. Keine Sorge, früher oder später wirst auch du die Wahrheit erkennen müssen. Wenn man so lange gelebt hat wie ich, weiß man, dass es weder Freundschaft noch Liebe gibt, die der Ewigkeit auch nur annähernd gewachsen ist. Und leider sterben die meisten Feinde, bevor man herausfindet, ob es sich mit Hass genauso verhält. Wenn du Glück hast, wird dein Leben lange genug dauern, dass auch du diese Wahrheit erkennst.«

»Heißt das, ich habe den Test bestanden?«

Phönix war die Psychospiele des Nosferatus endgültig leid, und spätestens der Test mit Vivien hatte ihn zu stark getroffen, als dass er mit Cherkov hätte weiterreden wollen. Für einen Moment überlegte er, wie er sich fühlen müsste, wenn er auf die Illusion der Magierin geschossen hätte, doch zumindest diesen Teil der Prüfung hatte er für sich bestanden, auch wenn der Nosferatu diesen Punkt als unwichtig erachtete.

»Das ganze Leben ist ein Test, und wenn du glaubst, die Prüfungen seien zu Ende, dann irrst du dich. Die wahren Schwierigkeiten werden noch kommen.«

Eine ähnliche Antwort hatte Phönix befürchtet, doch mit der Vorstellung, er müsse noch weiter gegen Cherkov spielen, irrte er sich.

»Das heißt allerdings nicht, dass ich dich weiter testen werde. Mein Urteil steht fest, und vorerst darfst du gehen!«

»Und Vivien?«

»Immer denkst du nur an sie! Keine Angst, ich werde auch sie gehen lassen. Bestimmte Dinge mag selbst ich nicht beeinflussen. Die Zukunft wird ihre eigenen Prüfungen bringen, und vielleicht kreuzen sich unsere Wege wieder.«

»Ich kann nicht behaupten, dass ich mich besonders auf diese Möglichkeit freue.«

Cherkov zuckte nur mit den Achseln und schaute lächelnd auf die Karten vor sich. Dieses Mal warf auch Phönix einen genaueren Blick auf das ausgebreitete Spiel. Soweit er es erkennen konnte, waren es Tarotkarten, doch er hatte keinen blassen Schimmer, welche Bedeutung sie hatten. Allerdings bezweifelte er, eine vernünftige Antwort von Cherkov zu bekommen, wenn er nachfragen würde, und so ignorierte er das Spiel des Nosferatu. Als er endlich aufstand, um zu gehen, kam ihm eine letzte Frage in den Sinn. Vielleicht wollte er die Antwort wirklich wissen, doch sein Verstand sagte ihm, er würde mit dieser Frage nur den Nosferatu testen.

»Wenn du so genau weißt, was passiert ist und was die Leute denken, dann möchte ich eines wissen: Was denkt Vivien über mich?«

Wieder huschte ein Lächeln über Cherkovs bleiches Gesicht, das unvorteilhaft die spitzen Eckzähne betonte.

»Ich bin mir wirklich sicher, dass du sie liebst. Nun, was deine Frage angeht: Wenn du die Antwort nicht selbst kennst, weiß ich nicht, warum ausgerechnet ich sie dir beantworten sollte. Schließlich bin ich doch in deinen Augen ein gefühlloses Monster.«

Und wieder spielte Cherkov sein Spiel, doch inzwischen fragte sich Phönix selbst, ob die Einschätzung des Nosferatu nicht einen wahren Kern hatte. Konnte er sie als Vampir überhaupt lieben? Wahrscheinlich hatte Cherkov auch in einem weiteren Punkt die Sache richtig gesehen, Phönix würde abwarten müssen, was die Zukunft bringen würde.

Bevor Phönix seinen rätselhaften Gastgeber verließ, warf der Nosferatu ihm einen Datenchip zu. Ohne ein weiteres Wort wandte sich Phönix von ihm ab und überließ Cherkov seinen Spielkarten.

Phönix stellte sich die Frage, ob Cherkovs Antworten all die Mühen wert gewesen waren. Doch dann wurde ihm etwas bewusst, nämlich dass er einen Teil der Antworten selbst gefunden hatte, weil Cherkov seine Spielchen gespielt hatte. Endlich wusste er, dass er der Herr über sein eigenes Schicksal war und kein Phantom und keine Angst vor seiner neuen Existenz ihn bestimmen würde. Auch wenn er ein Vampir war, so war er in erster Linie immer noch er selbst, und er würde sich mit seinem neuen Leben arrangieren müssen. Selbst die Schuld, die er auf sich geladen hatte, war im Angesicht des Nosferatu verblasst, denn immerhin war er noch in der Lage, Schuld zu fühlen, und hatte sich noch nicht in ein Monster verwandelt. Nur die Sache mit Vivien würde ihn noch beschäftigen, doch auch ihr gegenüber war ihm einiges klarer geworden.

Mit langsamen Schritten verließ Phönix die düstere Halle. Trotz der Versuchung drehte er sich nicht mehr um, sondern verschwand in die Dunkelheit. Es war möglich, dass er den Nosferatu noch einmal sehen würde, doch vorerst würde er ihn keines unnötigen Blickes mehr würdigen.

VI

Eine weibliche Hand mit viel zu langen Fingern, die in spitzen Krallen endeten, legte sich auf seine Schulter.

»Alexandrej, du hast dich tatsächlich nicht verändert. Du spielst immer noch mit dem Schicksal anderer Leute und philosophierst über die Welt, ohne zu merken, dass du genauso blind für die Wahrheit geworden bist wie jene, die du anklagst.«

Nur zu gut erkannte er die Stimme, es war seine rebellische Tochter, die ihn wie so oft verhöhnte. Er hasste es, wenn sie sich anmaßte, sein Wissen und seinen Erfahrungsschatz infrage zu stellen, den er über Äonen angesammelt hatte.

Vielleicht hätte er sie nie zum Nosferatu machen dürfen, denn sie war für ihn wie ein Kind, und für Kinder war er inzwischen zu alt.

Ohne auf eine Antwort zu warten, ließ sie sich neben ihm nieder und starrte auf die Karten. Traurig schüttelte sie den Kopf.

»Ich glaube, ich weiß, was du in diesen Karten siehst. Wahrscheinlich glaubst du in deiner Überheblichkeit sogar, nicht nur den Weg des Narren in diesem Spiel zu beobachten, sondern dass du ihn auf diese Reise geschickt hättest. Und was siehst du in diesem Spiel? Dass die Menschen dumm sind und ihr Erwachen schmerzvoll sein wird? Klagst du ihre Ignoranz an, die Dummheit, mit der sie übersehen, welche Möglichkeiten ihnen gegeben sind? Hast du wieder in Gedanken mit den Hindernissen und Schmerzen des Narren gespielt? Und natürlich glaubst du, der Narr würde deinem Pfad der Erleuchtung folgen. Du glaubst, am Ende seiner Suche hätte er deine Wahrheit gefunden.

Ich fürchte, du irrst, mein alter Freund. Du siehst auf die Karten und merkst nicht, dass du in einen Spiegel siehst. Wie kannst du dich zum Hüter der unendlichen Weisheit aufschwingen, ohne zu bemerken, dass deine Sicht nur beschränkt ist?

Deine Arroganz, andere Standpunkte als falsch zu betrachten, kritisierst du in den Menschen. Du hältst dich für den Rebellen, der die Welt verändern kann, aber du bist nur der Widersacher, der versucht, den alten Status aufrechtzuerhalten. Wenn du dir erlauben würdest, zu verstehen, dann würde deine Welt zusammenbrechen, aber im Gegensatz zu deinem Narren hast du dazu keinen Mut. Du hältst dich in deinem Elfenbeinturm gefangen, um dich nicht den Herausforderungen draußen stellen zu müssen. Du bist der Narr, Alexandrej. Es ist dein Spiel, das du hier gelegt hast, und es wird Zeit, deine angebliche Wahrheit einer Überprüfung zu unterziehen.«

Alexandrej oder Te'kar, der Widersacher, starrte auf das Muster der Karten, das ihm seine Wahrheit gezeigt hatte. Wieso fühlte er sich durch die Anklage seiner rebellischen Tochter getroffen?

»Weil es die Wahrheit ist und dein Unterbewusstsein sie bereits erkannt hat«, lautete die Antwort seiner Nachfahrin.

Sein Blick fiel auf die Karte am unteren Ende des Kreuzes, die Karte des Unterbewussten, doch bevor er reagieren konnte, hatte seine Widersacherin sie bereits umgedreht. Die Art seiner Nachfahrin verärgerte ihn, doch als er das Motiv der Tarotkarte erblickte, steigerte sich seine Wut noch mehr.

Das Bild trug die Unterschrift ›Die Liebenden‹ und zeigte einen Mann und eine Frau, die sich gegenüberstanden. Dieses Mal blieb das Bild unbewegt, doch seine Tochter übernahm nach einem verächtlichen Schnauben für ihn die Deutung.

»Ich kann mir gut vorstellen, dass du in dieser Karte irgendeine verabscheuungswürdige Beziehung zwischen meinen beiden Rettern siehst, doch damit übersiehst du den Kern. Es ist dein Weg, und die Karte ist dein unterbewusstes Streben nach einem Gegenpol. Das Universum wäre nicht vollständig, wenn es nicht zu jedem Stück ein Gegenstück gäbe. Die beiden Menschen sind nicht Vivien und Phönix, sondern wir sind es. Ich bin dein Gegenpol, und unbewusst strebst du danach, mir gegenüberzustehen. Ohne mich könntest du nicht existieren. Wahrscheinlich hast du dich bereits gefragt, warum du mich erschaffen hast, da ich doch eine so ungehorsame Tochter bin. Ich bin das Gegenstück, ohne das du nicht vollständig wärst. Wenn du glaubst, perfekt zu sein, bin ich der Spiegel, in dem du deine eigenen Mängel erblickst.«

Nach diesen völlig distanziert vorgetragenen Worten sah sie ihm ins Gesicht, und nach einigen langen Sekunden glitt ein Lächeln über ihre Lippen.

»Siehst du, wenn nicht ein Kern von Wahrheit in meinen Worten gewesen wäre, dann hättest du mich ohne Skrupel getötet. Aber selbst du kannst die Wirklichkeit erkennen, wenn man sie dir zeigt. Vergiss das Leben der anderen, es ist die Zeit gekommen, wieder dein eigenes Schicksal in die Hand zu nehmen. Es wird Zeit, die Welt zu verändern und nicht nur dazusitzen und die Veränderungen zynisch zu kommentieren. Das Sechste Zeitalter hat gerade erst begonnen …«

Langsam näherte sich seine Hand der letzten Karte. Es war die langfristige Zukunft, die ihm noch zu diesem Puzzle fehlte, doch bevor seine Hand das Blatt erreichen konnte, huschten die Finger seiner Tochter über die Karte hinweg, und in einer kaum wahrnehmbaren Bewegung schleuderte sie sie ins Feuer. Mit einem kurzen Knistern blieb nur noch Asche von dem uralten Papier übrig.

Seine rebellische Tochter lächelte ihn an.

»Die Zukunft liegt nicht in den Karten. Wenn du wirklich wissen willst, was dich erwartet, dann tritt deine Reise an und finde die Wahrheit selbst.«

Epilog:
DER WEG DURCH DIE NACHT

Es war eine dieser angenehmen Nächte, in denen der bleiche Vollmond am Himmel schien und er trotz der Düsternis um sich herum seinen Frieden finden konnte. Er liebte es, nachts durch die Straßen zu laufen, vor allem mit einer Begleiterin wie Vivien. Die zeitweise Stille und dann die entfernten Geräusche der Menschen hatten eine unglaublich beruhigende Wirkung auf ihn. Selten war es im Plex einmal wirklich still, doch wenn man Glück hatte, konnte man diese kurzen Augenblicke genießen.

Das Treffen mit Vladimir Alexandrej Cherkov lag inzwischen mehrere Wochen zurück, und nach der Begegnung hatte Phönix endlich seinen inneren Frieden wiedergefunden. Auch wenn ihm seine Auferstehung als Vampir genauso unwirklich erschien wie vorher, so hatte er doch einen Platz in der Welt gefunden. Wenn selbst ein arroganter Nosferatu wie Cherkov seine Existenz duldete, konnte er nicht völlig fehl in dieser Welt sein.

Nach einigen Nächten war sogar das Phantom aus seinem Leben verschwunden. Vivien und er hatten oft darüber gesprochen, was jene rätselhafte Erscheinung war, und schließlich hatten sie sich darauf geeinigt, dass es wahrscheinlich eine Projektion seines Unterbewusstseins war, das versuchte, ihm seine inneren Bedürfnisse und seinen inneren Konflikt deutlich zu machen, indem es das Bild seines Schöpfers heraufbeschwor. Möglicherweise hatte dieser Vorgang etwas mit seiner Amnesie zu tun, oder vielleicht war es auch etwas, was anfangs jedem Vampir passierte, aber da er außer Cherkov keine Vampire kannte, gab es niemanden, der ihm die Frage hätte beantworten können. Viel wichtiger als die Antwort auf dieses Rätsel war die Tatsache, dass er nicht weiter von dem gesichtslosen Fremden gequält wurde, und es stand zu hoffen, dass das Phantom nie wieder zurückkehren würde.

Cherkov hatte sich am Ende des Runs noch einmal von seiner freundlichen Seite gezeigt. Der Nosferatu hatte sie nicht nur gehen lassen, sondern ihnen auch Natashas BMW überlassen, um die Nebelstadt zu verlassen. Allerdings hatten sie auf Viviens Vorschlag hin das Auto bei einem Hehler zu Geld gemacht, und Phönix hatte den Ebbie der Magierin überlassen. Zwar bestand sie darauf, die Summe zu teilen, doch vorerst würde er das Geld nicht brauchen. So hatte sich der Run am Ende doch rentiert, und Vivien hatte wenigstens ein bisschen Profit für ihre Mühen bekommen.

Wichtiger als das Geld jedoch war der Datenchip, der das Abschiedsgeschenk des Nosferatu war. Die Dateien erzählten die traurige Geschichte eines jungen Polizisten namens Gerd Reinerts, der ein glückliches Leben mit seiner Freundin hätte leben können, wenn das Schicksal ihm nicht eine andere Zukunft bestimmt hätte. Vor einigen Wochen war dieser Mann in Ausübung seiner Pflicht vom Nachtschlächter angegriffen und für vermisst erklärt worden. Auf Cherkovs Eingreifen hin war er fünf Tage später für tot erklärt worden, und der Fall war offiziell abgeschlossen. Die Medien meldeten, dass der Nachtschlächter von der Polizei gefunden worden und bei einem Feuergefecht ums Leben gekommen sei. Wer auch immer der Tote, der angeblich der Massenmörder war, gewesen sein mochte, niemand brachte die Nachtschlächtermorde mit Vampiren in Verbindung, und nach wenigen Tagen waren andere Meldungen interessanter, sodass die Mordserie schnell vergessen war. Was Phönix anging, waren sowohl Gerd Reinerts als auch der Nachtschlächter tot und würden es auch immer bleiben. Der Phönix, der aus der Asche des Polizisten entstiegen war, sollte sein eigenes Leben führen.

Nur wenige Menschen bekamen im Leben diese Chance, neu anzufangen, und trotz eines Anflugs von Trauer über den Tod des Polizisten konnte er jetzt endlich nach vorne sehen, ohne in den Schatten der Vergangenheit nach Antworten zu suchen.

Seit jenen Ereignissen war er mit Vivien zusammen. Zwar hatten sie am Anfang beide behauptet, dass es nur eine Lösung auf Zeit sein würde, bis er ein besseres Versteck hätte, doch sie wussten beide, dass dies nur ein Vorwand war. Sie wollte ihn genauso wenig gehen lassen, wie er sie verlassen wollte. Tatsächlich schien Cherkov, zumindest was ihre Beziehung anging, Recht gehabt zu haben.

Und so gingen sie beide durch die sternklare Nacht, selbst der übliche Smog über dem Plex schien sich verzogen zu haben, und während sie sich an ihn lehnte, dachte er noch einmal über sein Dasein als Vampir nach. Er hatte die letzten Wochen nichts gegessen und spürte auch keinen Hunger auf Blut, doch sie wussten beide, dass er früher oder später ein Opfer brauchen würde. Vivien hatte ihm angeboten, mit ihr als Shadowrunner zu arbeiten, und er könnte bei diesen Gelegenheiten seine Opfer finden, um sich am Leben zu erhalten, doch im Moment war noch kein Auftrag in Sicht. Außerdem war er sich nicht sicher, ob es gut war, sich zusammen mit der Magierin wieder in Gefahr zu begeben, jetzt, da er ahnte, was sie ihm wirklich bedeutete.

Allerdings hatte Vivien noch eine Sache angesprochen, mit der sich Phönix zu beschäftigen hatte. Noch einmal hatte sie ihm die Geschichte ihrer Schwester erzählt, und bei der Schilderung ihres Todes hatte sie bei ihm eine Schulter zum Ausweinen gesucht. Diese Sache war für sie noch nicht vorbei, und genauso wie er es auch getan hatte, wollte sie nun die Schatten ihrer Vergangenheit auflösen. Doch bevor sie ihren Frieden finden konnte, schien sie sich blutig rächen zu wollen, aber wenigstens konnte er dieses Mal darin nicht die selbstmörderische Absicht erkennen. Wenigstens war ihr unbewusster Wunsch zu sterben nicht mehr so deutlich, auch wenn ihre Pläne bezüglich Nitama einen gewissen Fanatismus spüren ließen.

Doch vorerst würde sie ihre Rache aufschieben müssen, und seit dem Treffen mit Cherkov hatten sie nächtelang Pläne geschmiedet und versucht, einige Dinge ins Reine zu bringen. Die Ereignisse der letzten Wochen hatten viele lose Enden geschaffen, und es war an der Zeit, einige Dinge in Ordnung zu bringen.

Mit Julia Frieden zu schließen war leicht gewesen, die Ärztin war nicht nachtragend in Bezug auf die Schwierigkeiten, die sie gehabt hatte, außerdem sah es so aus, als würde sie bald eine Stelle bekommen, die ihrem Idealismus besser entsprach. Zwar würde sie wahrscheinlich in Pomorya arbeiten, aber sie schien mit einem Ortswechsel sehr zufrieden zu sein. Sie sprach davon, dass Vivien und Phönix sie besuchen sollten, doch vorerst würde sie zu beschäftigt sein, sich in ihr neues Leben einzugewöhnen.

Shark hatten sie nur telefonisch erreicht, und der Straßensamurai versuchte mit nur mäßigem Erfolg, sich hinter Ausflüchten zu verstecken, um sie nicht treffen zu müssen. Natürlich reagierte Vivien ungehalten, doch früher oder später würden sie ihre Differenzen beilegen und wieder miteinander auskommen.

Nach jenem kühlen Telekomgespräch mit dem Samurai war Phönix zum ersten Mal richtig bewusst geworden, wie viele Freunde er verloren hatte, allerdings hatte er wenigstens Vivien. Gerri aus dem *Xanhaem's* war eine gute gemeinsame Bekannte geworden, doch die Gestaltwandlerin und Phönix waren zu verschieden, als dass sich diese Beziehung schnell zu einer echten Freundschaft entwickelt hätte.

Auch Natasha hatten sie noch einige Male im *Xanhaem's* gesehen, doch außer einer oberflächlichen Begrüßung hatte keine Seite der anderen im Moment etwas zu sagen. Vivien und er hatten noch ein wenig nachgeforscht, um mehr über jenen rätselhaften Nosferatu herauszufinden, doch ihre Suche hatte sich bald als erfolglos herausgestellt. Cherkov war scheinbar aus dem Nichts gekommen, und die wenigsten Menschen ahnten, dass der Chef eines Pharmakonzerns eine besondere Vergangenheit hatte. Eines jedoch hatten sie herausfinden können, die Nebelstadt gehörte tatsächlich einem Konzern, nämlich Eastern Star Pharmaceuticals. Und auf noch etwas waren sie bei ihrer Suche gestoßen: auf eine gewisse Tanja Johannsen. Die ehemalige Medizinstudentin war vor einem halben Jahr verschwunden und wurde seither vermisst. Das Holobild wies eine deutliche Ähnlichkeit mit der Frau auf, die sie aus Münster geschmuggelt hatten, und allem Anschein nach war sie so etwas wie Cherkovs Tochter, so wie er selbst der Sohn von van de Veteren war.

Doch all diese Kleinigkeiten in seinem neuen Leben verblassten neben einer andere Sache, die ihn ständig beschäftigte. Auch wenn die Magierin die Lösung seiner Probleme gewesen war, so war sie in gewissem Sinne sein größtes Problem, weil er immer noch nicht wusste, wie er sich ihr gegenüber verhalten sollte. Vor zwei Nächten hatte sie deutliche Annäherungsversuche unternommen, doch irritiert hatte er sie abgewiesen. Irgendwie kam es ihm falsch vor, dass sie sich in ihn verliebt hatte, und es stellte sich die Frage, ob er als Vampir zu einer solchen Beziehung überhaupt noch fähig war. Doch wenn er an Viviens Bedauern nach seiner Ablehnung dachte und wie sie versucht hatte, die Sache nachträglich zu überspielen, dann musste er auch an seine Gefühle denken, die er in jenem Moment gespürt hatte. Cherkov hatte die Wahrheit gesehen, denn sofern dies überhaupt möglich war, liebte er die Magierin. Immer wieder versuchte er, die Situation zu verstehen und seine Gefühle zu erklären, indem er nach den Ursachen ihrer besonderen Beziehung suchte. War es die Tatsache, dass sie sein einziger Freund war, dass sie ihn bei seiner Suche unterstützt hatte oder dass sie sich jeweils das Leben gerettet hatten? War es ihre Stärke, die ihm imponierte, oder der empfindsame Kern in ihr, den er trösten und schützen wollte? Als ihm klar wurde, dass alle Erklärungen unsinnig waren und wahrscheinlich lächerlich klangen, gestand er sich endlich ein, dass er sie tatsächlich liebte und dass es egal war, warum er so fühlte.

Ein letztes Mal hatte er an diesem Abend versucht, sich hinter dem Vorwand zu verstecken, dass diese Beziehung nicht gut für sie sein konnte und dass sie ihn nie verstehen würde, doch sie hatte ihm immer wieder erklärt, dass er sich irrte. In dieser Hinsicht schien sie seine Gedanken lesen zu können, und sie hatte oft versucht, mit ihm über ihre gemeinsame Zukunft zu sprechen. Der Versuch, das Thema auf geschäftliche Aspekte zu lenken, war ihm nur schlecht gelungen, und in der heutigen Nacht hatte er beschlossen, dass er vor dieser Frage nicht ewig fliehen konnte.

Natürlich konnte ihre Beziehung scheitern, es war sogar wahrscheinlich, doch was hatte er schon zu verlieren? Für jemanden, der schon einmal gestorben war, war es lächerlich, sich darüber Sorgen zu machen.

Mit einem unbeschwerten Lachen dachte er daran, dass er vielleicht in zweihundert Jahren wieder auf Cherkov treffen würde und dem Nosferatu beweisen konnte, dass dieser wenigstens einmal Unrecht gehabt hatte und Liebe dauerhafter war, als er behauptet hatte.

Doch vorerst wollte er jene rätselhafte Gestalt nicht mehr wiedersehen, mit Vivien hatte er die einzige Person, die er im Moment brauchte. Und die wichtigste Entscheidung hatte er bereits gefällt. Vielleicht würde sie diese Nacht wieder zu ihm kommen.

Dieses Mal würde er sie nicht zurückweisen.

Von **SHADOWRUN™** erschienen in der Reihe
HEYNE SCIENCE FICTION & FANTASY:

1. Jordan K. Weisman (Hrsg.): *Der Weg in die Schatten* · 06/4844

TRILOGIE GEHEIMNISSE DER MACHT

2. Robert N. Charrette: *Laß ab von Drachen* · 06/4845
3. Robert N. Charrette: *Wähl deine Feinde mit Bedacht* · 06/4846
4. Robert N. Charrette: *Such deine eigene Wahrheit* · 06/4847

5. Nigel Findley: *2 X S* · 06/4983
6. Chris Kubasik: *Der Wechselbalg* · 06/4984
7. Robert N. Charrette: *Trau keinem Elf* · 06/4985
8. Nigel Findley: *Schattenspiele* · 06/5068
9. Carl Sargent: *Blutige Straßen* · 06/5087

TRILOGIE DEUTSCHLAND IN DEN SCHATTEN

10. Hans Joachim Alpers: *Das zerrissene Land* · 06/5104
11. Hans Joachim Alpers: *Die Augen des Riggers* · 06/5105
12. Hans Joachim Alpers: *Die graue Eminenz* · 06/5106

13. Tom Dowd: *Spielball der Nacht* · 06/5186
14. Nyx Smith: *Die Attentäterin* · 06/5294
15. Nigel Findley: *Der Einzelgänger* · 06/5305
16. Nyx Smith: *In die Dunkelheit* · 06/5324
17. Carl Sargent/Marc Gascoigne: *Nosferatu 2055* · 06/5343
18. Tom Dowd: *Nuke City* · 06/5354

19. Nyx Smith: *Jäger und Gejagte* · 06/5384
20. Nigel Findley: *Haus der Sonne* · 06/5411
21. Caroline Spector: *Die endlosen Welten* · 06/5482
22. Robert N. Charrette: *Gerade noch ein Patt* · 06/5483
23. Carl Sargent/Marc Gascoigne: *Schwarze Madonna* · 06/5539
24. Mel Odom: *Auf Beutezug* · 06/5659
25. Jak Koke: *Funkstille* · 06/5667
26. Lisa Smedman: *Das Luzifer Deck* · 06/5889
27. Nyx Smith: *Stahlregen* · 06/6127
28. Nick Polotta: *Schattenboxer* · 06/6128
29. Jak Koke: *Fremde Seelen* · 06/6129
30. Mel Odom: *Kopfjäger* · 06/6130
31. Jak Koke: *Der Cyberzombie* · 06/6131
32. Lisa Smedman: *Blutige Jagd* · 06/6132
33. Jak Koke: *Bis zum bitteren Ende* · 06/6133
34. Stephen Kenson: *Technobabel* · 06/6134
35. Lisa Smedman: *Psychotrop* · 06/6135
36. Stephen Kenson: *Am Kreuzweg* · 06/6136
37. Michael Stackpole: *Wolf und Rabe* · 06/6137
38. Jonathan Bond/Jak Koke: *Das Terminus-Experiment* · 06/6138
39. Lisa Smedman: *Das neunte Leben* · 06/6139
40. Mel Odom: *Runner sterben schnell* · 06/6140
41. Leo Lukas: *Wiener Blei* · 06/6141
42. Stephen Kenson: *Ragnarock* · 06/6142
43. Lisa Smedman: *Kopf oder Zahl* · 06/6143
44. Stephen Kenson: *Zeit in Flammen* · 06/6144
45. Markus Heitz: *TAKC 3000* · 06/6145
46. Björn Lippold: *Nachtstreife* · 06/6146